ナイトランド叢書 EX-1

# ドラキュラ紀元一八八八

《ドラキュラ紀元》

キム・ニューマン

鍛治靖子 訳

アトリエサード

ANNO DRACULA

by Kim Newman



作中に、現在の観点からでは差別的と見なされる用語がありますが、原著者に差別意識がないことは作品から明確であり、また作品の世界・時代設定を反映したものであるため、訳者と相談のうえ原文に則した訳語を使用しました。（編集部）

# 目次

# ドラキュラ紀元一八八八

キム・ニューマン

鍛治靖子 訳

ヴァンパイア書籍の一大蔵書家にして
THE MAMMOTH BOOK OF VAMPIRES の編者、
スティーヴ・ジョーンズに

「われらセクリー人には、主君のためには身を打ち捨てて、獅子奮迅に戦いぬくという、雄々しい血が流れておる。これがセクリー人の誇りじゃ。古代ヨーロッパ民族のうち、フィン族は雷神トルより戦《いくさ》の精神をさずかってアイスランドより起こり、猛威果敢なるその戦士たちは、ヨーロッパは申すに及ばず、アジア、アフリカの沿岸にその威をふるい、ために世人は、彼らをば豺狼《さいろう》の化身なりとして、大いに怖れたものじゃ。この狼どもが、のちにこの国にもはいりこんできよって、フン族にのりうつってな、やがて好戦的なフン族が生ける火の玉となって地上をなめつくし、ついには彼らの手にかかって死んで行く者はみな、フン族の血管にはその昔、スキチアより追われて荒野において悪魔の仲間入りをした魔女どもの血が流れておる、などとほざいたもんじゃ。たわけめらが！　ひと口に魔女・悪魔というがの、いかなる悪鬼羅刹《らせつ》といえども、わがアッチラほどの偉傑は、まず世にはあるまいぞ。そのアッチラの血が、わしのこの腕に流れておるのじゃ。さればさ、われらは征服民族、それを誇りとしておるのに、なんの不思議があろうぞ。マジャール人、ロンバルド人、アヴァール人、バルガー人、さてはトルコ人、これら諸民族が数万の将兵を率《ひき》いてわが国境を侵したるみぎり、われらがこれを一撃のもとに追い散らしたも、なんの不思議もないことじゃ。降《くだ》っては、アルパドとその軍がハンガリア祖土の地を併呑したる際、アルパドが国境に来たってわれらがここにあることを見たのも不思議ではない。さらに降っては、ハンガリーの大軍が東方を席捲したおり、われらセクリー人は勝利の征軍マジャール人の同胞として宣揚され、それより数世紀の間、われらはトルコ国境の守備隊として、大いに信望されたものじゃ。国境守備というものは、トルコ人が奇しくもいうたように、『水は眠れど、敵は眠らず』でな、まことにこれは不断の任務じゃ。われら四つの民族がこぞって『血の剣』を授けられて、国王の旗印のもとに、雲霞のごとき軍勢が疾風のごとく群がり集まったときのあの喜び、あれに増す喜びを味わった者が、どこにあるか？　それほど天下に威名をとどろかしたわれらが民の一大恥辱、ワラキア人とマジャール人の旗印が三日月の旗の下におろされたのは、いつであったか？　猛虎将軍の雷名をひっさげ、ダニューブ河を渡りこえ、われらに仇なすトルコ軍をわが地において粉砕したのは、そも何人《なんぴと》であったか？　これぞ世に知る人ぞ知る、猛虎将軍ドラキュラその人であった。恨むらくは、彼が倒れしのち、やくざな弟めが国をトルコに売りまいない、きのうの敵の奴隷となりさがる恥を忍ばねばならんようなことになりおったが、時降《くだ》ってわれら一門の分かれが、ふたたび河を渡ってトルコに押し入った際――その指導者のなかには、わがドラキュラ一門の縁者血縁の者があまたおった。げにわがドラキュラ家こそは、その知恵、その度量、その剣において、ハプスブルグ家やロマノフ家のごとき、俄か大名の及びもつかぬ、炳乎《へいこ》たる記録を誇る貴き家柄なのじゃ。なれども、戦乱の日はもはや過ぎた。こんにちのごとき、まことに不面目なる平和の時代には、『血統』こそが何にもまして貴いのじゃ。威名世にかくれもないわが一門の歴史は、まずざっとこんなものじゃよ」

ドラキュラ伯爵

平井呈一訳

「わしはあの怪物のことは、手に入るかぎりの文献に全部当たってみて、考えに考え、研究に研究を重ねた結果、結局、あいつを締め出してしまうのがいちばんいいと思ったのだ。すべてを通じて、あの男の進歩向上のあとは著しいものがある。力ばかりではない。知識の上でもね。ブダペストの友人のアルミニュースの研究によると、あいつは生きておった時は、なかなかすばらしい男だったのだね。軍人、政治家、錬金術師、――錬金術といえば、むかしは最高の科学知識だったのだからね。ずぬけた頭で、比類のない学があり、そのうえに、恐れと悔いを知らぬ豪胆な男。学院にも席をおいて、じつに八面六臂《はちめんろっぴ》、当時の知識の部門で彼がやってみなかった部門は一つもない、というくらいの学才だったらしいな。つまり、彼の場合は、この異常な頭脳力が、肉体の死をよみがえらせたというわけだ。しかし、一面また、彼の精神力には、まるで子供みたいなところもあったのだね。だんだん成長するうちに、はじめ子供みたいだったものが、今ではやっと大人になった。その大人になったところで、あいつはいま、実験中なのだよ。なかなかよくやりおる。われわれがこんなふうにじゃましなかったら、――こっちが失敗すれば、あいつはそのままつづけるだろうが――彼は死の手引をする諸学の父、あるいはそれ以上の者になっておったろうな」

エイブラハム・ヴァン・ヘルシング博士

平井呈一訳

# 1　霧の中——ドクター・セワードの日記《蠟管録音による》

九月十七日

昨夜の救済は、これまでに比べるとさほど大変ではなかった。先週のものよりはかなり楽だった。おそらく何事も辛抱強く経験を積んでいけば楽になっていくものなのだろう。ほんとうの意味で容易になることは決してないだろうが。決して——ないだろうが。

おっと。秩序立った思考を維持するのは困難なのに、この驚嘆すべき機械は待つことをしてくれない。早まった言葉をインクで塗りつぶしたり、失敗したページを破り捨てたりするわけにはいかないのだ。シリンダが回転し針が溝を刻めば、わたしの無駄言はすべて容赦なく蠟に記録されていく。驚異の機械は新型特効薬と同じく、予測不能の副作用を伴っている。二十世紀になれば、人の思考を記録しながらあふれでる無駄話を削除できる機械が登場するのかもしれないが。ホラティウスのごとく、わたしは簡潔たるべく努力《プレヴィス・エッセ・ラボロ》している。病歴の書き方でいこう。後世の人々はこの記録に関心を寄せてくれるかもしれない。だがいまはひそかに《イン・カメラ》録音し、シリンダも以前の記録とともに隠しておこう。いまの世でこの日記が人目に触れると、生命とこの身の自由が危うい。いつの日にか、わたしの動機と方法が公開され、人々の理解を得んことを願う。

これでいい。

対象：女、見たところ二十代、最近死亡した模様。職業：明白。場所：チックサンド・ストリート。ブリック・レーンのはずれ、フラワー&ディーン・ストリートの向かい。時刻：午前《アンテ・メリディエム》五時を少しすぎたころ。

わたしはこぼれたミルクのように濃い霧の中を一時間以上もぶらぶらしていた。霧は何よりもわたしの夜の仕事にふさわしい。近年この町がどのように変化したかなど、見えないほうがいい。多くの連中と同じく、わたしも昼間眠って夜働くようになった。それもせいぜいまどろむといった程度で、至福に満ちた真の眠りなどもう何年も味わっていない。いまでは闇の時間が活動のときだ。もちろん、ここホワイトチャペルでは以前からそのような生活が送られていたのだが。

チックサンド・ストリート一九七番地、以前伯爵が隠れ家のひとつにしていた建物には、あのいまいましい青い記念プレート（史跡上の建物、著名人の住居跡などにつけられる）が掲げられている。ここに、伯爵とヴァン・ヘルシングが迷信にとらわれて重視したものの結局はなんの意味ももたなかった土の箱が六つ、おかれていたのだ。それを滅ぼす仕事はゴダルミング卿にまかされたが、わが高貴なる友はいつものごとく、その仕事においても無能さを発揮した。プレートの下に立って、書かれた文字を読むでもなくわれわれの失敗について思いをめぐらしていたそのとき、ひとりの死女が誘いをかけてきた。

「ねえ、旦那――」女が呼びかける。「旦那ってばァ――」

ふり返ると、女は羽毛のストールをひらいて咽喉《のど》をさらした。首と胸が靄《かすみ》のように白い。生きている女なら身ぶるいをする寒さだ。女は階段の下に立っていた。二階には赤いシェイドのランタンをともした入口があり、女の背後、舗道面よりなかば低くなったところにもまた別の入口があって、階段が格子模様の影を落としている。その建物の窓にも、視界にはいる周囲のどの建物の窓にも、明かりはない。霧に囲まれた孤島に立って、わたしたちの目にはお互いの姿しか映るものがなかった。

通りを横切っていくわたしの足元で、低く垂れこめた霧が黄色い渦をつくった。あたりには誰もいない。人の通りすぎる音は聞こえるのだが、霧の垂れ幕がその姿を隠している。まもなく曙光が射し初め、新生者《ニューボーン》たちはひとり残らず通りから姿を消すだろう。ふつうならば死者が客をひく時間ではない。もう危険だ。よほど金がほしいか、もしくは渇いているのだろう。

「なんて男前なの」

女がささやいて身体の前で手をふった。鋭い爪が淡い霧を切り裂く。

懸命に目を凝らすと、ほっそり美しい容貌が見てとれた。女がわずかに首をかしげて目を瞠り、白い頬から漆黒の髪がすべり落ちた。黒と赤の目には関心と飢えが宿っている。そして、軽蔑と紙一重《かみひとえ》の自覚のない好奇心。街角に立っていようといまいと、あらゆる女はこの表情を身につけている。ルーシーが——血塗られた記憶の中のミス・ウェステンラが——わたしの求婚を拒んだときも、その両眼には同じ表情が閃光のように走り抜けたものだ。

「——もう朝が近いわ」

女は英国人ではなかった。言葉から察するに、ドイツかオーストリアの生まれだろう。〝旦那《ジェントルマン》〟を〝チェントルマン〟と、〝近い《クローズ》〟を〝クローツ〟と発音している。王婿殿下《プリンス・コンソート》の支配するロンドンは、バッキンガム宮殿からバックス・ロウにいたるまで、二十以上もの小国からのあぶれ者たちを集めたヨーロッパの吹き溜まりとなっているのだ。

「ねえ、キスしてちょうだいな」

一瞬わたしはただぼんやりと突っ立っていた。きわだって美しい女だった。艶やかな髪は中国風に短く、ローマ人の兜の頬当てのように切りそろえてある。霧にまぎれて赤いくちびるが黒く映える。やつらの例に漏れずやたら微笑を浮かべたがる口元からは、とがった真珠のような歯がこぼれている。安物の香水をふんだんに使っているのだろう、胸の悪くなるような甘い匂いが腐臭をかき消していた。

通りはどこも、堂々と悪徳のまかりとおる醜悪な汚物溜めで、いたるところを死者がうろついている。

女は機械が絞りだす音楽のような笑い声をあげ、わたしを招き寄せると、肩にまとったぼろぼろの羽根飾りをさらにくつろげた。その笑い声に、わたしはまたルーシーを思いだした。キングステッド墓地で滅ぼしたおぞましい吸血鬼ではなく、生きていたときのルーシーを。三年前、ヴァン・ヘルシングだけが信じていた――

「キスしてくれないの？」女が歌うように誘った。「ちょっとでいいのよ」

女のくちびるがハート形にひらく。爪が、そして指先が、頬に触れる。体温をもたぬ者同士の触れあい。わたしの顔は氷の仮面で、女の指は氷の皮膚を突き刺す針だ。

「なぜこんな真似をしている」わたしはたずねた。

「お金と親切な紳士が好きだからよ」

「わたしは親切な紳士かな？」

たずねながら、ズボンのポケットの中でメスを握りしめる。

「あら、とっても親切だわ。わかるわよ」

平刃を腿に押しつけると、上質の布ごしに銀の冷たさが感じられる。

「あたし、宿り木をもってるのよ」

死女は胴着から小枝をとりだし、頭上に掲げてたずねた。

「キスする？　たったの一ペニー」

「クリスマスには早すぎるのではないか」（クリスマスの宿り木の下の娘にはキスをしてもいいという習慣がある）

「あら、キスに季節なんて関係ないわ」

女が小枝をふると、音の出ない鐘のように木の実が揺れた。わたしは赤黒いくちびるに冷たい口づけを与え、ナイフをとりだし外套の下でかまえた。手袋ごしに鋭い刃が感じられる。顔に触れる女の頬が冷たい。

先週のハンバリー・ストリートの経験――新聞によると、アニーだかアン・チャプマンという名の女だったらしい――が、迅速かつ手際のよい仕事の必要性を教えてくれた。咽喉。心臓。腹部。そして最後に首を切り落とす。それで完了だ。清潔な銀に清潔な良心。ヴァン・ヘルシングは民間伝承と象徴に目をくらまされ、何がなんでも心臓を貫かねばならないと考えていたようだが、主要な臓器ならばどれでもいい。いちばんわかりやすいのは腎臓だ。

出かける前の準備は入念におこなった。痛みが意識されてくるまで、三十分間じっとすわっていたのだ。レンフィールドは死んだ——真の死を迎えたが、あの狂人はわたしの右手に歯形を残していった。半円形の深い傷痕は、何度もかさぶたになりながら、決して治癒することがない。チャプマンのときは阿片チンキを使ったため、神経が鈍り、必要な正確さを発揮できなかった。左手を使う練習をしたのも役には立たなかった。大動脈を切りそこない、獲物はそのあいだに悲鳴をあげた。わたしは自制を失い、外科医でなくてはならないときに、間抜けな屠殺人になってしまった。

昨夜はもう少しましだった。女は執拗に生命にしがみついたが、最終的にはわたしの贈り物を受け入れた。女はついに救済され、魂も浄化された。近頃では銀は入手しづらい。硬貨も、金貨と銅貨だけだ。わたしは通貨切り換えのときに三ペンス銀貨をひそかにためこみ、さらに母の食器セットを犠牲にした。パーフリート時代のメスをとりだし、それにメッキをほどこした。いまでは死をもたらす銀が頑丈な鋼《はがね》の芯をくるんでいる。

昨日は検死用のメスを選んだ。この仕事には、死体をかきまわすための道具がもっともふさわしい。

死女はわたしを戸口に誘いこみ、スカートをたくしあげてほっそりとした白い脚をあらわにした。わたしは時間をかけて女のブラウスをひらいた。指が苦痛に燃え、ふるえた。

「手、どうしたの?」

わたしは手袋で包んだ無骨なこぶしを示し、かろうじて微笑を浮かべた。握りしめた関節に女がくちびるを寄せる。しっかりとメスをつかんだもう一方の手が、外套の下からすべりでる。

「古傷だよ、なんでもない」

女がにっこり笑うと同時に、わたしはすばやく銀の切っ先をその首にすべらせ、親指にぐっと力をこめて新鮮な死肉の奥深くまで食いこませた。女は衝撃に両眼を見ひらき――銀の痛みだ――それから長い吐息を漏らした。幾筋もの血の糸が雨のように窓ガラスを伝い、鎖骨の上の肌を汚す。口の端からひとしずくの血がこぼれ落ちた。

「ルーシー」

つぶやくと、記憶がよみがえる――

自分の身体で通行人の目をさえぎりながら女をかかえあげ、コルセットの隙間から心臓にメスをすべりこませた。女がふるえ、生命を失ってぐったりするのが感じられた。だが死者はすぐさまよみがえる。仕上げは念入りにおこなわなくてはならない。女を低くなった戸口に横たえ、救済の作業を完了させる。今夜は食餌にありつけなかったのだろう、女の体内にはほとんど血が残っていなかった。簡単に裂ける安物のコルセットを切りひらいたあと、穴のあいた心臓をむきだし、腸を腸間膜から切り離して一ヤードもある大腸をほぐし、腎臓と子宮の一部を取り除いた。それから、最初の切り口をさらにひろげる作業にとりかかった。脊椎が出てきたところでぐらぐらする頭を前後に動かすと、首の骨がはずれた。

# 2　ジュヌヴィエーヴ

騒音が夢の中にまではいりこんできた。ドンドンドンドンドン。執拗に繰り返される殴打。肉と骨が木にぶつかる音。

夢の中で、ジュヌヴィエーヴは少女時代に——蜘蛛王とオルレアンの乙女《ラ・ピュセル》と怪物ジルのフランスにもどっていた。温血者《ウォーム》だったころ。シャンダニャックの子《ゲット》ではなく、医者の娘だった時代。転化する前。闇の口づけを受ける以前——

舌でさぐった歯は、起きぬけのねばねばした薄皮をかぶっていた。自身の血の味が口内に残り、吐き気と穏やかな興奮を呼び起こす。

夢の中で、それは折れた六尺棒の先端に打ちおろされる木槌の音だった。英国人大尉が血まみれの大地にシャンダニャックを蝶のように縫いとめ、闇の父を滅ぼした。百年戦争（一三三七年から一四五三年、フランスのカペー王朝の王位継承権をめぐる英仏間の戦争。この戦争により英国はカレーを除くフランス内の領土を失った）の中でも、まるで記録に残らない小さな戦い。もう過去のものであれかしと願っていた野蛮な時代。

騒音はつづいている。目をひらき、天窓の汚れたガラスに焦点をあわせようとした。陽はまだそんなに傾いていない。夢は一瞬にして洗い流され、一ガロンもの氷水をぶちまけられたかのように意識が目覚めた。

ノックがやんだ。

「マドモアゼル・デュドネ」誰かがさけんでいる。

彼女の眠りをいつも破る、急患を告げる所長の声ではない。が、聞きおぼえはある。

「あけてください、ロンドン警視庁《スコットランド・ヤード》です」

身体を起こすと、ふわりと掛け布が落ちた。かたい板に毛布を敷いて、下着のまま床で寝ていたのだ。

「〈銀ナイフ〉がまた出たんです」

トインビー・ホールの狭苦しい自室だ。倦怠感に圧倒されて、月に数日、死者の眠りをむさぼるにあたって、これ以上に安全な場所はない。建物の最上層部に位置し、ちっぽけな天窓がひとつあるきりで、内側から施錠できる。プリンス・コンソートの血統の者たちが好む柩《ひつぎ》や地下室に勝るとも劣らない。

ジュヌヴィエーヴはなだめるように声をかけた。ノックは静まったままだ。咳払いをしてのびをすると、しばらく使っていなかった身体がきしみをあげる。太陽が雲に隠れ、苦痛がすっと薄れる。薄闇の中に立ちあがり、両手で髪をなでつけた。雲が通りすぎ、ふたたび力が減退した。

「マドモアゼル?」

ノックが再開した。若い連中は気が短い。彼女もかつてはそうだった。

鉤にかけた中国絹のローブをとりあげ、身体に巻きつけた。紳士の訪問答を迎えるのにふさわしい装いではないが、しかたがない。数年前まであれほど重要視されていた礼儀作法は、急速に意味を失いつつあった。人々はメイフェアでは土を敷きつめた柩で眠り、ペルメルでは群をなして獲物を漁っている。今年は社交シーズンになっても、大主教の正しい敬称についてあれこれ言う者はほとんどいなかった。

かんぬきをはずすあいだも、眠りの霧の名残が執拗にまといついていた。外ではまもなく日が沈むだろう。夜に包まれるまで本調子は望めない。扉をあけると、ずんぐりした新生者《ニューボーン》が長外套をマントのように巻きつけ、山高帽を手から手へと移しながら廊下に立っていた。

「まあ、レストレイド、あなたは招かれなければはじめての家にはいれないというわけではないのでしょう?

あなたのような職業の人にはとても不便だもの。ええ、どうぞおはいりなさい――」

招じ入れたスコットランド・ヤードの男は、のびかけた口髭の下でぎざぎざの歯を見え隠れさせている。温血者《ウォーム》だったころは鼠顔で、まばらな頬髭のためいっそう鼠に似て見えたものだ。いま変形したその耳は、より高い位置にあり、先端はとがっている。プリンス・コンソートの血統につらなる新生者《ニューボーン》の多くと同じく、彼もまだ最終的な形態を見出してはいない。くもり眼鏡のレンズの奥で、真紅の点が活動的な両眼の存在を示している。

彼は帽子を机にのせ、あわただしく口をひらいた。

「昨夜です、チックサンド・ストリートで。もう惨憺たるありさまですよ」

「昨夜ですって?」

「失礼しました」彼女がいままで眠っていたことを思いだしたのだろう、息を吸って、「今日は十七日です、九月の」

「わたしは三日間眠っていたのね」

ジュヌヴィエーヴは衣装簞笥をあけて、吊るされた数枚のドレスに目を走らせた。あらゆる状況に対して衣装がそろっている、というわけにはいかない。だがどう考えても、近い将来王宮に招待されることなどありはしないだろう。装身具といえば、父にもらった小さな十字架がひとつ残されているだけだが、愚かな迷信にとりつかれた神経質な新生者《ニューボーン》を驚かせてはいけないと、近頃ではめったにそれも身につけることがない。

「あなたをお起こしするのがいちばんだと考えたんです。誰もかもふるえあがっていて。興奮は高まっていくいっぽうで」

「賢明な判断だったわ」

目やにをぬぐった。汚れたガラス窓から射しこんでくる日没まぎわの陽光でさえ、氷柱のようにひたいに突き刺さる。

「日が沈んだら大暴動が起こるでしょう。〈血の日曜日〉（一八八七年十一月十三日トラファルガー・スクエアで一般労働者や失業者によるデモが発生。警視総監チャールズ・ウォレンはついに軍隊の出動を要請。死者も出る大惨事となった）の再現です。ヴァン・ヘルシングがよみがえったんだと言う者もいます」

「プリンス・コンソートが聞いたらさぞお喜びになるでしょうね」

レストレイドは首をふった。

「噂にすぎませんよ。ヴァン・ヘルシングは死にました。首はいまも杭の上です」

「調べたの？」

「王宮の警護は万全です。プリンス・コンソートのまわりはカルパティア人たちが固めています。われわれの一族はいくら用心してもしすぎるということはありません。敵は多いんですからね」

「われわれの一族って？」

「不死者《アン＝デッド》です」

ジュヌヴィエーヴは笑いをこらえた。

「わたしはあなたの一族ではないわ、警部。あなたはヴラド・ツェペシュの血統で、わたしはシャンダニャックの血統ですもの。せいぜい従兄弟というところでしょうね」

捜査官は肩をすくめて鼻を鳴らした。ロンドンのヴァンパイアにとって血統がほとんど意味をもたないことはジュヌヴィエーヴも知っている。第三世代であれ、第十世代であれ、第二十世代であれ、さかのぼれば全員がヴラド・ツェペシュを闇の父とするのだから。

「被害者は？」

「ルル・シェーンという新生者《ニューボーン》。これまでと同じく、街娼です」

「これで――四人め、かしら？」

「はっきりしたことはわかりません。人騒がせな新聞は、過去三十年間イースト・エンドで起きた迷宮入り殺人事件をすべて掘りだしてきて、ホワイトチャペル殺人鬼のせいにしています」

「警察ではどう考えているの？」

レストレイドは鼻を鳴らした。

「シェーンに関しては検死審問までたしかなことは言えませんが、わたしとしては年金を賭けてもいいです。死体仮置場に行ってきたところなんですがね。あのやり口は間違いありませんよ。あとは、先週のアニー・チャプマンと、先々週のポリー・ニコルズですね。最初の二件、エマ・スミスとマーサ・タブラムについては意見がわかれています」

「あなたの意見は？」

レストレイドはくちびるを噛んだ。

「いまあげた三人だけですね。少なくともその三人はたしかです。スミスはジェイゴからきたごろつきに襲われ、持ち物を奪われて刺されました。暴行も受けています。典型的な強盗のやり口で、あの男とは似ても似つきません。そしてタブラムは温血者《ウォーム》でした。〈銀ナイフ〉が関心をもつのはわれわれヴァンパイアだけです」

ジュヌヴィエーヴは納得した。

「やつは憎んでいるんです」レストレイドはつづけた。「焼けつくような憎悪です。これらの殺人は感情の激発を示していますが、同時に冷静さも感じられます。やつは闇中堂々、往来で殺します。それもただの虐殺ではなく、解剖です。そもそもヴァンパイアを殺すのはたやすくはありません。つまり、この男はただの狂人ではないんです。やつには確たる動機があるんです」

レストレイドはこの事件を個人的に受けとめているようだ。ホワイトチャペル殺人鬼は大きな傷をもたらした。新生者《ニューボーン》たちは誤った知識に踊らされ、生噛りの民間伝承ゆえに十字架を恐れて暮らしている。

「ニュースはひろまっているの？」

「とっくに。夕刊に載りましたから。いまごろはロンドンじゅうに知れわたっているでしょう。温血者《ウォーム》の中にはわれわれに非好意的な者もおりますからね、マドモアゼル。連中は喝采していますよ。新生者《ニューボーン》が出てくると大騒ぎになるでしょうな。わたしは軍隊の出動を要請したんですが、ウォレンは弱腰でしてね。昨年のあの事件のあとでは——」

ジュヌヴィエーヴは回想する。王家の結婚《ロイヤル・ウエディング》によって高まる民衆の不安を警戒して、首都警察警視総監サー・チャールズ・ウォレンはトラファルガー・スクエアでの政治集会を禁止した。十一月のある午後、王権と新政府に異議を唱える温血者《ウォーム》の反政府主義者たちが、それに抗議して集会をおこなった。社会民主連盟のH・M・ハインドマンとウィリアム・モリスが、急進派下院議員ロバート・カニンガム＝グレアムや英国世俗協会のアニー・ベザントらの支持を受けて、共和国宣言について演説した。熱のこもった激しい議論が戦わされた。ジュヌヴィエーヴは国立美術館の石段からそれをながめていた。夢の共和国に共感をおぼえるヴァンパイアは彼女ひとりではなかった。ヴラド・ツェペシュを怪物と見なすのは温血者《ウォーム》だけではないのだ。エドワード・エイヴリング博士とともに『ヴァンパイアの問題』を著したエリナ・マルクスは、新生者《ニューボーン》の身でありながら、熱烈な演説で、ヴィクトリア女王の退位とプリンス・コンソートの追放を要求したものだ。

「——しかたがないことだとも言えるでしょう。しかしH管区には暴動に対する備えがないんです。わたしはヤードの命令で管区の連中にはっぱをかけにきたんですがね、こちとらもあの人殺しをつかまえるのに手いっぱいで、杭や鎌で武装した暴徒と遊んでいる余裕はないんです」

ジュヌヴィエーヴは案じた。今回、サー・チャールズはどちらにころぶだろう。十一月、警視総監は警官であるよりも軍人、軍人であるよりもヴァンパイアとしての立場を優先して、軍の出動を命じた。治安判事があわてふためきながら騒擾《そうじょう》取締令（一七一五年に発布。十二人以上の不穏な集会に対し、この法令を読みあげて解散を命じる）を読み終えるよりもはやく、騎兵隊将校がヴァンパイアと温血者《ウォーム》の混成部隊にスクエアの一掃を命じた。彼らが突撃を開始したのち、プリンス・コンソート直属カルパティア近衛隊が群衆の中に攻め入り、その歯と爪で、銃剣をふりまわす騎兵より多くの危害を加えた。死者数人、負傷者多数。その後わずか二、三の審理がおこなわれただけで、多くの者が〝行方不明〟となった。一八八七年十一月十三日は〈血の日曜日〉として記憶されている。ジュヌヴィエーヴは一週間、ガイズ病院で軽傷者の手当てにあたった。多くの患者が彼女に唾を吐きかけ、ヴァンパイアの世話を受けることを拒否した。国民に敬慕され、いまだ影響力をもった女王自身が穏やかな仲裁にのりださなければ、大英帝国は火薬庫のように爆発していただろう。

「それで、いったいわたしがプリンス・コンソートのためにどんなお役に立てるというの？」ジュヌヴィエーヴはたずねた。

レストレイドは口髭を噛んだ。歯がきらめき、小さな泡がくちびるに飛ぶ。

「あなたが必要になると思うんですよ、マドモアゼル。ホールはいまに人であふれ返ります。人殺しがうろついている通りに出たがらない者もいますし、自警団や群衆に火をつけて恐怖と反感を煽っている連中もいます」

「わたしはフローレンス・ナイティンゲールではないわよ」

「あなたは影響力をおもちだから――」

「そうかしら」

「その――お願いできますならば――その影響力を使って状況を静めていただきたいんです。惨事が起こる前に。不必要な死者が出る前にですね」

ジュヌヴィエーヴも権力の味はまんざら嫌いではない。ローブをすべり落とすと、捜査官がぎょっと息をのんだ。死と再生も、彼からこの時代の偏見をぬぐい去ることはできなかったのだ。レストレイドがくもり眼鏡の背後で萎縮しているあいだにすばやく身づくろいをし、とがった指を手際よく動かして、濃緑のスカートと上着の何百もあるかと思えるボタンや留め金をかけていった。甲冑一式ほどにも複雑で厄介な温血者《ウォーム》時代の衣装が、彼女を悩ませにもどってきたかのようだ。ありがたいことに、簡素なチュニックに細身のズボンという身なりが、流行《はや》りこそしなかったもののオルレアンの乙女によって一般に認められるようになったのは、新生者《ニューボーン》のころのことだ。あのときは息のつまる正装など二度と身につけないと誓ったものだが。

警部が赤面できないまま、青白い頬にペニー貨ほどの斑点を浮かべてフウッと息を漏らした。レストレイドも新生者《ニューボーン》の多くと同じく、彼女を見かけどおりの年齢の娘として扱いたがる。シャンダニャックから闇の口づけを与えられたとき、ジュヌヴィエーヴは十六歳だった。だが実際には、ヴラド・ツェペシュよりも十歳ほど年長にあたる。彼が温血者《ウォーム》のキリスト教領主としてトルコ人の頭蓋骨にターバンを釘づけにしたり、とがらせた杭に領民を突き刺したりしていたころ、彼女は新生者《ニューボーン》としてさまざまな知識を身につけていた。彼女が現在その血統における最年長者として存在していられるのは、そうした知識のおかげだ。四世紀半もの齢《よわい》を重ねてきた彼女に、生き返ったばかりでまだ冷えきってもいない死者が保護者づらをするとあっては、いらだつなと言うほうが無理というものだろう。

「〈銀ナイフ〉を見つけ、阻止しなくてはなりません。つぎの犠牲者が出る前に」

「もちろんよ」ジュヌヴィエーヴはうなずいた。「これはあなたの昔馴染み、諮問探偵さん向きの事件だわ」

夜の訪れを告げる鋭敏な知覚が、警部の心に走った冷やかさを感じとった。

「ミスタ・ホームズは現在支障があって調査に加わることはできません、マドモアゼル。現政府といさかいを起こしました」

「つまり、あの人も移されたというわけね、大勢の当代最高の知識人たち同様、サセックス・ダウンズの刑務所に。〈ペルメル・ガゼット〉はなんと呼んでいたかしら。〝強制収容所〟?」

「わたしとしては、彼の見識不足がまことに残念です」

「あの人はどこにいるの？　デヴィルズ・ダイク？」（イギリス南部の風光明媚な丘陵地帯。キリスト教の伝播を防ぐため悪魔が掘ったという溝がある）

レストレイドは恥じ入るようにうなずいた。彼の内側にはまだかなりの人間らしさが残っている。新生者《ニューボーン》は何ひとつ変化がなかったかのように、温血者《ウォーム》時代の生活に執着する。いったいどれくらいの時間がたてば彼らも、プリンス・コンソートが山の向こうの国《トランシルヴァニア》から伴ってきた雌ヴァンパイアたちのように、知性を失い獲物を追うだけの歩く食欲に変容してしまうのだろう。

ジュヌヴィエーヴは袖口をとめ、軽く腕をひらいてレストレイドをふり返った。身なりについて人の意見を求めるのは、鏡なしの生活から生まれた習慣だ。捜査官が不承不承にうなずいてよこしたので、フードつきマントを羽織り、先に立って部屋を出た。

廊下にはすでにガス灯がともっていた。並んだ窓の向こうでは、垂れこめた霧から沈みゆく太陽の最後の名残がぬぐい去られようとしている。窓が一枚あいている。流れこむ冷たい空気の中に、生命の匂いが嗅ぎとれる。いずれ二、三日のうちに食餌をしなくてはならない。休息のあとはいつもそうなのだ。

「シェーンの検死審問は明日の夜におこなわれます」レストレイドが告げた。「勤労青年会館です。できれば立ちあっていただきたいんですが」

「いいわ、でもまず所長に話さなくてはね。そのあいだ、誰か代わりの人にはいってもらわなくてはならないから」

階段を降りる。建物全体が活動をはじめている。プリンス・コンソートがどのようにロンドンを塗り替えようと、博愛主義者、故アーノルド・トインビーを記念してサミュエル・バーネット師によって設立されたトインビー・ホールの仕事はなくならない。貧民には避難所や食べ物や治療や教育が必要なのだ。新生者《ニューボーン》の貧困者たちは、永遠の生命をもちながら、温血者《ウォーム》の兄弟姉妹と大差のない暮らしを送っている。多くの者にとって、イースト・エンドの福祉施設《セツルメント》は最後の頼みの綱だ。一歩進むごとに一ヤードあともどりしながら永遠に岩を押しあげているというシーシュポスの気持ちが、ジュヌヴィエーヴには痛いほどに実感できる。

二階の踊り場に、縫いぐるみの人形を膝にのせて、黒髪の小さな少女がすわっていた。萎えた片腕の下に革状の膜が襞をつくっている。くすんだ茶色の服はその動きをさまたげないよう切り裂かれている。リリーがにっこりと、とがった不揃いの歯をのぞかせて微笑した。

「ジュネ、見てちょうだい――」

少女が細い腕をのばした。以前より長く筋ばってきた腕の下に、灰茶色の毛皮の薄膜がひろがる。

「ずっと翼の練習をしてたのよ。もうすぐ月まで行って帰ってこられるわ」

視線をそらすと、レストレイドも同様に天井をにらんでいた。ジュヌヴィエーヴはリリーに向きなおり、膝をついてその腕をなでた。分厚い皮膚の下で筋肉が互いにひっぱりあっているかのようだ。肘と手首の関節もつながり具合がおかしい。ヴラド・ツェペシュはやすやすと変身するが、彼の血統の新生者《ニューボーン》たちはその技をおこなうことができない。なのに彼らはなおも変身を試みつづけるのだ。

「チーズをもって帰ってきたげる。ジュネにあげるわ」

ジュヌヴィエーヴはリリーの髪をなで、立ちあがった。戸があいたままだったのでノックをしながら所長室にはいった。所長は机に向かって、秘書のモリスンと講義の時間割りを検討しているところだった。所長は温血者《ウォーム》で、まだ若いのに、その顔にはしわが寄り、髪には灰色のものがまじっている。変革を生き延びてきた者の多くが、同じように年齢よりも老けて見える。あとからはいってきたレストレイドに、所長が挨拶をした。文学と浮世絵を趣味としている物静かな若者モリスンは、背後の物陰にさがった。

「ジャック、レストレイド警部がわたしに、明日の検死審問に立ちあってほしいと言っているのだけれど」

「また殺人があったのだね」

質問ではなく事実を述べる口調だ。

「新生者《ニューボーン》です、チックサンド・ストリートで」とレストレイド。

「ルル・シェーンですって」ジュヌヴィエーヴはつけ加えた。

「わたしたちの知っている女かな」

「たぶん。でも別の名前を使っていたかもしれないわ」

「アーサーにファイルを調べてもらえば、くわしいことがわかるだろう」

視線はレストレイドを見ながら、言葉はモリスンに向けられている。

「街娼ですか」モリスンがたずねた。

「もちろんよ」

若者は視線を落とした。

「たぶん受け入れたことがあります。ブースに追いだされた者たちの中にいたと思います」

将軍の名をあげながら、モリスンの顔がゆがんだ。救世軍は不死者《アン=デッド》を、大酒飲みよりも邪悪な、贖罪に値しないものと見なしているのだ。モリスンは温血者《ウォーム》だが、この偏見に加担してはいなかった。

所長の指がこつこつと机を鳴らした。いつものことだが、世界じゅうの重荷が思いがけず肩にのしかかってきたような顔をしている。

「出かけてもいいかしら」ジュヌヴィエーヴはたずねた。

「ドルーイットがクリケットの試合からもどったら、きみの代わりを頼もう。それに、講義予定が決まってしまえばアーサーも使える。いずれにしても、今日明日きみは眠っているものと思っていたからね」

「ありがとう」

「かまわんよ。連絡は絶やさないように。それにしてもおぞましい事件だ」

ジュヌヴィエーヴはうなずいた。

「できるだけみんなをなだめてみるわ。レストレイドは暴動が起こりそうだと言うのよ」

警官がもじもじと落ち着かなげなそぶりを見せた。ジュヌヴィエーヴは一瞬、新生者《ニューボーン》をからかったことを後悔した。これは公平ではない。

「わたしにも何かできることがあると思うの。新生者《ニューボーン》の女の子たちに、気をつけるよう話してみるわ。誰かが何か知っているかもしれないし」

「わかった。気をつけてな、ジュヌヴィエーヴ。ではレストレイド、ごきげんよう」

「ごきげんよう、ドクター・セワード」

捜査官は言って、帽子をかぶった。

# 3　夜会

フローレンス・ストーカーが優雅な仕種で小さな鐘を鳴らした。女中を呼ぶためではなく、客間の人々の注意を集めるためだ。アルミニウム製の鐘で、銀ではない。茶器の触れあう音と話し声がやむ。客たちはふり返って女主人の言葉に耳を傾けた。

「みなさまにお知らせがございますのよ」

興奮のあまり、いつもは注意深く抑えているクロンターフ訛(クロンターフはアイルランド、ダブリンに近い町)がこぼれる。

ボウルガードはふいに四面楚歌の気分に襲われた。ペネロピと腕を組んだままでは柵を跳び越えることもできないが、問題はそんなことではない。この数ヶ月というもの、彼は深淵のふちでためらってきた。そしていま、心の中で悲鳴をあげながら、見るからに険しい岩場に向かって突進しはじめたのだ。

「ペネロピが――ミス・チャーチウォードが光栄にも承諾してくれましたので――」ボウルガードは口をひらき、それから言葉を切って咳払いをした。

客間にいる全員がすぐさま察してくれたが、そこで話を終わらせるわけにもいかない。フローレンスが華奢なカップについでくれた中国風の薄い茶が、もうひと口ほしい。

じれたペネロピが、代わりに締めくくってくれた。

「あたくしたち、結婚いたしますの。来年の春に」

ほっそりした手が彼の手の中にすべりこみ、しっかりと握りしめる。「でも、あたしはいまそれがほしいのよ」

というのが、子供のころの彼女の口癖だった。自分はいま真っ赤になっているにちがいない。馬鹿げたことだ。浮ついた若者という歳でもないのに。しかも、はじめての結婚でもないのに――。ボウルガードはペネロピの前に、パメラと――年長の、もうひとりのミス・チャーチウォードと結婚していたのだ。きっと非難されるだろう。

「チャールズ、おめでとう」

ゴダルミング卿アーサー・ホルムウッドだ。ヴァンパイアは鋭い微笑を浮かべてボウルガードのあいたほうの手を握り、ふりまわした。ゴダルミングは自分が骨をも砕く不死者《アン＝デッド》の握力を備えていることを、自覚しているだろうか。

ご婦人方が少し離れた場所で婚約者嬢を取り囲んだ。眼鏡と始末の悪い髪のおかげで、完璧なペネロピの第一の親友の座を許されているケイト・リードが、彼女をすわらせ、称賛の言葉を浴びせている。わたしにも秘密にしていたなんて、という非難の言葉に、蜂蜜にくるんだ塩を隠しもつペネロピが、そんな意地悪を言わないで、としなだれかかる。ケイトはいわゆる新しい女だ。近頃は〝空気タイヤ〟と呼ばれるものに熱をあげ、〈ティトビッツ〉に自転車に関する記事を書いたりもしている（九〇年代に空気入り自転車タイヤの発明によってサイクリングが一大ブームをまきおこし、上層労働者のあいだにまでひろがった）。

ペネロピはまるで病人か妊婦のようにちやほやされている。パメラは――ペネロピを見ているといやでも彼女のことが思いだされる――産褥で、大きな目を苦痛にゆがめて死んでいった。インドの奥地ジャガドリで、七年前のことだ。子供も、男の子だったが、一週間後に母親のあとを追った。つらい記憶だ。ボウルガードはそのとき、無能な軍医を撃ち殺そうとして押しとどめられた。

フローレンスはただひとり残った小間使いのベシーと話している。何かを命じられ、黒い目の少女が姿を消した。

アメリカ人の画家ホイスラーが、にやにや笑いながらゴダルミングを押しのけ、陽気にボウルガードの腕をたたいた。

「きみはもう絶望だぞ、チャーリー。善良なる男がまたひとり、敵の手に落ちたな」言いながら、太い葉巻をボウルガードの顔に突きつける。

ボウルガードはかろうじて微笑を保った。そもそもミセス・ストーカーの夜会で婚約発表をするつもりなどなかったのだ。ロンドンにもどってからも、この集まりにはあまり顔を出していない。フローレンスは相変わらず紳士淑女や著名人をもてなす女主人としての地位を維持しているが、人々のあいだには常に、姿を消した彼女の夫に関する疑問がわだかまっていた。ブラムはどうしているのかとたずねる勇気や酷薄さをもちあわせた者はひとりもいなかったが、噂では、検閲の問題で宮内長官と激論を戦わせた結果、デヴィルズ・ダイクに送られたのだと言われている。雇い主である高名なヘンリー・アーヴィングが仲裁してくれなかったら、友人ヴァン・ヘルシングと並んで王宮の外で首をさらされていただろう。ペネロピに誘われてひどく小規模になったこの集まりに出てみると、さらにいくつかの顔が欠けているのがわかった。しかもヴァンパイアはゴダルミングひとりだ。フローレンスの以前の客たちの多くは、著名なるアーヴィングとその主演女優である比類なきエレン・テリーも含め、転化した。おそらくほかの者たちは、共和主義的と噂される人々との関わりを避けているのだろう。女主人自身は、夜会での討論を奨励しながらも、政治に関心はないとしじゅう口にしているが。フローレンスは――ボウルガードはわずかないらだちをおぼえずにはいられないのであるが――自分より才気において優れた紳士と美貌においてわずかに劣った淑女たちを集めることに熱心ではあっても、太陽のまわりを公転する地球の権利を疑わないのと同様、女王の統治権にも疑問を抱いたことなどないのである。

ベシーがくすんだ色のシャンパン・ボトルをもってもどり、客たちはそっとカップとソーサーをおろした。フローレンスにわたされた小さな鍵で小間使いがキャビネットをひらく。ずらりと並んだグラスがあらわれた。

フローレンスが声をあげた。

「乾杯いたしましょう。チャールズとペネロピのために」

ペネロピがまたそばにきて、注意をひこうと彼の手を握りしめた。

ボトルがフローレンスにわたされた。彼女はどうやってあければいいかとまどうように、それを見つめている。以前ならば、栓をあける仕事は執事がやってくれたのだ。一瞬、彼女が取り乱した。そのときゴダルミングが水銀のようにすばやく、優雅にかつ倦怠をこめて進みでてきたと思うと、ボトルをとりあげた。ヴァンパイアは何人も見てきたが、転化後にこれほど著しい変容を示した者ははじめてだ。新生者《ニューボーン》の大半がまだ自身の能力と限界を手探りしているというのに、この青年貴族は数世代前からの血統であるかのように落ち着きはらい、完璧に適応している。

「失礼」

ゴダルミングは給仕のように腕にナプキンをかけた。

「ありがとう、アート。わたくし、力がはいらなくて――」フローレンスがつぶやく。

ゴダルミングは片頬だけに微笑をひらめかせて長い犬歯をのぞかせると、爪をコルクに突き刺し、まるでコインでも投げるように楽々と引き抜いた。噴きだしたシャンパンを、フローレンスが支えているグラスにつぎつぎとそそぎ、それから端整な笑みで穏やかな喝采に応える。ゴダルミングは死者でありながら、まさしく生命力にあふれている。室内のご婦人方は全員、うっとりとヴァンパイアに見惚れている。ふと気づくと、ペネロピですら完全な例外ではないようだ。

婚約者嬢は従姉とはあまり似ていない。ほんのときおり、パメラの言いまわしを使ったり、亡妻そっくりのちょっとした身ぶりを見せたりして、はっとさせられることはあるが。もちろん、チャーチウォード家特有の口と目は別だ。十一年前、彼が最初の妻と結婚したとき、ペネロピは九歳だった。エプロンドレスに水兵帽をかぶり、家じゅうの者を巧みに操って自分中心に動かしていた癇癪もちの子供が思いだされる。パメラとバルコニーにすわって、小さなペニーが庭師の息子をいじめて泣かせるのを見たこともある。彼の未来の花嫁は、いまもまだヴェルヴェットの鞘にくるんだ鋭い舌をもっている。

グラスが配られた。ペネロピは自分のグラスを受けとりながら、一瞬たりとも彼の腕を離そうとしない。やっと手に入れた賞品だ、逃してなるものかというのだろう。

乾杯の音頭はもちろんゴダルミングがとった。もちあげたグラスの中で、泡がきらきらと光を放つ。

「ぼくにとって、今日はじつに悲しむべき日となりました。良き友人チャールズ・ボウルガードをふたたび失うことになったからです。この痛手が癒されることは二度とないでしょうが、チャールズは最高の男です。彼は間違いなく、親愛なるペニーの良き夫となるでしょう」

全員の視線にさらされて、ボウルガードは居心地の悪さを味わっていた。見られるのは好きではない。彼のような仕事をしていると、いかなる種類のものであれ注目など浴びてはならないのだ。

「美しきペネロピに。そして敬愛するチャールズに——」

ゴダルミングの言葉に人々が唱和した。

「ペネロピとチャールズに」

泡に鼻をくすぐられたペネロピが猫のようにくすくす笑う。ボウルガードは自分でも思いがけない勢いで、ぐいとグラスを傾けた。全員が咽喉を潤している中で、ゴダルミングだけが口をつけないままグラスをトレイにもどした。

「あら、ごめんなさい、忘れていましたわ」

フローレンスがベシーを呼びもどした。

「ゴダルミング卿はシャンパンをお召しあがりになりません」

女主人の説明に、ベシーがうなずいて手首のボタンをはずした。

「ありがとう、ベシー」

ゴダルミングは口づけするように彼女の手をとり、それから手相を見るかのように手のひらを返した。

ボウルガードはかすかな吐き気をおぼえたが、それについて口にする者は誰もいなかった。いったい何人が無関心を装っているだけなのだろう。そしていったい何人が、アーサー・ホルムウッドがなったものの習性にほんとうに慣れてしまったのだろう。

「ペネロピ、チャールズ。きみたちのために、ぼくも乾杯しよう――」

ゴダルミングはコブラのように大きくあごの関節をひらいてベシーの手首にとりつくと、とがった門歯で軽く皮膚をつつき、にじみ出た血のしずくをなめとった。人々は魅了されている。ペネロピが身をすり寄せてきた。彼の肩に頬を押しつけているが、ゴダルミングと小間使いから視線をはずそうとはしない。冷静を装っているのか、それともヴァンパイアの食餌風景にも嫌悪をおぼえないのだろうか。ゴダルミングが舌を鳴らしているうちに、ベシーの足元が不安定に揺らぎはじめた。両眼に苦痛とも快感ともつかないものがひらめく。ついに小間使いは声もなく失神し、ゴダルミングは手首を離すと、愛情深いドン・ファンのようにすばやく彼女をかかえ、まっすぐその身体を支えた。

「ご婦人方にはこのような効果があるようで」と、歯を血で染めたまま、「いささか不便なものです」

ゴダルミングは長椅子を見つけ、失神したベシーを横たえた。傷口からの出血はない。それほど多くの血をとられたわけではないのだろう。微塵のうろたえも示さなかったところを見ると、彼女は以前にもこうして血を与えたことがあるにちがいない。なんの躊躇《ちゅうちょ》もなく小間使いをゴダルミングに提供したフローレンスが、そのかたわらに腰をおろし、手首にハンカチを巻いてやる。馬にリボンを結ぶように、丁寧ではあるがなんの感情もまじえていない行為だ。

一瞬、ボウルガードは目眩をおぼえた。

「どうかなさったの、チャールズ？」

ペネロピが腕をからませながらたずねる。

「シャンパンのせいだろう」とごまかした。

「あたくしたち、これからもシャンパンを飲めるかしら」

「きみが飲みたいと思うならいつまでも」

「いい人ね、チャールズ」

「そうかな」

手当てを終えたフローレンスがまたふたりのそばに漂ってきた。

「さあさあ、結婚なさってからでも時間はたっぷりございますでしょ。いまは犠牲的精神をふるって、わたくしどもとおつきあいくださらなくてはいけませんわよ」

ゴダルミングも割りこんできた。

「まったくだ。まず手はじめに、ぼくは敗れた騎士の権利を主張したいな」

ボウルガードは当惑した。ゴダルミングはくちびるの血こそハンカチでぬぐったものの、口はまだ光っているし、上歯はピンク色を帯びているのだ。

「接吻を！」

ゴダルミングがさけんで、ペネロピの両手を捕らえた。

「ぼくは花嫁に接吻を要求するぞ」

幸運にもゴダルミングの視野からは隠れていた片手が、仕込み杖の柄を求めるかのように握りしめられた。危険が感知される。ナタル（南アフリカ東部の地方）で、地上最強の猛毒蛇ブラックマンバがむきだしの脚に近づいてきたときほどにも鮮明な危機感。あのときは噛まれる寸前に慎重な一撃でもってその首を胴体から切り離し、自分の反射神経に感謝したものだ。だが、いまのこれは過剰反応だ。

ゴダルミングに引き寄せられて、ペネロピが彼の口元に頬を向ける。ゴダルミングは長いあいだその顔にくちびるを押しあててから、ようやく彼女を解放した。

ほかの者たちが男女を問わず集まってきて、さらに接吻を捧げた。ペネロピは愛情と崇拝で溺れそうになっている。だが彼女にはそれがよく似合う。これほど美しく、これほどパメラに似た彼女は、見たことがない。

「チャールズ」ケイト・リードが近づいてきて声をかけた。「あの――ええと、おめでとう――なんて言ったらいいのかしら。すばらしいニュースだわ」

かわいそうな娘は真っ赤になって、ひたいにびっしょり汗を浮かべている。

「ありがとう、ケティ」

頬に口づけると、ケイトは驚きの声をあげた。

「まあ」

そして困ったような笑いを浮かべ、ペネロピを指さした。

「行かなきゃ。ペニーが呼んでるわ――」

ペネロピが彼女を呼びつけたのは、華奢な指にはめたすばらしい指輪を見せびらかすためだった。

ボウルガードとゴダルミングは、女たちの一団から離れて窓のそばに陣どった。戸外では月がのぼり、霧の向こうでかすかな光を放っている。ストーカー邸の垣根はかろうじてわかるが、あとはほとんど何も見わけることができない。ボウルガードの家はチェイニ・ウォークをさらにくだったところにあるが、渦巻く黄色い壁は、もはやそんなものが存在しないかのようにすべてをおおい隠してしまっている。

「チャールズ、心からおめでとうを言わせてもらうよ」ゴダルミングが言った。「きみとペニーは幸せにならなくてはならない。ぼくがそう命じる」

「ありがとう、アート」

ヴァンパイアは言葉をつづけた。

「ぼくたちにはきみのような男が必要なんだ。きみもはやく転化したまえ。何もかも面白くなってきたところじゃないか」

以前にももちだされた話題だ。言葉を控えると、ゴダルミングはさらに言いつのった。

「それにペニーもだ。彼女は美しい。美しいものをしぼませてはならない。それはまさしく犯罪だよ」

「考えておこう」

「急ぎたまえ。光陰矢のごとし、さ」

シャンパンより強い酒があればいいのに。ゴダルミングのそばにいると、新生者《ニューボーン》の息がにおってきそうな気がする。ヴァンパイアの息はくさいというのは事実ではない。しかし空気中にはたしかに甘くかつ鋭い何かが漂っている。そしてゴダルミングの目の中心には、しばしば血のしずくのような小さな赤い点がちらつくのだ。

「ペネロピは家族をほしがると思うんだ」

ヴァンパイアが通常の方法で子供を生めないことはボウルガードも知っている。

「子供を？」

ゴダルミングがじっとボウルガードを見すえる。

「永遠に生きられるのに、どうして子供なんかほしがるんだ」

ボウルガードは困惑した。じつを言うと、彼も家族をもつことに関しては自信がもてずにいる。彼の仕事は不安定なものだし、パメラのことがあったあとでは――

頭がくらくらする。ゴダルミングに精気を吸いとられたかのようだ。ヴァンパイアの中には、血を飲むのではなく、他人の精神にはいりこんでエネルギーを吸収し、糧にする者もいるという。

「われわれにはきみのような男が必要なんだよ、チャールズ。いまこそわが国を強化すべきときだ。それにはきみの能力が必要なんだ」

彼が女王のためにふるってきた能力がどんなものであるかを知れば、ゴダルミングは驚くにちがいない。インド以後も上海の租界に滞在したし、エジプトではクローマー卿のもとで働いた。新生者《ニューボーン》の手が腕をつかみ、すさまじい力で握りしめてくる。指の感覚がなくなりそうだ。

「英国は決して奴隷をもつことはない」ゴダルミングがつづける。「しかし温血者《ウォーム》でいつづける者は、自然われわれに奉仕することになる。可愛いベシーがさっきぼくに奉仕してくれたようにね。きみも、結局連隊づきの水汲みで終わったなんてことにならないよう、気をつけたまえよ」

「インドでわたしが知っていた水汲みは、たいがいの人間より立派な男だったね」

フローレンスが救いの手をさしのべて、ふたりを一座の中心にひきもどしてくれた。ホイスラーが昔からの仇敵ジョン・ラスキンとの最新のひと騒動について物語り、猛烈な勢いで批評家をこきおろしている。ボウルガードは人々の関心がよそに移ったことに感謝しつつ、壁のそばに立って画家の独演会をながめた。フローレンスの夜会で〝花形〟の地位を独占してきたホイスラーは、ボウルガードの結婚宣言によって引き起こされた騒ぎが静まったので嬉々としている。ペネロピは人波のどこかに姿を消してしまったようだ。

自分は正しい選択をしたのだろうかと、ふたたび不安がこみあげてきた。そもそもこれは、ほんとうに自分でくだした決断だったろうか。彼は女たちの狙いどおり、中国茶とレースのドリーで編みあげた罠にまんまとかかってしまったのだ。この五月、三年ぶりに帰国したロンドンは、すっかり様変わりしていた。炉棚の上に愛国心あふれる絵が飾られている。ふっくらと若返ったヴィクトリア女王と、巨大な口髭と赤い目をもつその配偶者だ。無名の画家は才能あふれるホイスラーの敵ではなかったが。チャールズ・ボウルガードは女王に仕えている。ならばその夫にも仕えなくてはならない。

玄関の呼鈴が鳴ったとき、ホイスラーはご婦人が多数を占める聴衆を相手に、恥ずかしげもなく憎むべき敵のずっと昔の婚姻無効宣言について一席ぶちあげているところだった。画家は中断にいらだちながら改めて弁舌をふるいはじめ、フローレンスもまたベシーが用を足せないことに立腹しつつ、みずから玄関に急いだ。

ペネロピはいつのまにか最前列近くに席を占め、ホイスラーのほのめかしを理解したようなふりで可愛らしい笑い声をあげている。その椅子の背後にはゴダルミングが立ち、腰のうしろで手を組んで、夜会服の布地から鋭い爪の先端をのぞかせている。アーサー・ホルムウッドはもはや、ボウルガードが英国を離れたときに知っていた男ではない。彼が転化する直前、スキャンダルがあったと聞いている。プリンス・コンソートがはじめてロンドンにやってきたとき、ゴダルミングはブラム・ストーカーと同じく、誤った側に与してしまった。だからいま彼は、新政府に対してみずからの忠誠を証明しなくてはならないのだ。

「チャールズ」

ふたたびホイスラーの邪魔をしないよう、フローレンスがそっと声をかけた。

「あなたにお客さまですわ。クラブからですって」

わたされた名刺に個人名はなく、**ディオゲネス・クラブ**とだけ書いてあった。

「呼び出しです。ペネロピに謝っておいていただけますか」

「チャールズったら――?」

玄関に出ると、フローレンスがすぐあとから追ってきた。自分でマントと帽子とステッキをとりあげた。ベシーはまだしばらく起きあがって用を足すことはできないだろう。ボウルガードはフローレンスのために、客たちが帰り支度をするときまでに小間使いが回復することを願った。

「ペネロピはきっとアートが送ってくれるでしょう」

即座に自分の言葉を後悔する。

「それともミス・リードが」

「大事なご用ですの？　こんなにはやくお帰りになるなんて――」

通りでは無口な使者が、そのわきの縁石では四輪馬車が待っていた。

「わたしには自分の望むように時間を使うことが許されていないのですよ、フローレンス」と彼女の手にくちびるをあてて、「ご親切なおもてなし、ありがとうございました」

そして玄関を出、舗道を横切って馬車に乗りこんだ。扉をあけてくれた使者がそれにつづく。目的地を心得た御者はすぐさま出発した。フローレンスが寒気をいれまいと扉を閉めている。霧が深まる。ボウルガードは前を向き、馬車の規則正しい揺れに身をまかせた。使者は何も言わない。ディオゲネス・クラブの呼び出しは必ずしもよいものとはかぎらないが、いまはフローレンスの客間とあの一行から逃れられたことがありがたかった。

# 4　コマーシャル・ストリート・ブルース

コマーシャル・ストリート警察署で、ジュヌヴィエーヴはフレデリック・アバラインに紹介された。副総監ロバート・アンダスン博士と主任警部ドナルド・スワンスンのお情けで、この連続事件の調査にあたっている警部である。温血者《ウォーム》の捜査官は持ち前の粘り強さでポリー・ニコルズとアニー・チャプマンの件を追っていたが、はかばかしい成果が得られないうちにまたもやルル・シェーン事件が発生し、しかもこれで終わりというわけでもなさそうだ。

「何かお手伝いできることがありましたら――」ジュヌヴィエーヴは申しでた。

「耳を貸したまえよ、フレッド。彼女の知恵を借りたまえ」

レストレイドの助言に感銘を受けた様子もなく、アバラインは適当にあたりさわりのない言葉を返した。彼もまたジュヌヴィエーヴ自身と同じく、レストレイドがなぜ彼女をこの件に関わらせたがっているのか、理解できないのだ。

「彼女は専門家だよ」レストレイドはつづけた。「ヴァンパイアのことにくわしい。そしてこの事件はつまるところ、ヴァンパイアの事件なんだ」

警部は手をふってその申し出をしりぞけたが、室内にいた巡査部長のひとり、〝実直ジョニー〟と渾名されるウィリアム・シックが同意するようにうなずいた。シックは最初の事件のあとでジュヌヴィエーヴに相談をもちかけたことがあり、そのとき評判にたがわぬ公正さと頭脳の冴えを示している。もっとも、チェックのスーツの趣味だけはいただけない。

「〈銀ナイフ〉は明らかにヴァンパイアを狙っています」シックが口をはさんだ。「盗みをごまかすために殺人を犯すやくざな商人とはちがいます」

アバラインが厳しい声で応じた。

「それはまだわからん。そんな考えを〈警察官報《ポリス・ガゼット》〉で読むのはごめんだぞ」

シックは口をつぐんだが、自分の考えが正しいという確信は揺らいでいないようだ。巡査部長はジュヌヴィエーヴと会ったとき、〈銀ナイフ〉はヴラド・ツェペシュの子《ゲット》に恨みがある——というか、実際になんらかの被害をこうむった者だろうと意見を述べた。ヴァンパイアの行動様式を知り抜いているジュヌヴィエーヴは同意したが、該当者がロンドンじゅうにあふれているため、その仮説にもとづいて容疑者リストをつくることは不可能だった。

「わたしはシック巡査部長のご意見に賛成です」ジュヌヴィエーヴは言葉をそえた。

レストレイドはうなずいたが、アバラインはそっぽを向いて気に入りの巡査部長ジョージ・ゴドリーに命令を与えている。ジュヌヴィエーヴが微笑を向けると、シックはぶるっと身ぶるいをした。温血者《ウォーム》の大半と同じように、彼は血統についても、無数とも言えるヴァンパイアの種類や移行レヴェルについても、巷《ちまた》にあふれるプリンス・コンソートの新生者《ニューボーン》以上に無知なのだ。シックは彼女に目を向け、ヴァンパイアを見た——娘を転化させ、妻を凌辱し、昇進の機会を奪い、友人を殺した吸血鬼を。ジュヌヴィエーヴはシックの過去を知らないが、彼が自分の体験から例の仮説を組み立て、自分が理解できるがゆえに殺人者の動機を推察したのだろうことは想像できた。

アバラインはその日、犯行の第一発見者である警官を訊問し、つづいてみずから現場におもむいたが、関連のありそうなものが何も見つからなかったので、シェーンがいわゆるホワイトチャペル殺人鬼のつぎの犠牲者であると認める発表はさし控えた。だがジュヌヴィエーヴたちがトインビー・ホールからここにくるまでのあいだにも、新聞売りは大声で〈銀ナイフ〉事件をふれまわっていた。公式発表は、チャプマンとニコルズは明らかに同一犯人の手によって死亡したものである、と告げているだけだ。新聞社が勝手に関連づけているさまざまな未解決事件は――タブラムやスミスその他にいまやシェーンまでも加えて、まったく別の犯罪である可能性もある。この限られた地域内だけでも、殺人は〈銀ナイフ〉の専売特許ではないのだ。

　レストレイドとアバラインは何やら話し合いをはじめた。アバラインはおそらく無意識のうちにだろうが、ヴァンパイアと身体が触れそうになるたび、何か手を使う仕事を見つけだしている。いまはパイプに火をつけ、レストレイドが指を折りながら要点をかぞえあげるのに耳を傾けている。近いうちに、犯罪捜査部H管区主任であるアバラインとレストレイドのあいだで管轄争いが起きるだろう。スコットランド・ヤードからの出張者は、現場捜査官の監視のためにスワンスンが派遣したアンダスン博士のスパイで、事件が無事解決したときは手柄をひっさらうくせに、成果があげられなかったときは知らん顔を決めこむという評判だ。アンダスンとスワンスンとレストレイドは、ミュージック・ホールのショーに出てくるアイルランド人とスコットランド人とイングランド人のようで（一種の漫才のようなコントで、互いにののしりあったり喧嘩をしたりする）、以前も、彼らが殺人現場をうろついて証拠を隠匿してはフレッド・アバラインに似た現場捜査官を困らせるさまが、ウィードン・グロースミスによって〈パンチ〉に描かれたことがあった。ジュヌヴィエーヴは考える。自分はショーに登場するフランス人少女（ショーの中でセックス・シンボルとして登場する）とは似ても似つかないが、この図式にうまくあてはまるだろうか。レストレイドはわたしを味方にひきこもうとしているのだろうか。

　せわしない室内を見まわした。絶えず戸があいては霧に巻かれた一隊を迎え入れ、また音をたてて閉ざされる。外には好奇心満々の団体がいくつもたむろしている。救世軍の楽隊が聖ジョージの十字旗（白地に赤の十字。イングランドの国章とされる）をふりながら、「ヴァンパイアどもに神の裁きを」、「〈銀ナイフ〉はまさしくキリストの意の体現者である」

などと説く十字軍説教師の伴奏をしている。弁士広場《スピーカーズ・コーナー》の弾劾者《トルケマダ》は、さまざまなグループに属するぼろズボンに長髪姿の社会主義者や共和主義者ら、プロの反政府主義者たちに野次られ、高価な接吻ですみやかな転化を提供する厚化粧のヴァンパイア女たちからは嘲笑を浴びている。新生者《ニューボーン》の中には、わずか一シリングで不死を得ようと、金を払って街娼《ゲット》の子となった者たちも多いのだ。

「あの牧師はどなた？」ジュヌヴィエーヴはシックにたずねた。

巡査部長は群衆に目をやって、うなり声をあげた。

「厄介なやつですよ、お嬢さん。ジョン・ジェイゴ、と名乗っていますがね」

ジェイゴというのはブリック・レーンの北のはずれにある有名な貧民窟で、狭苦しい路地と住人をつめこみすぎた部屋のあふれる犯罪の巣窟だ。間違いなく、イースト・エンドでも最悪のスラムだろう。

「いずれにせよ、やつはあそこからきました。地獄について熱弁をふるいます。その説教を聞いていると、娼婦どもに杭を打ちこんでやるのが義にかなった正しいおこないのように思えてくるんです。騒ぎを起こしては、年がら年中ここにくらいこんでいますよ。煽動と酒乱と、それとときにはあたりまえの暴行罪でね」

ジェイゴは狂信的な目をした男だが、群衆の中にはその話に耳を傾ける者もあった。数年前なら、ユダヤ人やフェニアン党員（一八五八年アイルランド共和国の建設を目指して結成された秘密結社）や中国人異教徒が排撃されたのだろうが、いまの彼の標的はヴァンパイアだ。

「火と杭だ」ジェイゴがさけんだ。「汚らわしき吸血鬼。地獄からの追放者。血にふくれた不浄の輩《やから》。すべて火と杭によって滅びよ。すべてが浄化されねばならぬ」

二、三人の男が募金を求め、帽子をもってまわっている。いかにも荒っぽい連中で、寄付を集めているのだか強奪しているのだかわからない。

「やつにも二、三ペンスくらいの余裕はあるようですよ」シックが評した。

「パン切りナイフに銀メッキくらいはできるわね」

シックもそのことはすでに考えおよんでいたようだ。

「ポリー・ニコルズが腹を裂かれた時間、やつは心魂を傾けて説教していたと、五人の十字軍戦士が証言しています。アニー・チャプマンのときもです。どうせ昨夜も同じに決まっています」

「お説教には妙な時間ね」

「午前二時から三時。二件めは五時から六時でした」シックが同意する。「熨斗をつけて進呈しようってくらい完璧すぎるアリバイじゃありませんか。いずれにせよ、誰もかもが夜行生物になりつつありますがね」

「あなたもきっと、いつもひと晩じゅう起きていらっしゃるのでしょう？　朝の五時に神と栄光の話を聞きたいとお思い？」

「夜明け前のいちばん暗い時間だそうですよ」

シックは鼻を鳴らし、それからつけ加えた。

「わたしは昼だろうと夜だろうと、ジョン・ジェイゴの説教なんか聞きたくはないですね。とりわけ日曜日にはね」

状況を把握しようというのだろう、シックは外に出て群衆にまぎれこんだ。ジュヌヴィエーヴは所在なげに、ホールにもどろうかと思案した。内勤の巡査部長が時計に目をやり、署の常連を集めるよう命じた。勾留されているあいだに酔いを醒ましたむさくるしい男女の一団が、独房から追いたてられてきた。整列して正式の釈放を待っている。ジュヌヴィエーヴはそのほとんど全員を知っていた。温血者《ウォーム》もヴァンパイアも含め、寝床と無料の食事を求めて留置所と救貧院の診療所とトインビー・ホールをまわりながら夜をすごす連中だ。

「ミス・ディー」ひとりの女が呼びかけた。「ミス・ディー——」

〝デュドネ〟という名は発音しづらいらしい。だからジュヌヴィエーヴはしばしばイニシャルを使っている。

ホワイトチャペルの住人にふさわしく、彼女にも通常以上に多くの名前があるのだ。

それは顔見知りの新生者《ニューボーン》だった。

「キャシーじゃないの。どう、ひどい目にあわされなかった？」

「とんでもない、すてきなもんだよ」巡査部長につくり笑いを投げ、「わが家にいるようなもんさね」

ヴァンパイアになってからも、キャシー・エドウズの生活は温血者《ウォーム》だったとき以上によくなったようには見えない。ジンと戸外ですごす夜がくっきりと爪跡を残し、分厚い白粉の下でまだらになった皮膚が、赤い髪と両眼の輝きを帳消しにしている。街頭に立つ多くの女と同じく、キャシーも身体を売って飲み代《しろ》を稼いでいるのだ。おそらく客たちの血は、温血者《ウォーム》であったときに彼女をむしばんでいたジンと同じくらい、たっぷりアルコールを含んでいるのだろう。新生者《ニューボーン》はひろいひたいから細かな巻毛を払いのけ、洒落たやり方で赤いリボンを結んだ。その手の甲に傷が走っている。

「見せてごらんなさい、キャシー」

以前にも見たことのある傷だ。新生者《ニューボーン》は注意深くあらねばならない。ヴァンパイアは温血者《ウォーム》より強靭だが、食餌のあまりにも多くが汚染されているし、病気の危険を免れたわけでもない。プリンス・コンソートの闇の口づけは、何世代あとであろうと、温血者《ウォーム》時代の病気を不死者《アン＝デッド》の状態にまでもちこさせるという、奇妙な特性を有しているのだ。

「こんな傷がたくさんあるの？」

キャシーは首をふったが、ジュヌヴィエーヴはそれを肯定と受けとめた。手の甲の赤い傷から透明な液体がにじみでている。ぴったりした胴着に濡れた染みがあるのは、傷がそれだけではない証拠だ。奇妙な結び方をしたスカーフが首と胸元を隠している。毛織物を剥ぎとると、いくつものぎらぎらした傷があらわれ、膿の腐臭が鼻を刺した。どこかに故障があるのだろうが、キャシー・エドウズは迷信的な恐怖にかられ、その正体を見きわめることを恐れている。

「今夜ホールにいらっしゃい。ドクター・セワードに診ていただきましょう。診療所よりもちゃんとしたお医者さまよ。きっとなんとかしてくださるわ。約束します」

「あたし、大丈夫だよ」

「治療を受けなくては大丈夫とは言えないわ、キャシー」

キャシーはこわばった笑い声をあげ、よろよろと戸外に出ていった。ブーツの踵が片方とれているため、奇妙に身体がはずんでいる。彼女は頭をぐいともたげ、毛皮のストールをまとう侯爵夫人のようにスカーフを巻きつけ、挑戦的な足どりでジェイゴの十字軍のわきを抜けて霧の中に姿を消した。

「一年で死ぬな」

顔の真ん中が獣のように大きく突きでた新生者《ニューボーン》の巡査部長が言った。

「助けられるかもしれないわ」

ジュヌヴィエーヴは答えた。

# 5 ディオゲネス・クラブ

ボウルガードはペルメルのはずれにあるごくごく平凡なホワイエに招じ入れられた。この町でもっとも非社交的な人間嫌いたちがくぐる扉。ここの会員名簿には、貴族院を別にすると、変人奇人厭世家、つながれていない狂人の名がもっとも多く連ねられている。ボウルガードは手袋と帽子とマントとステッキを、無口なボーイにわたした。ボーイは恭しくマントを脱がしながら、彼が拳銃や短刀を隠しもっていないことをさりげなく確認し、預かった品をアルコーヴの棚に並べた。

金を払っても孤独を切望する人々のためにつくられたと言われる、ホワイトホール（トラファルガー広場から国会議事堂に至る大通り。中央官庁が並んでいる）はずれのこの目立たない建物は、実際にはそれ以上の機能を果たしている。規則は絶対的な沈黙。これを破った者は、クロスワード・パズルを解きながら小さなつぶやきをあげただけで、年会費の払い戻しもないまま無情にも除名処分に処せられる。革靴がかすかにキュッと鳴っても五年間の保護観察が課せられるし、六十年間顔を見慣れた会員同士ですらお互いの素性は何ひとつ知らない。これはもちろん、馬鹿げた非実用的なやり方だ。読書室で火事でも起こったらどうするのだろう。炎があがっても誰も頑として警告の声をあげず、煙に巻かれたまま椅子にすわっているのだろうか。

会話が許されているのは二個所だけで、ひとつはやむを得ない来客との面会時に使用する来賓室。もうひとつは、一般にはあまり知られていないものの、最上階にある防音された続き部屋である。ここはクラブの闇内閣——もっぱらささやかな公的地位にあって帝国政府と関わりをもつ一団の人々の、専用とされている。闇内閣は五人の名士からなり、交替で議長をつとめる。ディオゲネス・クラブの手足となって働いてきた十五年のあいだに、ボウルガードは九人の闇内閣メンバーと顔をあわせている。ひとりが死亡したときはすみやかに、必ずひと晩のうちに代わりの者が選出される。

待っているあいだも、ボウルガードはひそかな視線によって慎重に観察されている。フェニアン党爆弾テロ騒動のときには（一八八〇年代、アイルランド独立を目指すフェニアン党による爆破事件が多発し、ホワイトホールの自治省、チャリング・クロス駅、パディントン駅などが破壊された）、イワン・ドラゴミロフが侵入し、闇内閣の全員を抹殺しようと試みた。結局自称《ソワディザン》倫理的暗殺者は守衛によってホワイエに足止めされ、一般会員の感情を害したり関心を呼んだりしないよう、ひそかに絞首刑に処せられた。一、二分後——ここでは静寂を乱す時計の音さえないが——テレパシーの命令でも受けたかのように、ボーイが最上階に通じる目立たない階段の前に張られた紫のロープをはずし、ボウルガードに会釈を送った。

階段をのぼりながら、闇内閣の前に呼びだされたこれまでの記憶を反芻した。こうした呼び出しのあとには必ず、地球の果てへの航海と、大英帝国の利益のための極秘任務が待ち受けていた。彼は自分のことを外交官とスパイの中間のようなものだと考えているが、場合によっては、探検家や強盗や詐欺師、ときには事務官にだってならなくてはならない。ディオゲネス・クラブの仕事は、外の世界では〈諜報活動《グレート・ゲーム》〉と呼ばれている。議会や王宮ではなく、ボンベイの路地やリヴィエラの賭博場を舞台とする影の政府の任務は、なかなか波瀾に豊んだ興味深い人生をもたらしてくれる。だがそれは、引退後に回想録を書いてひと儲けをたくらむわけにはいかないたぐいのものだ。

ボウルガードがこの〈諜報活動《グレート・ゲーム》〉にたずさわって国を離れているあいだに、ヴラド・ドラキュラはロンドンを手中におさめた。ワラキア公なるヴァンパイアの王は、ヴィクトリアに言い寄り喪服を脱がせることに成功した（ヴィクトリア女王は一八六一年に夫アルバート公を失って以後、ずっと喪服を着ていた）。それから彼は、地上最大の帝国をおのが好みのままにつくりかえたのだ。ボウルガードは以前、死も女王への忠誠をさまたげることあらじと誓約したが、そのとき頭にあったのは自分自身の死だけだった。

絨毯を敷きつめた階段はみしりとも音をたてず、分厚い壁は騒がしい外界の音を完全に締めだしている。ディオゲネス・クラブにはいると、耳癈《みみしい》の体験ができる。

プリンス・コンソートは現在みずから護国卿（共和国時代のオリヴァー・クロムウェルとその子リチャードの称号）を名乗って大英帝国を支配下におさめ、彼の子《ゲット》らがその気紛れな欲求を実行している。カルパティア近衛隊の精鋭は、バッキンガム宮殿の敷地内だけではなく、ウェスト・エンドをのし歩いては不可侵の恐怖を撒き散らしているし、陸軍も海軍も、外交団も警察も教会も、すべてがドラキュラの脅威に屈し、いかなる場でも昇進の機会は温血者《ウォーム》をさしおいて新生者《ニューボーン》に与えられるようになった。変わらぬままつづいているものも多かったが、やはり変化はあった。公私ともに人々の姿が消え、人里離れたデヴィルズ・ダイクのような僻地に収容所が出現し、政府は秘密警察による緊急逮捕や即決死刑などをおこなうようになった。女王ではなく、ロシア皇帝《ツァー》やイラン国王《シャー》のやり口だ。そしてスコットランドやアイルランドの荒野では共和主義者の一団がロビン・フッドを気取り、牧師たちは十字架をふりかざして新生者《ニューボーン》の市長らにカインの刻印を押そうとしている。

踊り場のてっぺんにひとりの男が立っていた。頭部と同じくらい太い首をもち、軍隊風の口髭を生やして、私服姿であっても軍曹以外の何者にも見えない。ボウルガードをじろりと一瞥してから、守衛は見慣れた緑色の扉をひらき、わきによって彼を通した。〈星法院〉（十五世紀末から十七世紀まで存在した専断・厳罰で有名な英国の裁判所）と呼びならわされる部屋にはいってから、ボウルガードは気づいた。守衛に立っていたドレイヴォット軍曹は、ディオゲネス・クラブの壁の内側ではじめて見るヴァンパイアだった。一瞬、〈星法院〉の薄闇に目が慣れたら、盗んだ血で頬を染め鋭い歯を光らせた、五人のおぞましくふくれあがった吸血鬼を見ることになるのではないかと、恐怖がこみあげる。ディオゲネス・クラブの闇内閣が陥落したら、生者による長い統治は正真正銘終わりを告げることになるだろう。

「ボウルガードか」

さほど大きくもないその声が、クラブの静寂に慣れた耳には神の雷鳴のようにとどろく。恐怖の一瞬は過ぎ去り、穏やかな当惑にとってかわった。室内にヴァンパイアはいなかったが、それでもやはり変化はあった。

「議長殿」

闇内閣では名前や称号を呼ばない決まりだが、ボウルガードは目の前にいるのが、サー・マンドヴィル・メサヴィ――二十年前インド洋における奴隷貿易鎮圧で名をあげ、のちに退役した海軍提督であることを知っていた。もうひとりは、彼が前回ここを訪れたときに議長をつとめていた肥満体の紳士マイクロフトで、さらにひとりの慈愛にあふれた人物は、一八八二年アーマド・アラビ将軍を失脚させてカイロ占領のきっかけをつくったウェイヴァリだ。円卓にはふたつの空席があった。

「残念ながらわれらにも欠員ができた。きみも知っているように、すべては変わったのだ。ディオゲネス・クラブもかつてのままではない」

「煙草はどうかね」ウェイヴァリが銀細工のシガレット・ケースをさしだしてたずねた。

ボウルガードは辞退したが、ウェイヴァリはケースを投げてよこした。ボウルガードはすばやく受けとめ、そのまま返却した。ウェイヴァリは微笑を浮かべてケースを胸ポケットにすべりこませ、説明した。

「白銀《しろがね》だよ」

「すまなかった」メサヴィが謝罪する。「その必要はなかったのだが、検査としてはなかなか効果的なのでな」

「わたしはヴァンパイアではありません、そんなことはおわかりでしょうに」

ボウルガードは火傷の跡もない指を示した。

「やつらは狡猾なのだよ、ボウルガード」ウェイヴァリが答える。

「外にもひとりいるようですが」

「ドレイヴォットは特別だ」

ボウルガードはこれまで、ディオゲネス・クラブの闇内閣は難攻不落で、帝国の獅子のとまることのない心臓だと考えていた。だがいま、帰国以来はじめてというわけでもないが、この国がどれほど根本的な変化を迎えたかがひしひしと実感される。

「上海での仕事はみごとだった、ボウルガード」議長が評した。「じつにあざやかで、われわれが期待したとおりの成果だ」

「おそれいります」

「これで数年は、シ・ファンの黄色い悪魔どもの噂を聞かずにすむだろう」

「そう願いたいものです」

メサヴィが思慮深げにうなずく。犯罪の秘密結社《トング》は雑草と同じく、根こそぎにすることも壊滅させることも不可能なのだ。

ウェイヴァリの前で書類が小さな山をつくっている。

「きみは旅行経験が豊かだな。アフガニスタン、メキシコ、トランスヴァール」

ボウルガードは話の流れが読めず、困惑しながらうなずいた。

「きみはさまざまな土地で帝国のために大きな貢献をなしてきた。だがいま、われわれはきみを故国で必要としている。すぐ手元でだ」

最大級の関心を払っているときでも目をあけたまま眠っているようにしか見えないマイクロフトが、代わって身をのりだした。議長は椅子に背をもたせ、慣れた様子でその場の主導権を彼にゆずった。

「ボウルガード」マイクロフトが口を切った。「きみはホワイトチャペルにおける殺人事件について聞いたことがあるか。いわゆる〈銀ナイフ〉殺人と呼ばれている事件だ」

# 6　パンドラの箱

「どうすればいいってんだ」ひさしつきの帽子をかぶった新生者《ニューボーン》がさけんだ。「これ以上あの悪魔におれたちの女を殺させないためには、いったいどうすればいいんだ」

ウィン・バクスター検死官は腹を立てて、検死審問の主導権をとりもどそうとした。検死官はいかにも人望のなさそうな中年の尊大な政治屋だ。高等法院判事のような小槌がないため、彼はしかたなく平手で木製の机をばんとたたいた。

「このような妨害が繰り返されるならば、一般人は退室していただくことになる」バクスターは宣言して、ぎろりと目をむいた。

妨害者は温血者《ウォーム》であったときから変わらない飢えを顔に貼りつかせたまま、むっつりとベンチにすわりなおした。周囲には同じような連中が集まっている。ジュヌヴィエーヴはこうしたタイプをよく知っていた。長い襟巻、ぼろぼろの外套、本でふくれあがったポケット、重たげなブーツにまばらな顎髭。ホワイトチャペルはあらゆる種類の共和主義者、無政府主義者、社会主義者、反政府主義者の巣窟なのだ。

「感謝する」

検死官が皮肉っぽく口調を改めると、騒動の主犯は牙をむいて何事かつぶやいた。新生者《ニューボーン》は得てして温血者《ウォーム》に仕切られることを嫌う。しかし、これまで役人が渋面をつくるたびにへつらってきた習性は、一朝一夕に改まるものではない。

検死審問は二日めにはいっていた。昨日、ジュヌヴィエーヴはホールの後部にすわって、さまざまな証人がルル・シェーンの出自や行動について証言するのに耳を傾けた。ルルはイースト・エンドの街娼の中でも一風変わった存在だった。彼女とともにドイツからやってきたと称する男装のヴァンパイア、ゲシュヴィッツ伯爵令嬢が、彼女の過去について暴露した。いくつもの名。芳《かんば》しからぬ交際。幾人もの夫の死。生まれたときの名は誰も知らない。ベルリンからの電信によると、ドイツ警察はいまも、彼女のいちばん新しい夫が拳銃によって死亡した事件についての問い合わせを諦めてはいない。すべての証人は、ルルを転化させたゲシュヴィッツも含め、まぎれもなくルルに恋しており、分別や理性のおよばないところで彼女を求めていた。彼女は間違いなくヨーロッパ最高の高級娼婦《レ・グラン・オリゾンタル》のひとりにもなり得ただろうに、無知と不運により、ロンドンの汚い街頭で四ペンスでつかのまの快楽を提供する淫売になりさがり、ついには〈銀ナイフ〉の鋭い魔手に生命を落としたのである。

証言のあいだじゅうレストレイドは、〈パンドラの箱〉があいてしまったなどとつぶやいていた。ホワイトチャペル殺人鬼と犠牲者が単なるゆきずりの関係にすぎないことはほぼ確実だったが、捜査当局としては特定の女を狙った計画的犯行の可能性も無視するわけにはいかない。コマーシャル・ストリートではアバラインやシックらが、偉大な政治家の伝記よりもくわしいニコルズとチャプマンとシェーンの経歴を集め、徹底的につきあわせている。ヴァンパイアの娼婦であるという以外になんらかの共通点が発見されれば、それが犯人の手がかりにつながるかもしれない。

午後はやくにはじまった検死審問は、夕方近くになって、死亡当夜のシェーンの行動に焦点を移した。最近食餌をとったのだろう血色のよいゲシュヴィッツが、ルルは午前三時から四時のあいだに屋根裏部屋を出たと証言した。死体を発見したのは、六時すぎに受け持ち区域を巡回していたジョージ・ニーヴ巡査だ。殺人鬼は堂々とチックサンド・ストリートでルルを殺害してから、地階の戸口に死体を投げこんでいった。そこにはポーランド系ユダヤ人の一家が住んでいたが、かろうじて英語らしきものをしゃべれるのは末の娘ひとりだった。イディッシュ（ドイツ語・スラブ語・ヘブライ語が入り雑じった言葉。欧米のユダヤ人が用い、ロンドンのイースト・エンドでも使用される）のやりとりのあとで幼い少女が通訳したところによると、ニーヴ巡査が文字どおり戸をたたき壊して起こすまで、誰もなんの物音も聞かなかったという。一家の中では、代弁者をかってでたレベッカ・コズミンスキーだけがヴァンパイアだった。このタイプの娘なら見たことがある。シャンダニャックを転化させたメリッサ・ダクのように、レベッカは決して成長することのないまま、強力な女家長として一族を増やしていくのだ。

レストレイドはずっとそわそわしながら、こんなものは〝幕間狂言《まくあい》〟にすぎませんよと冷たく言い放った。彼としては、十二歳の子供の短い脚と丈夫な尻向きにつくられた硬い木製ベンチにじっとすわっているより、犯行現場をしらみつぶしに調べたいところだが、そうそうフレッド・アバラインの邪魔をするわけにもいかないのだろう。バクスターの検死審問は長いことで有名でね、と陰気な声がジュヌヴィエーヴに告げる。検死官はいつも、まずは執念深く無関係に思える細部にこだわってから、最後にあざやかな手並みで事件全体を要約してみせるのだ。アン・チャプマンの最終所見では、ミドルセックス病院で聞かれる噂をもとに、あるアメリカ人医師が犯人もしくは犯人の雇い主であるという仮説を打ち立てた。不死者《アン＝デッド》の観相学を研究しているその未知の医師は、新鮮なヴァンパイアの心臓に二十ギニーの支払いを約束したという。アバラインがそのアメリカ人をつきとめようとしてちょっとした騒動がもちあがったが、ヴァンパイアの心臓を無傷でとりだすことはできないし、結局は、死体置場から不法にもちだされた心臓もわずか六ペンスにしかならないことが判明した。

昨夜の検死審問は真夜中前に休止を告げられ、今朝、再開の知らせがあった。審問は今日の主眼ともいうべき検死解剖関係の証言に移り、ルル・シェーンのおぞましい遺体を調べようとホワイトチャペル救貧院診療所の死体仮置場に押しかけた医療関係者がつぎつぎに登場した。

最初にあらわれたのは、トインビー・ホールでもよく知られているH管区の警察医ジョージ・バグスター・

フィリップス博士だ。チックサンド・ストリートの現場で検死し、のちにさらにくわしい検死解剖をおこなった人物である。彼の証言は、ルル・シェーンは心臓を刺され、腹を裂かれ、首を切り落とされていたという簡潔なものだった。まったく意外性のない事実だけを述べた証言に怒りの声があがり、それを静めようとさらに何度か机がたたかれた。

検死審問は法律により、おおやけの場においておこなわれ、報道機関に公開されるべく定められている。トインビー・ホールの寝台で死亡した貧民に関する審問で、ジュヌヴィエーヴも何度か証言台に立ったことがある。ごくたまに死者の親類・友人が見られるくらいで、傍聴席にいるのはほとんどいつも退屈しきった〈セントラル・ニュース・エイジェンシー〉の特派員だけだった。しかし今日の講義室は昨日よりさらに混みあい、ベンチにも、コン・ドノヴァン対マンクのフェザー級タイトル・マッチ再試合でもあるのかと思われるほど、ぎっしりと見物人が並んでいる。最前列にのさばっている記者たち。色とりどりのドレスをまとった、もっぱら不死者《アン＝デッド》からなる凶暴な顔の女たちの一団。数人の身なりのいい男。制服を着たレストレイドの後輩たち。それらの中に、野次馬、牧師、社会改革者などがばらばらとまじっている。

周囲の混雑にもかかわらず、部屋の中央にぽっかりと空間があき、そこに髪の長いヴァンパイアの戦士がすわっていた。新生者《ニューボーン》ではない。鋼鉄の胸当てのついたプリンス・コンソート直属カルパティア近衛隊の軍服を身につけ、房飾りのついたトルコ帽をかぶっている。顔は生気のない白い羊皮紙のようだが、死人じみた皮膚にはめこまれた両眼は血の赤の大理石で、絶えず油断なく動いている。

「あれが誰か、ご存じですか」

レストレイドの問いに、ジュヌヴィエーヴはうなずいた。

「ヴラド・ツェペシュの取り巻きのひとり、コスタキだわ」

「あの連中を見るとぞっとしますね」新生者《ニューボーン》の捜査官が言った。「あの長生者《エルダー》というやつらは」

ジュヌヴィエーヴは危うく笑いをこらえた。彼女はコスタキよりも年上なのだ。コスタキはもちろん、単なる好奇心からここにきているのではない。王宮も〈銀ナイフ〉に関心を抱いているのだ。

「ホワイトチャペルでは毎晩、人々がヴラド・ツェペシュでも想像できないような死を迎え、さもなければ死よりも悲惨な生を生きているわ。なのにロンドンの住人はいつだって、わたしたちがボルネオほどにも遠いところにいるようなふりをしている。でも血まみれの殺人鬼がひと握りいれば、身動きもできないほど大勢の見物人や好色な慈善家が押し寄せてくるのね」

「しかしおそらく、それも何かの役に立つのでしょう」レストレイドは答えた。

バクスター検死官は礼を述べてバグスター・フィリップス博士をさがらせ、つづいて、医学博士、民事法博士、法学博士、王立協会会員などの肩書をもつヘンリー・ジキル博士を呼びだした。かつては美男子であったと思われる、綺麗に髭を剃ったいかめしい男が聖書台に近づき、宣誓をおこなった。

「ヴァンパイアが殺されると、必ずジキルが鼻を突っこんできます」レストレイドが説明する。「やつはどうも胡散くさいですな。おわかりでしょうが――」

この科学的探究者はまず、件の残虐行為について詳細にわたる正確な解剖学的所見を述べた。ジキル博士は温血《ウォーム》者だったが、それはヴァンパイアではないという意味にすぎず、検死の対象に対する同情に欠けたその自己抑制ぶりはいっそ不気味なほどだ。それでもジュヌヴィエーヴは、前列であくびをしている記者たちよりは大きな関心をもって、バクスターが彼からひきだす所見に耳を傾けた。

「われわれはいまだ、通常の生命体から不死者《アン＝デッド》状態にいたるいわゆる〝転化〟と呼ばれるものに付随する代謝の変化について、正確なことを知ってはおりません。正しい情報は手に入れがたく、迷信はロンドンの霧のごとくこの問題をおおい隠しております。わたしの研究はまったく無視され、ときには敵意をもって迎えられることとすらあります。しかしこの研究は万人に益するものであります。おそらくはいずれ、このご婦人を死にいたらしめた悲劇の原因と思われる分裂も、われわれの社会から一掃されるでしょう」

無政府主義者たちがふたたび不満の声をあげた。意見の分裂がなくなれば、彼らの運動も目的を失うことになる。

「ヴァンピリズムについて一般に信じられていることの多くはくだらぬ民間伝承にすぎません」ジキル博士はつづけた。「心臓に打ちこむ杭も、銀の大鎌もです。ヴァンパイアの身体は驚くべき回復力を備えておりますが、主要な器官に致命的損傷を負うと、このように真の死を迎えます」

バクスターがもごもごと質問した。

「あなたのご意見はつまり、殺人犯は通常考えられる伝統的なヴァンパイア退治の方法をとってはいないということですかな」

「そのとおりです。無責任なジャーナリズムとは明らかな矛盾を示すかもしれませんが、わたしはここであることを明言いたしたく存じます」

数人の記者が小さく野次を飛ばした。ジュヌヴィエーヴのすぐ前にすわって挿絵入り新聞のためにジキル博士の肖像を手早くスケッチしていた画家は、博士の証言の信頼性を貶《おとし》めようと、目の下に黒い隈を描き加えはじめた。

「ニコルズやチャプマンと同じく、シェーンも木の杭を刺されたのではありません。口には大蒜《にんにく》も、聖餅《せいへい》の欠片も、聖書より破りとられた紙片もつめこまれてはおりません。死体の上にもそばにも、十字架や十字架を模したものは見当たりません。スカートの湿気や顔についた水滴は明らかに霧が凝縮したもので、死体に聖水が撒かれた様子もありません」

おそらく〈ポリス・ガゼット〉に派遣されたのだろう画家は、博士の眉を太くし、量は多いが綺麗にとかしつけた髪をもしゃもしゃに乱しはじめた。それからモデルの誇張に夢中になりすぎた自分に舌打ちしてその紙を破りとり、丸めてポケットに突っこむと、新たな絵を描きはじめた。

バクスターが何かメモをとり、また質問した。

「この殺人者は、ヴァンパイアであるとないとを問わず、人体の仕組みにくわしい者であると考えますか」

「はい、検死官殿。損傷の度合は常軌を逸した狂気を示しておりますが、実際に傷を負わせた作業は――引き裂いたと申しあげてもいいが――熟練した手を思わせます」

「〈銀ナイフ〉は呪われた医者だ」無政府主義者のリーダーがさけんだ。

法廷はまたもや蜂の巣をつついたような騒ぎになった。温血者《ウォーム》と新生者《ニューボーン》半々からなる無政府主義者たちが足を踏み鳴らし怒声をあげ、ほかの者たちもそれぞれに大声でしゃべりはじめる。コスタキがぐるりとふり返ると、冷たい目でにらまれたふたりの牧師が沈黙した。バクスターは机をたたきすぎて手を痛めたようだ。

法廷の最後部で、ひとりの男が冷静な関心をもって騒動を見物していた。マントにシルクハットという上流の身なりで、野次馬のようにも見えながら、目的意識らしいものも感じられる。ヴァンパイアではないが、検死官やジキル博士とはちがい、これほど多くの不死者《アン＝デッド》に囲まれていてもまったく動じた様子がない。男は黒いステッキをもっていた。

「あの紳士はどなた？」ジュヌヴィエーヴはレストレイドにたずねた。

「チャールズ・ボウルガードですよ」新生者《ニューボーン》の捜査官は答えてくちびるをゆがめた。「ディオゲネス・クラブをご存じですか」

ジュヌヴィエーヴは首をふった。

「いわゆる〝やんごとなきあたり〟というやつですよ。お歴々もこの事件に関心をもっておられるんでしょう。ボウルガードはその道具というやつですね」

「印象的な人だわ」

「そうかもしれませんね」

検死官のおかげでふたたび法廷内に秩序がもどった。書記がすばやく退室して、さらに六人の新生者《ニューボーン》の警官を連れてもどった。彼らが儀仗兵のように壁ぎわにずらりと並んだので、無政府主義者たちもまた鳴りをひそめた。騒ぎを起こすことが目的とはいえ、名前を記録されるつもりはないらしい。

「さきほどの質問の裏にこめられた問題について、お答えしようと思うのですが」

ジキル博士の言葉に、バクスターがうなずいた。

「主要器官の配置を心得ているからといって、必ずしも医学教育を受けたことにはなりません。人生に嫌気がさしたときは、屠殺業者に頼めば、外科医と同じくらい手際よく両の腎臓を取りだしてもらえるでしょう。必要なのは冷静な手と鋭利なナイフであり、どちらもホワイトチャペルにはあふれております」

「殺人に使用された凶器についてはどうお考えですか」

「何かの刃物ですな。もちろん銀メッキがほどこしてあります」

聴衆がいっせいに息をのんだ。

「鋼も鉄もこのような損傷を与えることはできません。ヴァンパイアの生理として、通常の武器による傷はたちどころに治癒いたします。蜥蜴が新しい尾を生やすように、細胞と骨が再生するのですな。銀はこの過程を阻止します。ヴァンパイアにこのような永続的致命傷を与えられるのは銀だけであります。この件については、殺人者に〈銀ナイフ〉という名称を与えた大衆の想像力は、まさしく当を得たものであったと言えましょう」

「あなたはメアリ・アン・ニコルズとイライザ・アン・チャプマンの事件についてもくわしくご存じですか」

ジキル博士はうなずいた。

「存じております」

「これらの事件を比較検討して、なんらかの結論は導きだせないでしょうか」

「できますとも。三つの事件は、疑いもなく同一人物の手によっておこなわれております。左利きで、身長は平均よりやや高め、通常以上の腕力があり――」

「ミスタ・ホームズなら、葉巻の灰の欠片を見ただけで、母親の小間使いの名前だって言い当てることができるんですがね」レストレイドがつぶやいた(シャーロック・ホームズは『灰による各種煙草の鑑別法について』という論文を著している)。

「――つけ加えまするに、精神科医の立場からこの事件を考察した場合、わたしは殺人者自身はヴァンパイアではないと結論いたします」

例の無政府主義者が立ちあがったが、ひと声も発せないうちに警官に取り囲まれた。法廷を掌握したことに満足の笑みを浮かべながら、バクスターは最後の論点をメモし、ジキル博士に礼を述べた。

ふと見ると、さっきレストレイドにたずねた男の姿が消えていた。彼女が彼に気づいたように、ボウルガードのほうでもジュヌヴィエーヴの存在に気づいただろうか。彼女の中ではすでに、あの男に対する意識が根をおろしていた。いつもの〝直観〟が働いたのだろうか、それとも空腹のまま長時間をすごしすぎたせいだろうか。ちがう、と彼女は確信した。あの、ディオゲネス・クラブからきた男は――クラブの実体はよくわからないけれども――ホワイトチャペル殺人鬼の事件に本質的な関わりをもっている。ただ、それがどのような形によるものなのかは、彼女にも見当がつかなかった。

検死官が熱弁をふるって要約をはじめ、「未知の個人もしくは複数人による悪意に満ちた殺人」に関する所見を述べ、ルル・シェーンの殺害者は、八月三十一日のメアリ・アン・ニコルズ殺害および九月八日のイライザ・アン・チャプマン殺害事件の犯人と同一人物と判断される、とつけ加えた。

# 7　首相

「きみは気づいているかね」ルスヴン卿が口をひらいた。「われらが敬愛する女王、インド女帝等々さまざまな称号をもつヴィクトリア・レジナと、串刺し公《ツェペシュ》として知られる元《クォンダム》ワラキア公ヴラド・ドラキュラとの結婚に反対する唯一の理由が、幸運なる花婿がかつて——わたしにはとうてい理解しかねることだが——ローマ・カトリック教徒だったからという輩《やから》がこの島国には大勢いるのだよ」

ダウニング・ストリート（ロンドンのホワイトホールからセント・ジェイムズ・パークまでつづく官庁街。十番地に首相官邸がある）の接客室で、首相は並んだ机の上に読まれぬまま山と積んだ通信文の中から、無造作にひろいだした一通の手紙をひらひらとふった。賢明なるゴダルミングはルスヴンの気紛れな独演をさえぎろうとはしなかった。新生者《ニューボーン》は長生者《エルダー》の秘儀を得たいと切望するものであり、そうした知識を手に入れるには、数世紀の年月を生きてきた貴族と親しく接するしかない。ルスヴンがひとくさり演説すると、多くの古代の真理が遠い昔に忘れ去られた力の呪文を明かしてくれる。その個性は否応なしに聞く者を捕らえ、熱弁の翼に乗せていく。

「これはあの鬱陶しい立憲主義者、ウオルター・バジョットの曖昧な記憶にすがりついているみじめったらしい団体からの陳情書だ。公が女王の抱擁を許される直前に英国国教会に改宗したのはじつに見苦しいことであるとさ。なかなかに如才ない弁舌をふるっているよ。さらには、ヴラドのローマ教皇との絶縁宣言は見せかけだけではないか、ニューマン枢機卿をひそかに聴罪司祭とすることで、二枚舌を駆使してレオ十三世を王室にひきこもうとしているのではないかと想像をたくましくしている。巻き毛の友よ、愚かなことではないか、処女《おとめ》の血をすするより、聖体拝領のワインを飲むほうが許しがたく思えるとはな」

手紙は粉々に引き裂かれ、やはり酷評されて絨毯に散らばったその他多くの書類の仲間入りをした。ルスヴンは笑みを浮かべて物憂げに息を吐いたが、乳白色の頬にはいかなる興奮の痕跡もあらわれてはいない。ゴダルミングはふいに悟った。首相の怒りはまがい物であり、熱情を感じるよりそれをなぞることに慣れた男の見せかけにすぎないのだ。背中でこぶしを握ったりひらいたりしながら大股に部屋を横切るルスヴンの両眼は、細い睫毛に縁どられた灰色の大理石だ。

「われらが公は以前にも宗旨変えをしたことがあるよ。それも同じ理由でな。一四七三年、ハンガリー王の妹と結婚するため、東方正教会からカソリックに改宗した。十二年にわたってマーチャーシュ王宮廷の虜囚であった公は、その婚姻によって自由を手に入れ、底なしの愚かしさゆえに奪われたワラキア公の座をとりもどし得る立場に返り咲いた。その後四世紀のあいだローマと縁を切れなかったことを思えば、あの男が生来いかに愚鈍であったかわかろうというものだ。真の保守気質というやつについて知りたければ、それほど遠くを調べずとも、そら、バッキンガム宮殿を見れば充分であろうよ」

首相はゴダルミングではなく、肖像画に向かって語りかけていた。鋭い鉤鼻の肖像は、対になって同じ壁を飾る女王の絵のほうを向いている。ゴダルミングは一度しかドラキュラに会ったことがない。現在プリンス・コンソートにして護国卿なる男は、当時ド・ヴィユという名の一伯爵にすぎなかったが、ミスタ・G・F・ウォッツが描きだした尊大な人物とはあまり似ていなかったように思う。

「考えてもみたまえよ、ゴダルミング。四百年ものあいだ悪臭漂うぼろ城に閉じこもっていた、人ならぬもののことを。陰謀をたくらみ策をめぐらし、神をののしり歯ぎしりをして。中世の迷信に息づき、垢じみた百姓どもの血を吸いつくし、山の獣とともに走り、発情し、番《つが》い、襲う。妻と呼ぶ不死のけだものどもと汚らわしい快楽をむさぼり、見世物の人狼のように姿を変え――」

プリンス・コンソートみずからの手で首相の地位を与えられたとはいえ、数世紀にわたって培《つちか》われてきたヴァンパイア長生者《エルダー》ふたりの関係には、友好的とは言いがたいものがある。ルスヴンは表向きは、大英帝国を支配するはるか以前からヴァンパイアの王であった長生者《エルダー》に、必要と見なされるだけの忠誠を捧げている。不死者《アン=デッド》たちは数千年にわたって見えざる王国を維持してきた。プリンス・コンソートはただの一撃でその過去を清算し、新たな王国を築いて温血者《ウォーム》とヴァンパイア双方の上に君臨したのである。数世紀の昔から旅のまにまに享楽的な歳月をすごしてきたルスヴンも、ほかの長生者《エルダー》たちとともに表舞台にひきずりだされた。かつて、スコットランドの荒れ果てた領地と称号と半ペンスしか手元になかったら、金をとっておいて土地と称号でパンを買うだろうなどと噂された慢性金欠病の貧乏貴族が、世の変わり目にうまくのしあがったものだと陰口をたたく者もある。ゴダルミング自身の称号とは比べようもない身分にあるこの貴族は、じつに不平屋でもあった。

「ドラキュラという男は、ブラッドショー（一八三九年から一九六一年まで年一回発行された英国全域の列車時刻表）を暗記して〝当世風〟を自称している。セントパンクラスからノーウィッチに向かう休日の列車すべてをそらんじている。だが、自分が殺されて以後も世界は発展しつづけてきたことを理解しようとせぬ。彼がどうやって死んだか、知っているかね。トルコ人に変装して敵の動向を探りにいき、野営地にもどったところを味方の手にかかったのだよ。種子はすでに体内にあった。どこかの愚かなノスフェラトゥが植えつけていったのだね。そして彼は大地より這いだした。彼は何者の子《ゲット》でもない。何よりも故国の土を愛し、いかなるときもそれに埋もれて眠ろうとする。あの血統には墓の黴《かび》が生えているのだよ、ゴダルミング。そして病を蔓延させる。きみはわたしの血統であることを幸運に思わねばならぬよ。この血は清浄だからね、わが闇の息子よ。われわれは狼や蝙蝠に変身はできぬが、骨から朽ち果てることも、殺人の狂熱にかられることもない」

ルスヴンはゴダルミングを見つけだし、ヴァンパイアにしてくれた。だがそれも、王室関係者に対する秘密の陰謀と見なされるあの事件に彼が関わっていたからにすぎない、とゴダルミング自身は考えている。彼は温血者《ウォーム》であったとき、ドラキュラの英国における最初の子《ゲット》をみずからの手で滅ぼした。ヴァン・ヘルシングとその仲間、事務弁護士ハーカーにはさまれて晒首《さらしくび》にされてもおかしくはない重罪だ。恋人であったルーシーに杭を打ちこんだ雷神トールのような槌の一撃を思うたびに、いまでも戦慄し、そのような極限状態に彼を追いやったオランダ人に対する憎悪が燃えあがる。無知は罪悪であり、いま彼はそれを必死で償っている。転化しルスヴンの保護下にはいったことで、いまのところ彼の心臓は無事だが、プリンス・コンソートは気紛れで、かつ過去の恨みを忘れることがない。そしてむろん、彼の闇の父もまた義理堅さとか誠実さとは無縁の存在だ。この変わり果てた世の中で身の安全を守るには、慎重にふるまわなくてはならなかった。

「彼は生者としての人生、剣と杭によって領土を支配できた時代に、その思考様式を形成した。ルネッサンスも宗教改革も啓蒙運動もフランス革命もアメリカの台頭もオトマン帝国の衰亡も、どれひとつとして体験してはおらぬ。われらが勇敢なるゴードン将軍の弔い合戦に、獰猛なだけで頭のからっぽなヴァンパイア軍団を送りこみ、スーダンを破壊し、マーディに加担したすべての者を串刺しにしようなどと考える男よ。そうさせてやるのも一興かもしれぬな。国庫の金を吸いあげるだけのカルパティア人どもなど、おらぬほうがすっきりする。百人かそこらの間抜けをトルコ人の刃にかけて放置し、太陽のもとで腐らせてやれば、ピカデリーやソーホーの女給どもが感謝をこめて新月旗を打ちふるうことだろうよ」

ルスヴンはまた別の手紙の山に手をすべりこませ、跳ねあげて、あたり一面に紙吹雪を散らした。灰色の目の首相は二十代になるやならずの若者の姿で、蒼白の顔は食餌をした直後でも赤らむことがない。若い娘の優雅さを愛《め》でながらも、子《ゲット》には身分の高い有能な若者を選ぶ。そして新生者《ニューボーン》の闇の子供たちを各省庁に配置し、互いの競争を奨励する。身分柄つまらない仕事にもつけず、かといって入閣するほどの力量もないゴダルミングは、現在のところルスヴンの子《ゲット》の中でもいちばんのお気に入りとして、非公式な個人秘書兼メッセンジャーをつとめている。彼は昔から実務に能力を示し、入り組んだ計画を正確に遂行することができた。ヴァン・ヘルシングでさえも信頼を寄せ、作戦の下準備をまかせたものである。

「ところで、最新の布告のことはもう耳にしたかね」

ルスヴンが真紅のリボンを結んだ羊皮紙の巻物をとりあげた。ひろげられたその紙には、王宮秘書のカパープレート書体(細太の線の対照が著しい曲線的な書体)が記されている。

「公は〝自然の摂理に反する悪徳〟を厳しく取り締まる方針に出るそうだ。これによると、今後男色の罪を犯した者は正式裁判を経ずして即刻処刑される。方法はもちろん、お馴染みの頼もしい杭だ」

ゴダルミングは書類に目を走らせた。

「男色ですか。プリンス・コンソートはなぜそんなものにこだわられるのです」

「忘れてはならぬよ、ゴダルミング。ドラキュラに英国人の寛容さはない。彼は幼いころ、人質としてトルコで数年をすごしているが、おそらくはそのときにしばしば強要されたのだろう。事実〝美男公〟として知られる弟のラドゥは、性癖として男を好んだ。あの一族内では数知れぬ陰謀がはびこっていたが、一度そのラドゥに裏切りを働かれたため、プリンス・コンソートはホモセクシュアルに対し激しい憎悪を抱くようになったのだよ」

「たいした法案にも思えませんが」

ルスヴンは鼻孔をふくらませた。

「きみはものを知らぬな、ゴダルミング。考えてもみたまえ、両院の高潔なる議員で、電報配達の少年と一度も男色行為をおこなったことのないい者など、まずおらぬのだよ。十二月になれば、ドラキュラは著名なる同性愛者たちをクリスマス・ツリーにまたがらせ、徐々にその体をひきおろしていくことになるだろう」

「ぞっとしない光景ですね」

首相はダイヤモンド型の爪をきらめかせながら、片手をふってその意見をしりぞけた。

「いやいや、もちろんわれらがワラキア公の明敏なる頭の中では、ひとつの行動に対しても複数の目的が備わっているのだろうよ」

「つまり？」

「つまり、この町にはアイルランド生まれの新生者《ニューボーン》の詩人がひとりいるということだよ。同性愛で名を馳せると同時に、好ましからざる記憶を伴う同国人と賢明ならざる交際をしていたことで知られる男がね。あえて言うならば、その二点のほうが詩よりも有名だな」

「オスカー・ワイルドのことをおっしゃっておられるのですか」

「むろんワイルドのことだよ」

「彼は近頃、あまりミセス・ストーカーの邸に顔を見せてはおりませんが」

「きみも行くべきではないな、心臓が大事ならね。わたしの力でもかばいきれぬものはあるのだからな」

ゴダルミングは重々しくうなずいた。フローレンス・ストーカーの夜会に出席しつづけるにあたっては、彼にも彼なりの理由があるのだが。

「どこかにミスタ・オスカー・ワイルドの行跡についての報告書があったはずだな」と、また別の書類の山を示し、「文学者としての個人的立場からつくらせたものだよ。当代最高の創造的頭脳には、是非とも無事でいてもらいたくてね。ワイルドはヴァンパイアであることを熱狂的に楽しんでおるよ。いまのところ若い男の血をためすことに夢中で、芸術への熱意はいくぶん影をひそめているようだ。新年早々うつつを抜かしていたフェビアン協会（G・B・ショーらによって設立された英国の漸進的社会主義思想団体）などはもう、完全に忘却の彼方だな」

「閣下はあの男に関心がおありなのですね。ぼくには、そっ歯を手で隠しながらくすくす笑ってばかりいる退屈なやつとしか思えませんが」

ルスヴンはどさりと椅子に腰をおろし、長めの髪に指をすべりこませた。首相はなかなかの洒落者で、贅沢な袖飾りとクラヴァットをことのほかに好む。〈パンチ〉は彼に、〝非の打ちどころなきマーガトロイド〟という呼び名を贈ったものだ（ピーター＆サリヴァンのオペラ『ラディゴア』Ruddigore の登場人物。毎日一度犯罪を犯さなくては苦悶の死を迎えるという呪いをかけられた一族の裔である准男爵ルスヴン・マーガトロイド卿が、当意即妙の方法で窮地を脱する）。

「アルフレッド・テニスン卿が延々何世紀にもわたって桂冠詩人の座に居すわりつづけると思うと、ぞっとしないかね。いやはや、「六百年後のロックスリー・ホール」（「ロックスリー・ホール」はテニスンの詩。子供時代の家を訪れた男の思いを綴ったもの）を想像してみたまえ！　そのように恐ろしい英国に住むくらいなら、酢を飲んだほうがましではないか。だからわたしは、もっとましな道はないかずっとさがし求めているのだよ。もし状況が許すならば、ゴダルミング、わたしは詩人になりたかった。だが非情なる運命とありがたきプリンス・コンソートのおかげをもって、官僚政治の岩にくくりつけられ、政治という鷲に肝臓をついばまれているというわけだ（ギリシャ神話のプロメテウスは人間に火を与えた罰に、岩につながれ鷲に肝臓をついばまれつづけた）」

ルスヴンは立ちあがって本棚に歩み寄り、愛蔵書をながめはじめた。首相はシェリー、バイロン、キーツ、コールリッジを暗唱するし、ゲーテやシラーを原語で引用することもできる。いまはもっぱらフランスとデカダン派に凝っている。ボードレール、ド・ネルヴァル、ランボー、ラシルド、ヴェルレーヌ、マラルメ——全員とはいわずともその大半が、プリンス・コンソートが大喜びで串刺しにしたがるような連中だ。聞く話によるとルスヴンは、すべての男子生徒は悪評ふんぷんたるユイスマンスの小説『さかしま』を読むべきである、またユートピアがあるならば自分は詩人と画家だけをヴァンパイアにするだろうと公言してはばからないという。しかしながら一般には、不死者《アン＝デッド》になると創造的能力が減退すると言われている。ウィリアム・モリスの壁紙より狩猟風景の油絵を飾りたがる誇り高き俗物であるゴダルミングは、芸術的性向というものをもったことがなく、したがってこの現象を証明することはできなかったが。

「しかしだね」首相がついとふり返った。「われら長生者《エルダー》の中で、プリンス・コンソートとその国民のあいだに立って、この生者と死者からなる新しい帝国をとりまとめていける知力をもった者がほかにいようか。インドに追いやったあの物狂いのサー・フランシス・ヴァーニーか。とんでもない。カルパティアのお歴々も役には立たぬよ。ヨルガしかり。フォン・クロロックしかり。マインスターしかり。テスラしかり。ブラストフしかり。ミッターハウスしかり。ヴァルカンしかり。では女たらしのサン＝ジェルマンか。お節介のヴィラヌーヴァか。成り上がりのコリンズか。狷介なウェイランドか。無教養なバーロウか。へつらい屋のデュヴァルか。〝疑わしいもの《ヘイ・ミ・ドゥーツ》〟よ。スコットランド人の言ではないが、まさしく〝疑わしいもの《ヘイ・ミ・ドゥーツ》〟だよ。ではほかに誰がいる。しょぼくれた退屈なカルンシュタインか。串刺しにされた愚かな娘のことをいまだ嘆いておるよ。それではご婦人方はどうだ。いやはや、ヴァンパイアの女どもか！　泡を吹く雌猫の群よ！　レディ・デュケインとケニヨン伯爵夫人セイラは少なくとも英国人だが、一オンスの脳味噌ももちあわせてはおらぬ。ではルーマニアのザレスカ伯爵夫人か。アイルランドのエセリンド・フィオンギュアラか。グラーツのドリンゲン伯爵夫人か。モルダヴィアのアーサ・ヴァイダ公女か。ハンガリーのエリザベート・バートリーか。称号のみ仰々しいこの売女《ばいた》どもでは、プリンス・コンソートも英国民も納得すまいよ。太っちょヴィッキーと結婚するためにドラキュラが見捨てたあの無能な女どもにやらせてみるか。否、否。長生者《エルダー》多しといえど、わたししかおらぬ。われ、ルスヴン卿なる放浪の賢者のみだ。長く故郷を離れていた土地倒れの英国人が、故国に奉仕するため呼びもどされたのだよ。わたしがピットやパーマストンやグラッドストンやディズレイリの執務室を占めることになろうとは、いったい誰に想像し得たろう。そして、わたしのあとを継げる者はいるのか。そうさな、ゴダルミング、あとは野となれ山となれさ《アプレ・モア　ル・デリュージュ》」

# 8　ハンソム馬車の秘密

ボウルガードは霧の中を歩きながら、検死審問で知り得たすべてを消化しようとつとめた。闇内閣に完全な報告書を提出しなくてはならない。そのためにはささやかな事実を整理する必要がある。

あてもなくうろうろしていたわけではない。勤労青年会館からホワイトチャペル・ロードをくだり、右折してグレート・ガーデン・ストリートに、さらに左折してチックサンド・ストリートにはいった。引き寄せられるように、いちばん新しい殺人現場にやってきたわけだ。渦巻く霧と〈銀ナイフ〉の恐怖にもかかわらず、街路は人で混みあっていた。真夜中が近づくにつれて不死者《アン＝デッド》たちが姿をあらわす。パブやミュージック・ホールはまばゆい照明をともし、笑い騒ぐ人々でごったがえしている。呼び売り商人たちは声をあげて、流行歌の楽譜や壜入りの〝人間の〟血や鋏、王室記念品などを売っている。オールド・モンタギュー・ストリートでは樽の中で栗を焼いて、新生者《ニューボーン》と温血者《ウォーム》双方を相手に商売をしている者もあった。ヴァンパイアは固形食物を必要としないが、食事の習慣はそう簡単に忘れられるものではない。ルル・シェーンの検死審問で判明したばかりのおぞましい詳細を記した、奇抜な挿絵入りのちらし新聞《ブロードサイド》も売られている。制服警官の数はいつもよりはるかに多いが、その大半は新生者《ニューボーン》だった。ホワイトチャペルやスピッタルフィールズをうろついている怪しげな者を全員、厳しく取り調べようというのだろう。だが結局はさらに手間が増えるだけだ。この地域に集まってくる連中で、怪しげでない者などひとりもいないのだから。

ストリート・オルガンが、ギルバート＆サリヴァンの『ヴェニスのヴァンパイア——乙女と亡霊と剣』から「真紅の瞳をとらえて」を奏でている。まさしくぴったりの選曲ではないか。この事件には明らかに、乙女——あえて言うならばだが——と剣が出てくるし、亡霊は霧と血に隠された殺人鬼だ。

ジキル博士の証言とバクスターの所見にもかかわらず、ボウルガードはまだ、これらの事件が別々の犯人による、タギー（北部インドで破壊の女神を崇拝し旅人を絞殺略奪した狂信的暗殺集団）の絞殺やカモラ党（十九世紀イタリアの秘密結社。恐喝・密輸・盗賊行為をおこなった）の処刑のような儀式的殺人であるという可能性を捨てきれずにいた。単に生命を奪うことだけが目的ならば、あそこまでひどく遺体を損傷する必要はないのではないか。〈ペルメル・ガゼット〉は、これらの事件における残虐行為はアステカ（十六世紀まで中部メキシコで高度の文化を誇った一族。生贄の習慣をもっていた）の儀式の流れを汲んでいるという大胆な仮説を発表した。そのほかにも、中国やエジプトやシチリアの秘密結社に関連した事件が頭に浮かぶ。こうした凶行は、単に敵を排除するためだけではなく、犠牲者の仲間や、誰であれ犠牲者に味方しそうな者に対するメッセージとしておこなわれるものだ。この都市は秘密結社とその諜報員であふれ返っている。エイブラハム・ヴァン・ヘルシングの遺志を継いで、フリーメイソン（表向きは会員の相互扶助や友愛促進を目的とすると言われているが、実体は謎に包まれた秘密結社）がプリンス・コンソートとその子《ゲット》の撲滅を誓ってもおかしくはない。ディオゲネス・クラブの諜報員であるボウルガード自身も、ある意味ではその同類だ。闇内閣はいま、女王への忠誠と護国卿への疑いに引き裂かれ、分裂しているが。

上等の衣服にいくつもの鋭い視線がそそがれるが、あえて近づいてくる者はいない。ヴェストにつけた時計と胸の内ポケットにいれた財布を常に意識しておかなくてはならない。周囲にはすばやい指と長い鉤爪がひしめいている。新生者《ニューボーン》がほしがっているのは血だけではないのだ。ボウルガードは災厄を近づけないよう、慎重にステッキをふりまわした。

大足、猪首のヴァンパイアがひとり、ルル・シェーン殺害現場の向かい側をうろうろしている。殺人犯は犯行現場にもどるという古い格言に万一の可能性をかけて配置された警官だが、正体を隠そうという努力はあまり実を結んでいないようだ。コズミンスキー家の戸口の周囲は、警官と、記念品漁りの野次馬どもによってきれいに片づけられていた。ボウルガードはヴァンパイア娘の最後の瞬間を想像してみた。陰鬱な好奇心をまとった男の登場によって単調な任務を破られた警官が、持ち場を離れて近づいてくる。ボウルガードは名刺をさしだした。新生者《ニューボーン》はディオゲネス・クラブの文字を見て、敬礼するとも鼻を鳴らすともつかない奇妙なそぶりをした。それから金庫破りの見張り役のように戸口の前に立ちはだかり、ボウルガードの姿を通行人の目から隠した。

女が死んだ場所に立ってみても、寒さよりほかに感じられるものはなかった。霊媒は、臭跡をたどるブラッドハウンド犬のように、目に見えないエクトプラズムの痕跡から目的の相手を追っていけるという。首都警察に協力を申しでてきた霊媒も何人かいたが、成果をあげることはできなかった。〈銀ナイフ〉が作業をおこなったくぼみはごく狭いものだ。ルル・シェーンは小柄な女だったが、ここに押しこむには、ねじ曲げ、踏みつけられたにちがいない。煤けた煉瓦壁が何個所かきれいに洗い落とされているのが、むきだしにされた白骨ほどにも目立って、血の染みついていた場所をはっきりと示している。このいまわしい場所からは、これ以上得られるものはなさそうだ。

警官に挨拶をして、辻馬車をひろおうと歩きだした。フラワー&ディーン・ストリートで、ヴァンパイアの娼婦が一、二オンスの血と引き替えに不死をあげようと誘いをかけてきた。銅貨を一枚投げてやって、先に進んだ。いつまでこうして抵抗していられるだろう。三十五歳にして、自分はすでに衰えを感じはじめている。寒さが厳しいときには傷が痛む。五十に、六十になったとき、温血者《ウォーム》のまま墓にはいりたいという決意は、愚かな片意地と思えるのではないか。罪悪ですらあるかもしれない。ヴァンパイアになることを拒否するのは、道徳的に自殺と等しいのではないか。父は五十八で亡くなった。

ヴァンパイアたちは食料源および労働力として、そして昼間も町を動かしていくために、温血者《ウォーム》を必要としている。いつの世でも貧乏人は飢えに苦しむ。メイフェアのサロンはともかく、ここイースト・エンドではすでに、飢えた不死者《アン=デッド》たちがたむろしている。あとどれぐらいで、サー・ダンヴァーズ・カルーが議会で唱えた〝最後の手段〟が真剣に検討されることになるだろう。カルーは、国家統治に必要なヴァンパイアのために、犯罪者だけではなく健康な温血者《ウォーム》をも、さらに多く監禁・飼育すべきだと提案したのだ。デヴィルズ・ダイクから漏れ聞こえてくるさまざまな話は、ボウルガードの心胆を寒からしめる。すでに犯罪の定義は拡張され、単に新政権に順応できない多くの善男善女をも含むようになっていた。

　やっとのことで辻馬車がつかまり、御者に二フロリンを支払ってチェイニ・ウォークまでやってくれと頼んだ。御者が帽子の縁に鞭をあて、ボウルガードは折りたたみ式の腰高扉の内側に身を落ち着けた。客室内を真っ赤に布張りしたこのハンソム馬車は、オックスフォード・ストリートの店に展示された豪奢な柩のようで、この地区の乗物としては贅沢すぎる。艶っぽい冒険を求める卑しからぬ客を運んできた帰りなのだろうか。この地域の売春宿ではどのような嗜好でも満たされる。女であれ少年であれ、温血者《ウォーム》であれヴァンパイアであれ、たったの数シリングで好きにできる。ポリー・ニコルズやルル・シェーンのような娼婦なら、銅貨数枚かわずかの血で充分だ。もしかすると殺人鬼は、この地区の住人ではなく、特殊な快楽を求めにきた上流紳士なのかもしれない。ホワイトチャペルでは、支払うにせよ盗むにせよ、あらゆるものを手に入れることができるのだ。

　任務でならもっとひどい場所を訪れたこともある。アフガニスタンでは、高地種族煽動の主犯と疑われるロシア全権公使の動きをさぐるため、片目の乞食として一週間をすごした。ボーアの反乱のときは、捕虜の首を壺にいれて焼くことを唯一の夜の娯楽とするアマハッガー族と条約をとりつけた。それでも、女王陛下へのささやかな奉仕のために国を離れ、ひさしぶりに帰国して、ロンドンがこれまで体験したいかなる場所よりも奇妙で危険でおぞましい都市に変貌しているのを知ったときは驚かずにはいられなかった。この町はもはや帝国の心臓ではなく、はち切れるまで領土の血を吸いあげようとする海綿だ。

　辻馬車の車輪がかたかたと鳴って、船底に打ちつけるやわらかな波のように彼をあやす。思いはふたたび秘密結社の可能性に向けられた。杭の錬金術教団、それともヴァン・ヘルシング友愛団だろうか。だがこれらの事件は、儀式的殺人につきものの特徴に欠けている。儀式的殺人では、クー・クラックス・クラン（一八八六年アメリカで発足。白人優位の伝統を回復しようとする黒人排斥の秘密結社）のように裏切り者のそばに五粒のオレンジの種をおいていくとか、マフィアのように背反したシチリア人のかたわらに魚をおいていくとか、間違えようのないしるしが残される。だがここには方向性をもった狂気が見られるばかりだ。これは反政府主義者ではなく、狂人の仕業だ。検死審問の妨害者、街角の煽動者たちがこうした内臓摘出事件を温血者《ウォーム》の勝利と主張するのも無理はない。数ある秘密結社の中には、目的のための武器としてひとりの人間を一定方向の狂気に追いやり、それからその哀れな狂人を町に放して血なまぐさい仕事をさせるといった手段をとりかねないものもあるのだろうが。

ひと眠りしよう。邸の玄関につけば御者が壁をたたいて起こしてくれるだろう。だが何かが心にひっかかる。しばしば訪れるこの感覚は、捨ておいていいものではない。これまでもそのおかげで、幾度となく生命びろいをしてきたのだから。

辻馬車はコマーシャル・ロードを、西ではなく東に向かっていた。行く手にあるのはライムハウス（イースト・エンドのテームズ河北岸の、汚いことで有名な地区）だ。波止場のにおいがする。とりあえず様子を見ていよう。興味深い展開だ。御者もただ、客を殺して金品を奪うだけのつもりではないだろう。

ボウルガードは握りの留め金をはずし、光る鋼をステッキから数インチ抜きだした。必要となればいつでも剣は抜ける。だがこれも、所詮は鋼にすぎないのだけれど。

# 9　四人のカルパティア人

　ジュヌヴィエーヴはホールにもどる前に、スピッタルフィールズ市場の向かいにあるパブに立ち寄った。彼女はいわゆる恐るべき四分の一マイル《テリブル・クォーター・マイル》と呼ばれる地区にあるすべての騒がしい店の顔馴染みで、もちろんここも例外ではない。アンジェラ・バーデット＝クーツが示したように、心地よい教会の広間で教化パンフレットと石鹸に囲まれてすわったまま、堕落した者たちが教化されにやってくるのを待っていても意味はない。改革者はもっとも卑しい酒と不道徳の下水溜にみずから浸らなくてはならないのだ。一八八八年平日夜のテン・ベルズは、一七八六年マルセイユの売春宿の隣にある無酵母パン会社経営によるティールームや、エカテリーナ女帝時代のセント・ペテルスブルグの宮廷や、一四三七年のジル・ド・レイの城とさして変わりがなかった。敬愛するミス・ディーが浮き沈みの激しい長い人生において経てきたどん底の時代を見ることができたら、この不幸な人々はさぞかしショックを受けるだろう。台所女が侯爵夫人を仰ぎ見るように、ポリー・ニコルズやルル・シェーンですら雲の上の存在に感じられるような時代もあったのだから。

　テン・ベルズの店内は、煙草とビールとこぼれた血でむせ返りそうだ。戸口をくぐると、犬歯がにゅっと歯茎からとびだした。しっかり口を閉じ、鼻で呼吸した。カウンターの背後につながれた動物が、革紐と格闘しながらキーキーわめいている。樽腹の給仕ウッドブリッジが、雌豚の耳をつかんでぐいと首をひねった。豚の首に埋めこまれた蛇口の先端に血がこびりついている。固まった血糊を剥がして把手をまわし、したたる血をガラスのジョッキに受けとめる。一パイントをつぎながら、新生者《ニューボーン》の市場人足と強いデヴォン訛で冗談を言いあっている。獣くさい豚の血の味ならいやというほど知っている。赤い渇きをほんの一時《いっとき》なだめても、決して完全に消し去ることはできないしろものだ。ジュヌヴィエーヴはごくりと唾をのみこんだ。ここ数夜、誰かと交際を深める機会はもてなかった。仕事にかまけて食餌もろくにせず、かろうじてとれた食餌も充分とは言えない。数世紀の歳月を経て強靭になった彼女といえども、一定の限界を越えることはできない。進んで協力してくれるパートナーを見つけて、口いっぱいに血を味わわなくては。

ジュヌヴィエーヴは常連のほとんどを、少なくともその顔を、知っている。温血者《ウォーム》の娼婦ローズ・マイレットは、たしかリリーの母親だったと思うが、小型ナイフで指に傷をつけ、並べた小さなジンのグラスに血を落としている。彼女はこれを一ペニーで売るのだ。ウッドブリッジの息子、わずかに兎唇《いぐち》ぎみのすべすべした顔の少年ジョージーが、エプロン姿でテーブルのあいだを駆けまわり、からの容器を集めたりテーブルに残ったグラスの跡をふきとったりしている。制服の上にツイードのコートを着たジョニー・セイン巡査が、ふたりの刑事とともに隅のテーブルにすわっている。〈銀ナイフ〉に襲われたポリー・ニコルズの死体を目撃して以来、ずっと超過勤務についているのだ。客たちはそれぞれ異なる目的をもって、いくつかのグループにわかれている。日雇い労働者は市場の仕事を、兵隊や船乗りは女を、新生者《ニューボーン》は血のしたたる豚肉以上に飢えを癒やすものを。

カウンターのそばではキャシー・エドウズが、大柄な男につくり笑いを向けながら、たくましい肩に頬を押しつけ、もつれた髪をなでている。彼女がジュヌヴィエーヴに気づき、商売を中断して手をふってよこした。ぐるぐる巻きにした布の塊から動きにくそうに指が突きだしている。もっと時間があればちゃんと手当てをしてやれるのだが。ロンドンで三本の指にはいる掏摸だと評判のナイフ研ぎミック・リッパーが、キャシーの客に近づいていき、男の顔を目にとめると両手をぐいとポケットに突っこんで向きを変えた。

ジョージーが声をかけた。

「こんばんは、ミス・ディー。今夜は大忙しだよ」

「そうみたいね」ジュヌヴィエーヴは答えた。「ホールの講座が新しくなるの。あなたがきてくれたら嬉しいのだけれど」

ジョージーは頼りなげな微笑を浮かべた。

「父ちゃんが夜、出してくれるかどうか。それに、夜、外に出るのは危ないし」

「今学期、ミスタ・ドルーイットが午前中の授業を受けもってくださるわ、ジョージー。数学の授業よ。あなたには才能があるの。可能性をつぶさないでほしいわ」

この少年は数字に強い。三つのテーブルで飲物をばらばらに注文されて、それぞれの合計を一瞬のうちに暗算できるのだ。その能力をドルーイットの教室でさらに訓練すれば、いい職につくこともできるだろう。父親はようやく酒場の給仕だが、それを超えて自分の店をもつことだって不可能ではない。

ジュヌヴィエーヴは小さなテーブルについたが、何も注文はしなかった。ホールにもどりたくなくて寄り道をしただけなのだ。もどれば検死審問についてジャック・セワードに報告をしなくてはならない。でもいまはまだ、ルル・シェーンの最後の瞬間について考えたくはない。アコーディオン弾きが調子はずれの「黄色い小鳥」を奏で、数人の泣き上戸があやふやに歌詞をたどりはじめた。

ジュヌヴィエーヴは小さくハミングした。

〝さよなら、黄色い小鳥
葉のない木々も寒さも恐れぬ
黄金の籠の虜囚《とりこ》よりは〟（Good-bye Little Yellow Birdは、C・W・マーフィ作詞、ウィリアム・ハーグリーヴス作曲の歌）

また新たな騒々しい一団が、夜の寒気を伴って乱暴に戸口をくぐり抜けてきた。店内の喧噪が一瞬静まり、すぐに倍加した。

キャシーが誘いをかけていた客が無造作に彼女を押しのけ、カウンターを離れた。キャシーはかさぶただらけの肩にショールを巻きなおし、踵の折れた靴で可能なかぎりの威厳をかき集めて席を変えた。男は検死審問に出ていたカルパティア人、コスタキだった。はいってきた三人はその仲間で、ヴラド・ツェペシュが山間《やまあい》の故郷から連れてきてロンドンに解き放った野蛮人の代表見本とも言えそうな連中だ。髪を短く刈りこみ苔のような濃い黒髭を生やした灰色の顔のオーストリア人は、エツェリン・フォン・クラトカだ。獣を飼い馴らすのがうまいと言われている。

コスタキとフォン・クラトカは胸当てをカタカタ鳴らしながら抱擁をかわし、カルパティア近衛隊を構成する野蛮な中央欧州人《ミッテル・オイロペーア》たちが好む、うなるようなドイツ語で挨拶をまじえた。コスタキが呼んだので、あとのふたりの名前もわかった。まだ一世紀も生きていない、どちらかといえば生まれの新しい《ニュー・ボーンの》マーティン・クーダ。そして、一団の中で最高位にある、頽廃的で蛇のようなハンガリー人ヴァルダレク伯爵だ。

豚の血を勧めてきたウッドブリッジを、フォン・クラトカがひとにらみで黙らせた。プリンス・コンソート直属の将校は獣の血など飲まないのだ。占領軍将校の集団というやつは、プロシア人にせよモンゴル人にせよ、どれもみな同じだ。カルパティア人どもは居丈高な態度で、温血者《ウォーム》も新生者《ニューボーン》も等しく見くだして歩きまわっている。

フォン・クラトカが中央のテーブルに近づき、ふたり組の船乗りをじっとにらみおろす。船乗りたちは連れの娼婦を残したまま、席を立ってカウンターに移った。フォン・クラトカは女のうちのふたり、新生者《ニューボーン》と歯のない温血者《ウォーム》を去らせ、最後のひとり、首にいくつもの傷を誇らしげに帯びた冷静なジプシー女をそばにとどめた。

カルパティア人たちはいかにもくつろいだ様子で、ゆったりと腰をおろした。そのさまはさながら、ビスマルクとジェロニモの私生児だ。全員がぴかぴかに磨きあげたブーツを履いて大剣を吊るし、年月をかけて集めたがらくたで軍服を飾りたてているのだ。フォン・クラトカは首のまわりに金色の紐をかけ、どうやら人間の耳らしきしなびた肉片をいくつもぶらさげている。クーダの兜飾りは狼の毛皮で、眼窩を赤い糸で縫い閉じた頭部がてっぺんにかぶさり、歯が面頬をとりまいている。分厚い毛皮が背中のなかばあたりまで垂れさがり、尾はいまにも床に触れそうだ。

　もっとも奇矯なのはヴァルダレクだった。ふんだんに襞をとってふくれあがった上着はスパンコールで万華鏡のようにきらめいているし、化膿した肌には白粉が塗りたくられ、頬には道化のような紅が丸く描かれている。キューピッドの弓形に赤く縁どられたくちびるからは絶えず二インチの牙がむきだしになり、念入りにカールしたこわい金髪はリボンで飾られ、うなじから二本の三つ編みとなって鼠の尻尾のように垂れさがっている。彼は部下のふたりに案内されて歓楽街探検にやってきたところだった。ヴァルダレクは、自分がどれほどプリンス・コンソートと親しいか、どのような血統で王家とつながっているかを声高に自慢したがるああした輩のひとりだ。一分話すあいだに、少なくとも三度は、なんの関係もない文脈で王婿殿下をひきあいに出し、いかにもさりげなく、「いつもドラキュラに言っているように——」とか、「われらが公がいつか話しておられたが——」といった言葉をはさむのである。

　ハンガリー人は室内を見まわし、袖口からあふれるレースにおおわれ爪が緑色になった細い手を口元にあてて、ふいに甲高い笑い声をあげた。伯爵に耳打ちされて、フォン・クラトカが凶暴な笑みを浮かべ、ウッドブリッジに合図を送った。

「あの子供だ」ほぼ正確な英語で言って、ジョージーを爪で示す。「あの子供はいくらだ」

給仕はもごもごと、あれは売り物ではありませんので、と答えた。

「愚かな男よ、いくらかとたずねておるのだ」フォン・クラトカが言いつのる。

「あれは手前の息子でして」ウッドブリッジは抗議した。

「おまえはまこと果報者であるな」ヴァルダレクが甲高い声をはさんだ。「丸々とよく肥えた小僧だ。立派な紳士方の目にとまろうぞ」

「こちらはヴァルダレク伯爵さまだ。プリンス・コンソートとごく親しくしておいでになる」説明するクーダは、鼻を鳴らすおべっか使いといった役どころだ。

コスタキはひとり無言で腰をおろしたまま、油断のない目を配っている。

いまでは全員が会話をとめて成り行きを見守っていた。残念なことに、セインと刑事たちはすでに店を去っていた。とはいえこうした連中は、ただの警官の仲裁など聞きはしないだろう。

「可愛い子だ」

ヴァルダレクが力ずくで少年を膝にのせようとした。ジョージーは恐怖にすくみあがったが、長生者《エルダー》の力は強い。キューピッドの弓形の口から長く赤い舌がのび、少年の頬をかすめた。

フォン・クラトカがミート・パイほども分厚い札入れをとりだし、札束をウッドブリッジの顔にたたきつけた。給仕の赤い頬が青ざめ、両眼いっぱいに涙がにじむ。

「男の子なんか相手におしじゃないよ」

キャシー・エドウズがフォン・クラトカとクーダのあいだに割りこみ、ふたりの腰に腕をまわした。

「ご立派な旦那方には本物の女じゃなきゃね、ちゃんと〝ついてる〟女だよ」

フォン・クラトカに押しのけられ、キャシーは石の床に倒れた。クーダがフォン・クラトカの肩をたたいたが、逆ににらみ返され、三角の顔を青白くこわばらせてひきさがった。

ヴァルダレクはまだジョージーをつかまえたままマジャール風の愛撫をつづけているが、デヴォンシアの少年がそんなものを喜ぶはずもない。キャシーがカウンターに這い寄り、立ちあがった。顔の膿疱がつぶれ、透明な液が片方の目に流れこんでいる。

「旦那さま方、後生ですから――」ウッドブリッジがつぶやいた。

クーダが立ちあがって給仕に手をかけた。カルパティア人は太った温血者《ウォーム》より一フィートも背が低いが、両眼に燃える赤い火は、彼がその気になればウッドブリッジを引き裂き、その残骸をむさぼり食うだろうことを告げている。

「名はなんというね、可愛い子」ヴァルダレクがたずねた。

「ジョ、ジョ、ジョージー――」

「おお、そんな歌があったな、〝ジョージー、ポージー、プリンにパイ〟だったかな？」（マザー・グースの童謡）わたしが仲裁するしかない。溜息をついて、ジュヌヴィエーヴは立ちあがった。

「プリンとパイになるがいい」

ヴァルダレクがささやいて、ジョージーのむっちりとした首に歯を押しあてた。

ジュヌヴィエーヴは口をひらいた。

「失礼、ここの人たちをわずらわさず、放っておいていただけませんこと？」

カルパティア人たちはびっくりして黙りこんだ。ヴァルダレクはぽっかりと口をあけたままだ。牙以外の歯がすべて緑色に朽ち果てているのが見える。

「さがっていろ、新生者《ニューボーン》」クーダがせせら笑った。「おのが身をわきまえるがいい」

「新生者《ニューボーン》ではない」コスタキがつぶやく。

ヴァルダレクがジョージーの頬を伝う涙をなめながらたずねた。

「この生意気な小娘はなんだ。わたしを侮辱して、なおも不死者《アン＝デッド》のままでいられるとは何事だ」

クーダがウッドブリッジを離してとびかかってきた。ジュヌヴィエーヴは捻子《ねじ》を巻きすぎた回転のぞき絵《ゾエトロープ》のようなすばやさで身をかわし、すれちがいざま相手の脇腹に肘を打ちこんで、店の向こう端までその身体をはじきとばした。倒れると同時に狼の兜がはずれ、誰かが偶然を装ってその中にビールをこぼした。

「わたしはジュヌヴィエーヴ・サンドリン・ド・リール・デュドネ。」まぎれもないシャンダニャックの直系につらなる者。

少なくともコスタキは感銘を受けたらしく、赤い目を見ひらき、敬意を表するように姿勢を正した。フォン・クラトカも仲間の態度の変化に気づき、戦いを避けるべくその場にとどまっている。ジュヌヴィエーヴは数年前、アリゾナの賭場で同じような反応を見たことがあった。いかさまの汚名を着せられた歯医者が、ホルスターのストラップをいじっている三人の屈強な牛追いに自分の名はホリデイだと告げたとき、家畜商人のうちのふたりがまさしくいまのフォン・クラトカやコスタキと同じ表情を浮かべたのだ。トゥームストーンでの三人めの葬儀に、彼女は顔を出さなかったが。

ヴァルダレク伯だけがまだ戦意を失っていなかった。

「その子を放しなさい、お若いの《ニューボーン》!」

ハンガリー人が両眼を怒りに燃えあがらせ、ジョージーを押しやって立ちあがった。彼はジュヌヴィエーヴよりも背が高く、同じくらいの年齢を重ねており、その両腕には恐ろしいほどの力が秘められている。爪がのびてナイフとなり、鉄板にのせたバターのようにエナメルが溶けて剥がれ落ちる。そして彼は一瞬のうちに、蛇のようにするりと二者間の距離を縮めた。たしかに動きはすばやいが、所詮はヴラド・ツェペシュの病んだ血統に属する者だ。ジュヌヴィエーヴは両手を突きだして相手の両手首を捕らえ、目から一インチのところで指のナイフを押しとどめた。

ヴァルダレクがうなり声をあげた。泡があごの白粉に飛び散り、首のまわりのおびただしいフリルにしたたる。彼の息は俗説どおりにくさく、墓場の腐臭がする。手の中で、石のようにかたい筋肉が錦蛇のごとくうねる。ジュヌヴィエーヴは力をゆるめず、ゆっくりとその手を顔の前から引き離し、二時十分前を示す大時計の針のように両腕をもちあげさせた。

ヴァルダレクが野卑なマジャール語で罵倒した。おまえはいつも羊と交尾しているのだろう。おまえの胸に吸いつく雌猫は毒の乳で死んでしまう。役立たずの処女の叢《くさむら》の中では七代の糞《フン》ころがしがはびこっている――。ジュヌヴィエーヴはすっと深呼吸すると、いっそうの力をこめて骨をきしませながら、鋭い親指の先端を敵の手首の細い血管に埋めこんだ。伯爵の潤んだ目に恐怖がつのった。

それから彼女はやはりマジャール語を使って、相手の耳にだけ届く小声でささやき返した。あなたの祖先は羚羊とばかり寝ていたのでしょう。年月を経たあなたの内臓は、新たに切開された腺ペストのように弛緩しているに決まっている。あなたの顔は悪魔のお尻よ。骸骨みたいな身体の中で、少しはましなその部分をとられて、悪魔はさぞ困っているでしょうね。

「伯爵を放せ」フォン・クラトカがおずおずと命じた。

「腐った心臓をひきずりだしちまえ」ハンガリー人に立ち向かう者があらわれたことでふいにから元気をかきたてられたのだろう、誰かがさけんだ。

押さえこまれたヴァルダレクの膝から力が抜ける。敵がへなへなとくずれ落ちそうになっても、ジュヌヴィエーヴはまだ手を離さなかった。膝をつかせると、伯爵は鼻を鳴らして哀れっぽく彼女の顔を見あげた。糸切歯に乾いた空気が触れる。自分はきっと、獣のように顔をひきつらせているにちがいない。

ヴァルダレクの頭がのけぞり、血が両眼を縁どった。金髪の鬘がずれて、隠れていた醜い赤い禿頭があらわれる。手を離すと、長生者《エルダー》は昏倒した。コスタキとフォン・クラトカが助け起こし、コスタキが意外なほどやさしい手つきで鬘をなおしてやった。クーダが立ちあがって剣を抜いた。光を受けてきらめく刃は、鉄をまじえた銀だ。コスタキが嫌悪をこめて、武器をしまうよう命じた。

一行を追いだそうと、ウッドブリッジがはやばやと扉をあけている。ジョージーはヴァルダレクの唾液を洗い落とすために走り去った。ジュヌヴィエーヴは物静かで可憐ないつもの顔がもどるのを自覚しながら、じっとその場で見守った。背後の会話が再開し、レパートリーの少ないアコーディオン弾きが「彼女は金の籠の小鳥」を奏ではじめた（A Bird in a Guilded Cage はアーサー・ラム作詞、ハリー・ヴォン・ティルザー作曲の感傷的な歌）。

　フォン・クラトカがヴァルダレクを通りまで連れだし、クーダが汚らしい尻尾をひきずってそのあとにつづく。残ったコスタキが散らかった店内を見まわした。フォン・クラトカが札束を投げつけた場所に視線をやり、鼻を鳴らして薄く苦笑する。金は、海綿がこぼれたビールを吸いとるように、すばやく消えてしまっていた。ジプシー女が我関せずといった顔で別の場所にすわっている。表情が動くと同時に近衛将校の白い顔にしわが生じ、すぐさま消えた。

　立ち去る前に、コスタキはジュヌヴィエーヴに礼をとった。

「長生者殿《レディ・エルダー》。あなたに敬意を表そう」

# 10　巣の中の蜘蛛

ライムハウス・ベイズンの近く。ボウルガードの知るかぎり、世間の悪評どおりの地区だ。泥地には毎夜のように、この三ヶ月で〈銀ナイフ〉の手にかかったより多く、身元不明の死体が打ちあげられる。ハンソム馬車はガタガタキーキーとさまざまな音をたてながらかろうじてアーチをくぐり抜け——御者は身体をふたつ折りにしなくてはならなかっただろう——ぴたりと停止した。

ボウルガードは仕込み杖の柄を握りしめた。馬車の扉がひらかれ、闇の中で赤い目がきらめいた。

「迷惑をおかけして申し訳ありませんね、ミスタ・ボウルガード」男のものだが、男らしいとは言いがたい絹のような声が告げた。「しかし是非ともご理解いただきたいんです。いささか困ったこと《スティッキー・ウィケット》がありましてね——」（クリケット用語で雨あがりのフィールドで球がはずまないこと。転じて、厄介な問題）

馬車を降りると、ドック近くのごみごみした街路のはずれにある中庭だった。黄色いガーゼの海草のような霧がぼんやりと漂っている。まわりは人でいっぱいだ。声の主は英国人ヴァンパイアで、中折帽に上等の外套をまとっているが、影になって顔は見えない。だがいかにもさりげないその姿勢は、リラックスしたスポーツ選手のものだ。この男とは四ラウンドの試合も遠慮したい。あとの者たちは中国人で、弁髪を垂らし、両手を袖にいれて頭をさげている。ほとんどが温血者《ウォーム》だが、馬車の扉わきに立った巨漢だけは新生者《ニューボーン》で、腰まで裸になって、竜の刺青《いれずみ》と、秋の肌寒さにも平気な不死者《アン＝デッド》の強靭さを見せつけている。

英国人が進みでて若々しい顔を月光にさらした。女のように美しい睫毛をもったその顔には見おぼえがある。

「きみでしたか。八五年にマドラスのアマチュア・プロ合同競技会で、シックス・ボールから六点打を六回決めたでしょう」

男は控えめに肩をすくめた。

「いつも言うんですが、ゲームは時の運ですからね」

ボウルガードは〈星法院〉で、大胆不敵かつ興味深い宝石窃盗事件に関連づけて、この新生者《ニューボーン》の名前がためらいがちにささやかれるのを耳にしたことがある。この誘拐劇に一枚噛んでいるということは、それらの窃盗も間違いなく彼の仕業なのだろう。だがボウルガードは紳士も職業をもつべきであるという信念を抱いており、常にアマチュアよりはプロ選手の肩をもつことにしている。

「こっちですよ」

アマチュア強盗が濡れた石壁を指さした。中国人新生者《ニューボーン》が煉瓦を押すと、壁の一部がもちあがり、くぐり戸のような入口がひらいた。

「かがまないと頭をぶつけますよ。べらぼうに狭苦しい抜け穴でしてね」

先に立った新生者《ニューボーン》は夜目がきくらしい。ボウルガードにつづいて残りの連中もあとに従う。ヴァンパイアがかがむと、肩甲骨の竜が声もなくうなり、身をよじらせる。一行は傾斜した通路をくだっていった。もうかなり地下深くまできたはずだ。路面は湿って光り、空気は冷たく濁っている。河が近いのだろう。波の音がかすかに聞こえる落とし樋《どい》のそばを通りながら、ボウルガードは身元不明の死体のことを思いだした。その多くがここから遺棄されたものなのかもしれない。通路がひろくなった。このあたりは数世紀の昔につくられたようだ。明らかに古代東洋のものらしい骨董品《オブジェ・ダール》が大きな曲がり角ごとにおかれている。いくつもの角を曲がり、坂をくだり、扉を抜けた。誘拐犯たちは、これでボウルガードも、案内なしに地上までもどることはできないと考えているのだろう。とりあえずはありがたく、過小評価を受けておこう。

壁の背後で何かの鳴き声が聞こえ、ボウルガードはたじろいた。なんの声かはわからなかった。新生者《ニューボーン》が音のほうを向き、翡翠《ひすい》でできた把手をつかんだ。扉がひらき、豪華な家具を備えた薄暗い客間に通された。窓はなく、中国風の衝立が並んでいる。中央に大きな机があり、そこに恐ろしく歳をとった中国人がすわっていた。長くかたい爪がナイフの先端のように吸い取り台をつついている。机のまわりに半円を描いてすわり心地のよさそうな肘かけ椅子が並べられ、そこにも人が腰かけている。鳴き声はいつしかやみ、その主は見当たらなかった。

ひとりの男がふり返り、葉巻の赤い火が悪魔の仮面のようにその顔を浮かびあがらせた。ヴァンパイアだ。だが中国人は温血者《ウォーム》だ。

「ミスタ・チャールズ・ボウルガード」中国人が口をひらいた。「このつまらぬ集まりにようこそお越しくだされた」

「こちらこそ、ご招待いただきまして」

中国人が無表情なビルマ人の召使に向かって手を鳴らした。

「お客人の帽子とマントをお預かりせぬか、ステッキもな」

荷物がとりあげられた。近づいてきたビルマ人の片耳に耳飾りが、首のまわりに儀式的な刺青が見てとれる。

「ダコイットですか」（インド・ビルマの武装強盗団）

「目ざといことだ」中国人が肯定した。

「秘密結社の世界についてはいささかの経験がありますので」

「たしかにな、ミスタ・ボウルガード。われらは三度道をまじえた。エジプトで一度、カシミールで一度、上海で一度。あなたのおかげで、わたしは少なからぬ不便を余儀なくされたものだが」

ボウルガードは相手の正体に気づき、微笑を浮かべようとした。この男はもう死んだと思っていたのだが。

「それは失礼いたしました、博士」

中国人が身をのりだし、爪をかたかた鳴らしながら光の中に顔をさらした。シェイクスピアのひたいに、気取った悪魔を思わせる微笑。彼はあっさりと謝罪をしりぞけた。

「気にせずともよい。取るに足らぬ些細なことだ。いまは個人的な問題をあげつらうときではない」

ボウルガードはひそかに安堵した。この犯罪界の大立て者《マンダリン》は、ほかのことはともかく、一度口にした言葉を違《たが》えないことでは信用できる。これは〝悪魔博士〟とか〝奇妙な死の王〟と呼ばれる男で、世界じゅういたるところに勢力をのばしている秘密結社《トング》シ・ファンを統率する七人委員会のメンバーだ。マイクロフトによると、世界でもっとも危険な三人のうちのひとりだという。

「しかしながら、もしこの会合がはるかなる東洋でおこなわれていたら、あなたにとって、そして打ち明けるならばわたしにとっても、喜ばしい事態にはならなかったであろうな。おわかりと思うが」

それは痛いほどに理解できる。彼らはいま休戦条約を結んでここにいるが、ディオゲネス・クラブがふたたび彼にシ・ファンに敵対する仕事を命じれば、その旗は即刻おろされることになる。

「いまのところ、わたしたちはその件に関心をもってはおりません」

アマチュア強盗がガス灯をともし、それぞれの顔がはっきり見えるようになった。さっきの動物が突然金切り声をあげたが、悪魔博士の穏やかな一瞥でぴたりと静まった。片隅に、翼をひろげれば六フィートになる鸚《おう》鵡《む》でもおさめられそうな大きな金の鳥籠がおかれ、そこに尾長猿がはいっていた。猿は顔の三分の二もありそうな口をあけて、あざやかなピンクの歯茎と黄色い歯をむきだしている。そういえばボウルガードは、蛇皮の柄の靴泥落としを使うたびに、この中国人のペットに関する有名な奇癖を思いだしたものだ。

「要件を」軍人風のヴァンパイアが鼻を鳴らした。「時間が惜しい、おぼえておられようが――」

「千の謝罪を、モラン大佐。東洋ではそのように事を運ばぬのでな。だがここでは西洋のやり方にならおう、迅速にして性急、俊敏にして勤勉にな」

葉巻を吸っていた男が立ちあがった。まっすぐにのばした痩身にフロックコートがぶらさがるようにまといつき、ポケットのまわりは白墨の粉で汚れている。大佐は視線を落とし、その男にまかせるように深く椅子にすわりなおした。男が蜥蜴のように首を左右に動かすと、犬歯が下唇にかぶさった。

「彼は実業家でしてね」男は煙を吐きながら説明した。「クリケット選手は好事家《ディレッタント》で（この若者は、E・W・ホーナングの『二人で泥棒を』The Amateur Cracksman（一八九九）に登場するA・J・ラッフルズ。上流階級の出身で愛国者、クリケット選手にして犯罪者である魅力的な青年紳士）、そちらのグリフィンは科学者だ。キャプテン・マックヒースは――今日は失礼するがみなさまによろしくとのことだった――軍人で、サイクスは家業を継いでおり、わたし自身はといえば数学者だ。だが博士、あなたは芸術家ですな」

「教授はお世辞がうまい」

この〝教授〟の話も聞いたことがある。マイクロフトの弟の諮問探偵が血眼《ちまなこ》になって追っている相手だ。まだ縛り首になっていない英国人の中で、最悪の男と言えるだろう。

「世界でもっとも危険な三人のうちのふたりが一堂に会している。もうひとりはどこかとたずねずにはいられませんね」

「われわれの地位と名を隠しておこうとは思わぬがな、ミスタ・ボウルガード」中国人が答えた。「ドクター・ニコラはこのささやかな集まりには出席せぬ。おそらくタスマニアの沖合いで沈没船か何かを調査しておるのだろうよ。彼はもはやわれわれに関心がないのだ。おのが道に夢中でな」

ボウルガードはまだ説明を受けていない出席者たちに目を向けた。グリフィンと呼ばれた男は背景に溶けこんでしまいそうな白子《アルビノ》だ。サイクスは豚に似た粗野な温血者《ウォーム》で、背が低くがっちりとしている。大柄なストライプの上着や安物のヘア・オイルが、この品のよい集まりでひどく場違いだ。この男だけが犯罪者の風貌をしていると言ってもいい。

「教授、お手数だが、われらの客人に要件を説明していただけまいか――」

「喜んで、博士」しばしば〝犯罪界のナポレオン〟とも呼ばれる男が答えた。「ミスタ・ボウルガード、あなたもお気づきのように、われわれ——あえてあなたも数にいれさせていただくが——には共通の目的と呼ばれるものがない。それぞれが独自の道を歩んでいる。その道が交わるときには——そう、しばしば不幸な事態が起こる。近頃世の中は大きな変革を迎えたが、個人的な変容は受け入れるとして、われわれの仕事に本質的な変わりはなかった。われわれはこれまでと同じく、影の社会に属していた。われわれには一定の協約があった。互いに知恵を競いあうが、太陽がのぼれば一線をひく、とな。われわれはそれで満足していた。だが非常に残念なことに、その一線が維持されなくなってきたのだ——」

サイクスが口をはさんだ。

「イースト・エンドじゅうでポリ公が手入れしてやがンだぜ。チャーリー・ウォレンの気ちげェ野郎、また血に飢えた騎兵隊を派遣しやがった。何年もかけたどえれェ仕事がひと晩でおしめェよ。淫売宿はぶっつぶされた。博打《ばくち》も阿片も女も、無事なものなんかありゃしねェ。おれらはちゃんとゼニ払って仕事してるってェのに、ポリ公どもァ取り引きのことなんか知らん顔で、薄汚ねェ真似をしやがるンだ」

「わたしは警察とはなんの関係もありませんが」ボウルガードは答えた。

「われわれを見損なってもらっては困る」と教授。「ディオゲネス・クラブの諜報員として、あなたは公式にはなんの肩書ももってはいない。だが公式に認められていないからといって力をもたぬわけではない」

「われわれの利益に対する迫害は、〈銀ナイフ〉として知られる紳士が野放しになっているかぎりやむことはあるまい」

博士の言葉にボウルガードはうなずいた。

「そうでしょうね。その手入れも、殺人鬼を見つけようとしてのものなのですから」

「やつはわれわれの仲間ではない」モラン大佐が鼻を鳴らした。

「ありゃァかけ値なしの気ちげェだ。いいか、おれたちン中にゃァ、やわなやつなんかいやしねェ――言ってる意味、わかンな？　だがこン野郎はちィいとばかしやりすぎだ。女が騒ぐってェなら、血まみれの咽喉じゃなくってよ、顔に剃刀を突きつけてやりゃァいいのよ」

「あなた方がこの事件に関わっているという話は、いまのところ聞いておりませんが」

「問題はそこではない、ミスタ・ボウルガード」教授がつづけた。「われわれの影の帝国は蜘蛛の巣のようなものだ。世界じゅうに糸を張りめぐらしながら、その中心はここ、この都に集まっている。密にして複雑にからみあってはいるが、驚くほど繊細でもある。一定以上の糸を切られれば崩壊する。そしていま、右でも左でも糸が切られつつあるのだ。メアリ・アン・ニコルズが殺されて以来、われわれ全員が被害をこうむり、その損害は新たな凶行ごとに倍加している。この殺人鬼が社会に衝撃を与えるたびに、われわれも深く傷ついているのだ」

「スベタども、やつがうろついてるかぎり、外に出ようとしやがらねェ。おかげでおれン財布はからッけつよ。懐がさびしいったらありゃしねェ」

「必ず警察がつかまえますよ。情報に五十ポンドの賞金がかかっています」

「われわれは千ギニーの報酬を約束しているが、まだなんの反応も得てはいない」

「おれらはユダ公どもみてェにかばいだてしてるわけじゃねェ。〈銀ナイフ〉の野郎に出くわしてみやがれ、アイルランドの巾着切りが大トラの懐をかすめるよりさっさとたれこンでやろうじゃねェか」

「なんとおっしゃった？」

「ミスタ・ボウルガード」博士が言葉を加えた。「その男はつまり、あなた方の尊敬すべき警察機構に微力ながら援助を申しでようと言っておるのだ。われわれのもとにはさまざまな情報が集まってくるが、この件に関する情報はすべて、手にはいりしだい直接あなたに伝えることを約束しよう。われわれはその見返りとして、あなたがディオゲネス・クラブより個人的に委ねられた捜査に全力を尽くすことを要求する」

　ボウルガードは表面上は平静を保ちながらも、闇内閣の動きが奇妙な死の王に筒抜けになっていたことに大きな衝撃を受けた。しかもこの中国人は明らかに、たった二日前に受けとったばかりの報告――いまから数年シ・ファンは動きを見せないだろうと予測するもの――についてもくわしく知っているらしい。

「やつは味方の足をひっぱっているんですよ。こんなやつ、さっさとユニホームを脱いでベンチにひっこんでくれれば何よりなんですがね」とアマチュア強盗。

「やつの情報には千ギニー、首には二千ギニーの賞金がかかっている」大佐がつづけた。

「われわれは警察とは異なり、でたらめの情報で賞金をせしめようと考える輩にわずらわされることがない。そのような不埒者《ふらちもの》は、われわれの蜘蛛の巣世界では生き永らえることができないからな。ご理解いただけるか、ミスタ・ボウルガード」

「ええ、教授」

新生者《ニューボーン》はうっすらと笑った。彼らにとってはひとりの殺人鬼など物の数ではないのだろうが、野放しの犯罪者を見逃しておくことは許されないのだ。

「そして、ホワイトチャペル殺人鬼が逮捕されたあかつきにはどうなるのです」

「もとどおりになるのさ」とモラン大佐。

博士がいかめしくうなずき、サイクスが吐きだすように言った。

「まったくそのとおりってェもンよ」

「契約が完了したのちは、それぞれがもとの立場にもどることになろう」中国人が結論した。「忠告しておくが、そのときはあなたもミス・チャーチウォードと身を固め、わたしの国の問題は人にまかせておくことだな。あなたは細君運に恵まれていなかった。しばらくは安穏とすごされるがよろしかろう」

ボウルガードは怒りをこらえた。ペネロピをもちだして脅迫するとは、我慢の限界を超えている。

「わたし自身は身をひいて、組織の運営もモラン大佐にまかせようと考えている」教授が目をきらめかせた。

「数百年を生きられるとなったいま、ゆっくり時間をかけて宇宙モデルを練りなおしてみたい。純粋数学への旅、つまらぬ空間幾何学をはるかに超えた旅にのりだしていきたい」

博士が微笑を浮かべ、目を細めて長い口髭をもちあげた。彼だけが教授の遠大な計画を理解できるのだ。悪いものでも食べたような顔の同盟者たちを前に、教授は目を輝かせ、宇宙全体を埋めつくすまで無限に増殖する定理について思考をめぐらしている。

「考えてもみたまえ。すべてを抱合するただひとつの定理」

「馬車がチェイニ・ウォークまでお送りする」中国人が声をかけた。「会見は終了だ。われらの目的に力を貸してくだされば、見返りは得られよう。裏切ったときは――ありがたからぬ結果になろうがな」

そして手のひとふりで退室を促した。

「ミス・チャーチウォードによろしく」モランが言った。

大佐の卑しげな視線を受けて、諺どおり表情の読めない中国人の顔に、嫌悪の色が走ったようだった。

クリケット選手のあとから通路をもどりながら、ボウルガードは考えた。この任務を終えるまでに、自分はいったい何人の悪魔と同盟を結ばなくてはならないのだろう。案内されずとも出口までたどりつけることをひけらかしたい衝動がこみあげるのを、ぐっと自制する。それくらいの芸当はできるが、一味の彼に対する過小評価はそのままにしておいたほうがいい。

地上に出ると、もう夜明けが近かった。東の空に青灰色の曙光がひろがりはじめ、鴎が朝食を求めて鳴きかわしながら、テームズの岸辺にもどりつつある。

中庭にはまだ辻馬車が停まったままで、御者は御者台で黒い毛布にくるまっていた。ボウルガードの帽子とマントとステッキが、客席で彼を待っていた。

「ごきげんよう」

クリケット選手が赤い目をきらめかせながら挨拶を送った。

「ローズ（ロンドン北西部にあるローズ・クリケット・グラウンド）でお目にかかりましょう」

# 11　取るに足らぬ出来事

「やけに静かだね、ペニー」

「え？」

ぼんやりと怒りに満ちた白昼夢が覚めた。パーティの騒音が一瞬圧倒するように高まり、静まって、劇中の群衆のざわめきのように意味のない音となる。

アートがいかにも怒ったような声で咎めた。

「ペネロピ、夢を見ていたね。さっきからぼくが必死でない知恵をふり絞っているというのに、きみときたらひと言も聞いていないんだから。冗談を言うとあからさまな溜息をついて『まあ、ほんとうに』だし、同情をひこうと暗い話をすると、扇の陰でクスクス笑うんだ」

今日の外出はまるでだいなしだ。今日ははじめてチャールズと公式の場に登場する日、婚約者をもつレディとしてはじめてお目見えする日になるはずだった。何週間も前からドレスやコサージを選び、ふさわしい催しや出席者について考えてきた。それもみんなチャールズの謎の雇い主のせいで無駄になってしまった。おかげでさっきからいらいらしどおしで、昔の癖を出してひたいにしわを寄せないよう、必死で注意を払わなくてはならない。家庭教師のマダム・ド・ラ・ルジエールはよく、風が変わったら顔がそのままになってしまいますよと忠告したものだ。いま、もしかしてしわの一本でもできていはしないかと鏡をのぞきこむたびに、結局はあの口うるさい婆も間違っていたわけではないのだと考える。

「ええ、そうね、アート」

答えながら、ものごとが思いどおりにならなかったときにいつもわき起こる、内なる怒りをぐっとこらえる。

「あたくし、ぼんやりしていましたわ」

「そいつは、ぼくのヴァンパイアの魅力に対してあんまりだと思うな」

彼が怒ったふりをすると、米粒のような歯の先端がのぞいて下唇に刺さる。

ホテルのホールの向こう端では、フローレンスがほろ酔い加減の紳士と話しこんでいる。たしか〈テレグラフ〉の評論家だ。フローレンスは敵陣にのりこむ小隊のリーダーを気取っているが――彼らはいつもライシアム劇場をひいきにしているが、今日はクライテリオン劇場に遠征してきたのだ――結局はばらばらになって、それぞれ適当なグループにわかれてしまった。フローレンスはいつもこうだ。三十をすぎているというのに、気紛れで軽はずみだ。夫がいなくなったのも無理はない。今夜チャールズが姿を消したように。

「チャールズのことを考えていたの?」

ペネロピはうなずいた。ヴァンパイアは人の心を読めるというけれど、その噂はほんとうなのだろうか。いま彼女が考えていることなら、大文字で書かれたようにも明らかだろうけれど。ひたいにしわを寄せないよう、気をつけていなくては。さもないと哀れで愚かなケイトのように、笑いすぎと泣きすぎで二十二歳にしてしわくちゃになってしまう。

「ひと晩ふたりきりでいられるときでも、ぼくらのあいだにはチャールズがいるんだな。なんてやつだ」

初日のパーティをエスコートしてくれるはずのチャールズは、使いの者をよこして詫びを伝えるとともに、今夜のペネロピの世話をフローレンスに託して、彼女には口をはさむことも許されない政府の用事で出かけていってしまった。なんて腹立たしい。結婚したあかつきには、彼女の説得力が自覚より劣っていないかぎり、ボウルガード家は大きな変革を迎えることになるだろう。

コルセットがきついため呼吸が苦しく、襟《デコルタージュ》あきがひろすぎるため、あごから胸までの肌が冷えきって感覚がない。なんの役にも立たない扇をひらひら動かしているのは、椅子においてどこかの酔っぱらいの尻に敷かれたくないからだ。

アートはそもそもフローレンスをエスコートするはずだったのだ。結局は彼も、婚約者にふられたペネロピと同じくフローレンスに見捨てられ、熱心な求婚者よろしく彼女のそばをうろつきまわるはめに陥っている。二度、知り合いが近づいてきてお祝いを述べ、「それで、こちらがその幸運な紳士？」と間の悪い質問を放ったが、ゴダルミング卿はすばらしい機知でもってその場を切り抜けてくれた。

「チャールズを悪く言うつもりではなかったんだ。すまない、ペニー」

婚約発表以来、アートは熱心に言い寄ってくるようになった。彼自身もかつて、ペネロピがよくおぼえているレディと婚約していた。それから、あの恐ろしい事件が起こった。アートは、とりわけチャールズと比べると、理解しやすい。婚約者氏はペネロピの名を呼ぶとき、必ず一瞬の躊躇を見せる。実際にはまだ一度もパメラと呼び間違えたことはないものの、いつかやってくるだろうその恐ろしい瞬間を、ふたりともが怯えながら待ちかまえている。彼女はこれまでずっとすばらしい従姉のあとを追うだけで、誰かが無言で自分とパムを比べるたびに、ふるえながら、自分は永久に〝出来の悪いほうの〟ミス・チャーチウォードと呼ばれるのだろうと考えてきた。それでも――パムはもういないのに、ペネロピは生きている。そしていまはもうパメラが結婚した歳を越えたのだ。

「チャールズがこられなかったのは、よほど大切な用事があったからだよ。彼の名は決して表に出ることはないけれど、ホワイトホールのひと握りのトップのあいだでだけ知れわたり、高く評価されているんだ」

「でもアート、もちろんあなたも重要なお役についているのでしょう？」

アートは巻き毛を揺らして肩をすくめた。

「ぼくは育ちと行儀がいいだけの使い走りさ」

「けれど首相が——」

「ぼくはたしかにルスヴンの今月のお気に入りだ。でもそれだってたいした意味をもっているわけじゃない」

フローレンスが今日の芝居に関する公式見解をたずさえてもどってきた。今日の出し物は、『銀の王』や『聖者と罪人』などで有名なヘンリー・A・ジョーンズによる『クラリモンドのお目見え』だった。

「ミスタ・サラの台詞ですわね。『雲が途切れ青空がのぞくとともに、心の闇も晴れた。醜いものもこれで終わりを迎えるだろう』」

クライテリオン劇場でお馴染みの〝騒がしい笑劇〟の典型とも言える作品だ。主役は過去のある新生者《ニューボーン》のレディ。彼女の父親、実は夫の勅選弁護士は、何かというと二階正面席に向かって皮肉を投げつけ、そのたびに俳優兼劇場支配人であるチャールズ・ウィンダムが格言の才能を発揮する仕組みになっている。衣装と背景幕を取り替えるたびに、舞台はロンドンから田舎、イタリア、そして幽霊の出る城へと移り、最後はまたロンドンにもどる。終幕までに恋人たちは和解し、悪は滅び、財産は正当な持ち主の手にわたり、秘密はもっとも無難な方法で明かされる。幕がおりて一時間がたったいま、ペネロピはヒロインの着ていたすべてのドレスを細かく正確に描写できるが、その役を演じた女優の名を記憶にとどめてはいなかった。

「ペニー」かすれた小さな声が呼びかけた。「フローレンス、それにゴダルミング卿も。こんばんは」

冴えないドレスを着たケイト・リードだ。うしろにくっついている二重あごの新生者《ニューボーン》は、たしかディアミド叔父さんとかいう人だ。〈セントラル・ニュース・エイジェンシー〉のベテラン編集者で、俗悪なジャーナリズムで仕事をしたがっているケイトの後援者をしている。三文文士街《グラブ・ストリート》でもっとも低俗な三文文士《グラビエストグラブ》（グラブ・ストリートは現在のミルトン・ストリート。もと貧乏な二流作家や三文文士が住んでいた）という評判だが、ペネロピ以外の全員に面白い人物と評され、たいていの場所で黙認されている。

アートがわざわざ節だらけの手をとって接吻してやると、ケイトは廿日大根のように真っ赤になった。ディアミド・リードはビールくさいげっぷを漏らしながら、フローレンスに、お元気ですかと挨拶をした。長々と不調を訴えるのが大好きなミセス・ストーカーに対して、これは賢明なやり方ではない。だが今日の彼女はありがたいことに方針を変えたらしく、ミスタ・リードは近頃ちっともうちの夜会においでになりませんのね、と答えただけだった。

「たまにはチェイニ・ウォークにもいらしてくださいましな、ミスタ・リード。あなたは高貴な方々のことにも、下々《しもじも》のことにも、よく通じておいでですもの」

「残念ながら近頃はもっぱら下々のほうで漁をしています、ミセス・ストーカー。ほれ、例の、ホワイトチャペルの〈銀ナイフ〉殺人ですよ」

「おぞましい事件だ」アートが吐きだした。

「まったく。しかしおかげで売上げはべらぼうにのびています。〈スター〉も〈ガゼット〉もほかの連中も、死にもの狂いで先を争っていますよ。〈エイジェンシー〉が投げてやる餌だけじゃ満足できなくってね、なんでも漁っていくありさまです」

殺人や下品な話になんか興味はない。ペネロピは新聞もとっていないし、教化本以外、本も読まないのだ。

「ミス・チャーチウォード」ミスタ・リードが話しかけてきた。「お祝いを申しあげなくてはなりませんな」

にっこりと微笑する。顔にしわを寄せないよう気をつけなくては。

「チャールズはどこ?」

ケイトの鈍感さは相変わらずだ。定期的に絨毯のようにぶってやらなくてはならない娘もいるものだ。

「ぼくらは見捨てられてしまったんですよ」アートが答えた。「チャールズも後悔しているんじゃないかな」

心の中で燃え狂う炎が顔にあらわれていなければいいのだけれど。

「チャールズ・ボウルガードですか」ミスタ・リードが口をはさんだ。「いざというときには頼りになる男でしょうね。そういえば昨晩だっけか、ホワイトチャペルで見かけましたよ。〈銀ナイフ〉事件を追っている捜査官と一緒でしたね」

「そんなはずありませんわ。チャールズがそんなところに足を踏み入れるなんて、考えられませんもの」

しばしば人が殺されるホワイトチャペルになんて、ペネロピは行ったことがない。

「それはどうかな。ディオゲネス・クラブは妙なところであらゆる出来事に妙な関心を示すからね」

アートったら、そんなクラブのことなんか口にしないでくれればいいのに。ミスタ・リードの耳がぴくりと動いてアートに質問しようとしたそのとき、新しい客が到着して一同を気まずい雰囲気から救いだしてくれた。

フローレンスが喜びの声をあげた。

「ごらんなさいな。あの度しがたさで、またわたくしたちを悩ませにきましたわよ。オスカーですわ」

豊かな巻き毛に赤ら顔の大柄な新生者《ニューボーン》が、緑のカーネーションを襟にさし、両手をポケットに突っこんでストライプのズボンの前をふくらませたまま、ぶらぶらとこちらにやってきた。

「やあ、ワイルド」

声をかけたアートには「ゴダルミングか」と素っ気ない言葉を返しておいて、詩人はフローレンスに慇懃《いんぎん》きわまりない挨拶を送り、あふれんばかりの魅力をふりまいた。当然ながらその余波はペネロピとケイトにまで降りかかってくる。ミスタ・オスカー・ワイルドは以前、フローレンスがまだダブリンにいてミス・ボールコムと呼ばれていたころ、彼女に求婚し、いまでは決して口にされることのないブラムに敗北を喫したのだと言われている。ワイルドはきっと、拒絶による非日常的刺激を味わいたいがため、多くの女に求婚しているのにちがいない。

フローレンスが『クラリモンドのお目見え』について意見をたずねた。賢明な評論家は——もちろんぼくもその一員ですがね――ああした作品があってくれればこそ、刺激を得、その残骸の上に真の天才を築くことができるのですよ、というのがワイルドの答えだった。

「まあ、ミスタ・ワイルド」ケイトが言った。「お話をうかがっていると、作家よりも評論家のほうを高く評価していらっしゃるみたいです」

「そのとおり。評論はそれ自体が芸術です。そして芸術的創造が評論能力を内包し、それなしにはまったく存在し得ないように、評論はもっとも高度な意味における創造性を秘めているのです。評論は事実、創造的であるとともに独立した活動でもあります」

「独立ですか？」

ケイトは自分の言葉がこの演説を引き起こしたことを意識しているのだろう。

「そう、独立しているのです。フロベールがルーエン近郊のむさくるしい村ヨンヴィル＝ラベイに住むけちな田舎医者の愚かな妻がくりひろげる卑しく感傷的な情事《アムール》から古典的傑作を書きあげたように、今年度の王立美術院の絵とか、まあそれを言うなら何年の王立美術院の絵でもいいわけですが、もしくはミスタ・ルイス・モリスの詩とか、ミスタ・ヘンリー・アーサー・ジョーンズの戯曲とか、そういったくだらないもの、まったく無価値なものからでも、思考力をそそいだり費やすことに喜びをおぼえるならば、真の評論家は疵ひとつない美と直観を備えた作品を生み出すことができるのです。無能は常に天才の誘い水であり、愚鈍はいかなるときでも洞窟から叡知を呼びだすことのできるおとり《ペスティア・トリオンファン》なのです」

「で、結局今日の芝居はどうだったんだね」ミスタ・リードがたずねた。

ワイルドは手をふって顔をしかめた。その仕種と表情は、優雅ではあるがペネロピにさえ焦点がずれていると感じられたささやかな演説より、はるかに明確に彼の意志を伝えている。かつてワイルドが説明したところによると、適切さというやつは甘やかしてはならない放逸な習癖なのだという。

「ルスヴン卿がよろしくと言っておられたよ」アートが伝えた。

詩人は著名人からの挨拶に気をよくしたようだった。つづいて、まるで無関係だが驚くべき機知に満ちた何かを言おうと口をひらきかけたそのとき、アートがずいとそばにすり寄って、彼とペネロピだけに聞こえる小声でささやいた。

「それから、クリーヴランド・ストリートのさる邸への訪問は、なるたけ控えたほうがいいだろうということだった」

ワイルドはふいに鋭い目でアートを見やり、ぴたりと口をつぐんだ。そしてフローレンスを連れてその場を去り、〈フォートナイトリ・レヴュー〉のフランク・ハリスと話をはじめた。ミスタ・ハリスは転化によって山羊の角を生やしたのだが、ペネロピにはそれが薄気味悪くてたまらない。ケイトはそそくさと詩人のあとを追っていった。なんとか編集者にとりいって、婦人参政権問題か何かのくだらない記事を書かせてもらおうという魂胆だろう。とてつもない放蕩者と評判のミスタ・ハリスでも、たぶんケイトみたいな発育不良の魚はつかまえる価値もないと、海にもどしてくれるのではないだろうか。

「ワイルドをあんなに動転させるなんて、いったい何を言ったんです」

獲物のにおいを嗅ぎつけて、ミスタ・リードがたずねた。ニュースになりそうなネタを追っているとき、彼の鼻孔は文字どおりぴくぴく動くのだ。

「ルスヴンのいつもの気紛れですよ」

ニュース・ハンターは錐のような目でアートを見つめた。ヴァンパイアの視線は鋭い。社交の場でもしばしば、角をからませあった篦鹿《へらじか》のように、互いに相手を倒そうとにらみあう光景が見られる。この戦いはミスタ・リードの負けとなり、その場を離れて利かん気な姪をさがしにいった。

「はっきりしたお嬢さんだ」

アートがケイトのほうにあごをしゃくって言った。

「あら、職業なんて、夫をつかまえられない娘がほしがるものですわ」ペネロピは首をふった。

「おやおや」

「あたくしね、ときどき、何もかもが頭の上を通りすぎていってるみたいな気がしますのよ」ペネロピはこぼした。

「きみがその小さい綺麗な頭を悩ませることなんて、何もありはしないよ」

アートがこちらに向きなおった。あごに指をかけて顔をあげさせ、じっと目をのぞきこんでくる。接吻するのかしら。こんな人前で。ロンドン劇場の人々すべてが集まっているところで——。だが彼はなんのそぶりも見せず、まもなく笑って手を離した。

「チャールズも、きみをそこいらに放りだしていっては危険だということに、はやく気がつかなくてはいけないね。さもないと誰かにさらわれ、現代のバビロンに貢物《みつぎもの》として捧げられてしまうかもしれない」

ペネロピは、誰かが理解できないことを話したときはそうしなさいと教えられたとおり、小さな笑い声をあげた。ゴダルミング卿の闇を秘めた目の中で何かがきらめく。胸の奥に小さな温もりがひろがった。このままでいれば、いったいどこにたどりつくことになるのだろうか。

# 12　死者たちの夜明け

夜明けが霧を血の色に染める。日の出とともに新生者《ニューボーン》たちは柩《ひつぎ》へ、隅へと急ぐ。ひとりぶらぶらとトインビー・ホールに向かうジュヌヴィエーヴは縮みゆく影に怯えてはいなかった。歳月を経た彼女は、ヴラド・ツェペシュと同じく、陽光を浴びても敏感な新生者《ニューボーン》のように干からびたりはしない。それでも光にあたると、温血者《ウォーム》の娘の血によってもたらされた活力は弱まっていく。コマーシャル・ストリートで温血者《ウォーム》の警官とすれちがったので、挨拶を送《おく》った。警官は顔をそむけて巡回をつづけた。さっきまでつきまとっていた、姿の見えない誰かにあとを尾《つ》けられているという感覚が、またよみがえってきた。この地域につきものの錯覚だと思おうとしてはいるのだが。

この四日間、自分の仕事より〈銀ナイフ〉事件に関わっている時間のほうが長かった。ドルーイットとモリスンは二交替制をとりながらホール内の限られたスペースをうまくやりくりして、もっとも貧しい人々に対処している。トインビー・ホールはそもそも教育施設として建てられたものだが、いまではまるで野戦病院だ。自警団につきあって騒がしい集会にいくつも出席してきたため、間近で聞いたオーケストラ音楽がしばらく残響を起こすように、いまもまだ耳の中で言葉が飛びかっている。

足をとめて耳を澄ました。また、あとを尾けられているような気がしたのだ。ヴァンパイアの感覚がうずく。黄色い絹をまとった何かが、夢遊病者のように長い腕を前に突きだし、音もなく妙な跳ね方をしながら進んでくるイメージ。霧の中をのぞきこんだが何もいない。たぶん、あの温血者《ウォーム》の娘の記憶か幻想を吸収してしまったのだろう。とすると、娘の血が体内から消えるまでつきまとわれることになる。以前にもあったことだ。
ジョージ・バーナード・ショーとベアトリス・ポッターは、町じゅういたるところで演説をし、この殺人事件をきっかけとしてイースト・エンドの実情に人々の目を向けさせようとしている。どちらの社会主義者もノスフェラトゥではないが、ジュヌヴィエーヴの知るかぎり、少なくともショーは共和党とつながりがある。〈ペルメル・ガゼット〉ではW・T・ステッドが、かつての強制売春や児童搾取撲滅運動に匹敵するほどの、〈銀ナイフ〉反対キャンペーンをくりひろげている。批判対象が絞りこめないため、責任は社会全体に転嫁されている。トインビー・ホールにも一時は多くの慈善寄付が寄せられ、ドルーイットが、資金集めのため殺人鬼の活動を支援するのもいいのではないかと言いだしたほどだった。謹厳実直なジャック・セワードはむろん、そんな提案を喜ばなかったが。

厩舎の壁に貼られたポスターは、〈銀ナイフ〉逮捕のための情報に対して、また賞金額を吊りあげている。互いに敵視しあうヴァンパイアと温血者《ウォーム》の自警団は、警棒と剃刀をもって歩きまわり、口論したり、無実の通行人に襲いかかったりしている。街娼たちは殺人鬼の危険など忘れたかのように、自警団員がホワイトチャペルに女を買いにくる男たちにつっかかるため、目立って客が減ったと文句を言いはじめた。ソーホーやコヴェント・ガーデンの娼婦たちは、商売繁盛でほくそえんでいるという話だ。

路地からうめき声が聞こえた。自分でも驚くほどふいに、犬歯がナイフのようにとびだした。薄暗い隅に踏みこむと、ひとりの男が赤毛の女を壁に押さえこんでいた。ジュヌヴィエーヴは殺人鬼を捕らえようと近づいていき、男が長外套を着た軍人であることに気づいた。ズボンをくるぶしのまわりに落とし、女に向かってナイフではなく腰をぐいぐい突きだしている。ものすごい勢いだが、まだ達してはいないらしい。女は救命具のように腰のまわりにスカートをたくしあげ、隅に寄りかかったまま、男の頭をかかえて肩の羽根飾りに押しつけている。

娼婦は〝赤毛のネル〟と呼ばれる美貌の新生者《ニューボーン》だった。転化のときにホールを訪れたので、その身体が冷たくなり、また熱くなり、新しい歯が生えてくるまでのあいだ、ジュヌヴィエーヴが世話をしてやった。本名はたしか、フランシス・コールズとかコールマンとかいった。転化によって髪がずいぶん濃くなり、弓形の生え際はほとんど眉間までさがっているし、むきだしの腕や手の甲も狐のような赤い剛毛におおわれている。

赤毛のネルが客の首筋の浅い掻き傷をなめ、視線をこちらを向けた。誰だかわからないらしく、侵入者に向かって柵杭のような牙をむきだす。赤く縁どりされた目に血がにじんでいる。ジュヌヴィエーヴは静かに路地を離れた。新生者《ニューボーン》はなんとか四ペンスを使わせようと、悪態を浴びせて軍人を煽っている。

「ほらよ、馬鹿だね、さっさと終わらせてみな――」

手がのびて女の髪をつかみ、男はあえぎながらさらに激しく腰を使った。

通りにもどってから、ジュヌヴィエーヴは糸切り歯がひっこむまで、しばらくじっと立ちつくした。いまにもとびかかるところだった。自警団と同じくらい、殺人鬼に対して神経が過敏になっているようだ。

〈銀ナイフ〉の正体はさまざまに噂されている。革のエプロンをかけた靴職人。儀式殺人をするポーランド系ユダヤ人。マレー人の船乗り。ウェスト・エンドの変質者。ポルトガル人の牛飼い。ヴァン・ヘルシングかチャーリー・ピースの幽霊。医者だとか、黒魔術師だとか、産婆だとか、牧師だとかいう説もある。噂がひとつたつごとに、さらに多くの罪もない人々が群衆の餌食になる。パイザーという温血者《ウォーム》の靴職人の店先に〝ぎんないふ〟と落書きがあったときには、パイザー本人の身柄を守るため、シック巡査部長が彼を留置所に連れていった。十字軍のジェイゴが、殺人鬼がこのあたりをなんの妨害もなく歩きまわり好き勝手に人殺しをしているのは犯人が警官だからだと演説をしたあとでは、ジョナス・ミズンというヴァンパイアの警官がコーク・ストリートのはずれの中庭にひっぱりこまれ、興奮のさなかで串刺しにされた。ジェイゴは現在獄中にいるが、レストレイドによれば、まもなく釈放されるだろうという話だ。ミズンの死んだ時刻、ジェイゴにはたしかなアリバイがあった。ジョン・ジェイゴ牧師はアリバイに困ることだけはないらしい。

玄関ではリリーが眠っていた。新生者《ニューボーン》の少女は昼のあいだ、ホールでもらったぼろ毛布にくるまって丸くなっている。陽光をさえぎろうと毛布を巻きつけた小さな身体が、さながらエジプトのミイラのようだ。変身途上の腕はさらに悪化し、役にも立たない翼が腰から腋の下までひろがっている。リリーは顔のすぐそばに猫を抱き寄せ、半死半生のその首筋に口を押しあてていた。

アバラインとレストレイドは何十人もの容疑者を訊問したが、結局誰ひとり逮捕するにはいたらなかった。警察署の外には常に、抗議者たちが押し寄せては反目しあっている。リーズやカーナッキら、霊媒も呼ばれた。マーティン・ヒューイット、マックス・カラドス、オーガスタス・ヴァン・ドゥーゼンといった私立探偵たちも何かを発見しようとホワイトチャペルをうろつき、ホークショー老御大《ろうおんたい》までが隠遁所からのりだしてきた。しかし、誰もが認める第一人者がデヴィルズ・ダイクに収容されている現状では、探偵連中の熱狂も目に見えて冷め、事件解決がもたらされることはなかった。またコトフォードという狂人がミンストレル・ショー（黒人に扮した司会者と役者および合唱舞踊団が演じるきわめて紋切り型のおどけた対話と歌曲・舞踊を主とする演芸。十九世紀初頭から中期にかけて米国で流行した）のように顔を黒く塗って徘徊していたところを逮捕され、自分は〝変装した〟探偵だと主張したこともあった。彼はコルニー・ハッチ精神病院に収容され、鑑定を受けることになった。狂気は、ジャック・セワードによると、伝染性の病気なのだ。

財布に一シリングはいっていたので、リリーの毛布にすべりこませてやった。新生者《ニューボーン》の少女は眠たげなつぶやきをあげたが、目覚めることはなかった。ハンソム馬車ががらがらと音をたてて通りすぎていった。うたた寝をしている乗客の横顔が目にはいった。馬車の動きにつれて帽子が揺れている。歓楽街でひと晩をすごした客が帰宅するのだろう。それから気づいた。あれはボウルガードだ。ルル・シェーンの検死審問にきていた、ディオゲネス・クラブから派遣された男。レストレイドによると、彼の登場は雲上人たちの関心をあらわしているのだという。若返った女王は〝これら身の毛もよだつ殺人〟に関する公式見解を発表したが、ドラキュラ公は沈黙を守っている。彼にとっては、ヴァンパイアであろうとなかろうと、数人の街娼の生命など虫けらほどの意味ももたないのだろう。

辻馬車は霧の中に消えていった。またもやさっきの感覚だ。そこ、霧の中に何かが立って、彼女を見張り、動く機会をうかがっている――。やがてその感覚も消えた。

未知の狂人の所業に対する無力さを自覚するにつれて、この事件のもたらす影響の大きさが少しずつ理解されてくる。議論をはじめるにあたって、誰もがまず、これは三人の娼婦が惨殺されただけの事件ではないと断言する。問題はそして、ディズレイリの〝ふたつの国民〟理論に（ディズレイリが若いころの小説において「富める者」と「貧しい者」を指して使った）、下層階級にヴァンパイリズムが蔓延していく遺憾な状況に、公的秩序の衰退に、変質した王国の危うい均衡に、移行していく。この殺人事件は単なる火花にすぎないが、大英帝国は火口箱《ほくちばこ》なのだ。

ジュヌヴィエーヴは多くの時間を娼婦たちとともにすごし、彼女らの恐怖をわかちあった――ジュヌヴィエーヴ自身あまりにも長い年月を放浪者としてすごしてきたため、他人事とは思えないのだ。今夜は夜明け前に、レイヴン・ロウのはずれにあるミセス・ウォレンの娼家でひとりの娘を見つけ、楽しみのためではなく必要にかられてその血を飲んだ。温血者《ウォーム》アニーは乳母のようにやさしく彼女を抱きしめ、その首筋を吸わせてくれた。そのあとで、ジュヌヴィエーヴは半クラウンをおいてきた。法外な金額だったがそうせずにはいられなかった。温か《ウォーム》なアニーの部屋を飾るものはただひとつ、戦いにおもむく馬上のヴラド・ツェペシュを描いた安っぽい絵だけで、家具といえば洗面台と大きな寝台しかなかった。敷布は何度も洗われたため紙のように薄く、マットレスにはあちこち茶色い染みがついていた。曖昧宿はもはや、飾りたてた鏡をおかなくなっていた。

長い年月の末に捕食者としての生き方に慣れたはずなのに、プリンス・コンソートが何もかもを逆転させたこの世界で、ジュヌヴィエーヴはふたたび羞恥をおぼえていた。生き延びるために自分がしなくてはならない行為に対してではなく、周囲のヴァンパイアを称する者たち、ヴラド・ツェペシュの血統の者たちが引き起こす所業に対する羞恥だ。アニーは何度も血を吸われている。いずれ彼女も転化するだろう。誰の子《ゲット》でもなく、自分自身で道を模索し、やがてはキャシー・エドウズのようにやつれ果てるか、ポリー・ニコルズのように真の死を迎えるか、赤毛のネルのような獣になって終わるのだろう。温血者《ウォーム》の娘が飲んでいたジンのため、頭がくらくらする。だから幻覚を見たりするのだ。この都市全体が病んでいるのかもしれない。

# 13　奇妙な情熱の発作――ドクター・セワードの日記《蠟管録音による》

九月二十六日

ホールの朝は静かだ。日の出からかつて昼食時《ランチ・タイム》と呼ばれた時刻までのあいだ、ホワイトチャペルは眠りに落ち、新生者《ニューボーン》は土をいれた箱に急ぐ。この地区の温血者《ウォーム》は昔から夜行性だった。わたしはモリスンに邪魔をしないよう言いつけ、仕事をもって所長室にひきこもった。彼には記録をつけるのだと言ってある。嘘ではない。記録をつけるのは昔からの習慣だ。わたしたち全員がそうしていた。ジョナサン・ハーカーも、ミナ・ハーカーも、ヴァン・ヘルシングも。ルーシーでさえ、あの綺麗な手で間違いだらけの長い文章を綴った。教授は記録文書にうるさかった。歴史は勝者の手によってつくられる。ヴァン・ヘルシングはずっと、友人ストーカーを通してそれらを出版するつもりでいたのだ。敵と同じく、教授も力の誇示には熱心だった。十九世紀のヴァンパイア事例を科学的に実証し、かつみごとに解決してのけた手記を発表すれば、彼の名声はさらなる輝きを放っていただろう。だが結局、われわれの記録はプリンス・コンソートの手によって完全に葬り去られた。わたしの日記はパーフリートの火事で消失し、ヴァン・ヘルシングは第二のユダとして記憶されることになった。

当時、彼はまだプリンス・コンソートではなく、ただのドラキュラ伯にすぎなかった。伯爵はもったいなくもささやかなわれわれ一党に注目くださり、われわれが打ちのめされればばらばらになるまで繰り返し攻撃をしかけてきた。当時の簡単なメモや走り書きは鍵をかけてしまってある。最終的にわたし自身を正当化するにはもとの記録を再生しなくてはならない。それがこの静かな時間帯に、わたしがみずからに課した仕事だ。

いったいどこからはじめればいいのだろう。ドラキュラの死か。その再生か。大英帝国に対する彼のとほうもない計画か。ドラキュラ城におけるハーカーの身の毛もよだつ体験か。死体を舵輪に縛りつけたままホイットビーに打ち寄せられた難船デメテル号のことか。それとも、伯爵がはじめてルーシーを目にしたときのことだろうか。ミス・ルーシー・ウェステンラ。ウェステンラ――珍しい姓だ。〈西方の光〉を意味する。そう、ルーシーだ。わたしにとって、すべてはそこからはじまる。ルーシー・ウェステンラから。ルーシー。一八八五年五月二十四日。あの朝のわたし、二十九歳で、パーフリート精神病院の院長に任命されたばかりのジャック・セワードは、ほんとうに存在していたのだろうか。過去の時間は金色の靄に包まれ、子供のころに読んだ冒険小説や医師名簿の中におぼろな断片として残っているにすぎない。わたしの経歴は間違いなく輝かしいものだった。勉強に観察に旅行。友人にも恵まれていた。だがその後、すべては百八十度転換したのだ。

　いまにして思えば、わたしがほんとうにルーシーを愛するようになったのは、求婚をことわられて以後のことだ。当時わたしは結婚相手を選ばなくてはならない年頃で、彼女は単に、知り合いの中でもっともそれにふさわしい相手というにすぎなかった。紹介してくれたのはアートだ。当時まだゴダルミング卿ではなかったアーサー・ホルムウッド。ルーシーの第一印象は〝軽薄そうな〟だった。〝愚か〟とさえ思えた。わめきちらす狂人のあいだで日々をすごしているわたしには、まじり気のない愚直さがかえって魅力として映った。複雑に渦を巻く精神とつきあっていたため――狂人の精神が単純であるというのはまったくの誤りだ――ルーシーのような素朴さと率直さこそが女の理想に思えた。あの日、わたしは求婚の言葉を述べた。なぜかポケットにはメスがはいっていて、わたしは試練のあいだじゅうそれをいじっていた。まだ知りあって間もないが、自分がいかにあなたのことを愛《いと》しく思っているか――準備してきた言葉を口にする前から、敗北が予感された。彼女は小さな笑い声をあげ、涙を絞りだして困惑のこもった笑いを隠した。それからようやく、自分の心は別の人にあると告白した。わたしはすぐさま、アートに負けたのだと知った。彼の名を告げられたわけではなかったが、はっきりとわかった。のちにわたしは、天真爛漫なルーシーに征服されたもうひとりの驚くべき犠牲者キンシー・モリスとともに、アートが未来の幸福についてまくしたてる一夜を耐え忍んだ。明朗闊達《かったつ》で立派なテキサス男は、心からの祝福をこめてアートの背中をたたいた。わたしは愚かしい笑みを貼りつけたまま、つぎつぎとキンシーのウイスキーを飲み干し、ふたりが酒をあおってジョークを応酬するあいだもひとり素面《しらふ》を保っていた。そのあいだにルーシーは荷作りをして、ミナを相手にさらなるご満悦にひたろうと、ホイットビーに出発した。自分は未来のゴダルミング卿をからめとったのに、学校教師をしているいちばんの親友が手に入れたのは、エクセターの事務弁護士にすぎなかったのだから。

失恋のもっとも効果的な治療は仕事に専念することだ。わたしは哀れなレンフィールドによって名をあげたいと願った。肉食偏執狂《ズーファガス・マニア》の発見者となれば、わたしの前途も洋々とひらけるだろう。それでも良家の令嬢はやはり、聞いたこともない精神病気質の発見などより、称号や財産の相続を将来の婚約者に求めるのだろうが。その夏わたしは、小動物の生命を集めるレンフィールドの奇妙な行動をなんとか論理づけようとしていた。彼はまずはじめに、子守歌を真似るように、蠅を蜘蛛にやり、蜘蛛を小鳥にやり、小鳥を猫にやった。おそらく猫を食べて、蓄積した生命エネルギーを摂取するつもりだったのだろう。それが実行不可能だとわかると、今度は手にはいるかぎりの生物を食べはじめた。窒息しそうになって羽毛を吐きだしたこともあった。論文が形をとりはじめたころ、わたしは彼の肉食偏執狂《ズーファガス・マニア》にもうひとつの強迫観念が混じっていることに気づいた。病院の隣にある荒れ果てた地所に異様な執着を示したのだ。現在一ペニーを払って行列をつくる観光客たちも知っているように、カーファックスは伯爵が英国で最初に手に入れた邸である。レンフィールドは繰り返し脱走してはその礼拝堂に駆けこみ、〝主人の到来〟とか〝救済〟とか〝もうけのわけ前〟などについてわめき散らした。彼がありふれた宗教偏執狂《マニア》になり、長いあいだ放置された邸に神聖な意義を見出したのだと考え、わたしはいささかの落胆を禁じ得なかった。わたしは肝心な第一歩から致命的な過ちを犯していた。伯爵はこの狂人を支配下におさめ、手足として使おうとしていたのだ。もしレンフィールドがいなかったら、この手に残されたいまいましい歯形がなかったら、すべては変わっていたのだろうか。フランクリンの言葉ではないが、「ほんの釘一本《ささいなことの》がなかったために――」

ホイットビーではルーシーが病を得ていた。わたしたちには知るよしもなかったが、今度はアートが敗北を喫する番だった。この身分制の世の中で、英国貴族《ロード》などワラキア公とは比べ物にもならない。デメテル号から上陸を果たした伯爵は、ルーシーに狙いを定めてヴァンパイア化をもくろみ、尻軽娘のほうも伯爵の口説きに嬉々として身をまかせた。わたしはアートに頼まれてロンドンに連れもどされたルーシーを診察したが、そのとき明らかに彼女の処女は失われていた。わたしはアートのことを、結婚の誓い前にその権利を行使したとんでもない卑劣漢と心中ののしったものだ。彼の属する社会を思えば、未来のゴダルミング卿が乙女の純潔に敬意を払うとは露ほども考えられなかったからだ。いまとなれば、ふしだらな婚約者のことで身も細る苦悩を味わっていた当時のアートには、気の毒をしたと思う。彼もまたわたしと同じく、夜毎〈東方の獣〉に屈する〈西方の光〉のおおいなる欺瞞にあざむかれていたのだから。

ルーシーは自分がアートを愛していると心から信じていたのかもしれない。しかしながら伯爵が登場する以前でさえも、それはごく薄っぺらな愛情にすぎなかった。ヴァン・ヘルシングが編集した書類の中に、ルーシーからミナに宛てて、三人に求婚された一日について滔々《とうとう》と打ち明けた手紙がある(ミナは親切にも緑のインクで綴りの誤りを訂正してやっている)。三人めはキンシーだ。キンシーがウェステンラ家の客間で噛み煙草をくちゃくちゃやりながら吐きだす壺が見当たらずに困惑しているさまは、いかにもテキサスの田舎者然としていたことだろう。ルーシーはミナに対し、ふんだんに言葉を費やして得意げにまくしたて、一週間の出来事を一日に縮めることで、仕事をもたずとも自分の人生がいかに波瀾に満ちているかを誇張している。実際、三人からの求婚という偉業をひけらかすことに夢中になるあまり、実際の勝利者の名は追伸でひと言つけ加えるだけで終わらせているほどなのだ。

いまではまったくありふれたものとなったルーシーの病状は、当時は謎のひと言に尽きた。転化に伴う肉体的変化と悪性貧血は、十ものさまざまな病気の可能性を示唆していた。首筋の傷の原因も、ブローチの針から蜂に刺されたものまで、さまざまに考えられた。わたしは旧師であるアムステルダムのヴァン・ヘルシングに手紙を書いた。教授は英国にとんできて彼女を診察したが、結果に関しては口をつぐんだ。それは重大な過ちであったが、当時――わずか三年前にすぎないが――ヴァンパイアなどと言われても、たしかにわたしたちは耳を貸さなかっただろう。いまにして思うに教授のもっとも大きな失策は、大蒜《にんにく》の花や聖餅《せいへい》や十字架や聖水などといった、時代遅れな錬金術もどきの民間伝承を信じたことである。もし、ヴァンピリズムは魂とは無関係な肉体的変化にすぎないという事実がわかっていたら、ルーシーはいまも不死者《アン＝デッド》のままでいられたかもしれない。伯爵自身も当時、そしておそらくはいまも、教授の誤謬の多くを信じているようであるが。

ヴァン・ヘルシングの来訪も輸血も聖物も役に立たないまま、ルーシーは死んだ。世を去ったのは彼女だけではなかった。放蕩者のアーサーの父親もついに年貢をおさめ、使い残しの、それでも驚くほど多くの財産と爵位を息子に遺した。ルーシーの母親は部屋にはいりこんだ狼に仰天し、心臓発作を起こして亡くなった。彼女はまた早まったことに、全財産をアートにゆずると遺書の書き換えをおこなっていた。もしアートがルーシーと伯爵の関係に立腹して婚約を解消していたら、深刻な問題が生じていたところだ。

ルーシーが少なくとももしばらくのあいだ、ほんとうに死んでいたことは間違いない。わたしはヴァン・ヘルシングとともにそれを確認した。いま、転化以上に彼女の精神を混乱させる原因となった死が、伯爵ではなく、ヴァン・ヘルシングの輸血によってもたらされたものかもしれないと考え、わたしは少なからぬ苦痛にさいなまれている。輸血は非常に危険な治療法なのだ。現在医学界では血液の問題が深い関心を呼んでいるが、昨年もそれに関する一連の論文が〈ランセット〉(英国の週刊医学雑誌)に掲載された。ある若い専門医の主張によると、血液にはいくつかの型があり、いわゆる輸血は同じ型のあいだでのみ可能なのだという。もしかすると、わたしの血が毒となって彼女を殺したのかもしれない。もちろんこの国には、型のことなど考える必要もなく、みずからの体内に血をとりこんでしまえる者が大勢いるのだが。

　理由はなんであれ、そして伯爵のたび重なる訪れが彼女の健康を好転させようはずもなく、ともかくルーシーは死に、ハムステッド・ヒースに近いキングステッド墓地のウェステンラ家の墓所に埋葬された。そして柩の中で新生者《ニューボーン》として目覚め、起きあがり、ドルリー・レーンの幽霊（ドルリー・レーンはロンドン中心部にある十七世紀以来の歴史をもつ王立劇場、もしくはその通り。いろいろな幽霊話があるが、当たり芝居のときに出現するという「灰色服の男」が有名）さながら夜毎さまよい歩いては新たな飢えを満たすために子供を求めた。ジュヌヴィエーヴから聞いた話だが、人によっては真の死の期間を経ることなく、温血者《ウォーム》からそのまま不死者《アン＝デッド》に移行することもあるそうだ。ルーシーの場合、転化は明らかに漸進的におこなわれた。噂によると、ヴラド・ツェペシュは首を切られて死を迎え、埋葬されたのちに転化したのだという。彼の血統では一度死んでから転化する者が多いようだが、それもすべての事例にあてはまるわけではない。たとえばアートは、わたしの知るかぎり、一度も死んだことがない。おそらく死は、これからどのようなヴァンパイアになるか、そのタイプを決定する重要な要因となるのだろう。変化は全員に訪れるが、その程度はさまざまだ。再生したルーシーは以前の彼女とはまるで別人のようだった。

　ルーシーの死の一週間後、わたしたちは昼間に墓所を訪れ、遺体を調べた。彼女は眠っているように見えた。正直な話、以前よりずっと美しいとすら思えた。矮小さは消えて一種の酷薄さがあらわになり、それが心を掻き乱すほど官能的だった。その後、彼女が結婚式をあげるはずだった日に、わたしたちは墓にもどる新生者《ニューボーン》を目撃した。彼女はアートに言い寄り、軽く嚙んだようだった。赤いくちびる、白い歯、薄い経帷子《きょうかたびら》をまとったしなやかな身体に秘められた力。わたしの中では温血者《ウォーム》の娘よりも、ヴァンパイアとしてのルーシーのほうがあざやかな記憶として残っている。彼女のような生き物は見たことがなかった。倦怠と蛇のような敏捷さの共存、ふいに長くなる歯や爪、赤い飢えを秘めた息づかいなど、いまではまったくありふれたものとなった特徴が一瞬のうちにわたしを捕らえ、圧倒した。いまでもわたしは、ひらめくような微笑を浮かべ、鋭い犬歯を見せるジュヌヴィエーヴに、ルーシーの面影を見ることがある。

二十九日の朝、わたしたちは罠をしかけ、彼女を滅ぼした。ルーシーは口とあごを血で汚したまま、新生者《ニューボーン》が昼間おちいる死のようなトランス状態で眠っていた。手をくだして杭を打ちこんだのはアートだ。わたしは外科医のように首を切り離した。ヴァン・ヘルシングは口に大蒜をつめこんだ。杭の上半分を切り落としてから、鉛の内蓋をハンダづけにし、さらに木の蓋にしっかり釘を打ちこんだ。プリンス・コンソートはのちに彼女の遺体を掘り起こし、ウェストミンスター寺院に埋葬しなおした（歴代の王の戴冠式や葬儀、名士の国葬などがおこなわれる大寺院。国王・女王らの墓がある）。彼女の墓碑は、ヴァン・ヘルシングを殺人者として弾劾し、おそらくアートの尽力のおかげだろう、すでに鬼籍にはいっているキンシーとハーカーのみを共犯者として名ざしている。かつてヴァン・ヘルシングは語った。「さあきみたち、われわれの仕事の中でもっとも痛ましい一幕はこれで終わった。だがさらに重大な役目が残っている。これらすべての悲しみの原因をつくりだした者をさがしだし、撲滅することだ」

# 14 ペニー・スタンプス

ボウルガードは昼すぎに目覚め、階下に降りてケジャリー（米、割豆、玉葱《たまねぎ》、卵、香辛料をいれたインド料理）とコーヒーの朝食をとり、使用人のベアストウが居間のテーブルにひろげておいてくれた一日分の郵便をチェックした。関心をひかれたのはただ一通、〝パイザーは無視せよ〟という無記名の電報だけだった。ライムハウス同盟は、近頃逮捕された靴職人が〈銀ナイフ〉とは無関係であると確信するに足る証拠を得たのだろう。ディオゲネス・クラブからは、警察の報告書と証人たちの証言記録が届いていた。そのすべてに目を通したが、目新しい発見はなかった。

〈ガゼット〉に、「昨日ゲイツヘッド近郊で起こったヴァンパイア女性のバラバラ殺人事件」に関する記事が載っていた。この新たな残虐行為は「ロンドンで下火になった恐怖を地方に再燃させることになるだろう」という予測まである。あとは大袈裟なでっちあげばかりだが、文面から察するに、新生者《ニューボーン》の妻が子供を転化させようとし、反対した夫に殺されたものと思われた。これは〝ホワイトチャペル殺人鬼〟の北上を示すものではない、というのは適切な判断だ。「ビトリーの殺人はホワイトチャペル事件の延長ではなく、その影響を受けた類似事件である。報道がいきわたると必然的にさまざまなものが流行する。ひとつの自殺のニュースがしばしば別の自殺を引き起こすように、ある殺人の詳細が知れわたるとそれを真似た殺人が起こるのである」。〈銀ナイフ〉騒動による影響のひとつに、ヴァンパイアは殺せないという一般信仰がはっきり否定されたことがあげられる。銀は入手しにくいが、テーブルの脚や散歩用ステッキをとがらせて新生者《ニューボーン》の心臓に突き刺すくらいなら誰にでもできる。ビトリーの女は折れた箒の柄で滅ぼされていた。

各紙はまたそれぞれの社説において、〝自然に反する悪徳〟を禁じたプリンス・コンソートの新しい布告を支持している。外の世界が二十世紀に向かって進んでいる中で、ひとり英国のみが中世封建制度へと逆行しつつあるようだ。温血者《ウォーム》であったころ、ヴラド・ツェペシュはごくあたりまえな泥棒にも厳しい制裁を加えたため、黄金の杯を村の公共井戸においておいても盗まれることはなかったという。最近の公はもうひとつ、時刻表どおりに列車を走らせる仕事にも情熱を傾けている。〈タイムズ〉のある記事は、広範囲にわたる鉄道業務改革委員会の監査役として、ジョーンズというアメリカ人新生者《ニューボーン》が任命されたことを告げていた。プリンス・コンソートは自分専用の機関車、フライング・カルパティアン号を所持している。そして、大きすぎる帽子をかぶりシュッシュッポッポと機関車を走らせている姿で、しばしば〈パンチ〉にも登場している。

インドではヴァンパイアに対する暴動が起こり、サー・フランシス・ヴァーニーが反政府主義者に対して過酷な制裁を加えているという。プリンス・コンソートがいまだ杭を好むのに対し、ヴァーニーお気に入りの処刑方法は、温血者《ウォーム》であれ不死者《アン＝デッド》であれ、犯罪者を火の燃えさかる穴に突き落とすことだ。反乱に加わった現地人ヴァンパイアは、大砲の筒先に縛りつけられ、銀で固めた岩の弾丸で胸を撃ち抜かれたという。

インドの記事が連想を呼び起こし、ボウルガードは新聞から顔をあげて、炉棚に飾られた黒縁写真に目をやった。パメラが赤ん坊を宿した身体に白いモスリンのドレスをまとい、インドの太陽のもとで微笑している。遠い過去のひととき――

「ミス・ペネロピがおいでになりました」ベアストウが告げた。

ボウルガードは立ちあがって婚約者を迎えた。ペネロピは居間にすべりこみながら巻き毛にのせた帽子をはずし、その縁にとまった飾り物の小鳥から目に見えない埃を丁寧に取り除いた。胴部がぴったりで袖のふくらんだブラウスを着ている。

「まあチャールズったら、まだガウンのままですのね。もうお昼の三時をまわったというのに」

それから彼の頬にくちびるをあて、まだ髭を剃っていないことに気づいたのだろう、舌打ちを漏らした。ボウルガードはコーヒーをもう一杯もってくるよう、ベアストウに命じた。ペネロピは隣に腰をおろし、捧げ物のように帽子を新聞の上においてから、ぼんやりと紙の端をそろえはじめた。飾り物の小鳥がこんな場所に針金でとめられているのに気づいて、いまさらのように驚いているみたいだ。

「そんな格好であたくしを迎えるなんて、失礼だと思いますわ。あたくしたち、まだ結婚したわけではありませんのよ」

「すまない。あまり急だったもので、礼儀のことを考えている暇がなかった」

ペネロピは咽喉の奥でフンと笑ったが、顔は動かさなかった。彼女はときとして、こんなふうに無表情を気取りたがる。

「クライテリオン劇場はどうだった」

「すてきでしたわ」

口調は反対のことを告げている。チャーチウォード家特有のくちびるの両端がさがり、微笑が瞬時にして凶兆に変じた。

「怒っているのかい」

彼女は当然のように頬をふくらませた。

「あたくし、怒る権利があると思いますのよ。昨夜のことは何週間も前から準備していたんだし、大切だってことはあなただってご存じだったはずでしょ」

「だが仕事で――」

「友人たちに、社交界のみんなに、あなたを紹介しようと思っていましたのに。あたくし、恥をかいてしまいましたわ」

「まさか、フローレンスやアートが気をつけてくれただろう」

ベアストウがもどってきて、コーヒー・セット——銀ではなく陶器のポットだ——をテーブルに並べた。ペネロピは自分でカップを満たし、ミルクと砂糖をいれながら、さらに非難の言葉を投げつづけた。

「ゴダルミング卿はいつものようにすてきでしたわ。恥をかいたというのは、ケイトのあのいやな叔父さんのせいですわ」

「ディアミド・リードか、新聞記者の」

ペネロピははっきりとうなずいた。

「いやな人。考えてもみてちょうだい。人前だというのに平気な顔で、あなたが警官といるのを見かけたなんて言いますのよ。恐ろしくて、汚らしくて、卑しい町の一画で」

「ホワイトチャペルのことかな」

彼女はぐいと熱いコーヒーを飲んだ。

「そう、その場所ですわ。くだらない、ひどい——」

「残念だがほんとうの話だ。そういえばリードを見かけたような気がする。彼の意見も聞いてみる必要があるな」

「チャールズったら!」

ペネロピの首筋で小さな筋肉がひくりと動いた。カップをテーブルにもどしたが、からみつけた小指はそのままにしている。

「文句はなしだ、ペネロピ。わたしはディオゲネス・クラブの仕事でホワイトチャペルに行ったのだから」

「またあの人たちですの!」

「そうだ。そしてきみも知っていると思うが、クラブの仕事はそのまま、女王陛下とその政府の仕事でもある」

「あなたが卑しい人たちと歩きまわって、人騒がせな事件のあった場所を嗅ぎまわれば、あの地域が安全になり、ひいては女王陛下のお心が安らぐとでもおっしゃりたいの？」

「たとえきみとでも仕事の話はしたくない。わかっているね」

「そうね」ペネロピは溜息をついた。「ごめんなさい、チャールズ。あたくしただ――そう、あたくしはあなたのことが誇らしいから、あなたや指輪を自慢して、みんなを羨ましがらせたかっただけなのよ」

怒りが静まり、ふたたび彼が求愛した愛《いと》しい娘がもどってきた。パメラも同じように癇癪もちだった。パメラが、水汲み《ビスティ》の姉妹を暴行しようとしたならず者の伍長を、馬の鞭で殴りつけたときのことが思いだされる。だがふたりの怒りは同じではない。パメラは自分に悪意が向けられたと思いこんだときではなく、他者が現実の不正行為にさらされたときに怒りを燃やしたのだ。

「あたくし、アートと話をしましたの」

見慣れた徴候――何を考えているのだろう。胃の腑にいやな感覚がひろがってきた。

「フローレンスのことですのよ。ミセス・ストーカー。あの人とは縁を切らなくてはなりませんわ」

いったい何を言いだすのだ。

「なんだって？　たしかに彼女にはうんざりさせられることもあるが、すべて善意でやってくれている。それに、ずいぶん昔からの知り合いだろう」

フローレンスはペネロピのもっとも近しい味方ではなかったのか。そもそもペネロピに求婚できたのも、ミセス・ストーカーがうまく手をまわしてふたりきりになれる機会をつくってくれたおかげだ。ペネロピの母が熱を出して伏せったときも、フローレンスが世話を申しでてくれた。

「あの人とははっきり距離をおかなくてはなりませんわ。アートが言っていたのだけれど――」

「それはゴダルミングの考えなのか」

「いいえ、あたくしの考えよ」ゆっくりと、「あたくしだって自分の考えくらいもちますのよ。アートが話してくれたのは、ミスタ・ストーカーの事件のこと――」

「ブラムも気の毒に」

「気の毒ですって！　あの人はあなたが仕えているとおっしゃる女王陛下に対して裏切りを働いたんじゃありませんか。強制収容所に送りこまれたのは自業自得ですし、いつ処刑されてもおかしくありませんわ」

ボウルガードもそれくらいのことは考えている。

「アートはブラムがどこに収容されているか、知っているのか。どんな様子だって？」

ペネロピは手をふって無関係な質問をしりぞけた。

「いずれフローレンスもそうなりますわ。巻き添えにすぎないとしても」

「フローレンス・ストーカーに反政府主義者は似合わない。いったい彼女に何ができるというんだ。獰猛なヴァンパイア殺しの一味のためにお茶会を催すのか。それとも、暗殺者が茂みから這いだしてくるあいだ、お愛想笑いで要人の気をそらしておくのか」

ペネロピは辛抱強くつづけた。

「あたくしたち、おつきあいする人を選ばなくてはなりませんのよ、チャールズ。将来のことを考えるなら。あたくしはただの女にすぎないけれど、それくらいのことはわかりますのよ」

「ペネロピ、いったいなんだってそんな話になったんだ」

「あたくしには真面目な考えごとなんかできないと思ってらっしゃるの？」

「いや、そうではないが――」

「パメラなら、頭がからっぽだなんてお考えになったこともないのでしょうね」

「ペネロピ――」

彼女が、きつく手を握りしめてくる。

「ごめんなさい。こんなこと、言うつもりじゃなかったのよ。パメラとは関係のないことですものね」

ボウルガードは婚約者を見つめ、自分はほんとうにこの娘を知っているのだろうかと不安になった。エプロン・ドレスと水兵帽の少女はもうどこにもいないのだ。

「チャールズ、もうひとつ、考えておかなくてはならない問題がありますのよ。結婚したら、あたくしたち、転化しましょう」

「転化だって?」

「アートにお願いしましょう。大切なのは血統だけれど、アートの血統は最高ですもの。あの人はプリンス・コンソートではなくルスヴン卿の子《ゲット》でしょう? きっと役に立ちますわ。アートが言っていたのだけれど、プリンス・コンソートの血統はひどく汚染されているのですって。でもルスヴン卿の血はきれいなのよ」

ペネロピがどのようなヴァンパイアになるか、その顔を見ればわかる。身をのりだした彼女がぐっと目の前にせまる。くちびるが触れあった。温かい。

「あなたももう若いという年齢ではないのだし、あたくしだってもうすぐ二十歳ですもの。時計をとめるにはいい機会ですわ」

「ペネロピ、軽々しく決めるものじゃない」

「出世が許されているのはヴァンパイアだけで、ヴァンパイアの中でも新生者《ニューボーン》は冷遇されていますわ。転化が遅れるほど世の中はヴァンパイアでいっぱいになり、あたくしたち、経験を積んだ不死者《アン=デッド》に見くだされることになってしまいますわ。カルパティア人が彼らを見くだし、新生者《ニューボーン》が温血者《ウォーム》を見くだしているように」

「そんなに単純な問題ではない」

「馬鹿げていますわ。どうすればいいか、アートが説明してくれましたの。びっくりするくらい簡単なことですのよ。体液を交換するだけ。実際に接触する必要もありませんの。血はカップにいれておいてもいいのですって。結婚式の乾杯に使いませんこと」

「だめだ。ほかにも考えなくてはならないことがある」

「なあに——？」

「転化について系統だった知識をもっている者は誰もいない。どれほど多くの新生者《ニューボーン》が正しい姿からずれてしまったか、きみは気づいていないのか。獣のようなものにとりつかれ、変形している」

ペネロピが軽蔑をこめた笑い声をあげた。

「それは卑しいヴァンパイアのことでしょう。あたくしたちはちがいますわ」

「ペネロピ、わたしたちに選択の余地などないのかもしれない」

彼女は身をひいて立ちあがった。両眼の縁に涙がにじみはじめる。

「チャールズ、あたくしにとっては大切なことですのに」

返す言葉はない。ペネロピが微笑を浮かべ、斜めに彼を見やりながら、わずかにくちびるをとがらせる。

「チャールズ？」

「なんだい」

そして彼を抱きしめ、その頭を自分の胸に押しつける。

「ねえチャールズ、お願いだから。お願い、お願いよ——」

## 15　クリーヴランド・ストリートの邸

「温血者《ウォーム》のころを思いだすな、え？」フォン・クラトカが狼の革紐をひっぱりながら言った。「トルコと戦ったときのことよ」

コスタキも戦いの日々を思いだした。戦略の天才ドラキュラ公が倍勢力による反撃をもくろんでダニューブ河の向こう岸まで撤退したとき、コスタキを含め多くの味方があとに残され、サルタンの偃月刀《えんげつとう》でぼろぼろに引き裂かれた。その最後の混戦のさなかに、不死の生命をもった何ものかが彼の咽喉を切り裂いてその血を飲み、自身の傷から彼の口に血をそそぎこんだ。コスタキは山積みになったワラキア人の死体の下で新生者《ニューボーン》として目覚めた。その後さまざまな人生を送ってきたが、さして得られるもののないまま、いまはふたたび串刺し公の旗のもとに従っている。

「あれはよい戦いだったな」フォン・クラトカが目を輝かせながら言葉をつづけた。

十フィートの杭を荷車いっぱいに積みこんだ一行は、オズナボロー・ストリートにたどりついた。箱船がつくれそうなほどの木材だ。ヤードのマッケンジーが、数人の制服警官とともに待ち受けていた。温血者《ウォーム》の警官は、コスタキがもう数百年というもの感じたことのない寒さをまぎらそうと、足を踏み鳴らし、鼻と口から白い息を吐きだしている。

「やあ、イングランド人」

コスタキはトルコ帽に手をあてて敬礼した。

「よろしければ、スコットランド人と呼んでいただけませんか」警部が答えた。

「それは失礼した」

コスタキは、現在オーストリア＝ハンガリーと呼ばれているモルダヴィアがオスマン帝国と戦ったときの生き残りだ。小国を区別することの重要さはよく理解できる。

カルパティア近衛隊大尉であるコスタキは、連絡将校と監視員を兼ねたような存在で、命じられれば警察の仕事にも関わりをもつ。女王とその夫は法と秩序に多大な関心を寄せているのだ。先週もコスタキは、〈銀ナイフ〉と呼ばれる野獣の臭跡を追ってホワイトチャペルを歩きまわった。そしていまは、悪名高い邸の強制捜査に手を貸そうとしている。

一行は荷車の両わきに整列した。もっぱら新生者《ニューボーン》からなるマッケンジーの部下と、カルパティア近衛の分遣隊は、今夜、公示されたドラキュラ公の布告が羊皮紙に書かれた時間つぶしの気紛れではないことを証明しにいく。

コスタキはノスフェラトゥの鉄の力をあふれさせないよう気づかいながら、マッケンジーと握手をかわした。

「逃走路には私服の部下を張りこませました」警部が説明する。「あの邸は完全に包囲されています。正面から押し入り、上から下まで徹底的に捜索し、通りに捕虜を集めます。令状も用意してあります」

コスタキはうなずいた。

「よい計画だ、スコットランド人」

この陰鬱な国の住人の例に漏れずユーモアを解さないのか、マッケンジーはにこりともしない。

「たいした抵抗はないでしょう。倒錯者どもには取っ組み合いをするような肚《はら》もありません。イングランドの腑抜けどもは気骨がないことで有名なんです」

フォン・クラトカが溝に血を吐いて、鼻を鳴らした。

「汚らわしい変態どもが！」

彼の狼バーサーカーとアルバートも、しきりと肉に食らいつきたがっている。

「まったくです」警部が同意した。「さっさと片づけてしまいましょう」

一行は荷車を従え、徒歩で進んだ。彼らが通りかかると行きかう馬車が道をゆずり、人々も街路から姿を消す。コスタキはそうした反応を誇らしげにながめた。カルパティア近衛隊の評判が露払いをしてくれるのだ。

ほんの数年前まで、コスタキは不死の放浪者にすぎず、見つけられるもので飢えを満たしながら百年周期でヨーロッパをまわり、世代が変わるごとに遠縁の者を装って領土を訪れていた。それでも代々血のつながりは薄くなり、城も荒れていくいっぽうだった。それがいまでは堂々とロンドンの大通りを闊歩《かっぽ》し、自分が何者であるかを隠す必要もない。ドラキュラ公のおかげで、赤い渇きも定期的に癒すことができるようになった。

クリーヴランド・ストリートにはいったところで、マッケンジーが番地を確認した。目指すは一九番地。まわりの立派な邸宅や古くからある事務弁護士の事務所と比べて、なんの変哲もない建物だ。この地区はイースト・エンドとは異なり、照明も明るく清潔だ。視野の隅に映る煙突には、針金を曲げた仕掛けがとりつけてある。コスタキはそれを目にとめ、すばやく頭からぬぐい去った。

きしるような音をたてて、フォン・クラトカが鞘から剣を抜き放った。この友は倦むことを知らぬ戦士で、常に戦いを渇望している。温血者《ウォーム》の時代から数世紀にわたる歳月を生き永らえてこられたのが不思議なほどだ。マッケンジーがわきにのいて、玄関に歩み寄るコスタキに道をゆずった。長手袋をはめた手で握るとノッカーがちぎれた。間抜けな伍長のゴルシャが口髭の下で小さな笑い声をあげる。やわな玩具を溝に投げ捨てた。息をひそめているのか、マッケンジーは白い蒸気を出していない。コスタキは同意を求めて彼に目を向けた。警部はここの住人、この町に通じているのだから、やはりその意見を尊重しなくてはならないだろう。マッケンジーのうなずきを得て、コスタキはぐっとこぶしを握った。血の力が高まり、手袋の頑丈な縫目がひきつれる。

ノッカーがはずれたあとの白木の部分にこぶしをくりだし、扉を打ち砕いた。それからばらばらになった残骸を押しわけて、玄関ホールにはいりこんだ。ざっと見まわし、すぐさま状況を把握する。従僕のお仕着せを着た小男は恐れるに足りないが、頭を剃りあげたワイシャツ姿の新生者《ニューボーン》は歯向かってくるだろう。警官と近衛兵があとから殺到し、コスタキを階段のほうに押しやった。

新生者《ニューボーン》がこぶしをかまえ、フォン・クラトカがバーサーカーとアルバートをけしかけた。向こう脛に食いつかれてヴァンパイアが悲鳴をあげる。フォン・クラトカの剣のひとふりで頭が胴体から離れ、激しくまばたきしながら従僕の足元に逆さまに落ちた。マッケンジーが抗議しようとする。フォン・クラトカは首をなくしてよろめいている身体をつかみ、公園の水飲み場にいるかのように、ほとばしる血潮に顔をうずめた。コスタキは警官に手をふった。いま仲間割れをしている時間はない。

「なんてこった」温血者《ウォーム》の警官が嫌悪をこめてつぶやいた。

フォン・クラトカが勝利の雄叫びとともに、まだ血をしたたらせている死体を投げ捨て、両眼についた血をぬぐった。狼たちもあわせて咆哮をあげる。

「新生者《ニューボーン》の血は鼻もちならぬわ」

コスタキは従僕の肩にずっしりと片手をのせた。よじれた背骨の上の顔は、幼い少年のものだ。

「おまえの名は」

「オ、オ、オーランド」

近づいて見ると、顔に白粉と紅がはかれている。

「オーランド、われわれを案内せよ」

「はい、ご立派な旦那さま」従僕は咳きこむように答えた。

「よし」

マッケンジーが書類をとりだした。

「この邸の捜索を認める令状だ。不自然にしてけしからぬ商売行為が、家主、ふむ――」と書類を調べ、「チャールズ・ハモンドの名においておこなわれている容疑である」

「ミスタ・ハモンドはフランスでございます、閣下」

オーランドはしきりと揉み手をしながら、かろうじて追従笑《ついしょうわら》いを浮かべている。放射されてくる恐怖が味わえそうなほどだ。

ゴルシャが熊のように吠え、剣をふりまわしながら厨房にとびこんでいった。食器の割れる音と、かすかな泣き声のようなものが聞こえてくる。

「これはなんの騒ぎか」頭上の踊り場から声が降った。

見あげると、髪をなでつけ、染みひとつない夜会服に身を包んだほっそりと優雅な新生者《ニューボーン》だ。汚れた寝間着姿の少年を連れている。

「閣下、このお方たちが――」

新生者《ニューボーン》はオーランドを無視し、堂々と名乗りをあげた。

「わたしは次期皇太子プリンス・アルバート・ヴィクター・クリスチャン・エドワード殿下の侍従武官である。すぐさまこの不法なる闖入《ちんにゅう》を取りやめひきあげずば、そのほうらにとってはなはだ望ましからぬ結果を招くこととなろう」

「令状があると言ってやれ」フォン・クラトカが口をはさんだ。

「侍従武官殿、わたしはこの諸島国家を統《す》べる女王ヴィクトリアの配偶者、串刺し公ツェペシュとして知られるヴラド・ドラキュラ殿下直属カルパティア近衛隊のコスタキと申す」

侍従武官はいかにも仰天したように目をむいてコスタキを見つめた。窮地に追いつめられると英国人はみな同じように大きな衝撃を受ける。彼らは地位が身を守ってくれると信じているのだ。コスタキは台所女にしがみついているゴルシャを呼びもどし、階上の侍従武官とその男娼をひきずりおろさせた。

「家捜しをしろ」

マッケンジーの命令で、警官たちがはじかれたように階段を駆けあがり、部屋という部屋に押し入った。すでに家じゅうが悲鳴と抗議の声で騒然としている。狼どももどこかに姿を消し、狼籍を働いているようだ。

顔を金色に塗り、ひたいに月桂冠をぶらさげた裸の少年がふたり、奥の部屋からとびだしてきた。フォン・クラトカが両手を大きくひろげ、すくいあげるようにふたりをつかまえる。少年たちは魚のようにもがいたが、フォン・クラトカはその無駄な抵抗を笑い飛ばした。

「愛《う》い双子じゃ。双子をつかまえたぞ」

コスタキは玄関ホールを離れて外の作業を見にいった。丸石が剥がされ、杭を刺す穴が手際よく掘られている。すでに立てられ、犯罪者を待っている杭もある。通りの向かい側では数人の野次馬が集まり、意味もなく無駄話に興じている。彼の一喝で見物人はすぐさま散っていった。

「咽喉の渇く仕事でさァね」

新生者《ニューボーン》の人夫が杭を穴に刺しこみながらぼやいた。

捕虜が邸の外に集められつつあった。指揮をとるフォン・クラトカは、倒錯者たちを嘲笑いながら、むきだしの尻を剣のひらで打っている。階上の窓がひらき、太った男が裸の肉塊を波打たせてとびだそうとしたが、すぐさま室内にひきもどされた。

「きさま!」侍従武官がさけんでコスタキを指さした。「このような無礼を働くとは、いまに後悔しようぞ」

フォン・クラトカが背後から侍従武官の脚に剣をふるった。剣は膝のすぐ上にあたり、銀の刃が深く食いこんで骨を砕いた。新生者《ニューボーン》は祈りを捧げるような姿勢でくずおれ、苦しみながら変身しはじめた。鼻面が無毛のまま突きだし、耳が後退して狼のようにひろがる。肋骨が変形するにつれて、シャツの前部がふくらみ、ボタンがはじける。腕は爪の長い前脚になったが、傷を負った膝が下半身の変身をさまたげている。犬に変形して頭皮がひきのばされたため、洒落た髪形の隙間からピンクの地肌がのぞいている。大きく口をあけて咆哮すると、隙間だらけでぐらぐらの歯がのぞいた。

「フォン・クラトカ、やつを杭に突き刺せ」

フォン・クラトカとゴルシャがそれぞれ前脚をつかみ、侍従武官をかつぎあげた。脚がだらりとぶらさがり、ズボンは血に染まっている。変身が解けつつあるようだ。侍従武官はカルパティア人の手で一本めの杭にまたがらされた。下腹部に杭がせまる。貫かれると同時に服が裂け、体重で身体が沈むにつれて熱い血と排泄物が木の杭を伝い落ちた。しっかり差しこまれていなかった杭が傾き、倒れそうになる。ゴルシャとフォン・クラトカが杭を支え、人夫が穴に丸石をつめて補強した。

これでも彼らは慈悲を示しているのだ。もし杭の先端をとがらさず丸いままにしておいたら、内臓は貫かれることなく位置を変えるだけで、犠牲者が死を迎えるまでには一週間もかかることになる。だがこの侍従武官は突先が心臓を破ると同時に息絶えることができるだろう。

コスタキはあたりを見まわした。マッケンジーが壁に寄りかかって最後の食事をもどしている。遠い昔、ドラキュラ公がその渾名の由来となった方法で敵を処刑するさまをはじめて目撃したときは、彼も同じようにしたものだった。

集められた同性愛者たちが侍従武官の運命を目にして恐慌にかられたため、おとなしくさせるために剣が使われた。少年が何人か、カルパティア人の腕の下をかいくぐって逃走した。何人か逃げおおせたようだが、コスタキは気にとめなかった。今回の強制捜査の目的はクリーヴランド・ストリート一九番地の利用者であり、そこでの奉仕を無理強いされていた不幸な少年たちではない。法衣の切れ端を身につけたひとりの男が、殉教者のようにひざまずいて大声で祈りはじめた。皇帝のローブのように裸体に金箔を塗り、顔に化粧をほどこした若者は、傲然と腕を組んで迫害者たちをにらみつけている。

「おやおや。あの男はうちのクラブの会員だよ」身なりのいい通りがかりの男が新生者《ニューボーン》の妻に向ってつぶやいた。

マッケンジーはいまではヒステリーを起こしたように、スコットランド語で倒錯者たちをののしり、殴りつけている。高位将校のものらしい赤い軍服を着た頬髭の男がマッケンジーの手に短銃を押しつけ、すみやかな死を与えてくれ、自分にはその権利があると懇願したが、警部は空に向かって銃を撃ちつくし、投げ捨てて唾を吐いた。

婦人用ナイトドレスに身に包んだ新生者《ニューボーン》の若者が三人、ひと塊になってふるえ、華奢な牙のあいだから息を漏らしている。髭のない顔や女性的な身体つきが、ドラキュラ公の側室たちを思い起こさせる。

マッケンジーが自制をとりもどし、部下に的確な指示を与えはじめた。捕虜たちに、名前だけが空欄になった正式の死刑執行令状が呈示される。仕事は法にのっとっておこなわれなくてはならないのだ。

「ご立派な旦那さま」オーランドが媚びを含んだ声をかけてきた。「勇気をふるって進言いたしますんですが、旦那さまがたの正義を逃れた方がおひとり、いらっしゃいますんで。奥の秘密の部屋で、さるやんごとなきお方が、街からひっさらってきたかわいそうなふたりの子供を相手に、おおいなるお楽しみの最中でいらっしゃいますんで」

コスタキは傴僂《くぐせ》の従僕を見おろした。白粉の下に病気の痕跡のあばたが見える。

「お許しいただけますならば、はい、旦那さまが貴いプリンス・コンソートのための、ええ、神の祝福を殿下に、殿下の御代の末永からんことを、その殿下のための尊敬すべきお役目をまっとうされるのに、喜んでわたくしめが力をお貸しいたしますんですが」

温血者《ウォーム》の若者の咽喉は血でふくれあがっている。コスタキは今夜、まだ自分の飢えを満たしていない。オーランドの首をつかみ、ぐいと親指を押しつけた。

「話せ、虫けらめ——」

手の力をゆるめなくてはしゃべることもできない。

「階段のうしろです、ご立派な旦那さま。そこに秘密の扉がございますんで。その秘密を知っているのは、わたくしめひとりだけでございまして」

コスタキは手を放し、邸のほうに男を押しやった。

「旦那さま、いま申しあげたお方はとても強くていらっしゃるんで、ご立派な旦那さま、あなたさまでもおひとりで取り押さえることがおできになるかどうか」

コスタキは串刺し刑に取り組んでいる一隊から、ゴルシャとたくましい新生者《ニューボーン》の巡査部長を選びだした。つぎの倒錯者の一団が杭の上にかかえあげられる。瀕死の悲鳴は町じゅうにひびきわたるにちがいない。バッキンガム宮殿ではドラキュラ公が、処女のワインを満たした杯をあげて布告の実施を祝っていることだろう。

オーランドは鼠のようにちょろちょろと一行を秘密の扉まで案内した。この手の男ならよく知っている。温血者《ウォーム》の中にはいつでも、必死で不死者《アン＝デッド》の機嫌をとろうとするやつがいるものなのだ。トルコに媚びへつらうワラキア人が絶えなかったように。

「お忘れになりませんように、旦那さま、わたくしめが自分から、秘密をお教えいたしましたんでございますよ」

オーランドが把手を動かすと、壁板の一部がぱたんとひらいた。香水や香の匂いにまじって、銅のような血臭があふれる。コスタキは先頭を切って扉をくぐり抜けた。その部屋はあずまやのようなこしらえで、壁には木立が描かれ、天井からは布製の葉群が垂れさがり、床一面に乾いた葉が撒き散らしてあった。籠入りの果物の残骸が漆塗の床の上でつぶれている。扉のわきにうずくまった若者は、裸の身体じゅうに深い傷を走らせ、紙のように白い顔で事切れていた。転化するかもしれないが、あの怪我ではヴァンパイアとして使いものにはならないだろう。

「こちらでございます、ご立派な旦那さま。おぞましい快楽にふけっている、さかりのついたけだものをごらんくださいまし！」

部屋の真ん中で、東洋風のクッションに囲まれて、ふたつの身体が蛇のようにからみあっていた。のたくるヴァンパイアの下で、背中を血で染めた若者が悲鳴をあげている。件《くだん》のやんごとなきお方は、女を抱くように少年を犯しながら、ひらいた血管から血をむさぼっていた。ヴァルダレク伯だ。身長がいつもの二倍にも長くのび、顔の下半分に蛇のような歯が生え、筋肉を貫いた牙が、あごやくちびるから点々とのぞいている。黄緑色の両眼はうつろで、瞳孔が針先ほどにも収縮している。

伯爵が顔をあげ、毒液を吐いた。

「ごらんくださいまし、旦那さま。まさしくやんごとなきお方でございましょう、ご立派な旦那さま」

オーランドはにやにや笑っている。

「コスタキではないか。なにゆえわたしの邪魔をする」

ヴァルダレクの身体はまだくねくねと、とぐろを巻いた蛇のように、少年にのしかかっている。脇腹にうっすらと見える鱗が、光を受けて虹のように反射した。

ゴルシャがどっしりしたマスケット銃をかかえてかたわらに立った。

「コスタキ大尉。いかがいたしましょうか」

ヴァルダレクが怒鳴った。

「愚か者どもが、立ち去れ」

コスタキは決定をくだした。

「例外はない」

ヴァルダレクが口をあけて息をのんだ。消耗しきった少年を放して起きあがり、キルトのローブを羽織る。背骨が縮んでもとの身長にもどり、顔もすみやかに人間の容貌をとりもどした。それから彼は慎重な手つきで、汗ですべる頭に金色の鬘をのせた。

「コスタキ、われらはともに――」

コスタキは同胞に背を向けて命令をくだした。

「ほかの者とともに表に連れだせ」

通りに出ると、杭のそばにひきずりだされた伯爵を見てフォン・クラトカが目をむいた。

コスタキは空を見あげた。山間の故郷では星は降るように輝いていた。だがここでは、ガス灯と霧と分厚い雨雲が、夜の千の目を奪っている。

ゴルシャと巡査部長がヴァルダレクを取り押さえた。コスタキとフォン・クラトカは捕虜のそばに立った。微笑しながらも、伯爵の目には不安がうかがえる。彼は愚かではない。その長い人生が終わろうとしているのだ。これからはヴァルダレクのために羚羊《かもしか》のような少年が身を捧げることもない。

コスタキは弁解した。

「しかたがあるまい。ヴァルダレク、貴公もドラキュラ公のことは存じていよう。もし貴公を免除すれば、つぎはわれわれが串刺しにされる」

「くだらぬ」

フォン・クラトカは愚かな温血者《ウォーム》のようにもじもじと足の重心を変えている。仲裁したいが、コスタキが正しいことも理解しているのだ。公は、残酷さとともに公正さでも名を馳せていることを誇りとしている。直属部隊はほかの誰よりも、定められた規則を厳重に守らなくてはならない。

「たかが二、三人の子供ではないか」ヴァルダレクが言った。

「旦那さま、ご立派な旦那さま――」

コスタキは近衛兵に合図を送り、オーランドをつかまえ黙らせた。

「心から遺憾に思う」

ヴァルダレクは威厳を保とうと肩をすくめた。このヴァンパイアとは一六〇〇年代からのつきあいだ。傲慢なハンガリー人に心からの好意を抱いたことはないが、その勇敢さと意志の強さには敬意を払ってきた。コスタキとしては、少年を好むヴァルダレクの性癖も騒ぎたてるほどのことには思えない。しかしドラキュラ公は奇妙な偏見をもっているのだ。

「ひとつ知らせておこう」伯爵が言った。「いつぞやの長生者《エルダー》、デュドネとかいう女のことだ。忘れたわけではないぞ。あれに対する報復の手は打っておいた」

「さもありなん」

「あの女の滅びを命じておいた」

コスタキは名誉が命ずるままにうなずいた。

「ご立派な旦那さま」オーランドが鼻を鳴らした。「プリンス・コンソートの正義のために力をお貸ししたのですから、わたくしめは――」

「貴公の杭はとがらせておこう、ヴァルダレク。そして真上に心臓がくるようはからおう。すみやかに終焉が訪れるように」コスタキは約束した。

「礼を言う、コスタキ大尉」

「そして貴公が見おろせるよう低くしつらえた杭で、貴公を裏切った温血者《ウォーム》の虫けらを串刺しにしよう」

「ご立派な旦那さま」オーランドが近衛兵の手を口からもぎはなして甲高い悲鳴をあげた。「後生ですから、旦那さま、わたくしめは――」

コスタキはふり返り、憎悪をこめて従僕をにらんだ。オーランドの顔は恐怖でゆがみ、濡れていた。

「そしてそやつのはらわたを貫く杭は、先端を鈍らせておくこととしよう」

（訳注：クリーヴランド・ストリート一九番地の娼家に手入れがおこなわれたのは一八八六年七月六日。実際に関係者として名前があがったのは、クラレンス公アルバート・ヴィクター王子の侍従武官ではなく、皇太子ウェールズ公アルバート・エドワード王子の侍従武官アーサー・サマセット卿である。その後、クラレンス公も娼家の常連であったとの噂がひろがった）

# 16 転換点――ドクター・セワードの日記《蠟管録音による》

九月二十七日

ルーシーのつぎはミナだった。最初の子《ゲット》を滅ぼされ、伯爵の関心は事務弁護士の妻に向かった。おそらくルーシーを誘惑しているときからミセス・ハーカーに目をつけていたのだろう。伯爵が上陸したとき、ふたりはともにホイットビーにいたのだから。やつは一対《いっつい》の分厚いパイを狙う大食漢のような目つきで、彼女たちを見ていたのだ。パーフリートの火事で失われた記録を再現するつもりなら、ともあれ記録の中断をやむなくされたあの日に話をもどさなくてはならない。一八八五年十月二日と三日の夜、池に大きな石が投げこまれた。そしてわたしたちはいまも、津波に変じたその波紋の中で暮らしている。

ヴァン・ヘルシングがわれわれを集めてヴァンパイアの習性について講義しているあいだに、伯爵はミナ・ハーカーを襲った。ルーシーと同じくミナも、渇きを癒し子《ゲット》にするという、ふたつの目的のために狙われたのだ。やつははじめから英国にヴァンパイアをひろめようとしていた。できるだけ多くの者を転化させ、自分のための軍をつくろうとしていた。わたしたちは病院を砦とし、分厚い壁と鉄格子の背後に立てこもることで、ヴァンパイアを締めだせるつもりでいた。ルーシーを滅ぼした一行に、ミナとその夫が加わった。ヴァン・ヘルシングは伯爵がミナを追ってくることを確信し、前回ほとんど役に立たなかったにもかかわらず、ありとあらゆる聖物をかき集めてきた。

わたしがはじめて伯爵の侵入に気づいたのは、付き添い人がとんできてレンフィールドに異常が生じたと報告したときだった。病室に駆けつけると、狂人は左脇腹を下にして、血の海に横たわっていた。動かそうとしたが、すぐさま重傷を負っていると知れた。鈍いものであれ正気の片鱗を示すはずの四肢の関連性は完全に失われていた。ヴァン・ヘルシングが部屋着と室内履きのまま駆けつけてきて患者の生命を救おうとしたが、無駄だった。主人に裏切られたレンフィールドは、泡を吹いてしゃべり散らした。キンシーとアートも邪魔をしにやってきた。教授が穿孔手術の準備をしているあいだに、わたしはモルヒネを注射しようとした。そのとき、手に思いきり噛みつかれたのだ。何ヶ月ものあいだ小鳥の首を噛みちぎっていたあごは、とんでもなく強靭だった。あのときすぐに手当てをしていたら、この右手はまだ動いていたかもしれない。だがあの夜はまことに目まぐるしく、太陽がのぼるころパーフリートを逃げだしたわたしは、あの哀れな死者ほどの正気もとどめていなかったように思う。

レンフィールドはくどくどと、主人に歯向かおうとしたいきさつを語った。彼はミセス・ハーカーにのぼせあがり、伯爵の彼女に対する扱いに怒りをおぼえて忠誠を捨てたのだ。少しずつミナの生命を奪おうとしているヴァンパイアに、嫉妬に似た感情をおぼえたのかもしれない。彼は狂ったように怒りを爆発させたかと思うと、驚くほど礼儀正しくもなれた。以前キンシーとアートにひきあわせたときは、ゴダルミングの父親をウィンダムに推薦したことを語り、キンシーにはテキサス州の広大さについて一席ぶったが、嫉妬のためか事務弁護士ハーカーには終始目もくれなかった。わたしたちの誰ひとりとして、専門家と言われているヴァン・ヘルシングでさえ気づかないうちに、レンフィールドはミナの病状を正しく看破していた。

「あの人は変わってしまいましたね。出涸《でが》らしのお茶みたいですよ。わたしは顔色の悪い人はきらいです。たっぷりと血の気のある人間が好きなんです。あの人にはまるで血の気がない――あいつが生命を吸いとっていったんですよ」

伯爵はその夜、実体のない霧となってレンフィールドのもとを訪れた。奴隷はなんとか主人を制止しようとしたが、無造作な一撃で壁にたたきつけられただけだった。

「最悪の事態になってしまった」ヴァン・ヘルシングが言った。「やつはここにきている。そしてその目的は明らかだ。手遅れでなければよいが」

レンフィールドよりも大切な生命——患者自身がそれを強調した——を救うため、ヴァン・ヘルシングは手術の準備を中断した。彼の命令で、ルーシーを滅ぼすときに使った武器が集められた。わたしたちは、フランスの笑劇に出てくる怒り狂った夫の一団さながら、足音を忍ばせてハーカー夫妻の寝室に向かった。

「なんということだ、愛すべきマダム・ミナまでが苦しむことになるとは」

ヴァン・ヘルシングは嘆きながら、異教徒の呪物であるかのように十字架をもちかえていた。パワーが最高度に達する夜間の長生者《エルダー》との対決が、精神力の弱った昼間の新生者《ニューボーン》を捕らえるのとはまったく比較にならないものであることを、彼はよく知っていたのだ。

わたしたちはハーカー夫妻の部屋の前で足をとめた。

「はいってもいいんでしょうか」キンシーがたずねた。

わたしは朝鮮時代からキンシー・モリスを知っているが、彼はなんのためらいもなく真夜中に若いご婦人の部屋に押し入っていける男だった。もっともいまのように、ご婦人が夫君と一緒にいるとわかっているときなら話は別だ。鍵がかかっていたので、全員で扉に体当たりをした。大きな音とともに扉がひらき、わたしたちはつんのめりながら部屋にころがりこんだ。実際に教授は転倒した。膝と肘をついて身体を起こそうとしている彼ごしに、わたしは見た。慄然たる光景だった。うなじの毛がブラシのように逆立つのが感じられた。

明るい月光が分厚い黄色のブラインドごしに射しこんで、室内のありさまをはっきりと照らしだした。窓ぎわの寝台の上に、真っ赤な顔で荒い息をついているジョナサン・ハーカーが倒れていた。寝台の端近くに、顔を外に向けて、彼の妻がひざまずいている。そのかたわらには黒ずくめの長身痩軀の男。顔は見えなかったが、目にした瞬間、これこそが伯爵だと確信された。彼は左手でミセス・ハーカーの両手を捕らえ、腕いっぱいにひっぱりながら、右手で彼女のうなじをつかみ、その顔を自分の胸元に押しあてていた。彼女の白い寝衣は血に染まり、引き裂くようにはだけた男の胸元にも血がひと筋、細く流れ落ちている。その光景はちょうど、仔猫に無理やりミルクを飲ませようと、鼻面を皿に押さえつけている子供を思い起こさせた。

われわれが押し入った瞬間、伯爵がふり返り、悪鬼のような形相を浮かべた。そして高所から投げ落とすように獲物を突きとばすと、わたしたちに躍りかかった。そのときにはもう教授が立ちあがり、すばやく聖餅をとりだしていた。墓所のすぐ外で硬直したルーシーと同じく、伯爵もふいに動きをとめ、十字架を掲げたわたしたちが前進するにつれてじりじりとあとずさった。正義のキリスト教軍団。ジョン・ジェイゴでも誇りに思ってくれただろう。ヴァンパイアを部屋の隅に追いつめ、滅ぼすか追いだすかしようとしたそのやさき、わたしたちのグループに失策が生じた。聖物にはヴァンパイアを傷つける力があるというヴァン・ヘルシングの迷信をドラキュラもまた信じている証拠を目《ま》のあたりにしながら、わたし自身の信念が揺らいだのだ。短銃か、キンシーのボウイ・ナイフか、いまでは銀メッキをほどこしてしまった自分のメスがあればいいのにと、そんな考えがふと浮かんだ。安っぽい飾り物とビスケットの欠片で伯爵に立ち向かうなど、まったくの愚行ではないか——いまもその思いは変わらない。疑惑がひらめいた瞬間、十字架が手から落ちた。そして大きな黒雲が月をおおい、恐ろしい哄笑が闇にひびきわたった。キンシーがマッチをすってガス灯に火をつけた。すべての影が追い払われると、伯爵が目の前に立ちはだかっていた。胸に浅い傷があり、そこから血がしたたり落ちている。ドラキュラがミセス・ハーカーの血を飲んでいるだろうことは予測していたが、その逆は考えてもいなかった。

伯爵は無造作にシャツのボタンをとめ、クラヴァットを結びなおした。

「はてさて。ドクター・セワードか。それにゴダルミング卿と、テキサスのミスタ・モリス。加うるにヴァン・ヘルシング。むろんヴァン・ヘルシングだ。教授であったか、それとも博士であったかな。たしかなことは誰も知らぬ、と」

名指しで呼ばれたことは驚きだったが、考えてみれば、ハーカー、レンフィールド、ルーシー、ミナなど、情報源はいくらでもあったわけだ。声についても、わたしは英語をしゃべり慣れないアッティラ王のような、訛《なまり》の強いしわがれ声を予想していたのだが、伯爵は洗練された正確そのものの英語を話した。事実、彼が駆使する英語力は、たとえて言うなればキンシー・P・モリスやエイブラハム・ヴァン・ヘルシングのそれを、はるかに凌駕していた。

「屠《ほふ》りを待つ羊のごとく青ざめた顔を並べ、わが意図を挫かんとするか。悔やむことになろうぞ、そなたら全員がな。そなたらが愛した女はすでにわがものとなり、あれらを通してそなたらも、ほかの者らも、いずれわが手に落ちる。わが命に従い、わが餌に食らいついて働く奴隷にな」

ヴァン・ヘルシングが怒りのうなりとともに聖餅をふりかざしてせまったが、ドラキュラは驚異的なすばやさで身をひるがえし、ふたたび教授を転倒させた。そしてまた、咽喉をふるわす酷薄な笑いを浴びせた。わたしは身じろぎもできず立ちすくんでいた。蠍《さそり》が群がっているかのように、手がずきずきとうずいた。アートもまたなんの動きも見せなかった。言わばそうして行動を起こせずにいたおかげで、わたしたちはふたりともに、三年後の今日まで生命永らえることができたのである。

いかなるときであれ考えるよりも先に行動を起こすキンシーが、ドラキュラに襲いかかって心臓を突き刺した。コルクを貫くようなボウイ・ナイフの音がはっきりと聞こえた。伯爵がよろめいて壁にもたれかかり、キンシーは勝利の歓声をあげた。だがその刃は、心臓を打ち抜く木でもなく、ヴァンパイアを毒する銀でもなく、ただの鋼にすぎなかった。伯爵は鞘から剣を抜くように、胸からナイフを抜きとった。シャツの裂け目は残ったが、傷口はふさがっていた。ドラキュラにせまられてキンシーがさけんだ。

「畜生、妹の黒猫のケツをなめやがれ」

ナイフがキンシーに返された。刃が咽喉のくぼみを刺し貫く。伯爵が傷口から噴きだす血をわずかにすする。

勇敢な友は死んだ。

つづいて伯爵は、赤ん坊のように軽々と気を失っているハーカーをひろいあげた。そのかたわらでは、麻薬に冒されたようにどんよりと目をくもらせたミナが、あごと胸を血で汚したまま立っている。ドラキュラが事務弁護士のひたいにくちびるをあて、血のしるしを残した。

「この男はかつてわが客であった。だがわが歓待を仇でもって返した」

そして伯爵は、心と心で語りあおうとするように、ミナに目を向けた。彼女は新生者《ニューボーン》のルーシーと驚くほどよく似た仕種で伯爵に向かって息を漏らし、その意図に汚らわしい賛意をあらわした。すみやかな転化がおこなわれつつあった。伯爵は力強い手ですばやくハーカーの首を折ると、親指の爪を脈打つ首の血管に突き刺して、男の妻にさしだした。ミナは両手で髪を払いのけながら、かがみこみ、その血をなめはじめた。

わたしは手をさしだし、怒りに身をふるわせる教授を立ちあがらせた。血がのぼった顔は紫に染まり、口の端には泡がこぼれ、まるで別翼にいる狂人のようだった。

「早々に立ち去れ」伯爵が命じた。

アートはすでに外に出ていた。ぶつぶつとつぶやきつづけるヴァン・ヘルシングをひきずって、わたしもそのあとを追った。ミセス・ハーカーが事切れた夫の死体を絨毯に落とした。死体はうつろな目をひらいたまま、ころがって寝台にぶつかった。廊下から見ていると、ドラキュラはミナを引き寄せて咽喉元に顔を近づけ、両手の鋭い爪で寝衣ともつれた長い髪を切り裂いた。

「いかん」ヴァン・ヘルシングが言った。「いかん」

わたしとアートは渾身《こんしん》の力をふり絞って学者をひきとめた。わたしたちが目をそらしているあいだも、ヴァン・ヘルシングはドラキュラの食餌風景を食いいるように見つめていた。ハーカー夫妻の寝室でくりひろげられる光景を、彼個人に対する侮辱のように感じていたのかもしれない。

泥だらけの縞のパジャマを着た男が、剃刀をふりかざし、痩せた女の髪をつかんでひきずりながら、階段の吹き抜けから廊下に躍りでてきた。ピムリコ・スクエアの絞殺魔ルイス・バウアーだ。その他大勢の一団が、暗闇の中でよろよろとそれにつづく。誰かがぎこちなく、だが澄んだ声で賛美歌を歌いはじめ、獣のようなうなりがそれに唱和する。一団の先頭に、背中の曲がった人影が押しだされた。レンフィールドだ。骨の折れたところもそのままに、顔も身体も血まみれだ。

「ご主人さま」彼はさけんだ。「償いは終わりました――」

人波が彼を前に押しやった。とうに死んでいるはずの怪我だが、狂気はときとして一瞬の痙攣にせよ瀕死の重傷者の足を立たせることがある。彼が入院患者たちを脱走させたのだ。レンフィールドは膝をついて倒れ、仲間の狂人たちに踏みつけられた。バウアーがすでに折れている背骨を蹴とばし、とどめをさした。建物のどこかで火の手があがった。患者が暴れているのか、襲われた職員のものか、すさまじい悲鳴がひびきわたった。

ふり返ると、アートはすでにいなくなっていた。そのとき以来、彼の姿を目にしたことはない。わたしは無事なほうの腕をヴァン・ヘルシングにまわして、群衆から離れようとした。ミナの仕上げを終えた伯爵が、ハーカー夫妻の寝室から出てきて、ひとにらみで患者たちを黙らせた。狼や野生動物を支配するという、あの視線だった。

ヴァン・ヘルシングをひっぱって裏階段を目指した。アートもおそらくここから逃げだしたはずだ。教授は抵抗しながら、なおも天の軍勢と不死なる吸血鬼についてつぶやいている。置き去りにしてもよかったのだが、わたしは遅ればせながらわいてきた力に駆り立てられていた。わたしのせいで、ルーシーは二度にわたって滅び、キンシーとハーカーは死に、ミナは伯爵の奴隷にされたのだ。レンフィールドまでが良心の呵責《かしゃく》となった。わたしは治療すべき立場にありながら、彼が蜘蛛や虫を扱ったように、あの男を実験台に使ったではないか。わたしはヴァン・ヘルシングに執着していた。教授が救いをもたらしてくれるかのように。教授を助ければ、ほかの者たちに対する罪が許されるかのように。

　ミナはすでに転化の混乱期を終え、伯爵のそばに立っていた。転化に要する期間は人によって異なる。ミセス・ハーカーの場合はすみやかだった。ぼろぼろの寝衣をなまめかしい白い身体から取り去った新生者《ニューボーン》の淫売には、数日前に出会ったばかりの、下層中産階級に属する几帳面で事務的な女教師の面影はひと欠片も見られなかった。

　火事場の馬鹿力をふるい、ぐんにゃりとした教授をひきずって階段を降りた。追手を恐れ焦っていたのだが、背後には誰もいないようだ。アートが厩《うまや》の馬をひきだし、諺どおりあとの戸締りをしていかなかったのだろう、芝生に何頭もの馬がうろついている（「馬が逃げだしてから厩の戸締まりをしても遅い」という諺がある）。パーフリート精神病院の下の階の窓からはすでに火が噴きだし、空気には煙が充満していた。脱走する狂人のように、わたしたちはカーファックス・アベイの古めかしい黒い影を避けて、森へと走った。完敗だった。かくして全国土が血を満々とたたえ、ドラキュラ伯爵の前にさしだされたのだ。

　それからの幾昼夜かは森ですごした。ヴァン・ヘルシングの心と魂はどこかへ飛び去り、わたしの手は棍棒のように腫れあがってずきずき痛んだ。どうにか雨風をしのげる洞穴を見つけ、音という音にびくびくしながらそこにとどまった。昼間でさえ身動きもできないほど怯えきっていた。問題は飢えだった。一度など、ヴァン・ヘルシングは土を食おうとしたほどだ。眠りに落ちると、ルーシーの夢がわたしを責めさいなんだ。

　一週間とたたないうちに、わたしたちは発見された。新生者《ニューボーン》の小集団を率いたミナ・ハーカーは、わたしの古いツイードのジャケットとズボンを身につけ、髪をまとめて帽子に押しこんでいた。追手は主として転化した患者だったが、ひとりだけ看護士がまじっていた。伯爵はこの捜索隊を組織して命令を与え、自身はパーフリートからピカデリーに本拠を移す準備にとりかかっていた。一行はヴァン・ヘルシングを捕らえて縛りあげると、馬の背に乗せてアベイにもどった。そののち彼を襲った運命は、記すまでもなくあまりにも有名だし、考えるだけで苦痛である。

わたしはミナとふたり残された。転化は彼女にルーシーとはまるで異なる影響を与えていた。ルーシーは以前より官能的で気儘になったが、ミナは以前より厳格で果敢になった。自分がドラキュラから捨てられたことを受け入れ、それを解放ととらえていた。生前から夫を含めほとんどの男より強靭な精神をもっていたが、不死者《アン＝デッド》となったいま、それがいっそう顕著になっていた。

「ゴダルミング卿もわたしたちとともにおいでです」彼女は言った。

あの愚かな夫と同じようにこの場で殺されるのか、それとも仲間にひきずりこまれるのだろうか。わたしは汚れ腫れあがった手をポケットにいれたまま、何が起ころうと威厳をもって受け入れるべく立ちあがった。最後にふさわしい言葉を頭の中で思いめぐらした。彼女が近づいてきた。頬に微笑が刻まれ、鋭くかたい歯が月光に白くきらめく。催眠術にかけられたかのように、わたしはカラーをゆるめ、咽喉を夜気にさらした。

「だめですわ、ドクター」

彼女はそう告げると、闇の中に歩み去った。森にひとり残され、わたしは衣を引き裂いて慟哭した。

# 17 銀

ウォーダー・ストリートの隅にあるパブを出たところで、新生者《ニューボーン》の街の花がふたり、おずおずと声をかけてきた。ボウルガードはひそかに彼女らを護衛している男が、ヴェルヴェットの長外套で刺青《いれずみ》を隠してはいるものの、ライムハウスで会ったあのダコイットであることに気づいた。この町のどこへ行こうと、世界のどこへ行こうと、闇の人々の網から逃れることはできないのだ。ダコイットは通りすぎていく彼に気づいたそぶりも見せなかったが、女たちはなぜか彼をわずらわせるのをやめた。

目的地はダーブレイ・ストリートの、指物師と宝石職人の店にはさまれた目立たない構えの店だ。指物師の店には、簡素な厚板でつくられたものからファラオの石棺にふさわしい豪華な仕上げの品まで、さまざまな柩が並んでいる。新生者《ニューボーン》のカップルが小声で笑いかわしながら、家族全員で使えるほど大きく、田舎の参事会員の奥方が無言の嫉妬を投げそうなほどけばけばしい、とりわけ立派な柩をながめている。向こう隣の店には、蝙蝠、頭蓋骨、眼球、神聖甲虫《スカラベ》、短剣、狼の頭、蜘蛛などをかたどった、もしくは浮き彫りにした指輪や装飾品が、ずらりと並んでいる。怪奇幻想趣味《ゴシック》を気取る新生者《ニューボーン》たちの好みそうな安物ばかりだ。近頃ではそうした連中は、昨年サヴォイ・オペラの『ラディゴア』でこっぴどく皮肉られた一族の名をとって、マーガトロイドと呼ばれている。

絶望に身にひたすホワイトチャペルの仲間とは異なり、ソーホーに住むマーガトロイドたちは装飾品に深い関心を寄せている。日没と同時に姿をあらわす女たちは、フランス人、スペイン人、中国人など、異国からきた者たちがもっぱらだが、そろって経帷子《きょうかたびら》のようなドレスと蜘蛛の巣のような分厚いヴェイルをまとい、くちびると爪を真紅に染め、艶やかな髪を腰まで垂らしている。その恋人たちはルスヴン卿がひろめた流行に従って、ウエストが高く下品なほどぴったりした細身のズボン、ジョージ王朝風のひらひらした袖飾り、たっぷりとフリルのついた真紅か黒のシャツを身につけ、幾筋か白く染め抜いた髪をオールバックにしてリボンで結わえている。少なからぬヴァンパイア、とりわけ長生者《エルダー》たちは、指無しの黒手袋に蝙蝠のような黒マントをひるがえして墓場の影を這いまわる連中を、祖父母のひとりがスコットランド人であるというだけでキルトとタータンチェックの帯を身につけ、ひと言ごとにバーンズやスコットを引用し、バクパイプとハギス（羊などの臓物をきざみ、オートミールや脂肪とともにその胃袋につめて煮るスコットランド料理）を好むと主張する米国人《ヤンキー》を見くだすエディンバラの紳士と同じ目でながめている。

「ベイジングストーク」

ボウルガードは、ギルバートの芝居の中で最悪の憂鬱にとりつかれたマーガトロイドをおとなしく型どおりの凡人に変える魔法の言葉をつぶやいた。

そしてフォックス・マリスンの店にはいった。店内はからっぽで、カウンターも棚もすべてとりはずされ、窓は緑色に塗られている。作業場に通じる扉のわきに、不眠不休といった様子でひとりの屈強なヴァンパイアがすわっていた。名刺を示すと、新生者《ニューボーン》は立ちあがってそれに目を通してから、扉を押しあけ、中にはいるよう促した。奥の部屋は蓋をあけた茶箱であふれ返り、たっぷりとつめた藁の中に、ティーポットやコーヒーポット、食器セット、クリケットの優勝杯、クリーム壺などの銀製品がはいっていた。トレイの上には宝石をはずした指輪や首飾りの残骸が積みあげてある。ボウルガードはどっしりした指輪の台に注意をひかれた。中央のえぐりとられた穴が、うつろな眼窩のようだ。フォックス・マリスンは隣の宝石職人と組んでいるのだろうか。

「ようこそ、ミスタ・B」

カーテンのうしろから背の低い老人が姿をあらわした。あごが幾重《いくえ》にも重なり、口とカラーのあいだにゼリーの塊しかないように見える。グレゴリー・フォックス・マリスンは陽気な気のいい男で、汚れた前掛けをつけ、袖に黒い絹のカヴァをはめ、緑がかった防御眼鏡をひたいに押しあげていた。

「ディオゲネス・クラブの紳士をお迎えするのはいつでも嬉しいものでございますね」

フォックス・マリスンは温血者《ウォーム》だ。銀細工師はそれ以外のものになりようがない。外にいる新生者《ニューボーン》もこの作業場にまで押し入ってくる勇気はない。空気中に漂う銀の粒子が肺にはいり、緩慢な死をもたらすかもしれないからだ。

「きっとご満足いただけると思いますよ、さあさあ、こちらです――」

彼はカーテンをひいて、ボウルガードを作業場に招じ入れた。鍛冶場では絶えることなく石炭が燃え、鈍い輝きを放つ液状の銀をいれた壺がかかっている。不器用そうな弟子が、市長のしるしである鎖章の輪をひとつずつ壺にいれて熔かしていた。

「近頃では材料を手に入れるのが困難になりました。新しい規則やら取り締まりやらでね。でもなんとかやっておりますよ、ミスタ・B。なんとかそれなりにね」

ベンチの上で冷ましている銀の弾丸が、パン屋のトレイに並べたスコーンのようだ。

「王宮からの依頼品でございますよ」

フォックス・マリスンは誇らしげに親指と人差指で弾丸をつまみあげた。指の腹がすべて火傷でかたくなっているのだろう。

「プリンス・コンソート直属カルパティア近衛隊がお使いになります」

ノスフェラトゥの軍人たちはどうやってこの弾を装填するのだろう。温血者《ウォーム》の雑役夫がいるのか、それとも分厚い革手袋でもはめるのだろうか。

「じつを申しますと、銀は弾丸向きではありません。やわらかすぎますのでね。いちばんいいのは鉛の芯をいれることです。銀被甲と呼ばれるやつです。体内にはいってから爆発するんです。不死者《アン＝デッド》であろうとなかろうと、一瞬のうちに昇天です。ぞっとしませんがね」

「値の張る武器なのだろうね」ボウルガードはたずねた。

「まったくのところね。考案したのはリードといって、アメリカの紳士です。弾丸は高価であるべきだと主張しておりましたね。生命は気軽にやりとりしてはならないということを忘れずにいるためにね」

「立派な考えだ。アメリカ人には珍しいな」

フォックス・マリスンはロンドン最高の銀細工師と言われている。一時、その職業は完全な違法と見なされ、彼もペントンヴィル刑務所に収容された。だが必要には勝てない。権力とはつまるところ、殺人を基盤としてなりたつものなのだ。したがって、少数の限られた人間のためだけにであれ、殺人手段は存在しつづけなくてはならない。

「この細工を見てくださいまし」

フォックス・マリスンが十字架をとりあげた。宝石がなくとも、キリスト像の彫刻に優れた技巧がうかがえる。

「あばらの筋に苦労のあとが見えますでしょう」

ボウルガードはしげしげとそれをながめた。十字架を心底恐れる者は少なく――もちろんプリンス・コンソートはその少数のひとりだが――ヴァンパイアの大半は宗教的な品を問題としない。マーガトロイドの中には、わざわざ象牙の十字架をイヤリングにして、自分が平気であることを見せびらかす者もあるほどだ。

「もちろん、くだらないことでございますがね」

フォックス・マリスンはいくぶん哀しげに言って、十字架を弟子にわたし、壺にいれさせた。

「でもわたしはときたま、芸術的な作品が懐かしくなるんです。弾丸や剣ももちろん結構ですが、あまりにも実用的すぎますからね。腕のふるい甲斐がないんですよ」

なんと答えればいいのかわからなかった。幾列にも並んだ弾丸は、とがった兜をかぶって整列した兵士のように可愛らしく輝いている。

「だからこそ、あなたさまのようなご依頼が嬉しいんでございますよ、ミスタ・B。嬉しくてたまりません」

フォックス・マリスンが棚から細長い包みをおろした。目の粗い布でくるみ、紐で縛ってある。アーサー王の帰還までエクスカリバー(聖杯伝説で有名な六世紀頃の伝説のブリテン王とその愛剣)を預かった騎士のように、恭しい手つきだ。

「お調べになりますか」

ボウルガードは紐を解いて布を剥がした。磨きなおし、新たな仕上げをほどこしたステッキがあらわれた。赤い下地をいれた木の鞘が黒く輝いている。

「立派な品を拝見させていただきましたよ、ミスタ・B。これをつくった職人はまさしく芸術家でございますね」

留め金を押して剣を抜いた。木の鞘をおいて刃を掲げ、手首を返して燠火《おきび》の赤い光を受けてみる。閃光がひらめき、踊る。

重さは変わらず。バランスは完璧。柳の小枝のように軽いが、手首をひとふりすれば力強く一閃する。ボウルガードは空気を切り裂き、口笛のような音に微笑を浮かべた。

「すばらしい」

「もちろんですとも、ミスタ・B。魅力的なご婦人のように、美しく、鋭利です」

刃の冷たい表面に親指をすべらせ、なめらかな感触を味わう。

「お願いがございます」銀細工師が言った。「これでソーセージを切ったりはなさらないでくださいまし」

ボウルガードは笑った。

「約束する、フォックス・マリスン」

そして鞘をとりあげ、かちりと音をたてて銀メッキした剣をおさめた。どんな襲撃からも身を守れるという保証を得たいま、これで安心してホワイトチャペルを歩けるというものだ。

「それではミスタ・B、購入者名簿《ポイズンズ・ブック》に署名をお願いいたします」

# 18　ミスタ・ヴァンパイア

「はやくきて、ミス・ディー。リリーよ、具合が悪いの」

　レベッカ・コズミンスキーがホールをとびだして案内に立った。いつも冷静なヴァンパイアの少女は、伝言係も間違いなく果たそうと懸命になっている。ジュヌヴィエーヴは歩きながら、レベッカ自身と家族のことをたずねた。自慢できる境遇ではないのだろう、はかばかしい答えは返らなかった。この新生者《ニューボーン》はすでに自立心を備えている。小さな大人のように装い、お気に入りの人形について質問しても答えはない。すでに身体相応の子供時代を抜けだしてしまっているのだ。レベッカにとっていちばん残酷な質問は、「大きくなれるとしたら、何になりたい？」というものだろう。

　ミノリズで、また遠い尾行者の存在が感じられた。ここ数夜というもの、感知可能域ぎりぎりのところで常に何かが意識を脅かしている。黄色い、跳びはねるもののイメージ。

「ミス・ディーはずいぶん長く生きてるんですか」レベッカがたずねた。

「ええ、温血者《ウォーム》として十六年、闇の中で四百五十六年よ」

「長生者《エルダー》なんですか」

「きっとそうなのでしょうね。はじめて舞踏会に出たのは一四二九年だったわ」

「あたしも長生者《エルダー》になれるでしょうか」

　その可能性は低い。転化しない場合の寿命までも生きられるヴァンパイアはごくわずかしかいない。最初の一世紀を生き延びることができれば、レベッカもさらに数百年生きられるかもしれない。あくまで可能性の問題だが。

「長生者《エルダー》になれるんなら、あたし、ミス・ディーみたいになりたいです」

「願いごとには気をおつけなさい、レベッカ」

鉄橋までくると、アーチの下に何人かの男女が集まっていた。知覚範囲ぎりぎりにいるものも立ちどまったようだ。真に古いが、真の死を迎えてはいないもの——

「こっちです、ミス・ディー」

レベッカが手をとって人々のほうに導いた。その真ん中で、キャシー・エドウズが砂利の上にすわり、リリーの頭を膝にのせていた。ふたりとも具合が悪そうだ。キャシーは数夜前よりさらに痩せている。発疹は頬やひたいにまでひろがり、頭に巻いたスカーフでも隠しきれない。野次馬たちがさがると、キャシーがジュヌヴィエーヴを見あげてにっこり笑った。リリーは発作のようなものを起こしたらしく、白目をむいている。

「かわいそうに、この子、自分の舌で窒息するとこだったんだよ」キャシーが言った。「親指を突っこんでやった」

「リリーはどこが悪いの？」レベッカがたずねた。

手をあてると、皮膚の下で骨が動いているのだろう、少女の身体はぶるぶるふるえている。骨格が新しい形をつくって筋肉をゆがめようとしているかのようだ。

「はっきりとはわからないわ」ジュヌヴィエーヴは答えた。「変身しようとしているのだけれど、うまくいかないのでしょうね」

「あたしも変身したいな。鳥か、大きな猫になれたら——」

ジュヌヴィエーヴはレベッカの視線を促してリリーに向けさせた。レベッカは理解した。

「もっと大きくなるまで待つわ」

「そうなさいな、レベッカ」

ウェスト・エンドからきたマーガトロイドが戯れにリリーを転化させた。是が非でもその新生者《ニューボーン》を見つけてよくよく言い聞かせ、放置した闇の子に対する責任を認識させなくてはならない。耳を傾けないようなら、二度といたずらに闇の口づけを使わないと約束するまで、こっぴどく痛めつけたほうがいい。ジュヌヴィエーヴはそこで「気をつけなさい」と自戒した。わたしはまるで旧約聖書のような怒りにかられている。

リリーの腕はさらにひどく変形していた。形は完全な蝙蝠の翼だが、しなびて役には立たず、痩せた骨のあいだに膜がひろがっている。そして関節部から無意味に小さな手が突きだしているのだ。

「この子は決して飛ぶことはできないでしょう」

「どうしたらいい?」キャシーがたずねる。

「ホールに連れていきましょう。ドクター・セワードならなんとかしてくださるかもしれないわ」

「もう助からないのかい?」

「希望はいつだってあるわ、キャシー。どれほど苦しくても。あなたも先生に診《み》てもらわなくてはだめよ。このあいだも言ったでしょう」

キャシーは尻ごみした。警官や監獄よりも医者と病院がこわいのだろう。

「うひょお。いったいぜんたい、ありゃあ、なんだ!」誰かがさけんだ。

ジュヌヴィエーヴはふり返った。群衆のほとんどが霧の中に姿を消し、彼女だけが、キャシー、リリー、レベッカとともに残されていた。霧の中から何かがあらわれ、近づいてこようとしている。

ついに、ずっとあとを尾けてきたそれと顔をあわせるのだ。ジュヌヴィエーヴは立ちあがり、あたりを見まわした。鉄橋はおよそ二十フィートの高さがあり、山のように荷物を積んだ荷馬車でもくぐることができる。それはさっき彼女がやってきたオールドゲイトのほうから近づいてくる。まず、太鼓をゆっくりたたくような音が聞こえた。ゴム毬のようにはずんでいるが、その間隔は、水中を進んでいるかのように異様に長い。シルエットが見えてきた。背が高く、房飾りのついた帽子をかぶっている。黄色い長衣をまとい、前に突きだした腕から長い袂が垂れさがっている。遠い昔は中国人だったものだ。小さな足に上靴を履いている。

レベッカがそのヴァンパイアもどきをじっと見つめた。

「長生者《エルダー》だわ」ジュヌヴィエーヴは言った。

それはばね脚ジャックのように、跳ねながら進んでいる。エジプトのミイラに似た顔に、象のような牙と長い口髭が見てとれる。それは数ヤード離れたところで立ちどまり、両腕をおろして、ナイフのような爪をかたかたと鳴らした。これほど年を経たヴァンパイアははじめて見る。このしわだらけの中国人はかぞえきれないほどの世紀を重ねているにちがいない。

「わたしになんのご用でしょう」

ジュヌヴィエーヴはまず北京語でたずね、同じことを広東語で繰り返した。中国なら十年ほど旅をしたことがある。だがそれも百五十年昔のことで、ほとんどの言葉を忘れてしまった。

「キャシー、レベッカとリリーをホールに連れていってちょうだい。いいわね」

「うん」

新生者《ニューボーン》は肝をつぶしている。

「さあはやく、お願い」

キャシーは立ちあがり、片手でリリーを抱きあげ、もう一方でレベッカの手をとった。三人は早足で鉄橋をくぐり抜け、姿を消した。フェンチャーチ・ストリート駅のほうまでまわり、オールドゲイトを経て、スピッタルフィールズにもどろうというのだろう。

ジュヌヴィエーヴは年老いたヴァンパイアを見つめ、また英語に切り換えた。長生者《エルダー》は言葉を使わなくとも、ある程度なら必要な情報を相手の心から直接読みとることができるのだ。

「さあ――ふたりきりになったわよ」

それはまたひと跳ねしてすぐ目の前に着地すると、顔をつきあわせ、肩に手をかけてきた。薄い皮膚の下で、顔の筋肉が虫のようにうごめいている。目を閉じているが、視覚に影響はないようだ。

ジュヌヴィエーヴはこぶしを握り、相手の心臓を殴りつけた。肋骨を打ち砕くほどの一撃だったが、花崗岩のガーゴイルにぶつかったような衝撃を受けただけだった。中国には奇妙な血統があるものだ。痛みを無視して敵の腕の中で身をよじり、足をあげ踵を腹に打ちこんで押し、その硬さを利用して身をもぎ放した。両腕をばねのように突きだして、鉄橋の向こう側で丸石の上に降りる。光で身を守ろうとするかのように、そのまま街灯の明かりの中にうずくまる。踵がうずきはじめた。跳びあがり、ふり返った。中国人ヴァンパイアはいなくなっていた。傷つけるつもりはなかったのか、それとも獲物をもてあそんだだけなのだろうか。ジュヌヴィエーヴはその答えを知っているように思った。

# 19　気取り屋

演壇に立つルスヴン卿は、フリルをたっぷりとった胸元にいかめしくこぶしをあて、もう一方の手を堂々たる本の山にかけていた。ゴダルミングの見たところ、首相はまだカーライルのページを切っていないようだ。衣装はといえば、襟とポケットを飾りボタンでとめた、闇の漆黒のフロック《フロッグ》コート。頭にはつばを巻きあげたシルクハットをのせ、物思いに沈んだ気怠げな表情を浮かべている。この肖像画はいずれ〝偉大なる人物〟とか、そうした華々しい題で呼ばれるようになるのだろう。わがルスヴン卿。ヴァンパイアの政治家。

ゴダルミングも何度か肖像画を描かせたことがある。そのたびに、ぴくぴく動いたりまばたきをしたり身体をかいたりしたいという、突然の抜きさしがたい欲求にかられたものだった。だがルスヴンは半日でも身動きせずにじっとしていられる。舌の届く場所まで獲物がやってくるのを辛抱強く待っている、岩の上の蜥蜴のように。

「写真という奇跡がわれわれを拒んでいるのはまことに残念だな」

くちびるをほとんど動かさないまま、ルスヴンが言った。ヴァンパイアを被写体とした写真なら見たことがある。すべてぼんやりとかすんでいるか、何かが写っていても死体のような曖昧な影が見えるだけだ。鏡に作用する法則が、写真という過程をもゆがめてしまうのだろう。

「だが人の内面をとらえることができるのは画家だけだ。人間の天才は常に機械的・科学的な小手先技に勝ろうよ」

いま仕事に取り組んでいるのは、著名な肖像画家バジル・ホールウォードだ。全身像を画く下準備として、手ばやく一連のスケッチを仕上げている。霊感より流行を重視する画家ではあるが、ホールウォードはいままさに最盛期にある。初期の作品にはホイスラーですら二、三の称賛を贈ったほどだ。

「ゴダルミング、〈銀ナイフ〉事件についてきみは何を知っているね」ふいにルスヴンがたずねた。

「ホワイトチャペル殺人鬼のことですか。これまで三人が殺されていると聞きましたが」

「よく知っているな。えらいぞ」

「新聞に目を通しただけです」

ホールウォードが解放してくれたので、ルスヴンは壇をとびおり、画家が死守するスケッチをのぞきこもうとした。

「いいではないか、少しくらい」

ふんだんに魅力をふりまきながら訴える彼は、ときとしてやんちゃな少年のようだ。

ホールウォードがスケッチブックをさしだし、ルスヴンはぱらぱらとめくりながら満足の声をあげた。

「すばらしいぞ、ホールウォード。まさしくわたしの本質をとらえている。ゴダルミング、見てみたまえ、この表情だ。まさにわたしそのものではないか」

ゴダルミングは同意した。首相は有頂天だ。

「きみのような新生者《ニューボーン》は、まだ自分の顔を忘れてなどおらぬのだろうね、ゴダルミング」と頬に指先をあて、「きみのようにまだ冷えきらずにいたころは、わたしだとて決してそんなことにはなるまいと信じていたよ。ああ、若さゆえの誓い。すべては去り、消え、失われる！」

話題はふいに哲学から自然科学へと移行した。

「じつのところ、ヴァンパイアに映像がないというのは正確ではない。言ってみれば、世界にむかって提示されたものが、そのまま映像として反映されるわけではないということにすぎぬよ」

ゴダルミングも新生者《ニューボーン》の例に漏れず、不可思議な思いで髭剃り用の鏡を見つめて数時間をすごしたことがある。何ひとつ映らない者もあるし、からっぽの衣服だけが見える者もあるという。ゴダルミングの映像は、ルスヴンが語ったような黒いもやもやだった。鏡の問題は一般に、不死者《アン＝デッド》に関する謎の中でももっとも不可解なもののひとつにかぞえられている。

「いずれにせよ、ゴダルミング――〈銀ナイフ〉、だったかな、その獣のような殺人鬼は。やつはわれわれの仲間だけを狙っているそうだな。咽喉をかき切り、心臓を突き刺すとか」

「そう言われています」

「恐れを知らぬヴァンパイア・キラーか。きみの昔のお仲間、ヴァン・ヘルシングと同じくな」

顔がかっと熱くなった。もしまだその機能が残っているなら赤面していたところだ。

「これは失礼した」首相があふれんばかりの誠意をこめて謝罪する。「あの件を蒸し返すつもりではなかったのだよ。きみにはつらいことにちがいあるまい」

「物事は変わりました、閣下」

ルスヴンはひらひらと手をふった。

「きみはあのヴァン・ヘルシングに婚約者を殺されたのだったな。きみの無知が許されたのも、きみがドラキュラ公よりも彼によってこそ、より多くの苦しみを味わわされたからにほかならぬよ」

いまでも思いだす。杭を打ちこまれたルーシーは、うめき血を吐いて絶命した。まったく必要でなかったはずの死。ルーシーは王宮でトップレディにもなり得たのだ。ウィルヘルミナ・ハーカーや、プリンス・コンソートがカルパティアから連れてきた情婦たちのように。いずれにしても、ゴダルミングの手から失われることに変わりはないが。

「きみにはあのオランダ人の思い出を罵倒するに足る資格がある。それゆえに、この〈銀ナイフ〉事件におけるわたしの関心を代行してもらいたいのだよ」

「おっしゃる意味がよく理解できませんが」

ルスヴンはまた演壇にもどり、さっきと寸分違《たが》わぬ姿勢をとった。ホールウォードの指がすばやく大判スケッチの細部を埋めていく。

「王宮もこの件には関心を示しているし、われらが女王陛下はひどく動転しておられるよ。わたしはヴィッキーより個人的な書状をいただいた。『この殺人鬼が英国人であるはずはありません』とのご推断だ。『もし英国人だとしても、紳士ではないでしょう』。なかなかうがった言いまわしではないか」

「ホワイトチャペルは異国人の巣窟として有名です。おそらくは陛下がお考えのとおりでしょう」

ルスヴンは皮肉な微笑を浮かべた。

「たわごとだよ、ゴダルミング。われわれはただ、英国人にこのような残虐行為ができるはずはないと信じたがっているにすぎぬ。だがそれは事実ではない。少なくともサー・フランシス・ヴァーニーは英国人ではないか。いずれにせよ、われらが殺人鬼は真夜中の手術患者について非常な選り好みをしているようではあるがね」

「つまり、犯人は医者だということでしょうか」

「べつに新説ではあるまい。たいして意味はないがな。問題は、やつがヴァンパイア・キラーだということだ。殺人狂であることは明らかだが、それもヴァンパイアのみを狙っている。やつはこの微妙な状況のもとで、大衆を相手にナイフの刃渡りをしているのだよ。世間がいかに批判し〝怪物〟と呼ぼうとも、もうひとつの見方をする者は絶えぬからな。〈銀ナイフ〉こそ無法者の英雄、貧民街のロビン・フッドであるともちあげたがる輩がね」

「英国人はそのようなことを信じたりはしないでしょう」

「温血者《ウォーム》であることがどのようなものか、もう忘れてしまったのか。杭と槌をたずさえ、ヴァン・ヘルシングに従ってキングステッド墓地を訪れたとき、きみはどのように感じていたのだね」

ゴダルミングは理解した。

「言うなれば――むろんわたしはいかなる意味においてもそのような行為を奨励しているわけではないがね――この狂人が銀ナイフを温血者《ウォーム》の娼婦にも向け、相手を選ばぬ殺人鬼であることを示してくれればと思っている。そうすれば、やつに対する共感などすべて雲散霧消してしまうだろうよ」

「まったくです」

「だがこの立派な執務室も狂った殺人鬼の心を左右する力までは与えてくれぬのだ。遺憾ながらな」

「ぼくにどうせよとおっしゃるのですか」

「嗅ぎまわるのだよ、ゴダルミング。われらは出遅れている。いくつもの組織が関心をもってやつを追っている。カルパティア人どもも検死審問に出たり、薄汚い地区をうろついたりしているという。きみの知人、チャールズ・ボウルガードという男も、さる秘密機関のために働いておるよ」

「ボウルガードですって？　あれは脆弱な書斎派でしょう――」

「あの男はディオゲネス・クラブに所属している。ディオゲネス・クラブは侮ってよい相手ではないぞ」

歯のあいだにくちびるがはさまっているのに気づき、ゴダルミングはぐっと力をこめ、かすかな血の匂いをのみこんだ。これが癖になりつつある。

「ボウルガードは謎の用事とかでとびまわっています。婚約者に会いましたが、放りだされたままでむくれていましたね」

ルスヴンは笑い声をあげた。

「相も変わらず巻き毛の女たらしだな、ゴダルミング」

「とんでもない」

答えはすでに嘘である。

「いずれにせよ、ボウルガードから目を離してはならぬぞ。あの男に関してはほんの形ばかりの記録しか手に入れることができなかった。つまり彼は、メサヴィ提督とそのお仲間が決して手放そうとしないぴかぴかの小さな玩具なのだよ」

ボウルガードなんて、ホワイトチャペルがどこにあるかも知らないのではないか。だがやつはインドに行っていたのだ。ペネロピから聞いたさまざまな断片を思い返しているうちに、それらが組みあわさって、フローレンス・ストーカーの夜会で会う退屈な友人とはまったくかけ離れた男の姿がぼんやりと浮かびあがってきた。

「ともかく半時間のうちにサー・チャールズ・ウォレンがやってくる。目の前でまくしたて、この事件を早急に満足のいく形で解決することがいかに重要であるかを力説してやろう。そのあと、警視総監にきみをくっつけてやるつもりだよ」

ゴダルミングはひそかに胸を張った。才気あふれる新生者《ニューボーン》は首相のためにこのような任務をこなして出世していくのだ。

「ゴダルミング、これはきみの名につきまとう疑惑を永久に消し去るチャンスなのだよ。〈銀ナイフ〉を逮捕すれば、エイブラハム・ヴァン・ヘルシングとの出会いはなかったものとされるだろう。過去を書き替える機会を与えられる者は多くはない」

「ありがとうございます、閣下」

「そして忘れるなよ。われらの関心はひとつだ。この殺人者の逮捕は、正義であり善でもあろう。だがこの事件においてもっとも重要な問題は、はらわたをひきずりだされた娼婦《デミ・モンド》たちの運命などとはまったく関わりのないところにある。すべてが終わったとき、この殺人者は嘲罵こそされ、決して崇敬されるようなことになってはならぬ」

「もうひとつよく理解しかねるのですが」

「たとえばだ。十年前、ニュー・メキシコでひとりの新生者《ニューボーン》が無差別殺人を引き起こした。パトリック・ギャレットという温血者《ウォーム》が十六枚の一ドル銀貨をショットガンに装填し、その心臓をずたずたに撃ち抜いた。件の新生者《ニューボーン》はヘンリー・アントリムとかウィリアム・ボニーとかいう愚か者で、そうした末路にふさわしい輩だった。まもなく、さまざまな物語がひろまりはじめた。三文小説がやつの若さや魅力をロマンティックに喧伝した。いまではやつは、ビリー・ザ・キッド、ビリー・ブラッドと呼ばれておるよ。けちな殺人も卑しい犯罪も忘れられ、アメリカ西部全域にヴァンパイア半神《デミ・ゴッド》の神話がひろまったのだ。一ペニー払えば誰でも読める。麗しき乙女を救いその愛を勝ち得たとか、貧しい農夫の味方となって大牧場主と戦ったとか、闇の父の仇を討って殺人者に身を落としたとか、な。とりとめもないことだよ、ゴダルミング、すべて新聞のためのこぎれいな嘘っぱちにすぎぬ。自分の馬の血を飲むほど貧しく卑しかったビリー・ボニーが、いまでは真の英雄だ。だがわれらの事件はそのような結末を迎えてはならぬ。〈銀ナイフ〉が杭に刺されるとき、わたしが必要とするのは狂人の死であって、消すことのできぬ伝説ではない」

ゴダルミングは理解した。

「ウォレンどもは一八八八年の〈銀ナイフ〉事件を終わらせたいと考えているにすぎぬ。だがわたしがきみに望むのは、やつを永久に葬り去ることなのだよ」

# 20 ニュー・グラブ・ストリート

九月も末に近づき、二十八日の朝になった。十七日のルル・シェーン殺害以来、〈銀ナイフ〉は鳴りをひそめている。むろん、いまのホワイトチャペルには警官や記者たちがあふれ返っているから、殺し屋も出るに出られないのかもしれない。誰かが言っていたように、警官や記者が犯人でないかぎり。

日の出とともに通りの人混みがまばらになった。一瞬霧が吹き払われ、第二のわが家となった寒々しい町がくっきりと姿を見せる。昼であろうと夜であろうと、好きになれない場所だ。ボウルガードは怒りっぽい刑事たちと実りのない捜査を終えたところで、疲労困憊のきわみに達していた。プロとしての感覚は、手がかりが急速に失われつつあることを告げている。殺人鬼はみずからの狂気に負けてわれとわが胸にナイフを突き立てたのだろうか。それとも、アメリカかオーストラリア行きの汽船にとびのってしまったのか。世界のどこに行こうとヴァンパイアに出くわす日が、いずれやってくるだろうに。

「ただ単に、やめただけかもしれませんな」というのが、シック巡査部長の意見だった。「たまにそういうことがあります。そして一生、お巡りとすれちがうたびにクスクス笑ってすごすんですよ。もしかするとナイフではお楽しみが得られなくなったのかもしれない。それとも、すべてを自分ひとりの胸にしまっておきたくなったのかもしれませんね」

その意見には賛成できなかった。検死解剖を見るかぎり、〈銀ナイフ〉はヴァンパイア女を切り裂くことに喜びを見出している。犠牲者たちは通常の意味での暴行を受けてはいないが、これは明らかに性犯罪なのだ。

H管区の警察医ドクター・フィリップスは、非公式ながら、殺人鬼は犯行現場でオナンの罪をおこなったようだと推測している。この事件は、たしなみある人間には許容しがたい要因を数多くかかえている。

「ミスタ・ボウルガード」女の声が物思いを破った。「チャールズでしょう?」

黒いボンネットとくもり眼鏡の若い人影が、通りを横切って近づいてきた。雨も降っていないのに黒い蝙蝠傘をさして陽光を避けている。風に吹かれて傘が傾き、日陰を背後にそらした。

「ミス・リード! ケイトじゃありませんか!」ボウルガードは驚いて声をあげた。

おぼえていてもらえたのが嬉しかったのか、女はにっこり笑った。

「こんないかがわしい場所で何をしていらっしゃるのです」

「ジャーナリズムのために。わたしが文章を書いていること、ご存じでしょう?」

「もちろんですよ。〈アワ・コーナー〉に載っていた、マッチ工場での女工ストライキの結末に関するエッセイ、あれはじつにみごとでしたね。急進的で、かつ、きわめて公正でした（一八八八年ブライアント&メイ社で女子工員の解雇をきっかけとして、千四百名にもおよぶ女工がストライキに参加、デモをおこなった）」

「わたしが〝きわめて公正〟なんて言葉をもらえるのは、きっとこれが最初で最後だわ。でもお褒めいただいて光栄です」

「あなたはご自分を過小評価しすぎですよ、ミス・リード」

「そうかもしれません」

彼女は少し考えてから、さしあたっての用件に話を移した。

「わたし、ディアミド叔父をさがしているんです。お見かけになりませんでした?」

ケイトの叔父は〈セントラル・ニュース・エイジェンシー〉の重鎮だ。警察も高い評価を与え、犯罪関係に正確でくわしい数少ない記者のひとりと見なしている。

「近頃はお見かけしていませんね。このあたりにきておられるのですか。何か事件でも追って？」

「事件といえば〈銀ナイフ〉しかありませんでしょ」

ケイトはそわそわと、呪術的な貴重品でもあるかのように男物の書類ばさみをしっかりとかかえている。傘も大きすぎて扱いにくそうだ。

「なんだか雰囲気が変わりましたね、ミス・リード。髪型のせいでしょうか」

「いいえ」

「変だな。どう考えても――」

「転化してからはじめてお目にかかります」

そういえば彼女はノスフェラトゥになっているではないか。

「これは失礼」

ケイトは肩をすくめた。

「お気になさらないで。多くの若い娘が転化しています。わたしの――なんと言うんだったかしら――闇の父は、たくさんの子《ゲット》をもっているんです。編集者のミスタ・フランク・ハリス、ご存じでしょう？」

「聞いたことがあります。たしか、フローレンス・ストーカーの友人でしたね」

「以前はそうだったようです」

今日擁護していた相手と翌日には袂をわかつことで有名な彼女の後援者は、移り気な放蕩者としても名を馳せている。ケイトは若い率直な娘だ。編集者ミスタ・フランク・ハリスの目にどのような魅力をもって映ったか、想像できるというものだ。

それにしても、厳重に防御しているとはいえ転化してまもない身で昼日中《ひるひなか》に外出するとは、よほど重要な用件をかかえているのだろう。

「すぐそこに記者たちが集まるカフェがあります。若いご婦人がひとりで顔を出せるような場所ではありませんが――」

「それじゃミスタ・ボウルガード、ご一緒してくださいませんか。大急ぎでディアミド叔父に見せなくてはならないものがあるんです。ずうずうしいとか生意気だとかお思いにならないでください。大切なことでなければこのようなお願いはしません」

ケイト・リードはかつて顔色の悪い痩せた小娘だったが、転化によって健康的な血色を手に入れたようだ。放出される強い意志に、ボウルガードは拒絶の言葉を吐けなかった。

「いいですよ、ミス・リード。こちらです――」

「ケイトと呼んでください、チャールズ」

「いいですとも、ケイト」

「ペニーはいかが？　しばらく会っていないんですけれど――」

「残念ながらわたしもです。きっと機嫌を損ねているだろうと思います」

「いつものことですね」

ボウルガードは眉をひそめた。

「まあ、ごめんなさい、チャールズ。そんなつもりじゃなかったんです。わたしったら、ほんとにどうしようもなく気がきかなくて」

思わず微笑が浮かんだ。

「ここです」

カフェ・ド・パリはコマーシャル・ストリート警察署の近くにある。以前は市場人足や警官にパイや鰻や飲み物を出す店だったが、いまでは口髭をひねりながら見出しやら記事の署名やらについて議論するチェック・

スーツの男たちであふれ返っている。報道関係者がこの店を贔屓《ひいき》にするようになったのは、経営者が電話という新装置を備えつけたためだった。記者たちは一ペニーずつ支払って、本社を呼びだしては回線を通して記事を口述するのだ。

「未来世界へようこそ」

ボウルガードが扉をあけると、ケイトはすぐさまその言葉の意味を悟った。

「まあ、すてき」

しわくちゃの白いスーツに十年前に流行した麦藁帽をかぶった小柄なアメリカ人が、怒り狂って受話器を握り、現代科学の奇跡も不要になりそうな大声で、見えない編集者に向かってわめきたてている（このアメリカ人記者はTVドラマ『事件記者コルチャック』Kolchack : The Night Stalker（一九七四）他に登場するカール・コルチャック）。

「言ってるだろう。十人も目撃者がいるんだぜ、〈銀ナイフ〉は人狼《ウェアウルフ》だって」

回線の向こうにいる男が怒鳴り返し、激昂した記者はそのあいだに息をついてさらに言葉をつづけた。

「アンソニー、ニュースなんだ。おれたちは新聞《ニュースペーパー》のために働いてる。ニュースを印刷するんだろう！」

記者は機械と格闘するように接続を切り、ものすごい勢いで場所をゆずって、うしろに並んで順番を待っていた新生者《ニューボーン》をぎょっとさせた。

「ほらよ、ル＝キュー。おまえさんの〝蒸気駆動の自動人形が逃げだした〟説がうまくいくといいな」

〈グローブ〉で見たことのある名前だ。ル＝キューは電話をガタガタいじりながら、交換手に向かって小声でささやきはじめた。

片隅では少年たちがビー玉遊びに興じ、火のそばではディアミド・リードが崇拝者に囲まれている。彼はパイプをくわえ、グラブ・ストリートの使徒たちに訓示を垂れていた。

「いいか、要は女と同じなんだ。追っかけてつかまえることはできるが、向こうにその気がなけりゃ手元にとどめておくことはできない。一緒に燻製ニシンの朝飯を食うところまでこぎつけながら、逃げられちまうことだってあるだろう」

姪の前でうかつな話が出てはまずい。ボウルガードは咳払いをした。リードが顔をあげ、にやりと笑った。

「ケティじゃないか」いまの無作法な譬えを恥じた様子もなく、「はいってお茶でもどうだ。それとボウルガード、だったな。いったいどこで迷子の姪っ子をひろってきたんだ。この界隈の娼家で、なんて言わないでくれよ。いつかこれがわが家を滅ぼすだろうってのが、かわいそうな母親の口癖だったがね」

「叔父さま、大切なご用なの」

「婦人参政権問題と同じくらいにかね」リードはとりあおうとしない。

「叔父さま、この問題についてわたしの意見に賛成してくださる必要はないけれど、叔父さまも認めてくださらなくちゃ。この国のもっとも偉大で賢明な方たち大勢も巻きこんで、とても大きな反応があるということ、それ自体がニュースなのよ。なんといっても、首相が返答としてカルパティア人を送りこんできたんですもの」

「やつらにそう言ってやんなよ、お嬢さん」麦藁帽の男が茶々をいれた。

ケイトはボウルガードに傘をわたし、書類ケースをひらいてティーカップや灰皿のあいだに一枚の紙をおいた。

「これが昨日届きました。罰だって、手紙を開封する仕事をお言いつけになったでしょ」

リードはまじまじとその紙片を見つめた。のたくるような赤い文字が一面に書き散らしてある。

「まっすぐおれのところにもってきたんだな」

「ひと晩じゅうさがしたのよ」

「いい子だ《グッド・リトル・ヴァンパイア》」口髭の先端をワックスで固めた縞シャツの新生者《ニューボーン》が口をはさんだ。

「黙れ、ドンストン。おれの姪は血じゃなく印刷インクを飲んでるんだ。血管にゃニュースが流れてるんだぞ、ぬるま湯がはいってるおまえさんとちがってな」

「それ、なんなんです？」電話を切ったル＝キューが話に加わった。

リードは無視し、ヴェストのポケットから一ペニーをとりだして少年のひとりを呼んだ。

「ネッド、警察署に行って、誰でもいいから巡査部長よりえらい人を連れてこい。わかるな」

鋭い目をした少年は、警官の種類と習性ならすべて心得ているよと言いたげに、顔をしかめてみせた。

「〈セントラル・ニュース・エイジェンシー〉は〈銀ナイフ〉からのものと推測される手紙を受けとった、そう言うんだ。ひと言も間違えるんじゃないぞ」

「すうそくされる？」

「すいそくされる、だ」

裸足のヘルメスは宙に投げられたペニー貨をひっつかみ、とびだしていった。

「どうだ、地球を受け継ぐのはネッドみたいな子供たちだぜ。二十世紀ってやつは、おれたちには想像もつかないような時代になるんだろうな」

誰ひとりとしてリードの社会理論に耳を傾ける者はいない。みんなその手紙を見たがっていたのだ。

「気をつけてください。それは証拠になる」ボウルガードは口をはさんだ。

「そのとおりだ。さあ、さがってもらおうか、場所をあけてくれ」

リードは慎重に手紙をとりあげ、もう一度読みなおした。

「とにかく」と読み終わって、「〈銀ナイフ〉という通称は終わりだな」

「どういうことです？」とル＝キュー。

「『自分で通り名をつけさせてもらったぜ』と追伸にある」

「通り名だって？」ドンストンが問い返した。

「署名は、『切り裂きジャック《ジャック・ザ・リパー》』だ。『敬具、切り裂きジャック』だとさ」

ドンストンが口の中でころがすようにその名をつぶやいた。ほかの者たちもそれにならう。切り裂き魔《リパー》、切り裂きジャック《ジャック・ザ・リパー》、ジャック、切り裂き魔《リパー》。ボウルガードは戦慄をおぼえた。

ケイトは満足そうに慎み深く爪先に視線を落としている。

「ボウルガード、どうだ」

リードから手紙を受けとると、ライヴァルの記者たちから嫉妬をこめた興奮のつぶやきがあがった。

「読んでくれ」アメリカ人が促す。

ボウルガードは自意識をくすぐられながら声をあげた。

「『親愛なるボス』」と手紙ははじまっていた。「筆跡は急いだらしく雑だが、教養を感じさせる。ものを書き慣れた人間のものだな」

「注釈はいい。とにかく読んでくださいよ」とル＝キュー。

「『警察がおれを逮捕したという話をよく聞くが、まだ目星もついてないじゃないか』――アポストロフィが抜けている――『えらそうな顔で捜査は順調だなどとぬかしてるのを見るたびに大笑いしてるぜ――』」

「頭のいいやつだ」ドンストンが言った。「ずばり、レストレイドとアバラインのことを言い当ててるじゃないか」

全員からシッという声があがって邪魔者を黙らせた。

「『〈銀ナイフ〉とかいう冗談には大受けしたよ。おれは吸血鬼どもが大嫌いだ。つかまるまでやつらを切り刻むのをやめねえぜ。このあいだの仕事はすごかった。女は悲鳴をあげる暇もなかった。おれはつかまったりしないからな。この仕事が気に入ってるんだ。またすぐにはじめるぜ。もうすぐささやかな仕事の話が耳に届くだろうよ』」

「変質者だな」

ドンストンの吐き捨てるような言葉に、ボウルガードも思わず同意した。

『このあいだの仕事のときに赤い血を少しジンジャー・ビールの壜にとっておいて、そいつで書こうと思ってたんだが、膠《にかわ》のように固まっちまったんで使えなかった。赤インクでもかまわないだろう。ハハハ。つぎのときは女の耳を切りとって警官どもに送りつけてやるからお楽しみに——』

「お楽しみに、だと？　なんだそれは。冗談か」

「こいつは喜劇役者だな」とル＝キュー。「グリマルディの再来ですよ」

『この手紙はちゃんととっておいてつぎの仕事が終わってから公開してくれ』

「うちの編集長みたいなことを言ってやがる」とアメリカ人。

『おれの銀製ナイフは切れ味抜群で、チャンスさえあればすぐにも仕事にとりかかりたいくらいだ。幸運を祈るぜ』。それからリードが言ったように、『敬具、切り裂きジャック。自分で通り名をつけさせてもらったぜ』。追伸はもうひとつあって、『こいつを投函する前に手についた赤インクを洗わなきゃならないな。おれが医者だなんて笑っちまうぜ、ハハハ』」

「ハハハ」〈スター〉の年配の男が怒ったように真似た。「ハハ、くそったれめ、ハハ。そいつがここにいたら、ハハハと笑いのめしてやる」

「いないともかぎらないぞ」

ドンストンがぐるりと目をむき、メロドラマの悪役のように口髭をひねった。

ネッドがレストレイドとふたりの警官を連れてもどった。殺人鬼からの手紙ではなく、殺人鬼本人がカフェ・ド・パリにいると聞いてきたかのように、警官たちは息を切らしている。

ボウルガードは警部に手紙をわたした。警部がくちびるを動かしながらそれを読んでいるあいだに、ジャーナリストたちは議論をはじめた。

「悪質な悪ふざけだ」と誰かが言った。「どこかの馬鹿が、おれたちを混乱させるために書いたんだ」

「わたしは本物だと思います」というのがケイトの意見だった。「このぞっとするような感触は本物の証拠です。とても冗談には見えないわ。紙から悪意がしたたり落ちているみたい。封を切ったとき、まだ読まないうちから、すさまじい悪意と孤独と目的意識が感じられました」

「どっちにしてもこいつはニュースだ」とアメリカ人。「こいつを記事にしないって法はないぜ」

レストレイドが反対するかのように片手をあげかけ、何も言わずにまたおろした。

「〝切り裂きジャック〟か」リードが締めくくった。「おれたちじゃこれ以上の名前は考えられんな。〈銀ナイフ〉という古い通称はもう終わりだ。これで、この悪党にふさわしい名前ができたってわけだ」

# 21　追悼《イン・メモリアム》――ドクター・セワードの日記《蠟管録音による》

九月二十九日
今日、キングステッドの墓地に行って花輪を捧げてきた。もちろん百合の花だ。ルーシーの滅びから今日で三年。墓碑には彼女の最初の死の日付しかなく、いまとなってはヴァン・ヘルシングの遠征の日を記憶しているのは、おそらくわたしひとりだろう。結局のところ、プリンス・コンソートもこの日を国の祝日にするつもりはないらしい。

三年前のあの日から数日たって、わたしが森を出たとき、この国はまさに変化を迎えつつあった。伯爵が地位の階梯を駆けあがっていく数ヶ月のあいだ、わたしは戦々恐々としていた。あのように欣然とヴァン・ヘルシングの公開処刑をおこなったやつのことだ、必ずやその爪をのばしてわたしをも打ち砕こうとするにちがいない。やがてその恐怖も鈍い疼痛におさまったころ、わたしは自分が、新しい支配者の関心事であるあふれんばかりの群衆の中にまぎれこめたのだと考えた。それとももしかするとやつは、あの有名な悪魔のような残虐さで、わたしを生かしておくほうが復讐にふさわしいと判断したのかもしれない。結局わたしなど、プリンス・コンソートにとっては脅威にもならないのだから。それ以来、人生は夢のようで、あるべき姿の夜の影にすぎない――

いまもよくルーシーの夢を見る。彼女のくちびる、白い肌、髪、瞳。ルーシーの夢を見て夢精することもしばしばだ。みだらな口づけ、みだらな夢――

ホワイトチャペルを仕事場に選んだのは、ロンドンでいちばん醜悪な場所だからだ。ドラキュラの支配を許容するのは人々の浅薄さだというが、この地区ではそれが破綻のきわみに達している。ヴァンパイアの淫売が角ごとに血を求めてさけび、酔っぱらいや死人が狭苦しい通りにうずくまっているここでは、ドラキュラ支配がもたらしたものの、あばただらけの真の様相を見ることができる。これほど多くの吸血鬼に囲まれつつ自制を維持するのは困難だが、わたしの使命感は堅固なのだ。かつてわたしは精神障害を専門とする医者だった。いまのわたしはヴァンパイア・キラーだ。そしてその義務は、この町の腐りきった心臓を切りひらくことだ。

モルヒネがきいてきた。痛みがひき、視覚が鋭くなる。今夜は闇の奥まで見透すことができそうだ。カーテンを切り裂き、真実と直面しよう。

ロンドンの秋の霧は以前よりも濃くなった。鼠や野良犬や猫など、あらゆる種類の害獣がはびこっている。中世の疫病が復活した地区もある。まるでプリンス・コンソート自身が泡立つ下水溜であり、狼の笑みを浮かべながら御座所から汚物を吐きだし、領土じゅうに病が蔓延していくのをながめているかのようだ。霧は夜と昼の境を曖昧にする。ホワイトチャペルでは太陽が真の意味で輝く日は少ない。だが昼になると多くの新生者《ニューボーン》が鈍い光に脳を焼かれて狂気にかられる。

今日は珍しく晴天だった。午前中は日に焼かれた連中にたっぷりと軟膏を塗ってやった。重症の者たちにはジュヌヴィエーヴが、直射日光に対する抵抗ができるには何年もかかるのだと教え諭《さと》した。わたしはすぐにジュヌヴィエーヴが何者であるかを忘れてしまう。だが怒りが両眼にひらめいたり、無意識のうちにくちびるがまくれあがって鋭い歯がのぞいたりすると、偽りの人間性も剥がれ落ちる。

ロンドンのほかの地域はここよりも落ち着いているが、だからといってよりよい状況にあるわけではない。わたしはスパニアーズイン（ハムステッドの丘の上にある十六世紀のパブ。文人の馴染みの店として知られる）に寄ってポーク・パイとビールを頼んだ。高所から見おろすロンドンの町は、ところどころで高い建物がとびだしてはいるものの、霧を満たした皿のようだ。そうしていると、昔から何ひとつ変わっていないような気がしてくる。わたしは戸外の席につき、スカーフと手袋で寒さをしのぎながら、ビールを飲んでさまざまな考えごとにふけった。ハムステッド・ヒースでは薄暗い午後の日射しの中を、目を赤く輝かせた青白い新生者《ニューボーン》の紳士淑女らが気取って練り歩いている。いまでは誰もかもが女王にならい、ヴァンピリズムは数年の抵抗を経てついに受け入れられた。太陽の出ない午後になると、とりすました美しい娘たちが、ボンネットをかぶり分厚い黒い日傘を高く掲げ、象牙色の短剣のような牙を日本の扇子で巧みに隠しながら、ヒースに集まってくる。滅ぼされていなかったら、ルーシーもそのひとりになっていたはずだ。彼女たちはめかしこんだ鼠のようにしゃべり、渇きを抑えきれず子供たちに接吻する。実際には、彼女たちとホワイトチャペルで血をすすっている売春婦のあいだにちがいなどありはしない（ロンドン郊外にある自然公園ハムステッド・ヒースは、当時ピクニックやハイキングの行楽地としてロンドン子に人気があり、人出でにぎわった）。

ビールを残したまま立ちあがり、頭を垂れ両手を外套のポケットに深く突っこんで、キングステッドまでの残りの道を歩いた。門は開け放たれ、番人はいない。死が流行《はや》らなくなって以来、墓地はすたれるいっぽうなのだ。教会もまた無視されていたが、王宮は大主教たちを懐柔し、どうにか英国国教会にヴァンパイアを認めさせた。生前のプリンス・コンソートは信仰のための虐殺をおこなった。そしていまもまたキリスト者を自認している。昨年の結婚式《ロイヤル・ウエディング》は高教会派（英国国教会の一派で、カトリックの伝統を強調し、教会の権威・支配・儀式を重んじる）の美々しさを存分に発揮した、ピュージやキーブルが見たらさぞや喜ぶだろう華やかなものだった。

墓地にはいると、まるで先週のことのようにすべてがまざまざと苦痛を伴ってよみがえる。わたしはみずからに言い聞かせた。わたしが滅ぼしたのは愛していた女ではない、ものだったのだ。彼女の首を切り落としながら、わたしは天職を発見した。手が恐ろしく痛む。モルヒネの使用は控えている。適切な手当てが必要なことはわかっているが、わたしには苦痛が必要だ。痛みは決意を与えてくれる。

世の中が変化したとき、死んだ親族をヴァンパイアとしてよみがえらそうと、墓を掘り返す新生者《ニューボーン》が頻出した。そうしたむなしい努力のあとに残された穴を避けて、わたしは足場を選びながら進んだ。このあたりでは霧もモスリンのように薄れていた。

驚いたことに、ウェステンラ家の墓所の外に人影があった。ほっそりした若い女で、猿の毛皮襟の外套を着て、きっちりとたばねた髪に赤いリボンの麦藁帽をのせている。わたしの足音にふり返ったその顔で、両眼が赤くきらめいた。光を背にしたその姿はまるでルーシーがよみがえったかのようだ。心臓が跳ねあがった。

「誰？」思わぬ邪魔に驚いて女がたずねた。

軽やかだが無教養なアイルランド人の声だ。ルーシーではない。わたしは帽子をかぶったまま会釈した。その新生者《ニューボーン》にはどこかしら見おぼえがあった。

「あら、ドクター・セワードじゃありませんか、トインビーの」

傾きかけた太陽が光の矢を放ち、女をたじろがせた。顔が見えた。

「ケリー、だったかな」

「マリー・ジャネットですわ」

女は落ち着きをとりもどし、思いだしたように媚びを含んだ微笑を浮かべた。

「お参りですか」

わたしはうなずいて花輪を捧げた。墓所の扉にはすでに花輪が飾られていたが、わたしが買ってきた上等のものと並べると、いかにも安物じみて見える。

「こちらのお嬢さまをご存じだったんですか」

「ああ」

「お綺麗な方でしたよね。ほんとにお美しくって」

わたしのルーシーとこの骨太の淫売の人生に、どんな関わりがあったというのだろう。たしかにまだ若く瑞々しいが、それでも娼婦にはちがいない。ニコルズや、チャプマンや、シェーンと同じく——

「あたし、このお嬢さまに転化していただいたんです」ケリーが説明した。「いつだったかの晩、ある紳士のお宅から家へ帰る途中、ヒースを通りかかって。あたしに新しい人生をさずけてくださったんです」

わたしは改めてじっとケリーを見つめた。この女がルーシーの子《ゲット》だというのか。ならば、ヴァンパイアは闇の親に似るというどこかで聞いた話はたしかに事実なのだろう。赤い小さな口も白い小さな歯も、はっきりとルーシーの優美な面影を伝えている。

「あたしはあの方の子《ゲット》で、あの方はプリンス・コンソートの子《ゲット》ですよね。だったらあたしも王室と関係があるってことになりませんか。女王さまはあたしの闇の叔母にあたられるんですよ」

女は小さな笑い声をあげた。ポケットの中で手に火がつき、痛みを訴える球の中心がぐいとひきつる。ケリーがすぐそばまで近寄り、わたしの外套の襟をなでた。香水に混じって、息の中の腐臭までが感じられそうだ。

「いいお品ですね」

くちびるが蛇のようにすばやく首をかすめる。心臓が躍りあがった。その瞬間襲ってきた感覚を、わたしはいまになってもなお、説明も言い訳もできずにいる。

「転化してあげましょうか、温血者《ウォーム》のドクター。王室の親戚になれるんですよ——」

わたしが硬直しているあいだに、女はすり寄ってきて腰を押しつけ、両手を肩から背中へとまわした。

わたしは首をふった。

「せっかくなのに」

身体が離れた。こめかみで血がどくどくと脈打ち、心臓はウェセックス杯の優勝馬（〈シャーロック・ホームズ〉シリーズ「白銀号事件」に出てくる競馬レース）のようにはずんでいる。わたしはこの存在に吐き気をおぼえた。メスがポケットにはいっていたら、心臓をえぐりだしてやるのに。だが別の感情もあった。この女はあまりにもわたしの夢を悩ませるルーシーに似ている。しゃべろうとしたが、しわがれ声しか出なかった。ケリーは理解した。経験があるにちがいない。吸血鬼はふり返って微笑を浮かべ、またすり寄ってきた。

「別のものをお望みなんですね」

うなずくと、女はゆっくりわたしの服をくつろげはじめた。ついでポケットから手を出し、傷を見て小さな驚きの声をあげた。そっとかさぶたを剥がし、喜びにふるえながら傷口をなめる。わたしは身ぶるいして目をそらした。

「ここなら邪魔ははいりませんよ、ドクター――」

「ジャックだ」わたしはつぶやいた。

「ジャック」その音を楽しむように繰り返してから、「いいお名前ですね」

ケリーはストッキングの上までスカートをまくりあげて腰に結びつけ、地面に横たわって受け入れる姿勢をとった。その顔はルーシーそっくりだった。ルーシーそのものだった。見つめていると、ルーシーの誘う声が聞こえた。わたしは苦しいほどに高ぶっていた。ついにわたしはこらえきれず、すさまじい興奮に駆り立てられるまま娼婦にのしかかり、服をひらいてすみやかに貫いた。ルーシーの墓所の草の上で、頬を涙に濡らし、恐ろしい炎を内に秘めて、その生き物と交わった。女の肉は白く冷たかった。女は子供をあやす母親のように、わたしを導き誘《いざな》った。ことが終わると今度はわたしを口に含み、絶頂と苦痛を同時に与えながら、少しだけ血を吸った。それはモルヒネよりも奇妙な、虹色の死だった。わずか数秒にすぎないヴァンパイアとの交わりが、何時間にも感じられた。精液とともに生命も流れでていってくれればいいのにと、わたしは願った。

わたしが身づくろいをするあいだ、女は慎しやかに視線をそらしていた。女の支配力が感じられた。ヴァンパイアが獲物に対して行使する、あの魅了の力だ。金をわたそうとしたが、支払いは血だけで充分だった。穏やかな、憐れみすら感じられる視線を投げて、女は立ち去った。メスさえもっていたならば。

この記録をはじめる前に、わたしはジュヌヴィエーヴとドルーイットを呼んだ。今日の夜勤はこのふたりだ。ホールはいまでは非公式の診療所になっている。ジュヌヴィエーヴは正式の資格こそもっていないがこのうえもなく優秀な総合医で、出かけるときは必ず彼女につめてもらうことにしている。彼女はいま、マイレットの子供、リリーに特に心を砕いている。残念だがリリーはこの週末をもちこすことはできないだろう。

キングステッドからの帰路のことはあまりよくおぼえていない。乗合馬車に揺られながら、視野も焦点を失いたゆたっていた。朝鮮にいるときキンシーに勧められて好奇心から阿片のパイプを吸ったことがある。あのときと同じようでありながら、それ以上に官能的な感覚だった。スキップをしている金髪の幼女から年老いた看護婦まで、目にはいる女という女に説明しようのない漠然とした欲望がわき起こった。疲労のため実際の行為におよぶことはできなかっただろうが、それでもその欲望は、貪欲に皮膚の上を這いまわるちっぽけな蟻のように、ずっとわたしを苦しめつづけた。

そしていま、わたしはいらいらと落ち着けずにいる。モルヒネがいくらか抑えてくれているが、さほど役に立ちはしない。しばらく仕事をしていないせいだ。ホワイトチャペルは危険になった。いつも大勢の人々が嗅ぎまわり、あらゆる影の中に〈銀ナイフ〉を見つけようとしている。メスが机の上で銀色にきらめいている。中傷のように鋭く。人はわたしが狂っていると言う。わたしの目的を理解できないがゆえに。

茫然としたままキングステッドからもどり、わたしはあることに気づいた。夢に出てくるルーシーは、かつて愛した温血者《ウォーム》の娘ではない。わたしが夢に見るのはいつも、ヴァンパイアとしてのルーシーなのだ。まもなく真夜中になる。出かけなくては。

# 22　さよなら、黄色い小鳥

所長が彼女を責任者に指名していったことで、ドルーイットは機嫌を損ねたようだった。ジュヌヴィエーヴがリリーのそばについていたいと言うと文句をつけ、ひとりの患者に専念したいのなら全体業務を誰かに代行させるべきだと主張した。ジュヌヴィエーヴはリリーの寝台をおいた一階の小部屋で指示を与えた。ドルーイットは投げやりな姿勢で立ったまま、リリーの肺のたてる息づかいには気がつかないふりをしていた。ひと呼吸ごとに長々と苦しげな荒い音がひびく。雇われたばかりの看護婦アムワースが、大騒ぎをしながら患者の毛布を整えた。

「玄関ホールには必ず、あなたかミスタ・モリスンがつめていてください。ここ数夜、多くの人がやってきますけれど、用のない人にはきてもらいたくありません」

ドルーイットの眉が寄せられた。

「わかりませんね。そもそもここはすべての人のための――」

「もちろんよ、ミスタ・ドルーイット。それでもわたしたちから搾取しようという人は別でしょう。ここには薬や貴重なものがたくさんあります。近頃では盗難の話も珍しくないわ。もし背の高い中国人紳士があらわれたら、あなたが追い払ってくださるのかしら」

ドルーイットには理解できないようだったし、理解できる事態に陥ってほしくもない。あの跳びはねる怪物がふたたびやってきたら、この男に追い払えるはずはない。解決を必要とする問題が、あの長生者《エルダー》のおかげでまたひとつ増えてしまった。

「わかりました」

ドルーイットは立ち去った。一張羅の上着は裾がほつれ、肘は抜けそうになっている。彼らにとって上等の衣服は身を守る鎧なのに。上流の人々はそれをつけてさえいれば、地獄の住人たちから隔たっていられる。モンタギュー・ジョン・ドルーイット——彼はたまたまこの深淵を通りかかっただけの人間ではない。ジュヌヴィエーヴには礼儀正しく接するが、そのよそよそしさの背後に得体の知れない何かがひそんでいる。もとは学校教師で、それから気乗りのしないまま法律の仕事をはじめ、その後トインビー・ホールに流れついた。どの職業においても目覚ましい成果はあげていない。現在はもっぱら、ホワイトチャペル・クリケット・クラブのために一般からの寄付を集めることに熱中している。また、いずれはチームを指揮するつもりらしく、街角で有望そうな選手をスカウトしては、多くの英国人が宗教的熱狂を捧げているこの競技の、価値と技術を教えこもうとしている。

リリーが咳こんで赤黒いものを吐きはじめた。新しい看護婦——いくらかの年月を経たヴァンパイアだ——が口元をぬぐい、胸を押して障害物を取り除こうとした。

「ミセス・アムワース、どうかしら」

看護婦は首をふった。

「血統でございますよ。わたしたちにはどうしようもありませんね」

リリーは死に直面している。温血者《ウォーム》の看護婦が血を少し与えたが、無駄だった。少女のなりたがっている獣、その身体を支配しつつある獣は、すでに死んでいるのだ。生きている細胞がひとつずつ、革のようにかたい死肉に変質しつつある。

「変身には精神的な問題がからんでくるんですよ」アムワースが説明した。「ほかのものになるには、ほんとに細かいところまで、そのものを心に描きださなくてはなりません。絵を描くときと同じですよ。どんな小さな作用も正確に理解しなくてはならないんです。能力そのものは血統の中に潜在していますけれど、コツはなかなか習得できるものではございませんからね」

ありがたいことに、シャンダニャックの血統には変身能力が備わっていない。アムワースが毛布のようにリリーの翼をなでつけた。アンバランスな成長を遂げ、誤った方向に曲がりゆがんだ翼は、クレヨンで描いた子供の落書きに似ている。体内を貫く痛みにリリーが悲鳴をあげた。少女は通りにいるとき、新生者《ニューボーン》の目を太陽に焼かれ、視力を失った。死んだ翼に養分を吸いとられ、脚の骨は筋肉の鞘におおわれたまま、ひび割れ砕けている。アムワースが副木《そえぎ》をあてたが、それも気休めにすぎない。

「どうせなら、安らかに逝かせてやりたいもんでございますね」

ジュヌヴィエーヴも吐息をついてうなずいた。

「わたしたちにも銀のナイフが必要かもしれないわね」

「銀ナイフでございますか?」

「あの人殺しのようにね、ミセス・アムワース」

「今夜、記者から聞いたんですけれどね、新聞社にあいつから手紙がきたそうでございますよ。切り裂きジャックと呼んでくれ、と書いてあったそうです」

「切り裂きジャックですって?」

「ええ」

「馬鹿げた名前だわ。誰もおぼえてくれないでしょうに。彼はこれまでも、これからもずっと、〈銀ナイフ〉だわ」

アムワースが立ちあがって長いエプロンの膝を払った。床は埃だらけだ。ホールから泥を締めだすには、絶えざる戦いが必要なのだ。そもそもこの建物は病院向けにつくられてはいないのだから。

「もうしてあげられることはないと存じますよ。ほかの患者さんを見てまいります。シェルヴデイル坊やの目はなおるかもしれませんわね」

「そうね、わたしはここにいます。誰かがついていなくては」

「承知しました」

ジュヌヴィエーヴは看護婦に代わって寝床のわきに膝をついた。少女の人の形を保ったほうの手をとり、きつく握りしめた。指に残っていた不死者《アン=デッド》の力がそれに応える。静かに語りかけているうちに、ジュヌヴィエーヴの言葉は、おそらくリリーには理解できないだろう言語に変わっていった。頭の奥に眠っている中世フランスの意識が、ときおり表面に浮かびあがってくるのだ。

ジュヌヴィエーヴはその人間としての短い生のあいだに、実の父親と旅をしてまわり、死にいく者の看《み》とり方を学んだ。医者であった父は、司令官なら半死半生のまま生き埋めにして厄介払いするだろう人々を、救おうとした。肉の腐敗していく戦場の悪臭がこの部屋にも立ちこめている。神父たちの唱える物憂いラテン語が記憶によみがえる。リリーは何か宗教を信じているだろうか。臨終の床に牧師を呼ぶことなど考えてもいなかったけれど。

いちばん近くにいる聖職者といえばジョン・ジェイゴだが、十字軍はどのような種類のものであれ、ヴァンパイアの世話はしないだろう。それから、聖ジュード教会の教区牧師でトインビー・ホールの創設者、〝邪悪な四分の一マイル〟にある悪の巣窟を一掃せよと提唱している精力的な委員会メンバー兼社会改革者、サミュエル・バーネット師がいる。女が上半身裸になって取っ組みあう習慣を改めよと、怒りのあまり真っ赤になって唾を飛ばしながら説教していた顔が思いだされる。バーネットはジェイゴのような理屈抜きの偏見にとらわれてはいないが、ジュヌヴィエーヴを認めてもおらず、彼女がイースト・エンドで救貧活動をしている動機に対しておおっぴらな疑惑を表明している。自分を信用しないからといって神の戦士を咎めようとは思わない。

ハクスリーがその言葉を発明する数世紀も前から、彼女はずっと不可知論者だった。

「あなたは徳でもなく、信仰でもない。ではあなたは何者か」

この職につくとき、ドクター・セワードにたずねられたことがある。

「罪です」ジュヌヴィエーヴは心の中で答えていた。

遠い昔の子供時代の歌をうたった。リリーに聞こえるかどうかはわからない。耳から赤い蠟質の膿が出ている。目と同様、耳も役に立たなくなっているのかもしれない。それでもその音が——もしかすると空気の振動が、それとも息の香りが、慰めになるかもしれないではないか。

「〝いつも元気に《トゥジュール・ゲ》〟」

声がかすれ、熱い血の涙がこみあげる。

「〝いつも元気に《トゥジュール・ゲ》〟」

リリーの咽喉が蟇蛙のようにふくれあがり、緋色に茶色い筋のはいった黒っぽい血が吐きだされた。ジュヌヴィエーヴはこみあげる塊をぐっとこらえ、鼻で静かな呼吸を保って、死のにおいと味を締めだそうとした。必死で耐えていると、歌と記憶と祈禱が心の中でごちゃ混ぜになり、口からこぼれだした。敗北を知りながら、彼女は戦った。数世紀にわたって死を拒絶してきた彼女に、いまそのおおいなる闇が逆襲してきたのだ。ジュヌヴィエーヴ・デュドネの長い生を購うために、いったい何人のリリーが、天寿をまっとうすることなく生命果てたのだろう。

「リリー、愛しい子。わたしの子よ、リリー、愛しているわ、わたしのリリー、リリー——」

腫れあがった目がぱっとひらいた。光に反応して、白濁した片方の瞳孔がわずかに収縮する。苦痛の中にかすかな微笑が浮かんだ。

「マ——マ」

それが少女の、最初にして最後の言葉だった。

「ママ――」

ローズ・マイレットにせよ誰にせよ、人なる少女の母はここにはいない。四ペンスを払って父親となった船乗りか市場人足は、少女の存在さえ知らないだろう。そしてウェスト・エンドからきたマーガトロイドは――必ず見つけだし、思い知らせてやらなくては――別のお楽しみにふけっている。いまここにいるのはジュヌヴィエーヴひとりだ。

痙攣を起こしてリリーの身体がひきつる。血のような汗が顔一面に噴きだしている。

「ママ――」

「ママはここよ、リリー」

ジュヌヴィエーヴは子供も子《ゲット》ももったことがない。処女《おとめ》のまま転化し、それ以後も闇の口づけを与えたことはなかった。だがリリーにとっては彼女こそが、温血者《ウォーム》のロージー以上に母親であり、あのマーガトロイド以上に闇の親なのだ――

「ママよ、リリー。愛しているわ。大丈夫よ、暖かくして――」

リリーをかかえあげ、しっかりと抱きしめた。少女の薄い胸の内側で骨が動く。そしてジュヌヴィエーヴは小さなもろい頭を自分の胸にあてがった。

「さあ――」

肌着をひらいて親指の爪で浅い傷をつけた。にじみでてきた血を見て、ふいに躊躇《ちゅうちょ》をおぼえる。

「飲みなさい、リリー、飲みなさい――」

ジュヌヴィエーヴの血、シャンダニャックの血統なる純粋な血を飲めば、病も癒え、ドラキュラの墓土の汚れも洗い流され、また健康になれるかもしれない――

もしかすると、もしかすると、もしかすると――

少女の頭を引き寄せ、口を傷に導いた。銀の氷の針で心臓を貫かれるような痛み。愛するとは傷つくことだ。あざやかな真紅の血がリリーのくちびるを染める。

「〝愛してるわ、黄色い小鳥――〟」ジュヌヴィエーヴは歌った。

リリーの咽喉の奥がごろごろと音をたてる。

「〝さよなら、黄色い小鳥。葉のない木々も――〟」

リリーの頭ががっくりと胸から離れた。顔が血で汚れている。

「〝――寒さも恐れぬ――〟」

少女の翼が一度だけはばたき、その発作的な動きにジュヌヴィエーヴのバランスがくずれる。

「〝――黄金の籠の――〟」

翼の薄い膜ごしにガス灯の火が青い月のように透けて見え、ばらばらになった血管が網の目状に浮かびあがる。

「〝――虜囚《とりこ》――より――は〟」

リリーは死んだ。ジュヌヴィエーヴは悲嘆に打ちのめされ、くるんだ死体を寝床に落として号泣した。胸元が、役に立たなかった自身の血で朱に染まっている。湿った髪が顔に張りつき、両眼が凝固した血の涙でねばつく。信仰をもっていればよかった。そうしたら、神をののしってやれたのに。

やがてふいに寒さをおぼえ、立ちあがった。目をぬぐい、髪をなでつけた。台の上の洗面器に水がはいっている。顔を洗い、かつて姿見がはまっていた木枠の綺麗な木目を見つめた。ふり返ると、彼女は部屋にひとりきりではなかった。騒ぎに驚いてみんなが駆けつけてきたのだ。

ひらいた扉のわきにアーサー・モリスンが、その背後にアムワースが立っている。廊下にはほかにも何人かいるようだ。ノスフェラトゥも温血者《ウォーム》も、外の通りから集まってきた人々だ。モリスンは驚き呆気にとられている。自分はきっとひどい格好をしているのだろう。怒りに顔が変化した。

「お知らせすべきだと思ったんです、ジュヌヴィエーヴ」モリスンが言った。「また人殺しがありました。また新生者《ニューボーン》が殺されたんです」

「ダットフィールズ・ヤードだってよ」誰かが最新ニュースを知らせた。「バーナー・ストリートのはずれだ」

「リジー・ストライドだぜ、先週転化したばっかの。歯もまだ生えそろってなかったってェのによ。のっぽで気のいい女だったが」

「また咽喉を裂かれたのか」

「のっぽ《ロング》のリズだ」

「ストライドさ。グスタフスドッター。エリザベスだよ」

「耳から耳まですっぱりだとよ」

「けど大暴れして、やつをぶン殴ったんだとよ」

「切り裂き魔のやつ、仕事を終える前に邪魔がへェったんだ」

「誰かが馬を乗り入れてきたって」

「切り裂き魔だって？」

「ルイス・ディームシュッツさ。社会主義者の――」

「切り裂きジャックだ」

「ルイスが通りかかったんだ。たぶん、ジャックがリジーの咽喉をかっさばいている最中によ。もしかするとやつの不愉快なツラァ見たかもしれねェ。もしかするとな」

「自分で切り裂きジャックって名乗ったんだとよ。〈銀ナイフ〉なんて遅れてるぜ」

「ドルーイットはどこ？」

「くそったれなでしゃばりよ、あの社会主義者どもはよ。年がら年じゅう人のことに鼻ァ突っこンでやがる」

「今夜はずっと姿を見ていません」

「女王陛下に楯つこうなんて、あらァユダヤ人の仕業さ。ユダ公は信用ならねェ」

「鉤鼻の野郎にちげェねえ。決まってるぜ」

「切り裂き魔のやつァまだ野放しなんだ。ポリ公どもが追っかけてる。朝までにゃァ死体があがるだろうぜ」

「やつがもし人間ならな」

# 23　首のない鶏の群

町は火がついたような騒ぎだった。

声があがったとき、ボウルガードはカフェ・ド・パリにいた。ケイト・リードと数人の記者とともに、彼も警察署に走った。通りは駆けまわりさけぶ人々でいっぱいだ。首に十種類もの十字架をぶらさげ、顔を隠したひとりの暴漢が、酔っぱらって窓をたたき壊しながら、裁きの日は近い、ヴァンパイアは奈落の悪魔だとわめいている。

署ではシック巡査部長が留守番をしていた。つまらない仕事だが責任は重い。レストレイドは殺人現場に向かい、アバラインは非番らしい。ケイトはダットフィールズ・ヤードにとびだしていったが、ボウルガードは署にとどまることにした。

「どうにもなりませんな」巡査部長が言った。「十人ほど部下を出しましたがね、みんな霧の中をうろうろしているだけです」

「犯人は血まみれになっているのではありませんか」

シックは肩をすくめた。

「気をつけていれば大丈夫。両面仕立て《リヴァーシブル》を着ていたかもしれませんし」

「なんですって？」

シックは灰色のツイードの上着をひらいて、裏側のタータンを見せた。

「裏返しにするんです。どちらでも着られます」

「なるほど」

「こいつはとんでもない厄介な事件ですよ、ミスタ・ボウルガード」

ふたりの制服響官が窓を壊した犯人をひきずってきた。もがく頭から粉袋の覆面を剥がすと、ジョン・ジェイゴの恐れを知らぬキリスト戦士のひとりだ。巡査部長は十字軍戦士の酒くさい息に尻ごみした。

「不浄なる吸血鬼どもは――」

シックは覆面を丸めて暴漢の口に突っこみ、部下に命じた。

「酔いが醒めるまで放りこんでおけ。明日、店主どもが起きて損害がはっきりわかったら、賠償について話し合いをする」

ボウルガードにとっては身近で発生したはじめての事件だ。だが何もできないのなら、チェルシーの寝台でぬくぬくしていたほうがましだろう。

「首のない鶏《おろかな》の群ですね、われわれは」シックが言った。「血だらけの柵の中をぐるぐるまわっているだけなんですから」

ボウルガードは仕込み杖を握りなおした。切り裂き魔がここにあらわれてくれたら、戦うこともできるのに。

「お茶でもいかがです」シックがたずねた。

ボウルガードが礼を言う前に、温血者《ウォーム》の警官がひとり、息せききってとびこんできた。ヘルメットを脱ぎ、ぜいぜいとあえぐ。

「今度はどうした、コリンズ。また何か起こったのか」

「やつがまたしでかしました、ボス」爆弾発言だ。「一ペニーで二丁、ひと晩に二件の殺人です」

「なんだと！」

「バーナー・ストリートでリズ・ストライド。マイター・スクエアでエドウズという女です」

「マイター・スクエアか。うちの管轄外だな。シティ警察の連中にとられるか」

この教区には、首都警察とシティ警察と、ふたつの管轄の境界線が走っている。殺人鬼は犯行と犯行のあいだにそれを越えたのだ。

「おれたちを徹底的になぶろうってのか。つぎはヤードの前で女を引き裂いて、警視総監あてに真っ赤なメモでも残すんじゃないか」

ボウルガードは首をふった。またひとつの生命が失われた。もはやディオゲネス・クラブの指令など関係ない。なんの罪もない人々が殺されているのだ。何か行動を起こさずにはいられない。

「ホランド巡査――シティ警察の男でありますが、そいつから聞いてきたんですが、このエドウズというのは――」

「キャサリンとかいう名前だったな、たしか。このあたりでは馴染みの顔だ。宿屋より、ここの留置所に泊まって酔いを醒ましていくことのほうが多かった」

「ええ、自分もキャシーのことだろうと思いました」狼狽したように言葉を途切らせてから、「とにかくホランドの話では、野郎はこっちでは最後まで仕事をし終えたそうであります。リズ・ストライドのときは、咽喉をひと裂きしただけでそそくさと逃げだしていますが。今度はいつものように、完全に解剖していったそうです」

シックが毒づいた。

「キャシーもかわいそうに」コリンズがつづけた。「老いぼれたケチな淫売でしたが。一度だって人を傷つけたことなんかありゃしません。ほんとうの意味で傷つけたことはね」

「かわいそうという点じゃおれたちも同じだ」とシック。「こんな事件があったからにゃ、さっさと野郎をつかまえないかぎり、この教区でお巡りでいるってのは大変な仕事になるだろうぜ」

シックの言うとおりだ。ルスヴンは誰か高位の者の——おそらくはウォレンの、辞表を要求するだろう。そしておそらくプリンス・コンソートは、結局は思いとどまらされることになるだろうが、下っ端警官数人を串刺しにしたがるだろう。ほかの者たちを鼓舞するために《プール・アンクラジェ・レ・ソートル》。

また別の使者があらわれた。カフェ・ド・パリの韋駄天《いだてん》ネッドだ。ボウルガードも以前、一シリングを与えてディオゲネス・クラブの用事を頼んだことがある。

シックが人食い鬼のような顔でにらみつけたので、少年はあわてて離れた場所で立ちどまった。ボウルガードにメッセージを伝えなくてはならないという思いで、あえて署の中にまで足を踏み入れたのだろう。だがまた臆病さが顔を出し、その足どりは猫小屋を歩く鼠のように静かだ。

「旦那、ミス・リードが、トインビー・ホールまできてくださいって。大至急」

# 24 早すぎた検死

乾いた目のまま、リリーの遺体を敷布にくるんだ。すでに腐敗しはじめ、長いあいだ皿に忘れられたオレンジのように、顔の皮膚がしなびている。悪臭がひどくならないうちに生石灰をかけて貧民墓地に運ばなくてはならない。くるみ終わったら、死亡診断書をつくってジャック・セワードに署名をもらい、ホールのファイルに報告を書こう。まわりで誰かが死ぬたびに、心にひとつずつ氷の玉がつながれていく。冷酷無情な怪物になるのは簡単だ。あと数世紀も生きれば、彼女もヴラド・ツェペシュのようになれるだろう。権力と、熱い血で咽喉を潤すこと以外、何も考えない怪物に。

日の出の一時間前にニュースが届いた。ある娼婦のヒモが剃刀で腕を切られてかつぎこまれ、付き添ってきた連中が五通りもの話を聞かせてくれたのだ。切り裂きジャックはつかまって警察署にいるが、王族だったのでその正体は隠されている――。ジャックは群衆の目の前で十二人を切り裂き、ばねをとりつけた靴で二十フィートの壁をひとっとびに越えて逃走した。その顔は銀の髑髏《どくろ》、腕は血のしたたる大鎌、息は清めの炎だった――。ひとりの警官が正確な事実を教えてくれた。ジャックがまた凶行を犯した。まずエリザベス・ストライドを。それからキャサリン・エドウズを。キャシーを! ショックだった。もうひとりの女は知らないと思う、とジュヌヴィエーヴは答えた。

「でもその女は先月ここにきていますよ」モリスンが言葉をはさんだ。「リズ・ストライドですよね。転化したばかりで、生きるための血を必要としていました。会えば思いだすでしょう。背の高い異国人で――スウェーデン人だったかな。昔は美人だったでしょうね」

「ひと晩にふたりですよ」警官が言った。「称賛に値しますね、あの悪魔め」

また人々が散りはじめた。二度めか、三度めになるだろうか。ホールから群衆が溶けるようにいなくなる。ジュヌヴィエーヴは静かな夜明けの中でひとりだった。やがて、新しく起こった残虐な事件に思いを馳せても、まるで心が動かないことに気づいた。涙はすべてリリーのために流しつくした。もうなんの感情も残っていない。リズ・ストライドのためにも、キャシー・エドウズのためにも、悲しむことはできなかった。

太陽がのぼり、椅子にすわったまままどろんだ。物事をまとめるのはもうたくさんだ。このあとのことなら見当がつく。殺人がひとつ起こるたびに事態は徐々に悪化してきた。売春婦は一団となって、死の罠とも言うべきホワイトチャペルから逃れるための金をくれと、涙を流してヒステリックにわめくだろう。じつのところ、切り裂き魔がナイフを銀メッキするずっと以前から、この地域は死の罠だったのだけれど。

夢うつつの中で、ジュヌヴィエーヴはふたたび温血者《ウォーム》にもどって、心に怒りと苦痛の炎を燃やし、両眼に熱い義憤の涙をたたえていた。闇の口づけを受ける一年前、彼女はルーアンからの知らせを聞いて心がからっぽになるまで泣きつくした。英国人がジャンヌ・ダルクに魔女の濡れ衣を着せ、火刑に処したのだ。ジュヌヴィエーヴは十四にして王太子のために戦うことを誓った。そもそもは子供の喧嘩だったのに、それぞれをいただく大人たちによって血にまみれていった戦い。ジャンヌは十九の誕生日を迎えることができず、シャルル王太子も十代だった。英国のヘンリーなど、まだほんの幼児にすぎなかった。軍隊と包囲戦ではなく、独楽《こま》まわしで決着をつけるべきだった争い。あの少年王たちもいまはなく、彼らの家系も絶えた。今日のフランスは彼女にとってモンゴルほどにも見知らぬ国となり、そこには君主すら存在しない（フランスは一八七一年にパリ・コミューン革命を経て、第三共和制にはいっていた）。英国人たるヘンリー四世の血がヴィクトリアのドイツ製の血管にも流れているというならば、その血をもたぬ者など皆無と言ってもいいのではないか。リリー・マイレットや、キャシー・エドウズや、ジョン・ジェイゴや、アーサー・モリスンらも例外ではなく（ヴィクトリアの母はドイツの名門ザクセン・コーブルク家の出身。ヘンリー四世は当時よりおよそ五〇〇年前のランカスター家の始祖であり、ヴィクトリアのハノーヴァー家まで五回の王朝交替と共和制を経ている）。

受付のほうが騒がしくなった――さっきとはまた別の騒ぎだ。昼のあいだ、さらに多くの怪我人が運びこまれてくるだろう。殺人事件のあとは通りで喧嘩が起こるし、自警団に襲われる者も出るし、アメリカ式の私刑《リンチ》だって――

四人の制服警官が油布にくるんだ重そうなものを運んできた。レストレイドが頬髭を噛んでいる。警官たちは廊下にたむろする敵意のこもった群衆をかきわけて進まなくてはならなかった。

「やつに馬鹿にされているような気がしますよ」ひとりが言った。「連中を煽動して、われわれに歯向かわそうとしているのでは」

警官のあとから、動きやすそうな服装にくもり眼鏡をかけた新生者《ニューボーン》の若い娘がついてくる。新聞記者だろうか。飢えているようだ。

「マドモアゼル・デュドネ、人目につかない部屋はありませんか」

「でも警部――」

「ともかくお願いします。ひとりはまだ生きているんです」

彼女はすぐさま察してスケジュール表を調べた。あき部屋がひとつある。

警官たちが扱いにくい荷物に辟易《へきえき》しながらついてくる。ジュヌヴィエーヴは一行をリリーの部屋に案内した。遺体の包みを動かしたあとに、警官がどさっと荷物をおろして油布を剥ぎとった。寝台の端から骨張った脚が突きだし、垂れさがるスカートの裾から左右不揃いの靴下がのぞく。

「マドモアゼル・デュドネ、ロング・リズ・ストライドです」

その新生者《ニューボーン》は痩せて背が高く、頬紅をつけ、乱れた髪は黒かった。ひらいた上着の下、木綿の肌着が首から腰まで真っ赤に染まっている。咽喉は道化の笑い顔のように耳から耳まで切り裂かれ、骨がのぞいている。切られた気管がヒューヒュー音をたてながらつながろうとしている。

「ジャックの野郎、仕上げをする時間がなかったんですよ」レストレイドが説明した。「そのぶん、キャシー・エドウズはもう散々ですな。温血者《ウォーム》の畜生が」

リズ・ストライドは悲鳴をあげようとしているが、肺から咽喉に空気を送ることができず、かすかな音をたてて空気が漏れるばかりだ。鋭い切歯を除いて歯は一本もない。電流を流された蛙のように四肢が痙攣するのを、警官がふたりがかりで押さえつけた。

「押さえろ、ウォトキンズ」レストレイドが命じた。「頭をじっとさせるんだ」

警官のひとりが指示に従おうとしたが、リズ・ストライドは激しく首をふって、治癒しかけている傷口をさらにひらいてしまった。

「長くはもたないでしょう」ジュヌヴィエーヴは言った。「傷がひどすぎるわ」

年を経たヴァンパイア、強靭なヴァンパイアなら生き延びられるかもしれない。ジュヌヴィエーヴ自身、もっとひどい怪我から回復したことがある。だがリズ・ストライドは新生者《ニューボーン》で、しかもかなり歳をとってから転化している。長い年月のあいだ安物のジンでみずからを毒しながら、緩慢な死に向かっていたのだと言ってもいい。

「長くなくていいんです。証言をとれる時間さえあれば」

「警部、話せるかどうかもわからないわ。声帯が傷ついているようですし」

レストレイドの鼠のような目がきらめいている。リズ・ストライドは切り裂き魔事件ではじめて得た手がかりなのだ。このまま逃すつもりにはなれないのだろう。

「精神状態もまともではないでしょう、かわいそうに」

リズ・ストライドの赤い目には知性のひらめきすら感じられない。この新生者《ニューボーン》の内で、人間的な部分はすでに燃えつきていた。

扉が押しひらかれ、人々がなだれこんできた。レストレイドがふり返って「出ていけ！」と怒鳴ろうとし、声をのんだ。

「ミスタ・ボウルガードでしたか」

ルル・シェーンの検死審問で見かけた身なりのいい男が、ドクター・セワードを従えてはいってきた。廊下にはさらに多くの人々、看護婦や付き添い士がたむろしている。アムワースが室内にすべりこんで、壁ぎわに立った。いずれ彼女の手が必要になるだろう。

「警部」ボウルガードが声をかけた。「よろしければ――」

「ディオゲネス・クラブのご用でしたらいつでも歓迎です」

言葉とは裏腹に、苛性ソーダを自分の目にいれたほうがましと言いたげな口調だ。

男は新生者《ニューボーン》の娘に会釈をして、「ケイト」と呼びかけた。娘は目を伏せたまま場所をゆずった。ジュヌヴィエーヴの目が節穴でなければ、この娘は間違いなくボウルガードに恋をしている。ボウルガードは優雅にして丁重だが断固とした態度で警官のあいだに割りこみ、両手を自由に使えるよう、マントを肩にはねあげた。

「なんということだ。このかわいそうなご婦人にしてあげられることは何もないのですか」

ジュヌヴィエーヴは奇妙な感銘を受けた。利用するためではなく、何かをしてやる対象としてリズ・ストライドを認めたのは、ボウルガードがはじめてだったのだ。

「もう遅すぎます」ジュヌヴィエーヴは説明した。「自力で治癒しようとしてはいますけれど、傷が深すぎるし、余力があまりにも乏しくて――」

切り裂かれた咽喉の周囲で筋肉がうごめいているが、つなぎあわさることはできない。痙攣も頻繁になってきた。

「ドクター・セワード？」ボウルガードがセカンド・オピニオンを求める。

所長がのたうちまわる女に近づいた。いつもどったのか気づかなかったが、おそらくニュースを聞いて駆けつけたのだろう。ジュヌヴィエーヴはまた——いつもは慎重に抑制されている——ヴァンパイアに対する彼の嫌悪を感じとった。

「残念ながらジュヌヴィエーヴの言うとおりです。かわいそうに。上の部屋に砂銀があります。楽にしてやりますか。それがいちばんの親切かと思いますが」

「われわれの質問に答えるまではだめですぞ」レストレイドが割りこんだ。

「いいかげんにしてください」ボウルガードが反論する。「彼女は人間であって、手がかりという物体ではないのですよ」

「つぎの犠牲者だって人間ですぞ。もしかするとつぎの犠牲者を救えるかもしれない。今後の犠牲者すべてをです」

セワードがリズ・ストライドのひたいに触れ、赤い大理石のような両眼をのぞきこんで首をふった。その瞬間、負傷した新生者《ニューボーン》に瞬発的な力がよみがえった。女はウォトキンズをふりはらい、大きく口をあけて所長にとびかかった。ジュヌヴィエーヴはセワードを押しのけ、みずからも身を縮めて鋭い爪をかわした。

「変身しようとしているんだわ」ケイトがさけんだ。

リズ・ストライドは立ちあがった。背骨が曲がり、手足が短くなった。狼のように鼻面が突きだし、皮膚が幾筋もの毛でおおわれていく。

セワードは壁ぎわにあとずさり、レストレイドも部下を安全な場所にさがらせた。ボウルガードはマントの下で何かをまさぐっている。ケイトがこぶしを口元にあてた。

リズ・ストライドは犬か狼になろうとしている。ミセス・アムワースが言ったように、これは大変な技だ。

莫大な集中力と、強烈な自我意識が必要とされる。ジンに侵された頭脳や、瀕死の重傷を負った新生者《ニューボーン》にできることではない。

「くそくらえ」ウォトキンスがつぶやいた。

下あごが鰐のように突きだした。頭蓋におさまりきらない巨大さだ。右脚と右腕がしなびるいっぽうで、左半身がふくれあがり、板のような筋肉が骨をおおう。血まみれの服が裂けた。咽喉の傷は治癒して形を変え、新しい黄色い歯が傷口を縁どって光っている。足がひらめいて、長い爪がウォトキンズの制服の胸を切り裂いた。首の穴が金切り声をあげる。リズ・ストライドはとびあがって警官を押しのけ、どさりと着地したまま床をひっかき、鋭い剃刀のような手をセワードのほうにのばした。

「さがってください」ボウルガードが大声で命じる。

ディオゲネス・クラブからきた男は拳銃をかまえていた。親指で撃鉄を起こし、狙いを定める。リズ・ストライドがふり返って銃身を見あげた。

「無駄ですよ」アムワースがさけぶ。

リズ・ストライドが跳ねあがると同時に、ボウルガードが引金を引いた。弾丸は心臓に命中し、女を背後の壁にたたきつけた。生命を失った身体がセワードの上に落ち、しだいにもとの姿にもどっていった。

ジュヌヴィエーヴは視線でボウルガードに問いかけた。

「銀の弾丸です」彼は自慢するでもなく説明した。

「チャールズ」

ケイトが畏怖をこめて息を吐いた。いまにも失神しそうだが、どうにかもちこたえている。

セワードが立ちあがり、顔の血をぬぐった。白いくちびるをキッと結び、嫌悪を隠すこともできずにふるえている。

「それでは、あなたが切り裂き魔の仕上げをしてやったというわけですな」レストレイドがつぶやいた。

「自分は文句などつけませんよ」胸をひっかかれたウォトキンズが言った。

ジュヌヴィエーヴはリズ・ストライドの死を確認しようとかがみこんだ。最後の痙攣とともに、なかば狼のままの腕がのばされ、爪がセワードのズボンの折り返しを貫いた。

# 25　ホワイトチャペルを歩いて

「さっきのご婦人ですが、最期の瞬間には意識がはっきりしていたようですね。わたしたちに何かを伝えようとしていた」

「たとえば何を？」ジュヌヴィエーヴが問い返した。「犯人の名前は、シドニー・ズボン《トラウザー》だって？」

ボウルガードは笑った。ユーモアを解する不死者《アン＝デッド》は多くはない。

「もしかするとミスタ・靴《ブーツ》かもしれませんね」

「それとも靴職人《ブーツ・メイカー》かしら」

「ジョン・パイザーは無関係ですよ。さる筋から情報がはいっています」

遺体はすでに、医学関係と報道関係の禿鷹たちが手ぐすねひいて待ちかまえている死体仮置場に運ばれていった。ケイト・リードはカフェ・ド・パリの電話で報告を送っている。ボウルガードは自分の名を出さないよう、繰り返し念を押した。ディオゲネス・クラブに関心をもたれるのもありがたくないし、何よりペネロピのことが不安だった。リズ・ストライドの最期において彼の果たした役割を知ったら、ペネロピがなんと言いだすか、目に見えるようだ。これは森の中でも別の場所、町の中でも別の区画、彼の人生における別の側面だ。ペネロピはここの住人ではないし、その存在すら知りたいとは望まないだろう。

彼はバーナー・ストリートからマイター・スクエアまで歩いてみることにした。トインビー・ホールのヴァンパイアもくっついてきた。青ざめた太陽にも昨日のケイトほど悩まされてはいないようだ。陽光の下で見るジュヌヴィエーヴ・デュドネはなかなか魅力的だ。装いは〝新しい女〟風で、ぴったりした上着の簡素なドレス、踵の低い飾りのない靴に、ベレーのような帽子をかぶり、腰丈のケープを羽織っている。もし一年後に大英帝国で議会選挙がおこなわれたら、きっと彼女も投票したがるだろう。しかし、たぶんルスヴン卿に票をいれることはないだろう。

エドウズの殺害現場にたどりついた。マイター・スクエアは大ユダヤ教会堂《グレート・シナゴーグ》に固まれた中庭で、二本の狭い路地が通じている。入口には両方ともロープが張られ、温血者《ウォーム》の警官が血溜まりを見張っていた。容疑者リストをさらに長くしようと手ぐすねひいて、何人かの野次馬がうろついている。耳の前に長い巻毛を垂らし、腹まで髭をのばした正統派ユダヤ教徒がひとり、シナゴーグの扉の前から邪魔者を追い払っていた。

ボウルガードはジュヌヴィエーヴのためにロープをもちあげてやった。警官が、さしだされた名刺を見て敬礼する。ジュヌヴィエーヴがおぞましい現場を見まわして言った。

「切り裂き魔はきっと短距離走の選手だわ」

ボウルガードは懐中時計を調べた。

「わたしたちのほうが五分はやく到着していますが、こっちは目的地がわかっていましたからね。彼は最短距離をとらずに大通りを避け、とにかく獲物をさがしていたのでしょう」

「それと、人目につかない場所を」

「ここは人目につかないとは言えませんね」

中庭を見おろす窓のうしろに、いくつもの顔が張りついている。

「物事を見ないのが、ホワイトチャペルの住人の特技なのよ」

ジュヌヴィエーヴはこの場所を感じとろうとするかのように、壁に囲まれた狭苦しい中庭を歩きまわっている。

「完璧だわ。公共の場所でありながら、人目にはつかない。野外売春には理想的」

「あなたはほかのヴァンパイアとは少しちがっていますね」

「ええ、そうありたいと願っているわ」

「あなたは長生者《エルダー》と呼ばれるものなのですか」

彼女は軽く胸をたたいた。

「ここは花の十六歳だけれど、生まれたのは一四一六年よ」

ボウルガードは当惑した。

「それではあなたは――」

「プリンス・コンソートの血統ではないって？　そうよ。わたしの闇の父はシャンダニャック、シャンダニャックの闇の母はレディ・メリッサ・ダクで、そして――」

「それではこれはすべて――」と手をふり、「――あなたにはなんの関係もないことではありませんか」

「人はみなあらゆるものと関係があるのよ、ミスタ・ボウルガード。ヴラド・ツェペシュは病んだ怪物で、その子《ゲット》は彼の病をひろめているわ。彼の血統が、さっきのあのかわいそうな女を生みだしたのよ」

「あなたは医者なのですか」

彼女は肩をすくめた。

「わたしはいろいろな職業についてきたわ。娼婦、兵士、歌い手、地理学者、犯罪者。そのときどきでいちばんふさわしいと思えるものを選ぶのよ。いまはそれが医者だと思えるだけ。わたしの父は――ほんとうの父は医者で、わたしはその助手をしていたわ。医者として働いた最初の女は、エリザベス・ギャレット・アンダスンとソファイア・ジェクス=ブレイクではないのよ」

「十五世紀とでは何もかもが変わってしまったでしょう」

「わかっているわ。わたしは〈ランセット〉にも目を通しているのよ。蛭《ひる》を使って血を抜くのはやめたわ、特別な場合を除いてね」

ボウルガードは気がつくと、この昔の少女に好意を抱いていた。ジュヌヴィエーヴは彼の知るどんな温血者《ウォーム》の女、ヴァンパイアの女とも異なっている。選択の末か必要にせまられてか、女たちはわきに立ったまま物事を観察するだけで、意見を述べることはあっても、決して行動を起こそうとしない。たとえばフローレンス・ストーカーだ。自分がもてなす教養ある人々を理解できるふりをしながら、何かが自分のためになされないと腹を立てる。そしてペネロピにいたっては、あれこれ理屈をつけて物事に関わらない生き方を正当化し、煩雑な細かいことすべてを貧しい頭から締めだしておこうとする。〝新しい女〟であり新生者《ニューボーン》であるケイト・リードでさえ、別の人生を生きるのではなく、それを書き留めておくだけで満足している。ジュヌヴィエーヴ・デュドネは傍観者ではない。どことなくパメラを思いださせる。パメラも常に物事と関わることを、望み、求めた。

「この事件は政治的にも重要なのかしら」

ボウルガードは慎重に考えをめぐらした。どこまで打ち明けたものだろうか。

「ディオゲネス・クラブについて調べてみたのよ。あなたは政府と関係があるのでしょう?」

「わたしは女王陛下のために働いています」

「なぜこの事件に関心をおもちになるの?」

ジュヌヴィエーヴはキャサリン・エドウズの死の染みのそばに立った。警官は顔をそむけている。その襟から耳まで、首に赤い筋が走っているのは、ヴァンパイアに襲われたのかもしれない。

「陛下ご自身が関心をもっておられるからです。陛下がお命じになれば、わたしたちは殺人犯を捕らえ――」

「切り裂き魔はどこかの無政府主義者かもしれないわ」思案する口調だ。「それとも、ヴァンパイアに根強い憎悪をもっている誰かかしら」

「おそらく後者でしょう」

「なぜみんな、切り裂き魔は温血者《ウォーム》だと考えたがるのかしら」

「犠牲者がすべてヴァンパイアだからですよ」

「ヴァンパイアは彼女たちだけではないわ。それに、犠牲者にはそのほかにも、女だとか、売春婦だとか、貧しいとか、いくつもの共通点があるわ。切り裂き魔は必ず咽喉を狙うけれど、それはノスフェラトゥのやり口ではないかしら」

警官がそわそわしている。ジュヌヴィエーヴに不安をおぼえるのだ。彼女からそうした影響を受ける人間は少なくないにちがいない。

ボウルガードは反論した。

「検死解剖で見たかぎり、犠牲者たちは噛まれても血を吸われてもいませんでした。それに、ヴァンパイアはヴァンパイアの血に関心などもたないのではありませんか」

「必ずしもそうではないのよ、ミスタ・ボウルガード。わたしたちはほかのヴァンパイアの血を飲むことで、いまのようになったのですもの。めったにあることではないけれど、わたしたちも互いの血を吸いあうことはあるの。ささやかな集団において暴力的に支配権を確立しようとするリーダーが、信奉者たちに少量の血を要求することもあるし、また、ヴァンパイアの血は劣った血統を癒すこともできるのよ。それにもちろん、単なる性行為としても互いの血を吸いあうわ――」

あけすけな言いように彼は赤面した。警官も真っ赤になって醜い傷痕をこすっている。

「ヴラド・ツェペシュの血統は汚れているのよ」彼女はつづけた。「そんな泉の水を飲もうとするのは病んだ狂人だけだわ。そしてロンドンは、病気のヴァンパイアでいっぱいなの。切り裂き魔には、憎悪を抱いた温血者《ウォーム》よりも、そんなヴァンパイアのほうがふさわしくはないかしら」

「不死者《アン＝デッド》になりたいがために女の血を求めているのかもしれませんよ。あなた方の血管には若さの泉が流れている。切り裂き魔が病んだ温血者《ウォーム》ならば、夢中になってそういう手段を求めるのではありませんか」

「ヴァンパイアになりたければもっとずっと簡単になれるわ。もちろん、ほとんどの人は簡単な方法を信用してはいないけれど。あなたの意見はたしかに筋が通っている。でも、それならなぜこんなにたくさんの犠牲者が出るのかしら。闇の母はひとりで充分なのよ。それに、なぜ殺すの。どんな女でも一シリングで転化させてくれるのに」

ふたりは中庭を出て、ぶらぶらとコマーシャル・ストリートに向かった。この通りは事件の中心に位置している。アニー・チャプマンもルル・シェーンも、この通りから少しはいったところで殺された。捜査の指揮をとる警察署も、カフェ・ド・パリも、トインビー・ホールも、ここにある。切り裂き魔は昨夜もコマーシャル・ストリートを横切ったはずだ。そしておそらくは血のついたナイフを上着に隠したまま、南にくだってホワイトチャペル・ハイ・ストリートからコマーシャル・ロードを抜け、ライムハウスのドックへと立ち去ったのだろう。殺人鬼は船乗りだという噂はいまも根強く流れている。

「もしかしたらただの狂人かもしれませんね」彼は言った。「剃刀をもったオランウータンほどの目的意識もないのかもしれない(〝剃刀をもったオランウータン〟は、エドガー・アラン・ポオの「モルグ街の殺人」The Murder in the Rue Morgue より)」

「ドクター・セワードのお話では、狂人はそれほど単純なものではないそうよ。彼らの行動は一見無作為で無目的に見えるけれど、必ず一定のパターンをもっているのですって。十通りものいろいろなやり方でアプローチしてはじめて、狂人と同じように世界を見、理解することができるようになるのですって」

「そしてそのときにはじめて、やつを逮捕できるというわけですか」

「ドクター・セワードなら〝治癒できる〟とおっしゃるでしょうね」

いちばん新しい公開串刺し刑に処せられた犯罪人の名を連ねたポスターが貼ってある。いま現在のタイバーン(ハイド・パーク北東門付近にあったロンドンの死刑執行場)には、泥棒や洒落者や反乱者の死体が林立しているのだ。

ボウルガードは考えた。

「残念ながら、この狂人を治癒する方法はひとつしかないようです」

ウェントワース・ストリートの角までくると、ゴールストン・ストリートに警官と役人が集まっているのが見えた。レストレイドとアバラインをまじえた数人が、しょぼくれた口髭にシルクハットをかぶった痩身の男を取り囲んでいる。首都警察警視総監サー・チャールズ・ウォレンが、忌まわしい受け持ち地区までひきずりだされてきたのだ。一行が立っているのは、最近建てられたモデル住宅の入口付近だ。

ボウルガードはヴァンパイアの少女を従えたまま、ぶらぶらと近づいていった。何か重要なことが話しあわれているようだ。レストレイドがわきに寄ってふたりに場所をあけた。驚いたことに、高官のそばにゴダルミングがつき従っている。新生者《ニューボーン》は大きな帽子をかぶって顔を隠し、葉巻をふかしていた。

「この男は何者だね」

サー・チャールズが、ジュヌヴィエーヴのほうは目をくれる価値もないと言いたげに無視し、ボウルガードを示して不機嫌な声でたずねた。

「消え失せろ、きさま。一般人には関係のないことだ。さっさと立ち去れ！」

カフィール戦争で名をあげたサー・チャールズは、公的な地位をもたない人間を原住民扱いすることで知られている。

ゴダルミングが説明した。

「ミスタ・ボウルガードはディオゲネス・クラブの代理人です」

警視総監は早朝の太陽に目を潤ませ、いらだちをのみこんだ。警察が自分の存在に憤慨する理由はよく承知している。それでもボウルガードは、サー・チャールズの仏頂面を小気味よく見返さずにはいられなかった。

「よろしい」サー・チャールズが譲歩した。「ただしうかつなことを口外しないでくれたまえ」

警視総監の背後でレストレイドが嫌悪の表情を浮かべている。サー・チャールズは部下の支持まで失いつつあるようだ。

「ホルス、おまえが発見したものをお見せしろ」レストレイドが命じた。

四角い荷箱が戸口わきの鼻隠《ファシア》しにもたせかけてある。間に合わせの防護物を取り除くと、ラグビーボールくらいもある丸々と太った鼠がとびだし、石板をひっかいたような声をあげながら警視総監のぴかぴかの靴のあいだをすり抜けていった。黒い煉瓦にチョークで殴り書きされた灰色の文字があらわれた。

ヴァンパイアわ　THE VAMPYRES
責められるようなことを　ARE NOT THE MEN THAT WILL BE
するような人間ではない　BLAMED FOR NOTHING

「つまり、ヴァンパイアは責められるようなことをしているというわけだな」警視総監が抜け目なくこじつける。

ホルスが点々と血のついた、もとは白かったらしい布切れを見せた。

「これが入口に落ちておりました。エプロンの切れ端であります」

「残りはエドウズが着ていましたな」とアバライン。

「たしかかね」サー・チャールズがたずねる。

「まだ確認はしておりませんが。いまゴールデン・レインの死体仮置場に行ってきたところです。残りのエプロンを見ましたぞ。同じ染みだし、同じ切り口です。パズルのようにぴったり合うでしょう」

サー・チャールズは言葉もなくうなった。

「切り裂き魔がわれわれの仲間だなどということがあり得るでしょうか」ゴダルミングが、さっきのジュヌヴィエーヴの疑問を繰り返した。

「あなた方の仲間か」ボウルガードはつぶやいた。

「切り裂き魔は明らかにわれわれを混乱させようとしておりますな」アバラインが口をはさんだ。「これは無学を装った教養ある人間の仕業でしょう。綴りの間違いはひとつだけだし、二重否定文など、もっとも愚かな呼び売り商人だって使ったりはしませんぞ」

「切り裂きジャックの手紙のように、かしら」とジュヌヴィエーヴ。

アバラインは考えこんだ。

「わたし個人の意見を言うならば、あれは〈ホワイトチャペル・スター〉の頭のいい訪問販売人が売上げをのばすためにたくらんだ悪戯《いたずら》ではないですかね。筆跡がちがうということは、これが本物の切り裂き魔でしょう。偶然にしてはできすぎていますからな」

「この落書きは昨日はなかったのですね」ボウルガードは確認した。

「巡回の警官はそう証言しておりますな」

ホルス巡査がうなずいて、警部の言葉を裏づけた。

「消してしまいたまえ」サー・チャールズが命じた。

誰も行動を起こさない。

「街路で無秩序、反乱、暴動が起こるかもしれん。われらはまだ少なく、温血者《ウォーム》は数において勝っている」

警視総監はみずからハンカチをとりだし、チョークの跡を消し去った。証拠の湮滅《いんめつ》に対して抗議を申しでる者はいなかったが、ボウルガードは捜査官たちのあいだで目くばせがかわされるのに気づいた。

「これでいい」サー・チャールズが結論した。「何もかもわたしが自分で手をくださねばならんとはな」

このように衝動的な狭量さも、ロークの浅瀬（ズールー戦争において一八七九年に戦闘がおこなわれた南アフリカの地名）やラクノー（インド北部の都市。一八五七－五八年のセポイの反乱の中心で、英軍が包囲された）でならば豪胆な勇気と称賛されるのかもしれない。サー・チャールズがいかなる決断によって〈血の日曜日〉と呼ばれる事態をひきおこしたか、よくわかろうというものだ。

高官殿はそこでひきあげ、居心地のよい馬車とクラブへもどることになった。

「きみとペニーに会いたければ、ストーカー家を訪問すればいいのかな」ゴダルミングがたずねた。

「この事件が終わったらだな」

「ペニーによろしく伝えてくれたまえ」

「もちろんだとも」

ゴダルミングもサー・チャールズについて立ち去り、イースト・エンドの警官たちが後片づけに残された。

「写真を撮っておくべきでありました」ホルスがうなった。「手がかりだったのに。畜生、手がかりだったんですよ」

「気にするな」アバラインが慰める。

「そうとも」とレストレイド。「日暮れまでに留置所を満員にしてやろうじゃないか。娼婦という娼婦、遊び人という遊び人、ごろつきというごろつき、掏摸という掏摸をひっぱってきてな。好きなように脅してやればいい。誰かが何かを知っている。いずれ誰かが吐くだろうさ」

そんなやり方はライムハウス同盟を喜ばせないだろう。おまけにレストレイドは間違っている。ボウルガードはあの犯罪結社をそれなりに高く評価している。もしロンドンの犯罪者で切り裂き魔の正体についてなんらかの情報をもつ者がいるなら、必ずや彼のところに知らせがあるはずだ。これまでも何度か、これこれの方面の捜査は無意味だと伝える電報を受けとっている。影の帝国は、警察がまだ追っている捜査の糸の幾本かにすでに見切りをつけていた。いましがたゴールストン・ストリートにたむろしていた連中よりも、ライムハウス同盟にこそ優秀な人材が集まっていると考えるのは、少しばかり心穏やかならぬものであったが。

ボウルガードはジュヌヴィエーヴと一緒にコマーシャル・ストリートにもどった。もう夕方に近く、これで一日と半分、一睡もしていないことになる。新聞売りの少年が号外をさけんでいる。殺人鬼の署名入り手紙と二件の新たな殺人で、情報を求める人々の興奮は頂点に達していた。

「ウォレンのことをどうお思いになる?」ジュヌヴィエーヴがたずねた。

はっきりした見解は述べないほうがいいだろう。だが一瞬のうちに彼の本音は読みとられてしまった。彼女はあのヴァンパイアのひとりなのだ。そばにいるときは考えごとにも気をつけなくてはならない。

「わたしも同じ意見よ。あの役目にはまったくふさわしくない人物だわ。ルスヴンもそんなことはわかっているでしょうに。それでもカルパティアの狂人たちよりはましなのでしょうね」

彼は当惑して問いかけた。

「なんだか、ヴァンパイアをあまり好いておられないように聞こえますね」

「わたしはいつのまにかプリンス・コンソートの子《ゲット》たちに取り囲まれていたのよ。不平を言っても遅すぎるけれど、ヴラド・ツェペシュはわたしたちの種族のもっとも優れた代表というわけではないわ。堕落したユダヤ人やイタリア人は、とうのユダヤ人やイタリア人にいちばん嫌われるものなのよ」

日が沈み、気がつくと彼らはふたりきりになっていた。ジュヌヴィエーヴが帽子を脱いで、蜂蜜色の髪をふわりとひろげた。

「さあ、これで楽になったわ」

のびをする日溜まりの猫のようだ。彼女の力が増してくるのが感じられる。両眼が小さくきらめき、微笑に茶目っけが混じった。

「ところで、ペニーってどなた?」

たったいま、ペネロピは何をしているのだろう。数日前に口論してから一度も会っていない。

「ミス・ペネロピ・チャーチウォードといって、わたしの婚約者です」

表情は読めないが、目がわずかに細くなったのではないか。何も考えないようにしなくては。

「婚約ですって？　そんなもの、長つづきしないわ」

あまりの無遠慮さに思わずぎょっとする。

「ごめんなさい、ミスタ・ボウルガード。でもほんとうよ。わたしにはわかっているの。長つづきするものなんて、何ひとつないのだわ」

# 26　黙想と救済——ドクター・セワードの日記《蠟管録音による》

十月二日

やつらの熱い息づかいが首筋に感じられる。ボウルガードが片づけてくれなかったら、ストライドはわたしを告発していただろう。夜の仕事をしているわたしを見かけた者もいるはずだ。ストライドからエドウズまでのあいだ、わたしはパニックにかられ、メスを握った血まみれの姿で通りを駆け抜けていたのだから。もう少しでつかまるところだった。ストライドにとりかかろうとしたとたん、轟音をたてて荷馬車がやってきた。馬が地獄の咳払いのように鼻を鳴らした。わたしはカルパティア近衛隊に追われると信じ、脱兎のごとく逃げだした。奇跡だろうか、荷馬車の御者はわたしに気づかなかった。〈タイムズ〉によると、わたしの〝ポーロックからきた者〟はルイス・ディームシュッツといって、国際労働者教育クラブに集まるユダヤ系社会主義者だったそうだ（コールリッジ未完の詩『クブラ＝カン』Kubla Khan の序文、「（著作にとりかかろうとした）その瞬間、不運にも彼は商用でポーロックからきた者に大声で呼ばれた」より）。エドウズに出会って風向きが変わった。仕事に必要な冷静さもとりもどせた。エドウズはわたしを知っていたし、信頼を寄せてもくれていた。おかげでずいぶんやりやすかった。あの女の救済は無事に終わった。

事実、エドウズの救済はこれまでで最高の出来映えだったと思う。それが終わるころには落ち着きももどっていた。追手を混乱させるため、壁にメッセージを残した。それからホールにもどって着替えをすませ、ちょうどいいタイミングでやってきた警官たちを迎えた。結果的には、ストライドで犯した不手際もみごとに取り繕うことができた。ボウルガードの沈着な目と銀の弾丸が仕上げをしてくれた。この数ヶ月来、ひさしぶりに気分がいい。手の痛みもやわらいだ。これは血を吸われたせいだろうか。ケリーに血を与えてから、痛みがおさまったのだ。ケリーがドーセット・ストリートに住んでいることは、ホールのファイルでたしかめた。是非とも彼女をさがしだし、もう一度誘いをかけなくてはならない。

新聞社にくだらない手紙が送りつけられて以来、切り裂き魔に関するさまざまな噂があふれだし、おかげでわたしはこっそりその中にまぎれて正体を隠している。それでも噂の一部はしばしば不安を呼び起こすほど真実にせまっている。なんといってもわたしの名前はジャックなのだから。

今日、デイヴィッド・コーエンという無学な移民が診察にきて、切り裂きジャックは自分だと告白した。わたしはすぐさま警察に届け、男は拘束衣のままコルニー・ハッチ精神病院に送りこまれた。レストレイドが同じような告白者のファイルを見せてくれた。多くの狂人が列をなして、わたしの救済作業を自分の仕事だと主張したがっている。そしてどこかではあの手紙の主が、赤インクと茶目っけたっぷりの冗談で得意になっているのだろう。

〝敬具、切り裂きジャック〟だって？　あの手紙を書いたのはわたしの知っている人間だろうか。わたしのことを知っているのだろうか。いや、やつにはわたしの使命など理解できまい。わたしは悪ふざけをする狂人ではない。病んだ細胞を取り除く外科医だ。〝お楽しみ〟などありはしない。

気になるのはジュヌヴィエーヴだ。ほかのヴァンパイアどもは脳に赤い霧のたぐいをつめこんでいるだけだが、彼女はちがう。以前〈ランセット〉で、フレデリック・トリーヴスの血統に関する論文を読んだことがある。彼はそこで、プリンス・コンソートがもちこんだ高貴なる血には何か不純なものが混じっているのではないかと、可能なかぎり婉曲な筆致で示唆していた。だからこそドラキュラの子《ゲット》の多くはゆがみ、自己破壊に走り、変身しようとする身体と制御不能の欲望に引き裂かれているのだ。高貴なる血はそもそもゆがんでいるものだ。だがジュヌヴィエーヴはメスのように鋭く、しばしば人の思考を読みとる。彼女といるとき、わたしはもっぱら患者やスケジュールや時間割りのことを思い浮かべるようにしている。それでも、どのような思考にも罠はひそんでいる。馬車に轢《ひ》かれた新生者《ニューボーン》の怪我を思うと、別の新生者《ニューボーン》に負わせた怪我のことが連想される。いや、怪我ではない。創傷。外科手術の跡だ。わたしの行為には悪意も憎悪も含まれてはいないのだから。

　ルーシーのときには愛があった。いまは冷ややかな医療処置があるばかりだ。ヴァン・ヘルシングなら理解してくれるだろう。ケリーのこと、ふたりですごした獣のような時間が思いだされる。あの女はあまりにもルーシーに似ている。肌の感触を思いだすと口の中がからからに渇く。勃起する。ケリーの噛み跡がむずがゆい。このかゆみは、苦痛であると同時に喜びでもある。かゆみとともに、ある欲求が——複雑な欲求がわき起こる。苦痛が耐えがたくなったときにモルヒネをほしがるような、そんな単純な欲求ではない。ケリーの口づけに対する欲求。だがその欲求にはあまりにも多くのものが、あまりにも多くの渇きがくるみこまれている。

　わたしの行為は正しい。首を切り落としてルーシーを救ったことも、ほかの者たちを解放してやったことも、すべては正義の技だ。ニコルズ、チャプマン、シェーン、ストライド、エドウズ。わたしは間違ったことをしたわけではない。だがもうやめよう。わたしは精神科医なのだ。ケリーのおかげで自分自身を見なおすことができた。ペニー貨を貯めこむ守銭奴のように小さな死を集めていたレンフィールドと、わたしは同じことをしているのではないか。伯爵は彼を奇形に仕立てあげ、同じようにわたしを怪物にした。そう、わたしは怪物だ。切り裂きジャック、大胆なジャック、赤のジャック、血まみれジャック。わたしはスウィニー・トッドやソーニー・ビーンやマリア・マニングや窓辺の顔やジョナサン・ワイルドらと並び伝えられるだろう。『現在および過去の有名犯罪史』で繰り返し語られるだろう。すでにセンセーショナルな三文小説が売られはじめている。まもなくミュージック・ホールもこの事件をとりあげ、派手なメロドラマが演じられ、タッソーの〈恐怖の部屋〉にも蠟人形が登場するだろう。わたしは怪物を破壊しようとしたのであって、怪物になろうとしたのではなかったのに。

# 27　ドクター・ジキルとドクター・モロー

「親愛なるマドモアゼル・デュドネ」と、誉むべきネッドによって届けられた手紙は告げていた。「今回の調査に関連してある場所を訪問することになり、ヴァンパイアを同伴いたしたく存じます。今夜お時間をとっていただけますでしょうか。ホワイトチャペルまで馬車をまわします。ではのちほど。ボウルガード」

蓋をあけてみると、その馬車にはチャールズ・ボウルガード自身が乗りこんでいた。着替えて髭を剃り、帽子を膝にのせて、ステッキを小脇にかかえている。彼も少しずつ、昼間眠って夜間に活動するヴァンパイアの時間帯に慣れてきているのだろう。彼が御者に目的地を告げた。ばねのきいたハンソム馬車は心地よく傾いて向きを変え、イースト・エンドをあとにして走りだした。

「ハンソム馬車の中ほど安心できる場所はありませんね」チャールズが言った。「車輪の上の小要塞、闇に包まれた心地よい胎内」

チャールズは明らかに詩的な気分でいたいらしい。それにしても改まったドレスに着替えてきてよかった。このまま宮廷に出られるというわけではないが、少なくともこの服装なら男に対する敵意をむきだしにすることはない。ヴェルヴェットのケープと、おそろいのチョーカーまでつけているのだ。髪は特別に時間をかけてとかし、ふわりと肩に流している。ジャック・セワードはとてもよいと褒めてくれた。鏡を見てうっとりすることができない以上、彼の言葉を信じるしかない。

「今夜はなんだか雰囲気がちがいますね」チャールズが評した。

ジュヌヴィエーヴは歯を見せないよう気をつけながら微笑した。

「ドレスのせいではないかしら。息もできないのよ」

「あなた方は呼吸なんかしないものだと思っていました」

「よくある誤解だわ。なぜかしら、何も知らない人たちにかぎって、まったく矛盾したことを信じられるみたい。ヴァンパイアは呼吸しないことで判別できる。そう言いながら、ヴァンパイアの息は想像できないほどくさい、ですって」

「なるほど、そうですね。考えたことがありませんでした」

「わたしたちはほかのあらゆる存在と同じく、自然の生き物なのよ。魔法なんてどこにもないわ」

「鏡の問題はどうなのです」

結局、話はいつもそこに行きつく。鏡の謎。いまだこれを説明し得た者はない。

「もしかすると、少しは魔法が混じっているのかもしれないわね」親指と人差指をくっつけてみせ、「ほんのちょっぴりだけ」

チャールズが珍しく微笑を浮かべた。そうすると、ぐっと男ぶりがあがる。チャールズ・ボウルガードの心の奥には閉ざされた場所がある。ジュヌヴィエーヴはほんとうに他人の思考を読めるわけではないが、恐ろしく勘がいいのだ。チャールズは懸命に心を隠そうとしている。生まれつきの性癖ではなく、ディオゲネス・クラブの仕事をしているあいだに身につけた習慣だろう。この礼儀正しい紳士は秘密を守ることにかけては人後に落ちない――それが、彼に対するジュヌヴィエーヴの印象だった。

「新聞を見ましたか」彼がたずねた。「切り裂きジャックからまた手紙がきました。今度は葉書です」

「『今度はふたりいっぺんだ』でしょう？」

「そうです。『警察のために耳を切り落とす暇がなかった』」

「キャシーの耳は切り落とされていなかったの?」

チャールズはドクター・ゴードン・ブラウンの報告書を暗記しているようだ。

「それらしい傷はありましたが、偶然ついたものと思われます。彼女の顔はずたずたに切り裂かれていましたから。手紙を書いたのは、たとえ犯人でないとしても、内部事情にくわしい者ですね」

「たとえば? 新聞記者?」

「その可能性はあります。そもそも〈セントラル・ニュース・エイジェンシー〉に送られてきたことからして妙です。おかげであらゆる新聞がその情報を入手することになりました。ふつうの人はニュース・エイジェンシーがどういうものかすら知りません。特定の社に送られていたら、一部の記者が〝特ダネ〟の恩恵にあずかれたのですが」

「そして犯人の疑いをかけられるのね」

「そのとおり」

馬車は町なかを走っていた。街路は幅がひろく、明るく照明され、どの家もゆったりとした庭をかまえて芝生や木を植えている。このあたりは何もかもが清潔だ。それでもジュヌヴィエーヴは、広場のひとつで三つの死体が串刺しにされているのを見てとった。杭の周囲の茂みでは子供が隠れんぼをしている。赤い目の小さなヴァンパイアたちは、丸々と太った遊び仲間を見つけだしては、鋭い歯で愛情をこめて嚙みついている。

「どなたを訪問するの?」彼女はたずねた。

「あなたも賛成してくださると思いますよ。ドクター・ヘンリー・ジキルです」

「科学者の? ルル・シェーンの検死審問にいらしていたわね」

「あの人です。彼の神はダーウィンとハクスリーです。魔法のたぐいはひと欠片も彼の家の敷居を越えることができません。ドクター・ジキルの家といえば、ほら、あれがそうですよ」

馬車が停まった。チャールズが先に降りて、手をさしのべる。裾をかき寄せることを忘れてはいけない。ジュヌヴィエーヴは姿勢を正して馬車から抜けだした。チャールズが御者に、ここで待っているよう命じた。

そこは古めかしい堂々とした家が立ち並ぶ一画だったが、いまではそのほとんどが昔の立派な面影もなく、フロアごと、または部屋ごとに、地図の版下師、建築家、カルパティア人、うさんくさい法律家、いかがわしい企業の代理人など、あらゆる階層や職業の者たちに賃貸されている。しかしながら角から二軒めの家だけは切り売りされず、そのままに残っていた。豪奢な富と快適さを見せつけるその建物は、いまは明かり採りの窓よりほかの部分はすべて闇に包まれている。チャールズがノックした。初老の使用人が扉をひらき、チャールズが名刺を示す。まるで、国内のあらゆる住居と組織にはいりこめる無条件入場許可証のようだ。

「そしてこちらが長生者《エルダー》のミス・デュドネだ」

使用人はその名を頭に刻みこむと、来客を天井の低い心地よい広間に通した。板石を敷きつめた床、暖炉には田舎家のように赤々と火が燃え、高価な樫材のキャビネットが壁を飾っている。

「ドクター・ジキルはもうひと方のお客さまと研究室におります。お知らせしてまいります」

ふたりを広間に残して、使用人が姿を消した。ジュヌヴィエーヴは暗闇のほうが目がきく。揺れる火明かりが、磨かれたキャビネットに奇妙な形を浮かびあがらせ、天井に恐ろしい影を走らせている。

「ドクター・ジキルは白熱灯がお嫌いなのね」

「古い家ですからね」

「科学者はぴかぴかした未来の器具に囲まれているのだと思っていたわ。過去の闇の中にひそむのではなくて」

チャールズは肩をすくめ、ステッキに寄りかかった。使用人がもどってきてふたりを邸の奥に案内した。屋根のある中庭を抜けて、ジキル邸と裏口でつながっている明るく照明された建物に向かう。赤いラシャ布を張った扉をひらくと、中から声が聞こえた。

チャールズがわきに寄って、彼女を先に通した。研究室は天井の高い手術室のような部屋で、壁は本棚と図表でおおわれていた。いくつかあるテーブルとベンチには、レトルトや試験管やバーナーを組み合わせたさまざまな装置がところ狭しと並んでいる。石鹼の匂いがきついが、こまめに掃除をしてもこびりついた悪臭を消し去ることには成功していない。

「ご苦労だった、プール」

ジキルの言葉に、使用人はいかにもほっとした顔で母屋にもどっていった。邸のあるじは肩幅のひろい若白髪の男と話していた。

「ようこそ、ミスタ・ボウルガード。それから、ミス・デュドネでしたかな」

ジキルが軽く会釈をした。両手をこすりつけると、革のエプロンに染みが残った。

「こちらは同僚のドクター・モロー」

白髪の男が片手をあげて挨拶をした。あまり感じのいい男ではない。

「わたしたちはいま血について話しあっておったのですよ」

「とても興味深い話題ですね」チャールズが相槌を打つ。

「まったく、とんでもなく好奇心が刺激されます。モローは血の分類について新しい考えをもっておりましてな」

ふたりの科学者は油布をひろげたベンチのそばに立っていた。布の上には、塵と骨の欠片がほぼ人の形に並んでいる。湾曲しているのはたぶんひたいの骨。黄色い歯が幾本か。肋骨と思われるもの数本。それに、大量の赤っぽい灰色の粉のようなもの——その正体に気づいた自分に嫌悪をおぼえる。

「ヴァンパイアですね。長生者《エルダー》なのですか」ジュヌヴィエーヴはたずねた。

新生者《ニューボーン》はここまで完全に崩壊しない。シャンダニャックもこんなふうな灰になってしまった。滅ぼされたとき、彼は四百歳を越えていたのだ。

「運がよかったのですよ」ジキルが説明した。「ヴァルダレク伯爵がプリンス・コンソートの不興をかって処刑されましてな。その噂を聞いてすぐ、死体をもらい受けるよう申請したのですよ。まさしく得がたい機会でありましたな」

「ヴァルダレクですって?」

ジキルは名前などなんの意味もないと言いたげに、ひらひらと手をふった。

「たしかカルパティア人でしたかな」

「わたし、彼を知っていました」

ジキルは一瞬ぎくりとして、科学的熱狂から醒めた。

「それは心ないことを言ってしまった。じつに申し訳なく――」

「お気になさらないでください。べつに親しかったわけではありませんから」

ジュヌヴィエーヴはハンガリー人の化粧した顔を頭蓋骨の残骸の上に重ねようとした。

「ヴァンパイアの生理を研究せねばならぬ」モローが言った。「まことに興味の尽きぬ対象だ」

チャールズは研究室を見まわし、進行中の実験をさりげなくのぞきこんでいる。目の前のビーカーでは、軟泥がしたたり落ちて紫色の泡を吹いていた。

「見たまえ、沈澱は通常の反応を示しておるぞ」ジキルがモローに言った。

白髪の科学者は答えない。予想と異なる結果が出たのだろう。

チャールズが口をひらいた。

「わたしたちの関心は科学ではなく犯罪にあります。わたしたちはホワイトチャペル殺人鬼、切り裂きジャックを追っているのです」

ジキルはなんの反応も見せない。

「ドクターも関心があるのではありませんか。検死審問に出ておられましたね」

検死審問の件は認めながら、それ以上は何も漏らさない。

「何か結論に到達なさいましたか」

「殺人事件に関してですかな。ほとんど何も。わたしの持論によれば、文明行動というくびきをはずされると、人はみないかなる過激な行動にも走れるようになりますからな」

「人は本来的に獣なのだ。それが秘密の力を与える」モローが毛深いこぶしを握りしめた。

ジュヌヴィエーヴはふと、この科学者の肉体が非常に強靭であることに気づいた。まるで猿のような体格をしている。咽喉をかき切ったりすばやく解剖したり、抵抗する肉体に銀の刃を突き刺したり骨を切り離したりすることなど、彼にとっては朝飯前だろう。

「わたしは犠牲者のほうに興味がありますな」ジキルがつづけた。「つまり、新生者《ニューボーン》。ご存じと思うが、彼らの大半は死に向かいつつある」

ジュヌヴィエーヴはうなずいた。

「ヴァンパイアは潜在的には不死です。だがその不死はもろい。内なる何かが彼らを自己破壊へと追いやっているのですな」

「変身能力だ」とモロー。「あれは逆行進化、先祖返りだよ。人類は地上の生物がつくりあげる放物線のてっぺんに立っている。ヴァンパイアはその頂点を踏み越えたところ、野蛮性への退行に第一歩を踏みだしておるのだ」

「ドクター・モロー」ジュヌヴィエーヴは口をはさんだ。「お話を正しく理解できているとしたら、わたしは腹を立てるべきなのでしょうか」

ジキルが割りこんだ。

「いやいや、ミス・デュドネ、それはちがいますぞ。あなたは想像し得るかぎり最高に興味深い事例だ。あなたの長年にわたる存在は、ヴァンパイアが必ずしも進化の梯子を逆行するわけではないことを示している。あなたを徹底的に調べてみたいものですな。あなたは人類の完全体であるのかもしれない」

「わたしには自分が誰かの理想を体現しているとは思えないのですけれど」

「まわりの世界が完全にならないかぎり、そう思えることはありますまい。長生者《エルダー》と新生者《ニューボーン》の差異要因を突きとめれば、無駄に失われる生命を減らすことができるのですがね」

「新生者《ニューボーン》は海亀の子のようなものだ」とモロー。「何百匹も卵から孵《かえ》るが、海鳥に食われることなく砂浜から海にはいれるのはほんのわずかにすぎぬ」

チャールズは科学者との会話を彼女にまかせたまま、熱心に耳を傾けている。彼が何を知りたがっているか、わかればいいのだけれど。

「わたしが神の計画の頂点かもしれないというご意見はありがたいと思いますし、反対したくはないのですけれども、一般の科学的見解によると、ヴァンパイアは人類の中に独自に存在する単一の種ではなく、従兄弟の温血者《ウォーム》から食料を盗むことによってのみ存在を許された、系統樹における寄生木《やどりぎ》のようなものだと言われていますね」

ジキルの穏やかさの下に怒りが見えはじめた。

「あなたがそのように時代遅れな考えをもっておられるとは、まことに遺憾ですな」

「ひとつの意見として申しあげてみただけです。べつにわたしがそう信じているわけではありません」

「彼女はただ議論を吹っかけておるだけだよ、ハリー」とモロー。

「もちろんだとも、失礼しました。簡単に答えるならば、ヴァンパイアが人間の血を食料とするのは、人間が肉牛を食料とするようなもので、寄生とは言えますまい」

咽喉の奥で赤い渇きがうずいた。数日を眠ってすごしたあとなので、できるだけはやく食餌をしなくては力が衰えてしまう。

「わたしたちの中にはあなた方を〝家畜〟と呼ぶ者もいます。この塵となった紳士は、その言葉を使うことで有名でした」

「驚くにはあたりませんな」

「ヴァルダレクは傲慢で卑劣なカルパティア人でした、ドクター。誓って申しあげますけれど、わたし自身は温血者《ウォーム》に対してそのような軽侮の念を抱いてはいません」

「それはよかった」チャールズが口をはさむ。

「おふた方とも、闇の口づけはお求めにならなかったのですか。研究のためには、ものの順序として当然そうなさるべきなのではありませんか」

ジキルが首をふった。

「われわれは末長くこの現象を研究したいのですよ。ヴァンパイアになるということは、死を逃れることでもあるが、十分の九の割合で致命的な毒をのむことでもありますからな」

「非常に重要な分野であるにもかかわらず、ヴァンパイアの研究は驚くほどないがしろにされておる」モローが言った。「いまだにドン・オーギュスタン・カルメが主な資料として引用されているようでは――」

カルメというのは、一七四六年に発表された『ハンガリーおよびその周辺地域のヴァンパイアに関する論考』という、話半分な事実や大幅に潤色された民間伝承などを集めた本の著者だ。

「いまは亡き、悪評高いヴァン・ヘルシング教授もまた、本質的にはカルメの信奉者でありましたな」ジキルが言った。

「おふたりはヴァンパイア研究におけるガリレオやニュートンになりたいとお望みなのですか」

「世評などどうでもよい」とモロー。「そのようなものは金さえ積めば、道化にだって買うことができる。王立協会を見るがいい、温血者《ウォーム》であろうと不死者《アン＝デッド》であろうと、禿頭の猿どもの集まりよ。科学において何より重要なのは証明だ。まもなくわれわれは証明してみせる」

「何を証明するのですか」

「人間が完全にいたる可能性を、ですよ、ミス・デュドネ」とジキル。「よいお名前ですな。あなたはまさしく神の恩寵だ。人がみなあなたのようであれば――」（フランス語でデューは〝神〟、ドネは〝与えられた〟を意味する）

「もし人がみなヴァンパイアになれば、誰から食餌をもらえばいいのでしょう」

「なんと、アフリカや南洋諸島から輸入すればよかろう」モローの返答は、空が青いことを愚か者に言い聞かせるような口調だ。「それとも下等生物を人の形に育てあげるか。ヴァンパイアが姿を変えられるのならば、ほかの獣にもできぬことはあるまい」

「アフリカにもヴァンパイアはいるのですよ、ドクター・モロー。マムワルド王子はひろく尊敬を集めています。南洋にも親族や仲間は――」

ジキルの目の奥に邪悪な光が見える。同じものがモローの熱狂的な視線にも含まれている。すべてを焼きつくすだろう知識の炎を追い求めるプロメテウスの欲望。

「そのような完全世界は、冷たく暗く沈黙に満ちたものになるでしょう」ジュヌヴィエーヴは言った。「わたしにはわかります。そのような宇宙の行きつく先は、死とほとんど変わりがないでしょう」

# 28　パメラ

「なんだか急にドン・オーギュスタン・カルメに対する好意的な気持ちが――そうね、親愛の情と言ってもいいようなものがわいてきたわ」

ボウルガードは思わず顔をほころばせた。

ホワイトチャペルにもどる馬車の中、ジュヌヴィエーヴが隣に腰をおろしている。夜間の御者をつとめるクレイトンは行き先を心得ている。ライムハウスに思わぬ訪問をして以来、ボウルガードはロンドン内を移動するとき、ディオゲネス・クラブに属する身元のたしかな者に馬車をまかせることにしている。

「天才と呼ばれる人の多くが、その同時代人には狂人と見なされるのですよ」

「わたしには同じ時代の人間なんかいないわ。ヴラド・ツェペシュだけ。その彼にも会ったことはないのに」

「それでも、わたしの言いたいことはおわかりでしょう」

ジュヌヴィエーヴの目がきらめいた。

「もちろんよ、チャールズ――」

いつのまにかファースト・ネームで呼ばれている。ほかの者なら聞き苦しいと思うところだが、十代前の祖母にも相当する歳のご婦人に些細な呼称の約束事を押しつけるのは馬鹿げている。

「この殺人事件は何かの実験かもしれないとおっしゃりたいのでしょう？」彼女がつづけた。「ドクター・ノックスは死体を必要としたからその出所を詮索しようとしなかった。ドクター・ジキルとドクター・モローも

不死者《アン＝デッド》の身体をほしがっている。だからホワイトチャペルの通りでそれを調達しようとしてもおかしくはない
――そういうことね」

「モローは数年前に生体解剖のスキャンダルを起こしています。皮を剥がれた犬など、吐き気をもよおすしろものでしたね」

「ありそうなことだわ。あの男は白衣を着た原始人よ」

「それに力もあります。鞭の名手だとも言われています。世界じゅうを放浪してきたのだそうですよ」

「でもあなたは、モローがあの殺人鬼だとは考えていないのでしょう？」

先読みした問いに、穏やかな驚きがこみあげる。

「ええ。なんといっても彼は天才的な外科医だという評判ですからね」

「切り裂きジャックも人体構造にはくわしいけれど、酔っぱらった屠殺人のようなやり方で内臓をひっかきまわしていますものね」

「そのとおりです」

推理とともにその理由まで説明しなくてはならないことが多い彼にとって、自分の思考についてこられる相手との会話は、ちょっとした驚きとまでは言わずとも、新鮮な体験だ。

「疑いをそらすために、わざと下手《へた》を装っているということはないかしら」自問し、自答する。「だめね。たとえモローが完全な狂人で、実験のために殺人を犯しているのだとしても、故意に不注意にふるまって成果をだいなしにしたりはしないでしょうね。もし彼が切り裂き魔なら、犠牲者を誘拐して人目につかないところに連れこみ、そこでゆっくり手術にとりかかるわ」

「女たちは全員、発見されたその場所で殺されています」

「しかもすばやく、凶暴に。〝科学的方法〟など使われていないわ」

ヴァンパイアはくちびるを噛んだ。その姿が一瞬、華やかな姉のドレスを着た生真面目《きまじめ》な十六歳の少女に見える。だがすぐさま年を経た精神がそれをおおい隠した。

「それではあなたは、ドクター・ジキルを疑っているの？」

「彼は生物化学者であって、解剖学者ではありません。わたしはこの分野にはまるでうといのですが、ここずっと彼の論文と取り組んでいるのですよ。なかなか奇抜な考えをもった男ですね。『ヴァンパイアの細胞組織について』というのが最新作でした」

ジュヌヴィエーヴはさまざまな可能性について思いめぐらしているようだ。

「想像もつかないわ。モローの隣にいたあの人には、まるで――悪意が感じられなかったもの。まるで牧師みたいに。年もとっているし。あの人が夜中に通りを走りまわるとか、ましてや切り裂き魔の腕力をもっているなんて、とても考えられないわ」

「でも彼には何かありますよ」

彼女は一瞬思案した。

「ええ、そのとおりだわ。あの人には何かがある。ヘンリー・ジキルが切り裂きジャックだとは思えない。でも、あの人には何か得体の知れない特殊なものが感じられるわ」

自分の勘に裏づけを得たことで、ボウルガードは陰鬱な喜びをおぼえた。

「警戒を要する、ということですね」

「チャールズ、あなた、わたしをブラッドハウンド（嗅覚の鋭い大型犬。警察犬としてよく使用される）代わりに使っていらっしゃるの？」

「どうやらそのようですね。気になさいますか」

「ウー、ワンワン」

彼女は吠えて、笑い声をあげた。笑うと上唇がまくれあがって獰猛な鋭い歯がむきだしになる。

「わたしを信用してはだめよ。戦争は冬までに終わるなんて、毎年のように言っていたのだもの」

「どの戦争です」

「百年戦争」

「なるほど」彼は笑った。

「結局最後の年にはそれも当たったわ。でもそのころにはもう、どうでもよくなっていたわ。たしかスペインにいたのではなかったかしら」

「あなたはフランス人ですよね。なぜイギリスにいらしたのです」

「あのころ、フランスはイギリスの領土だったのよ。あの戦争もそのことが原因だと言われていたわ」

「それではあなたはイギリスに味方していたのですか」

「はっきり言うなら、ノーよ。でも遠い昔の、よその国のことだわ。あの少女もとうに死んでしまったし」

「あなたにホワイトチャペルは似合いませんね」

「ホワイトチャペルにいるフランス娘はわたしだけではないわよ。通りに立っている遊び女《フィユ・ド・ジョワ》の半分は〝フィフィ・ラ・トゥール〟を自称しているわ」

二度目の笑い。

「あなたのお家《うち》もフランスの系統でしょう、ムッシュ・ボウルギャルド？　それなのにチェイニ・ウォークに住んでいるのね」

「カーライルにちなんで」

「カーライルになら一度会ったことがあるわ。わたし、いろいろな人に会っているのよ。偉人、善人、狂人、悪人。わたしはいつも恐れていたわ。誰かが何世紀にもわたる記録のあちこちに散らばったわたしの痕跡すべてを関連づけて、追ってくるのではないかって。追ってきて、滅ぼすのではないかって。あのころはいちばんそれがこわかった。友人のカーミラは、追われ、滅ぼされたわ。温血者《ウォーム》の恋人がいないと何もできない、めそめそした娘だったけれど。串刺しにされて首を落とされ、柩の中で血の海に放置されるような、そんな目にあうほどのことはしていなかった。でももう、そんな暗い恐ろしい運命のことを心配しなくてもよくなったのね」

「あなたはその年月をどうやってすごしてきたのです」

ジュヌヴィエーヴは肩をすくめた。

「忘れたわ。走って？　待って？　正しいことをしようとして？　あなたはどうお思いになる？　わたしは善人かしら、悪人かしら」

答えを求めているのではない。彼女はその感傷と苦々しさの混淆を楽しんでいるのだ。楽しむことで耐えてきたのだろう。彼女がひきずる年月は、おそらくジェイコブ・マーリーの鎖ほどにも重いにちがいない。

「元気を出したまえ、きみ《オールド・ガール》。ヘンリー・ジキルはきみを完璧な存在だと言ったのだから」

「オールド・ガールですって？」

「言葉のあやですよ」

彼女は哀しげにつぶやいた。

「でもわたしにはぴったりだわ。年とった少女《オールド・ガール》ね」

ジュヌヴィエーヴによってもたらされるこの感覚はいったいなんだろう。彼女のそばにいると落ち着かず、同時にわくわくする。危険に直面したときと似ているが、彼は火の中でも冷静でいられるよう訓練された人間だ。ジュヌヴィエーヴとともにいると、秘密をわかちあっているような気持ちになる。パメラなら、このヴァンパイアのことをどう思うだろう。パメラも洞察力に優れていた。ナイフのような苦痛にさいなまれているときでも、だまされることがなかった。ボウルガードは彼女の臨終の床で、すぐによくなる、また家に帰れると語りかけたが、パメラは首をふってその言葉をしりぞけ、聞いてちょうだいと訴えた。受け入れがたい死を前にして、パメラは怒っていた。だがそれは無能な医者に対する怒りではなく、自分自身に対する怒り――彼女自身をも赤ん坊をも失わせようとしている役立たずの自分の身体に対する怒りだった。怒りは体内で熱となって燃えあがった。手を握っていると、それが感じられた。パメラは何かを言おうとし、言えないまま息をひきとった。それ以来彼はずっとそのかさぶたをひっかきながら、何か理解しなくてはならないことがあるのだろうか、パメラが急いで伝えようとしたこと、最期の瞬間言葉にできなかったことはなんだったのだろうと、考えつづけていた。

「『愛してるわ』」

「なんだって?」

ジュヌヴィエーヴの頬が濡れている。一瞬、彼女は外見よりいっそう幼く見えた。

「その方が言おうとしていたことよ、チャールズ。『愛してるわ』。それだけ」

ボウルガードは怒りにかられてステッキの柄を握り、留め金に親指をかけた。わずかにのぞいた銀の輝きに、ジュヌヴィエーヴがはっと息をのむ。

「ごめんなさい。ほんとうにごめんなさい」

彼女の身体がすり寄ってくる。

「そうではないのよ、ほんとうに。のぞき見をするつもりではなかったの。でも――」

とめどなく流れ落ちる涙がヴェルヴェットの襟を濡らしている。

「あまりにもはっきりしていたのですもの、チャールズ」

首をふると同時に微笑を浮かべながら、彼女は言葉をつづけた。

「あなたの心からあふれだしてきたのよ。いつもは曖昧な印象しか感じられないのに。いまはあざやかな映像が見えたの。わかったのよ。あなたの考えていることが――ああ、チャールズ、ごめんなさい。わたし、自分が何をしているか気がついていなかったのよ。許してちょうだい――それから、その方の気持が。声が。ナイフみたいに突き刺さってきたわ。その方、名前はなんておっしゃるの？」

「ペ――」彼ははっと息をのんだ。「パメラだ、わたしの妻だった。パメラ」

「パメラ、そう、パメラだわ。その方の声が聞こえたわ」

冷たい手が重なり、仕込み杖をもどさせた。顔が近づいてくる。両眼の隅に赤い点が泳いでいる。

「きみは霊媒なのか」

「いいえ、いいえ、そうではないの。あなたはずっと傷口をいじったまま、その瞬間を身にまといつかせてきたのよ。それはあなたの中にあるの。それが読めたのよ」

ジュヌヴィエーヴの言うとおりだ。パメラが何を言おうとしていたのか、彼にわからなかったはずはない。ただ聞こうとしなかっただけなのだ。パメラをインドに連れていったのは彼だ。危険は承知していた。子供ができたとわかった時点で送り返すべきだった。だが情勢が悪化し、パメラはとどまると言い張った。言い張ったのは彼女だが、それを許したのは彼だ。無理やり英国に送り返すべきだったのに。残ることを許したのは彼の弱さだった。彼にはパメラの最後の言葉を理解する資格がなかった。愛される資格がなかったのだ。

ジュヌヴィエーヴが涙の中で微笑している。

「あなたのせいではないわ、チャールズ。あの方は怒っていらしたけれど、それはあなたに対する怒りではなかったわ」

「考えたこともなかった――」

「チャールズ――」

「そうだ、一度も意識的に考えようとしなかった――」

ジュヌヴィエーヴの指が一本顔に触れ、また離れたと思うと目の前でとまった。ひとしずくの涙がついている。彼はハンカチをとりだし、目元をぬぐった。

「あの方が何に対して怒っていらしたのか、わたしにはわかるわ、チャールズ。死よ。わたしには誰よりもよくわかるの。わたし、きっとあなたの奥さまを好きになれたと思うわ。大好きになれたわ」

ジュヌヴィエーヴが舌で指先に触れ、かすかに身ぶるいした。ヴァンパイアは涙も飲めるのだ。

パメラがジュヌヴィエーヴのことをどう思うか、それははっきりしている。気づくとともに、胃の腑が締めつけられた。問題は、ペネロピがどう考えるかだ――

「ほんとうにこんなつもりではなかったのよ。わたしのこと、とんでもない泣き虫だとお思いになったでしょうね」

ジュヌヴィエーヴが彼のハンカチをとって、自分の目をぬぐった。それから布を濡らした染みに視線を落とし、驚きの声をあげた。

「まあ、塩水だわ」

どういうことだろう。

「いつもはわたし、血を流して泣くのよ。あまり感じのいいものではないけれど。ノスフェラトゥはみんな、牙だらけの口からネズミの尻尾を垂らしているのだもの」

ボウルガードは彼女の手をとった。記憶の痛みは消えていた。なぜか以前よりも力が増したように感じられた。

「ジュヌヴィエーヴ、きみは自分自身を過小評価しすぎだ。たとえばきみは、自分がどんな姿をしているかも知らないのだろう」

「アヒルのような足と、不格好なくちびるをもった女の子のことならおぼえているわ。でも、目はとっても綺麗だった。よくわからないわ。妹のことかもしれない。シリエルというのよ。フランス元帥の弟と結婚して、孫までつくって死んだわ」

自制をとりもどしたのだろう、いつもの鋭利さがもどってきた。首筋のわずかな紅潮だけが心中の動揺をあらわしているが、それも太陽に照らされた氷のように徐々に消えつつある。

「わたしの家系はもう世界じゅうに散らばっているはずよ。キリスト教のように。いま生きている人はみんな、なんらかの形でわたしとつながりがあるのかもしれないわ」

彼は笑おうとしたが、ジュヌヴィエーヴはすぐにまた生真面目な顔にもどって言った。

「感情的な自分って大嫌いだわ。チャールズ、いやな思いをさせてごめんなさい」

ボウルガードは首をふった。ふたりのあいだで何かが壊れた。だがそれは絆だったのだろうか、それとも障壁だったのだろうか。

## 29 ミスタ・ヴァンパイアII

チャールズの涙がまだ舌を刺している。彼の悲嘆を味わうつもりなどなかったが、どうしようもなかったのだ。長年のあいだに彼女は気むずかしく、偏屈になったようだ。長生者《エルダー》の大半は狂気に堕ちたけれども。ヴラド・ツェペシュのように。チャールズから波のように伝わってきた先刻の記憶。握りしめてきた細い手。死にゆく血のにおい。遠い国の熱気と泥。生きようとする、世界に生命をもたらそうとする女の狂おしい戦い――。異質な感覚、馴染みのない苦痛だった。ジュヌヴィエーヴは身籠《みご》もり、子を産むことができない。つまるところ自分は、真に生きているとは言えないのではないか。女であるとは言えないのではないか。ヴァンパイアには性がないと言われ、肉体的な性別は孔雀の羽根の目玉と同じくらいの機能しかもたない。セックスからもある程度の快感を得ることはできるが、食餌のそれとは比べものにならない。

すべてはひとしずくの涙ゆえの物思い。彼女は唾をのみこんで、チャールズの影響が消失するまで上あごをなめつづけた。

「もうすぐトインビー・ホールだ」チャールズが告げた。

馬車はコマーシャル・ストリートからラム・ストリートにはいり、スピッタルフィールズ市場のわきを走っている。夜明けまで営業している市場は、煌々と明かりをともしてにぎわっている。騒音も匂いもお馴染みのものだ。

馬車がふいに傾いて停止した。ジュヌヴィエーヴは前に投げだされ、正面に固定してある木製の泥よけにぶつかった。チャールズが助け起こそうとしているが、気がつくと彼女は狭い床に膝をついていた。外は見えない。馬が癇性にいななき、御者が「ほーい」と声をかけてぐいと手綱をひっぱった。

何かがおかしい。

ねじれるような恐しい悲鳴をあげて、いななきがふいにやんだ。御者が悪態をつき、通行人が恐怖の悲鳴をあげる。チャールズの顔から表情が消え失せた。突撃前の軍人の顔だ。数世紀の昔から、死地におもむく男たちはみな同じ表情を浮かべる。攻撃と防御に備えて犬歯がぬっとむきだされ、唾液がしたたった。

馬車の屋根にドサッと重い音がひびいた。視線をあげると、黄色い指が五本、ナイフのように爪を湾曲させて天井板を突き抜けてきた。それが骨と関節をもった蚯蚓《ミミズ》のように曲がり、こぶしとなって撥ね上げ戸のまわりの板をもぎとる。その裂け目から黄色く波打つ絹が見える。ばね脚の迫害者がもどってきたのだ。しわだらけの顔が穴に押しつけられ、にっとひらいた口から鰻のように並んだ歯がのぞく。口はさらに大きく裂け、ぎらぎらした歯肉までがあらわになる。長生者《エルダー》が何か甲高くつぶやくと、くちびるがふるえて消え失せ、むきだしの濡れた肉からまばらな口髭が垂れさがった。

二本の手が穴の両側にかかり、さらに木をむしりとる。幾層にもニスを塗った馬車の木材が、糸を切られたヴァイオリンのように歌いながら砕け散った。

チャールズはすでに仕込み杖を抜いて、突きを送る隙をさがしている。彼が騎士道精神を発揮してずたずたになる前に、彼女自身が敵に立ち向かわなくてはならない。

ジュヌヴィエーヴは馬車の床から勢いよく立ちあがり、裂け目の端を握って身体をひきあげた。抜けだすときに、ぎざぎざの先端が一張羅のドレスを引き裂き、肌を傷つけた。御者台でバランスをとっている中国人の重みで、馬車が揺れる。見ると御者は十数ヤードも離れた敷石に這いつくばり、ぽかんと口をあけた見物人のあいだで身体を起こそうとしていた。冷たい風がたばねていない髪を顔のまわりに吹き寄せる。膝のまわりでドレスがはためく。ふたりが移動するにつれて馬車が揺れ動く。かろうじて転倒を免れているのは、馬の死体がまだつながれているためだ。

「大人《マスター》」ヴァンパイアに向かって声をかけた。「なにゆえわたしに戦いをしかけるのですか」

中国人の身体が変形しはじめた。首が長くのび、剛毛の生えた昆虫の体節のようにわかれる。鐘形の袖からのびてきた腕はいくつもの関節をもち、手はいちおう人間の形を保ってはいるものの、ラケットのような大きさだ。蛇のような首のてっぺんで頭が左右に揺れ、一ヤードもある弁髪が肩を打つ。ロープほども太い弁髪の先端には、棘だらけの球体が編みこんである。

刺すような感触の軽いものが顔をかすめた。ヴァンパイアの顔から蜘蛛の巣のような糸がのびてきている。敵の手に目を向けているあいだに、二本の眉毛がよりあわさってせまってきたのだ。草原の草のような毛が肌をかすめ、ちくちくとひたいを刺す。目を狙っている。彼女はこぶしを握って前腕をふりまわし、眉の蛇を手首に巻きつけた。ぐいとひっぱると、細い糸が袖を切り裂き手首を締めつけたが、敵のバランスをくずすことには成功した。

中国人が御者台からころがり落ちると同時に、彼女もひきずられた。敵は水の中の魚のようにしなやかな身のこなしで、上靴を履いた足から完璧な着地をした。眉の蛇は離れたが、彼女は足から壁にたたきつけられ、丸石の上に落ちた。壁にぶつかった衝撃でくるぶしを痛めたようだ。立ちあがらなくては。腐った半切りキャベツの上についた片手がすべり、また前のめりに倒れた。顔に汚らしいものが触れてくる。ゆっくり肘をついて身体を起こし、それから立ちあがった。彼女の身を傷つけるのは容易なことではないはずなのに、この長生者《エルダー》はそれをやってのけた。この敵の前では彼女のパワーなど児戯に等しい。

壁を背にして力を集中した。顔が焼けるようにほてり、皮膚がひきしまる。歯と爪が長くのび、歯茎と指の肉を引き裂いた。自分の血の味がする。

ここは市場の中でも露店が多くごみごみした場所だ。ふたりのあいだには鉄鉤にかかった牛肉の塊がずらりと並んで揺れ、死んだ獣の血のにおいがあたり一面に立ちこめている。群衆がふたりの長生者《エルダー》を取り囲み、闘技スペースをつくると同時に逃走路を絶った。

壁を蹴って勢いをつけ、敵にとびかかった。相手は腕をひろげたまま待ちかまえている。両手が長衣をかすめると同時に、いや彼女の手が届く四分の一秒前に、敵が跳びのいた。すれちがいざま、彼女の脇腹にとがった指が突き刺さる。ドレスが裂け、皮膚が貫かれた。冷たい牛肉の塊にぶつかり、よろめいて、見物人と衝突する。人々は彼女を助け起こし、励ましの言葉とともに押し返した。見物人に囲まれ、繰り返し敵に立ち向かっていかなくてはならない無制限一本勝負。どちらかが立てなくなるまでやめることはできない。

どう考えても勝ち目はなかった。迷信によると、中国人ヴァンパイアの襲撃をとめるには、黄色い紙に仏教の経文を書いてその呪符を敵のひたいに貼りつければいいという。もしくは餅米を撒き散らしてヴァンパイアの足を地面に貼りつけ、気づかれないよう息を凝らしながら血の色に染めた聖糸を使えば、不死者《アン＝デッド》をばらばらにできるのだという。どちらの方法もいまは役に立たないが。

はばたく鶴のように長い両腕をひろげてバランスをとりながら、長生者《エルダー》が蹴りを放った。あごの下に上靴の先端が食いこみ、身体が宙に浮く。落下したのは運悪く、板を張った台の上だった。蠟紙にひろげた小麦粉の中に食用の腎臓が並んでいる。台の脚がくずれ、彼女はふたたび地面にころがり、紫色の肉塊にまみれた。幸いにも壊れなかったランプが、丸石の上で通気孔から煤けた炎を噴きあげている。紫色のパラフィン・オイルがガラス球いっぱいにつまっているのだ。

顔をあげると、中国人ヴァンパイアが近づいてくるところだった。革のようにしわだらけの顔で緑の目がきらめき、動きはダンサーほどにも意図的で正確だ。歩くにつれて、昆虫の翅《はね》のように絹がさらさらと鳴る。彼にとってこれはショーの一種なのだろう。闘牛士と同じく、殺しによる喝采を求めているのだ。

背後ですばやく動くものがあり、中国人は足をとめてとがった耳を神経質に傾けた。忍び寄ったチャールズの手の中で、剣が銀色の閃光を放つ。その切っ先を長生者《エルダー》の身体に突き刺し、心臓を貫くことができれば――ヴァンパイアの片腕が三個所でうしろ向きに折れ曲がり、チャールズの手首を捕らえて突きの一撃を押しとどめた。チャールズは手首をひねって時計の針のようにぐるぐる剣をまわしたが、中国人の長衣をかすめることもできない。からんと音をたてて、剣が丸石の上に落ちた。ヴァンパイアが武器と一緒にチャールズをはじきとばし、群衆から同情の声があがった。

ジュヌヴィエーヴは身体を起こそうとした。腎臓が大きな蛞蝓の死体のようにぐちゃりとつぶれ、その体液がからみつく。長生者《エルダー》がふり返り、骨張った腕をのばした。存在しないそよ風に吹かれて袖が大きくふくれあがる。長衣の中から雲の塊がとびだし、うねりながら、手品師のスカーフのように大きくはためいた。それがさわさわとまっすぐ彼女のほうに向かってくる。一万匹もの小さな蝶だ。ばらまかれたダイヤモンドの欠片のように、さまざまな色彩の美しい翅《はね》を光にきらめかせて、あたりを包みこむ。蝶は牛肉に群がってまたたくまに食いつくすと、彼女の顔にまといついて皮膚についた肉片を狙い、目の端を脅かした。

彼女はかたく口を閉じたまま、激しく首をふった。手首で顔をぬぐったが、ひと塊を追い払っても、すぐさま別の蝶が群がってくる。手をのばして落ちていたランプをひろいあげ、炎をつまみ消した。まだ音をたてている芯を抜きとり、頭上でふりまわしてランプをからにした。蝶が逃げ、パラフィン・オイルのにおいが鼻孔をつく。火花がひとつでも飛べば、頭は炎に包まれるだろう。汚れた手で髪をすき、蝶の死体をひと握りずつ遠くに投げ捨てる。

長生者《エルダー》が目の前に立ちはだかり、のしかかるように彼女の肩をつかんで吊りあげた。布切れのようにぶらさげられて力を抜く。爪先がずるずると丸石をこする。濁ったエメラルドのような年老いた目にはきっと愉悦の光が躍っているのだろう。針に縁どられた口腔が顔の前にせまり、香水を含んだ息が吹きつけられる。歯の並ぶ赤い裂け目から、蚊の口吻のような鋭い管状の舌が突きだされる。彼女の血くらい簡単に飲み干してしまえそうだ。からからに干からびても死ぬことはないだろうが、おぞましい結果を招くことになる。

足の裏が地面についたので、敵を見あげた。敗北を認めるかのようにがっくりと首をのけぞらせ、咽喉をさらした。蛇のような舌がせまり、昆虫のような歯のついた口が脈打つ。数秒間の勝利を味わわせておいてから、彼女は敵の腋窩《えきか》のすぐ下に両手をかけた。爪が長衣を突き破り、肋骨をかすめる。大きく口をあけて敵の顔に近づき、嚙みついた。舌を捕らえ、のたうつ肉管にしっかりと歯を立てる。ぴりぴりした味が口内にひろがり、息がつまりそうだ。蛇よりも強靭な舌が逃れようと暴れる。けがらわしい肉管がうごめく。舌を突きだしたまま、ヴァンパイアが怒りの声をあげた。傷ついているのだ。歯は軟骨と筋肉に食いこみ、やがてカチリと音をたてて嚙みあわさった。舌の先端が口の中でのたうつ。彼女はそれを吐きだした。

ヴァンパイアがくるりと向きを変えた。口腔からねばねばした黒いものがしたたり、長衣の前面を伝い落ちる。まだ途切れない悲鳴が血の泡にのみこまれる。これで彼女から食餌をとることはできない。彼女はぼろぼろになった袖で口元をぬぐい、咳きこみ唾を吐いて、おぞましい味を忘れようとした。口全体が麻痺し、咽喉が焼けるようだ。長生者《エルダー》がふり返り、ふたたび襲いかかってきた。敵は一撃で彼女を壁にたたきつけ、ボクサーのように腹を、首を、殴りつけてくる。怒り狂っているためか、狙いは以前ほど正確ではない。技を欠いた力まかせの攻撃だ。身体じゅうに痛みがひろがった。馬の首でもつかむように頭部に手がかかり、ぐいとひねる。首の骨がはずれ、苦悶のうめきがあがる。ヴァンパイアは手を離して彼女を地面に落とすと、脇腹を蹴りつけ、それから肋骨の上にとびのった。自分の骨の折れる音が聞こえた。

目をあけた。ヴァンパイアは嘲笑を浮かべ、傷ついた海豹のような哀哭《あいこく》の音をたてて彼女を見おろしていた。顔の下半分の筋肉と歯が、湯気をあげながらみずから修復しつつある。唾と血がしたたり落ちる。そしてヴァンパイアは去り、群衆がどっと彼女をとりまいた。

「通してください」誰かがさけんでいる。「通してくれ、お願いだから——」

苦しかった。ひと呼吸ごとに肋骨が固定し、ひと波ごとに脈打つような苦痛がひいていく。だが首ははずれたままだ。そして骨の髄まで疲れきり、視野は赤くかすんでいる。自分が汚物の中に横たわっていること、顔に血がこびりついていることが意識にのぼる。これでちゃんとしたドレスは一枚もなくなってしまった。

「ジュヌヴィエーヴ。目をあけてくれ——」

顔が近づく。チャールズだ。

「ジュヌヴィエーヴ——」

# 30　ペニー・ドロップス

動かさないほうがいいと判断し、彼はクレイトンに、トインビー・ホールまで行ってドクター・セワードを呼んでくるよう命じた。待っているあいだにも、できるだけのことをしてやらなくてはならない。給水塔から汲んできたいくぶんきれいな水が手桶にはいっている。ボウルガードは布をとって、ジュヌヴィエーヴの顔から血や泥をぬぐい落としてやった。

なんだったにせよ、あれは独特の跳ねるような足どりで去っていった。仕込み杖を見舞ってやれなかったのがかえすがえすも残念だ。ヴァンパイア一般に対する見解を改めつつある彼だったが、あのような怪物は生かしておくべきでないと思う。

顔を軽くこすっていると、彼女がきつく手を握ってきた。折れた骨が動いたのか、うめき声をあげる。リズ・ストライドの、そしてパメラの最期が思いだされた。ふたりともすでに亡く、死は彼女たちにとって安らぎとなった。ジュヌヴィエーヴ・デュドネのために戦おうと、新たな決意が燃えあがる。たったひとつの生命をも救えないいならば、自分はいったいなんの役に立つのか。彼女が何か話そうとしたが、そっと口を閉じさせた。その髪からつぶれた蝶《ウォーム》をつまみあげ、払い捨てる。不自然な角度によじれた首はぐらぐらし、皮膚からは骨が突きだしている。温血者の女ならとうに死んでいる傷だ。

死闘を見物していた群衆が、それぞれの場所で市場の復旧作業にとりかかった。もっと血なまぐさい場面を見たいのか、うろうろしている浮浪者も何人かいる。クンフー・キックをお見舞いして、ひとりかふたり、たたきのめしてやりたいところだが、そんなことをしても見物人を喜ばせるだけだろう。

クレイトンがずんぐりした女を連れてもどった。ヴァンパイアの看護婦ミセス・アムワースだ。もうひとり、ホールのモリスンも、医療鞄をかかえて駆けつけた。

「ドクター・セワードは出かけてらっしゃいますのでね」ミセス・アムワースが説明した。「わたしで我慢してくださらなきゃなりませんよ」

看護婦はやんわりと彼を押しのけ、ジュヌヴィエーヴの横に膝をついた。手を握ったまま移動したため腕が動いたのだろう、彼女がぎくりと身じろぎをした。

「手を離してくださいましな」ミセス・アムワースが命じる。

彼は手を離し、腕を身体のわきに整えてやった。

「まあまあまあ」

ミセス・アムワースは独り言をつぶやきながら、肋骨を触診している。

「骨はちゃんとつながっているようでございますね」

ジュヌヴィエーヴは身体を起こそうとしたが、咳こみ、またくずおれた。

「ええ、ええ、痛いでしょうとも」ミセス・アムワースがなだめる。「でもすぐよくなりますからね」

モリスンが鞄をひらいてミセス・アムワースのそばにおいた。看護婦はメスを取りだした。

「切るんですか」ボウルガードはたずねた。

「ドレスだけでございますよ」

首の下に刃をすべりこませて肩から腕まで布を切り裂き、袖の残骸を引き剥がした。二の腕に紫色の斑点が浮かんでいる。ミセス・アムワースが両手でぐっと押さえると、ぽきんと音がして肩の関節がはまった。鉛色の痣が消えはじめる。

「さあ、これからが大変なんでございますよ」とミセス・アムワース。「首が折れていますからね。さっさと治療しないと、ゆがんだまま固定してしまうんでございます。そうなると、もとにもどすにはもう一度脊椎を折らなきゃなりませんからね」

「わたしに手伝えることはありますか」

「あなたとモリスンで肩に手をかけて、生命がけで押さえていてくださいましな。あなた、御者さん、膝の上にお乗りなさい」

クレイトンはぎょっとしたようだった。

「おやまあ、恥ずかしがっている場合じゃありませんよ。あとでお礼に接吻のひとつくらいいただけるかもしれませんよ」

御者がジュヌヴィエーヴの膝に体重をかけ、ボウルガードとモリスンが肩を押さえた。動くのは首だけだ。微笑を浮かべようとしたのか、ジュヌヴィエーヴの恐ろしい歯がむきだしになった。

「痛みますよ、よございますね」ミセス・アムワースが警告する。

ヴァンパイアの看護婦はジュヌヴィエーヴの頭部に手をかけ、耳の下をしっかりと押さえつけた。ためすようにひっぱりながら、左右に動かす。ジュヌヴィエーヴがきつく目を閉じ、息を漏らして、落とし格子のような歯を噛みしめた。

「声をあげてもよろしゅうございますよ」

患者が忠告どおり細く長い悲鳴をあげているあいだに、ミセス・アムワースは思いきり首をひっぱって背骨の上にかちりとはめこんだ。それからジュヌヴィエーヴをまたいで立つと、絞め殺しそうな力で咽喉に手をかけ、強引に椎骨の位置を正した。治療に専念する看護婦の集中が感じられる。いつも穏やかな顔は赤く、口からは牙がむきだしになっている。これだけの体験をしてきたいまでも、目の前で変身現象を見ると衝撃を受けずにはいられない。

四人が立ちあがり、解放されたジュヌヴィエーヴは地面でのたうった。きしるようだった悲鳴がいくらか声らしくなっている。首をふると、顔の周囲に髪が乱れとぶ。中世フランス語で悪態をついているようだ。彼女は首をこすり、半身を起こした。

「さあさあ、それでは食餌をなさらなきゃなりませんね」

ミセス・アムワースがあたりを見まわし、彼に向かってうなずいた。

ボウルガードはクラヴァットをゆるめ、カラーをはずし――そこで凍りついたように動けなくなった。首の血管が指の関節にあたり、とくとくと脈打っている。飾りボタンがはずれて、シャツとヴェストのあいだにまぎれこんでしまった。ジュヌヴィエーヴは身体を起こして壁に背をもたせている。顔はもう穏やかさをとりもどし、悪魔の哄笑は消えているが、歯はまだ大きなまま、鋭い水晶のように突きだしている。あの牙が自分の首に突き刺さるのか。

「チャールズ」誰かが呼びかけた。

ふり返ると、山積みのキャベツ籠のわきにペネロピが立っていた。毛皮襟のついた旅行用外套を着てヴェールつきの帽子をかぶった彼女は、下院にまぎれこんだネイティヴ・アメリカンほどにも場ちがいだ。

「何をしてらっしゃるの」

とっさにクラヴァットを結びなおそうとしたが、指がうまく動かず、滑稽な形に仕上がってしまった。

「この方たち、どなたですの」

「食餌をなさらなきゃ」ミセス・アムワースが繰り返した。「さもないと倒れてしまいます。かわいそうに、力を使い果たしてしまわれたんですよ」

すでに袖をまくりあげていたモリスンが、小さな傷痕が点々と浮かぶ手首をジュヌヴィエーヴの口もとにさしだした。彼女は髪を払いのけ、牙を立てた。

「まあチャールズ、ぞっとしますわ」

ペネロピは顔をそむけ、嫌悪のあまり鼻にしわを寄せて、とがった爪先でキャベツの玉を押しやった。浮浪者たちが背後に群がって聞きとりにくい冗談を言いあっている。ときどき粗野な笑い声が爆発するが、彼女は超然とそれをやりすごした。

「ペネロピ、こちらはマドモワゼル・デュドネ――」

ジュヌヴィエーヴの目がくるりと動いてペネロピを見あげた。血のしずくが口の端からこぼれ、モリスンの手首を伝って丸石に落ちた。

「ジュヌヴィエーヴ、こちらはミス・チャーチウォード、わたしの婚約者だ――」

ペネロピは全身全霊をこめて嫌悪の声をこらえている。ジュヌヴィエーヴが食餌を終え、モリスンの腕を離した。モリスンはハンカチを手首に巻いてカフスをとめなおした。ジュヌヴィエーヴが口を赤く染めたまま立ちあがった。裂けた袖がむきだしの肩ではためいている。彼女は胴着の胸元を押さえて軽く腰をかがめ、それから痛みにひるんだ。

警官が姿を見せ、浮浪者たちが散っていった。市場にいる誰もかもが何かしらすることを見つけ、屋台のあいだを歩きまわったり、籠の目方をはかったり、値段の交渉をしたりしはじめている。

ミセス・アムワースが支えの手をのばしたが、ジュヌヴィエーヴは穏やかにそれをことわり、自分がまっすぐ立っていられることを喜ぶように微笑した。負傷の直後に食餌をしたため、頭がぼんやりしているのかもしれない。

「ホワイトチャペルの、カフェ・ド・パリのあたりにいらっしゃるって、ゴダルミング卿に教えていただきましたの」ペネロピが言った。「間違いであってくれればと思っていましたのに」

釈明は敗北を認めることだ。

「馬車を待たせてありますのよ」彼女はつづけた。「あたくしと一緒にチェルシーにもどってくださいますわね」

「わたしはまだここに用がある」

顔の半分で微笑しながらも、彼女の両眼は青い鋼鉄の欠片だ。

「なんの〝用事〟なのかはおたずねしないことにいたしますわ、チャールズ。あたくしには関係のないことですもの」

ジュヌヴィエーヴはドレスの端で口元をぬぐい、気をきかせてミセス・アムワースやモリスンとともに背景に溶けこんでしまった。馬車をなくした御者のクレイトンは手持ち無沙汰に立ちつくしている。業者が馬の始末にくるまで待っていなくてはならないのだ。

ペネロピが最後通牒を突きつけた。

「では、もしそのお気持ちがおありでしたら、あたくし、明日の午後はうちにおりますから」

そして彼女は立ち去ろうと向きを変えた。人夫のひとりが口笛を吹いたが、ふり返った彼女のひとにらみでぴたりと沈黙した。男は小さくなって、並んだ牛肉の背後にこそこそと隠れた。ペネロピはヴェールをおろし、小走りに歩み去った。

その姿が見えなくなると、ジュヌヴィエーヴが口をひらいた。

「ではいまの方がペネロピなのね」

ボウルガードはうなずいた。

「すてきな帽子をかぶっていらしたわ」

ジュヌヴィエーヴの賛辞に、ミセス・アムワースとクレイトンをはじめ、何人かが笑い声をあげた。好意的な笑いではない。

「いいえ、そうじゃないわ」ジュヌヴィエーヴは言いつのって、顔の前で手をふった。「ヴェールが洒落ているのよね」

彼は心底疲れきっていた。微笑しようとしたが、顔が千年も歳をとったように感じられた。

「外套も気がきいていたわ。ぴかぴかの小さなボタンがすてき」

# 31　恍惚と背徳の薔薇

「ねえ、殺《ヤ》っちまったンじゃないよね」

ネルが寝台にあぐらをかいたまま、長い指で裸の男をつついた。男はうつ伏せになって枕に顔をうずめ、手首と足首にゆるく巻きつけたスカーフで寝台柱にくくりつけられている。上等の木綿の敷布には点々と染みがとんでいた。

メアリ・ジェインは身づくろいに余念がなかった。鏡なしでボンネットをかぶるのは至難の技なのだ。

「メアリ・ジェイン?」

「マリー・ジャネットよ」

彼女は訂正し、音楽のようにそのひびきを味わった。以前は懸命にアイルランド訛をなおそうとしたものだが、男たちがそれを好むことに気づいてからはそのままにしている。

「もう一年近く言ってるじゃないの。あたしはマリー・ジャネットよ。マリー・ジャネット・ケリー」

「〝マリー・ジャネット〟なんて〝ケリー〟にゃ似合わねェよ、侯爵夫人」

「あらまあ」

「あンたをパリに連れてってくれたって男はさ、あたいたちにゃなァンもいい目、見してくンなかったからね」

「見させてくれなかった、よ」

「学がないもンで失礼、侯爵夫人」

「それに、〝ヘンリー叔父さま〟のことを悪く言うのはよしてちょうだい。すばらしい方だったのよ。たぶんいまもね」

「あんたに梅毒うつされて腐っちまってなかったらね」

言葉は乱暴だが悪意があるわけではない。

「へらず口たたくんじゃないわよ」

ようやく満足のいくように帽子をかぶることができた。身なりには気をつかっている。たしかにヴァンパイアに転化したし、娼婦《ココット》をしてはいるが、狐面のネル・コールズのようなおぞましいものになりたくはない。

そのネルは寝台に腰をおろし、まだ血糊でべとつく詩人の首のまわりをさぐっている。

「殺《ヤ》っちまったンだよ、メアリ・ジェイン。血ィ流しすぎてくたばっちまった。きっと転化するよ」

「マリー・ジャネットよ」

「そいじゃあたいは伯爵夫人《コンテッサ》エレアノーラ・フランチェスカ・ナントカカントーカ、だ。ちょいと、こいつ、見てみなよ」

メアリ・ジェインは頭のてっぺんから爪先までアルジャーノンをながめた。古いものやら新しいものやら小さな噛み傷が身体じゅうに散らばり、背中と尻には紫色の蚯蚓腫れが縞模様を描いている。ふたりは鞭をわたされ、力いっぱい打ちすえてくれと頼まれたのだ。

「この人、慣れてるわ。ちょっとやそっとの鞭打ちと噛み傷くらいじゃ、死んだりしないわよ」

ネルがアルジャーノンの腰のくぼみにたまった血に指をひたし、毛むくじゃらのくちびるにあてた。ネルは月の出ごとに毛深くなり、いまでは頬とひたいにもブラシをかけ、濃い赤毛をうしろになでつけて、たてがみのようになびかせている。集団の中にいても目立つため、商売には向いている。客とは妙なものだ。ネルは血を味わって大きな鼻面にしわを寄せた。彼女は食料の感情に〝共感〟してしまうあの連中のひとりなのだ。自分にその能力が備わらなかったことを、メアリ・ジェインはありがたく思っている。

ネルが顔をしかめた。

「苦い。で、こいつ、何もンなんだい」

「お友達は詩人だって言ってたわ」

見るからに堅物の紳士がふたりを見つけ、ホワイトチャペルからパトニーまでの馬車代を出してくれた。ほとんど郊外と言えそうな場所だ。おそらくアルジャーノンは病気で、転地療養しているのだろう。

「もンすごい本だよね」

ネルは文盲だが、メアリ・ジェインは読み書きができる。この小さな寝室にはいくつもの本棚が並んでいた。

「みンなこいつが書いたンかな」

メアリ・ジェインは美しい装丁の本を一冊おろし、ひらいてみた。

「『汝《な》が勝利なり、おお青白きガリラヤ人《びと》よ。汝が吐息、世を灰色に染む』」声に出して読みあげた「『われら、忘却《レテ》の河なる水を飲み、死の糧《かて》を食せり』」（スウィンバーン作「プロセルピナ讃歌」Hymn to Proserpine（一八六六）より）

「すてきだ。あたいたちのことかな」

「ちがうわ。たぶん、イエス・キリストのことじゃないかしら」

ネルは顔をしかめた。ネルは十字架を見せられるとたじろぎ、キリストの名を聞くことにも耐えられないのだ。だがメアリ・ジェインはいまでも時間があれば教会に通っている。神は寛容であるという。結局のところ、キリストだって墓からよみがえり、自分の血を飲むよう人々を導いたではないか。そう、ミス・ルーシーのように。

メアリ・ジェインは本をもどした。アルジャーノンが咽喉を鳴らしはじめたので、頭をもちあげてみた。何かつまっているようだ。赤ん坊のようにげっぷをさせ、またもとどおりにおろしてやると、枕に赤っぽい染みがひろがった。

「降りきたり、われらを美徳より解き放て、苦痛の女神よ」

男は鮮明な声で詠い、また気を失ったように倒れていびきをかきはじめた。

「死にかけてるような声じゃなかったわよね」

ネルが笑い声をあげた。

「フン、アイルランド女がぶっちゃってサ」

「心臓は銀と杭によって破ることができるけれど、言葉であたしを傷つけることはできないわ」

ネルは毛深い身体に下着をつけはじめた。

「その毛、ちくちくしないの?」

「不便したこたァないよ」

詩人はただ鞭打ちだけを望んだ。背中が血に染まると、嚙んでくれと言った。それだけで達し、以後は赤ん坊のように無害だった。

転化して以来、メアリ・ジェインは脚をひらくことが少なくなった。昔ながらの性行為を求める者もあったが、多くはただ嚙まれ、血を吸われるだけで満足した。ミス・ルーシーが小さな歯を咽喉にあてて傷をうがったときの感触が、ぞくぞくするような喜びとともに思いだされる。ルーシーの血の味と、体内を駆け抜け転化をもたらした炎。

「苦痛の女神って、あたいたちのことかな」ネルがたくましい赤い腰のまわりでドレスをとめながら言った。

メアリ・ジェインの心の中で、温血者《ウォーム》時代の記憶はぼんやりと薄れてしまっている。ヘンリー・ウィルコックスとパリに行ったことはおぼえている。だがアイルランドのこと、兄弟姉妹のことは何も思いだせない。自分がウェールズからロンドンに出てきたこと、夫を亡くしたこと、ウェスト・エンドの家に囲われていたことなどは、知り合いから聞かされた。知人に会ったり古い記念品を見つけたりして記憶の片鱗がよみがえることもあったが、昔の人生は白墨で描かれた雨中の絵のように流れ、ぼやけつつあった。いっぽうで、転化後の記憶は窓の汚れをぬぐい去ったかのように鮮明だ。たまにアルコールくさい他人の血で満腹しているときなどに、以前の自分が洪水のように思いだされ、気がつくと下水に嘔吐していることもある。

ネルはアルジャーノンにのしかかり、肩に嚙みついて静かに血をすすっている。詩人の血はふつうの人間の血より濃いのだろうか。そのうちにネルも、韻文や詩をつぶやくようになるのだろうか。それも聞きものかもしれないが。

「もうそっとしときなさいな。一ギニー分の仕事はしたわよ」

ネルが身体を起こしてにやりと笑った。歯は黄色く、歯茎は黒い。まもなくアフリカにわたって密林に住まなくてはならなくなるだろう。

「一ギニーくれるなンて信じらンねェよ。世の中にそンなに金があるはずないよ」

「あたしたちの世の中にはね、ネル。でもこの人は紳士だわ」

「紳士なら知ってるさ、メアリ・ジェイン。一週間前の豚の血みたくしみッたれてて、鼠のケツの穴みたくケチなんだ」

ふたりは腕を組んで階下に降りた。アルジャーノンの友人シオドアが待っていた。メアリ・ジェインとネルをパトニーまで連れてきたうえ、あのあいだじゅうずっとここに立っていたなんて、とてもいい友人にちがいない。たいていの者なら嫌気がさすだろう。もちろんシオドアは新生者《ニューボーン》だから、心がひろいのだ。

「スウィンバーンはどうです」

「生きてるわ」メアリ・ジェインは答えた。

女たちはふつう、アルジャーノンのような客を激しく軽蔑する。完璧な装いの紳士がちゃんとしたセックスよりも鞭打ちを好み、裸で苦痛にのたうっているのを見ると、自分が侮辱されたように感じるのだ。メアリ・ジェインはちがう。転化によって、人間同士のつながりに対する感じ方が変わったのかもしれない。彼女はときに、歌っている天使の咽喉を切りひらいて、死にかけているその身体にのしかかってみたいと夢想する。

「彼はあなた方のようなご婦人が大好きなのですよ」シオドアが言った。「いつもあなた方の〝冷たい不死の手〟（スウィンバーン「プロセルピナの庭」The Garden of Proserpine より）のことを話しています、奇妙ですね」

「あの方は自分の好みをちゃんとご存じね」メアリ・ジェインは応じた。「ふつうでないものを好むのは、恥ではありませんわ」

「ええ」シオドアは曖昧に同意した。「まったく恥ではありません」

そこは居間だった。壁には有名人の肖像画がかかり、さらにたくさんの本が並んでいる。メアリ・ジェインはミラーズ・コートの部屋の壁に新聞から切り抜いたシャンゼリゼの絵を飾っている。温血者《ウォーム》のころ、額を買おうと貯金しかけたことがあったが、当時の情夫ジョウ・バーネットがマグにいれた小銭を見つけ、みんな飲んでしまった。必死でとめようとしたら、殴られて目のまわりが痣になった。転化ののちジョウを追いだしたときに、その怪我の分もしっかりと利子をつけて返してもらったが。

シオドアはふたりに一ギニーずつ支払い、馬車まで見送りに出てくれた。メアリ・ジェインは報酬をポケットにしまったが、ネルはコインを頭上にかかげて月光を反射させようとしている。

メアリ・ジェインはきちんと別れの挨拶を述べ、ヘンリー叔父さんに教えられたとおり腰をかがめた。紳士の中には詮索好きな隣人をもつ者もいるため、あたりまえの訪問客のようにふるまうのが礼儀というものだ。だがシオドアは気づかず、彼女が顔をあげる前に家の中にもどってしまった。

「一ギニーか、とンでもねェや」ネルがさけんだ。「一ギニーくれるンだったら、あいつのタマに噛みついてやってもよかったな」

「馬車にお乗りなさい、恥ずかしい人ね。いったい何を考えてるのよ」

「ほンとだよ、侯爵夫人」

ネルは左右に尻をふりながら馬車の中に身体を押しこんだ。メアリ・ジェインもあとにつづいて腰をおろした。

ネルが御者に向かって怒鳴った。

「おい、うちに帰るンだ。全速力だよ」

馬車がぐいと動きはじめた。ネルはまだ金貨で遊んでいる。何度か歯をたてたあげく、今度はショールで磨きはじめた。

「これで一ヶ月は通りに立たなくてすむや」と牙をなめて、「ウェストへいってサ、消火ホースみたくでっかいモノもった近衛兵、めっけてサ、からからになるまで吸いつくしてやろうかな」

「でもお金がなくなったらまた路地に逆もどりよ。背中を泥だらけにして、酔っぱらいにのしかかられるのよ」

ネルは肩をすくめた。

「あたいはどうせ王さまとは結婚できねェンだからサ。あンただってそうだよ、マリー・ジャネット・ド・ケリーさん」

「あたしはもう街角には立ってないわ」

「客をくわえこむ寝床の上に屋根があるってだけじゃねェか、そんなにご立派なもンかよ」

「知らない人はおことわりってことよ。お馴染みの紳士だけ」

「とォってもお馴染みのね」

「まあお聞きなさいな。いま街角に立つのはよくないのよ。切り裂き魔がうろついているんですもの」

ネルは感銘を受けた様子もない。

「ホワイトチャペルでやつが毎晩ひとりずつバラしたとしたってサ、あたいンとこにくるころにゃこの世が終わっちまってら。女は何千人っているンだ。やつが地獄に堕ちてからだってそいつは変わンないよ」

「あいつはひと晩にふたり殺すわよ」

「へーえ」

「知ってるでしょう、ネル。キャシー・エドウズとストライドとかいう女がやられてから、もう一週間以上になるわ。またそこいらをうろつきはじめるころよ」

「あたいをどうにかできるってンなら、やってもらおうじゃねェか」うなると口いっぱいに狼の牙がきらめく。

「そいつの心臓ひきずりだして、ばりばり食ってやる」

メアリ・ジェインは思わず笑い声をあげ、すぐに真面目な声でつづけた。

「無事でいようと思うなら、よく知ってる紳士だけを相手にすることね、ネル。安心できる相手を選ぶの。いちばんいいのは囲ってくれる紳士を見つけることだけど。ホワイトチャペルの外に家をもたせてくれる相手なら最高ね」

「あたいを囲ってくれるなんて、動物園くらいのもンさ」

メアリ・ジェインもかつては囲われていた。パリで、ヘンリー・ウィルコックスに。彼は財界の巨人とも言うべき銀行家で、外国旅行に妻を伴わず、彼女を連れていったのだ。人には姪だと紹介したが、フランス人はふたりの関係を正確に理解していた。やがて彼はスイスに向かい、彼女はどうしても好きになれない好色な老人のもとに残された。〝ヘンリー叔父さん〟はカードに負けて情人をとられたのだ。パリはすてきな場所だったが、結局彼女はロンドンにもどった。人々が理解できる言葉を話し、自分自身以外の誰も彼女の人生を賭けることのないこの町に。

まもなく夜が明けようという時刻、馬車がホワイトチャペルにはいった。転化してまもないころ、彼女は日光を避けなくてはならないことを知らず、皮膚にひび割れをつくって苦しんだことがある。何匹もの犬を引き裂いて体液をすすったが、新生者《ニューボーン》らしくなるまでには何ヶ月もかかった。

ヴァンパイアの客を乗せているためだろう、温血者《ウォーム》の御者の緊張が伝わってくる。道を指図しながら気分が高揚した。メアリ・ジェインは雑貨屋のマッカーシーから週四シリング六ペンスでドーセット・ストリートのはずれに部屋を借りている。一ギニーから滞納している家賃を払えば、マッカーシーの矢の催促もおさまるだろう。残りは自分のものだ。そうだ、額を買おうか。

ふたりを舗道に残して、馬車はさっさと走り去った。ネルが御者のうしろ姿に向かって滑稽な獣のような身ぶりで遠吠えをあげる。ネルの顔は目のまわりやとがった耳のうしろにまで毛が生えているのだ。

「マリー・ジャネット」

物陰からかすれた声が呼びかけた。ミラーズ・コートのアーチの下に誰かが立っている。身なりから察するに紳士だ。

聞きおぼえのある声に、メアリ・ジェインは微笑した。

暗がりからドクター・セワードが歩みでてきた。

「ひと晩じゅうきみを待っていた。わたしは――」

「あんたのお望みくらい、コイツは先刻ご承知さ」とネル。「あんた、恥ずかしくないのかい」

「お黙りなさい、もじゃもじゃ顔」メアリ・ジェインは叱った。「紳士に向かってその口のきき方は何よ」

ネルは宙に鼻面を突きだしてショールを巻きなおすと、ミュージック・ホールの女王のように鼻を鳴らし、足ばやに歩み去った。メアリ・ジェインは彼女の代わりに謝罪し、ついで誘った。

「おはいりになりませんか、ドクター・セワード。もうすぐ日がのぼりますわ。あたし、ゆっくり眠らなくては」

「わたしも是非そうしたいね」

ドクターはそわそわと首筋をいじっている。客のそんな様子なら以前にも見たことがある。一度噛まれると、必ず二度三度とそれを求めにやってくるのだ。

「どうぞ、こちらですわ」

男を部屋に通した。早朝の太陽が汚れた窓ごしに整えた寝台に射しこんでいる。彼女はカーテンをひいて光をさえぎった。

# 32　怒りの葡萄

闇内閣はさらにメンバーを減らしていた。ミスタ・ウェイヴァリの姿が消え、それについての説明は何もなかった。議長席にはふたたびマイクロフトが陣どり、サー・マンドヴィル・メサヴィは会見のあいだじゅう無言で顔を伏せていた。ホワイトチャペルでどのような道をたどろうと、雇い主たちがほかの地区でくりひろげる秘密の活動について、ボウルガードは決して知ることができない。ライムハウスの教授は犯罪事業のことを影の社会と呼んだ。だがボウルガードは、この闇内閣こそが影の帝国世界であることを知っている。そして彼は、ほんのときたまにせよ、紗幕をあげてその内側を見る特権を与えられているのだ。

ルル・シェーンの検死審問以後の行動について、重要なことはひとつ漏らさず報告した。しかしながら、中国人長生者《エルダー》に襲撃される直前、クレイトンの馬車の中でジュヌヴィエーヴとのあいだに生じた出来事だけは、報告する気になれなかった。心が通いあったあの瞬間、ふたりが何を共有したのか、彼自身にも正確なことはわかっていない。そこでもっぱら殺人事件に関する事実だけをとりあげ、報道陣が入手した詳細を説明し、それに自身の意見や見解をつけ加えた。ドクター・ジキルとドクター・モローのこと、レストレイド警部とアバライン警部のこと、トインビー・ホールとテン・ベルズのこと、コマーシャル・ストリート警察署とカフェ・ド・パリのこと、銀と銀製ナイフのこと、ジュヌヴィエーヴ・デュドネとケイト・リードのこと。マイクロフトはそのあいだじゅう、ふっくらしたくちびるをすぼめ、やわらかなあごの下で指先をあわせて、熱心にうなずいていた。報告が終わると、マイクロフトは労をねぎらって事の進展に満足していると告げた。

「その手紙以来、殺人鬼は〝切り裂きジャック〟という名前で通っているのだね」議長が確認した。

「そのとおりです。あれ以後〝銀ナイフ〟という言葉は聞かれなくなりました。誰にせよ、この名前を考えたのは一種の天才ですね。ジャーナリストではないかと噂されています。あの連中は――少なくとも優秀な連中は、印象的な語句をつくるコツを心得ていますから」

「ご苦労だった」

ボウルガードは当惑した。どう考えても、自分はいままでなんの役にも立ってはいない。切り裂き魔はまた殺人を犯した。当局の手を逃れて、二度も。彼の存在はいささかも狂人の手をためらわせるきっかけにはならず、ホワイトチャペルにおけるさまざまな行動もほとんど捜査の進展を左右してはいない。

「きみはこの男を捕らえなくてはならない」

ボウルガードが〈星法院〉にはいってはじめて、メサヴィが口をひらいた。

「ボウルガードにまかせておけば大丈夫だ」マイクロフトが保証する。

メサヴィはうめくような声をあげて肘掛け椅子にもたれこんだ。それからピル・ケースをとりだし、何かを口に放りこんだ。元議長殿はどこか具合が悪いらしい。

「それでは」とボウルガードは懐中時計に目をやった。「よろしければ失礼して、チェルシーにもどりたいのですが。私用がありまして――」

カヴァシャム・ストリートでは、ペネロピが母親の家で冷たい怒りをふつふつと燃やしているだろう。彼の釈明を待って。あの中国人長生者《エルダー》か、切り裂きジャック本人と対決するほうがまだ楽かもしれない。しかしボウルガードには、王冠に対するものと同様、婚約者に対する厳粛な義務がある。話し合いの結果がどこに行きつくかは、彼にも見当がつかなかったが。

個人的な話題に驚いたのか、マイクロフトが眉をあげた。ディオゲネス・クラブにおける自分の上司たちはいったいどのような人間なのだろうと、ボウルガードの心にはじめてではない疑問が浮かんだ。

「よかろう、ではごきげんよう、ボウルガード」

〈星法院〉の外の持ち場には、いつものドレイヴォット軍曹ではなく、日焼けした顔と旧式の拳闘選手のようなこぶし（初期の拳闘はグラブを使わず素手でおこなわれた）をもった温血者《ウォーム》の巨漢が立っていた。ボウルガードはホワイエにおりてディオゲネス・クラブをあとにした。ペルメルに出ると、午後の空は寒々しくくもり、霧もまた濃くなっていた。チェルシーまで辻馬車をひろおう。見まわした街路はやけに多くの人で混みあっている。行進のリズムをとる太鼓の音まで聞こえてくる。それからブラスバンドの音楽が流れてきた。楽隊はリージェント・ストリートをこちらにむかっているようだ。今日、予定されていたパレードなどあっただろうか。市長就任日は一ヶ月も先の話だ（十一月九日、ロンドン・シティの市長就任披露行列が華々しくおこなわれる）。彼はいらだった。楽隊がくれば辻馬車を呼びとめにくくなるし、交通も一時遮断される。だがペネロピは決して理解してはくれないだろう。

楽団は角を曲がってペルメルにはいり、モールバラ・ストリートに向かっている。おそらくジグザグに通りを進みながら人を増やし、セント・ジェイムズ・パークに集まろうというのだろう。先頭を行く制服姿の楽団長が十字軍の象徴である巨大なセント・ジョージ旗を掲げている。楽隊が進むにつれて、白地に描かれた細い赤十字がはためく。

楽隊のあとには、もっぱら中年婦人からなる聖歌隊がつづいた。全員が胸に赤十字を描いた長い白いドレスを着ている。歌っているのは、かつて『ジョン・ブラウンの遺骸』といい、別の詞をつけて『共和国戦勝讃歌』と呼ばれるようになった歌だ（南北戦争を主題とした詩だったが、一八六二年ジュリア・ウォード・ハウが新たな歌詞をつけて、『共和国戦勝讃歌』と呼ばれるようになった。メロディは、いわゆる「おたまじゃくしは蛙の子」である）。

〝海の彼方、麗しき白百合の中に、救い主、生まれたもう。
その御胸の栄えにより、われらみな変容す。

主の死により人の清められしがごとく、われらが死、解放をもたらさん。
神の歩みの――〃

いまや四方八方から人が押し寄せている。行進に加わっている者の全員、そして見物の大半が温血者《ウォーム》だが、舗道では午後遅くの薄日に誘いだされた数人のマーガトロイドが、あざけりの声をあげ、蝙蝠の翼のようなマントをはためかせ、赤いくちびるからヒューヒュー音をたてている。だが多勢に無勢で誰も相手にしない。あのような態度はまずい。潜在的な不死は、完全なる不死身と同じではないのだから。

聖歌隊のあとから、六頭の馬にひかれた無蓋馬車がやってきた。台上に立っているのは、敬虔な侍者たちに囲まれた、かのジョン・ジェイゴだ。そのうしろには群衆が整然とつづき、〝ヴァンパイアを生かしておくべからず〟とか〝聖なる血、聖なる十字軍〟などといった聖句を記したのぼりを掲げている。その真ん中で、ふたりの屈強な十字軍戦士が二十フィートもある杭を運んでいた。切っ先には、ガイ・フォークスのヴァンパイア版とも言える張子づくりの人形が刺さっている（十一月五日にガイ・フォークスを模した人形をつくり、町をひきまわして焼き捨てる習慣がある）。杭は人形の胸を貫き、傷口の周囲には赤い塗料が飛び散っている。人形は赤い目と誇張された牙をもち、粗末な黒服を着せられている。

マーガトロイドたちが一瞬口をつぐんだ。これはひと騒動起こらずにはおさまらない。通りにはふたりの騎馬警官が出ているものの、ほかに警察関係者は見当たらない。温血者《ウォーム》の群衆がどこからともなくあふれてきたため、ボウルガードは思いどおりに動くことができず、気がつくと行列とともに押し流されていた。すぐ横ではジェイゴが馬車に立って、いつものように憎悪と地獄の炎について説教をしている。一行はモールバラ・ストリートを公園に向かった。いったんひろい場所に出れば、この騒ぎから抜けだすこともできるだろう。

マーガトロイドのひとり、金髪に黒いリボンをつけた青白い伊達男《だておとこ》が、溝からひとつかみの馬糞をとり、クリケット投手を思わせる正確なコントロールで説教者に投げつけた。球はみごとに命中してはじけ、ジェイゴの顔をインド人行者のように茶色く染めあげた。行進の途中で、人々が一瞬写真のように動きをとめた。ジェイゴの両眼に憤怒の炎が燃えあがる。マーガトロイドの顔には勝利に入り混じって恐怖の色が浮かんだ。

最後の審判を告げる喇叭《らっぱ》のような声をあげて、行進していた人々がマーガトロイドたちに襲いかかった。新生者《ニューボーン》は全部で四、五人だ。洒落た衣装に気怠げな仕種の、不身持ちで軟弱で冷酷な気取り屋たち——一般にヴァンパイアのものと考えられる悪徳のすべてを体現している。揉み合いに加わろうとする人々がボウルガードの背中を押す。ジェイゴはなおも説教をつづけながら、正義の怒りを煽っている。

通りに血が流れた。ボウルガードは押されて膝をついた。このまま倒れれば踏みつぶされてしまう。世界じゅうのさまざまな国でいままで生き延びてきながら、ついにはロンドンの名もない群衆に殺されるのか——

力強い手が彼の腕をつかみ、ぐいと立ちあがらせた。救い主はディオゲネス・クラブのヴァンパイア、ドレイヴォットだった。軍曹は無言だ。

「ここにもひとりいるぞ」赤毛の男がさけんだ。

ドレイヴォットの手がひらめいて男の歯を砕き、ボウルガードを人混みの中にひきずりこんだ。パンチをくりだすと同時に軍曹の上着がはためき、腋の下に吊ったホルスターと拳銃が見えた。

ボウルガードは礼を言おうとした。しかし喚声に消されてどんな声も届かない。そうこうするうちに、ドレイヴォットはいなくなってしまった。誰かの肘があごにあたった。ステッキで殴りかかりたい誘惑をぐっとこらえる。冷静でいなくては。これ以上人々を傷つけてはならない。

人波が割れ、髪と顔を血まみれにした人影が悲鳴をあげながらとびだし、つまずいて膝をついた。上着はぼろぼろで、口は裂け、不揃いな歯がぬっと突きだしている。ジェイゴに馬糞を投げつけたマーガトロイドだ。十字軍戦士たちがヴァンパイアの肩を捕らえ、ひとりが折れた旗竿の先端で咽喉から胸郭までを貫いた。槍が突き刺さると同時に、全員があとずさった。竿でのぼりの切れ端がはためいている。〝——に死を〟。木の杭は心臓までは届いていない。傷つけはしたが、殺してはいない。ヴァンパイアは竿を握りしめ、うめき、血をしたたらせながら、自分の胸から杭を引き抜きはじめた。

通りの向こうはセント・ジェイムズ宮殿だ。高所から見物しようと、野次馬が柵によじのぼっている。てっぺんでいかにも目的ありげに仁王立ちになっているのは、ドレイヴォットだ。足にしがみつこうとする者を片端から蹴り落としている。

傷ついたマーガトロイドは泣き女《バンシー》（アイルランド・スコットランドの妖精で、家に死人があるとき大声で泣いて予告するという）の悲鳴をあげながら、マネキン人形のように群衆を押しのけて走り去った。ありがたいことにボウルガードは、その元洒落者の通り道からはずれた場所にいた。ジェイゴはいまや血を求めてさけんでいる。非難を向けられた当の生き物より、ジェイゴ自身のほうがよほどヴァンパイアじみている。説教師は宙に腕をふりあげ、宮殿と、柵の背後にならぶ白い顔に向かってこぶしを突きつけている。そのとき、わき返る人声にまぎれて、聞きちがえようのない銃声がとどろいた。ジェイゴの襟に赤いカーネーションが咲き、彼は馬車から群衆の中に落下した。

誰かがジェイゴを狙撃したのだ。柵のほうをふり返ると、ドレイヴォットの姿がなくなっていた。ジェイゴの胸は真っ赤に染まっている。取り巻きたちがぼろ布で前後から傷口を押さえている。弾丸はたいした損傷を与えることなく、貫通したらしい。

「わたしは静めることのできぬ声である」ジェイゴがさけんだ。「わたしは死することなき正義である」

群衆はどっと公園になだれこむと、蜘蛛の子を散らすようにばらばらになって、近衛騎兵隊練兵場《ホース・ガーズ・パレード》とバードケイジ・ウォークのほうに去っていった。やっと息がつけるようになった。そのとき空にむかって銃が放たれ、いたるところで乱闘がはじまった。太陽はいままさに沈もうとしている。

さっき見た光景がボウルガードの頭を悩ませていた。ドレイヴォットがジェイゴを撃ったと思ったのだが、ちがったのだろうか。十字軍戦士を殺すつもりで狙ったのなら、ジョン・ジェイゴは血ではなく脳髄をこぼして死を迎えていたはずだ。ディオゲネス・クラブは不器用な狙撃手を雇ったりはしないのだから。

ヴァンパイアの数が増えてきた。マーガトロイドたちは姿を消し、かわって警官の制服に身を包んだいかつい顔の新生者《ニューボーン》たちがあらわれた。巨大な黒馬にまたがったカルパティア将校がひとり、血濡れた軍刀をふりまわして群衆を蹴散らしている。肩を切り裂かれた温血者《ウォーム》の女が赤ん坊をしっかり抱きしめたまま、うなだれて走り去った。十字軍戦士のつかのまの優位は失われつつあった。まもなく総崩れになって敗走するだろう。

もう、ジェイゴの姿もドレイヴォットの姿も見えない。かたわらを通りすぎる馬が、ボウルガードを突き倒した。立ちあがると時計が壊れていた。だがどうということはない。午後は終わったのだ。ペネロピももう待ってはいないだろう。

「死者どもに死を」

誰かがさけんだ。

# 33 闇の口づけ

群衆が立ち去ったあと、通りに残って血を流している者は驚くほど少なかった。〈血の日曜日〉と比べると、ほんのささやかな小競り合いにすぎなかったらしい。サー・チャールズにひっぱりだされてきてはみたものの、ゴダルミングの見たところ、セント・ジェイムズ・パークは暴動があったとは思えない静けさに包まれていた。同行の頑固なスコットランド人、マッケンジー警部が、警視総監のために道をあけさせている。日没直後の血湧き肉躍るこの時間、サー・チャールズはさながら別人だった。切り裂きジャックを逮捕できない無能な部下に苦悩する打ちひしがれた官僚は姿を消し、戦火のもとで即断即決を敢行する司令官がよみがえったのだ。

「彼らは英国人男女だ、血に飢えたホッテントット（アフリカ南部の遊牧民族コイコイ人の旧称）ではない」マッケンジーがつぶやいた。

事件の発端は、十字軍が議会に請願を出そうと無届け集会をおこなったことだった。彼らは、同意なく他者の血を飲む者は死罪にすべしと訴えた。さまざまなヴァンパイアが十字軍にからみ、ついには暴力沙汰となった。ジョン・ジェイゴを狙撃した者の正体はわからないままだが、幸い大事にいたらず、彼はいま警察病院で手当てを受けている。有力なコネをもつ何人もの新生者《ニューボーン》が温血者《ウォーム》の群衆に襲われたと訴えを出し、リオンクールというマーガトロイドは、最上等のスーツに折れた旗竿で穴をあけられたと憤慨していた。

カルパティア近衛隊司令官ヨルガ将軍は、奮戦中を発見された。いま、サー・チャールズとゴダルミングにならんで、騒動のあとを調べているヨルガは、胴鎧をつけ黒い長マントをなびかせて、自分の領地を視察するかのように闊歩している。彼につき従う若々しい外見のルリタニア人ヘンツォ伯ルパートは、レイピアの名手であると同時におべっか使いの名人としても有名だが、いまは金モールのついた軍服のことしか頭にないようだ。サー・チャールズがいかめしい微笑を浮かべてお褒めの言葉をくだされた。ゴダルミングやヨルガを自分の部隊と勘違いしているらしい。

「本日われわれは非常に意義深い勝利をおさめた。ひとりの死者もなく敵を敗走させたのだからな」

実際には事件の発生と終息があまりにも突発的だったため、事態発展の余地がなかったというにすぎない。ヨルガは馬を駆っていくらかの被害を与えたが、ヘンツォとその仲間は間に合って現場に到着することすらできず、おかげで乱闘は虐殺にまでいたらずにすんだ。

「首謀者を発見し、串刺しにせねばならぬ」とヨルガ。「その家族も同様だ」

「英国ではそのようなやり方はせんのだ」軽率にもサー・チャールズが答えた。

カルパティア人の目が激しい怒りをこめて妖しくきらめく。ヨルガ将軍にとって、ここはもはや英国ではなく、どこかバルカンの山間《やまあい》の王国なのだ。

「ジェイゴは非合法集会と煽動の罪で起訴されることになる」とサー・チャールズ。「同志のならず者どもは、数年間ダートムーアで岩でも掘らせるか」

「ジェイゴはデヴィルズ・ダイクに送りこまなくてはなりません」ゴダルミングは口をはさんだ。

「もちろんだとも」

デヴィルズ・ダイクは、原住民の戦争捕虜を利用し、かつ軍に援助を与えないよう一般市民を一個所に隔離するために考案されたシステムを流用したもので、サー・チャールズの発明品と言ってもよい。この収容所生活に比べれば、いわゆる懲役刑なるものも、ブライトンの遊歩道に吹くそよ風のようなものにすぎないという。

「騒動のきっかけとなった男はいかがいたしましょうか」マッケンジーがたずねた。

「ジェイゴか。いま言ったではないか」

「いえ、自分が言っておりますのは、銃撃した馬鹿者のことでして」

「勲章でもやるのだな」ヘンツォが言った。「それから、狙いをはずした罰として両耳を切り落としてやるがいい」

「もちろんその男は見つけなくてはならん」サー・チャールズが答える。「われわれは殉教者を首にぶらさげたりはせんのだからな」

「われらの名誉が汚されたのだ」とヨルガ。「報復だ」

将軍に比べればサー・チャールズでさえ気が長いと言えるだろう。ゴダルミングは長生者《エルダー》の低能ぶりに驚いた。長く生きているからといって、知性もそれに見合って成長するわけではないらしい。ルスヴンがプリンス・コンソートの取り巻きたちを侮蔑的な言葉で評したのももっともだ。ヨルガは太鼓腹で、顔には化粧をしている。かつてゴダルミングはほんの一瞬だが、一度だけ、ドラキュラ公の怒り狂った尊顔を拝したことがある。それ以来彼は、カルパティア人も全員その頭首に等しい偉大さと獰猛さを備えているものと思いこみ、過大な尊敬の念を寄せてきた。愚かだった。ヨルガのような野蛮人やヘンツォのような若造は、いくらドラキュラを真似ようと、偉大なる実物の面影を宿しただけのコピーにしかなれず、ソーホーをうろついている低俗なマーガトロイドどももと本質的に変わるところはないのだ。

突っ立ったままマッケンジーにそれぞれ勝手な指示を与えている警視総監と将軍に後始末をまかせ、ゴダルミングはその場を去った。バッキンガム宮殿の前を通りながら、帽子に手をあてて門衛に立つカルパティア人に挨拶をする。旗がひるがえっているのは女王陛下と王婿殿下が宮殿にいるしるしだ。プリンス・コンソートは一度でもルーシー・ウェステンラのことを考えたことがあるだろうか。

ヴィクトリア駅側の端に、哀れな十字軍戦士たちをつめこんだ荷馬車が数台、停まっていた。規模から言えば、今夜の出来事はまさしく三流の暴動にすぎなかったのだ。

口笛を吹くと、赤い渇きが咽喉の奥をちくちく刺激する。若く金持のヴァンパイアであることはすばらしい。ロンドンのすべては、ドラキュラでもルスヴンでもなく、彼、ゴダルミングのものなのだ。なるほど彼らは長生者《エルダー》だが、実際にはそれが仇となる。いかにあがこうと、彼らはこの時代に属することができない。彼らは歴史上の人物であり、ゴダルミングはこの時代の人間なのだ。

転化してしばらく、ゴダルミングは絶え間ない恐怖にさいなまれていた。いつプリンス・コンソートがやってきて、ヴァン・ヘルシングやジョナサン・ハーカーと同じ運命をもたらすかと、びくびくしていた。だがいまは、自分はもう許されたのだと考えている。たしかに彼はルーシー・ウェステンラを滅ぼしたが、ドラキュラにはもっと大切な、追いかけなくてはならない温血者《ウォーム》の女がいたのだ。たわむれにつくりだした英国最初の子《ゲット》を処分してくれてありがとうと、礼を言われても驚きはしない。忠実なる首相に手をひかれてウェストミンスター寺院の身廊を進んでくる輝かしいヴィクトリアを、花嫁付き添い人となった不死者《アン＝デッド》のルーシーが赤い目でにらみつけているさまなど、ドラキュラも見たくはなかっただろう。昨年のヴィクトリア女王在位五十周年記念祝典は、あの結婚式によって最高潮に達した。変化に揺れ動き崩壊寸前に陥っていたこの国は、ウィンザー未亡人とワラキア公の結びつきによりひとつにまとまったのだ。

明日の午前二時にはダウニング・ストリートに出向かなくてはならない。いまでは夜が執務時間だ。それから夜明け前にはカフェ・ロワイヤルにいき、レディ・アデリン・デュケインが名高いエリザベート・バートリー伯爵夫人を迎えて催す歓迎パーティに出席する。バートリー家はドラキュラ家の遠縁にあたるため、レディ・アデリンはなんとか伯爵夫人にとりいろうと懸命だ。ルスヴンはエリザベートを〝優雅にしておぞましい野良猫〟、レディ・アデリンを〝一世代のあいだ沼に沈んでいたしなびた骸骨〟と評しながらも、ゴダルミングには、重要な話し合いがおこなわれるかもしれないから必ず出席するようにと命じている。

いまから六時間は自由だ。赤い渇きが切実さを増した。飢えを募らせ、食欲を駆り立てるのもいいだろう。

カドガン・スクエアの町邸にもどって夜会服に着替えたら、すぐにも羽目をはずしに出かけよう。狩りは好きだ。何人かの候補者をあげてみる。今夜はそのご婦人のひとりを獲物としよう。

牙が鋭く下唇にあたった。狩りのことを考えるだけで気分が高揚し、お馴染みの肉体変化が起こる。同時に味覚がさらに鋭く多様になる。歯が大きくなったため、口笛がうまく吹けない。『バーバラ・アレン』(スコットランド民謡)を吹いてみたが、この奇妙な新しい旋律では誰にもそうとはわからないだろう。

カドガン・スクエアでひとりの女が近づいてきた。犬のように紐でつないだふたりの少女を連れている。子供からは温かな血の匂いがした。女が手をさしのべた。

「ご親切な旦那さま、お慈悲でございます――」

ゴダルミングはぞっとした。いやしくも自分の子の血を売るとは。この女は以前見たときも、物慣れない新生者《ニューボーン》相手に薄汚い浮浪児の咽喉を提供して小銭を稼いでいた。転化して一週間以上たったヴァンパイアなら、こんな子供の薄い血には見向きもしないのだが。

「立ち去れ、さもないと警官を呼ぶぞ」

女はすくみあがり、子供をひきずるように去っていった。少女たちがひかれながらふり返った。うつろな丸い目が濡れている。このふたりの血を絞りつくしたら、女はまた別の子供を見つけるのだろうか。片方の子供ははじめて見るような気がする。もしかするとあの女は母親などではなく、これは新しい形のおぞましいヒモ稼業なのかもしれない。ルスヴンに報告しよう。首相は子供の搾取問題にはひどく神経質なのだ。

帰宅すると、リングにあるホルムウッド本邸から連れてきた召使が出迎えて、帽子と外套を受けとった。

「ご婦人がおいでになりました。ミス・チャーチウォードとおっしゃる方です。客間でお待ちでいらっしゃいます」

「ペニーが？　いったいなんの用なんだ」

「わたくしには何もおっしゃいませんでした」

「わかった、ご苦労だった。あとはぼくが相手をする」

玄関に召使を残し、客間にはいった。ペネロピ・チャーチウォードは背もたれのかたい椅子にちんまりと腰かけて、小さな果物ナイフで古くなった埃っぽい林檎の皮を剝《む》こうとしていた——いまでは彼は、めったに訪れることのない温血者《ウォーム》の客のためにしか食べ物を用意していないのだ。

「ペニー、よくきてくれたね」

話している最中にも、剃刀のような歯がくちびるを傷つける。赤い渇きに圧倒されているときは言葉に気をつけなくてはならない。ペネロピは林檎とナイフをわきにやり、挨拶をしようと立ちあがって手をさしのべた。

「ごきげんよう、アーサー」

慎重にその手にくちびるをあてながら、一瞬にして彼は気づいた。今夜の彼女はどこかおかしい。ペネロピの彼に対する態度にはこれまでも常に何か含みがあったが、それがいまや全開した感がある。どうやら獲物のほうからやってきてくれたようだ。

「アーサー、あたくし——」

言葉は途切れたが、それだけで充分だった。襟がひらかれ、咽喉がむきだしになっている。白い肌に青い血管が浮かび、その脈拍までが見えるようだ。ほつれ毛がひと筋、首にかかっている。

考え抜いた末の決断なのだろう、彼女は落ち着いて抱擁に身をゆだね、くいと首をそらせた。ゴダルミングはその咽喉にくちびるを寄せた。最初に歯をあててそっと皮膚を貫く瞬間、たいていの獲物はうめきをあげる。ペネロピは従順に力を抜きながらも、声はたてなかった。きつく抱きしめると同時に、血がとくとくと流れこんできた。その交わりの中で、血だけではなく、彼女の心までがはいりこんでくる。彼は抑制した怒りを理解するとともに、彼女の思考の変遷を順序立ててたどっていった。

息をついた。すでに適量以上の血を飲んでいる。だがこの泉から口を離すことは困難だ。多くの新生者《ニューボーン》が最初の愛人を殺してしまうのも無理はない。ペネロピの血は最高だ。一点の汚れもなく、蜂蜜酒のように咽喉をすべり落ちていく。

彼女の手が頰にかかり、彼を押しのけた。泉は途絶え、気がつくと冷たい空気を吸っている。彼を拒むなんて、許される行為ではない。女をかかえあげ、長椅子に投げこんだ。うなりをあげて押さえつけ、襟をひらいた。肌着が裂けた。謝罪をつぶやきながらのしかかり、胸にくちびるをあてる。彼女の血が狂わせるのだ。噛み跡が点々と散り、執拗に責めたてるとその周囲に血がにじむ。抵抗はなかった。泡立つ血が口に流れこみ、目蓋の裏で紫色の太陽が燃える。温かな心の交流など存在しない。食事よりも、麻薬よりも、愛よりもすばらしい何か。いまこの瞬間ほど、生命のほとばしりを感じたことはない——

——気がつくと彼は、長椅子のわきに膝をつき、彼女の胸に顔を伏せて声もなく啜り泣いていた。数分間の記憶が燃えつきたように抜け落ちている。あごとシャツは血にとっぷりと染まり、血管には電気のような興奮が流れている。ペネロピの血をいっぱいに満たした心臓が焼けつくようだ。一瞬、意識が空白になった。彼女がゆっくりと身体を起こし、彼の頭をもちあげた。ゴダルミングはうつろな目でそれを見つめた。彼女の首にも胸にも、醜い紫色の傷が散っている。

ペネロピが静かに張りつめた微笑を向けた。

「それではこれが、みんなが大騒ぎしていることですのね」

そして彼女は、写真撮影の前に子供の姿勢を正す母親のように、彼を長椅子にすわらせた。ゴダルミングは口と頭の中で彼女の味を反芻しながら、導かれるまま腰をおろした。戦慄がおさまってきた。彼女はかすかないらだちを見せて、ハンカチで傷口をぬぐっている。それから上着のボタンをかけて破れた肌着を隠し、くずれた髪を整えようといじりまわした。

「それじゃ、アーサー。あなたは満足なさったでしょうから——」

彼は口がきけなかった。飽食し、マングースを消化している蛇のように無力だった。

「——今度はあたくしが満足させていただく番ですわ」

果物ナイフが彼女の手の中できらめく。

「とっても簡単なことだと聞いていますわ。いい子だからおとなしくして、騒がないでちょうだいね」

ナイフが咽喉にあてられ、すっと動いた。鋭い金属が丈夫な皮膚を切り裂いたが、痛みはなかった。銀の刃ではない。傷口はときをおかずにふさがるだろう。

「ああ」

ペネロピが声をあげ、嫌悪をのみこんで、みずからつけた傷に小さな口を押しあてた。ゴダルミングは衝撃とともに彼女の意図を理解した。舌で傷口を押しひらきながら、彼女は血をすすった。

# 34　打ち明け話

「上の部屋でお休みになってなきゃいけませんよ」アムワースが命じた。「すぐによくおなりですからね」

「なぜよくならなくてはならないの」ジュヌヴィエーヴは反問した。「ぴょんぴょん蛙がもどってきて、今度こそとどめをさしてくれるだけだわ」

「そんなこと、わかりゃしませんよ」

「わたしにはわかるわ。理由はわからないけれど、あいつがわたしを滅ぼそうとしていることはわかるの。わたしは中国に行ったことがあるのですもの。あの連中は決して自分からは諦めないのよ。理を説いてもだめ、とめることもできない。いっそ通りに立って、あいつが襲ってくるのを待ったほうがいいのかもしれないわ。そうすれば少なくとも、誰にも迷惑をかけなくてすむもの」

アムワースはじれったそうに言葉をつづけた。

「昨日はあいつに傷を負わせたじゃありませんか」

「そしてわたしはもっとひどい怪我をしたわ」

その傷もまだ全快したわけではない。気がつくとしじゅう、一度折れて継ぎなおした首の無事をたしかめるように、ぐるりと頭をまわしている。いまのところはつながっているが、つぎの瞬間にはちぎれて落ちるかもしれない。

ジュヌヴィエーヴは臨時診療所になった講義室を見まわした。

「中国人のお客はいない？」

看護婦は首をふって新生者《ニューボーン》の少女の胸に聴診器をあてた。ジュヌヴィエーヴは一瞬リリーだと思い、それから気づいた。レベッカ・コズミンスキーだ。

「敵はいろいろつくったけれど、いったいその誰が相手なのかしらね」

あの中国人ヴァンパイアは誰かに雇われたのだ。東洋ではいたるところであの手の生き物が暗殺者として使われている。

「いつか教えてもらえればいいのだけれど。理由も知らせずわたしの首を切り落としたって、しかたがないでしょうに」

「おやめなさいまし」アムワースが叱った。「お嬢ちゃんがこわがってるじゃありませんか」

悪いことをした。看護婦の言うとおりだ。レベッカは考え深そうな顔をつくっているが、両眼が針の先ほどに縮んでいる。

「ごめんなさい、レベッカ。馬鹿だったわね、つくり話なんかして」

レベッカは微笑した。あと四、五年もすれば、見え透いた嘘など通用しなくなるだろう。だがいまのところ、彼女はまだ中身も子供だった。

現在ジュヌヴィエーヴは療養中ということで、仕事の割り当てをはずされている。しばらく手持ち無沙汰に診療所を歩きまわってから、廊下に出た。

所長室には鍵がかかっていて、モンタギュー・ドルーイットが部屋の前をうろうろしていた。ジュヌヴィエーヴは挨拶をした。

「ドクター・セワードはどちら？」

ドルーイットは話もしたくないといった顔で、さもいやそうに言葉を押しだした。

「どこかへお出かけです、行き先も告げずに。困ったことです」

「わたしでお役に立てないかしら。よく所長のお手伝いもしているのだけれど」

ドルーイットはくちびるを結んだまま、首をふった。温血者《ウォーム》の問題だと言いたいのだろう。いったいこの男は何を望んでいるのだろう。彼もまた、ホールに出入りする枯死寸前の魂のひとりだ。ジュヌヴィエーヴには、彼と力をあわせて働くことはおろか、彼の役に立つことさえできそうにない。

ドルーイットを廊下に残したまま、ぶらぶら玄関ホールに向かうと、温血者《ウォーム》の看護婦が冷酷に仮病患者の群を霧の中に追い返していた。いっぽうで、明らかに瀕死の重症を負った者たちは温かく迎え入れられている。

ドクター・セワードは近頃よく留守にする。きっといまだ癒されぬ悲嘆をかかえているのだろう。ほかの誰もと同じように。骨折の苦痛にさいなまれているときも、ジュヌヴィエーヴはパメラ・ボウルガードの死を心から締めだすことができなかった。誰もが誰かを失っている。彼女自身も数百年にわたって多くの人を失ってきた。だがチャールズの中では、その喪失がいまも火のように燃えているのだ。

「ミス・デュドネですね」

新生者《ニューボーン》の女がはいってきた。高価ではないがよい身なりをしている。

「わたしをおぼえていらっしゃいますか。ケイト・リードです」

「ミス・リード。ジャーナリストだったかしら」

「そうです。〈セントラル・ニュース・エイジェンシー〉に属しています」

女が握手を求めて手をさしだし、ジュヌヴィエーヴはためらいがちにそれに応じた。

「なんのご用でしょう、ミス・リード」

新生者《ニューボーン》が手を離した。

「あなたとお話がしたかったんです。昨夜のことで。中国人と、蝶の」

ジュヌヴィエーヴは肩をすくめた。

「何も新しいことはお話しできないと思います。あれは長生者《エルダー》でした。蝶はきっと、あの血統に特有のものでしょう。ドイツのノスフェラトゥの中には同じように鼠を使う者がいますし、カルパティア人が狼をペットにしていることも有名です」

「なぜあなただけが狙われたのでしょう」

「わたしにもわかりません。わたくしはずっと何ひとつ非難されることなく善行のみをおこなってまいりましたし、はからずも出会ったすべての方から愛されてきました。心の中にわたくしへの敵意を育《はぐく》んできた方がいらっしゃるなんて、想像もできませんわ」

ミス・リードは皮肉に気づいた様子もない。

「あなたが襲われたのは、ホワイトチャペル殺人事件に関わっているためだとは思われませんか」

それは新しい見解だ。ジュヌヴィエーヴは一瞬考えこんだ。

「それはどうでしょう。何をお聞きになったか知りませんが、わたしは捜査の中でさして重要な役割を果たしているわけではありません。警察から、殺人事件がこの界隈にどのような影響を与えるかというようなお話はありましたけれども、ほかには――」

「でもあなたはチャールズに――ミスタ・ボウルガ―ドに協力していらっしゃるんでしょう？　昨夜も――」

「あの方からもとりたてて何もうかがってはいません。むしろあの方には、長生者《エルダー》の気をそらしてくださったことで、わたしのほうが感謝しなくてはならないと思っています」

ミス・リードは必死で何かをさぐりだそうとしている。だがその関心は切り裂き魔よりもむしろチャールズのほうに向けられている。

「ミスタ・ボウルガードはこの捜査にどのように関わっているのでしょう」

「それは直接あの方にお聞きになったら?」

「彼が見つかったらそうします」

「わたしならここにいるよ、ケイト」チャールズの声が言った。

チャールズは数分前からこの玄関ホールにいたらしい。だがじっと隅に立っていたためジュヌヴィエーヴも気づかなかったのだ。ミス・リードはすっと目を細くし、くもり眼鏡をかけた。彼女の顔は新生者《ニューボーン》の例に漏れず蒼白だが、いまはその頬にかすかな赤みがさしているのではないだろうか。

「あら、チャールズ、ごきげんよう」ミス・リードが言った。

「怪我のお見舞いにと思ったのですが。もうずいぶんよくなったようですね」

チャールズがジュヌヴィエーヴに向かって一礼し、ミス・リードの執拗な質問を終わらせた。

「お手間をとらせました、ミス・デュドネ。お客さまのようですからこれで失礼します。ごきげんよう、チャールズ」

新生者《ニューボーン》はすみやかに夜の中に姿を消した。

「いまのひと幕はなんだったのですか」

肩をすくめると、首が痛い。

「わたしにもわからないわ。チャールズ、あなたはミス・リードとお親しいの?」

「ケイトはわたしの——ペネロピの友人です」

チャールズは婚約者の名前をあげてから——ヴェールにおおわれた顔と敵意を隠した目が浮かんでくる——顔を伏せて首をふった。

「たぶんペネロピと話したのでしょう。わたし自身で話しておければよかったのですが」

好奇心がむくむくと頭をもたげた。本来なら立ち入るべきことではないが、つい悪い癖が出てしまう。

「今日の午後、ミス・チャーチウォードを訪問なさることになっていたのではなかったかしら」

チャールズは曖昧な微笑を浮かべた。

「たしかにそんな話でしたが、いろいろと事情が。セント・ジェイムズ・パークで騒ぎがあったのです」

気がつくとチャールズは彼女の手を握り、怪我をたしかめるように骨の形をさぐっている。

「失礼かもしれないけれどおたずねしていいかしら。あなたの家庭のご事情で、どうしても納得できないことがあるのだけれど」

「なんでしょう」チャールズは落ち着いている。

「ミス・チャーチウォード、つまりペネロピは、ミセス・ボウルガード、つまりあなたの前の奥さまパメラの、ご親戚なの?」

チャールズの顔はなんの反応も浮かべていない。

「姉妹かとも思ったのだけれど、ミスタ・ホルマン・ハントとミス・ウォーの先例があるもの。その場合、英国の法律ではあなたの婚約は近親相姦になってしまうでしょう?」

「ペネロピはパメラの従妹です。ふたりは同じ家で育ちました。姉妹のように、と言ってもいいでしょう」

「それではあなたは、前の奥さまの擬似姉妹と結婚なさるおつもりなの?」

彼は慎重に言葉を選んでいる。

「たしかにそのつもりでした」

「でもそんな関係は、いささか特殊なものだとお思いにならない?」

チャールズは手を離し、ことさらにさりげない顔で視線をそらした。

「たいして珍しいことでもないと思いますが――」

「チャールズ、あなたを困らせるつもりではないのだけれど、でも忘れないで――昨夜、馬車の中で――故意にではなかったけれど、わたしはあなたのパメラとペネロピに対する気持ちを、その、少しばかり理解したのよ——」

チャールズは吐息をついた。

「ジュヌヴィエーヴ、心配してくださるのはありがたいのですが、ほんとうにそんな必要はないのです。婚約のきっかけがなんだったにせよ、いまではもうなんの意味もなくなっているのですから。わたしのほうから何もしなくとも、ペネロピとの約束はたぶんなかったものになるでしょう」

「まあ、それはお気の毒に」

ジュヌヴィエーヴは彼の肩に手をおいて向きを変えさせ、両眼をのぞきこんだ。

「同情は結構です」

「ペネロピに対する昨夜のわたしの態度は軽率だったわ。少しばかり頭がおかしくなっていたのよ。ヒステリー状態で」

「瀕死の重傷だったのですから。あなたのせいではありません」誠意のこもった言葉だ。

「それでも、失礼だったことはたしかだわ。ほんとうに——」

「いいえ」チャールズの視線がまっすぐに彼女をとらえた。「あなたの言うとおりです。わたしはペネロピに対して誠実ではなかった。わたしが彼女に対して抱いている感情は、妻に対する夫のものではない。わたしは埋めることのできない空白を埋めようとして、彼女を利用しただけだったのです。彼女はわたしのそばになどいないほうがうまくやっていくでしょう。このごろのわたしは——なんと言えばいいか、腕をなくしたみたいな気持ちです。パメラなしでは自分が完全ではないような」

「ペネロピなしでは、でしょう?」

「パメラなんです。恐ろしいことだ」

「それで、これからどうなさるの？」

「とにかく彼女に会って清算してきます。きっと、わたしなどよりもずっといい結婚相手を見つけますよ。わたしのほうは、考えなくてはならない重要な問題がありますから」

「たとえば？」

「たとえば、ホワイトチャペル殺人鬼のこととか。それに、あなたの生命を救うために、何かできることはないかと考えているところです」

# 35　ダイナマイト・パーティ

「連中を見ろ」フォン・クラトカが荷馬車のほうにあごをしゃくった。「恐れおののいておるわ。痛快ではないか、え？」

フォン・クラトカはやたらと機嫌がいい。現場到着が遅すぎたため、カルパティア近衛隊はただ結果に満足するしかなかった。それでも勝利としては最高の形だったとコスタキは考える。損害はなく、戦利品のみ。騒動を起こした連中はすでに警官がとりおさえ、監禁している。

すぐそばに停めた荷馬車の格子のような横木のあいだから、ずらりと不安そうな顔がのぞいている。この馬車に乗せられているのは女だけで、ほほ全員が白いぞろりとした衣装をまとい、胸に赤十字をつけている。

「キリスト教十字軍戦士か！　愚か者どもが！」フォン・クラトカが嘲笑った。

「われらもかつてはキリスト教徒だった」コスタキはたしなめた。「ドラキュラ公に従ってトルコに攻め入ったときはな」

「昔のことではないか、戦友。いまは新しい敵に立ち向かうべきときだぞ」

フォン・クラトカは荷馬車に歩み寄った。囚人たちが哀れっぽく泣きながらあとずさる。フォン・クラトカはにやりと歯をむき、鼻を鳴らした。数人の女が押し殺した悲鳴をあげると、フォン・クラトカは呵々と笑った。これのどこに名誉があるというのか。

コスタキはとびまわっている警官の中に知った顔を見つけ、声をかけた。

「やあ、スコットランド人、また会ったな」

マッケンジー警部が見張りとの会話を中断してふり返り、近づいてくるコスタキに気づいた。

「コスタキ大尉でしたか」と、帽子の縁に指をかけ、「お楽しみに間に合いませんでしたね」

フォン・クラトカは動物園の腕白小僧のように、荷馬車の横木の隙間に棒を突っこんでいる。ひとりの捕虜が気を失い、ほかの者たちが神とジョン・ジェイゴに救いを求めはじめた。

「お楽しみだと?」

マッケンジーは苦々しく鼻を鳴らした。

「あなた方はそうお考えになるんでしょう? 満足がいくほどの血は流れなかったかもしれませんがね。死者も出ませんでしたし」

「それはいつまでもつづかぬ。首謀者がいるはずだからな」

「なるほど、見せしめの処刑がおこなわれるのですね」

温血者《ウォーム》の警官の不快さと抑制された怒りが伝わってくる。いつまでもつづく同盟関係などありはしない。この男にとって、自分の義務と忠誠心を噛みあわせていくのは困難なことにちがいない。

「貴公は立派だな、警部」

スコットランド人は仰天した。

「だが気をつけたまえ」コスタキはつづけた。「いまは動乱の時代だ。安定した地位などないのだからな」

フォン・クラトカは荷馬車の中に手をのばし、いやがる少女の踵をくすぐっている。面白くてしかたがないらしい。彼はコスタキをふり返り、同意を求めるようににやりと笑った。

木陰からひとりのヴァンパイアが出てきた。コスタキはすぐさま敬礼した。居丈高に怒鳴ってばかりいる男だが、ヨルガ将軍は暴動鎮圧に間に合って駆けつけたのだ。いまもまたあの傲慢な悪魔ヘンツォを従えて、アウステルリッツの戦い（チェコスロバキアの町。一八〇五年ナポレオンがオーストリア・ロシア軍を破った）から凱旋してきたかのように悠々と歩きまわっている。ヨルガのあからさまなうなり声に、フォン・クラトカがはっと気づいて敬礼をした。ヨルガは生者であれ不死者《アン＝デッド》であれ軍隊につきものの、常に自分の偉大さを誇示したがる将校なのだ。お偉方に尻尾をふっていないときは、いつも部下に威張り散らしている。四百年のあいだドラキュラに永遠の忠誠を誓いながら、同時に串刺し公をその杭に突き刺してくれる者の登場をひそかに願ってきた。将軍はみずからをヴァンパイアの王と見なしているが、その意見に賛同する者はいない。公に比べると、彼の矮小さは疑うべくもなかった。

「本日、兵舎で祝賀会を催すぞ」ヨルガが言った。「近衛隊の勝利を祝ってな」

マッケンジーは帽子を目深におろして嫌悪の表情を隠したが、暴徒鎮圧の手柄を横どりされたことに抗議しようとはしなかった。

「フォン・クラトカ、温血者《ウォーム》の女を半分、兵舎に連れてくるがよい」

「承知いたしました」

捕虜たちが悲鳴をあげて祈りはじめた。フォン・クラトカはこれ見よがしに意地の悪い目で捕虜をひとりひとり検分しながら、これは歳をとっていて太りすぎだとか、これは痩せすぎて筋だらけだとか、品定めをはじめた。意見を求めて声をかけられたが、コスタキは聞こえないふりをした。

ヨルガとヘンツォはマントをなびかせて歩み去った。将軍は公の衣装を猿真似しているのだが、でっぷりとした身体にはまるで似合っていない。

「あの方はサー・チャールズ・ウォレンそっくりですね」マッケンジーが言った。「威張りくさって歩きまわり、命令を垂れ流すけれど、現場のことは何ひとつわかっておられない」

「将軍は愚か者よ。大尉より上の連中はほとんどがそうだ」

警官はくっくっと笑った。

「警部より偉い方々のほとんどと同じように、というわけですか」

「意見が一致したな」

フォン・クラトカが選別を終え、見張りに手伝わせて女たちを荷馬車からひきずりおろした。選ばれたのは若い娘ばかりだ。娘たちは身体を寄せあい、がたがたふるえている。肌寒い夜向きの衣装ではない。

「丸々としたいい殉教者になるぞ」フォン・クラトカがいちばんそばの娘の頬をつまんで言った。見張りが手錠と鎖を荷馬車からとりだし、選ばれた者たちをつなぎはじめた。フォン・クラトカはひとりの尻をぴしゃりとたたいて、陽気な悪魔のような笑い声をあげた。その娘が膝をついて倒れ、解放を求める祈りを唱える。フォン・クラトカはかがみこんで赤い舌を娘の耳に突っこんだ。娘の嫌悪の仕種が滑稽に見え、大尉は笑いの発作に襲われた。

「警部さん」ひとりの女がマッケンジーに訴えた。「あなたは温血者《ウォーム》なのでしょう、助けてください、わたしたちを――」

マッケンジーは気まずそうに横を向き、ふたたび暗がりに顔を隠した。

「すまぬ」コスタキは口をはさんだ。「だがどうしようもないのだ。アツォウ、女たちを兵舎に連れていけ。わたしもあとからいく」

フォン・クラトカは敬礼して、女たちをひき連れていった。群を率いながら、羊飼いの歌をうたっている。

近衛隊は宮殿の近くに駐屯しているのだ。

「貴公はこのような任務には向いていない」コスタキは警官に言った。

「向いている人間がいるとは思えませんが」

「それもそうだ」

荷馬車がごろごろと走り去った。囚人はロンドンじゅうの監獄にふりわけられ、最終的にはほとんどがタイバーンで串刺しにされるか、デヴィルズ・ダイクで重労働を課せられることになる。

あとにはコスタキとマッケンジーだけが残された。

「貴公もわれわれの仲間になりたまえ、スコットランド人」

「自然に反する生き物にですか」

「どちらが自然に反している？　生きることか、死ぬことか」

「ほかの者より長く生きることです」

「ほかの者より長く生きるとはかぎらぬ」

マッケンジーは肩をすくめ、パイプをとりだして煙草をつめた。

「われわれ――貴公とわたしにはいろいろな共通点がある」コスタキは言った。「われわれはともに故国を併《へい》呑《どん》された。貴公のスコットランドはイングランド女王に、わたしの祖国モルダヴィアはワラキア公に従っている。また、貴公は警官で、わたしは軍人だ」

マッケンジーはパイプに火をつけて煙を吸いこんだ。

「あなたは軍人であることとヴァンパイアであることと、どちらにより多くの自己を見出していますか」

コスタキは考えてみた。

「どうやらわたしは、自分は軍人であると考えたがっているようだ。貴公はどうなのだ、警官か、温血者《ウォーム》か」

「もちろん、生ある者です」パイプ皿がうなった。

「では貴公は、たとえばレストレイド警部などよりも、切り裂きジャックのほうに共感をおぼえるというのだな」

マッケンジーは吐息をついた。

「わかりましたよ、大尉。いいでしょう、わたしは生者であるよりも先に警官です」

「ならば繰り返そう。われわれの仲間になりたまえ。このような贈り物をヨルガやヘンツォのごとき自惚れ屋どもに独占させておいてよいわけはあるまい」

マッケンジーは考え、やがて答えた。

「申し訳ありませんが、やはりおことわりしましょう。いざ死ぬときになれば別の考え方をするかもしれませんが。でも主なる神はわたしたちをヴァンパイアとしておつくりにはならなかったのです」

「わたしはその逆だと信じているのだがな」

向こうのほうが騒がしくなった。男たちのさけびと女たちの悲鳴。鋼と鋼の打ち合い。何かの壊れる音。コスタキは走りだした。マッケンジーも負けじと追いすがる。騒音はフォン・クラトカが去った方角から聞こえてくる。マッケンジーが胸を押さえ、あえいだ。コスタキは彼を置き去りにして、わずか数秒でその距離を駆け抜けた。

茂みをかきわけていくと、乱闘が目にはいった。娘たちは解放され、フォン・クラトカは地面に倒れている。黒い上着にスカーフで顔を隠した五、六人の男が彼を押さえ、白い頭巾をかぶった男がきらめく短剣で胸部を切り裂いている。フォン・クラトカは大声をあげて抵抗している。十字軍の旗をくくりつけた棒が地面に刺さっている。覆面男のひとりがコスタキに拳銃を向けた。硝煙が見えたが銃弾などどうということはない。だがそのとき膝に激痛が走った。銀の弾丸で撃たれたのだ。

「さがっていろ、ヴァンパイアめ」拳銃をかまえた男がくぐもった声をあげた。

マッケンジーが追いついてきた。コスタキはさらにとびだそうとし、警官にひきとめられた。脚に感覚がない。弾丸が骨に食いこみ、毒しているのだ。

解放された女のひとりがフォン・クラトカの頭を蹴とばしたが、なんのダメージにもならない。ヴァンパイアの胸当てはすでにはずされている。彼の上に立ちはだかった男がさらに銀のナイフをひらめかせて、脈動する心臓をむきだしにした。仲間のひとりが蠟燭のようなものをわたし、男がそれをフォン・クラトカの胸郭に突き刺す。

「ジェイゴに捧げる！」十字軍戦士が布の覆面ごしにさけんだ。

黄燐マッチの炎がひらめき、十字軍戦士たちは作品を置き去りにして散り散りに逃げ去った。フォン・クラトカの周囲に血の池ができている。彼は胸をぐっと寄せあわせ、傷口をふさいだ。蠟燭が胸から突きだしたまま、シューシューと炎をあげている。

「ダイナマイトだ」マッケンジーがさけんだ。

エッエリン・フォン・クラトカは燃える導火線をつかもうとした。だが時すでに遅し。こぶしが炎におおいかぶさった瞬間、それは爆発した。白い閃光が夜を昼に変える。それから突風がうなりをあげてコスタキとマッケンジーをなぎ倒した。爆風にはフォン・クラトカの肉片や鎧や衣装の切れ端がまじっていた。

コスタキはよろよろと立ちあがり、真っ先に、轟音に襲われた耳を押さえているマッケンジーの無事を確認した。それから改めて、倒された同僚に向きなおった。フォン・クラトカの胸部は完全に吹き飛ばされていた。頭が炎をあげ、肉は急速に腐敗しつつある。その残骸からガスのような臭気が漂い、息が苦しくなった。

倒れた十字軍の旗に、焼け焦げた染みが点々と散っていた。

「ジェイゴ襲撃の報復か」コスタキはつぶやいた。

マッケンジーが耳鳴りを追い払おうと頭をふりながら、関心を寄せてきた。

「そうでしょうね。ダイナマイトは旧フェニアン党の得意芸ですし、ジェイゴのまわりにはアイルランド人が大勢います。しかし――」言葉が途切れた。

人々が駆けつけてきた。兵舎にいたカルパティア人たちが、急いだためか胸当ての留め金をかけちがえたまま、剣を抜き放っている。

「しかし、なんだ、スコットランド人」

マッケンジーは首をふった。

「口をきいた男、ダイナマイトをもっていた男ですが――」

「やつがどうした」

「あの男は間違いなくヴァンパイアでした」

# 36　オールド・ジェイゴ

「世の中には、ヴァンパイアですら恐れる人々がいるんですよ」ブリック・レーンを歩きながら、チャールズが言った。

「知っているわ」ジュヌヴィエーヴは答えた。

あの長生者《エルダー》は舌がまた生えのびるのを待つべく、霧の中に姿を消した。用意が整えばふたたび襲ってくるだろう。

「わたしはあらゆる地獄に住むあらゆる悪魔と顔馴染みなんですよ、ジュヌヴィエーヴ。要は、いかにして正しい悪魔を召喚するかですね」

いったいチャールズはなんの話をしているのだろう。

ここはロンドンでも最悪の貧民窟をなす、悪臭漂う狭苦しい一画だ。壁がもたれあうように傾いて、ときどき丸石の上に煉瓦の欠片が落ちてくる。そして角という角には凶悪な顔の新生者《ニューボーン》が群をなしているのだ。

「チャールズ、ここはオールド・ジェイゴではないの?」

肯定のうなずき。

チャールズは気が狂ったのだろうか。このような身なりで——つまり、ぼろでないものを着てここを歩くのは、〝強盗歓迎〟と看板をかかげて行進しているようなものだ。壊れた窓の背後には赤い目がきらめいているし、戸口には鼠のようなヒゲを生やした子供たちがうずくまって、大人による略奪の残りものをかすめとろうと待ちかまえている。奥にはいりこむにつれて、群がる人間の数が増えてきた。まるで禿鷹のようだ。ここは英国ではなく、どこかの密林なのかもしれない。邪悪な土地というものはない。人間が土地を邪悪にするのだ。暗闇で笑い声があがり、ジュヌヴィエーヴはとびあがった。チャールズがなだめ、あたりを見まわす。ステッキにもたれたそのさまは、ハンプトン・コートを散策しているかのように落ち着いている。

うずくまった生き物たちがひそむ中庭から、憎悪がひたひたと押し寄せてくる。ジェイゴは最悪のものたちの吹き溜まりだ。人間とは似ても似つかぬものに変貌してしまった新生者《ニューボーン》。あまりにも凶悪なため仲間社会からさえも追放された犯罪者。窓のひとつから十字軍の旗が垂れさがっているが、まさかあの十字は血で染めたものではないだろう。ジョン・ジェイゴは、警官もめったに踏みこまないこのあたりで伝道をおこなっている。あの牧師の本名を知る者はいない。

「何をさがしているの？」ジュヌヴィエーヴは息をひそめてたずねた。

「中国人です」

ふたたび心臓がとまりそうになった。

「いえ、あの中国人ではありません。たぶんこの地区にいる中国人なら誰でもいいのだろうと思うのですが」

ズボン吊りのほかは上半身裸のたくましい新生者《ニューボーン》が、壁ぎわの物陰から歩みでてふたりの前に立ちはだかり、チャールズを見おろした。にやりと笑うと黄色い牙がむきだしになる。腕には髑髏と蝙蝠の刺青がある。リズ・ストライドのときに急場を脱した腕前を思えば、チャールズもこのヴァンパイアひとりなら、銀の刃か弾丸で簡単に打ち負かせるだろう。しかし十人もの仲間が参戦してくれば、いつまでもつかわからない。あたりには、汚い親指の爪で歯をせせっているこうした連中が少なくとも十人はいる。

チャールズがメイフェアの軟弱者のように間延びのした気怠げな声をあげた。

「すまないが、きみ、もよりの阿片窟に案内してくれないか。汚いほどいい、わかるね？」

チャールズの手の中で何かが光った。コインだ。それはすぐさま無頼漢のこぶしへ、つづいて口の中へと消えた。男はシリング硬貨をふたつに嚙み折り、ぺっと吐きだした。それが地面に音をたてて落ちるよりもはやく、子供たちが争ってとびついてくる。男はチャールズの顔をのぞきこみ、手に入れたばかりのヴァンパイアの魅了の力をふるおうとした。ジュヌヴィエーヴがしだいにつのる居心地の悪さに耐えて一、二分たったころ、男がようやくうなり声をあげて向きを変えた。チャールズは試験に通ったのだ。男はアーチのひとつを示し、のろのろとあとずさった。

油じみた灰色の毛布を吊るしたそのアーチは、行き止まりの中庭に通じていた。間に合わせのカーテンがほっそりした手でひらかれ、香りの強い煙が漂いでてきた。地螢《つちぼたる》のような阿片煙管《キセル》が、しなびたいくつもの顔を照らしだす。首をかさぶたにおおわれ、視線をうつろにさまよわせた温血者《ウォーム》の船乗りがよろめきでてきた。給金をすべて夢の煙に費やしてしまったのだ。ブーツを履いたままジェイゴを出ることができれば、幸運と言わなくてはならないだろう。

「おあつらえ向きだ」チャールズが言った。

「何をしようとしているの？」ジュヌヴィエーヴはたずねた。

「蜘蛛の注意をひくために巣を揺すっているのですよ」

「すてきね」

中庭から、若い華奢な中国娘の新生者《ニューボーン》があらわれた。無頼漢たちすべてがこの娘に従っている。たいしたものだ。娘はゆったりした青いズボンを穿き、絹の上靴で汚れた丸石を踏んでいる。肌は上質の陶器のよう。きっちりと編んだ艶やかな黒髪が膝のあたりまで垂れさがっている。チャールズが頭をさげると、娘もそれに応え、歓迎するように両腕をひろげた。

「ディオゲネス・クラブのチャールズ・ボウルガードより、あなたの主人、奇妙な死の王にご挨拶を」

娘は無言だ。あたりをうろついていた連中は、ほかに面白いことをさがそうとこっそり立ち去ってしまったようだ。

「こちらのご婦人、ジュヌヴィエーヴ・デュドネがわたしの保護下にあることをお知らせしておきたく思いまして。今後は、彼女に向けた敵対行動はお慎みくださるようお願い申しあげる。あなたの主人とわたしのあいだに存在する友情の絆が断ち切られないかぎりは」

娘は瞬時思案し、はっきりと一度うなずいた。それからふたたび頭をさげ、カーテンの背後にひっこんだ。薄い毛布ごしに煙管の赤い光点が揺れ動いている。

「おそらくこれで大丈夫でしょう」

ジュヌヴィエーヴは首をふった。チャールズと東洋の新生者《ニューボーン》のあいだでいま何がやりとりされたのか、理解できなかった。

「わたしはいろいろと妙なところに友人をもっているのですよ」

彼らはふたりきりだった。子供たちまでもがどこかに消えてしまっている。奇妙な死の王の名が、通りからすべての人間を追い払ったのだ。

「それでチャールズ、わたしはあなたの保護下にあるの?」

彼は面白そうな表情を浮かべた。

「そういうことになりますね」

どう考えればいいのだろう。とりあえず安全になったような気はするが、かすかないらだちがあることも否めない。

「お礼を言うべきなのかしら」

「それもいいですね」

彼女は溜息をついた。

「つまり、これで一件落着というわけね。大軍同士の戦闘もなし、魔法による壊滅作戦もなし、英雄的な特攻攻撃もなしで」

「ささやかな外交だけ。いつだってそれがいちばんでしょう」

「そしてあなたの〝お友達〟はほんとうに、狩人が猟犬を呼び寄せるように、あの長生者《エルダー》を呼びもどすことができるのね？」

「間違いなく」

ふたりはジェイゴを出て、〝より安全な〟ホワイトチャペルに向かった。スラムでは、中庭に燃える地獄の燠火《おきび》のような火鉢が暗闇に赤っぽい微光を投げかけるばかりだった。ここでは、街灯がいつものようにシューシュー音をたてて燃えている。あそこに比べれば、ここでは霧にさえも親しみがわく。

「中国では、人の生命を救うとその人の全生涯に対して責任を負わなくてはならないのよ。チャールズ、あなた、本気でそんな重荷を引き受けるつもりなの？　わたしはずいぶん長く生きてきたし、これからもずっと生きていくつもりでいるのよ」

「きみならわたしの良心に必要以上の負担をかけたりしないと信じているのですが」

足をとめてチャールズを見つめた。とりすました顔の下に、面白がるような表情が見え隠れしている。

「あなたはいまのわたししか知らないでしょう。わたしは昔のままではないし、これからもいまのままではいられないわ。年月を重ねてもわたしたちの外見は変わらない、でも中身は――中身はまた別なのよ」

「それくらいの賭けがなんです」

あと一時間もすれば夜が明ける。疲れた。まだ本調子ではなく、本来なら外出などすべきではないのだ。首の痛みがひどくなってきた。アムワースの話では、順調に回復している証拠だというのだが。

「あの言葉は聞いたことがあるわ」

「どの言葉ですか」

「〝奇妙な死の王〟よ。めったに口にはされないけれど、犯罪者の秘密結社《トング》にそんな称号をもつ人がいたわ。芳しからぬ評判の」

「さっきも言ったように、彼は地獄の悪魔なのですよ。しかし約束は守る悪魔だ。義理はちゃんと果たしてくれるでしょう」

「彼があなたに義理を負っているということ？」

「そのとおり」

「ではあなたも彼に義理を負っているのね？」

チャールズは答えなかった。彼の心は空白で、鉄道の駅表示のイメージが浮かんでいるばかりだ。

「わざとやったわね」

「何を？」

「わざとベイジングストーク駅のことを考えていたでしょ」

チャールズは笑った。そして数瞬後には、彼女もそれにならった。

# 37　ダウニング・ストリート、閉ざされた扉のうしろで

ゴダルミングは約束の時間に遅れた。きっちりと包帯を巻いた傷が、転化して以来はじめての痛みに脈打っている。頭はペネロピのことでいっぱいだった。カドガン・スクエアに残してきた新生者《ニューボーン》のペネロピではなく、すでに存在しない温血者《ウォーム》としてのペネロピだ。馬車の中で、血統の継承についてぼんやりと考えた。驕心と疲労感に満たされて、闇の口づけのことを考えた。彼自身として、そしてペネロピとして、血は継承されていくのだ。

ダウニング・ストリートにつくと、すみやかに閣議室に通された。衝撃のあまり一瞬にして頭が冷えた。閣議室は人でいっぱいだった。ルスヴン卿との個人的な会談は、重要会議に変更されたのだ。ヨルガ将軍とサー・チャールズ・ウォレンがいる。内務大臣ヘンリー・マシューズと、ほかにも同じくらい著名なヴァンパイアが数名。それにサー・ダンヴァーズ・カルーがいつもの仏頂面で火のついていない葉巻を嚙んでいる。

「ゴダルミングか」ルスヴンが言った。「すわりたまえ。レディ・デュケインのことは気にせずともよい。今宵の残虐な事件について話しあっていたところだよ」

ゴダルミングはまごつきながら席についた。自分は第二幕を見逃したらしい。まずは状況判断からとりかからなくては。

「カルパティア近衛隊に対するおおいなる侮辱である。報復せねばならん」ヨルガが言った。

「まったく、まったく」

つぶやいたマシューズは、政府内でも有能と見なされることがなく、しばしば悪意をこめて〝フランス人ダンス教師〟などと呼ばれている男だ。

「しかしながら、現在のように微妙な情勢で自制を失うのは賢明ではありませんな」ヨルガが籠手をはめたこぶしをどんとふるい、テーブルにひびがはいった。

「われらが血は血でもって贖われねばならぬ！」

ルスヴンがカルパティア人のもたらした被害に嫌悪の視線を向けた。立派な細工がだいなしだ。

「犯罪者を処分もせぬまま野放しにしてはおかぬよ」首相が将軍をなだめた。

「まったくですな。犯人は二十四時間以内に逮捕されねばなりません」サー・チャールズが口をはさむ。

「この数ヶ月というもの、総監殿は切り裂きジャックの逮捕に関しても同じように宣言しておられますな」

マシューズが鼻を鳴らした。

内務大臣は以前、首都警察に新たに設置された犯罪捜査部の最終責任者を誰にするかという管轄問題で、警視総監と大口論をくりひろげたことがあった。はじめは両者ともに精力的な刑事たちを自分のものにしたがったが、近頃ではどちらもそれほど熱心ではなくなった。ホワイトチャペル殺人事件が未解決のいまは、なおさらだろう。

サー・チャールズが棘のある言葉に腹を立てた。

「内務大臣殿、ご承知のように、当件における警察の不手際は、もっぱらあなたが相応の予算割り当てを拒否なさったことにあり――」

「諸君」ルスヴンが静かに口をはさんだ。「それはいまの議題とは関係あるまい」

内務大臣と警視総監がうつむきながらにらみあう。ルスヴンはサー・チャールズに声をかけた。

「ウォレン。警官隊の動向を説明してくれたまえ。立場上、きみがいちばんそれにふさわしかろう」

ゴダルミングは懸命に耳を傾けた。これで事情がわかるだろう。

サー・チャールズは出廷した平巡査のようにノートに目を走らせ、咳払いをした。

「事件は真夜中ごろ、セント・ジェイムズ・パークで発生いたしました――」

「王宮から数百ヤードしか離れていないではないか！」マシューズが割りこんだ。

「――まさしく、バッキンガム宮殿のすぐそばと言ってもいい場所です。が、王室の方々にまったく危険はありませんでした。ひとりのカルパティア近衛将校が、暴動のさいに逮捕された反徒どもを連行しようとしておる最中でした」

「危険な犯罪者どもだな！」ヨルガが怒鳴る。

「憶測はお控えいただきたい。報告によって諸説ありますが、目撃者のひとりマッケンジー警部によると、囚人は〝怯えた若い娘の集団〟であったということです」

ヨルガがうなり声をあげた。

「一団の男がその将校エツェリン・フォン・クラトカを追いつめ、滅ぼしました。胸の悪くなるようなやり方ですな」

「正確にはどのようにですか」ゴダルミングは好奇心にかられてたずねた。

「胸に火をつけたダイナマイトを埋めこんだのだよ」ルスヴンが説明した。「少なくとも、新奇な方法ではあるな」

「ぶざまな話だ」とサー・チャールズ。

「アメリカ人ならば、いかにもカルパティア近衛隊らしいと言うところだろうよ」ルスヴンが評する。

ヨルガは爆発寸前だ。目のまわりが怒りのため赤くふくれあがっている。

「フォン・クラトカ大尉は勇敢に死んだのだ。英雄としてな」

「まあまあ、ヨルガ将軍」ルスヴンがなだめた。「軽いジョークにめくじら立てるものでもあるまい」

「犯人はどんなやつなのです」カルーがたずねた。

「覆面の男たちだそうです」マシューズが答える。「死体のそばに聖ジョージの十字架が残されていました。せんだっての、十字軍を解体したというサー・チャールズの報告は、明らかに間違いでしょうな」

「ジョン・ジェイゴ襲撃への報復と見なしている者もおるよ」ルスヴンが説明した。「誰かが町じゅうに小さな赤十字を描いているそうだ」

「マッケンジーの話では、フォン・クラトカ殺人犯はヴァンパイアだったということですぞ」とサー・チャールズ。

「くだらん」マシューズがさけぶ。「きさまら警官はみんなつるんでいるんだ。自分たちの失敗を嘘で糊塗せんとする」

「口を慎みたまえ、マシューズ」サー・チャールズが応じた。「わたしはただ、現場に居合わせた者の報告を繰り返しているだけだ。わたし個人としてはあなたに賛成ですよ。いやしくもヴァンパイアが、カルパティア近衛隊を傷つけるとは考えられん。われらが敬愛するプリンス・コンソートに手をあげるに等しい所業ではないか」

「さよう、そのとおりだ」とルスヴン。

「対策はどうなっているのだ」カルーのいつも不機嫌な顔は、怒りのため真っ黒に染まっている。

サー・チャールズが吐息をついた。

「午後の騒動ののち、拘束されていない十字軍指導者を逮捕するよう命じておきました」

「日の出までに首をさらさねばならぬ」

「ヨルガ将軍、われわれは法のもとで働いておるのですぞ。まず犯人の罪を裁かなくては」

ヨルガはいらだたしげに手をふった。

「まず全員を罰し、罪の有無は神の裁決にゆだねればよい」

サー・チャールズがつづけた。

「ジェイゴの信奉者どもが集まる教会や礼拝堂は把握しております。そのすべてに警官隊を向かわせました。十字軍も今夜で終わりです」

ルスヴンが警視総監をねぎらった。

「すばらしいぞ、ウォレン。わたしも大主教に、十字軍に異端宣告をくだすべく働きかけているところだ。彼らは教会の支援すら失うことになろうよ」

「そのような報復では生ぬるいわ」ヨルガがなおも主張する。「暴動騒ぎを根絶やしにするのだ。フォン・クラトカの死は百人の生命で贖わねばならぬ」

ルスヴンはしばらく考えてから、ふたたび会話の主導権を握った。

「議論はより重要な核心に近づいてきたようだな。今回の事件が起こらずとも、わたしは近々この会合をもつつもりでいた。今回の事件は独立したものではない。公表されてはおらぬが、一週間前、ラホール（パキスタン北東部の都市）を公式訪問中のサー・フランシス・ヴァーニーに爆弾を投げつけた者があった。幸いにも不発に終わったが、犯人は群衆の中に逃げこんだ。そして今朝はデヴィルズ・ダイクで組織的な暴動が起こった。これは鎮圧されたが、いまもなお数人の危険な煽動者がサセックス・ダウンズを逃亡中だ」

サー・チャールズは打ちひしがれている。スコットランド・ヤードと彼の体面は丸つぶれだ。

ルスヴンはさらにつづけた。

「キケロの言にあるがごとく、法も戦時には沈黙する《シレント・エニム・レジェス・インテル・アルマ》。人身保護法（一六七九年チャールズ二世の暴政に対して議会が制定した）は一時凍結しなくてはなるまいな。プリンス・コンソートはすでに護国卿の称号を受け、かつて女王陛下ご自身が担っておられた荷を負っておられる。ご自身の権力の拡張に反対はなさるまい。となれば、ここに集《つど》うわれらこそが大英帝国の全政府を構成することになる。われらは王の代行者なのだよ」

マシューズが抗議しようとして口をつぐんだ。サー・チャールズと同じく、新生者《ニューボーン》にすぎない彼はお情けでこの場においてもらっているのだ。彼らの席など、いつほかの長生者《エルダー》にゆずりわたされるかわかったものではない。もしくは、温血者《ウォーム》の道を完全に放棄した、新しい血統の不死者《アン＝デッド》に。ゴダルミングは自分がいかに権力のそば近くにいるかを認識した。いずれ、ルスヴンが自分をどうするつもりなのか、わかるときがくるだろう。

首相のそばでむっつりと沈黙を守っていたヴァンパイアが、リボンでくくった紙束をさしだした。たしか諜報部の者だ。

「ご苦労だった、ミスタ・クロフト」

ルスヴンはリボンをほどき、二本の指で紙を一枚引き抜くと、テーブルの反対側にいるサー・チャールズに投げてよこした。

「王室に対する陰謀を企てていると考えられる著名人のリストだよ。明日の日没までに逮捕したまえ」

サー・チャールズがくちびるを動かしながらリストを読み進める。紙がテーブルにおかれたので、ゴダルミングものぞきこんだ。

ほとんどの名前に見おぼえがあった。ジョージ・バーナード・ショー、W・T・ステッド、カニンガム＝グレアム、アニー・ベザント、テニスン卿。あとはたいした連中ではない。マリー・スパルタリ・スティルマン、アダム・アダマント、オリーヴ・シュライナー、アルフレッド・ウォーターハウス、エドワード・カーペンター、C・L・ドジスンなどだ。驚かされるものもあった。

「ギルバートですか」サー・チャールズがたずねた。「なぜです。彼はわれわれと同じヴァンパイアではありませんか」

「きみと同じ、と言いたいのだろうね。あの男は絶えずわれわれを風刺する。おかげでヴァンパイアの長生者《エルダー》を見て忍び笑いを漏らす輩が絶えぬ。望ましい事態ではないな」

ある種のヴァンパイアの代名詞として用いられる『ラディゴア』の登場人物、邪悪な準男爵の名がサー・ルスヴン・マーガトロイドであるのは、決して偶然ではないだろう。

今度はマシューーズがリストをながめ、首をふった。

「名前のあがっているヴァンパイアはギルバートだけではありませんな。うちの銀行家ソームズ・フォーサイトの名もある」

いまやルスヴンには軽薄な愚か者の片鱗もない。マーガトロイドのヴェルヴェットの手袋の内側で、秘められた鋼の爪が光る。

「反逆にヴァンパイアも温血者《ウォーム》もあるまい。このリストにある男女は全員、公正なる判断により、デヴィルズ・ダイクにおける地位を獲得したのだよ」

サー・チャールズが心配そうな声をあげた。

「デヴィルズ・ダイクはヴァンパイアの収容を念頭にいれておりませんが」

「ではロンドン塔を保持していたことに感謝しよう。あれをヴァンパイアの収容所に転用する。ヨルガ将軍、あなたの配下で、部下の扱いが厳格すぎることで譴責できそうな将校はいないかね」

ヨルガがにやりと笑い、ずらりと並んだ獣の牙をきらめかせた。

「いくらでもおるわ。やりすぎで名を馳せているとなると、オルロック伯かの」

「よろしい。ではオルロックをロンドン塔監守長に任命する」

「しかしあの男は狂った獣ではありませんか」マシューーズが反論した。「すでにロンドンの邸の半分で歓迎されざる存在となり、そもそもほとんど人の形をとどめておりませんぞ」

「まさしく適任ではないか」ルスヴンが評した。「これが政治手腕というものだよ、マシューズ。職と地位はいくらでもある。要はいかにして、ふさわしい人物をふさわしい職務に選ぶかだよ」

ミスタ・クロフトが何かメモをとっている。伯爵の任命についてだろうか、内務大臣の口出しのことだろうか。ゴダルミングも、ミスタ・クロフトのノートにだけは名を書かれたくないものだと思う。

「ではつぎの議題に移ろう。ウォレン、これはきみが提案した新しい昇進政策の草案だ」

サー・チャールズが書類を受けとって息をのんだ。

「以後、昇進はヴァンパイアのみに許される」ルスヴンが説明した。「文官武官を問わず、あらゆる部門における、これは原則となる。温血者《ウォーム》は転化するか、その地位にとどまるしかない。たいしたことではあるまい。だが忘れるなよ、ウォレン。昇進を許されるのはそれにふさわしいヴァンパイアのみだ。きみも家の大掃除をしておくことだな」

ルスヴンは内務大臣に向きなおって、別の書類をわたした。

「マシューズ、これは明晩議会通過予定の非常統治権条例の草案だ。昼間の世界は、これまでのような計画性のないやり方ではなく、より厳格に統治されねばならぬ。旅行・集会・商業は制限される。パブの営業は夜間のみ。いまこそ温血者《ウォーム》の願望に屈するのではなく、時計と暦をわれらの都合にあわせて改善しようではないか」

マシューズは苦虫を噛みつぶしたような顔をしている。サー・ダンヴァーズ・カルーが嬉しそうなうなり声をあげた。ルスヴンがマシューズを解任した場合、その後釜の最有力候補は彼というわけだ。

「事態は予想よりも急速に進展している」ルスヴンは室内の全員に向かって宣言した。「だがそれも悪くはあるまい。われらは決定した道を進まねばならぬのだ。いかなる抵抗に出会おうともな。夜は活気にあふれ、われらは世界を導く好機を手にしている。われらは東方より吹ききたる風。猛る嵐だ。われらの吹きすぎしのちには、穏やかに変貌した国が残ることになろう。ためらい手をとどめる者らは、激流に押し流されよう。わたしはプリンス・コンソートのごとく、大地に足を踏みしめて立つ。われらの帝国に月がのぼるとき、多くの者がまったき滅びを迎えるであろう。ミスタ・ダーウィンは正しかった。適者のみが生き残るのだ。われらこそが適者の中の適者であることを、いざ証明せん」

# 38 新生者《ニューボーン》

アートはペネロピをそのまま放りだしていった。急いで出かけなくてはならない理由を説明していたけれど、彼女はそのあいだも一種の恍惚状態にあってぼんやりとしていた。何か首相と関係したことだった。ものすごく大切な、緊急の用事。殿方の仕事――あたくしには関係ない。長いトンネルの向こう端から話しかけられているみたい。ものすごい風が彼に吹きつけて、その声をさらっていってしまう。そしてアートは去り、彼女はひとり残されて――

――彼女は転化しつつあった。こんなことは予期していなかった。転化はすばやく訪れると聞かされていたのに。抜歯のような一瞬の痛みがあって、それから蛹《さなぎ》に似た半睡状態がつづき、やがてヴァンパイアとなって覚醒するのではなかったのか。

全身で暴れまわるすさまじい苦痛。ふいに、熱い奔流とともに生理がはじまった。下着が濡れそぼつ。ケイトが忠告してくれていたのにすっかり忘れていた。こうした女の不都合に悩まされるのもこれで最後だ。そう考えてもいまこの瞬間はほとんど慰めにならない。ヴァンパイアの女には生理などないという。この憂鬱とも永遠におさらばだ。女としてのペネロピはこれで死んだ――

――アートに導かれて身を横たえ、そして彼の血をすすった長椅子の上で、クッションを腹に押しあてた。さっき、胃の中にあった食べ物をすべて、アートのペルシャ絨毯の上にぶちまけた。膀胱と腸に残っていたものはもう少し適切に処理できた。逃げだすように大急ぎで出かけるアートがわざわざ化粧室の場所を告げていった理由が納得できる。転化のあいだに肉体は余分なものをすべて放出するのだ。

身体の内側をえぐりとられたかのように、熱っぽい空虚感がある。新たに芽吹いてきた歯のためあごが痛み、鋭いエナメルがこすりあわされる。ヴァンパイアそのものとも言える大きな鋭い歯。ずっとこのままなのではない。怒りや情熱が燃えあがったときに、もしくはいまのように苦痛にさいなまれたときに、変化するのだ。新しい食餌形態に適応して、犬歯が牙になる。

なぜこんなものを選んだのだろう。まるで思いだせない。

片手が顔のそばにある。皮膚の下で血管と腱が虫のようにうごめいている。形を整えた爪は短剣のようなダイヤモンド形だ。こわい黒い毛まで何本か生えている。指が太くなったため、婚約指輪が皮膚に食いこむ。

精神を集中しなくては。

手がのたくるのをやめ、見慣れた形にもどった。舌でさぐると歯ももとの大きさにもどり、口じゅうに柵がめぐらされたような感覚も消えた。

仰向けになって、長椅子の端からだらりと頭をのけぞらした。部屋が逆さまに見える。アートの父親が等身大の肖像画の中で逆立ちしている。青い大壺が絨毯を敷いた天井からぶらさがり、白いパンパスグラスの葉が垂れさがっている。小壁《フリーズ》では、みごとに逆転した彫刻の花が帯状に部屋をとりまいている。副木《そえぎ》からはガス灯が下向きに突きだし、彩色した床に向かって青い炎を噴きおろしている。

炎が大きくなり、視野いっぱいにひろがった。脳髄で熱気が渦巻く。炎の中に抱きあった男女が見える。男はきっちりと夜会服をまとっているが、女は裸で血にまみれている。その顔はチャールズとパメラのものだ。それから従姉《いとこ》が彼女自身に、チャールズがアートに変わった。ふたりは炎をまとっている。幻は一瞬しかつづかず、すぐさま流れ溶け、顔も見わけられなくなった。ふたりが炎の中で入り混じり、髪をもつれあわせ、四つの目とふたつの口をもった顔をつくりあげる。合体した炎の顔がさらにふくれあがり、彼女を完全にのみこんだ。

「ペネロピよ、永遠に」子供のようにさけんだ。「長く生きるのよ、ペニー」

炎があたり一面で燃え――

――ぶるっとひとつ身ぶるいをして、一瞬のうちに目覚めが訪れた。衣服が敏感な皮膚を刺激するため、身体じゅうがちくちく痛い。

身を起こして長椅子に腰かけた。転化の記憶はすぐさま消え失せた。首と胸をさぐってみたが、アートがつけた傷はどこにもない。

部屋がさっきよりも明るく、隅の物陰までがはっきりと見える。視覚が変化したのだ。わずかな色の濃淡も識別できるし、嗅覚も鋭くなった。自分の排出物も嗅ぎ分けられるが、不快感はない。五感すべてが鋭敏になったようだ。舌が新しい味覚を求めている。ためしてみたい。

立ちあがり、靴下裸足のまま浴室にはいった。もちろん鏡はない。汚れた服を脱ぎ捨て、ペティコートを丸めて身体をこすった。全身を洗い清めた。以前の生においては全裸になることなどめったになかったのだが。これまでの自分が夢のようだ。彼女は新しく生まれ変わったのだ。猫のように清潔になり、満足して浴室を出た。衣服が必要だ。温血《ウォーム》者のときの衣装は無駄な血で汚れ、役に立たない。

廊下に出ると、部屋のひとつで気配が動いた。すぐさま気づき、舌で鋭い歯をさぐる。扉がひらき、痩せた顔がのぞいた。アートの召使は彼女の裸身に仰天して、あわててひっこみ、扉を閉めてしっかり錠をおろした。彼女は笑い声をあげ、両手を屈伸させながら、扉をこじあけてあの男をつかまえることができるだろうかと思案した。男の温かな血の匂いがする。

「フィ・フィ・フォ・フム」（『ジャックと豆の木』で人間の匂いを嗅ぎつけた鬼の台詞）つぶやく自分の声が頭の中にひびきわたった。

扉のひとつがアートの衣装部屋に通じていた。昼用の礼服が一式、彼のために用意してある。これまでのペネロピにとって、背が高いことは当惑の種でしかなかった。母は常々、背中を丸めずとも殿方を見おろすことのないよう、できるだけすわっていなさいと教えたものだ。だがいまはその長身が役に立つ。

アートのシャツを着てボタンをとめた。複雑なカラーとカフスもなんとか征服した。指が以前よりもよく動き、与えられた課題をすべて解決する。下着は無視してズボンを穿き、慣れないズボン吊りに苦労したあげく、どうにか肩にひっかけた。腰にぶらさがっているようなズボンをもちあげ、股下を合わせてズボン吊りを調節する。それからクラヴァットがあったので、大きすぎるカラーのまわりに結んだ。ヴェストと上着で完成だ。裸足のまま、転化した部屋にもどった。履いてきた靴が長椅子の下にころがっている。まだちゃんと履ける。なかなか異彩を放つ風体だ。婚約者氏だったらなんと言うだろう。

両手で髪をすきながら考える。もう少しましに見えるよう工夫したほうがいいだろうか。でもいまとなっては、はたからどう見えようとまるで気にならない。死んだペネロピなら驚きのあまり失神するだろう。しかし死んだペネロピはまったくの別人なのだ。

刺すような渇きがある。アートの血の味が口の中に残っている。昨夜は苦く塩辛く感じられたものが、いまは甘く芳醇に思える。あれが必要だ。どうすればいいだろう。どうすれば？

自分は事態をうまく処理できているのだろうか。しかし、ミセス・ビートン（イザベラ・メアリ・ビートン〔一八三六―六五〕が著した『家政読本』のこと。主に料理について書かれ、多くの女性が参考にした）を見なければお茶ひとつ満足にいれられないケイト・リードがヴァンパイアとしてうまくやっているというのに、彼女、征服者ペネロピがこの程度のことで音をあげるわけにはいかない。

玄関ホールに赤い絹の裏地を張った婦人用夜会マント《オペラクローク》があった。手ごろな重さだ。アートのシルクハットをかぶってみたが、耳まですべり落ちて前が見えなくなってしまう。帽子掛けの中でどうにかかぶれそうなものといえば、耳おおいのついたやわらかな格子縞の縁なし帽だけだ。これでは借用したほかの衣装と釣りあわない。でもしかたがない。どうにか髪の毛を巻きあげて帽子に押しこんだ。ヴァンパイアの若い娘の中には、男のような断髪にしている者もいる。それも考えておこう——

——外に出ると太陽がのぼりつつあった。はやく帰っておとなしくしていよう。たしか昼間は休んでいなくてはならないはずだ。太陽は新生者《ニューボーン》によくないとケイトが言っていた。不愉快で屈辱的ではあるけれど、ケイトをさがしだして予測のつかないさまざまな問題に忠告を求めたほうがいいだろうか。

邸の外には早朝の濃い霧が立ちこめている。昨日ならカドガン・スクエアの向こう端は見えなかった。だがいまはもっとはっきりものが見わけられる。もちろん、霧のないただの暗がりならさらに視力はあがるはずだ。それでも、太陽を隠している濃い雲を見あげれば目が痛い。彼女は帽子を目深にひきおろし、ひさしで顔を隠した。

「お嬢さん、お嬢さん」

霧をわけて、ふたりの小さな子供を連れた女が近づいてきた。

ふたたび渇きがこみあげてくる——赤い渇きと呼ばれるものだ。口がざらつき、歯がちりちりとうずく。温血者《ウォーム》の女として味わったどんな欲求とも比べ物にならない圧倒的な欲望。呼吸と同じ、自然のままの本能。

「お嬢さん——」

老女が手をひろげて、目の前に立った。みすぼらしいひさしつきのボンネットをかぶり、ぼろぼろのショールを巻いている。

「お渇きなんでしょう、お嬢さん」

女がにやりと笑った。歯はほとんど抜け落ち、息がくさい。二十種類もの汚物が嗅ぎわけられる。もしフェイギンに未亡人がいたとしたら、まさしくこんな女だろう。

「六ペンスでお好きなだけお飲みになれますよ。あたしの可愛い子供からね」

女が片方の布包みをかかえあげた。女の子だ。顔も髪の毛も汚れ、青ざめて、長いスカーフをミイラのように巻きつけている。女がスカーフをはずすと、いくつも嚙み傷のある細い首があらわれた。

「たったの六ペンスですよ、お嬢さん」

女は少女の首に爪を立ててかさぶたを剝がした。小さな血の玉がふくれあがる。子供は声もたてない。血の匂いが鼻孔をくすぐる。熱く、香り高く、刺すような匂い。ペネロピは渇いていた。

少女が手わたされ、一瞬その感触にたじろいだ。温血者《ウォーム》であったころ、ペネロピはさわられるのが、とりわけ子供にさわられるのが嫌いだった。パメラの死後、自分は決して男の欲望に屈しない、子供なんか生まないと誓ったことがある。やがてはそんな誓いも子供っぽいと思えるようにはなったが、結婚初夜のことを考えると心穏やかではいられなかった。だがそれと婚約は別だ。そしてアートとの行為は、単なる食餌でも、転化のためのきっかけでもなかった。あれには不愉快であると同時に刺激的な肉欲が含まれていた。いまとなればそれを受け入れることに反感はなく、喜びすらおぼえる。

「六ペンスです」

少女の首をじっと見つめていると、女が哀れっぽく促した。

アートとの吸血行為は不愉快だがやらなくてはならない仕事だった。彼に嚙みつかれたときは痛みと区別しがたい奇妙な戦慄があった。彼の血を吸うこともいとわしい義務にすぎなかった。だがこの欲求はちがう。転化によってペネロピの内部で何かが目覚めたのだ。ひらいた傷口に舌を押しあてた瞬間、古い自我は真の死を迎えた。そして血が口の中にあふれた瞬間、新生者《ニューボーン》としてのペネロピが覚醒した。

彼女はさまざまな都合を考えて、ヴァンパイアになることを選択した。チャールズがあの長生者《エルダー》の女といちゃついていたことで、そのあとやってきて納得のいく謝罪をしなかったことで、腹を立てていた。温血者《ウォーム》の女を正しく扱ってくれないチャールズも、彼女が転化すれば態度を変えるだろう――。だがもう、そんなことはどうでもいい。

ごくりと飲みこむと、血が全身にしみわたっていく。咽喉をすべり落ちるだけでなく、歯肉にはいりこみ、顔じゅうにひろがる。頬の中でふくらみ、耳の下で脈打ち、眼球を満たしていくようだ。

「さあさあ、お嬢さん。娘が死んじまいますよ。気をつけてくださいな」

女が子供をひったくろうとしたが、ペネロピはそれをふり払った。まだ足りない。子供の啜り泣きが耳にひびき、その弱々しげな声がさらに彼女を煽った。この少女はからからに飲みつくされることを望んでいる。ペネロピがその血を求めているのと同じくらい切実に――

ようやく満足した。子供の心臓はまだ動いている。子供を舗道におろすと、もうひとりの少女――姉妹だろうか――がすばやくその身体をくるみこんだ。

「一シリングです。一シリング分はお飲みになりましたよ」

ペネロピは因業婆《いんごうばばあ》に向かって非難の息を漏らし、牙のあいだから唾を吐いた。この女、腹から首まで引き裂いてやろうか。この爪ならそれくらいのことはできる。

「一シリングを」

女は頑固だ。ペネロピは親近感をおぼえた。彼女らはふたりともに、何よりもみずからの欲求を優先させて生きているのだ。

前ポケットに鎖つきの時計がはいっていた。それをヴェストからはずして投げてやった。業突張りの女はみごとに宙で代金を受けとめた。信じられないと言いたげにほくそえんでいる。

「ありがとうございます、お嬢さん。ありがとうございます。うちの娘のところにおいでのときは、いつでも歓迎いたしますですよ。いつでもね」

ペネロピは新たな活力をみなぎらせて、カドガン・スクエアに女を残し、霧の中に歩み去った。体内にかつてない力がわいて――

――霧の中でも道はわかる。チャーチウォード邸はすぐ近くのカヴァシャム・ストリートだ。歩いていると、目的地を知っているのはこの町で自分ひとりだけであるかのような気がしてくる。目を閉じていても家を見つけることができそうだ。

子供の血を飲んだためか頭がふらふらした。彼女は夕食時にワインを一杯たしなむのがせいぜいだったが、酒に酔うとはこういうものなのだろうか。昔、ペネロピとケイトともうひとりの少女とで、いまは亡き父が秘蔵していたワインを四本からにしたことがある。そのあと気分が悪くならなかったのはケイトだけで、彼女はそのことを腹立たしいほど自慢したものだ。これはあのときの状態と似ているが、胃袋がひっくり返るような不快感はない。

すれちがう人々が道をゆずる。異様な服装をじろじろ見る者も噂する者もない。男は自分たちだけで着心地のよい服を独占してきたのだ。アン・ボニーのような海賊気分。パムだってこれほどの高揚を味わったことはないに決まっている。自分はついに従姉を打ち負かした。

霧が薄れ、マントが肩に重く感じられはじめた。足をとめると目眩がした。さっきの少女が何か病気をもっていたのだろうか。酔っぱらった紳士のように街灯にもたれかかった。霧はまばらな糸のようだ。河からそよ風が吹いてくる。風の中にテームズの匂いが混じっている。早朝の霧が散るとともに、世界がぐるぐる回転しはじめた。空では非情な火の玉がふくれあがり、光の触手をのばしている。顔に手をあてると皮膚が燃えた。子供が光を集めて蟻を焼き殺すように、空中に巨大な虫眼鏡が吊りさげられ、陽光を彼女に集中させているみたいだ。

手が痛い。怒った海老のように真っ赤で、皮膚がおそろしくかゆい。一個所にひびがはいり、その裂け目から煙が渦を巻いて立ちのぼっている。彼女は街灯を押しのけ、マントをはためかせながら、揺れ動く大地の上を走った。空気が泥濘《ぬかるみ》のように足首にまとわりつく。咳をすると唾液に血がまじった。いま、飽食のつけがまわってきたのだ。

陽光がかっと街路に射しこみ、周囲のものすべてが骨のように白く色あせた。しっかり目を閉じていても脳の中で苦痛の光がはじける。安全なカヴァシャム・ストリートには永遠にたどりつくことができないのだろうか。つまずいて道に倒れ、しわくちゃになったアートのマントの下で女の形の塵となり、煙をあげるしかないのだろうか。

顔の皮膚が縮んで頭蓋骨に貼りついたみたいだ。新生者《ニューボーン》となった最初の日に陽光のもとに出るなんて、無謀な真似はすべきでなかった。ケイトが忠告していたのに。誰かが行く手をさえぎったので、それを押しのけた。まだ力は強く、動きは敏捷だ。走りながら身体をふたつに折った。陽光が背中に襲いかかり、幾枚もの衣服ごしに身体を焼く。くちびるがめくれあがり、かたくひび割れる。剃刀の林を踏んで進むかのように一歩一歩が苦痛をもたらす。こんなことは予想もしていなかった――

――帰巣本能に導かれて、目指す通りに、自宅の玄関にたどりついた。呼鈴紐をまさぐり、うしろざまに倒れないよう片足を靴ぬぐいにひっかけた。いますぐ涼しい屋内にいれてもらえなければ死んでしまう。扉にもたれかかり、手のひらをドンドンたたきつけた。

「お母さま、お母さま」うめき声は年老いた老婆のようだ。

扉がひらき、ミセス・ヨーヴィルの腕の中にくずれ落ちた。家政婦はそれがペネロピであることに気づかず、残酷な陽光の中に押しもどそうとした。

「お待ちなさい」母が言った。「ペニーだわ、ごらんなさい――」

ミセス・ヨーヴィルが目をむいた。ふたりの恐怖の中に、どんな鏡に映すよりもはっきりと、おのが姿が見てとれた。

「まあなんてことでしょう」家政婦が声をあげた。

母とミセス・ヨーヴィルはふたりがかりでペネロピをひきずりこみ、バタンと扉を閉ざした。ステンドグラスの明かり採りがまだ苦痛をもたらすが、最悪の光は締めだされた。ふたりの女がぐったりした身体を抱きかかえる。客間の入口に、誰かがもうひとり立っている。

「ペネロピですって？　なんということだ、ペネロピが！」チャールズだ。「転化したのですね、ミセス・チャーチウォード」

その瞬間、彼女はすべての事情を――これがすべてなんのためであったかを思いだし、説明しようとした。だが出てきたのはヒューヒューという息の音だけだった。

「話さなくてもいいの。もう大丈夫ですよ」母がなだめた。

「どこか暗いところに」チャールズが促す。

「地下室はどうでしょう」

「ええ、地下室に」

チャールズが階段の下の扉をあけ、女たちが彼女を父のワイン貯蔵庫へと運びこんだ。そこならば一点の光も射しこまない。全身がふいに冷気に包まれた。焼けるような感覚がおさまった。痛みが消えたわけではないが、いまにも爆発しそうな切迫感はなくなった。

「まあ、ペニー、かわいそうに」母がひたいに手をあてる。「まるで——」

言葉は途切れ、三人は彼女を冷たい清潔な板石に横たえた。ペネロピは身体を起こしてチャールズをののしろうとした。

「休みたまえ」

全員に押さえつけられ、目を閉じた。頭の中で闇が赤くふくれあがった。

# 39 地獄より――ドクター・セワードの日記《蠟管録音による》

十月十七日

メアリ・ケリーとの関係はつづいている。彼女はあまりにもルーシーに似ている。変貌してのちのルーシーに。わたしはケリーのために月末までの家賃を払ってやった。仕事の許すかぎり彼女のもとを訪れ、一種独特なあの体液の交換にふけっている。心乱すこともなくはないが、それらは極力頭から締めだしている。

昨日、自警団長ジョージ・ラスクがホールにやってきた。半分に切りとられた腎臓と、これは殺された女のものだと告げる〝地獄より〟と署名された手紙が届いたのだという。おそらくエドウズのことだろう。『残りの半分はフライにして食った。うまかった』。ラスクはこれを、誰かが冗談に仔牛か犬の腎臓を送ってきたのだろうと信じ、皮肉きわまりないことに、わたしのところにそのおぞましい品をもちこんだのだ。〝切り裂きジャック〟ジョークはひろく蔓延し、殺人に関する公開書状を〈タイムズ〉に載せて以来、ラスクも少なからぬ被害をこうむっていた。肩ごしにのぞきこむレストレイドとラスクの前で、わたしはその腎臓をつついてみた。それは明らかにアルコールに漬けた人間の内臓だった。わたしはラスクに、おそらくこれは医学生の悪戯だろうと言っておいた。バーツ（セント・バーソロミュー病院の愛称。ロンドン最古の慈善病院）にいた当時も、こうした虫酸が走るような子供じみた所業に夢中になる輩はいたものだ。わたしはハーレー・ストリートを通るたびに、逐電した上流医師の部屋の寝台で手足を切断した胴体が発見されたという、あの事件のことを思い出す。奇妙な話だが、その腎臓はほぼ確実にヴァンパイアのものと思われた。ヴァンパイアが真の死を迎えたのちに起こる液体腐敗がかなり進行していたからだ。だが、わたしが不死者《アン=デッド》の内臓にくわしい理由は問い質されずに終わった。

レストレイドが同意し、いささか不安がっていたラスクもそれで落ち着いた。レストレイドの話によると、目くらましの霧を起こして切り裂きジャックを守ろうとする愉快犯の団体があるのか、捜査はいつもこうした偽の手がかりによって暗礁にのりあげてしまうのだという。わたしは孤立無援だと思いこんでいたのだが、どうやらわたしにも味方をしてくれる未知の力があるらしい。それでもしばらくは鳴りをひそめていよう。"二重殺人《ダブル・イヴェント》"——いやな表現だ、あのいまいましい手紙の主がつけた名称だ——で神経をすり減らしたため、夜はしばし休業だ。やらねばならないことはわかっているのだが、あまりにも危険が大きい。警察が目を光らせている。ヴァンパイアはいたるところにいるのだから、誰かがあとを引き継いでくれればいいのに。ジョン・ジェイゴ襲撃の翌日、ソーホーでヴァンパイアの洒落者が殺された。心臓に杭を打ちこまれ、ひたいには十字架が刻まれていた。〈ペルメル・ガゼット〉の社説によると、ホワイトチャペル殺人鬼が西に移動したのだそうだ。

わたしはケリーから学びつつある。わたし自身について学びつつある。彼女は寝台に横たわったまま、もう売春はしていないわ、ほかの男ともつきあっていないわと甘い声で語る。嘘であると知りつつ、わたしは何も追及しない。わたしは桃色の肉をひらいて彼女の内に放出し、彼女はわたしの肉に歯をすべりこませてやさしく血をすする。わたしの身体にはいくつもの傷があり、レンフィールドがパーフリートで残した傷と同じく、うずきをもたらしている。だがわたしは転化はしない。弱くはならない。

金のことは気にしていない。ケリーのために使う金など何ほどのものでもない。トインビー・ホールにきて以来、わたしはまったく無給のうえ、自腹を切って大量の医薬品やその他の必需品を購入している。わたしの一族は金に困ったことがない。わが家は称号こそないが、財産だけはふんだんにあるのだ。

わたしはケリーにルーシーのことを語らせる。そしてその話に興奮する——もはやそれを認めることを恥じはしない。わたしはケリー自身に興味をもっているのではない。ルーシーのためにケリーを愛しているのだ。

ケリーの声が変わり、アイルランドのウェールズ訛と奇妙にとりすました言葉づかいが消えると、その話題も話しぶりも子《ゲット》の娼婦よりはるかに奔放だったルーシーその人が語っているような気がしてくる。わたしの記憶にあるルーシーは、いくらか軽薄でいつもつんと気取っていた。不可解で、かつ魅力的なあの娘と、わたしが首を切り離した悲鳴をあげる吸血鬼とのあいだに、ケリーを転化させた新生者《ニューボーン》がいる。ドラキュラの子《ゲット》が。ヒースにおける夜の出会いを語るたびに、ケリーの話はくわしくなっていく。記憶がよみがえってくるのか、それともわたしのために創作しているのだろうか。どちらでもいい。ときにルーシーは神秘と魅惑をこめてひそやかにケリーに近づき、闇の口づけの前に熱い抱擁を与える。またときには針のような歯で肉を切り裂き、獣のようにケリーを犯す。わたしたちはそのたびに、みずからの肉体でそれらの光景を再現する。

　わたしはもはや死んだ女たちの顔を記憶していない。浮かぶのはケリーの顔だけで、それも夜をすごすごとにルーシーのものになっていく。わたしはケリーに、昔ルーシーが着ていたような服を買ってやった。情をかわす前に彼女がいつも身につけるナイトガウンは、柩の中のルーシーの経帷子《きょうかたびら》によく似ている。ケリーは髪型もルーシーと同じものに変えた。期待していいのだろうか。まもなくケリーはルーシーになると。

# 40　ハンソム馬車の帰還

「もう一ヶ月になるのね、〝二重殺人〟から」ジュヌヴィエーヴが口を切った。「事件はもう終わったのかしら」

ボウルガードは首をふった。彼女の言葉が物思いを破る。頭の中はペネロピのことでいっぱいだった。

「いや。良いことはひとりでに終わるが、悪いことは終わらせなくては終わらないものだ」

「そうね、そのとおりだわ」

すでに日は沈み、ふたりはテン・ベルズにいた。これまでディオゲネス・クラブの命で訪れたさまざまな土地と同じく、彼はホワイトチャペルにもしっくり馴染んでいる。昼間は気が向けばチェルシーにもどって眠り、夜はイースト・エンドでジュヌヴィエーヴとともに切り裂きジャックを追ってすごす。が、まだ捕らえることはできていない。

誰もが緊張感を失いはじめていた。二週間前は通りを巡回して悪戯をしたり無実の人々を脅したりしていた自警団は、肩帯と棍棒をたずさえたまま、霧の中よりパブですごすほうが多くなった。一ヶ月のあいだ二交替制、三交替制をしいてきた警察も、徐々に通常の勤務形態にもどりつつある。切り裂き魔が出たからといって、この町のほかの場所での犯罪が減ったわけではない。事実、バッキンガム宮殿の目の前でおおっぴらな暴動が起こっているではないか。

昨夜、カウンターの奥に飾った王室一家の肖像画に、豚の血のはいったジョッキを投げつけた者があった。非愛国的な酔っぱらいは給仕のウッドブリッジによってつまみだされたが、壁と絵はまだ汚れたままだ。プリンス・コンソートの顔が真紅にゆがんでいる。

　十字軍騒動はさらなる波紋を呼び起こした。ジェイゴが獄舎につながれ、信奉者たちも逮捕されるか地下にもぐるかしたいま、運動は尻すぼみになって消えるだろうとスコットランド・ヤードは考えた。だが彼らは本物の十字軍殉教者のようにしぶとかった。町じゅうに細い赤十字が描かれ、キリスト教だけではなく英国の魂に訴えを送った。オルロック伯が就任した夜、ロンドン塔から鴉がいなくなったという噂がささやかれているのも、王国の崩壊と受けとめられた（「鴉がいなくなるとロンドン塔がくずれ、ロンドン塔を失うと英国が滅びる」という予言がある）。危急存亡の秋《とき》というものがあるならば、いまがそれかもしれない。また、ほそぼそながらアーサー王伝説がふたたび流行りはじめ、政府の禁圧はそれを鎮めるどころかかえって煽る結果になった。これまではもっぱら社会主義者、無政府主義者、新教徒らで占められていた反政府運動の主要人物の中に、いまではさまざまな英国人神秘主義者や異教徒の姿がまじっている。ルスヴン卿はテニスンの作品、とりわけ『国王牧歌』を禁止し、またブルワー＝リットンの『アーサー王』、ウィリアム・モリスの『グィネヴィアの弁明』など、古い無害な作品までをも禁書リストに指定した。布告がひとつ出るたびに、十九世紀がじわじわ十五世紀に逆行していく。ルスヴンは公務員全員に新しい制服の支給を約束した。それが結局、警官は革の胴着に紋章入りのタバードを羽織り、ぴったりしたズボンに昔風の兜というような、中世のお仕着せもどきになるのではないかとボウルガードは危惧している。

　ジュヌヴィエーヴもボウルガードも酒は飲まず――つまるところ彼女は十五世紀生まれの娘なのだ――ただ店の客をながめていた。ほろ酔い加減の自警団員のほかに、パブには女も大勢いる。本物の娼婦に、変装した警察関係者もまじっている。それは嘲笑を浴びながらも採用された計画のひとつだったが、質問されればアバラインもレストレイドも、両手をあげて別の話題をさがそうとするだろう。とはいえ現在スコットランド・ヤードがもっとも困惑しているのはマッケンジー警部のことだった。カルパティア近衛将校のダイナマイト暗殺事件の現場にいいながらそれを食いとめることができなかった警部は、当然のようにその後、日毎に増えていく不可解な失綜人リストに名を連ねることになった。非難の水流は王宮に源を発し、首相と内閣にふりかかってしだいに勢いを増しながら社会の下層部にまで達し、すさまじい奔流となってホワイトチャペルの通りで渦を巻いている。

ジュヌヴィエーヴの中国人長生者《エルダー》は影すらも見せない。悪魔博士の巣を揺さぶったのが効を奏したのだろう。ボウルガードの考えでは、東洋の悪はすべて奇妙な死の王のためになされるのだ。これは、今回の事件に関わってから彼がおさめた数少ない成功のひとつだが、自慢する気にはなれなかった。彼としては、現状以上に、もしくはそれ以外に、ライムハウス同盟に借りをつくりたくはなかったのだ。

ディオゲネス・クラブの闇内閣でも、インドや東洋における公然たる反乱が話題にあがった。〈シヴィル&ミリタリー・ガゼット〉の記者が総督を暗殺しようとした。現地人と軍隊と文民のあいだにおけるヴァーニーの人気はカリギュラなみである。また新生後の女王が王冠をかぶらなくなったことを感じとってか、領土の多くが女王を正統な支配者と見なさなくなった。セント・ジェイムズの宮廷からは毎週のように大使の数が減っていく。そしてトルコは思いがけない記憶力を発揮して、プリンス・コンソートの温血者《ウォーム》時代の戦争犯罪に対して賠償金を請求してきた。

ボウルガードは思考を読まれないようこっそりとジュヌヴィエーヴをうかがった。光の中の彼女はほんとうに若く見える。いまもまだ焼けただれた皮膚のまま、一滴一滴赤ん坊のように山羊の血を飲ませてもらっているペネロピも、ふたたびあのように瑞々しくなれるのだろうか。ドクター・ラヴナの保証どおり完全に回復できたとしても、以前どおりのペネロピにもどれるのだろうか。ペネロピはヴァンパイアになった。ときおり訪れる正気の瞬間わずかにのぞく彼女の心が、いまではまるで理解できない。ジュヌヴィエーヴに対しても用心は怠れない。思考の制御は困難だが、誰であれヴァンパイアを完全に信頼することは不可能なのだ。

「ほんと、おっしゃるとおりだわ」ジュヌヴィエーヴが言った。「彼はまだそのあたりにいる。まだ諦めてはいないわ」

「きっと切り裂き魔も休暇中なんだろう」

「ほかのことに気をとられているのかもしれないわ」

「やつは船長だという説がある。航海に出ているのかもしれないな」

ジュヌヴィエーヴは懸命に思考を凝らしてから、首をふった。

「いいえ、まだこのあたりにいるわ。感じられるわ」

「霊媒のリーズみたいなことを言うんだね」

「あら、わたしの中には霊媒の要素もあるのよ。プリンス・コンソートが変身能力をもっているように、わたしは物事を感知できるの。わたしたちの血統はそうなのよ。何もかも霧にとりまかれているけれど、どこかに切り裂き魔の存在が感じられるわ。まだつづけるつもりでいるわ」

「ここにいるといらいらする。外をまわってみないか、何かわかるかもしれない」

ボウルガードは立ちあがり、彼女の肩にマントをかけてやった。ウッドブリッジの息子がヒューヒューと口笛を吹いた。その気になればペネロピ以上の蓮っ葉娘になれるジュヌヴィエーヴが、肩ごしににっこり微笑を浮かべ、両眼に奇妙な光をひらめかせた。

ふたりはこのところ、警官のように巡回し、犠牲者やその周辺とわずかでも関係のありそうな人物をつかまえては質問を繰り返してきた。ボウルガードはいまでは、自分の家族以上にくわしくキャサリン・エドウズやルル・シェーンのことを知っている。断片的な知識が増えるにつれて、彼女らはどんどん身近な存在になっていく。もはや彼女らは警察の報告書に書かれたただの名前ではなく、友人のようなものだ。新聞は犠牲者たちのことを〝最下等の街娼〟と呼び、〈ポリス・ガゼット〉も〝みずからそのような運命を招いた血に飢えた因業女〟と表現している。しかし、ジュヌヴィエーヴやシック巡査部長やジョージー・ウッドブリッジらと話していると、ひとりひとりの女の人生が浮かびあがってくる。たしかに哀れでだらしなくはあったが、それでも彼女らがこうむった、そして現在もこうむりつつある非情な運命に値するほどのものではなかったはずだ。

ボウルガードはしばしば独り言のように〝リズ・ストライド〟の名をつぶやいてみる。人は、とりわけジュヌヴィエーヴはこの件を口にのぼせようとしないけれども、切り裂き魔の後始末をしてあの女にとどめをさしたのは自分なのだ。結果としてあの女を犬のような悲惨さから救いだしてやりはしたが、彼女のほうはそのような救いを望んでいなかったかもしれない。時代の疑問――人はどこまで変われば人間でなくなるのだろう。リズ・ストライドは？　ペネロピは？　ジュヌヴィエーヴは？

夜毎にわきだす偽の手がかりを追っていないとき、ふたりは大きな鞄にナイフを、心に闇を秘めた男に出くわすことを期待して、ただあてもなく歩きまわる。冷静に考えれば愚行であることはわかっている。が、この習慣には魅力があった。そうしていればカヴァシャム・ストリートから、ペネロピがいまだ見慣れぬ病と戦っているあの家から、離れていられる。自分はまだ彼女に対する義務を負っているのだろうか。ミセス・チャーチウォードは思いがけない気骨を示して、新生者《ニューボーン》となった娘の看護にあたっている。かつて娘のように育てた姪を失ったためか、血をわけた娘には決然とした態度で最善を尽くしている。ボウルガードは考えずにはいられない。自分との関わりが、直接ではないにせよ、チャーチウォード家の娘たちを不幸にしたのではないだろうか。

「ご自分を責めてはだめよ」ジュヌヴィエーヴが言った。

ふいに心に侵入されることにももう慣れてしまった。

「銀の鎖で鞭打たれるべきなのはゴダルミング卿だわ」

ボウルガードにもわかっている。ゴダルミングがペネロピを転化させ、そのまま放りだしていったため、彼女は殺人的な太陽に身をさらしたうえ汚れた血を飲むなどという、恐ろしい間違いをしでかしたのだ。

「わたしに言わせれば、あなたの高貴なお友達はとんでもない卑劣漢だわ」

ボウルガードはあれ以来、首相の側近であるゴダルミングと会っていない。この件が片づいたら決着をつけなくてはならない。ジュヌヴィエーヴの話によると、礼節と責任をわきまえた闇の父は、子《ゲット》のもとにとどまり、新生者《ニューボーン》がうまく適応できるよう手助けしてやらなくてはならないのだという。それは昔からつづいている不文律だ。だがゴダルミングはそれを名誉にかけて守らなくてはならないとは考えなかったのだろう。

装飾されたガラス戸を押しひらいた。ボウルガードは寒気に身ぶるいしたが、ジュヌヴィエーヴは明るい春の日射しを浴びているかのように、冷たい霧の中でも軽やかな足どりをくずさない。絶えずみずからに言い聞かせていなければ、この怜悧な少女が人間ではないことを忘れてしまう。ここはコマーシャル・ストリート、トインビー・ホールの近くだ。

「ちょっと顔を出してくるわ」ジュヌヴィエーヴが言った。「このところ新しい恋人ができて、ジャック・セワードは仕事に不熱心なの」

「無責任な男だな」

「そんなふうに言わないであげて。あの人はこれまで、何かにとりつかれ追いつめられていたのよ。わたしは彼が気晴らしを見つけてくれてよかったと思っているわ。何年ものあいだ、神経がずたずたになっていたのだもの。ヴラド・ツェペシュがはじめてやってきたとき、ひどい目にあったのだそうよ。あの人はあまり話したがらないけれど。とりわけわたしにはね。でも、耳にしたことがあるわ」

ボウルガードも噂を聞いたことがある。情報源は奇妙なことに、ゴダルミングであり、ディオゲネス・クラブだった。ドクター・セワードの名はエイブラハム・ヴァン・ヘルシングと結びつけて語られていた。

通りの先に四輪馬車が停まっていた。馬が鼻孔から蒸気を立ちのぼらせている。スカーフと帽子のあいだでかろうじて目をのぞかせているだけだが、御者に見おぼえがある。

「どうしたの？」

ふいに彼をとらえた緊張に気づいて、ジュヌヴィエーヴがたずねた。また中国人長生者《エルダー》に襲われ、気管をひきちぎられるのではないかと恐れているのだろう。

「最近知り合った連中だ」

扉がばたんとひらいて霧を渦巻かせた。気がつけば四方を囲まれている。通り向こうの路地にうずくまった浮浪者。寒さに身を縮めている無頼漢。さらにもうひとりが、ここからは見えないが、煙草屋の陰にひそんでいる。これから逢い引きに行くような顔の妙に身なりのよい高慢なヴァンパイア女も仲間かもしれない。ステッキの留め金に親指をかける。この全員を相手にできるとは考えていない。ジュヌヴィエーヴは自分の身くらい守れるだろうが、これ以上彼女を巻き添えにしたくはない。

たぶん、事態が進展していない理由を説明しろという呼び出しなのだろう。ライムハウス同盟の立場から見れば、警察の強制捜査やらずらりと並んだ〝非常時規制〟やら、状況は悪化するいっぽうなのだから。

誰かが馬車から身をのりだし手招きしている。ボウルガードは無造作に近づいていった。

# 41　ルーシーの訪問

貴婦人を真似たいつもの几帳面さで、スカートが地面につかないよう小さく歩を進めた。ジョンの金で買った新しいドレスはまだ少しごわごわしている。夜の散歩と洒落こむ彼女を見て、いつも見慣れたあのメアリ・ジェイン・ケリーだとわかる者はほとんどいないだろう。パリにいたときのように、悲しい過去など何ひとつない、まっさらな娘になれた気分だ。

コマーシャル・ストリートでは、すてきな紳士が可愛いヴァンパイア娘に手を貸して四輪馬車に乗せていた。メアリ・ジェインは足をとめて、うっとりとふたりを見つめた。紳士は生まれながらの優雅さを備え、すべての動きが正確で完璧だし、娘は近頃はやりのマニッシュなドレスを着ていても美しく、肌は白く輝き、蜂蜜色の髪は絹のようだ。御者が軽く馬に鞭をあて、四輪馬車は去っていった。いずれはメアリ・ジェインも外出に四輪馬車しか使わなくなるだろう。御者たちも彼女に会うと帽子に手をあてて挨拶し、乗りこむときにはすてきな紳士が手を貸してくれるだろう。

トインビー・ホールの入口に向かった。前回ここを訪れたとき、彼女の顔はうっかり日光を浴びたために黒く焼けただれていた。ドクター・セワードは――まだ彼女のジョンではなく――丁寧に診察してくれたが、まるで立派な競走馬を見るほどの関心しか示してはくれなかった。そしてヴェールをつけること、しばらく外出を控えることを命じた。今日の彼女は助けを求める患者ではなく、訪問客だ。

誰かが案内に出てくるのを待ちきれず、そっと扉を押しあけた。玄関ホールに足を踏み入れ、あたりを見まわす。寝具の束をかかえた看護婦長がせかせか通りすぎていく。メアリ・ジェインはその注意をひこうと、小さく咳払いをした。貴婦人らしい軽い咳払いを心がけたつもりが、低い下品な音が出てしまった。当惑——。看護婦は彼女の顔を見つめ、一瞬のうちにメアリ・ジェイン・ケリーの過去の汚れすべてをこと細かに見抜いたかのように、くちびるをすぼめた。

「ドクター・セワードにお会いしたいのですけれど」ひと言ひと言、一音節一音節に細心の注意を払いながら発音する。

看護婦はあまり感じのよくない微笑を浮かべた。

「どなたがいらしたとお伝えすればよろしいんでしょう」

少し考えてから、

「ミス・ルーシーと申しあげてくださいな」

「ルーシー、だけでよろしいんですか」

メアリ・ジェインは肩をすくめた。名前なんかどうでもいいじゃないの。この女の態度は気に入らない、もっと分をわきまえればいいのに。看護婦なんて結局は使用人の一種なのだから。

「ではミス・ルーシー、こちらへ——」

看護婦が奥に通じる扉をひらき、クッションのような尻でそれを押さえた。メアリ・ジェインは石鹸くさい廊下にはいり、清潔とは言いがたい階段をのぼっていった。二階にあがったところで、看護婦が一枚の扉に向かってあごをしゃくった。

「ドクター・セワードはそのお部屋においでですよ、ミス・ルーシー」

「お世話さま」

荷物に押しつぶされそうになりながらも、看護婦は厭味ったらしくぎくしゃくと腰をかがめ、それから意地の悪い笑いを抑えて、来客をひとり残し階段をのぼっていった。来訪をとりついでほしかったのだけれどしかたがない。マフから片手を出し、所長室の扉をノックした。室内から低い不明瞭な声が聞こえる。メアリ・ジェインは扉をひらいた。机のそばに、ジョンともうひとりの男が立って、書類の束を調べていた。ジョンは顔をあげなかったが、もうひとりの男——若くて身なりはいいが、紳士ではない——が顔をあげ、失望の色を浮かべた。

「ドルーイットじゃないのか。モンティのやつ、いったいどこに行ったんだ」

ジョンは並んだ数字に指を走らせながら、暗算で合計を出そうとしている。メアリ・ジェインも数字を読むことはできるが、足し算はできない。家賃でいつも問題を起こすのはそのせいだ。ようやくジョンが計算を終え、何かを書き留めて目をあげた。彼女を認めた瞬間、その顔に、まるでハンマーの先端で後頭部をしこたま殴られたかのような衝撃が浮かんだ。なぜか目の奥で涙がうずいたが、彼女はぐっとそれをこらえた。

「ルーシー」なんの感情もまじらない声だ。

若い男が身体を起こし、紹介を待つように指の関節で襟を整えている。ジョンはそれぞれ別の装飾品からとってきた破片ふたつをつなぎあわせようとするかのように、首をふっているばかりだ。あたしは何か恐ろしい間違いをしでかしてしまったのだろうか。

「ルーシー」彼がまた言った。

「ドクター・セワード」若者が声をかけた。「どなたなんです?」

心の奥で何かがぱちんとはじけたみたいだ。ジョンは何ひとつ異常がないかのようにふるまいはじめた。

「失礼した。モリスン、こちらはルーシー。わたしの——そう、家族の親しい友人だよ」

ミスタ・モリスンはいかにも心得たように、複雑な愛想笑いを浮かべた。この男には以前会ったおぼえがある。彼女の身元を知っていてもおかしくはない。男に手を預け、わずかに首を傾けてから、はっと間違いに気づいた。彼女は貴婦人であって、仲働きの女中ではない。ミスタ・モリスンが彼女の手をとってくちびるにあてるのを許し、いかにも不本意そうに会釈するべきだったのだ。彼が世界でもっとも卑しい人間で、自分がアレクサンドラ皇太子妃であるかのように。こんな間違いをすると、ヘンリー叔父さまなら鞭をくれているところだ。

「すまなかった、頭がいっぱいだったもので」ジョンが弁解した。

「有能なスタッフがひとり、行方不明になりましてね」ミスタ・モリスンが説明した。「ここにくる途中、どこかでモンタギュー・ドルーイットという男を見かけませんでしたか」

聞きおぼえのない名前だ。

「だろうと思いましたよ。あなたとでは出会うような機会もないでしょうしね」

まったく話が理解できないふり――。ジョンはまだ衝撃から立ちなおれないまま、医療器具をもてあそんでいる。メアリ・ジェインはこの公式訪問があまりにも軽率すぎたのではないかと心配になりはじめた。

「それじゃ失礼します」ミスタ・モリスンが言った。「お話がおありでしょうからね。ごきげんよう、ミス・ルーシー。ドクター・セワード、ではまたのちほど」

ミスタ・モリスンはふたりを残して部屋を出ていった。扉が閉まると、彼女はついとジョンに近寄り、両手を胸にあててカラーのわきに顔を寄せ、ヴェストのやわらかな布地に頬をすり寄せた。

「ルーシー」彼が繰り返した。

これが彼の癖なのだ。いつもただ、その名前だけを呼ぶ。メアリ・ジェインを目にしながら、キングステッドで二度死んだ女を見ている。

彼の両手がまず腰に触れ、それから背中を這いあがり、ついに首筋にあてられた。両手がぐいと力をこめて彼女の身体を引き剥がす。親指があごの下に食いこんでいる。温血者《ウォーム》だったら怪我をしているところだ。歯が鋭くなった。ジョン・セワードの顔は暗く、見慣れた表情を浮かべている。ふたりですごしているときにしばしばよぎっていくあれだ。獣性——あらゆる男が内に秘めている獰猛さ。それから穏やかな光が両眼に浮かび、手が離れた。彼はふるえていた。背を向け、机に寄りかかって身体を支えている。彼女はほつれた髪をなでつけ、襟元を整えた。荒々しい手によって赤い渇きが呼び覚まされてしまった。

「ルーシー、きみは——」

近づくなと手をふる男を背後から抱きしめ、カラーをゆるめてはずし、スカーフをほどいた。

「——くるべきではなかったのだ。わたしはここで——」

古い傷痕を舌で湿し、歯をあててそっとひらく。

「——新しい人生を——」

夢中ですすった。咽喉が焼けるようだ。目を閉じると闇が赤く染まる。

「——やりなおしているのだから」

つと彼の首から口を離し、手袋を噛んで、手首をとめている小さな貝のボタンをはずした。右手の手袋を口で引き抜き、吐き捨てる。指が変形したため、縫目が裂けてしまった。彼の服に手をのばし、ボタンをはずしていった。傷つけないよう気をつけながら、温かな皮膚をなでる。ジョンが恍惚としてかすかなうめきを漏らした。

「ルーシー」

その名が彼女を煽り、食欲に怒りを加味した。彼の服をひっぱり、さらに深く歯を食いこませる。

「ルーシー」

いいえ、あたしはメアリ・ジェインよ。きつく手を握りしめる。

あごも胸も彼の血でべっとり濡れている。悲鳴をこらえようとしているのか、彼の咽喉が奥のほうでぐっとつまる。もう一度ルーシーの名をつぶやこうとする彼を、さらにさいなみ、黙らせた。いま、この情熱にかられた瞬間だけは、あなたはあたしのジョンよ。これが終わればくちびるをぬぐって、また夢のルーシーになってあげる。あなたもまた衣服を整え、ドクター・セワードにもどればいい。でもいまはふたりとも、真の姿のままでいよう。血と肉でつながれた、メアリ・ジェインとジョンでいよう。

# 42　もっとも危険な獲物《ゲーム》

「ジュヌヴィエーヴ・デュドネ」チャールズが紹介した。「こちらはセバスチャン・モラン大佐。元第一バンガロール工兵隊所属、『西ヒマラヤの猛獣』の著者にして、世界最大の犯罪者のひとり――」

四輪馬車に乗った新生者《ニューボーン》は、夜会服を居心地悪そうに着こみ、口髭を猛烈に逆立てた、怒った獣のような男だった。温血者《ウォーム》だったころは〝インド通〟と呼ばれる赤銅色の肌をしていたのだろうが、いまはあごの下に毒嚢《どくのう》をぶらさげた蛇だ。

モランは何か挨拶らしいことをうなり、馬車に乗るようふたりを促した。チャールズはためらってから、一歩さがってジュヌヴィエーヴを先に通した。賢明なやり方だ。もし害意をもっているなら、大佐はもっぱら脅威と見なしている男に意識を向けるだろう。彼女が四世紀半分も自分より強いとは考えてもいないはずだ。いざとなれば彼女には、この男をばらばらに引き裂くことだってできるのだが。

ジュヌヴィエーヴはモランと向かいあった席にすわり、チャールズがその隣に陣どった。モランが天井をたたくと馬車が動きだした。それと同時に、モランの横の黒い頭巾をかぶせた布包みのようなものが前のめりになった。大佐がそれをまっすぐうしろにもたれさせる。

「お友達ですか」チャールズがたずねた。

モランは鼻を鳴らした。包みの中身は、死んでいるのか気絶しているだけなのかはわからないが、人間だ。

「これが正真正銘の切り裂きジャックだと言ったら、きみはどうするね」

「真剣に受けとめるべきだと判断するでしょうね。あなたはもっとも危険な獲物しか追わないと言われていますから」

モランがにやりと笑い、口髭の下から虎のような牙があらわれた。

「狩人を狩ること——話すに足るスポーツはほかにあるまい」

「ライフルではクォーターメンとロクストンのほうがあなたよりも上だという評判ですし、それを言うならば韃靼《だったん》の戦弓を使うロシア人にかなう者はいないという話ですが（このロシア人は、リチャード・コネルの『世にも危険なゲーム』The Most Dangerous Game（一九二四）に登場するザロフ将軍）」

大佐は手をふってその比較をしりぞけた。

「やつらはみな温血者《ウォーム》だ」

それからたくましい腕をのばしてごつごつした包みを押さえ、

「この狩猟はわれわれだけのもの。同盟のほかのメンバーはあずかり知らぬことだ」

チャールズは思案している。

「最後の事件からひと月近くたつ」大佐がつづけた。「たぶん、ジャックのやつはやめてしまったんだろう。自分のナイフでおのが咽喉をかき切ったのかもしれん。だがそれではわれわれは納得できない。もとどおりに仕事をはじめるには、ジャックの死体を見なくてはならん」

馬車は河のそばを走っていた。テームズはくさく汚い汚水溜だ。ロンドンじゅうの汚物を集めて七つの海に撒き散らす。ラザーハイスやステップニーの塵芥が上海やマダガスカルまで漂っていくのだ。

モランが黒い布に手をかけて引き剥がすと、青ざめ血にまみれた顔があらわれた。

「ドルーイットではないの」ジュヌヴィエーヴは声をあげた。

「モンタギュー・ジョン・ドルーイット、お嬢さんの同僚だ」と大佐。「ごく特異な夜の習慣をもった男でな」

それは嘘だ。ドルーイットの左目のまわりに血がにじんでいる。ひどく殴られたにちがいない。

「ごくはじめのころ、警察もこの男に疑いをかけたことがある」チャールズの言葉にジュヌヴィエーヴは驚いた。「だがのちに容疑者リストからはずされた」

「こいつは絶好の地理的条件を得ていた」モランが言った。「トインビー・ホールは各殺人現場によって描かれる円の、まさしく中心にある。またこいつは、深い絶望をかかえた変わり者の紳士という、世間で取り沙汰されている犯人像とも一致する。そもそも、教育を受けた人間が博愛精神から売春婦や乞食のあいだで働けるなどと、本気で信じているやつなどひとりもおらん——失礼、お嬢さん。つまり、ドルーイットがひと握りの娼婦殺しの責めを負わされたからといって、反対する者はいないのだ。王室の一員というわけでもないしな。それにこいつは、どの事件に関してもアリバイがない」

「あなたはヤードにごく親しい友人をもっているようですね」

モランはまた凶暴な笑いをひらめかせた。

「それでは、きみときみのご婦人におめでとうを言わせてもらおうか。きみたちは切り裂きジャックをつかまえたのだ」

チャールズはしばらくのあいだ口をつぐんで考えこんだ。ジュヌヴィエーヴは自分に知らされていなかった情報のあまりの多さに困惑した。ドルーイットが何か話そうとしたが、傷ついた口は言葉を綴ることができない。馬車の中に血の匂いが濃く立ちこめる。口がからからに渇いてきた。そういえば長いあいだ食餌をしていない。

「いや」チャールズが答えた。「ドルーイットではまずい。彼はクリケットをする」

「クリケットをやるごろつきならいくらでもいる。クリケットをするからといって、こいつが汚らわしい殺人者でないとは決められまい」

「この場合はそうなるのですよ。第二、第四、第五の殺人があった朝、ドルーイットは競技場にいた。〝二重殺人〟のあとでは五十点をあげ、ふたりの打者をアウトにしている。徹夜で女を追いかけ殺していたら、そんなことはとてもできなかったでしょうね」

モランは感銘を受けた様子もない。

「デヴィルズ・ダイクに放りこまれた腐れ探偵みたいな口のききようだな。手がかりと証拠と推理というわけか。ここにいるドルーイットは、今夜ポケットに石をつめてテームズでひと泳ぎと洒落こむことになっている。発見されるまでに死体があちこちぶつかるのは常識だな。だが自殺を決行する前に、遺書を書かねばならん。そしてその筆跡は、あのいまいましい赤い呪われた手紙にそっくりというわけだ」

モランはドルーイットの頭をもってうなずかせた。

「それでは通用しない、大佐。もし本物の切り裂き魔がまた殺しをはじめたらどうするのだ」

「娼婦どもが死ぬだけさ。よくあることじゃないか。われわれはひとりの切り裂き魔を発見した。また別のやつを見つけるまでのことだ」

「なるほど。ロシアのスパイ、ペダチェンコか。警察もしばらく彼を疑っていた。女王の侍医サー・ウィリアム・ガルは。ドクター・バーナードは。アルバート・ヴィクター殿下は。ウォルター・シッカートは。ポルトガル人の船乗りはどうだ。誰かの手にメスを握らせてその役を押しつけることは簡単だ。だがそれで殺しをとめることは――」

「きみがこんなに口やかましいとはな、ボウルガード。きみは平気でヴァンパイアに仕え、ヴァンパイアと――」くいとジュヌヴィエーヴをあごで示し、「つきあっているじゃないか。きみはまだ温血者《ウォーム》だが、少しずつ冷たくなりつつあるのさ。きみの良心は、きみがプリンス・コンソートに仕えるのを黙認している」

「モラン大佐、わたしは女王陛下にお仕えしているのだ」

大佐は笑おうとしたが、車内の薄闇を裂いて鋭い光がひらめき、気がつくとチャールズの仕込み杖が咽喉元に突きつけられていた。

「銀細工師を知っているのはジャックだけではない」チャールズが言った。

ドルーイットが座席からころがり落ち、ジュヌヴィエーヴはその身体を支えてやった。うめきがあがるのは、内臓を痛めているのだろう。

薄闇の中でモランの両眼が赤く光った。銀でおおわれた鋼は微動だにせず、彼の咽喉仏に狙いを定めている。

「ドルーイットを転化させるわ」ジュヌヴィエーヴは言った。「怪我がひどい。ほかに方法はないわ」

チャールズが手を動かさずにうなずく。ジュヌヴィエーヴはすばやく手首を嚙み裂き、血がにじんでくるのを待った。彼女がドルーイットの血を飲み干し、彼が充分に彼女の血を飲めば、転化がはじまる。

ジュヌヴィエーヴはこれまで子《ゲット》をもったことがない。彼女の闇の父はよく面倒を見てくれた。自分はリリーのマーガトロイドやゴダルミング卿のような身勝手な愚か者にはなるまいと思う。

「新生者《ニューボーン》がまた増えるというわけか」モランが鼻を鳴らした。「そもそものはじめから、人選は慎重におこなうべきだったな。血まみれのヴァンパイアが多すぎる」

「飲みなさい」彼女はやさしく促した。

だが自分はモンタギュー・ジョン・ドルーイットの何を知っていると言えるだろう。ドルーイットは彼女と同じく本職の医者ではないが、ある程度の医学知識をもっている。だが地位と収入をもった男がなぜトインビー・ホールなどで働こうとするのだろう。彼はセワードのような強迫観念にかられた慈善家ではない。ブースのような宗教家でもない。ジュヌヴィエーヴはこれまで彼の存在を、役に立つ二本の手として当然のように受けとめてきた。だがこれからは彼に関する責任を負うことになる。たぶん永遠に。もし彼がヴラド・ツェペシュや、もしくはセバスチャン・モラン大佐のような怪物になったら、それは彼女の責任だ。ドルーイットが殺人を犯せば、それは彼女が殺したことになる。彼には容疑者にされた過去がある。たとえ無実だったとしても、どこか切り裂き魔に近いものをもっているのだろう。

「飲みなさい」無理やり言葉を絞りだした。手首が赤く濡れている。

手をドルーイットの口元に近づけた。犬歯が歯茎からすべりだすのを感じ、顔を伏せた。ドルーイットの血の匂いが鼻孔を刺激する。彼の身体がぴくりとひきつった。急がなくてはならない。いまこの血を飲まなければ彼は死んでしまう。手首を裂けた口元に押しつけた。ドルーイットはふるえながらあとずさった。

「いらない」しわがれた声が贈り物を拒絶する。「いらない——」

嫌悪のふるえを全身に走らせて、ドルーイットは息絶えた。

「誰もが永遠の生命を望むわけではない、か」モランがつぶやいた。「なんと無駄なことだ」

ジュヌヴィエーヴはぐいと身をのりだし、チャールズの仕込み杖を払いのけざま手の甲を大佐の顔にたたきつけた。モランの赤い目が萎縮する。明らかに彼女を恐れているのだ。彼女はまだ飢えていたし、赤い渇きも抑制がきかなくなっている。だがドルーイットの死に汚れた血や、二世代か三世代を経たモランの血を飲むわけにはいかない。それでもこいつの顔の肉を剥ぎとれば、欲求不満を静めることくらいはできるだろう。

「この女をとめてくれ」モランがふるえ声で訴えた。

片手をモランの咽喉にあて、もう片方の指先をうしろにひいた。鋭い爪が矢じりのように束になる。モランの顔に孔をあけるくらい、容易にやってのけられる。

「やめておきたまえ」

チャールズの声に真紅の怒りを切り裂かれ、手がとまった。

「虫けらのような男だが、仲間をもっている。ジュヌヴィエーヴ、敵にするのはまずい仲間だ。以前きみを悩ませた連中だよ」

歯が歯茎におさまり、鋭い爪もひっこんだ。まだ血がほしくてうずいてはいるが、どうにか自制をとりもどすことができた。

チャールズに剣で脅され、モランが御者に停止を命じた。ふたりが馬車を降りるあいだも、大佐は新生者《ニューボーン》としての自信を粉々に打ち砕かれてわなわなとふるえている。片方の目から血のしずくが筋をひいて流れ落ちた。チャールズが剣を鞘におさめると、モランは傷を負った首にスカーフを巻きつけた。

「クォーターメンなら怖じ気づいたりはしなかっただろう」チャールズが言った。「ではごきげんよう、大佐。教授によろしく」

暗がりに顔をそむけるモランを乗せて、馬車は舗道を離れ、霧の中に走り去った。頭がくらくらする。ここは出発点、テン・ベルズの近くだ。パブはさっき立ち去ったときのまま、相変わらずにぎわっている。入口付近に女たちがたむろして、通行人の目をひこうとしている。

口が痛い。心臓が激しく動悸を打っている。ジュヌヴィエーヴはこぶしを握り、目を閉じようとした。

チャールズが手首を彼女の口元にさしだした。

「さあ、飲みたまえ」

ありがたさに脚がふるえた。くずれ落ちそうになりながら、すぐさま頭の中の霧を追い払い、心を集中させた。

「ありがとう」

「たいしたことじゃないさ」

「後悔しないでね」

そっと歯をあて、赤い渇きを癒すのに必要な最小限の血を吸った。彼の血が咽喉をころがり落ちて心を静め、力を与えてくれる。食餌がすんだ。血を与えるのははじめてかという問いに、彼はうなずいて淡々と感想を述べた。

「それほど不快なものでもないんだな」

「礼儀を無視したやり方になることもあるけれど。結局はね」

「ではごきげんよう、ジュヌヴィエーヴ」

彼はきびすを返し、彼女を残して霧の中に姿を消した。彼女のくちびるに血の味を残したまま。

彼女はドルーイットについてと同様、チャールズ・ボウルガードについてもほとんど何も知らない。なぜ切り裂き魔に関心を寄せているのか、その理由をたずねたこともない。ヴァンパイアの女王に仕えつづけている理由もだ。一瞬、恐怖にふるえた。周囲の誰もかもが仮面をつけている。そしてその仮面のうしろには——

いったい何があるのだろうか。

# 43　狐穴

膝から銀の破片を完全に取り除くことは不可能だと医者は言った。一歩足を進めるたびに焼けつくような苦痛が襲いかかる。ヴァンパイアの中には、蜥蜴が新しい尾を生やすように、手足を失っても再生できる者がいる。だがコスタキはそんな血統には属していない。いまでも死者の顔で生きているのだ。まもなく海賊のように義足をコツコツ鳴らして歩きまわることになるのだろう。

目が鋭くやくざっぽい新生者《ニューボーン》の若者がふたり、粗末な湿った壁をふらりと離れ、ちっぽけな中庭の出口をふさいだ。だが彼が顔をあらわし歯をむきだして威嚇すると、言葉もなく道をあけて物陰にもどった。

今日のコスタキは平服で、大きな帽子とマントで身を隠し、足をひきずりながら夜霧の中を歩いている。メッセージはオールド・ジェイゴのある住所を指示していた。ホワイトチャペルにとってメイフェアが高級地であるように、オールド・ジェイゴに比べるとホワイトチャペルですら立派に思える。

「モルダヴィア人、こっちです」静かな声が呼びかけた。

薄暗い路地の入口に、マッケンジーの姿が見えた。

「スコットランド人か。ごきげんよう」

「機嫌がいいんだか悪いんだか」

警部の上着は穴があき、継ぎがあたり、顔には一週間分の髭がのび放題だ。マッケンジーがしばらく前から行方不明であることはコスタキも知っている。同僚たちは彼の身を案じていた。将軍の話では、不穏当な発言によりデヴィルズ・ダイクに送られたということだったが。

「立派な乞食がふたり、というところですね」マッケンジーがぶかぶかの汚い上着の中で肩をすくめた。

コスタキはにやりと笑った。この温血者《ウォーム》の男が強制収容所に送られていないと知って、ほっとした思いだ。

「いままでどこにいたのだ」

「もっぱらこのあたりです」マッケンジーが答える。「それと、ホワイトチャペルに。足跡がこのあたりで消えていたので」

「足跡とはなんだ」

「覆面をしてダイナマイトをもった狐ですよ。あの公園の夜から、わたしはやつを追っているんです」

拳銃の閃光と、覆面の奥の暗い目が思いだされる。フォン・クラトカの胸でシューシュー火花をあげ、一瞬後に爆発したダイナマイト。肉片をまじえた赤い雨。

「殺人犯を発見したのか」

マッケンジーがうなずく。

「さすがは評判のスコットランド・ヤードだ」

マッケンジーは苦い顔をした。

「スコットランド・ヤードとは関係ありません。ウォレンともアンダスンともレストレイドともね。彼らは邪魔になるだけですから、わたしひとりではじめたんです」

「一匹狼というわけか」

「そのとおり。ウォレンはもっぱら十字軍にこだわっていましたが、それではだめです。大尉も現場にいたのだから、おぼえていらっしゃるでしょう。覆面の男。あれはヴァンパイアでした」

暗い目。おそらく、赤く縁どられていた。忘れられるはずもない。

「あのヴァンパイアがこの貧民窟にいるんです」

マッケンジーが顔をあげた。路地向かいにある下宿屋に、明かりがひとつともっている。四階の部屋だ。薄いモスリンのカーテンに映る人影が動いている。

「見張りをはじめてもう数日になります。やつは〝ダニー〟とか〝軍曹〟とか呼ばれているようです。じつに面白いやつですよ、われわれの狐は。びっくりするような連中と知り合いでしてね」

マッケンジーの両眼が輝く。狩人の誇りというやつだろう。

「間違いなくやつなのだな」

「もちろんです。大尉も確信なさいますよ。やつを見て、声を聞けばね」

「どうやって居場所を突きとめたのだ」

マッケンジーはふたたび微笑して、鼻のわきに指をあてた。

「足跡を追ったんです。ダイナマイトと銀は入手しづらいものです。大きな供給源といえば二、三個所しかありません。アイルランド人になりすましてやつら専用のパブを嗅ぎまわりました。あの連中がフェニアン党から引き抜かれたごろつきであることは明らかですからね。掃討作戦に出るならほとんどの名前がわかっていますよ。軍曹のことは二日でわかりました。それからいくつかの厳然たる事実もね。詳細はパンくずのように地面に散らばっていましたよ」

窓が暗くなった。コスタキはマッケンジーをひっぱって、路地のさらに奥に身をひそめた。

「いまにわかりますよ」スコットランド人が言った。「やつが出てきます」

たてつけの悪い戸が内側にひらき、ヴァンパイアが出てきた。公園で見た男だ。背筋ののびたあの姿は見間違えようがない。それにあの目も。ぼろぼろの服を着て、てっぺんのつぶれた帽子をかぶっているが、あの姿勢と堂々たる口髭は英国軍人のものだ。ヴァンパイアは周囲を見まわし、一瞬路地の奥を凝視してから、懐中時計に目をやって、きびきびと歩み去った。

マッケンジーがまた呼吸をはじめた。

ヴァンパイアの足音が聞こえなくなったのをたしかめて、コスタキは口をひらいた。

「やつだった」

「もちろんです」

「なぜわたしを呼んだ」

「大尉以上に信頼できる者がいなかったからです。わたしたちは――あなたとわたしは、互いに理解しあっていますから」

マッケンジーの言いたいことがすんなりと心に落ちる。

「ではあの軍曹を追って共謀者を見つけ、陰謀のすべてを暴き、根絶せねばならぬな」

「問題はそこなんです。サー・チャールズ・ウォレンやおたくのヨルガ将軍のようなお歴々は番狂わせがお嫌いです。自分が怪しいとにらんだ相手が犯人であることを望むんです。ああいう方々はしばしば、自分たちが誤ってとりあげた仮説と矛盾するという、ただそれだけの理由で、証拠の信憑性を否定します。サー・チャールズは、ダイナマイト事件はジェイゴの十字軍戦士の仕業だと考えています、ヴァンパイアではなくね」

「ヴァンパイアの反逆者がこれまで存在しなかったわけではあるまい」

「でも、あの軍曹のような男はいなかったでしょう。わたしもまだ彼の行動を理解しはじめたばかりなんですが。あの男はさらに大きな勢力の道具にすぎません。その力はおそらく、警官風情や軍人ひとりの手に負えるものではないでしょう」

ふたりは路地を出て、軍曹の住居の横に立った。暗黙のうちに、これから殺人犯の部屋に侵入して捜索することをふたりともが理解している。

マッケンジーに見張りをまかせ、コスタキは力強い手で入口の鍵を打ち砕いた。オールド・ジェイゴでは珍しいことでも、疑いを招くような行為でもない。ポケットの中身を根こそぎにされた船乗りがひとり、ジンか阿片でうつろになった目をさまよわせながら、千鳥足で通りすぎていった。

下宿屋にすべりこみ、狭く険しい階段を三階分のぼった。戸の隙間からいくつもの目がのぞいているが、邪魔をする者はいない。さっきまで明かりのともっていた部屋についた。コスタキがまた鍵を壊し——このような穴蔵には思いがけない頑丈なものだった——ふたりは室内にはいった。

マッケンジーが蠟燭の燃え残りに火をともした。こざっぱりした、軍隊のように几帳面な部屋だ。レスラーの腹筋ほどにもたるみなく敷布を張った寝台。机の上には筆記用具が、捜索を予期していたかのようにまっすぐ並んでいる。

「わたしはある理由から、エッェリン・フォン・クラトカ殺しだけではなく、ジョン・ジェイゴに弾丸を打ちこんだ殺人未遂も、この狐の仕業だと信じているんですよ」マッケンジーが打ち明けた。

「それは筋にあわぬ」

「軍人にはそうかもしれませんね。しかし警官にしてみれば、これはもっとも古くからある策略です。両サイドを煽り、犬のように互いを嚙みあわさせるんです。そして自分はのんびりすわって花火見物というわけです」

マッケンジーは机の上の書類を調べている。吸い取り紙の横に、真新しい赤インクの壜と、何本もペンをさした壺がおいてある。

「われわれは無政府主義者の一党を相手にしているのか」

「たぶんその反対でしょう。軍曹というやつはいい無政府主義者にはなれません。想像力がありませんからね。軍曹はいつだって任務を果たすだけです。軍曹の一団を従えていれば、帝国を切りひらくことだって夢ではありませんよ」

「では、やつは命令を受けているのだな」

「もちろんです。この事件からは旧体制《アンシャン・レジーム》の匂いがすると思いませんか」

コスタキの頭にひらめくものがあった。

「貴公はこの男を評価しているのだな。少なくとも、やつの動機を」

「このご時勢では心に抱くのも危険な意見ですね」

「だがそれでも――」

マッケンジーは微笑した。

「フォン・クラトカの死を悼むことも、ジョン・ジェイゴに同情することさえ、わたしにとっては偽善になります」

「あれがフォン・クラトカでなかったとしたらどうなのだ。たとえば――」

「コスタキ大尉だったら？　だったらすべては別の様相を見せていたかもしれません。が、それも仮定にすぎませんよ。軍曹には、あなたもあなたの同僚も区別できませんからね。わたしとやつの雇い主が意見を異にするのはそこですね」

コスタキは一瞬考えてから口にした。

「わたしは片足を失うことになるかもしれぬ」

「それはお気の毒に」

「貴公はあの軍曹をどうするつもりなのだ。このまま正体不明の動機に従って行動させておくのか」

「わたしは温血者《ウォーム》である前に警官だと以前も言いました。無視できない真相をもって、ウォレンの目の前に突きつけてやりますよ」

「感謝する、スコットランド人」

「何に対する感謝ですか」

「貴公の信頼だ」

おびただしい枚数の紙に、象形文字に似た速記文字か暗号のようなものが書き散らしてある。

「やあ、これはなんだ」

マッケンジーが鉛筆で書かれた下書きをとりあげた。こっちは平易な英語で書かれている。

「レストレイドが嫉妬で身を焼くでしょうね。フレッド・アバラインもですよ。大尉、見てください――」

コスタキはその紙片に目を走らせた。それは〝親愛なるボス〟という言葉ではじまり、〝敬具、切り裂きジャック〟という署名で締めくくられていた。

# 44　波止場にて

死体はライムハウス・リーチの湾曲部、カッコルズ・ポイントに流れついた。吸いつくような泥の中からもよりの埠頭にひきずりあげるには、三人の人手が必要だった。ジュヌヴィエーヴとモリスンが到着する前に、誰かが見苦しくないようゆがんだ手足をのばし、水と泥に汚れた衣服を整えてくれていた。ドック労働者やたまたま波止場にいた野次馬を驚かさないよう、死体の上には大きな帆布がかぶせてある。

身元はすでに判明していた。手がかりとなったのは、時計に刻まれた名前と、驚いたことに、彼の名で振りだされた小切手だった。それでも正式な遺体確認はふたりがおこなわなくてはならない。警官が帆布をもちあげると、何人かの見物人が大袈裟に嫌悪の声をあげた。モリスンが尻ごみして顔をそむけた。ドルーイットの顔は魚に食われ、眼窩はからっぽ、悪魔の笑いのように歯がむきだしになっていたのだ。それでもひたいの生え際やあごの線から、身元は明らかだ。

「間違いありません」ジュヌヴィエーヴは証言した。

警官が布をもどして礼を述べた。モリスンも同じ供述を繰り返した。遺体を運ぶ荷馬車がすでに待機していた。

「たしかボーンマスに家族があったはずです」

モリスンが教えると、警官が几帳面にメモをとった。

大佐の言葉どおり、ドルーイットのポケットには石がつめこまれていた。偽造遺書はなかったが、もちろん自殺と判断されるだろう。またもや裁きを免れた殺人がひとつ、堂々とおこなわれた。彼のためには警察が捜査活動をおこなうことも、ディオゲネス・クラブから特別捜査員が派遣されることもない。ではなぜ切り裂き魔だけが特別なのか。同じくらい残酷で同じくらい不道徳な人間なら、ここから五十ヤード以内にも軽く十人はいるはずだ。ホワイトチャペル殺人鬼はおそらく狂人だ。だがモランやその仲間はそうした口実すら必要としない。彼らの殺人は単なる仕事上の一過程にすぎないのだ。

ドルーイットが荷馬車に積みこまれ、ショーは終わった。野次馬たちはつぎの見世物を求めて立ち去り、警官も仕事にもどった。ジュヌヴィエーヴはモリスンとふたり、埠頭の端に残された。ふたりはロープ屋やパブ、船乗り宿や船荷取扱事務所や曖昧宿などが並んだラザーハイス・ストリートに向かって歩きだした。このあたりはロンドンのアラビアンナイト、薄靄の中の東洋風市場《バザール》とも言える地区で、百もの異なった言語が入り乱れ、いかにも中国風のたたずまいを見せている。さらさらと絹のすれる音を聞くと、ジュヌヴィエーヴはいまでも恐怖に身がすくむ。

ふいに、ヴェールをつけた人影が彼女の行手をさえぎった。ゆったりした黒服のヴァンパイアだ。謝罪するように頭をさげてヴェールをあげると、オールド・ジェイゴで会った中国娘、奇妙な死の王の代理人だった。

「この過ちは必ず償わせます。わたくしの主人が約束いたします」

そして娘は去った。

「いったいなんだったんです?」モリスンがたずねた。

ジュヌヴィエーヴは肩をすくめた。娘は北京語を使っていたのだ。チャールズの話を信じるならば、モラン大佐は必ずこの行為の報いを受けることになるだろう。だが罰せられるとしても、それは残忍な殺人を犯したためではなく、不必要に残忍な殺人を犯したためだ。

娘は群衆の中に姿を消した。

まっすぐホールにもどりたくない気分だ。チャールズをさがそうか。彼に会いたいというより、かわいそうな婚約者の様子をたずねたかった。一度だけ、しかもまるで好感のもてない出会い方をしたペネロピ・チャーチウォードのことが、近頃気にかかってしかたがない。多くの人間がシャベルでまとめて溶鉱炉に放りこまれているいま、自分はいったい何人の人間を助けることができるだろう。ドルーイットは救えなかった。リリー・マイレットも。キャシー・エドウズも。

モリスンが話しかけている。何か相談をもちかけているようだ。ひと言も聞いていなかったジュヌヴィエーヴは、改めて問いなおした。

「ドクター・セワードのことですよ」彼は繰り返した。「あのルーシーとやらいう女のことで、馬鹿な真似をしておられるようなので」

「ルーシーですって?」

「そう名乗ってるんです」

モリスンはジャック・セワードの謎の愛人に会った数少ない人間のひとりだ。しかしあまりいい印象は受けなかったらしい。

「言わせてもらえれば、あの女には以前会ったことがあると思います。名前もちがっていたし、身なりももっとひどかったようですけれどね」

「ジャックはずっと働きづめだったわ。この恋愛《アムール》で、身にしみついた疲労が癒されるのではないかしら」

モリスンは首をふった。思っていることを的確に言いあらわす言葉が見つからないらしい。

「もちろん、そのご婦人の身分や立場を非難しようというわけではないのでしょう? わたしもあなたも、そういう偏見に縛られてはいないはずよね」

モリスンは顔を伏せた。彼はそこそこの身分の生まれだが、仕事を通じて、もっとも卑しく、もっとも堕落した人々の状況をも理解できるようになっているはずだ。

「ドクター・セワードはどこかおかしいんですよ」それでもなお彼は言い張った。「表向きは冷静で落ち着いています。以前よりずっと落ち着いているくらいですね。でもその下で何かが狂っているんです。ときどきぼくたちの名前を忘れるでしょう。いまが何年かも間違えるし。幸福だった時代、プリンス・コンソートがやってくる以前に、逆行しているんですよ」

ジュヌヴィエーヴは考えこんだ。たしかに近頃、ジャックの心は読みにくくなった。そもそもほかの人たち――たとえばチャールズやアーサー・モリスンのように、心を読みやすいタイプではなかったが。それでもここ数週間は、あの貴重な蠟管を保管している金庫ほどにも頑丈な鉛の鎧戸でおおい隠してしまったかのように、ほとんど何ひとつ漏らそうとしない。

足がとまり、ジュヌヴィエーヴはモリスンの手をとった。肌が触れた瞬間、いくつもの小さな記憶が爆発した。体内にまだチャールズの血が残っている。それとともに、遠い国々の光景が汚れた染みのようによみがえった。苦痛にゆがんだ顔が見える。亡くなった彼の妻だろう。

「アーサー、狂気は伝染病のようなものよ。悪徳と同じで、いたるところに存在するわ。苦痛をやわらげる手段はほとんどなく、わたしたちはそれとともに生きる術《すべ》を、それを役立てる術を学ぶしかないのよ。愛はいつも狂気を秘めている。ジャックがこの目まぐるしい世界でなんらかの目的を見つけることができたのなら、悪くはないと思うわ」

「あの女はルーシーなんて名前じゃないんです。たしかもっとアイルランド的な――メアリ・ジーンとか、メアリ・ジェインだったかな？」

「それだけでは不実の証拠にならないわ」

「あの女はヴァンパイアなんですよ」

モリスンははっとして口をつぐんだ。当惑を浮かべ、みずからの偏見を言い繕おうとする。

「つまり——ぼくが言いたいのは——」

「あなたが心配していることはわかるわ。わたしもいくらかはあなたと同じ疑いをもっています。でも実際、わたしたちにできることは何もないのよ」

モリスンの混乱はきわみに達していた。

「それでも、ドクター・セワードはどこかおかしいんです。何かしなくてはならないんです。何かを」

# 45　飲みなさい、可愛い人、飲みなさい

彼女との接触が変化をもたらし、ボウルガードは二日間夢に悩まされた。夢の中のジュヌヴィエーヴは、ときにはそのままの姿で、ときには針のような牙をもった猫の姿で、彼の血をなめる。これは昔から定められた運命だったのだ。いまのような世の中だ、いずれは彼もヴァンパイアに血を吸われる。無理やり襲われるのではなく自分の意志で与えることができただけで、大半の人々よりも幸運だったと言わなくてはならないだろう。もちろん、かわいそうなペネロピとは比べるべくもない。

「チャールズ」フローレンス・ストーカーが声をかけた。「もう一時間近くお話ししているというのに、あなたったらひと言も聞いてらっしゃらないのね。お顔にはっきり描いてありますわ。心が病室のペネロピのところに飛んでいってしまっているって」

奇妙な罪悪感にかられて、ボウルガードは彼女の勘違いを訂正しなかった。いずれにせよ、婚約者のことを考えているべきだったのだから。ふたりはなんとはなしに居心地の悪いまま、客間に腰かけていた。フローレンスはつぎからつぎに小さなティーカップをからにしている。ときおりミセス・チャーチウォードがとびこんできてはあたりさわりのない報告をもたらし、家政婦のミセス・ヨーヴィルも定期的にやってきてはお茶を補充していく。とはいえ物思いにひたりこんだボウルガードの意識には、どちらもほとんど触れることがない。ジュヌヴィエーヴは彼の血をとり、かわりに彼女自身の一部を残していった。彼女が心の中を水銀のように走りまわっている。

ペネロピの治療にあたっているのは神経性疾患の専門医ドクター・ラヴナだ。ヴァンパイアで、不死者《アン＝デッド》の病気にもくわしいとの評判だ。そのドクター・ラヴナがいま、患者のそばでなんらかの治療をおこなっている。

ボウルガードはこのふた晩、ホワイトチャペルにおける職務も怠ったまま、ぼんやりとすごしていた。ペネロピの病気が言い訳になってくれたが、言い訳は言い訳にすぎない。頭はジュヌヴィエーヴのことでいっぱいだった。自分はまた彼女に血を与えたくなるのではないか。渇きを癒すために手首をさしだすだけではなく、まったき抱擁とともに闇の口づけを受け入れてしまうのではないか。ジュヌヴィエーヴはいかなる時代の基準で考えても非凡な女だ。彼女とならば数世紀の時もともにすごせる。心が揺らいだ。

「結婚は中止になりますわね」フローレンスが言った。「とても残念ですわ」

正式に話し合ってはいないが、ボウルガードもペネロピとの婚約はもうないものと考えている。できれば弁護士などの手をわずらわさずにすませたいものだ。どちらが悪いというわけではなく、彼もペネロピも、合意に達したあのときとすでに同じ人間ではない。問題が山積みのいま、婚約不履行で訴えられることだけは避けたかった。そんなことにはならないと思うが、ミセス・チャーチウォードは昔気質だ。もしかすると娘が侮辱されたと考えるかもしれない。

ジュヌヴィエーヴのくちびるは冷たく、触れてきた手はやさしく、ざらざらの舌は猫のように心地よかった。ゆっくりと穏やかに血を飲まれたあの瞬間、麻薬のような絶頂感が訪れた。彼女はいま何をしているだろう。

「ゴダルミング卿はいったい何を考えていらっしゃるのでしょうね」フローレンスがつづけた。「ほんとうに困ったことをなさって」

「アートらしくありませんね」

天井ごしに人間のものとは思えない悲鳴がひびき、ついで啜り泣きが聞こえた。フローレンスがすくみあがり、ボウルガードも心臓をつかまれたようにはっとした。ペネロピが苦しんでいるのだ。

切り裂きジャックの捜査は実りのないまま、だらだらとつづいている。調査を彼に託したディオゲネス・クラブとライムハウス同盟は、信頼すべき相手を間違えたのではないだろうか。結局のところ、彼はほとんどなんの成果もあげてはいないのだから。

教授からは個人的に謝罪の手紙が届き、モラン大佐があの行為によって厳重な処分を受けたことを報告してきた。また、マドモアゼル・デュドネは二度とミスタ・ヤン――あの中国人長生者《エルダー》だろう――に悩まされることはないと、薄い羊皮紙に緑のインクでしたためた書状も届けられた。これは奇妙な死の王だ。一度は引き受けたものの、もうこの仕事を果たす義理はないと判断したのだろう。ボウルガードは〈タイムズ〉の紙面に埋もれていたある事件を、これと関連づけて考えている。ドクター・ジキルの家に強盗ならぬ侵入者があったのだ。侵入者は研究室に押し入り、科学者が調査していたヴァンパイア長生者《エルダー》の灰の上に五十枚のソヴリン金貨を撒き散らしていったという。

「わたくし、ヴァンパイアのことなど一生知らなければよかったのにと思うことがございますわ」フローレンスが言った。「ブラムにもそう申しましたのよ」

ボウルガードはもごもごと同意の言葉をつぶやいた。そのとき玄関の呼鈴が鳴り、訪問者を迎えるため、ミセス・ヨーヴィルが早足で部屋を通り抜けていった。

「きっとまたお見舞いの方ですわね」

昨日は新生者《ニューボーン》のジャーナリスト、ペネロピの親友ケイト・リードがやってきて、同情の言葉をつぶやきながら半時間あまり所在なげにうろうろしたあげく、口実を見つけてそそくさと退散した。結局ペネロピはケイトから何ひとつ学ぶことができなかったのだ。

玄関の扉がひらき、聞き慣れた声が告げた。

「申し訳ありませんが、名刺はもっていませんの」

ジュヌヴィエーヴだ。ボウルガードは何かを考える暇もなく立ちあがり、玄関に出た。フローレンスもあとについてくる。ジュヌヴィエーヴは入口に立っていた。

「チャールズ、ここにいらっしゃると思ったわ」

ジュヌヴィエーヴはミセス・ヨーヴィルのそばをすり抜け、緑色のマントを脱いだ。家政婦がそれをハンガーにかける。

「チャールズ」フローレンスが促した。「どなたなのかしら」

ボウルガードは謝罪して両者をひきあわせた。ジュヌヴィエーヴはみごとなマナーを示し、フローレンスの手に触れて軽く腰をかがめた。ミセス・チャーチウォードが新しい客に挨拶をしようとあらわれた。ボウルガードはふたたび紹介の労をとった。

「こちらで不死者《アン=デッド》の病気にくわしい医師を必要としていらっしゃるとうかがいましたので」ジュヌヴィエーヴがペネロピの母親に説明した。「わたしは少なからぬ経験を積んでいます」

「うちにはハーレー・ストリートのドクター・ラヴナがいらしてくださっておりますのよ、ミス・デュドネ。あの方だけで充分でございますわ」

「ラヴナですって？」

ジュヌヴィエーヴがその医師をどう評価しているか、顔を見ただけではっきりとわかる。

「ジュヌヴィエーヴ？」彼は声をかけた。

「失礼かもしれないけれど、チャールズ、ラヴナは無能な詐欺師だわ。ヴァンパイアになってやっと六ヶ月だというのに、当代のカルメを自称しているの。ジキルやモローのほうがまだましだわ。もっともわたしなら、腫物の切開だってあのふたりにまかせたりはしないけれど」

「ドクター・ラヴナは最高の評判をとっておいでですのよ」ミセス・チャーチウォードが言いつのる。「立派なお宅ではみなさま、ドクターを歓迎していらっしゃいますわ」

ジュヌヴィエーヴは手をふってその意見をしりぞけた。

「社交界も間違いは犯します」

「でもわたくしは――」

「ミセス・チャーチウォード、わたしにお嬢さまを診《み》させてください」

そしてじっとペネロピの母親を凝視する。ボウルガードにも、その視線にこもる圧力が感じられた。手首の傷がうずく。しじゅうそわそわとカフスをいじっているのに、きっとみんな気づいているだろう。

「よろしいでしょう」ミセス・チャーチウォードが折れた。

「セカンド・オピニオンくらいのおつもりで結構ですから」ジュヌヴィエーヴが言った。

フローレンスとミセス・ヨーヴィルを残し、ジュヌヴィエーヴとボウルガードはミセス・チャーチウォードについて二階にあがった。病室の扉がひらくと、すさまじい悪臭があふれだした。死と忘却のにおいだ。室内は重苦しくカーテンを閉めきり、魚尾《フィッシュテール》ガス灯がただひとつ、寝台に青白い半円状の光を投げかけている。

腕まくりをしたドクター・ラヴナが患者の上にかがみこみ、胸に張りついた黒くうごめくものにはさみ《トング》をあてていた。敷布はまくりあげられ、ペネロピの肌着もひらかれている。胸から腹にかけて、半ダースもの黒い筋が走っている。

「蛭ね！」ジュヌヴィエーヴがさけんだ。

ボウルガードは吐き気をこらえた。

「なんて馬鹿なことを！」

ジュヌヴィエーヴは件の専門家を押しのけ、ペネロピのひたいに手をあてた。患者の皮膚は黄色っぽい光沢を帯びている。目のまわりは赤く、むきだしの皮膚は点々と炎症を起こしている。

「汚れた血を抜きとらねばならんのじゃ」ドクター・ラヴナが説明した。「お嬢さまは毒の泉の水を飲みなさったのだからな」

ジュヌヴィエーヴは手袋をはずし、ペネロピの胸の蛭をつかんで洗面器に投げいれはじめた。てきぱきと嫌悪の色も見せず、蛞蝓のような生き物をすべて取り除いていく。蛭が口をつけていた場所から血がにじみはじめる。ドクター・ラヴナが抗議しようとしたが、ジュヌヴィエーヴはひとにらみでそれを黙らせた。その作業が終わると、掛け布団でペネロピの身体をくるみこんだ。

「あなたのような愚か者は充分な報いを受けるべきだわ」

「わしは最高の信用状をもっておるんですぞ、お若い方」

「わたしは若くなんかありません」

ペネロピは意識をとりもどしたが、口はきけないようだ。視線がひらめき、手がジュヌヴィエーヴの手をとった。病気のせいだけではなく、ペネロピはたしかに変化した。わずかに面変《おもがわ》りし、髪の生え際も移動したようだ。パメラに似ている。

「蛭がこの方の精神を完全に狂わせてしまわなかったことに感謝するのね」ジュヌヴィエーヴはドクター・ラヴナを糾弾した。「あなたは病人の体力をさらに弱めて危険にさらしたのよ」

「何をすればよろしいのでしょう」ミセス・チャーチウォードがたずねた。

「血が必要です」とジュヌヴィエーヴ。「汚れた血を飲んだのなら、それに対抗するよい血をとらなくてはなりません。血を抜くのは無益なばかりか症状を悪化させるだけです。脳に血がまわらなくなると、取り返しのつかない損傷を与えることにもなりかねません」

ボウルガードはカフスをはずそうとしたが、ジュヌヴィエーヴは手をふってその無言の申し出をしりぞけた。

「いいえ、あなたの血ではだめだわ」

きっぱりとした口調だ。彼女はほんとうに純粋に医学的な動機で動いているのだろうか。

「必要なのは、ご自分の血か、それに近いものです。モロー博士の言ったことは正しいのよ。血にはいくつかのタイプがあるの。ヴァンパイアは何世紀も前からそれを知っていたわ」

「この子自身の血ですって？　どういうことですの？」ミセス・チャーチウォードがたずねる。

「もしくはそれに近いもの、つまり親族の血です。ミセス・チャーチウォード、よろしければ――」

ミセス・チャーチウォードは嫌悪を隠しきれずにいる。

「昔、お嬢さまにお乳を与えたように、いま一度それをなさってください」

ペネロピの母親はパニックに襲われた。手首をあごの下でぴったりとあわせ、両手を顔にあてている。

「ゴダルミング卿が真の紳士でいらしたら、こんな必要もなかったのだけれど」ジュヌヴィエーヴがボウルガードに説明する。

ペネロピがシューと音をたてて犬歯をむきだした。空気に吸いつき、そこに漂う物質を捕らえようと舌を突きだす。ジュヌヴィエーヴが、今度はミセス・チャーチウォードに向かって説明した。

「生き延びることはできるでしょう。けれどもかつてお嬢さまであった人格はすべて消え、まるで白紙の、心をもたない食欲だけの生き物が残されるでしょう」

「彼女はパメラに似ている」ボウルガードは言った。

ジュヌヴィエーヴの顔がくもった。

「とんでもない、悪い徴候よ。ペネロピが内側にひっこんで、自己を失ったまま再形成しようとしているのだわ」

ペネロピが鼻を鳴らす。ボウルガードはまばたきして涙をふり払った。悪臭、息のつまるような熱気、怯えた医師、苦しげな患者。すべてにおぼえがある。

ミセス・チャーチウォードが寝台に歩み寄った。ジュヌヴィエーヴが手招きしてその手をとる。そして母と娘を向かいあわせ、すっと身をひいた。ペネロピが手をのばし、母親を抱きしめる。ミセス・チャーチウォードは襟元をひらいて、嫌悪にふるえながら咽喉をさらした。患者が身体を起こして、母親の首に口をあてた。ミセス・チャーチウォードが衝撃に凍りついた。赤いしずくがひと筋、ペネロピのあごから寝衣にしたたる。ジュヌヴィエーヴは寝台に腰をおろし、ペネロピの髪をなでながら励ましの言葉をつぶやいている。

「気をつけて。飲みすぎてはだめよ」

ドクター・ラヴナは蛭を残したまま逃げ去った。招かれざる客の居心地悪さを味わいながらも、ボウルガードはその場にとどまった。ミセス・チャーチウォードの顔がやわらぎ、夢見るような表情が浮かんだ。彼女の感覚がわがことのように理解できる。ボウルガードはきつく手首を握りしめ、袖口のかたいリネンを傷の上にすべらせた。ジュヌヴィエーヴがそっとペネロピを母親の首から引き剥がし、寝かしつけた。くちびるは赤く染まり、顔にも血の気がもどっている。満腹し、以前の面影がもどったようだ。

「チャールズ、夢から覚めなさい」ジュヌヴィエーヴが鋭い声をかけた。

ミセス・チャーチウォードが失神寸前でよろめいている。ボウルガードは彼女を支え、椅子にすわらせた。

「こんなふうだとは——考えたこともありませんでしたわ——。かわいそうな、かわいそうなペニー」

いま彼女はより深く娘を理解できるようになったのだ。

「ペネロピ」

ジュヌヴィエーヴが病人に呼びかけた。ペネロピは視線をさまよわせ、くちびるをふるわせている。その舌が最後の血のしずくをなめとった。

「ミス・チャーチウォード、聞こえますか」

ペネロピが答えるように咽喉を鳴らした。

「ゆっくりお休みなさい」ジュヌヴィエーヴが命じる。

ペネロピはうなずき、微笑を浮かべてふわりと目蓋を閉じた。

ジュヌヴィエーヴはミセス・チャーチウォードに向きなおり、顔の前でパチリと指を鳴らした。ペネロピの母親がはっと白昼夢から覚めた。

「二日後に同じことをなさってください、わかりますね。必ず監督者をつけて。与えすぎてはいけません。そしてそれが最後です。お母さまの血だけをあてにして生きていくわけにはいきませんから。もう一度食餌をすれば体力がつきます。それ以後は、自分の面倒は自分で見ることです」

「娘は大丈夫なのですね」ミセス・チャーチウォードがたずねた。

「永遠の生命を約束することはできませんが、注意深くさえしていれば、百年は生きられるでしょう。もしかすると、千年でも」

# 46 カフィル戦争

サー・チャールズは毎晩ペンキ缶をさげた警官の一群を派遣して、スコットランド・ヤードから見える範囲に描かれた十字架を消させている。しかし夜明けとともに細い赤十字はまた出現し、ホワイトホール・プレイスとノーサンバーランド・アヴェニュー近郊のありとあらゆる白いもの、白っぽいものが汚される。警視総監が再度結成した即席ペンキ屋の一団に命令を怒鳴りつけるさまを、ゴダルミングはじっと観察していた。

分厚いコートとスカーフに身を包んだ生者の浮浪者たちが、いままさに砦に襲撃をかけんと画策する凶暴な原住民のように、じっとそれを監視している。ライフルを装備しすべての扉と窓を防御して攻囲戦に対するヤードの備えを固めたことは、サー・チャールズの策の中でも賢明なもののひとつにかぞえられる。ことが警察から軍隊の様相を帯びてくるにつれて、警視総監はほとばしるように能力を発揮しはじめる。軍人としては優秀、警官としては無能――それがサー・チャールズ・ウォレンに与えられる評価だろう。

霧が舞いもどり、かつてなく濃く垂れこめた。ヴァンパイアでもこの霧を見通すことは不可能だ。闇に目がきくことと、硫黄色の濃霧を透かし見ることは同じではない。ゴダルミングは首相のためにサー・チャールズの監視をつづけている。警視総監は着実に統率力を失いつつあった。今度ルスヴンに会ったら首のすげ替えを進言しよう。マシューズは数ヶ月前からサー・チャールズの頭皮を狙っていたから、さぞや溜飲をさげることだろう――もっとも内務大臣の地位とて決して安泰とは言えないのだが。

あろうことか十字軍戦士はヤードの正面扉に十字を描くという離れ技をやってのけた。もしかすると警察内部にもジェイゴに賛同する温血者《ウォーム》がいるのかもしれない。誰であろうとサー・チャールズの後釜につく者は、秩序をとりもどす前に警察内を粛清しなくてはならないだろう。

聖ジョージの十字架は反政府主義者の象徴であると同時に、ヴァンパイアが直視できないと言われるキリストの十字架であり、プリンス・コンソートの軛《くびき》につながれた英国の旗印でもある。

「耐えられん」サー・チャールズが息巻いた。「おれのまわりにはごろつきと頓馬しかおらん」

ゴダルミングは沈黙を守った。壁にけしからぬ絵やスローガンを落書きすると、いまでは五回の公開鞭打ちに処せられる。このままエスカレートしたら、まもなく即決の串刺しか、少なくとも罪を犯した片手の切断ということになるかもしれない。

「薄のろマシューズの吝嗇家《りんしょくか》め」サー・チャールズがつづけた。「通りにもっと人を出さねばならんのに。一個中隊だ」

警視総監の話を拝聴しているのはゴダルミングひとりだ。部下たちは司令官の怒号に耳をふさいで治安維持の仕事に全力をそそいでいる。サー・チャールズの副総監をつとめるドクター・アンダスンは休暇を延長してスイスで山のぼりをしているし、スワンスン主任警部は必死で壁紙のふりをしながらうつむき、嵐が過ぎ去るのを待っている。

浮浪者のような男がひとり、サー・チャールズに近づいて話しかけた。ゴダルミングはすぐさま関心をひかれ、声が聞こえるところまでさりげなくすり寄っていった。ぼろ服の連れだろうか、もうひとりの男が片足をひきずりながら十ヤードほど手前で立ちどまった。足の悪いほうはヴァンパイアの長生者《エルダー》で、顔の皮膚がいまにも頭蓋骨から剥がれ落ちそうだ。たぶんカルパティア近衛隊の一員だろう。どう見ても英国人ではない。

「マッケンジーではないか!」サー・チャールズがさけんだ。「いったいどういうことだ。いままでどこにおったのだ」

「捜査にあたっておりました」

「職務怠慢だぞ。降格のうえ厳重な懲戒処分だ」

「閣下、お聞きください――」

「それにそのなりはなんだ。きさまは警察の面汚しだ！　恥さらしが！」

「閣下、ともかくこれをごらんください――」

マッケンジー――警部だったろうか――が警視総監に一枚の紙をわたした。

「またあのいまいましい手紙がきたのか！」サー・チャールズがさけぶ。

「そのとおりです。しかしまだ書き終わっていませんし、送付もされておりません。自分はこの手紙の主を知っております」

ゴダルミングにもことの重要さが認識できた。サー・チャールズの両眼に邪悪な光がひらめいた。

「きさまは切り裂きジャックの正体を突きとめたというのか」

マッケンジーは狂ったように微笑した。

「そうは申しておりません。しかし、その名で手紙を書いた人間を知っております」

「ではレストレイドをさがせ。あいつの仕事だ。面倒な狂人をまたひとり片づけることができて、さぞありがたがることだろうて」

「非常に重要なことなのです。いつぞやの公園での事件にも関係があります。すべてに関係があるのです。ジョン・ジェイゴにも、ダイナマイト犯にも、切り裂き魔にも――」

「マッケンジー、きさま、狂ったのか！」

ゴダルミングに言わせれば、両者ともに発狂寸前だ。だがその紙はとてつもなく貴重だ。彼は足を踏みだしてのぞきこんだ。

「『敬具、切り裂きジャック』」声に出して読みあげる。「筆跡はこれまでのものと同じか」

「十ギニー賭けてもいいです」マッケンジーが答えた。「ちなみに自分はスコットランド人であります（スコットランド人は一般的に倹約家と言われている）」

いまやあたりは人だかりでいっぱいだ。群がった制服の中に、少なからぬ浮浪者がまじっている。マッケンジーの連れの長生者《エルダー》もそれに加わった。新生者《ニューボーン》の警官がひとり、すぐさま行動に移れるよう、マッケンジーの背後で身がまえている。

「サー・チャールズ」マッケンジーが言った。「犯人はヴァンパイアであります。裏切りです。ダイナマイト級の裏切りなのです。われわれはずっとあざむかれてきたのであります。上のほうの方々が介入してきておられるのです」

「ヴァンパイアだと！　くだらん。十字軍どもの檻を揺すれば犯人はあがる。温血者《ウォーム》のくずに決まっておる」

マッケンジーはいらだたしげに両手をあげた。警視総監の頑固さにひたいをたたかんばかりだ。

「閣下、ディオゲネス・クラブという名をご存じありませんか」

サー・チャールズの顔が灰色になった。

「馬鹿なことを言いだすものではない」

ゴダルミングの好奇心が燃えあがった。ディオゲネス・クラブとはチャールズ・ボウルガードが所属する組織だ。ボウルガードは最初からこの事件に関わっていた。もしかするとこのスコットランド人は本物の手がかりに行きあたり、獲物を追いつめたのかもしれない。

「サー・チャールズ」ゴダルミングは口をはさんだ。「マッケンジー警部の報告はこのような道端で聞いてよいものではなさそうです。いくつかの謎が解明されるかもしれません」

そして警視総監から警部へと視線を移した。どちらも頑固に相手に屈すまいとしている。マッケンジーのかたわらでは、カルパティア人が赤い目をサー・チャールズにすえている。そしてその背後には、巨大な口髭を生やした暗い目の警官が控えている。

その瞬間、ゴダルミングはヴァンパイアのめくるめくような直観により、その警官が七ポンド紙幣のような偽物であることを看破した。

炎が噴きだし轟音がひびいた。人々が悲鳴をあげて散らばる。ペンキの袋がポートランド岩の化粧石の上で炸裂した。狙いすました投擲物でつぎつぎと窓が割られ、銃撃にひとりの女が金切り声をあげる。集まっていた全員が地面に身を投げだそうとする。カルパティア人がぶつかってきたため、ゴダルミングはその重みによろめき、倒れまいと足を踏んばった。偽警官がぐいと腕をうしろにひいた。閃光。ゴダルミングは転倒し、薄汚れた敷石に押しつけられた。カルパティア人が身体をころがして彼から離れる。サー・チャールズは大声でわめきながら拳銃をふりまわしている。

マッケンジーが大きく息を吸いこんで、はたととめた。膝立ちになって口をあけ、目をむいている。切り裂きジャックの手紙が突風にさらわれ、裏向きのまま、数ヤード先の濡れた壁にポスターのようにぺたりと貼りついた。マッケンジーがあえぎ、その口から血が噴きこぼれた。カルパティア人が彼を立たせようとしている。スコットランド人の背中に触れた手が、べったりと血に染まった。

誰かがゴダルミングの頭を蹴とばした。警官の呼子《よびこ》が甲高い音をたてる。サー・チャールズはアフリカでの戦闘の真っただ中にいるつもりなのか、ふたたび指揮官に返り咲いたように、拳銃を握ったまま警官を整列させ、命令をくだしている。

騒動に気づいたのだろう、ヤードから増援隊がとびだしてきた。多くの者が銃をふりかざしている。サー・チャールズは規制があるにもかかわらず、出動する部下を武装させたがるのだ。警視総監が群衆の鎮圧を命じる。警棒を抜いた警官の小隊が、残っていた数人の浮浪者をめった打ちにし、エンバンクメントのほうに追いたてる。気がつくと、マッケンジーを刺した新生者《ニューボーン》もその中にまじって、警棒で牧師の頭を殴りつけている。警官たちが群衆を霧の中に追いやった。暗殺者はそのまま、二度ともどってはこないだろう。

マッケンジーは敷石にうつ伏せになったまま身動きもしない。外套の背中ににじんだ黒い染みは、心臓がみごとに貫かれたことを語っている。カルパティア人が血のしたたる短刀を片手に、無表情な死人の顔で、死体の横にたたずんでいた。

「この殺人犯を逮捕せよ」サー・チャールズが命じた。

周囲にいた新生者《ニューボーン》の警官三人がためらった。長生者《エルダー》をとりおさえることができるかどうか、不安なのだろう。

カルパティア人は侮蔑するように短刀を投げ捨て、両手をさしだした。ひとりの警官がしかたなく、長生者《エルダー》の手首にあたりまえの手錠をかけた。その気になればそんな手錠などひとひねりで壊せるだろうに、カルパティア人はおとなしくされるがままになっている。

「のちほど釈明してもらおうか」サー・チャールズが噛みとってくれと言わんばかりに一本の指をヴァンパイアに突きつけた。

警官たちがカルパティア人を連れ去った。

「これでよい」

警視総監は静かになった周囲を見まわした。通りにはひとけがなく、ペンキが壁からしたたっている。敷石の上には瓦礫や石が散らばり、そのあいだに謎の巡査のヘルメットがころがっている。それでもとりあえずの平和はとりもどされた。

「このほうがずっとよい。秩序と規律だよ、ゴダルミング。われわれに必要なのはそれだ。手をゆるめてはならんのだ」

サー・チャールズは自信たっぷりな足どりで、部下をひき連れて建物にもどった。原住民らは一時的に撃退されたが、ゴダルミングの耳にはさらに多くの食人種を呼び集めんとする密林の太鼓の音が聞こえる。いましばらく霧の中に立ちつくしたまま、頭脳をフル回転させた。この場にいた者の中で、たったいま起きた事件を真に理解できたのは、ゴダルミングと、とうの暗殺者だけだろう。彼はいまや全能力を開花させた。彼のヴァンパイアとしての直観と感性は、長生者《エルダー》にはかなわぬまでも、すでに新生者《ニューボーン》の域を脱している。静寂を凝視すると、その下にひそむ混沌が見える。まずはきっかけを見つけ、それから非情にそれを追え、とルスヴン卿は教えてくれた。この情報があれば、絶対的な優位に立つことができるだろう。

# 47　愛とミスタ・ボウルガード

ボウルガードは両手を背中にまわして暖炉の前に立った。熱気が心地よい。カヴァシャム・ストリートからチェイニ・ウォークまで歩いただけで骨の髄まで冷えきってしまった。いまこうして暖かい部屋でくつろいでいられるのは、ベアストウが火をおこしてくれていたおかげだ。

ジュヌヴィエーヴはまるで新しい家を探検する猫だ。室内を歩きまわり、あれやこれやの品を見つけだしては手にとって味わおうとするかのようにまじまじと見つめ、ときには細かく置き場所を正している。

「この方がパメラ?」最後に撮った写真を手に、「とてもお綺麗な方ね」

ボウルガードはうなずいた。

「ふつうは妊娠中の写真なんて嫌がるものなのに。きっと、見苦しいと思うのね」

「パメラはふつうの女性とはちがっていた」

「もちろんそうなのでしょう。残された方たちに与えた影響を見てもわかるわ」

ボウルガードの記憶がよみがえる。

「でもこの方だって、あなたが残りの人生を投げ捨ててしまうことを望んだりはなさらなかったでしょう」と、写真をもどし、「ましてや、従妹が自分そっくりの身代わりになることなんて、願うはずもないわ」

答える言葉はなかった。ジュヌヴィエーヴのおかげで、自分の婚約がいかに不健全であったかが理解できるようになったのだ。ペネロピも彼も、自分自身に、そしてお互いに対して誠実ではなかった。だがペネロピを、ましてやミセス・チャーチウォードやフローレンス・ストーカーを責めるわけにはいかない。すべては彼自身の過ちだった。

「でも、過ぎたことは過ぎたこと。ほんとうよ。なにせわたしは数世紀分の過去を葬ってきたのですもの」

ジュヌヴィエーヴはすっと腰をかがめ、滑稽な仕種で老貴婦人のようにわなわなと身体をふるわせてみせた。それから身を起こし、ひたいにかかった髪を払いのけた。

「ペネロピはどうなるのだろう」

彼女は肩をすくめた。

「何も約束はできないわ。でもきっと生き延びるでしょう。もしかすると、また自我をとりもどせるかもしれない。そう、生まれてはじめて真の自我を手に入れることになるのではないかしら」

「きみは彼女が好きではないんだね」

ジュヌヴィエーヴは立ちどまり、考えるように首をかしげた。

「もしかすると妬《や》いているのかしら」

舌がきらめく歯の上を横切る。気がつくと、礼儀作法が許す以上に近く、彼女の身体がすり寄っている。

「でもやっぱり、あまり好きにはなれないわ。ホワイトチャペルで会ったあの夜、わたしが怪我をしているのに、まるで同情してくださらなかったでしょう。くちびるをかたくひきしめて、目を険しくいからせて」

「あんな場所にやってくるのが彼女にとってどれほど大変なことだったか、きみは考えたことがないだろう。これまで教わってきたあらゆること、信じてきたすべてに逆らって、わたしをさがしにきたんだ」

以前のペネロピが単身あのような冒険に出たこと、地獄の奈落にも等しいだろう場所にひとりでやってきたことが、いまでも信じられない。

「あの人はもうあなたを必要としていないわ」彼女の口調は素っ気ない。

「わかっている」

「転化した以上、慎ましやかないい奥さんにはなれないわ。夜に生きる術《すべ》を自分で見つけなくてはならないの。でもそれはそれとして、案外立派なヴァンパイアになれるかもしれないわね」

彼女の手が襟にかかった。鋭い爪が布地をなでる。暖炉の熱気が耐えがたいほどだ。

「ねえ、チャールズ、接吻してちょうだい」

彼はためらった。

彼女が微笑する。彼女の前歯はふつうのものと変わらない。

「心配しないで。嚙みついたりしないから」

「嘘つき」

小さな笑い声をあげる彼女に、そっと口づけた。彼女の手がするりと巻きつき、舌がくちびるをなぞる。ふたりは暖炉のそばを離れ、いささかぎこちなく、長椅子に身を落ち着けた。彼女の髪に指をすべりこませる。

「あなたが誘っているの？　それともわたしが誘惑したのかしら。どっちだか忘れてしまったわ」

妙なときに妙なことを言いだすものだ。親指で頰の輪郭をなぞると、手首にくちびるが近づき、ふさがった傷口を舌がさぐった。全身に衝撃が走る。足の裏がもっとも激しくそれを感じている。

「そんなこと、気にしなくていい」

頭がクッションに押さえつけられる。天井が見えた。首筋にくちびるがあたる。

「あなたが知っている行為とはちがうでしょうけれど」

彼女の歯がさっきよりも鋭く、長くなっている。

肌着がスカートからはみだし、乱れた。ジュヌヴィエーヴはほっそりとして綺麗だ。彼の衣服も着くずれてきた。

「きみにも同じことを言ってあげるよ」

男のように朗々とした笑い声があがり、首筋に歯があたった。落ちてきた髪の毛が口と鼻にかぶさり、くすぐったい。彼は両手を肌着の下にもぐりこませ、背中や肩をさぐった。皮膚の下で動く筋肉にヴァンパイアの力が感じられる。彼女がカラーとシャツから飾りボタンを嚙みちぎり、吐きだした。ベアストウが来月いっぱいかけてひとつひとつ拾い集めるのだと思うと、笑いがこみあげてくる。

「何がおかしいの？」

首をふると、また接吻された。口に、目に、首に。自分の血の脈動が聞こえる。ふたりは愛撫のあいまに、慎み深く幾層もまとった衣装をゆっくりと脱がせあった。

「ヘラクレスの苦行？」彼女がたずねた。

スカートのわきにまた新たなホックの一群が見つかったのだ。

「十五世紀末の上流貴婦人を誘惑してごらんなさい。わたしたちの世代で子孫が絶えなかったのが奇跡ではないかと思えてくるわよ」

「暑い地方では、ことはもっと簡単なんだがな」

「あら、簡単なほうが楽しいとはかぎらないでしょ」

ふたりは並んで横たわり、互いの温《ぬく》もりを感じあった。

「たくさん傷痕があるのね」

指の爪が肋骨の下のうっすらとした筋をなぞる。

「女王陛下のためにね」

右肩に古い銃創をふたつ見つけ——貫通した銃弾の入口と出口だ——彼女の舌が鎖骨の下でくぼみをなぞる。

「女王陛下のためって、実際には何をしているの？」

「ディオゲネス・クラブはいつも、外交と戦争のあいだのどこかにいるんだよ」

彼女の胸に口づけ、その皮膚にそっと歯を押しあてた。

「きみにはひとつの傷痕もないんだな。痣さえもない」

「わたしの場合、外側のものはみんな治ってしまうもの」

彼女の肌は青白く透明だが、まったく無毛というわけでもない。彼女が身体をずらし、受け入れる態勢を整えた。そっと体重をかけていくと、きつく下唇を噛みしめる。

「ああ、やっと」

ともにすべり落ちながら、彼は静かに吐息をついた。彼女は両腕両脚でしっかり彼を捕らえ、首をのばして、咽喉にくちびるをあてようとしている。

氷の針が衝撃をもたらす。彼は一瞬、彼女の身体の内側に、心の中にはいりこんでいた。驚異的な広大さ。彼女の記憶がはるかな銀河を旅する恒星のように、ほの暗い彼方に遠ざかっていく。彼女の内部でうごめく自分、彼女の舌で味わう自分の血が感じられる。そして身ぶるいとともに、彼は自分自身にもどった。

「とめてちょうだいね、チャールズ」

彼女が赤いしずくで歯を染めたままつぶやく。

「もし苦しかったら、やめさせてね」

彼は首をふった。

# 48 ロンドン塔

ルスヴン卿の紋章入り手紙が通行手形となって、面会が許可された。とぼとぼと進む新生者《ニューボーン》の看守のあとから、ゴダルミングは石壁に囲まれた階段を軽快な足どりでくだっていった。こらえてもこらえてもエネルギーがあふれだしそうだ。爆発しそうなほどの高揚感。この看守は、思考においても行動においてもあまりにものろい。彼は徐々にではあったが、みずからの新しい能力の膨大さを認識しつつあった。そしてまだ限界は見えていないのだ。

日が暮れてまもなく、ハイド・パークを散歩中に、ゴダルミングは顔見知りの若い女に出会った。名はヘレナ・なんとかといい、しばしばフローレンスの夜会に、たいていはミセス・ストーカーの愚鈍な劇場仲間と連れ立ってやってくる女だ。彼は視線を飛ばし、女を魅了した。それから手近の四阿《ガゼボ》に連れこんで、身をくねらせるように衣服を脱がせた。そして首をひらき、ほぼ全身の血を吸いつくした。彼が立ち去るとき、女は半死半生といったありさまだった。

いま彼はヘレナの味に満たされている。ときたま頭蓋の内側で小さな爆発が起こり、そのたびに少しずつ、あの温血者《ウォーム》の女のことがわかってくる。彼女のささやかな人生は彼のものだ。食餌のたびに、彼はより強大になっていく。

頭上にはこの要塞最古の白の塔がそびえている。囚人が横になることもできない四フィート四方の〝苦痛の独房《セル・オヴ・リトル・イーズ》〟もすぐ近くだ。そこには代々ガイ・フォークスのような王室の敵が収容されてきた。それよりましな房も石にうがたれた気泡のようなもので、逃亡は不可能だ。頑丈な木の扉には、それぞれちっぽけな格子窓がついている。住人のいる独房のいくつかからうめき声が聞こえた。飢死寸前なのだろう、みずからの血管に嚙みついてひどい傷を負う者も少なくないという。同族に対する残虐さで有名なオルロック伯は、緩慢な死に等しい監禁でもって裏切者を罰しているのだ。

そうした独房のひとつに、コスタキが収監されている。ゴダルミングはこの近衛将校について調べてみた。長生者《エルダー》で、ドラキュラが温血者《ウォーム》であったころから仕えてきた。逮捕以来、彼はひと言も口をきかないという。

「こちらです」

いささか滑稽な喜歌劇風の衣装を着た看守が鍵束をとりだし、三重の錠前をはずした。ランタンを床において重たい扉をこじあける。長い影が背後の石で躍った。

「ご苦労だった。終わったら声をかける」

ゴダルミングは独房に足を踏み入れながら看守をさがらせた。

薄闇の中で赤い目が燃えている。囚人にも彼にも、ランタンなど必要ではない。

コスタキが顔をあげて訪問者に目を向けた。干からびた顔から表情を読みとることはできない。腐敗こそしていないものの、黴臭いかたくなった古いリネンのように、皮膚が頭蓋骨に張りついている。生命を感じさせるものといえば、その両眼だけだ。カルパティア人は鎖でつながれ、藁布団に横たわっていた。革でくるんだ銀のかせが怪我をしていないほうの足首に巻きつき、頑丈な銀と鋼の鎖が石にはめこまれた輪につながっている。もう片方の足は、砕かれた膝のまわりに汚れた包帯を巻いて、力なく投げ出されている。肉の腐臭が独房全体に漂っている。銀の弾丸で撃たれたのだ。長生者《エルダー》が咳をした。毒が血管にはいり、ひろがりつつあるのだろう。もう長くはあるまい。

「ぼくもあの場にいた」ゴダルミングは口をひらいた。「偽警官がマッケンジー警部を殺すのを見た」

コスタキの赤い目は動かない。

「あなたは無実だ。あなたは敵によって、このような汚物溜めに追いやられたんだ」

天井が低く窓のない独房は、まるで墓穴のようだ。

「わたしはシャトー・ディフで六十年をすごした（シャトー・ディフはフランス、マルセイユ沖のイフ島につくられた要塞。一五四〇年から一九一四年まで牢獄として使用された。『モンテクリスト伯』の舞台として有名）。あれに比べれば、ここなど居心地がよいほどだ」

コスタキの声はまだ力強く、狭い房内で驚くほど大きくひびきわたる。

「話してくれ」

「すでに話しているではないか」

「あれは誰だったんだ。あの警官は」

コスタキは口をつぐんだ。

「あなたを助けられるかもしれない。ぼくは首相に顔がきく」

「わたしを助けることは不可能だ」

敷石の割れ目から水がしみだして、床に灰緑の苔が点々と生えている。コスタキの包帯にも同じ色の染みがついている。

「そんなことはない。事態は由々しいが、逆転は可能だ。陰謀を企てているやつらの裏をかくことができれば、ずいぶん優位に立てるはずだ」

「優位だと？　貴公ら英国人はいつも優位に立っているではないか」

ゴダルミングはこの野蛮な異国人より強く、頭も切れる。この状況をくつがえせば、唯一の勝利者として立つこともできるだろう。

「あの警官を見つければ、プリンス・コンソートに対する陰謀を暴くことができる」

「スコットランド人も同じことを言っていた」

「ディオゲネス・クラブが介入しているのではないのか」

「何を言っているのかわからぬ」

「マッケンジーが話していた。殺される直前に」

「スコットランド人は多くを自分ひとりの胸におさめていた」

もちろんコスタキは知っているだけのことを話すだろう。ゴダルミングには長生者《エルダー》の頭の中で回転する歯車が見える。どのレヴァを押せばいいかもわかっている。

「マッケンジーもことの解明を望むだろう」

コスタキの大きな頭がうなずいた。

「スコットランド人はわたしをホワイトチャペルの家に連れていった。彼の獲物は〝軍曹〟とか〝ダニー〟と呼ばれる新生者《ニューボーン》だった。だが結局は狐に逆襲されたようだ」

「そいつがマッケンジーを殺したのか」

コスタキはうなずき、それから自分の膝を示した。

「そうだ。これもそやつのせいだ」

「ホワイトチャペルのどこだ」

「オールド・ジェイゴという地区だった」

その名前なら聞いたことがある。この事件はすべてホワイトチャペルにもどっていく。切り裂きジャックが娼婦を殺し、ジョン・ジェイゴが演説をぶち、ディオゲネス・クラブのスパイどもがしじゅう姿をあらわす場所。明晩、ゴダルミングもロンドンの最暗部にのりだしていこう。その軍曹とかだとて、アーサー・ホルムウッドがなり得たヴァンパイアの敵であるはずはない。

「元気を出したまえ」長生者《エルダー》に言った。「すぐにここから出してみせるから」

独房を出て看守を呼んだ。看守がふたたび鍵をかける。分厚い扉の格子ごしに、藁布団に横たわるコスタキの赤い目がまたたいた。

アーチに縁どられた廊下のはずれに、ぼろぼろの長いフロックコートを着て背中の曲がった長身のノスフェラトゥが立っていた。先のとがった大きな耳と鋭い牙のため、ふくれあがった頭がまるで鼠のようだ。頬は落ちくぼみ、黒い穴に埋めこまれた両眼は常に潤んでせわしなく動いている。仲間の長生者《エルダー》たちでさえ、プリンス・コンソートの遠縁にあたるオルロック伯には不安をかきたてられるという。このおぞましい生き物を見ると、自分たちが温血者《ウォーム》といかにかけ離れた存在であるかをまざまざと思い知らされるのだ。

オルロックがするすると近づいてきた。足だけが動き、上半身は蠟細工のように硬直したままだ。そばまでくると、毛むくじゃらな眉が鼠のヒゲのように逆立っているのがわかった。コスタキの独房ほど強くはないが、より不快な悪臭が漂ってくる。

ゴダルミングはロンドン塔監守長に挨拶をしたが、痩せ細りしなびた手を握る気にはなれなかった。オルロックは扉わきの冷たい石に両手をあて、格子に顔を押しつけて、コスタキの独房をのぞきこんだ。看守は上官に触れないようあとじさっている。オルロックは質問を発することなく答えを得ると言われている。その彼がふり返り、さぐるような視線をゴダルミングに向けた。

「まだ口を割りません」ゴダルミングはノスフェラトゥに答えていた。「強情なやつですね。ここで腐り果てるつもりなんでしょう」

オルロックの鼠と鮫と兎に似た歯が下唇を噛んだ。せいいっぱい微笑したつもりなのだ。さすがのゴダルミングもこの生き物に託された囚人の運命を羨む気にはなれなかった。

看守が正面ゲートまで案内してくれた。塔の上空が明るくなりつつある。ヘレナの血がまだ身ぶるいをもたらす。家まで走ろうか、それとも逆賊門《トレイターズ・ゲート》（ロンドン塔テームズ河側の門で、国事犯が船で送りこまれた）の下に飛びこみ、泳いでやろうか。

「鴉はどこだ」

看守が肩をすくめた。

「いなくなってしまいました。みな、そう言っています」

# 49 一般ヴァンパイアの結婚の習性

彼の邸は興味深く、ジュヌヴィエーヴはならんだ蔵書や美術品からおのが直観の正しさを確認した。書斎の読書机には、随所にしるしをつけた本が幾冊も積んである。チャールズの関心は多岐にわたり、現在のところはコンスタンス・ネイデンの『現代の使徒、およびその他の詩』、リチャード・ジェフリーズの『終末のロンドン』、ルシアン・ド・テールの『世界の真の歴史』、マーク・パティソンの『教育基金に関するエッセイ』、レズリー・スティーヴンの『倫理科学』、ピーター・ガスリー・テイトの『見えざる宇宙』などに向かっているらしい。本のあいだにいくつもの額があり、パメラの写真が飾ってある。ラファエル前派風に髪を結った、意志の強そうな顔。写真の中のチャールズの妻は、ぎこちなくポーズをとった人々のあいだで、ひとり陽光の下、穏やかに静止している。

台の上にペンとインクがあった。メモを残していこうと思い、ペンを手にしたが、書くべき言葉は見つからなかった。チャールズは目を覚まし、彼女が去ったことを知るだろう。だが言い訳は必要ない。彼は義務による束縛がどのようなものか知っている。結局、『今夜はホールにいます』、とだけ書き記した。きっとまたチャールズはホワイトチャペルに訪ねてくるだろう。それから話しあうことになるかもしれない。一瞬ためらってから、『愛をこめて、ジュヌヴィエーヴ』と署名し、流れるようなサインの上に小さくアクサングラーヴをつけ加えた。愛も結構。でもいま愛について語ると、どうしても弱気になってしまう。

三人の御者にあたってようやく、連れのないヴァンパイア娘をチェルシーからホワイトチャペルまで連れていってくれる辻馬車が見つかった。彼女の目的地は、ハンソム馬車がめったにその境界外に出ようとしない四マイル半径地域《フォー・マイル・レイディアス》（チャリング・クロスから半径四マイル以内の地域。この区域内は乗物料金が一定）の範囲内にはあるものの、この東の地区に馬車を乗り入れさせるにはしばしば追加料金を払わなくてはならなかった。

満ち足りた思いで静かにころがる車輪にあやされながら、ジュヌヴィエーヴはチャールズのことも、未来のことも、あえて心から締めだした。これまで苦難に満ちた人生を送ってきた彼女には、ふたりがともに暮らせばどうなるか、正確に予測できる。チャールズは現在三十代なかば。自分はこれからもずっと十六歳のままだ。五年か十年たてば、彼女は彼の娘にしか見えなくなる。三十年か四十年すれば、彼は死を迎えるだろう。とりわけ、彼女に食餌を与えつづけるならば。多くのヴァンパイアと同じく、彼女も執着のあまり深く愛した者たちを破滅させてきた。彼を転化させるという道もあるが、新しい生活に彼を導いても、いずれは闇の母として、世の親が子を手放すように、よりひろい世界の中で彼を失うことになる。

馬車が河を越えた。町がより騒がしく、狭苦しく、混みあってきた。

ヴァンパイアの夫婦やヴァンパイアの家族というものもあるが、ジュヌヴィエーヴは不健全さを感じずにはいられない。何世紀もの時をともにすごし、互いを吸いつくしているうちに、もともとの個性を失い溶けあって、ふたつかそれ以上の身体をもったひとつの生き物のようになってしまう。その度を超した残虐さや非情さは、最悪の評判をとった不死者《アン＝デッド》の無法者よりもひどいものだ。

肌寒い陰鬱な朝。もう十一月もなかばになり、ハロウィーンもガイ・フォークス・デイもすぎたが、どちらも今年はたいした祭にならなかった。霧の厚さにはばまれ、太陽もこの街路までは射しこんでこない。辻馬車はのろのろと進んでいく。

今回、世界はまったき変容を迎えた。ヴァンパイアはもはや隠れた存在ではなくなった。彼女とチャールズの問題もなんら特別のものではなく、ありふれているとすら言えるだろう。ふたりのささやかな恋模様は、この国のあらゆる場所で千通りものさまざまな形でくりひろげられているにちがいない。ヴラド・ツェペシュは権力の掌握にあたって、その結果どのような波紋がひろがるか、まったく考慮しなかった。アレクサンドロス大王のように結び目を断ち切り、切れた端になんの導きも判断力も与えないまま、その場に打ち捨てたのだ。

昨夜のチャールズとの交わりは単なる食餌以上のものだった。心の中の不安とは裏腹に、彼の血はいまも興奮をもたらしている。口にはいまだ彼の味が、身体には彼の感触が残っている。

御者が撥ね上げ戸をひらき、コマーシャル・ストリートについたことを告げた。

# 50　人生は短し《ウィータ・ブレウィス》

ロンドンでもっとも恥ずべき穴蔵にハンソム馬車を乗りつけ、ピカデリーを散歩するように歩きまわるつもりはなかった。そもそもどんな御者も、馬具を汚されたり金を盗まれたり馬の血を吸いつくされたりするのを恐れて、オールド・ジェイゴまでは行ってくれない。前回サー・チャールズについてホワイトチャペルを訪れたとき、ゴダルミングはどれほどこの地域の人口密度が高いかを知った。目的の軍曹を見つけるには何週間も辛抱強くさがしまわらなくてはならないだろう。が、必ず見つけてみせる。マッケンジーが死に、コスタキが投獄されたいま、競争相手はいない。獲物の顔を知っているのは彼ひとりだけだ。

コマーシャル・ストリートをぶらぶら歩きながら、口笛で『ラディゴア』の「真昼の幽霊」を吹いた。ルスヴン卿の側近にふさわしい曲ではないが、頭について離れないのだ。それに、ディオゲネス・クラブがプリンス・コンソートに対して陰謀を企てている揺るがぬ証拠を手に入れれば、いかなる罪も許される。遠い昔、温血者《ウォーム》であったころのヴァン・ヘルシングとの交遊も、記録から抹消することができるだろう。望むだけの地位にもつける。アーサー・ホルムウッドは出世するのだ。

闇の中でも驚異的に目が見えるようになっている。全知覚が夜毎に鋭くなっていく。通りの人々を包み隠す霧も彼にとってはうっすらとした靄にすぎないし、ごくかすかな音、匂い、味などの、無限とも言えるさまざまな相違も区別できる。

永遠の生命をもっているとはいえ、ルスヴンがいつまでもプリンス・コンソートの気に入りでいるとはかぎらない。あれだけの地位にある者として、ルスヴンはあまりにも気紛れだ。いずれは失脚するだろう。そのときは、これまでひきたててくれたあの男とも縁を切る。そしてうまくすれば、彼ゴダルミングがルスヴンにとってかわるのだ。

今夜のうちに食餌をしなくてはならない。五感の鋭敏化とともに、食欲も増進した。かつては面倒に思えた仕事――女を組み敷いてふくれあがった痛む歯を突き刺すという行為も、温血者《ウォーム》に対する魅了の力が強まるにつれて容易になった。ただ選んだ犠牲者に心で命じるだけで、女のほうから近寄ってきて彼のために首をさらすのだ。なんの障害もなく、かつ愉悦に満ちた行為。口説きも巧妙になり、食餌の楽しみもよりいっそう趣深くなってきた。

そろそろペネロピ・チャーチウォードのようなヴァンパイアをもっと大勢つくってもいいだろう。いずれ愛人や部下や女中が必要になる。強力な長生者《エルダー》はそれぞれ、主人を崇拝し主人のために働く子《ゲット》を取り巻きにしている。新生者《ニューボーン》になったペニーはどうしているだろうと、いまはじめて彼女のことが思い浮かんだ。ペネロピは彼の衣服をひと揃い盗みだした。見つけだし、彼の意に従わせなくてはならない。

「ゴダルミング卿じゃありません?」卑しからぬ若い女の声が呼びかけた。「ねえ、アートでしょう?」

女を目にすることで、ゆるゆると思考がひきもどされた。山頂からぬかるんだ溝にひきずりおろされたような不快感。壮大な展望を得たあとで、つまらない仕事を押しつけられたような気分だ。

「ミス・リード」咽喉を鳴らすような声で応えた。「こんなところでお目にかかるとは」

ケイト・リードは驚いたような奇妙な目で彼を見つめた。この女で食餌をすませようか。いや、やはりやめておこう。ヴァンパイアの血は強すぎる。その食餌に耐え、臣下どもに貢ぎ物を要求できるのは、真の長生者《エルダー》だけだ。彼はまだそこまでの力をもってはいない。だがケイトは来たるべき世紀の臣下にちょうどいい。脆弱な娘だ、容易に従順な崇拝者に仕立ててあげることができるだろう。

女は面食らったように、嫌悪感を放出した。

「ごめんなさい。人違いでした」

転化によって彼女も変わった。ゴダルミングはケイト・リードをひどく過小評価していたようだ。しっかり意図を見透かされてしまった。彼の思考は、けちな新生者《ニューボーン》ごときにも読みとれるほどあからさまに、顔か、もしくはその頭に書かれていたのだ。もっと注意深くあらねば。女はすばやく走り去っていく。近い将来気を惹こうとしても、あの女は決して彼を受け入れはしないだろう。だが時間はある。最後に手に入れればいいのだ。やってみせるとも。

また口笛を吹きはじめたが、それは彼の耳にも甲高く調子っぱずれに聞こえた。ケイト・リードに心を乱されたと思うと、怒りがこみあげてくる。新しい能力と知覚に夢中になるあまり、温血者《ウォーム》を捨てるずっと以前から身につけていたはずの仮面をおろそかにしていた。他人に素のままの自分を見せてしまうなんて許しがたいミスだ。父なら――彼の人間の父親なら、そんなふうに露骨に手の内を見せたといって、音高く鞭をくれているところだ。

人々のあいだにまじり、群衆の中に姿を隠してしまおう。道の向こうにテン・ベルズというパブがある。あそこでなら女が見つかるかもしれない。彼は荷車をよけながら道をわたり、パブの扉を押して――

――客の中には温血者《ウォーム》も何人かまじっているものの、テン・ベルズはもっぱらヴァンパイアのためのパブであるらしい。ゴダルミングは味気ない豚の血に対する欲望をこらえ、ふたりの新生者《ニューボーン》の娼婦に声をかけた。目指す敵以外の誰が見ても、ウェスト・エンドからスラム遊びにやってきたマーガトロイドにしか見えないはずだ。いちばんフリルの華やかなシャツに、いちばん細身の上着をあわせ、血に飢えて頭のからっぽな気取り屋を演じているのだから。

相手に選んだ娼婦はネルとマリー・ジャネットといい、ジンと豚の血ですでに軽く酔っぱらっていた。ネルはとんでもなく毛深い女で、顔一面に赤い剛毛を生やしている。マリー・ジャネットは、新しいドレスを着て滑稽なほど気取ったアイルランド人だ。器量はまずまず。あとから約束がはいっているので、いまは時間つぶしをしているだけだという。たぶん気前のいい崇拝者がいるのだろう。ネルのほうは真剣に客をさがしているらしく、彼の気を惹こうと懸命で、気障な酔っぱらいを演じている彼の容貌や頭のよさを、しきりと褒めそやした。

温血者《ウォーム》の女をもうひとり誘おうと、ネルが言いだした。近くにある彼女の部屋に行き、ひとつの寝台でふたりを思う存分楽しめばいいと言う。話しながらヒゲの生えた頬をこすりつけてくるので、麝香《じゃこう》のような獣の匂いが立ちこめる。

「なでる向き、考えてくンなきゃ、アーティ」腕の毛をなでつけ、また逆立ててみせ、「あんたがこっちがいいってンなら別だけどさ」

ゴダルミングはパブの奥に目をむけ、カウンターに立っているひとりの男に気づいた。興奮とともに彼は知った。ネルの首に押しつけて顔を隠す。男が豚の血のカップを手に、片足をカウンターのレールにかけたままふり返り、あたりを見まわした。例の軍曹だ。男はごくりと血を飲み、手の甲で口髭についた血の残りをふきとった。警官の制服ではなくチェックのスーツを着ているが、間違いはない。

「カウンターにいる男だが」ゴダルミングはネルにたずねた。「ものすごい口髭を生やした男だ。知っているか。こっそり見てくれ」

ゴダルミングが突然倍も知的になり、自分への関心が半分に減ったことに気づいたとしても、ネルは不平をこぼさずそれを受け入れた。紳士の友人の気紛れには慣れているのだ。彼女は可愛い優秀なスパイのように、さりげなく視線を走らせ、ささやいた。

「お馴染みだよ、ダニー・ドレイヴォットっていうんだ」

名前などどうでもいい。それでもその名を耳にすることで、胃の腑にくすぐるような興奮がわき起こった。彼の獲物には顔も名前もあるのだ。ドレイヴォットはもはや手の内も同然だ。

「軍で見たことがあるような気がするんだが」

「インドにいたンだってよ。アフガニスタンだっけか」

「たしか軍曹だったんじゃないかな」

「そう呼んでる連中もいるよ」

マリー・ジャネットが耳を傾けている。なかなかこない愛人を待って、とり残されたように感じているのだろう。

「あたいらンとこに呼んでこようか」

ゴダルミングはドレイヴォットを盗み見た。きらめく赤い両眼は鋭く油断がならないが、彼に気づいた様子はない。

「いや。どうやら人違いらしい」

ドレイヴォットが豚の血を飲み終え、テン・ベルズを出ていった。ゴダルミングは彼の姿が完全に見えなくなるまで待ってから、ふたりの娼婦を素っ気なく放りだして立ちあがった。女たちは当惑しながらもつぎの客をさがすだろう。娼婦などどうでもいい。

「ねえ、どこいくンだい」ネルが訴える。

彼は酔っぱらったふりをして、よろよろとテーブルを離れた。

「変なヤツ」ネルがマリー・ジャネットにこぼしている。

出口にたどりつくと同時に扉がひらいた。ゴダルミングは新しい客を押しのけて通りにとびだした。ドレイヴォットはきびきびした足どりでオールド・ジェイゴのほうに向かっている。あとを追おうとした肩に手がおかれた。

「アートじゃないか」

――帝国じゅうに人があふれているというのに、よりにもよってジャック・セワードに出くわすとは！　セワードはすっかり面変わりしていた。まだ温血者《ウォーム》のままで、十歳は老けて見え、髪には白いものがまじり、しわの寄った顔は青ざめている。かつては上等だっただろう衣服は、ボタンがいくつかとれているばかりか、埃っぽい染みまでついている。

「なんてことだ、アートじゃないか、いったい――」

ドレイヴォットは立ちどまってナイフ研ぎと話している。ゴダルミングは神に感謝して、どうすれば歓迎されざる旧友をふり払えるだろうかと思案した。

「きみはまるで――」言いよどんだまま、セワードは首をふって微笑した。「なんと言えばいいのかわからないよ」

セワードは狂っているにちがいない。最後に見たとき――パーフリートで、ゴダルミングが愚かな温血者《ウォーム》として無謀にもドラキュラに挑んだあげく、伯爵と対決する仲間たちを見捨てて生命からがら逃げだしたあの日――セワードは神経をいらだたせてはいたが、しっかりとおのれを律していた。いまの彼はまったくの廃人だ。進みすぎたり妙なときに逆回りしたりする時計のように、動いてはいるが完全に壊れてしまっている。

ドレイヴォットはナイフ研ぎと話しこんでいる。あれも共犯者のひとりにちがいない。

「きみはヴァンパイアなのか！」セワードがさけんだ。

「もちろんだとも」

「あの男のように。ルーシーのように」

ルーシーのことならおぼえている。杭を打ちこんだときの悲鳴。大蒜《にんにく》をつめこんだ首を切り落とそうとして骨を削る、ヴァン・ヘルシングとセワードがふるう恐ろしいのこぎりの音。古い怒りがよみがえった。

「いや、ルーシーのようにではない」

ドレイヴォットがまた歩きはじめた。ゴダルミングはセワードを押しのけてからためらった。ここで急に走りだせば、軍曹は追われていることに気づき、追手をまこうとするだろう。セワードを冷やかに無視して、ドレイヴォットを視野におさめたまま、何げない、実は計算しつくした足どりで歩きだした。ドクターは早足で追いすがり、並んで歩きながら、追い払っても追い払ってもつきまとう物乞いのように、甲高い声で彼の関心をひこうとしている。背後のテン・ベルズから誰かが出てきた。女の声がセワードを呼ぶ。マリー・ジャネットだ。以前会ったときから比べると、セワードの好みもずいぶん変わったものだ。

「アート、なぜ転化したのだ。あいつにあんな目にあわされたというのに、なぜ——?」

ドレイヴォットが脇道にすべりこんだ。騒ぎに警戒心を起こしたのだろう。

「アート、なぜなんだ」

セワードはいまにもヒステリーを起こそうとしている。ゴダルミングは彼を突きとばして威嚇の声をあげた。まずこの邪魔物を片づけなくてはならない。ドクターはあとじさって街灯にもたれかかり、ショックに茫然としている。

「放っておいてくれ、ジャック」

古い恐怖がよみがえったのだろう、ドクターはふるえだした。かつかつと、駆け寄ってくるマリー・ジャネットの靴音がひびく。よし。あの娼婦がセワードの気をそらしてくれるだろう。ゴダルミングは向きを変え、ドレイヴォットのあとを追った。軍曹はオールド・ジェイゴにもどるのをやめ、市場をまわってオールドゲイトのほうに向かっている。畜生、気づかれてしまったらしい。こうなっては追いついて捕らえるしかない。拳銃には銀の弾丸が装填してある。生きたまま捕らえたいが、いざとなれば怪我をさせるくらいはしかたがない。傷が深いほど、共犯者を聞きだすのも楽になる。ドレイヴォットが鍵なのだ。やつをうまく懐柔できれば洋々たる未来がひらける。おのが才覚と技量には自信があった。弓なりの歯は口の中につくりあげた溝に心地よくおさまっている。もはや自分を噛むこともない。

市場をとりまくごみごみした迷路のような道を抜けて、ダニー・ドレイヴォット軍曹を追っていった。たとえ姿を見失っても、獲物は霧の中にあざやかな痕跡を残しているようなものだ。幾筋も向こうの通りからでも、目指す相手の足音が聞きわけられる。だが油断はできない。あの軍曹はこのうえなく冷静にマッケンジー警部を暗殺してのけたではないか。ケイト・リードを思いだして自戒しなおした。おのが力を過信しては、失敗につながる。

慎重に尾行した。すでに市場を通りすぎ、このままいけばまたコマーシャル・ストリートにもどることになる。ドーセット・ストリートの角を曲がったところで、軍曹の姿が見えなくなった。この道からはいくつもの中庭にはいることができる。狐はそのどこかにもぐりこんだにちがいない。アーチ型の入口のひとつで霧が渦を巻いている。あそこか。これで追いつめたも同然だ。あの中庭から出るには建物を通り抜けていくしかないのだから。

勝利の予感に浮かれてまた口笛を吹きながら、中庭に向かった。自分の力量をためす最大のチャンスを前に、足どりは軽い。まずは素手で新生者《ニューボーン》を打ち倒そう。銃を抜くのは最後の決着をつけるときだ。自分がケチなヴァンパイアなどより優れた存在であることを証明してみせなくては。

ドーセット・ストリートのはずれにふたり連れがあらわれ、こちらに近づいてきた。セワードとあの娼婦だ。どうでもいいやつらだが、目撃者があれば役に立つかもしれない。ジャック・セワードは結局、アーサー・ホルムウッドに貢献してくれることになるのだ。

「ジャック」と呼びかけた。「犯罪者を追いつめたところなんだ。ここに待機して、警官が通りかかったら呼びとめてくれないか」

「犯罪者ですって！」マリー・ジャネットがさけんだ。「ほんとですの？　ミラーズ・コートに？」

「敵も死にもの狂いになっている。ぼくは首相の命により緊急任務についているのだ」

セワードの顔は暗い。マリー・ジャネットは話の展開についてこられないようだ。

「あたし、ミラーズ・コートに住んでいるのよ」

「誰なんだ」セワードがたずねた。

ゴダルミングは霧を透かし見た。軍曹が中庭に立って、彼を待っているのが見えるようだ。

「何をした男なんだ」

どう言えばこの愚か者どもにいちばん感銘を与えられるだろうか。

「切り裂き魔だ」

マリー・ジャネットが息をのんで口元に手をあてた。セワードは腹を殴られたような顔をしている。

「ルーシー」ドクターが外套の中に手をいれた。「さがっていなさい」

ゴダルミングの自信にひびがはいった。ドレイヴォットは彼をミラーズ・コートに誘いこもうとしている。セワードとマリー・ジャネットはこうるさい虫けらとして無視すればいい。自分は運命を完遂しなくてはならないのだ。だが何かひっかかるものがある。

「いまルーシーと呼んだな。その女の名前はルーシーではないぞ」

セワードのほうに向きなおると、ドクターがついとそばに寄ってすばやく腕を動かした。ゴダルミングの胸に銀の衝撃が走った。何か鋭いものが突き刺さり、肋骨のあいだをすばやくなめらかにすべっていく。

「そしてあそこにいる男だが」セワードは中庭にあごをしゃくり――

ゴダルミングの胸にすさまじい苦痛がひろがった。氷づめにされながら、灼熱した針に刺し貫かれているかのようだ。視野がかすむ。耳がざわめく。そしてすべての感覚が失われていった。

「――あの男の名前もジャックではない」

# 51　闇の奥

真夜中は数時間前に過ぎた。ジュヌヴィエーヴはジャックの椅子に腰をおろし、机の上に散らばった紙を調べていた。ホールにもどるとモリスンが、昨日午後に彼女が外出して以後発生した五つの緊急案件についてくわしく報告した。そしてさりげない言葉で、近頃の所長と同じだと、彼女の職務怠慢を非難した。胸にこたえた。事態はさしせまっているのだ。ジャックはヴァンパイアの情婦と外出しているが、彼女自身もチャールズとすごしていたことを思うと、威張れたものではない。

ホールの目的は変わりつつあった。ドルーイットの死後、講義スケジュールは成立しなくなり、教育というホール当初の目的は崩壊した。そのいっぽうで、診療所がうまく機能していないため、さらに多くの病人がホールに流れこんでくる。教室は病棟になった。みずからの内部にこもっていなかったときに、ジャックも医療スタッフの増員を認めてくれた。目下の問題は、中心スタッフが面接に狩りだされてしまうことだ。そしていつものことだが、資金が足りない。以前気前のよかった人たちも、新しい援助対象を見つけたり、転化したりしてしまった。ヴァンパイアは慈善心のないことでも有名なのだ。

食餌によってもたらされ、いま急速に静まりつつある興奮と、千ものこまごましたトインビー・ホールの問題で、心が引き裂かれそうだ。このところ、彼女の人生にはあまりにも多くの面倒が生じ、あまりにも多くの時間が費やされている。そして重要な問題はなおざりにされたままなのだ。

立ちあがり、室内を歩きまわった。一方の壁にジャックの医学書やファイルが並んでいる。その隅のガラス・

ケースの中には自慢の蓄音器がはいっている。所長代理として、ジュヌヴィエーヴは所長室に腰をすえていなくてはならない。なのにオールド・ジェイゴへ、そしてチェルシーへととびだしていった。いま、彼女は自問する。自分は切り裂きジャックを追っていたのだろうか、それともチャールズ・ボウルガードを追っていたのだろうか。

気がつくと、コマーシャル・ストリートを見おろす小さな窓の前に立っていた。今夜は霧が深く、黄色い海が路面に大きな渦を巻いてひたひたと建物に押し寄せている。温血者《ウォーム》にとって、十一月の冷気は剃刀のように鋭く感じられるだろう。それともメスのように——

切り裂き魔は九月最後の週末以来、鳴りをひそめている。このまま永遠に姿を消してくれればいいのだけれど。もしかするとモラン大佐の言葉どおり、モンタギュー・ドルーイットが〈銀ナイフ〉だったのだろうか。いや、そんなことはあり得ない。それでも、あの夜モランの言った何かが心の奥にひっかかっている。

ホールの向かいに、黒いマント姿の男が立っている。周囲にも頭上にも霧をまといつかせ、心の中で必死の戦いをくりひろげている。いまの彼女と同じように。あれはチャールズだ。

モランは、ホールが円の中心にあると言ったのだ。殺人現場をつないでできる円の中心に。

チャールズがふいに心を決めたように、霧を裂いて道路をわたってきた。

# 52 ルーシーの最期

彼女は誰であれ、なりたいと思う女になれた。誰であれ、男たちが望む女になれた。メアリ・ジェイン・ケリーにも、マリー・ジャネットにも、ヘンリー叔父さんの姪にも、ミス・ルーシーにも。必要があればエレン・テリーにだってなれるだろう。

ジョンが枕元にすわっている。彼女はまた転化したときの話を繰り返している。麗しのルーシーが闇の口づけを与えてくれた荒野の夜。いまその話は、彼女自身をルーシーに、メアリ・ジェインをなんの関係もない無価値な娼婦として進んでいる――

「とても寒かったの、ジョン、とても飢えていて、何もかも新しくて――」

ルーシーの気持ちは容易に推測できた。死の眠りから目覚めて魂を揺さぶられるような恐怖にかられたのは、彼女も同じだったのだから。絶望的な底知れぬ渇きも。ただしルーシーは、丁重な葬儀を経ておさめられた墓所で目覚めた。そしてメアリ・ジェインは、石灰穴のそばの荷車の上で、身元不明の死体にまじって目覚めた。

「つまらないアイルランド人の娼婦だったわ。なんの価値もない女よ、ジョン。でも温かくて、ふっくらしていて、生きていたの。可愛い首に血が脈打っていたのよ」

ジャックは首をふりながら聞いている。この人は気が触れているにちがいない。それでも紳士なんだし、親切で、あたしによくしてくれる。さっきも妙な男からあたしを守ってくれた。切り裂きジャックの話をするあの狂人。あたしがひどくこわがったら、追い払ってくれた。この人があたしを守るためあんなに勇敢にふるまえるだなんて、考えてもみなかった。

「子供だけでは足りなかったのよ、ジョン。恐ろしい渇きがあたしの内側を食い荒らしていたわ」

新しい欲求はメアリ・ジェインを混乱させた。適応するのに数週間かかった。いまから思えば夢のような時間だ。だがメアリ・ジェインの記憶は薄れつつある。彼女はルーシーになろうとしていた。

ジョンが医者の手つきで肌着の上から胸をなでている。やさしい愛人そのものの姿。さっき彼は別の顔を見せた。ナイフであの紳士に襲いかかったとき。男を突き刺す彼の顔はまるで別人だった。きみの仇敵を討ったんだとジョンは言った。ルーシーのことだ。あの紳士がルーシーを滅ぼしたのだ。でも物語のその部分は、男の死とともに、ジョンの心から消えてしまった。たぶん、メアリ・ジェインの部分がなくなってルーシーにより近くなれば、あたしにも思いだせるのだろう。ルーシーの記憶が心にしみこんでくるにつれて、メアリ・ジェインはゆっくりと暗い海に沈んでいく。

メアリ・ジェインはまるで気にかけなかった。自分がそのように溺れていくのを見て喜んでいた。冷たく暗い深みにいれば、メアリ・ジェインがぐっすり眠り、完全なルーシーとして目覚めることもできるだろう。

それでも心はこだわって――

物事の変化に追いついていくのは大変だけれども、努力は大切だ。ジョンはこの貧しい部屋から、卑しい通りから脱出するための、おおいなる希望なのだ。最終的には彼を説得し、市内のもっといい場所に家をかまえてもらおう。すてきな服と召使もてるだろう。そして、甘く純粋な血をもった品のいい子供を何人か。

さっきの男は死んで当然だ。気が狂っていたのだ。ミラーズ・コートに隠れて彼を待っている者などいはしなかった。ダニー・ドレイヴォットは切り裂き魔なんかじゃない。異教徒を殺したの、とび色の肌の女たちと寝てきたのと、山ほどの法螺《ほら》をふく退役軍人のひとりにすぎない。

ルーシーである彼女の胸に、恐怖にかられて咽喉に手をあてるメアリ・ジェインの姿がよみがえる。ルーシーは墓所のあいだをすり抜けていく。

「あたしにはその女が必要だったの、ジョン。彼女の血が必要だったのよ」

ジョンは医者のように控えめに寝台に腰かけている。話が終わったら彼を喜ばせ、それから血をもらおう。彼の血を飲むたびに、メアリ・ジェインの部分が失われ、彼女はルーシーになっていく。ジョンの血には何か含まれているにちがいない。

「その思いは苦しいほどで、いままで感じたこともないくらい切実にあたしの胃を悩ませ、ちっぽけな頭を赤い熱でいっぱいにしたの――」

再生して以来、部屋の鏡は無用の長物となった。彼女の絵を描いてやろうなどという物好きはいないから、自分の顔を忘れるのは簡単だった。ジョンが見せてくれたルーシーの写真は、母親の衣装で着飾った小さな少女のようだった。近頃では自分の顔を思い浮かべるたびに、見えてくるのはルーシーの姿ばかりだ。

「あたしは道から手招きしたわ」

重なった枕から身をのりだし、彼に顔を近づけた。

「小声で歌いながら手をふったの。こっちにおいでと念じたら、彼女はやってきて――」

ジョンの頬をなで、その胸にしなだれかかった。メロディと歌詞が浮かんできた。〝母さまの墓でつんだ、ただ一輪の菫〟。ジョンが息をのみ、かすかな汗を浮かべた。神経繊維が一本残らず張りつめている。この話を繰り返すたびに、彼女の中で彼に対する渇きがつのっていく。

「あたしの前には赤い目があって、声が呼びかけたの。道をはずれると、その人が待っていたわ。寒い寒い夜だったけれど、その人は白い肌着しか着ていなかった。月光に照らされた肌は真っ白。その人の――」

口をつぐんだ。これはルーシーではなく、メアリ・ジェインの記憶だ。心の中でつぶやいた。メアリ・ジェイン、気をつけなさい――

ジョンがそっと彼女を押しやって立ちあがり、部屋を横切っていった。洗面台に手をつき、鏡をのぞきこんでいる。何をさがしているのだろう。

メアリ・ジェインはとまどった。彼女は生きているあいだずっと、男たちの求めるものを与えてきた。死んだいまもそれは変わらない。ジョンに近寄り、背後から抱きしめた。触れられた彼はびくっとして跳びあがった。もちろん、近づいてくる彼女の姿が鏡に映っていなかったからだ。

「ジョン」彼女は甘えた。「寝台に行きましょうよ、ジョン。温めてちょうだい」

ジョンはまた、今度は乱暴に彼女を押しのけた。彼女はまだヴァンパイアの力に慣れていない。自分がまだか弱い娘だと考えると、そのとおりのものになってしまう。

「ルーシー」

ジョンがぼんやりとつぶやいた。彼女にではなく――

心の中で怒りが火花を散らした。懸命に口と鼻を暗い海面に出そうとしていたメアリ・ジェインの、最後の欠片が爆発した。

「あたしはあなたのルーシー・ウェステンラなんかじゃない」彼女はさけんだ。「あたしはメアリ・ジェイン・ケリーよ。誰も認めてくれなくったって」

「そうだ」

彼が上着の懐をさぐり、何かかたいものをとりだした。

「おまえはルーシーではない――」

銀ナイフがとりだされるよりもはやく、彼女は自分がいかに愚かだったかに気づいていた。なぜもっと前にわからなかったのだろう。咽喉に何かが突き刺さった。以前切り裂かれた、その同じ場所に。

# 53　機械の中のジャック

玄関ホールの机では、温血者《ウォーム》の看護婦がマリー・コレリの『セルマ』に読みふけっていた。ボウルガードの感想では、この著名な女流作家は転化以後さらに文章が劣化したようだ。ヴァンパイアは創造性を失い、全エネルギーを延命に費やしているのかもしれない。

「マドモアゼル・デュドネはどちらでしょう」

「所長代理をつとめておいでですので、ドクター・セワードのお部屋だと思います。お知らせしてきましょうか」

「いえ、結構です。どうもありがとう」

看護婦は眉をひそめ、心の中で〝あのヴァンパイア娘の気に入らない点〟リストに新たな一項目をつけ加えた。ボウルガードは意地の悪い思考が鮮明に読みとれたことに驚きながらも、つかのまの混乱を心から締めだし、二階の所長室に向かった。扉はあいていた。ジュヌヴィエーヴは彼を目にしても驚いた顔を見せない。寄りそってきた白い身体、赤い口が思いだされる。鼓動がはやくなった。

「チャールズ」

ジュヌヴィエーヴは紙を撒き散らして、セワードの机のむこう側に立っている。思わぬ当惑。あのような時をすごしたあとで、どうふるまえばいいのかわからない。接吻すべきだろうか。ふたりのあいだには机があるから、彼女が場所を変えてくれなければ、抱擁しようとしてもぶざまなことになる。困惑してあたりを見まわしているうちに、ガラス・ケースの中の、大きな喇叭《らっぱ》のようなものをとりつけた真鍮の箱が目にとまった。

「エジソン＝ベル蠟管蓄音器じゃないか」

「ジャックが医療記録に使っているのよ。あの人、仕掛けや玩具に目がないの」

ボウルガードはふり返った。

「ジュヌヴィエーヴ――」

彼女がすぐそばにいる。机のうしろから出てくる音は聞こえなかった。くちびるがくちびるにそっと触れ、ふたたび体内に、心の中に、彼女の存在が感じられた。脚ががくがくする。きっと貧血のせいだ。

「大丈夫よ、チャールズ」彼女が微笑した。「あなたに魔法をかけたりしてやしないから。一、二週間でもとにもどるわ。信じなさい。そうした症状には経験を積んでいるのよ」

「ついにわれは愛がいかなるものかを知った《ヌンク・スキオ・クィド・シト・アモール》」

ヴェルギリウスを引用した（ヴェルギリウス作『アエネーイス』Aeneis）。理路整然とした思考ができなくなっている。蝶のような直観が心の奥をひらひら飛びかい、つかまえることができない。

「チャールズ、大切なことかもしれないのよ。モラン大佐が切り裂き魔について言ったことを思いだして」

必死で当面の問題に意識を集中する。

「なぜホワイトチャペルなのかしら。ソーホーでもハイド・パークでも、ほかのどこでもかまわなかったはずなのに。ヴァンパイアだって娼婦だって、ここにしかいないわけではないわ。切り裂き魔がここで狩りをするのは、ここがいちばん便利だからよ。つまり、彼はここにいるのだわ。どこか近くに――」

すぐさま理解が訪れ、虚脱感は一瞬のうちに吹き飛んだ。

「記録をひっぱりだしていたところなの」と机の上の紙束を軽くたたき、「犠牲者はみんな、少なくとも一度、ここを訪れているわ」

モランの言葉を記憶によみがえらせた。

「たしかにすべての断片がトインビー・ホールにつながっている。ドルーイットもきみもここで働いている。ストライドはここに運びこまれ、現場はここを中心に円を描いている。そしていまきみは、死んだ女が全員、ここにきたことがあると言う――」

「ええ、それも去年あたりに。モラン大佐が正しかったのかしら。ほんとうにドルーイットだったのかしら。あれから事件は起こっていないわ」

ボウルガードは首をふった。

「まだ終わってはいない」

「ジャックがここにいたら」

彼はこぶしを握りしめた。

「そのときは目にもの見せてやる」

「あら、ジャック・セワードのことよ。彼女たちを診察したのはジャックなの。彼なら犠牲者の共通点に何か気づいているかもしれないわ」

ジュヌヴィエーヴの言葉が脳髄にしみこみ、目蓋の裏で稲妻がひらめいた。ふいに彼は知った――

「共通項はセワードだ」

「でも――」

「ジャック・セワードだ」

ジュヌヴィエーヴは首をふったが、彼女が同じものに気づき、すみやかに認識にいたったのは明らかだった。ふたりの頭脳はともにめまぐるしく回転した。彼は彼女の思考を知り、彼女は彼の思考を知った。エリザベス・ストライドはセワードの足首をつかもうとした。何かを告げようとしたのだ。自分を殺した犯人を示そうと、手をのばしたのだ。

「医者だったら」彼女が言った。「医者ならみんなが信頼するわ。そうやって犠牲者に近づいたのね。パニックが最高潮に達したときでも――」

彼女はつぎつぎに千ものささやかな出来事を思いだしていく。多くの小さな謎が解けた。セワードの言葉。行動。不在。態度。すべてが説明される。

「『ドクター・セワードはどこかおかしい』と言われたのよ。なんて馬鹿だったのかしら。耳を貸さなかったなんて。なんて馬鹿――なんて――」こぶしをひたいにあてて、「わたしは人の心や思考を読めるつもりでいながら、アーサー・モリスンの言葉を無視してしまった。史上最大の愚か者よ」

「日記はないだろうか」彼女を自己非難の嵐から救いだしてやろうと、ボウルガードはたずねた。「個人的な記録とか、メモみたいなものは。こういう偏執的な人間は記録をとりたがるものだからね」

「ファイルはいちおう調べてみたけれど、あたりまえの記録しかなかったわ」

「鍵のかかる抽斗は？」

「蓄音器のキャビネットだけ。蠟管はもろいから、埃がかぶらないようにしなくてはいけないのよ」

ボウルガードは機械のカヴァをつかんで一気に剥がした。それから抽斗を力いっぱいひっぱった。やわい鍵がぱちんとはじけた。チューブにはいったシリンダーが、それぞれ丁寧なインク書きのラベルを貼って、並んでいる。

「『チャプマン』」彼は読みあげた。「『ニコルズ、シェーン、ストライド／エドウズ、ケリー、ケリー、ケリー、ルーシー――』」

ジュヌヴィエーヴがそばにきて、抽斗のさらに奥をさぐった。

「こっちは――『ルーシー、ヴァン・ヘルシング、レンフィールド、ルーシーの墓』」

ヴァン・ヘルシングの名はすべての人間の記憶に残っている。レンフィールドというのはたしか、プリンス・コンソートのロンドンにおける最初の従者だった。しかし——

「ケリーとルーシーか。誰だろう。知られていない犠牲者がまだいるのだろうか」

ジュヌヴィエーヴはまた机の紙束を調べはじめた。選り分けながら話をつづける。

「ルーシーというのはたぶん、ルーシー・ウェステンラのことだわ。ヴラド・ツェペシュの、英国における最初の子《ゲット》よ。ドクター・ヴァン・ヘルシングが滅ぼし、ジャック・セワードもそのときヴァン・ヘルシングと一緒だったの。ジャックはいつも、カルパティア近衛隊が自分をつかまえにくるのではないかと恐れていたわ。ずっと身を隠しているつもりだったのよ」

ボウルガードはパチリと指を鳴らした。

「アートもその仲間だった。ゴダルミング卿だよ。彼ならくわしいことを知っているだろう。思いだした。ルーシー・ウェステンラだ。わたしも一度会ったことがある。彼女が温血者《ウォーム》だったころに、ストーカー夫妻の家で。あそこの常連だった」

少しばかり頭の軽い、綺麗な娘。若いころのフローレンスに似ていなくもない。男たちはみんな彼女をとりまいてうっとりしていた。パメラはあまり好ましく思っていないようだったが、まだ小さなペネロピは彼女に夢中だった。考えてみれば、元婚約者嬢はルーシーと同じような髪型をしていた。そんなときの彼女は、従姉とはあまり似て見えなかったけれど。

「ジャックは彼女を愛していたのよ。だからヴァン・ヘルシングの仲間に加わった。あの事件で狂気に追いこまれたのね。なぜ気がつかなかったのかしら。ジャックはあの女をルーシーと呼んでいたのに」

「あの女って?」

「ヴァンパイアの恋人よ。ほんとうの名前ではないの。でもジャックはそう呼んでいたわ」

ジュヌヴィエーヴは頑丈なファイル戸棚の抽斗をあけて、すばやい指でひとつひとつファイルをめくっていった。

「ケリーね。ケリーという名前はたくさんあるわ。でもジャックの要求にあてはまるのはひとりだけね」

一枚の紙——ひとりの患者のくわしい診療記録が手わたされた。ケリー、メアリ・ジェイン。ミラーズ・コート一三番地。

ジュヌヴィエーヴの顔が灰のように青ざめた。

「この名前よ。メアリ・ジェイン・ケリーだわ」

# 54　結合組織

一八八八年十一月九日、ジュヌヴィエーヴ・デュドネとチャールズ・ボウルガードは午前《アンテ・メリディエム》四時ほぼきっかりにトインビー・ホテルを出発した。夜明けにはまだ数時間あり、月は雲に隠れていた。霧はわずかに薄れたものの、ヴァンパイアの夜目をさえぎる濃さを保っている。悪条件にも負けず、ふたりの足どりはすみやかだった。

ジュヌヴィエーヴとボウルガードはコマーシャル・ストリートを進み、パブ・ブリタニアの角を西に曲がってドーセット・ストリートにはいり、メアリ・ジェイン・ケリーの住居をさがした。ミラーズ・コートは、ドーセット・ストリートの北側、二六番地と雑貨屋のあいだの狭い煉瓦アーチを抜けた先にあった。

中庭の入口付近にぼろを着た人影がうずくまっていたが、ふたりはほとんど注意を払わなかった。浮浪者だと思ったのだ。ドーセット・ストリートは数多くの浮浪者が短期下宿や〝安宿《ドス・ハウス》〟を求めて集まってくるため、〝安宿通り《ドーセット・ストリート》〟と呼ばれている。そしてその浮浪者たちも、不満足な眠りを味わう寝台のための四ペンスすら、もっていないことがしばしばだった。だが実際には、その人影はゴダルミング卿アーサー・ホルムウッドで、眠っているわけでもなかったのであるが。

ジュヌヴィエーヴとボウルガードは、ドーセット・ストリート二六番地の裏側にある一階の個室のうち、どの入口が一三番地のものなのかわからず、数瞬を費やした。それから、上がり段にこぼれる細いひと筋の火明かりに導かれて進んだ。

まだ十五分の鐘は鳴っていない。ふたりが到着したときドクター・ジョン・セワードが仕事にとりかかってからすでに二時間以上が経過していた。ミラーズ・コート一三番地のドアに、鍵はかかっていなかった。

# 55　なんという地獄！

チャールズが罵倒の言葉を吐き散らし、ぐっと固唾《かたず》をのんだ。ジュヌヴィエーヴは彼の豊富な語彙に驚く余裕もないまま、うなずいていた。

死者の血のねっとりとしたにおいが弾丸のように腹に突き刺さる。戸枠につかまって、かろうじて失神をこらえた。殺人現場ならこれまで何度も見たことがある。血なまぐさい戦場も、疫病の死者を投げ入れた穴も、拷問部屋も、処刑場も。ミラーズ・コート一三番地はそのどれよりも酸鼻をきわめていた。

かろうじて人間と識別できるものの残骸の真ん中に、ジャック・セワードが膝をついていた。前掛けとシャツの袖を血に染め、なおも仕事をつづけている。暖炉の火を受けて、銀のメスがきらめきを放つ。

メアリ・ケリーの部屋はひどく狭かった。寝台と椅子と暖炉を押しこむと、歩きまわる余裕もない。ジャックの手術によって、女は寝台と床にひろげられ、三フィートの高さの壁にまで飛び散っていた。安物のモスリンのカーテンにも半ペニー貨ほどの染みが点々としている。壁にかかった鏡の埃っぽい表面にも血がはねている。暖炉ではひと包みの衣服が燃やされ、その赤い光が闇に慣れたジュヌヴィエーヴの目に突き刺さった。

ふたりがはいってきても、ジャックはさして気にとめたふうもない。

「もうすぐ終わる」顔であったパイ型の場所から何かをそっと取り除きながら、「ルーシーが死んでいることを確認しなくてはならないのだ。ヴァン・ヘルシングが言っていた。彼女の魂は真の死を迎えるまで安らぐことがないと」

ジャックは冷静だ。声を荒らげてもいない。正確な外科医の手で解体作業をおこなっている。心に鮮明な目的意識をもっているのだろう。

「さあ、これで彼女は救われた。神は慈悲深い」

チャールズがふるえる手で拳銃をかまえた。

「ナイフをおいて女から離れろ」

ジャックはナイフを敷布の上において立ちあがり、すでに血の染みだらけになった前掛けで両手をぬぐった。

「見たまえ、安らかだろう。ゆっくりおやすみ。愛しいルーシー」

メアリ・ジェイン・ケリーは真の死を迎えていた。疑問の余地はない。

「さあ終わった。やつを打ち負かした。伯爵に勝ったのだ。これで病がひろまることもない」

ジュヌヴィエーヴは何も言うことができなかった。まだ胃の腑がきりきり締めつけられている。ジャックがはじめてのように彼女に気づいた。

「ルーシーじゃないか」

驚愕を含んだ声。誰か別の人、どこか別の場所を見ているのだ。

「ルーシー、すべてきみのためだったのだ――」

ジャックがかがみこんで銀のメスをひろいあげようとする。チャールズがその肩を撃った。ジャックは空をつかみながらはじきとばされ、炉棚にたたきつけられた。手袋をはめた手を壁に押しあて、ずるずると沈んでいく。身体を縮めようとするかのように膝をつき、そのまま傷口をかかえてうずくまった。弾丸は肩を貫通し、彼から殺意を奪っていた。

ジュヌヴィエーヴはメスをとりあげた。銀の刃にちくりと刺され、エナメルの柄のほうにもちかえる。こんな小さな品があれほどの仕事を成し遂げたとは、とても信じられない。

「ここから連れださなくては」チャールズが言った。「群衆に引き裂かれてしまう」

ジュヌヴィエーヴが立ちあがらせ、ふたりしてひきずるように中庭に連れだした。ジャックの服は乾きかけた血糊でどろどろだ。

もう朝が近く、ふいに疲労が意識された。冷たい空気も、激しい頭痛をぬぐい去ることはできない。ミラーズ・コート一三番地の光景が、写真のようにくっきりと心に焼きついている。これからも決して忘れることはできないだろう。

ジャックはおとなしくしている。ふたりが導けばどこへでもついていくだろう。警察署へも。地獄へも。

# 56 ロード・ジャック

メアリ・ジェイン・ケリーの部屋は目眩がするほど暑かったが、中庭の冷気に触れると興奮も静まった。死の部屋を出て、ボウルガードは気づいた。謎は解けたものの、問題は依然として残っている。女たちは死に、セワードは救いようのない狂気に陥った。その彼をレストレイドにひきわたして、正義をおこなったことになるのだろうか。自分はこれから誰のために行動すればいいのだろう。サー・チャールズ・ウォレンのために、犯人逮捕という功績を警察にゆずってやるのか。プリンス・コンソートのために、またひとりの敵を打ち負かし、宮殿の外の杭に犠牲者を提供してやるのか。

「噛みつかれたのだ」何か些細なことを思いだしたのだろう、切り裂き魔が言った。「あの狂人に噛みつかれたのだ」

セワードが腫れあがった手をさしだした。手袋をはめた手のひらに血がたまっている。

「ヴラド・ツェペシュは彼を不死者《アン＝デッド》にするでしょう、永遠に苦しめるために」ジュヌヴィエーヴが言った。

誰かが雑貨屋から出てきて、アーチの下に立ちはだかった。暗闇の中に赤い目が光り、チェックのアルスター・コートに山高帽をかぶった巨漢が浮かびあがる。この男はいつから見ていたのだろう。ヴァンパイアが中庭に足を踏み入れた。

「お疲れさまでした。切り裂きジャックに引導をわたされましたね」ディオゲネス・クラブのドレイヴォット軍曹だ。「はじめから殺人犯はふたりいて、共謀していたのですよ。気がついてしかるべきでしたが」

ふたたび世界がぐるぐるまわりはじめ、足元の丸石がくずれていく。いったいこれはどこまでつづくのだろう。ドレイヴォットがかがみこんで、隅に押しやられた人間と思われる塊から、ぼろぼろの毛布をさっと剥ぎとった。死者の白い顔が、最後のうなりをあげようと、くちびるをゆがめたままこちらを見あげている。

「ゴダルミングじゃないか！」ボウルガードはさけんだ。

「ゴダルミング卿です」とドレイヴォット。「彼はドクター・セワードと共謀していたのです。そしてふたりは昨夜、仲間割れをしました」

ピースがうまく組みあわさらない。ボウルガードは死体のそばに膝をついた。ゴダルミングの胸には大きな黒い血の染みがあり、シャツを染めている。その染みの真ん中に、心臓にまで届く深い傷がある。

「おまえはいつからすべてを知っていたのだ、ドレイヴォット」

「切り裂き魔をつかまえたのはあなたです。自分はただ見張りをしていただけです。闇内閣に命じられ、あなたの護衛をしていました」

ジュヌヴィエーヴはジャック・セワードの腕をとったまま、少し離れた場所に立っている。顔は影になっていて見えない。

「ジェイゴはどうなのだ。あれもおまえの仕業だろう」

ボウルガードの問いに、ドレイヴォットは肩をすくめた。

「あれはまったく別の案件です」

ボウルガードはステッキをついて立ちあがり、膝を払った。

「とんでもないスキャンダルになるぞ。ゴダルミングは評判のいい男だった。将来を属望されてもいたしな」

「彼の名は完全に泥にまみれるでしょう」

「そして彼はヴァンパイアだ。騒動が起こらないはずはない。切り裂き魔は温血者《ウォーム》だという意見が多かったのだから」

ドレイヴォットがうなずく。

「たぶん闇内閣は喜ぶだろう」ボウルガードはつづけた。「多くの人間が困惑し、反動に走るだろう。地位は無意味となり、世評は逆転する。首相でさえ愚かしく見えることだろうな」

ジュヌヴィエーヴが苦々しく口をはさんだ。

「それは結構ですけれど、あなた方はジャックをどうなさるおつもり?」

ドレイヴォットとボウルガードは彼女に、そしてセワードに目を向けた。切り裂き魔は中庭の壁にもたれかかっている。その顔は弱々しく、なんの表情も浮かべてはいない。傷口から血が流れている。

「ジャックの意識は完全にどこかにいってしまったわ。いままで彼をつなぎとめていたものが、ばらばらになってしまったのよ」

「ミスタ・ボウルガードが敬意を表してやるのがいちばんかと思いますが」

ジュヌヴィエーヴが嫌悪に近いものをこめてドレイヴォットをにらんだ。だが選択の余地はない。ボウルガードはずっと他者の指示に従って行動してきた。その義務もまもなく終わろうとしている。激しい疲労とともに彼は悟った。自分はただ他人が用意してくれたハードルを跳び越えてきただけで、実際には何ひとつ成し遂げてなどいないのだ。

「押さえていてくれ。壁にもたれさせて」

ジュヌヴィエーヴがセワードの咽喉に手をあてた。爪が長くなっている。

「チャールズ、あなたでなくともいいのよ。どうしてもやらなくてはならないのなら、わたしが——」

彼は首をふった。ジュヌヴィエーヴにこの荷を負わせるわけにはいかない。エリザベス・ストライドのときと同じだ。自分は慈悲を与えてやっただけだが。

「大丈夫だ、ジュヌヴィエーヴ。ただ押さえていてくれればいい」

ジュヌヴィエーヴは彼の意志を理解してうなずき、セワードの首から手をひいた。

「さよなら、ジャック」

セワードはその言葉を理解したふうもない。

ボウルガードは剣を抜いた。金属音がひそやかな夜の闇を貫いてひびく。ジュヌヴイエーヴのうなずきとともに、刃がセワードの心臓にすべりこんだ。切っ先がレンガにあたる。ボウルガードは剣をひきもどし、鞘におさめた。セワードはすみやかに死を迎え、ゴダルミングのかたわらにくずれ落ちた。二体の怪物が並んだ。

「おみごとでした」ドレイヴォットが称賛した。「あなたに追いつめられ、殺人鬼ドクター・セワードは逆上のあまり仲間を滅ぼしました。そしてあなたは彼を一対一の戦いによって打ち負かしたのです」

ボウルガードはいらだった。これではまるで、いちいち言い訳を入れ知恵されている子供と同じだ。

「それで、わたしはどうなるのかしら」

ボウルガードとドレイヴォットはふたりしてジュヌヴィエーヴをふり返った。

「わたしも〝始末〟されるのかしら。ジャックのように。ゴダルミング卿のように。かわいそうなあの部屋の住人のように」と、メアリ・ジェイン・ケリーの部屋のほうにあごをしゃくり、「あなた、ジャックが彼女をなぶり殺しにするのを放っておいたでしょう」

ドレイヴォットは答えない。

「ゴダルミング卿を殺したのもあなたかジャックだわ。それからあなたはジャックの正体を知りながら、陰にひそんで、あの女を見殺しにしたのよ。そのほうが都合がよかったから。自分の手を汚さずにすむし」

ドレイヴォットはためらっている。軍曹は間違いなく銀の弾丸をこめた拳銃をたずさえているはずだ。

「そしてちょうどいいときにわたしたちがあらわれた。仕上げは上々というわけね」セワードのメスをさしだし、「これを使うの？　そのほうが便利でしょう」

「ジュヌヴィエーヴ」ボウルガードは呼びかけた。「いったいなんの話をしているんだ――」

「あなたにはわからないでしょうね、かわいそうなチャールズ。ゴダルミングやこの怪物」――とドレイヴォットを示して――「みたいな吸血鬼に囲まれて、あなたは迷子の小羊だわ。ジャック・セワードと同じよ」

ボウルガードはじっとジュヌヴィエーヴを見つめ、ドレイヴォットをふり返った。いざというときには、生命にかえても彼女を守らなくてはならない。ディオゲネス・クラブへの忠誠も、彼のすべてを縛ることはできないのだ。

軍曹はいなくなっていた。アーチの向こうで霧が薄れつつある。まもなく夜が明けるだろう。ジュヌヴィエーヴが近づいてきた。その身体を抱きしめる。傾き揺れ動いていた世界が静止した。ふたりでいれば、世界も不動となる。

「ここで何が起こったのかしら。実際には何があったのかしら」

彼にもわからなかった。

骨の髄まで疲労困憊して、ふたりはミラーズ・コートを出た。ドーセット・ストリートの向こうで、巡回中の警官がふたり、しゃべりながらぶらついている。ジュヌヴィエーヴが口笛を吹いて彼らの注意を促した。人のものならぬ顫音《せんおん》が針のように鼓膜に突き刺さる。警官が警棒を抜いて駆け寄ってきた。

「あなたは英雄になるのよ」彼女がそっとささやいた。

「なぜ？」

「いやでもそうなるのよ」

警官がそばまできた。ふたりとも恐しく若い。片方はシック巡査部長を訪ねたときに会ったコリンズだ。コリンズもボウルガードに気づき、敬礼した。

「あそこの部屋でご婦人が亡くなっている」ボウルガードは説明した。「それから殺人鬼がふたり、やはり死んでいる。切り裂きジャック事件は終わった」

コリンズは仰天したが、やがてにやりと笑った。

「終わったのでありますか」

「そう、終わったのだ」確証をもてないままに、断言した。

ふたりの警官はミラーズ・コートに駆けこんでいき、一瞬後、また駆けもどって呼子を吹き鳴らした。まもなくこのあたりは警官と記者と野次馬でいっぱいになるだろう。ボウルガードとジュヌヴィエーヴは延々と、そして我慢ができないほど繰り返し何度も、事情を説明させられるだろう。

ボウルガードは心の中で、一階の奥の部屋でメアリ・ジェイン・ケリーであった血まみれの物体のわきに膝をついていたジャック・セワードの姿を思い描いた。ジュヌヴィエーヴが彼とともに身ぶるいする。ふたりは永久にこの記憶をわかちあっていくのだ。

「彼は狂っていたわ。彼のせいではなかったのよ」

「では誰のせいなんだ」

「彼を狂気に追いやったものよ」

ボウルガードは顔をあげた。薄れつつある霧ごしに最後の月光が降りそそいでいる。黒く大きな蝙蝠が月の表を横切っていったように思えた。

# 57 親愛なる女王陛下の家庭生活

ネトリーが馬に鞭をあてた。堂々たる四輪馬車はいつもの優雅さとスピードを発揮できず、ハンプトン・コートの迷路に迷いこんだ豹のようにじれったげに、ホワイトチャペルの狭苦しい街路を進んだ。大通りに出てようやく速度があがった。サスペンションは完璧で、木や鉄のきしみさえあげず、なめらかな振動を伝えてくる。黒く磨き抜かれた扉に描かれたひときわ目立つ金と赤の紋章に、敵意をこめた視線が投げつけられる。贅沢な内装にもかかわらず、ジュヌヴィエーヴはくつろぐことができなかった。黒い革張のシートやほの暗い真鍮ランプのおかげで、王室用馬車はまるで霊柩車のようだ。

フリート・ストリートを行くと、英国有数のジャーナリズムの事務所がいくつも焼け落ち、板を打ちつけられているのが目にはいった（フリート・ストリートは新聞社と出版社が多いことで有名）。今夜は霧はなく、剃刀のように鋭い風が吹いている。新聞はまだ存在しているが、編集者はルスヴン卿推薦のおとなしい連中ばかりで、王室に対する際限のないこびへつらいや新しい法律を唯々諾々《いいだくだく》と承認する姿勢には熱烈な王党派さえもがうんざりしていた。それでもほんのときたま、事情に通じてさえいれば価値のあるニュースにお目にかかることがある。たとえば最近の〈タイムズ〉は、セバスチャン・モラン大佐のバガテル・クラブよりの除名処分を告げ、これまでいささか正統でないカード操作を含めホイスト（ブリッジの前身のようなカード・ゲーム）に異常な才能を発揮していた大佐が、原因不明の事故で両手の小指を失ったことにより、その能力を著しく損なった旨を伝えていた。

王立裁判所を通りすぎると、新聞紙がばさばさとストランドの黒い敷石の上を横切っていった。身なりから上流階級とわかる通行人たちまでもが、すばやくそれらをひろいあげ、外套の中にしまいこんでいる。ひとりの警官が必死でかき集めているが、新聞は屋根裏かどこかから秋の落葉のように降りそそいでいる。地下室で手刷りされるそれらの印刷物を根絶やしにすることは不可能だった。どれだけの邸が捜索され、どれだけの文士が逮捕されようと、反論精神はヒドラの頭のように滅びることがない。チャールズの崇拝者ケイト・リードは、こうした地下出版の中心人物となった。潜伏後、彼女は〝反政府主義の天使〟と呼ばれている。

ペルメルにつき、ネトリー——それにしても落ち着きのない男だ——がディオゲネス・クラブで馬車を停めた。すぐさま扉がひらき、チャールズが乗りこんできた。冷たいくちびるを彼女の頰に押しあてただけで、向かいの座席に腰をおろし、それ以上親しげなそぶりは見せない。非の打ちどころのない夜会服姿で、マントの真紅の裏地を血のように座席にひろげ、襟には一分の乱れもない白薔薇をさしている。扉の閉まる音にふり返ると、ミラーズ・コートにいた口髭のヴァンパイアの無表情な顔が見えた。

「ではまたな、ドレイヴォット」チャールズがディオゲネス・クラブの忠臣に挨拶を送った。

「失礼いたします」

ドレイヴォットは直立不動の姿勢で敷石に立ったが、敬礼はしなかった。

王宮まではかなり遠回りをしなくてはならない。先週、十字軍がずっと封鎖していたため、ザ・マルにはまだバリケードの残骸がころがっているし、セント・ジェイムズ・ストリートは投石のために敷石が剥がされ、がたがたになっているのだ。

チャールズは穏やかに沈黙している。ジュヌヴィエーヴは十一月九日以後も何度か彼に会っていたし、闇内閣の非公開聴聞会で証言するため、ディオゲネス・クラブの神聖な〈星法院〉に出向いたこともあった。チャールズが呼びだされたのは、ドクター・セワードとゴダルミング卿と、偶発的に付随したメアリ・ジェイン・ケリーの死について説明するためだった。審査会はどの真実を隠匿するか、どこまでの真実をおおやけにするかの決定を担っていた。議長をつとめたのは変革を切り抜けてきた温血者《ウォーム》の外交官だったが、なんの意見もはさまず、すべてを承認してくれた。あらゆる情報の断片が、しばしば単なるクラブ以上の存在となるこのクラブの、政策を決定していく。ここは反政府主義者の巣窟とまでは言わずとも、旧体制《アンシャン・レジーム》の柱石たちの隠れ家なのだろう。ドレイヴォットをのぞいて、ディオゲネス・クラブにはほとんどヴァンパイアがいなかった。チャールズが彼女の口堅さを保証してくれたのだ。さもなければ、いつか軍曹が銀の針金で彼女の首を絞めにやってきたにちがいない。

馬車が走りはじめるとすぐさま、チャールズが身をのりだしてきて両手を握った。ひどく深刻な目がじっと彼女を見つめる。ふた晩前、ふたりは親密な夜をすごした。その痕跡は、いまはカラーによって隠されている。

「ジュネ、お願いだ。王宮の外で馬車を停めるから、きみは帰ってくれないか」彼の指が手のひらを押す。

「馬鹿なことを言わないで。わたしはヴラド・ツェペシュなんかこわくないわよ」

彼は手を離し、苦しげな顔で深くすわりなおした。いずれ事情を打ち明けてくれるだろう。ジュヌヴィエーヴはいつからか気づくようになった。多くの場合、チャールズの希望と義務は相反するところにあるのだ。いまこの瞬間、希望は彼女自身だ。だが義務がどこにあるかは、彼女にも判断できなかった。

「そういうことじゃない。ちがうんだ――」

――混乱のうちにおこなわれたマイクロフトとの会見は、最終幕の様相を呈していた。今回、闇内閣のメンバーはマイクロフトただひとりだった。

議長はメスをもてあそんでいた。

「有名な〈銀ナイフ〉か」とつぶやき、親指で切れ味をためす。「鋭いものだな」

刃物をおき吐息を漏らすと、頬がふるえた。分厚い脂肪がいくらか失われたため皮膚がたるんでいるが、両眼は常に変わらず鋭い光をたたえている。

「きみは王宮に招待される。陛下にお仕えするわれらが友人によろしく。彼の姿に驚かないようにしたまえ。最高に穏和な男だ。じつを言うと、いささか穏和すぎるがな」

「彼は高く評価されているようですね」ボウルガードは答えた。

「アレクサンドラ皇太子妃はひどく彼を気に入っておられた。気の毒にも亡くなられたが」

マイクロフトは丸々とした指の先端をあわせ、その上にあごをのせた。

「われわれは部下に多くを求める。またこの仕事には、おおやけの栄誉を受ける機会はほとんどない。それでも、やらねばならんのだ」

ボウルガードは輝くナイフを見つめた。

「犠牲が必要なのだ」マイクロフトがつづける。

ボウルガードはメアリ・ジェイン・ケリーを思いだした。そしてほかの者たちを――新聞で名前を見ただけの者。凍りついたようないくつもの顔。セワード、ジェイゴ、ゴダルミング、コスタキ、マッケンジー、フォン・クラトカ。

「きみの立場にあれば、われわれもみな、その行動をとるだろう」

ボウルガードはそれが真実であることを知っていた。

「残された者は少ないが」

サー・マンドヴィル・メサヴィは、劇作家ギルバート、財界の巨人ウィルコックス、改革主義の第一人者ベアトリス・ポター、急進派の編集者ヘンリー・ラブシェールら、多くの名士たちとともに、大逆罪で処刑を待つ身だった。

「議長殿、ひとつだけ質問があります。なぜわたしなのですか。わたしのやってきたことはすべて、ドレイヴォットにもできたはずです。わたしは言われるままに迷路の中を駆け抜けてきましたが、彼は常にあそこにいました。彼ひとりでも、すべてを解決できたのではありませんか」

マイクロフトは首をふった。

「ドレイヴォットは優秀な男だ。計画全体における彼の役割をきみに伏せていたのは、それによってきみの行動が左右されることを恐れたからだ――」

抵抗なく納得できた。

「だが、ドレイヴォットはきみではない。紳士ではない。どのような功績をたてようと、彼が王宮に招待されることは決してないのだ」

ようやくボウルガードは理解し――


――紋章入りの招待状を届けてきたのは、正装したふたりのカルパティア近衛将校だった。マーティン・クーダは顔を伏せたまま彼女をおぼえていないふうを装い、ルリタニア人ヘンツォ伯ルパートはいまにも冷酷な笑いを浮かべんばかりに皮肉っぽく片頬をゆがめていた。本格的にトインビー・ホール所長代理をつとめることになったジュヌヴィエーヴは、これまでになく多忙な日々をすごしていたが、女王の招待を無視するわけにはいかない。たぶん、切り裂きジャック事件の終結に力を貸したことでお褒めの言葉がいただけるのだろう。非公式ではあるが、名誉にはちがいない。

彼女たちの名は公表されなかった。称賛は警察が受けるべきだとチャールズは主張した。一般に流布《るふ》している話では、コリンズ巡査が、ちょうどメアリ・ジェイン・ケリーを解体して部屋から出てきたばかりのゴダルミングとセワードに出くわしたことになっている。急いで呼ばれた応援隊がふたりをミラーズ・コートに追いつめ、結局は混乱の中で両者ともに死亡した。殺人鬼たちが串刺しの運命を逃れようと互いに殺しあったのだという説と、驚きと怒りに狂った警官がその場でふたりを滅ぼしたのだという説があり、近頃のロンドンにおける正義に慣れた人々は後者の説明を好んだが、タッソーの〈恐怖の部屋〉では、互いに刃物をふりかざすふたりの切り裂き魔を、衣服まで現実に似せて生々しく再現していた。

スコットランド・ヤードではサー・チャールズ・ウォレンが海外の地位とひきかえに辞任し、殺し屋と呼ばれる長生者《エルダー》ケイレブ・クロフトがその後釜にすわった。レストレイドとアバラインはまたつぎの事件にとりかかった。町はこぞって新たな狂人、エドワード・ハイドという獣のような気性と容貌をもった温血者《ウォーム》の殺人犯を追いかけている。ハイドは小さな子供を踏みつけ、それからさらに悪意を燃やし、折れた散歩ステッキを新生者《ニューボーン》の国会議員サー・ダンヴァーズ・カルーの心臓に突き立てたのだ。ハイドが逮捕されればまた別の殺人者があらわれ、その後も連綿と犯罪の絶えることはないだろう――

トラファルガー・スクエアを通りかかると、赤い光がさざなみのように車内を照らしだした。警官が水をかけてまわっても、反政府主義者たちはいつのまにか篝火を燃やしなおすのだ。木片がこっそりもちこまれ、衣類が燃やされることもあった。迷信から炎を恐れる新生者《ニューボーン》たちは、あえて近寄ろうとしない。火のそばでは群衆が警官と取っ組みあい、消防士がひとり、投げやりな態度でホースをあやつっていた。人気の高いロンドン消防隊長キャプテン・エア・マシー・ショーは、一説にはトラファルガー・スクエアでの消火活動を拒否したかどで、先日罷免された。ショーの地位は、消防になんの経験も興味ももたない陰気なトランシルヴァニア人カリストラトス博士にゆずられたが、彼は山積みにされた辞表で扉があかず、オフィスにはいることもできずにいるという。窓から見ていると、炎は石のライオンをとりまき、ネルソン記念柱の三分の一の高さにまで噴きあげている。そもそもは〈血の日曜日〉の犠牲者を悼《いた》むものであった炎が、いまでは異なる意味をもつようになった。インドからは新たな反乱の知らせが届いた。サー・フランシス・ヴァーニーがインド人兵士によってデリーの〈赤の砦〉からひきずりだされ、自分の銃を突きつけられ、古い鉄くずと砂銀のまぜものを胸に撃ちこまれて射殺された。ヴァーニーはその後、火に投げこまれて骨まで灰になったという。英国人温血者《ウォーム》の兵士や将校の多くが現地人の反乱に加わった。非常に信頼性の高い情報源をもっているらしい新聞によると、インドはいまや公然たる反乱地帯であり、アフリカや東洋の各地でもさらなる動きが見られるという。

　プラカードが揺れ、スローガンをさけぶ声がひびく。〝ジャックはまだ殺している〟という落書きが読める。殴り書きのように〝切り裂きジャック〟と署名された赤インクの手紙は、いまでもまだあちこちに送りつけられている。送付先は新聞社や警察や著名人だ。それらはいまや、温血者《ウォーム》に向かっては力を結集してヴァンパイアの支配に対抗しようと、英国人新生者《ニューボーン》に向かっては外国人長生者《エルダー》への抵抗を、呼びかけている。ヴァンパイアが殺されると必ず〝切り裂きジャック〟の功績とされた。チャールズは何も言わないが、ジュヌヴィエーヴは手紙の多くがディオゲネス・クラブから出されているのではないかと疑っている。秘密政府のホールでは危険なゲームがおこなわれているのだ。ひとりの狂人を英雄となすことで、目的がかなえられる。切り裂きジャックを殉教者ととらえる人々には、ジャック・セワードがヴァンパイアの圧政者に向かって銀ナイフをふりあげ、切り裂きジャックを怪物と考える人々のためには、傲慢な不死者《アン＝デッド》ゴダルミング卿が卑しい女たちをごみくずのように処分する。繰り返されるたびに物語はさまざまな意味を帯び、切り裂き魔もさまざまな顔をもつようになる。ジュヌヴィエーヴにとってのそれは、指をインクで赤く染め、メアリ・ジェイン・ケリーが解体されるあいだも傍観していたダニー・ドレイヴォットの顔だった。

　町の秩序は崩壊寸前だ。ホワイトチャペルやライムハウスだけではなく、ホワイトホールやメイフェアも例外ではない。のしかかる圧政の手が重くなるにつれて、人々の反抗心はいっそう激しく燃えあがる。階層を問わず温血者《ウォーム》のロンドンっ子のあいだでは、ミンストレルのように顔を黒く塗り、〝現地人〟と自称することが流行っている。現在五人の将校が、偽黒人の平和的集会に対し部下に発砲命令を出すことを拒否した罪で、軍事法廷と略式串刺し刑を待っている。

黒い顔の看護婦に罵声を浴びせられながら、交渉の末、ネトリーはようやくアドミラルティ・アーチをくぐり抜けた。おそらくこの馬車についた紋章を塗りつぶしてしまえるならと願ったにちがいない。

ヴァンパイアではあるがヴラド・ツェペシュの血統ではない者として、ジュヌヴィエーヴは常に傍観者だった。何世紀にもわたる虚偽を重ねてきたあとで、もはや温血者《ウォーム》を装わなくてもよいという生活が、はじめは新鮮な感動をもたらした。だがプリンス・コンソートは結果的に、家畜と呼ばれる生者だけではなく、不死者《アン＝デッド》の大半にとっても居心地の悪い世界をつくりあげてしまった。みずから血の奴隷となることを選んだ女たちを町邸に囲う高貴なマーガトロイドひとりに対し、ヴァンパイアの特性が潜在能力ではなく障害や悪癖と結びつき、以前と変わらぬみじめな生活を送っているメアリ・ジェイン・ケリーやリリー・マイレットやキャシー・エドウズは二十人も存在し――

――ジュヌヴィエーヴといると、チャーチウォード家のことが思いだされる。ペネロピはもう床《とこ》を離れた。いまは重たげなカーテンを締めきった居間で、チェックの毛布を膝にかけて、車椅子にすわっている。補助テーブルの代わりに、白いサテンを張った新しい柩を架台にのせて。

ペネロピは強くなった。目は澄みきり、口数も減った。

炉棚の上、黒縁の写真の中で、ゴダルミングが撮影所の鉢植えの横でぎこちなくポーズをとっていた。

「いわばあたくしの父と同じですもの」ペネロピは説明した。

ボウルガードには思いもよらないことだったが、ジュヌヴィエーヴになら理解できるのだろうか。

「あの方はほんとにそんな怪物でしたの?」

ボウルガードは真実を語った。

「ああ、残念だが」

ペネロピは微笑を浮かべんばかりに答えた。

「そう、嬉しいわ。あたくしも怪物になるのですもの」

ふたりは向かいあってすわり、低いテーブルにおいたカップに手も触れないまま、闇が垂れこめて――


――馬車は軽快にバードケイジ・ウォークをバッキンガム宮殿に向かっている。道沿いに並んだ十字架形の籠から、ときにはまだ生きたままの反政府主義者が、鎖につながれ吊るされている。この三夜、セント・ジェイム・パークでは温血者《ウォーム》と不死者《アン=デッド》のあいだで公然たる戦いがくりひろげられているのだ。

「ごらん」チャールズが低い声で促した。「あれがヴァン・ヘルシングの首だ」

ジュヌヴィエーヴは首をのばし、杭の先端の哀れな塊を見た。エイブラハム・ヴァン・ヘルシングはプリンス・コンソートの呪縛によってまだ生きており、その目でドラキュラの支配するロンドンを見つめるべく高所に掲げられているのだと言う者もある。だがそれは嘘だ。そこに残されているのは蝿のたかるただの頭蓋骨にすぎない。

メイン・ゲートが目の前にせまった。立ちはだかる格子には新しい有刺鉄線が巻きついている。スリットの奥に真紅がのぞく漆黒の軍服に身を包んだカルパティア人たちが、まるで絹の帳であるかのように軽々と巨大な鉄の門をひらき、馬車はそのあいだをすり抜けていった。ネトリーはインド軍将校の舞踏会にひきだされた豚のように、恐怖の汗をかいている。黒い煙を空に噴きあげ、篝火と白熱灯に照らしだされた王宮は、人食いモレク（古代フェニキア人が子供を人身御供にして祭った神）を思わせる。

チャールズは表情を消したまま、じっと意識を集中している。

「きみは馬車に残っていないか」早口に説得しようとする口調だ。「危険はない。わたしは大丈夫だ。そんなに長くはかからないから」

ジュヌヴィエーヴは首をふった。これまで何世紀ものあいだ、ヴラド・ツェペシュを避けてきたような気がする。でもいまは、この王宮にひそむものと対決したい。

「ジュネ、お願いだ」弱々しいほどの声。

二日前、ジュヌヴィエーヴは彼とともに夜をすごし、胸の傷からそっと血をすすった。彼女は彼の身体を知りつくし、理解した。ふたりは愛をかわしあった。彼女は彼を知りつくし、理解した。

「チャールズ、何をそんなに心配しているの。わたしたちは英雄なのよ。公を恐れることなどありはしないわ。わたしは彼よりも年上《エルダー》なのよ」

馬車は胃袋の入口のような車寄せで停まり、鬘《かつら》をかぶった従僕が扉をあけた。ジュヌヴィエーヴは先に降り、足元のきれいな砂利のやわらかな感触を楽しんだ。弓の弦のように張りつめたチャールズが、マントをかきあわせながらそれにつづいた。ジュヌヴィエーヴは彼の腕をとって身体をすり寄せたが、その緊張を解くことはできなかった。王宮の中で見るであろうものに熱い期待を寄せながら、同時に恐怖をおぼえずにはいられないのだろう。

柵の向こうにはいつものように群衆が群がっている。不機嫌な見物人が衛兵交替を待ちながら格子ごしにのぞきこんでいる。ゲートのそばに見知った顔があった。オールド・ジェイゴにいた中国娘だ。娘は長身の、どこか邪悪な雰囲気をもつ東洋の老人と並んでいる。ふたりの背後の物陰に、さらに長身でさらに年老いた東洋人の姿を認め、ジュヌヴイエーヴの中に一瞬、過去の恐怖がよみがえった。もう一度見なおしてみると、中国人たちは姿を消していた。それでも激しい動悸はおさまらない。そういえばチャールズは、長生者《エルダー》暗殺者との取り引きの背後事情について、はっきりした説明をしてくれていない。

顔を金色に塗った若いヴァンパイアの従僕が、ふたりを案内してひろい階段をのぼり、長い杖で扉をたたいた。未知のメカニズムが使われたかのように扉がひらき、大理石を敷きつめた丸天井の広間があらわれた。

ただ一枚のよそいきをだいなしにしたのち、ジュヌヴィエーヴはしかたなく新しいドレスを注文した。今日はじめて身につけたそれは、腰当て《バスル》もフリルも襞飾り《フラウンス》もない簡素な夜会服だ。ヴラド・ツェペシュが格式を重んじるとは思えないが、女王のためには礼を尽くしたかった。あの一族のことはハノーヴァー選帝侯時代から知っているのだ（スチュアート王家が絶えたのち、ハノーヴァー選帝侯家に嫁いだジェイムズ一世の孫ソフィアの子、ジョージ一世がイギリス王家を継ぎ、ハノーヴァー王朝を開いた）。今日は珍しく、金の十字架もつけている。鎖は何本取り替えたか知れないが、これは温《ウォーム》血者時代の唯一の形見、実の父から贈られたものだ。ジャンヌ・ダルクの祝福を受けているというが、真偽のほどは疑わしい。それでも長い年月のあいだ、なぜか手元を離れなかった品だ。邸を、所持品を、衣装を、地所を、財産を捨て、幾度となく人生すべてに背を向けて歩み去るときも、彼女のもとには、おそらくオルレアンの乙女が手を触れたこともない十字架だけが、常に残ってきたのだ。

三十フィートもある半透明の絹の帳がさがっている。風に煽られてひらいたその下を、ふたりは通り抜けていった。不用心な蝿を捕らえようとうねりながらひらく、巨大な蜘蛛の巣のようだ。ヴァンパイアの女官の指揮で召使があらわれ、ふたりのマントを預かった。仮面のようにごわごわの髭を生やしたカルパティア人がかたわらに立って、チャールズがステッキをわたすのを確認した。銀は宮廷では忌避されるのだ。彼女には手わたすような武器はなく——

——果たさなくてはならない義務については口を閉ざしたまま、ボウルガードはなんとか彼女の同行を思いとどまらせようとした。おそらく自分は生きて帰ることはできない。その死には目的があるし、覚悟もできている。だがジュヌヴィエーヴの運命を思うと心が痛んだ。これは彼女の戦いではない。できることなら自分の生命を投げうってでも彼女を逃したい。だが義務はふたりの生命よりも重かった。

ふたりですごした夜、温かな交わりの中で、彼はパメラ以来誰にも告げたことのない言葉を口にした。

「ジュネ、愛している」

「わたしもよ、チャールズ、わたしも」

「きみも、なに？」

「愛しているわ、チャールズ。あなたを愛している」

彼女のくちびるがまた触れてきて、ふたりはともに横たわり、心地よく――

――アルマジロが足元を走り抜けていった。下半身に排泄物がこびりついている。ヴラド・ツェペシュはリージェント・パーク動物園を接収し、異国の動物を宮殿で放し飼いにしている。この哀れな貧歯類動物も、彼の無害なペットの一匹にすぎない。

大教会のような広間だ。ふたりを案内する女官は、胸に王室の紋章のはいった黒いヴェルヴェットのお仕着せを身につけている。細身のズボンに金の留め金をつけた膝丈のブーツが、男役を演じる女優のようだ。美人ではあるが、その顔は温血者《ウォーム》であったころに備えていたであろう女らしいやわらかさをすべて失っている。

「ミスタ・ボウルガード、わたしのことをお忘れですね」女官が言った。

物思いにひたりきっていたチャールズが、はっとしたようにしげしげと女官を見つめた。

「ストーカー家でお会いしました。数年前になります。変革の前に」

「ミス・マリー？」

「いまはハーカー未亡人です。ウィルヘルミナ――ミナです」

その女のことなら知っている。ヴラド・ツェペシュの子《ゲット》。ジャック・セワードのルーシーにつづく、プリンス・コンソートの英国における最初期の被征服者のひとりだ。ジャックやゴダルミングと同じく、彼女もヴァン・ヘルシングの一行に加わっていた。

「ではあの恐ろしい殺人鬼はドクター・セワードだったのですね」ミナ・ハーカーがつぶやいた。「彼は苦痛を長引かせるため、ほかの者を苦しめるためにのみ、生かされていました。ゴダルミング卿も同じです。ルーシーが生きていたら、さぞや求婚者たちに幻滅したことでしょう」

ジュヌヴィエーヴはミナ・ハーカーの心の中をのぞき、彼女が敗北の結果とともに生きつづける刑罰を課せられていることを——みずからに課したことを知った。ヴラド・ツェペシュに抵抗しきれなかったみずからの敗北。侵略者を捕らえ滅ぼせなかった仲間たちの敗北。

「こんなところでお目にかかるとは思ってもいませんでした」チャールズがふと漏らした。

「こんな地獄で、ということでしょうか」

広間の奥までくると、つぎの扉が頭上高くそびえ立った。ミナ・ハーカーが燃えあがる氷の両眼でふたりを見すえ、扉をたたいた。そのこぶしが銃声のような大音響をうつろにこだまさせ——

——ボウルガードは温血者《ウォーム》であったころのミナ・ハーカーをおぼえている。フローレンスやペネロピやルーシーに比べ、物静かで率直で、ケイト・リードと同じく、女も職業をもって単なる飾り以上の存在になるべきだという信念を抱いていた。あの女は死に、白い顔の幽霊として宮廷に仕えている。セワードも、そしてゴダルミングも幽霊だった。彼らだけではない。プリンス・コンソートと杭の上の頭蓋骨は、膨大な数の人間の抜け殻をつくりだしたと言えるだろう。

奥の扉がきしみながらひらき、驚くべき召使がふたりを明るい控えの間に導き入れた。染めわけ模様の衣装が、極度にグロテスクな身体をさらにきわだたせている。それは変身の失敗によって悲惨な結果を迎えた新生者《ニューボーン》ではなく、生まれつき大きな欠陥を背負った温血者《ウォーム》だった。すさまじくよじれた背骨。瘤状のものが突きでた背中。四肢は左腕を除いてすべて腫れあがり、ねじれている。ふくれあがった頭からはいくつもの突起がもりあがり、そこからぼそぼそと髪が生え、顔はいぼ状の腫瘍でほとんど判別できない。マイクロフトからあらかじめ情報を与えられていたにもかかわらず、ボウルガードは心臓を刺されるような憐れみをおぼえた。

「ごきげんよう。メリック、だったね?」

メリックのぶよぶよした顔の奥で微笑が形づくられ、口のまわりの余分な肉塊のためにいくぶん不鮮明な声が挨拶を返した。

「女王陛下のご機嫌はいかがかな」

メリックは答えなかったが、ボウルガードは表情の読みにくいその大きな顔に、ある感情を見てとった。片方だけあらわれた目には悲しみが、腫れあがってゆがんだくちびるには不快さが浮かんでいた。

彼はメリックに名刺をわたした。

「ディオゲネス・クラブからの挨拶だ」

男は理解し、巨大な頭でうなずいた。彼もまた闇内閣に使われているひとりなのだ。

通廊を案内するメリックはゴリラのように身をかがめ、長い棍棒のような手で身体を押し進めていく。プリンス・コンソートは明らかに、このかわいそうな生き物を手元において面白がっているのだ。ボウルガードはあのヴァンパイアに対し、新たな嫌悪をおぼえずにはいられなかった。メリックが身長の三倍もある扉をノックし――

――ジュヌヴィエーヴはいまになってようやく、チャールズが王宮で出会うだろうものを恐れているのではないことに気づいた。彼はこれから起こるだろう何かの影響が彼女にまでおよぶことを懸念しているのだ。チャールズが彼女の手をとり、しっかりと握りしめた。

「ジュネ」ほとんどささやかんばかりの声だ。「もしわたしの行為のせいできみが傷つくことになったら、心からすまないと思う」

いったい何のことなのか。心を走らせて思考を追おうとすると、彼が身をのりだしてきてくちびるにそっと接吻した。彼女は彼を味わい、すべての記憶がよみがえり――

――彼女の声が暗闇に涼しくひびいた。

「永遠にこのままでいたいわ、チャールズ。真の永遠に」

彼はマイクロフトとの会見を思いだした。

「永遠につづくものなんて、何ひとつない――」

――くちびるが離れ、チャールズが身をひいた。ジュヌヴィエーヴは困惑の中に残された。そのとき扉がひらき、ふたりは尊前に通された。

壊れたシャンデリアの薄暗い光のもとで、謁見の間はさながら地獄の豚小屋のように、人と獣であふれ返っていた。かつては美しかった壁も疵と染みだらけで、汚れ破れた絵が奇妙な角度でかけられ、もしくは家具の背後に積みあげられている。笑うような音、鼻を鳴らす音、うなり声、わめき声をあげる生き物が、長椅子や絨毯の上に群がっている。半裸のカルパティア人がひとり、排出物が厚く積もった大理石の床で足をすべらせながら、巨大な猿と格闘している。乾いた血と汚物の悪臭がミラーズ・コート一三番地ほどにも強烈だ。

メリックがふたりの到着を告げた。口蓋の奇形のため、苦しげな発音になる。誰かがドイツ語で野卑な言葉を投げつけ、冷酷な笑いがどっと騒音を圧倒したが、腿ほどにも太い手がそれを静めた。手のひとふりで一同が沈黙する。カルパティア人が猿の顔を床に押しつけ、背骨をたたき折って、はやばやと力競べに終止符を打った。

掲げられた手の上で、巨大な指輪の宝石が七つの炎を受けてきらめきを放つ。世界最大のダイヤモンド、戴冠用宝玉《クラウン・ジュエルズ》の主眼となる光の山《コイヌール》だ。ジュヌヴィエーヴは輝く光に目を奪われ、つづいてそれを帯びたヴァンパイアに視線を向けた。玉座のドラキュラ公は巨大な彫像のようだ。灰色にしなびた皮膚の下で、あざやかな赤味を帯びた顔が巨大にふくれあがっている。新しい血でこわばった口髭は胸にまで垂れさがり、黒々とした髪が肩をおおい、ぽつぽつと鬚ののびかけたあごには最後の食餌の血糊がこびりついている。左手は所在なげに王権の象徴である宝珠をもてあそんでいるが、それも彼の手にあるとテニス・ボールほどの大きさにしか見えない。

チャールズが敵を前にし、悪臭に打ちのめされたように身ぶるいした。ジュヌヴィエーヴは彼に寄りそいながら、あたりを見まわした。

「考えてもいなかった——」彼がつぶやいた。「こんなこととは——」

アーミン毛皮を襟にあしらい裾のほころびた黒いヴェルヴェットのマントが、巨大な蝙蝠の翼のようにドラキュラの肩にかかっている。公はそれ以外に衣服をつけておらず、全身がもつれた毛に分厚くおおわれ、胸や手足には血がこびりついている。膝のあいだでとぐろを巻いた白い陽物は、毒蛇の舌のように先端だけが緋色を帯びている。全身が血ではち切れんばかり、ロープのように太い血管が腕や首でうねり脈打っている。生前のヴラド・ツェペシュは平均よりもやや小柄だったが、いまの彼はまさしく巨人だった。

温血者《ウォーム》の娘がひとり、カルパティア人に追われて部屋を横切っていった。追っているのは、ぼろぼろの軍服を着て顔を紅潮させたヘンツォ伯ルパートだ。頭蓋骨の一枚一枚が動くため、よろめくたびに顔がゆがみ変形する。勢いよくふりおろした手が女を打ち倒し、背中の絹と皮膚を引き裂いた。関節が三重になったあごが背中と脇腹に食らいつき、血を飲むと同時に肉を噛みちぎる。ヘンツォは食餌をしながらズボンとブーツを脱ぎ捨て、狼に変身した。笑い声も咆哮に変わる。娘は即死だった。

ドラキュラが微笑し、とがった親指ほどもある黄色い歯をむきだした。ジュヌヴィエーヴはヴァンパイアの王の巨大な顔を見つめた。

女王は玉座のわきに膝をついていた。その首にはスパイクを打った首輪が巻かれ、重たげな鎖でドラキュラの手首にゆったりとはまった腕輪につながれている。身にまとっているのは肌着と靴下だけ、茶色の髪は結わずに肩に流し、顔は血で汚れている。その打ちひしがれた姿に、かつての丸々とした老女の面影はない。いっそ狂ってしまえれば楽だろうに、無残にも周囲の出来事をはっきり認識しているのだろう。ヴィクトリアはカルパティア人の食餌を見まいと顔をそむけた。

「陛下」チャールズが呼びかけ、礼をとった。

とどろくばかりの嘲笑が、ドラキュラの牙だらけの口から爆発した。息とともに悪臭が広間じゅうにひろがる。死と腐敗のにおいだ。

「われはドラキュラなり」驚くほど訛のない、なめらかな英語だった。「そこなる来客は何者か」

——大渦の悪夢のような中心で翻弄されながらも、心には鋼鉄の意志があった。見るもののすべてが彼を意志強固な正義《ユストゥム・エト・テナケム・プロポジティ・ウィルム》の男へと駆り立てた。すべてが終わったときにまだ生命があれば、吐き気に屈するかもしれない。だがいま、この貴重な一瞬は、完璧に自制してみせよう。

正式に軍人であったことは一度もないが、兵法は学校と実戦で身につけている。ボウルガードはさりげなく、謁見の間にいる全員の相対位置を把握した。問題になるのはわずか数人だが、とりわけジュヌヴィエーヴと、メリックと、理由がわからないままにミナ・ハーカーを念頭においた。三人はみな彼の背後にいる。

意識の中心にあるのは壇上の男女——心臓を鷲づかみにされそうなほどみじめな女王と、くつろいだ様子で周囲の混沌を体現している玉座の公だ。ドラキュラの顔は水の上に描かれた絵のようで、ときどき氷のように静止するものの、ほとんどの部分がつねに揺れ動き変化している。その下にいくつもの顔が認められる。赤い両眼と狼の牙は固定しているが、その周囲や頬の下は絶えずうごめいて形を変え、毛深い湿った鼻面になったと思うと、ほっそりと磨き抜かれた頭蓋骨があらわれることもある。

一分の隙もなくめかしこんだ若いヴァンパイアが壇上にあがった。襟元から山ほどのレースがあふれている。

「彼らがホワイトチャペルの英雄です」

鼻と口の前でハンカチをひらひらさせながら、男が説明した。首相だ。

「この者たちのおかげで、切り裂きジャックとして知られる恐るべき殺人鬼を滅ぼすことができました」ルスヴン卿がつづけた。「忌まわしき過去をもつドクター・ジャック・セワードと、ええ、おぞましき裏切り者アーサー・ホルムウッドですが——」

公が獰猛な笑いを浮かべると、口髭が革紐のようにきしんだ。ルスヴンは身の毛もよだつ事件を蒸し返されて明らかに困惑している。なんといっても彼はゴダルミングの闇の父であり、一般には彼の被保護者がその事件の片棒をかついだと信じられているのだ。

「わが民よ、忠実にしてあっぱれなる働きであった」

ドラキュラの賛辞は脅迫のようにひびいて——

——ルスヴンがドラキュラ公の隣に立つことで、長生者《エルダー》のヴァンパイアふたりと新生者《ニューボーン》の女王による三者支配の図式が完成した。三角形を描くその権力の頂点に位置するのは、言うまでもなくヴラド・ツェペシュだ。

ジュヌヴィエーヴは一世紀ほど昔、ギリシャを旅行中にルスヴンに会ったことがある。そのときの彼は、ささやかなロマンスを必死で楽しみながら、むなしく長い人生に押しつぶされた好事家《ディレッタント》だった。首相となった彼は、倦怠《アンニュイ》のかわりに無常感を漂わせている。より高所にのぼればのぼるほど、のちの転落が大きくなることを意識しているにちがいない。ルスヴン卿の胸の奥に鼠のように巣くうこの恐怖に、はたして誰が気づいているだろう。

ドラキュラがいかにも慈愛に満ちた視線でチャールズの全身をながめた。チャールズの血が沸騰する。ジュヌヴィエーヴは気がつくと、歯をむきだし爪をのばして戦闘態勢をとっていた。それでもかろうじて玉座の前で殊勝げな態度を取り繕う。

公が彼女に関心を向け、太い眉をあげた。なめらかな顔の上で一面の古傷がうごめいているみたいだ。

「ジュヌヴィエーヴ・デュドネか」

ドラキュラはひとつひとつの音節から意味を絞りだそうとするように、舌の上でその名前をころがした。

「そなたのことは耳にしたことがある、久しい昔にな」

彼女は何ももたない両手をひろげた。

「われがこの恵み深き身を得たころ」いかにもさまざまな意味のこもる身ぶりを示し、「そなたは高く評価されていた。定着せぬわれらが一族の動静を常に把握しておくは、なかなかに骨の折れる仕事であったぞ。そなたの報告もしばしば届いておったがな」

公の身体は話の最中にもふくれあがっていくようだ。彼が裸でいるのはおそらく、ただそれを許される立場にあるというだけではなく、絶え間なく変形する身体が衣服におさまりきらないからなのだろう。

「そなたはたしか、わが遠縁の娘と親しくしてくれておったな」

「カーミラのことなら、おっしゃるとおりです」ジュヌヴィエーヴは答えた。

「優美な花であったに、惜しいことをした」

ジュヌヴィエーヴはうなずいた。この怪物の恋着は病的なまでに甘く、のみこめば窒息せずにはいられない。年老いた猟犬をなでる飼い主のように、やさしく無造作に、公の手がのびて女王のもつれた髪を愛撫した。ヴィクトリアの目に恐怖が燃える。壇の基部には経帷子《きょうかたびら》をまとったノスフェラトゥの女たちが群がっている。ドラキュラが見捨てた妻たちだ。みな美しい女だが、みだらに衣服を引き裂き、手足や胸や太腿をのぞかせて、猫のようにあさましい音をたてている。女王は明らかに彼女らを恐れているのだ。ドラキュラの巨大な指がヴィクトリアの華奢な頭蓋をとりまき、軽く締めつけた。

「レディ、なにゆえわが宮廷を訪れてはくれなんだのだ」ドラキュラはつづけた。「トランシルヴァニアのいまはなきドラキュラ城であろうと、よりモダンなここであろうと、われらはそなたを歓迎したであろうに。長生者《エルダー》はみな歓迎されよう」

誠意あふれるドラキュラの微笑は、だが背後に牙をひそませている。

「それほどまでにわが所業を厭うていたのか。そなたは数百年ものあいだ、妬み深い温血者《ウォーム》を恐れながら、ひとつところに居を定めることもかなわず放浪しつづけた。不死者《アンデッド》の例に漏れず、地上より追放されていた。公正ならざることとは思わぬか。みずからより劣る者らに迫害され、教会の救いも法の守護も拒まれるとはな。そなたもわれも、杭をとがらせ銀の鎌をもった田舎者らに、愛した少女を奪われた。われは串刺し公《ツェペシュ》と異名をとるが、カーミラ・カルンシュタインの心臓を、ルーシー・ウェステンラの心臓を貫いたはドラキュラではなかった。わが闇の口づけは甘美なる永遠の生命をさずけ、銀のナイフこそが空虚にして無限の冷たい死をもたらす。暗い夜の末に、われらは立ちあがり本来の権利を手に入れた。わが行為はあらゆるノスフェラトゥのためのものである。もはや誰ひとり、温血者《ウォーム》のあいだでみずからの性癖を隠す必要も、脳髄を焼く赤い渇きに苦しむ必要もない。シャンダニャックの闇の娘よ、そなたもその恩恵にあずかっていよう。しかしてなおドラキュラを愛さぬというか。悲しむべきことだ。狭量にして忘恩の娘よ」

ドラキュラの手はヴィクトリアの首に巻きつき、親指が咽喉をなでている。女王の目は伏せられたままだ。

「そなたは孤独ではなかったはずだ、ジュヌヴィエーヴ・デュドネよ。そしていま、そなたは友に囲まれているではないか。そなたと肩を並べ得る仲間たちに」

ジュヌヴィエーヴはヴラド・ツェペシュよりも半世紀はやく不死者《アン＝デッド》になった。彼女が転化したとき、公は腕に抱かれる赤ん坊にすぎず、まもなく虜囚の人生を送るべくひきわたされる運命にあった。

「串刺し公よ」彼女はきっぱりと言い放った。「わたしには肩を並べ得る仲間などいない」

――公がジュヌヴィエーヴをにらみつける。ボウルガードは前に進みでた。

「さしあげたいものがあるのですが」片手を夜会服の胸にすべりこませながら、「イースト・エンドでの冒険の記念品です」

ドラキュラの目に、真の野蛮人特有の俗物じみた強欲さが浮かんだ。仰々しい称号を有してはいるが、彼のわずか一世代前の祖先は山国の無頼漢にすぎなかったのだ。公は綺麗なものに目がなかった。ぴかぴか光る玩具ならなんでもいい。ボウルガードは内ポケットから包みをとりだし、布をひらいた。

銀の光がほとばしった。

物陰ではさっきまで、ヴァンパイアたちが騒々しく若者や娘の肉をすすり、食餌をしていた。それがいま、すべての音が途絶えた。これは幻影にちがいない。だが小エクスカリバーたる小さな刃は、広間じゅうを照らしだしている。ドラキュラのひたいが憤怒にゆがみ、それから仮面じみた顔の中で、大きな口が侮蔑をこめて面白そうにゆがんだ。ボウルガードはジャック・セワードの銀のメスをかまえた。

「そのちっぽけな針でわれに歯向かわんとするのか、英国人よ」

ボウルガードは答えた。

「さしあげると申しあげたが、公にではない」

ジュヌヴィエーヴが不安そうにあとずさった。メリックもミナ・ハーカーも手を出せない距離にいる。カルパティア人どもがお楽しみの手をとめ、片側で半円を形づくった。ハーレムの女たちも赤い口を濡らし、ものほしげに立ちあがっている。いま、ボウルガードと玉座のあいだには誰もいないが、ドラキュラのほうに一歩でも踏みだせば、ヴァンパイアの肉と骨からなる堅固な壁が築かれて、進路をはばむのは疑うべくもない。

「これは女王陛下にさしあげよう」

言葉とともに、ボウルガードはナイフを投げた。

ドラキュラの両眼が、ひらめく銀を反射させると同時に暗い怒りを燃えあがらせる。ヴィクトリアは宙を飛ぶメスをつかみとり――


――すべてはこの瞬間のためだったのだ。チャールズを宮廷におもむかせ、ただひとつ、この義務を果たさせるため。口の中で彼の味を反芻《はんすう》しながら、ジュヌヴィエーヴは理解した――


――女王は刃を乳房の下にすべりこませ、肌着を肋骨に縫いとめるようにおのが心臓を貫いた。終焉はすみやかに訪れた。喜びのうめきをあげ、致命的な傷口から血をほとばしらせながら、女王は壇上からころがり落ちた。ほどけた鎖がじゃらじゃらと音をたてる。ヴィクトリア女王、かくて死せり《シク・トランジット・ヴィクトリア・レジナ》。

首相が怒り狂ったハーレムの女たちを押しのけて女王の身体につかみかかった。一動作でメスを抜きとったが、女王の頭はがっくりと力を失ったままだ。ルスヴンは祈りの力で蘇生させようとするかのように、傷口に手をあてた。すべて無駄だった。彼は銀ナイフを握ったまま立ちあがった。その指から煙があがる。彼ははじめて苦痛に気づいたかのように、声をたててメスを投げ捨てた。飢えと怒りのために形相が変わりつつあるドラキュラの妻たちに囲まれ、首相はマーガトロイドの華麗なる衣装の中で身ぶるいした。

ボウルガードはきたるべき大混乱に備えて身がまえた。

公爵《プリンス》——もはや王婿《コンソート》ではない——が雷雲のようにマントをはためかせて立ちあがった。口からは巨大な牙がむきだし、両手は槍を埋めこんだ肉塊のようだ。ドラキュラの権力は二度と回復不可能な打撃を受けた。いま、皇太子《プリンス・オブ・ウェールズ》アルバート・エドワードが即位した。皇太子を楽しくはあるが無為なパリ生活に放逐した義父には、今後口をはさむ余地はない。ドラキュラが奪いとった帝国が、ふたたび彼に背いて立ちあがったのだ。

　ここで生命を落とすことになろうとも、ボウルガードはなすべき任務を完遂した。

　ドラキュラが片手をあげ、いまや無意味となった鎖を手首からぶらさげたまま、ボウルガードを指さした。言葉にならない怒りと憎悪が吐きだされる。

　亡き女王はヨーロッパの祖母だ。存命の子供は七人、うち四人が温血者《ウォーム》である。結婚と相続により、彼らはヨーロッパに残存するいくつもの王室とつながりをもつ。たとえバーティが排除されたとしても、玉座を請求する候補者には困らない。皮肉なことに、ヴァンパイアの王は継承権をもった血友病患者たちによって、その地位を追われることになるのだ（ヨーロッパの各王室は近親結婚によって血友病患者を多く出した）。

　ボウルガードはあとずさった。ふいに正気づいたヴァンパイアたちが集結する。ハーレムの女と、近衛将校。まず女たちがとびかかってきて彼を床に押し倒し、爪をかけて——

——チャールズはディオゲネス・クラブの計画に立ち入らせないことで、なんとか彼女を守ろうとした。巣に陣どったドラキュラに会いたいと言い張ったのは彼女のほうだ。おそらくはふたりとも、ここから生きて出ることはできないだろう。

　ドラキュラの女たちが彼女を突きとばし、爪と口を赤くしてチャールズにとびかかった。彼の顔や手に触れる剃刀のような爪が感じられる。ジュヌヴィエーヴは乱闘の中からひとりの女を引き剥がし——記憶ちがいでなければ、シュタイアーマルクのバルバラ・ツェリスカ女伯爵だ——悲鳴をあげているそれを部屋の向こう端に投げつけた。そして倒れた女に向かって威嚇の音をたて、牙をむいた。

怒りが力をもたらした。

チャールズにおおいかぶさった一団に歩み寄り、こぶしと爪をふるって、どうにか彼をひきずりだす。王宮に巣くうドラキュラの女たちは飽食し脆弱で、簡単にしりぞけることができた。ジュヌヴィエーヴは気がつくと、残った雌どもに唾を吐きかけ、金切り声をあげ、髪をひっぱり、赤い目をかきむしっていた。チャールズは血を流しながらも、まだ生きている。彼女は仔狼を守る母狼のように戦った。

地獄の雌猫どもが、もがきながらあとずさった。チャールズはかたわらに立ったまま、まだぼんやりしている。ドラキュラの戦士ヘンツォがふたりの前に立ちはだかった。下半身は人間だが、獣の歯と爪を生やしている。こぶしを握ると、関節から骨の先端がすべりだし、どんどん長く鋭くなっていった。

ジュヌヴィエーヴは骨剣の届かない場所までとびすさった。廷臣たちが懸賞試合を観戦するように、うしろにさがって輪をつくった。死んだ女王とつながれたまま、ドラキュラも見物している。ヘンツォが円を描くように移動し、彼女の目にすらとまらぬはやさで剣をひらめかせた。刃が空気を切ったと思うと、一瞬後に肩が裂け、ドレスに赤い筋がしたたる。ジュヌヴィエーヴは足台をつかみ、楯のようにかざしてつぎの攻撃をかわした。ヘンツォの剣が布とクッションを切り裂き、木材に突き刺さる。彼が剣をひきもどすと、裂け目から馬の毛がこぼれた。

「椅子で戦うのか、え?」ヘンツォが嘲笑った。

突きが顔のそばをかすめ、幾房かの髪が宙を舞う。扉のそばで声があがり、何かが飛んできてチャールズの前の床に落ち――

――奇妙な声の主はジョン・メリックだった。足元に仕込み杖がある。あの哀れな生き物が従僕から奪いとってきたのだ。ボウルガードは女王の死後まで生き延びようとは考えていなかった。彼にとって、いまこの瞬間は死後の生だった。

骨から剣をつくりだした近衛将校がジュヌヴィエーヴにせまっている。ヘンツォは温血者《ウォーム》の男など数のうちにもいれていない。身のこなしは軽く、剣士の筋肉で膝を動かし、利き腕のふりは首をも切り落とせそうに鋭い。

ボウルガードはステッキをひろいあげ、銀刃の剣を引き抜いた。腕の延長とも言うべき武器をかまえると、ルリタニア人と同じ興奮が身の内にわきあがってくる。

ヘンツォがジュヌヴィエーヴの足台をたたき落とした。にやりと笑い、心臓を貫くべく剣をひいてかまえる。ボウルガードはヘンツォの剣をはじいて狙いをそらせ、返す切っ先を近衛将校のあごの下にすべりこませた。剛毛を縫って皮膚が裂け、骨をかすめる。

ルリタニア人は銀の苦痛にうめいてボウルガードに向きなおり、蜻蛉のように攻撃の剣先をくりだしてきた。苦痛のさなかにありながらも、その動きは正確で迅速だ。ボウルガードはつぎつぎとすばやい攻撃をかわした。ふいに突きがきた。肋骨の下に釣針に刺されたような痛みが走る。刃に貫かれる半秒前にとびすさったが、足が大理石の床ですべり、勢いよくころんでしまった。動脈を切り裂こうとヘンツォがせまる。傷口から噴きだす血をすすろうと、ハーレムの女たちが待ちかまえている。

ヘンツォが鎌のように腕をもちあげた。刃が弧を描き、音をたてて落ちてくる。その終着点は彼の首になるはずだ。ジュヌヴィエーヴのことを考えた。パメラのことを考えた。攻撃を受けとめようと、反射的に腕をふりあげた。汗ばんだ手の中ですべりそうになる柄を、渾身の力で握りしめる。

衝撃が全身を走り抜けた。ボウルガードの銀がヘンツォの腕にぶちあたる。近衛将校が愕然とあとずさった。利き腕が肘のところで切断され、ごろりと床に落ちている。血があふれだし、ボウルガードはそれを避けようと身体をころがした。

ふたたび立ちあがると、近衛将校は傷口を押さえたままよろめいていた。獣毛が抜け、人間の顔がもどっている。ヘンツォのうなりが嗚咽《おえつ》のような啜り泣きになったころ、ガチャガチャと金属的な音がひびいた。ボウルガードとジュヌヴィエーヴは音のほうをふり返った。

ドラキュラ公が壇上にそびえ立っていた。女王の鎖を腕からはずし、それを落として――

――ドラキュラが鼻孔から湯気を噴きながら玉座を降りてきた。彼は何世紀ものあいだ、自分は人間とはかけ離れた優れた存在であると考えてきた。いっぽうでジュヌヴィエーヴはそうした自己幻想に盲《めし》いることなく、自分はせいぜい温血者《ウォーム》の皮膚に住まわせてもらっているダニにすぎないと認識してきた。巨大化しすぎた公の動きは緩慢だった。

ジュヌヴィエーヴはチャールズを引き寄せて扉に向かった。ふたりの前に首相がいる。洗練されたその姿が、この場では柔弱に見える。

「どきなさい、ルスヴン」鋭い声で命じた。

ルスヴンは心を決めかねているようだ。女王が真の死を迎えたいま、すべては変わるだろう。ジュヌヴィエーヴは十字架を突きつけてみた。ルスヴンがぎょっとして笑い声をあげそうになる。ふたりをさえぎることもできただろうが、彼は常に政治家だった。ルスヴンはためらった末、道をあけた。

「それが賢明よ、閣下」

穏やかな声に、ルスヴンが肩をすくめた。彼は帝国の崩壊を悟っている。おそらく、すぐさま生き延びることに全力を尽くしはじめるのだろう。長生者《エルダー》は生き残ることにかけては名人なのだ。

メリックが扉をあけてくれている。控えの間ではミナ・ハーカーが、衝撃に打ちのめされ、立ちつくしている。誰もかもがあわてふためき、急激な変化に必死で対応しようとしている。さっさと諦め、お楽しみにもどっていった廷臣もあった。

ドラキュラの影がひろがり、その怒りが霧のように手をのばしてくる。ジュヌヴィエーヴはチャールズを支えて謁見の間を出た。彼の顔の血をなめとると、心臓が力強く打っているのがわかる。ふたり一緒なら、この嵐ものりきることができるだろう。

「どうしても言えなかったんだ」

説明しようとする彼を黙らせる。

メリックが扉を閉め、巨大な背中で押さえこんだ。その口から、たぶん「行け《ゴー》」と言ったつもりなのだろう、尾をひくうなりがとどろいた。扉の向こうで何かがぶつかり、床から十フィートもの高さ、メリックの頭の上に、爪の長い手が木材を引き裂いてとびだした。手はこぶしをつくって穴をひろげようとしている。扉が体当たりでもしているかのように扉が揺れ動く。上の蝶番《ちょうつがい》が飛び散った。

彼女はメリックに挨拶をして、よろめく足を踏みだした。チャールズとともに——

——ふり返ってはならない。

走り去るボウルガードの耳に、背後の扉が内側から破られ、なだれ落ちる木材と通りすぎる足の下でメリックの踏みつぶされる音が聞こえた。ところを誤った英雄がまたひとり、悼む間もなく失われた。

ミナ・ハーカーのわきをすり抜け、控えの間から広間に出ると、そこは仕着せ姿のヴァンパイアでごったがえしていた。全員が十もの異なる噂で右往左往している。

ジュヌヴィエーヴが先を促した。

雷鳴のような追跡の音。とどろく靴音の中に、はためくような音が混じっている。巨大な翼が起こす風まで感じられそうだ。

当惑した守衛が王宮の扉をあけて——

——血がざわめく。もちろん馬車が待っているわけはない。自分の足で群衆にまぎれなくてはならないのだ。世界一人口の多いこの町だ、身を隠すのもむずかしくはない。

大階段をころがりおりると、カルパティア人の一隊が鞘の中で剣を鳴らしながら押し寄せてきた。先頭に立っているのは、陰で嘲笑の的となっているヨルガ将軍だ。

「急ぎなさい」ジュヌヴィエーヴはさけんだ。「プリンス・コンソートと女王が！　何もかもおしまいだわ！」

ヨルガは最高司令官に未知の危害が加えられたらしいと聞いて、喜びを隠し、果敢な外面を取り繕った。足をはやめて殺到する一隊と、中から出てきた随臣たちがぶつかった。この混乱が収束するころには、ふたりともメイン・ゲートを抜けているだろう。

決闘の興奮が薄れてきたのか、チャールズがひたいを袖でぬぐった。ジュヌヴィエーヴは彼の腕を捕らえ、ふたりしてよろよろと喧噪の場をあとにした。

「ジュネ、ジュネ、ジュネ」チャールズが血を流しながらつぶやく。

「黙って」彼女は沈黙を命じ、先を促した。「急ぎましょう」

——温血者《ウォーム》と不死者《アンデッド》とを問わず、あらゆる場所から人々がなだれこんでくる。襲撃者と増援隊が同時に押し寄せる。公園ではデモ隊が賛美歌を合唱し、消防隊の行く手をはばんでいる。構内では放たれた馬が駆けまわり、砂利を蹴りあげている。

呼吸が苦しい。しっかり腕をつかんでいたジュヌヴィエーヴが、やっと息をつかせてくれた。走りやめた瞬間、傷が意識された。ボウルガードは抜き身の剣で身体を支えたまま、胸いっぱいに冷たい空気を吸いこんだ。

身も心もふるえている。本物の自分は謁見の間で死を迎え、ここにいるのは肉体を離れたエクトプラズマなのではないだろうか。

前方では人々が王宮の門によじのぼっている。その重みで門が内側にひらき、ふたりの近衛兵を押し倒した。まさしく絶好のタイミングで暴動が起こってくれたものだ。きっとディオゲネス・クラブの差し金だろう。それとももういっぽうの友人、ライムハウス同盟が介入してくれたのだろうか。もしくは彼など歴史の渦の中の一点にすぎず、これも幸運な偶然にすぎないのかもしれない。

焼きコルクで顔を黒く汚した暴徒の一団が、松明《たいまつ》や木の十字架を手に手に掲げ、中庭に殺到した。煽動しているのは、頭布《ウィンプル》の下に中国のカメオのような顔をのぞかせた修道女だ。小柄でしなやかな身体が、信奉者たちに空を指し示した。

夕暮よりも濃い闇が押し寄せていた。巨大な影が一面にひろがり、群衆をのみこむ。一対の赤い月が見おろしている。翼がゆっくりとはばたいて、人々を煽り倒す。王宮の上空いっぱいに、蝙蝠のようなものがおおいかぶさっていた。

一瞬、群衆は沈黙に閉ざされた。つづいて、それに対して声があがった。声はさらに高まり、松明が宙に投げあげられた。だがいずれも届くことなく落下する。舗道から引き剥がされた石が投げられ、発砲する者もあった。巨大な影はさらに上空に舞いあがった。

ヨルガの部下たちがみっともない失態から回復し、サーベルを抜いて群衆に襲いかかった。人々は簡単にメイン・ゲートの外に押しもどされていった。ボウルガードとジュヌヴィエーヴも、退却する人々とともに中庭を脱出した。一見激しい騒動のようだが、実害はほとんどなかった。中国人の修道女は真っ先に夜の中に姿を消し、彼女の信奉者たちもそのあとを追って散り散りになった。

ゲートを出てかなりたってから、ボウルガードはようやく背後をふり返った。さっきの影はバッキンガム宮殿の屋根にとまっていた。ガーゴイルじみた姿が、マントのように翼を巻きつけて見おろしている。公はいつまであそこにとまっていられるのだろうか。

夜の中で、篝火がいっそう明るく燃えあがる。ニュースはすぐさま知れわたるだろう。火薬庫に火がついたのだ。チェルシーで、ホワイトチャペルで、キングステッドで。エクセターで、パーフリートで、ホイットビーで。パリで、モスクワで、ニューヨークで。世界を変えようとする反動がさざなみのようにひろがるだろう。公園は喚声でいっぱいだ。暗い人影が踊り、争って――

――心の片隅で、失った職に対する未練がうずいた。もうトインビー・ホールにはもどれない。あの職は誰かほかの者の手にわたるだろう。チャールズとともに、もしくはチャールズなしで。この国で、もしくはよその国で。公然と、もしくはひっそりと。彼女は新しく出なおし、新たな人生を築いていく。この手に残されたものは父の十字架ひとつ。そして、少しばかり染みのついた、一張羅《いっちょうら》のドレス。

いくら高所に陣どり夜目がきくといえど、王宮の屋根にとまった生き物にふたりを見わけられるはずはない。歩きつづけるにつれて、その姿もしだいに小さくなっていく。エイブラハム・ヴァン・ヘルシングの串刺しにされた頭蓋骨を通りすぎた。ふり返るジュヌヴィエーヴの背後には、ただ暗闇がひろがっているばかりだった。

# 著者による付記

（※は訳注）

『ドラキュラ紀元』の発表以来、幾人かの読者が、実在およびフィクションから〝借用された〟（正直にいえば悪用された）本作登場人物のリストをつくってくれた。とりわけ、名前が明かされていない者、姿を変えている者に関してだ。ネットにあがったものもいくつかある。ゲームを終わらせないため、すべての端役やあげられた名の出典を列挙することは控えよう（いまになってみれば、それができるかどうかもあやしいものだ）。これは文字どおりヴァンパイア小説であり、したがってほかの小説作品（主としてブラム・ストーカーの『吸血鬼ドラキュラ』）を基盤として成立し、それらから生命をひきだしている。わたしは喜んでそれらを滋養としたことを認める。ほかにもこれ以上の注釈や情報を列挙した場所はある。それでもあまり多くを説明しないよう気をつけているので、いくつかの謎は残っているはずだ……

### 巻頭辞

ブラム・ストーカーはこの小説においては首尾一貫し、〝人狼 were-wolves〟という、ハイフンのある古めかしい表記を使用している。以後のシリーズにおいては、ハイフンはなくなっている。おそらくストーカーは、セイバイン・ベアリング＝グールド師の『人狼伝説――変身と人食いの迷信について』The Book of Were-Wolves（一八六五）を念頭においていたのだろう。〝不死者 un-dead〟という表記もストーカー独自のものである。

※ベアリング＝グールド、セイバイン（一八三四―一九二四）Baring-Gould, Sabine　英国国教会の牧師、考古学者、民俗学者、聖書学者。

### 1　霧の中

章題はリチャード・ハーディング・デイヴィスの小説『霧の夜』In the Fog よりとった。『ドラキュラ紀元』になるはずであった最初の断章（すでに失われている）――ヴァンパイアを扱ってすらいなかった――は、『霧の中のボウルガード』であった。脚注がついていたことを記憶している。

本書を含めすべての版の第二段落には、〝思考を記録する〟という意味不明な言葉が出てくる。

※デイヴィス、リチャード・ハーディング（一八六四―一九一六）Davis, Richard Harding アメリカのジャーナリスト・小説家・劇作家。

「ホラティウスのごとく、わたしは簡潔たるべく努力《ブレヴィス・エッセ・》して《ラボロ》いる」――『ドラキュラ紀元一八八八』のいたるところに散見されるラテン語や聖書の言葉は、ユージン・バーンズの勧めによるものである。彼の指摘によれば、ヴィクトリア時代人の会話や書簡は、われわれがポップソングの歌詞や『ターミネーター』の台詞を口にするように、古典文学を習慣的に引用していたという。ついでながら、ホラティウスの言葉は本来、セワードとは逆のことを意味していた。全文引用は次のとおりである。わたしは簡潔たるべく努力しているが《ブレヴィス・エッセ・ラボロ》、曖昧になる《オブスクルス・フィオ》。

※バーン、ユージン（一九五九―　）Byrne, Eugine イギリスのジャーナリスト・作家。キム・ニューマンと共著で Back in the USSA を著している。

## 2　ジュヌヴィエーヴ

わたしの書誌にはヴァンパイアたるジュヌヴィエーヴ・デュドネの異なるヴァージョンがいくつか存在するが、彼女らはミドルネームによって区別される。彼女の人生は非常に複雑であるため、ウィキペディアを参照しなくてはこの項目を書くこともできない（とはいえ、そのウィキも百パーセント正確なわけではない）。

最初は、ジャック・ヨーヴィル名義で発表したゲームズ・ワークショップ社のウォーハンマー・ファンタジイ世界を舞台とした小説『ドラッケンフェルズ』Drachenfels（一九八九）において、ジュヌヴィエーヴ・サンドリン・デュ・ポワント・デュ・ラック・デュドネとして登場した。ヨーヴィルのウォーハンマーの物語はすべて、The Vampire Genevieve（二〇〇八）にまとめられている。

ジュヌヴィエーヴ・サンドリン・ド・リール・デュドネは、〈ドラキュラ紀元〉シリーズの登場人物である。

ジュヌヴィエーヴ・サンドリン・イゾルド・デュドネは、The Man From the Diogenes Club, The Secret Files of the Diogenes Club, Mysteries of the Diogenes Club としてまとめられたシリーズに登場する。このシリーズにはまた何人か〈ドラキュラ紀元〉世界のキャラクター（チャールズ・ボウルガードとケイト・リードを含む）が、われわれの住む世界と非常によく似た時空で活躍する。

アーサー・モリスン――モリスンは、〈マーティン・ヒューイット〉シリーズ、The Dorrington Deed-box, A

Child of the Jagoなどの著者である。『ドラキュラ紀元一八八八』のホワイトチャペルには、オールド・ジェイゴと呼ばれる貧民街を含め、モリスンの本に出てくる街路がいくつか登場する。ある批評家が指摘していたように、『ドラキュラ紀元一八八八』においてホームズが強制収容所にいれられたのは、数多く存在する〝ホームズ／切り裂きジャック物語〟問題――偉大なる探偵ならば、ティー・タイムの前に殺人者の正体を見抜き、罠にかけて捕らえ、有罪宣告するはずだ――を回避するためである。デヴィルズ・ダイクはサセックス・ダウンズに実在する地名である。

### 3　夜会

ディオゲネス・クラブ――サー・アーサー・コナン・ドイルが「ギリシャ語通訳」The Greek Interpreter（一八九三）の中で、有名なシャーロックの兄マイクロフト・ホームズを、もっとも著名なメンバーのひとりとして、ディオゲネス・クラブとともに紹介している。のちには「ブルース＝パーティントン設計書」The Adventure of the Bruce-Partington Plans（一九〇八）において、兄マイクロフトは英国政府の仕事をしているばかりか、ある状況下においては彼こそが英国政府であると語られている。ディオゲネス・クラブがイアン・フレミングによる英国諜報部のカモフラージュであるユニバーサル貿易の先駆けであるというアイデアは、ビリー・ワイルダー＆I・A・L・ダイアモンドの脚本『シャーロック・ホームズの冒険』The Private Life of Sherlock Holmesから拝借した。

※イアン・フレミング（一九〇八―一九六四）Ian Lancaster Fleming　イギリスの軍人、冒険小説家。諜報員としてのキャリアをいかして〈007シリーズ〉を著す。

※ビリー・ワイルダー（一九〇六―二〇〇二）Billy Wilder　アメリカの映画監督・脚本家・プロデューサー。『お熱いのがお好き』『アパートの鍵貸します』等。

※I・A・L・ダイアモンド（一九二〇―一九八八）I.A.L. Diamond　アメリカの脚本家。ビリー・ワイルダーと組んで数々の名作を著している。

### 5　ディオゲネス・クラブ

道徳的暗殺者イワン・ドラゴミロフは、ジャック・ロンドンのThe Assassination Bureau Ltd.（未完のまま死亡したものをロバート・L・フィッシュが完成させた）の主人公である。ドラゴミロフ役にオリヴァー・リードを迎えたベイジル・ディアデン監督による一九六九年の映画（『世界殺人公社』The Assassination Bureau）は、数多くの登場人物が一定期間に〝どたばた〟をくりひろげる傑作のひとつで、本書にも影響を与えている。The Wrong Box〔ブライアン・フォーブス監督　一九六六年〕、The Best House in London〔フィリップ・サビル監督　一九六九年〕、『素晴らしきヒコーキ野郎』Those Magnificent Men in Their Flying Machines〔ケン・アナキン監督　一九六五年〕、そして（とりわけ）『シャーロック・ホームズの冒険』The Private Life of Sherlock Holmes〔ビリー・ワイルダー監督　一九七〇年〕も参照のこと。

## 6　パンドラの箱

※この章題はもちろん、ルル・シェーンを主役としたヴェデキントの戯曲『パンドラの箱』Die Büchse der Pandora（一九〇四）である。

## 7　首相

ルスヴン卿は、バイロン卿の未完成原稿を土台としたジョン・ポリドリ「吸血鬼」Vampire のタイトルロールである。ルスヴンは一般的に、バイロンのカリカチュアとして受けとめられている。ドラキュラ以前はルスヴンが男性ヴァンパイアの標準的タイプであり、十九世紀にはいくつもの続編が書かれ、演劇やオペラにも翻案された。

ルスヴンが並べたてるヴァンパイア長生者《エルダー》に関しては、J・M・ライマー〔Varney the Vampire（吸血鬼ヴァーニー）のサー・フランシス・ヴァーニー〕、チャールズ・L・グラント〔The Soft Whisper of the Dead のブラストフ〕、ロバート・マキャモン〔『やつらは渇いている』They Thirst のコンラッド・ヴァルカン〕、チェルシー・クィン・ヤーブロ〔〈サン＝ジェルマン・クロニクル〉のサン＝ジェルマン伯爵〕、レス・ダニエルズ〔The Black Castle 他のヴィラヌーヴァ〕、スージー・マッキー・チャーナス〔The Vampire Tapestry のウェイランド〕、スティーヴン・キング〔『呪われた町』Salem's Lot のバーロウ〕、ジョゼフ・シェリダン・レ・ファニュ〔『アンクル・サイラス』Uncle Silas のマダム・ド・ラ・ルジエール〕、メアリ・ブラッドン〔Good Lady Ducayne のレディ・デュケイン〕、F・G・ローリング〔「サラの墓」The Tomb of Sarah のケニヨン伯爵夫人〕、ジュリアン・ホーソン〔Ken's Mystery のフィオンギュアラ〕、およびブラム・ストーカーらの作家諸氏。ロバート・クォリー〔ボブ・ケリャン監督『吸血鬼ヨーガ伯爵』Count Yorga, Vampire のヨルガ伯爵〕、ファディ・メイン〔ロマン・ポランスキー監督『吸血鬼』Dance of the Vampires のフォン・クロロック伯爵〕、デイヴィッド・ピール〔テレンス・フィッシャー監督『吸血鬼ドラキュラの花嫁』The Brides of Dracula のマインスター男爵〕、ロバート・テイマン〔ロバート・ヤング監督『吸血鬼サーカス団』Vampire Circus のミッターハウス伯爵〕、ベラ・ルゴシ〔リュー・ランダース監督『吸血鬼甦る』The Return of The Vampire のテスラ〕、ジョナサン・フリッド〔TVドラマ Dark Shadows のコリンズ〕、ジェルマン・ロブレス〔フェルナンド・メンデス監督 El Vampiro 等のデュヴァル伯爵〕、グロリア・ホールデン〔ランバート・ヒリャ監督『女ドラキュラ』Dracula's Daughter のザレスカ伯爵夫人〕、バーバラ・スティール〔マリオ・バーヴァ監督『血ぬられた墓標』La maschera del demonio のヴァイダ公爵夫人〕、デルフィーヌ・セイリグ〔ハリー・クメール監督『闇の乙女』Daughters of Darkness/Les Lèvres rouges のバートリー伯爵夫人〕らの俳優諸氏に、感謝を。

## 8 ハンソム馬車の秘密

章題は、ファーガス・ヒュームによる初期の重要な探偵小説からとった。

※ファーガス・ヒューム（一八五九—一九三二）Fergus Hume イギリス生まれのオーストラリア人作家。代表作に『二輪馬車の秘密』The Mystery of a Hansom Cab（一八八六）

赤い渇き——この用語はジョージ・R・R・マーティンのヴァンパイア小説『フィーヴァードリーム』Fevre Dream（一九八二）のものである。ジャック・ヨーヴィルのジュヌヴィエーヴ小説のひとつにも、タイトルとして使わせてもらっている。感謝。

## 10 巣の中の蜘蛛

この章で名をあげた、もしくは名をあげずに登場する、ヴィクトリア時代・エドワード時代の偉大な犯罪者の中で、ガイ・ブースビーのドクター・ニコラ—— A Bid for Fortune（一八九五）で初登場した正体不明の犯罪者——だけが完全に行方不明となっている。

わたしはアーサー・コナン・ドイルの「空家の冒険」The Adventure of the Empty House によって創造されたセバスチャン・モラン大佐を、本書の暗黒街によく似た場所を舞台とする一連の物語（A Shambles in Belgravia, A Volume in Vermillion, The Red Planet League その他）の語り手として使用した。これらは最終的に The Hound of the D'Urbervilles と呼ばれる本にまとめられている。

## 11 取るに足らぬ出来事

オスカー・ワイルドの独演会は、もちろん彼自身の作品からの引用である。評論に関する長々しい文章は、彼の評論『芸術論——芸術家としての批評家』The Critic as Artist より拝借した。

## 12 死者たちの夜明け

ベアトリス・ポター——『ピーター・ラビットのおはなし』等の作者ビアトリクス・ポターではなく、フェビアン協会の社会主義者。ベアトリス・ウェッブという結婚後の名のほうが有名。

サー・ヒュー・グリーンのアンソロジー The Rivals of Sherlock Holmes（一九七〇）は数多くの続編を生みだし、ブリティッシュTVのシリーズ番組としてもとりあげられ、ヴィクトリア時代・エドワード時代の数多くの探偵が注目をあびた。本書でもその多くの名があがっている。その他の探偵たちの作者としては、ウィリアム・ホープ・ホジスン（幽霊狩人カーナッキ）、アーネスト・ブラマ（盲目の探偵マックス・カラドス）、われらが友アーサー・モリスン（マーチン・ヒューイット）、ジャック・フットレル（ヴァン・ドゥーゼン教授）らがあげられる。コトフォードはケイト・リードと同じく、ブラム・ストーカーが『吸血鬼ドラキュラ』Draculaのために考えたが、結局登場することのなかったキャラクターである。ホークショー――かつて彼の名は、シャイロックが高利貸しの代名詞であったように、探偵の代名詞とされるほど有名だった――は、さらに前の時代に発表されたトム・テイラーの戯曲『仮出獄の男』The Ticket-of-Leave Manに登場する。

※サー・ヒュー・グリーン　Sir Hugh Carleton Greene　一九一〇―一九八七　イギリスのジャーナリスト。

※シャイロック　シェイクスピア作『ヴェニスの商人』The Merchant of Venice に登場するユダヤ人の高利貸し。

※章題は、ジョージ・A・ロメロ監督のホラー映画『ゾンビ』Dawn of the Dead（一九七八）からとったものと思われる。

## 13　奇妙な情熱の発作

「ドルリー・レーンの幽霊と同じく」――一八一二年に建てられたドルリー・レーン王立劇場はメロドラマと大がかりなショーと特殊効果で知られていた。セワードが語っているのは、この建物にあらわれると言われる何体もの亡霊ではなく、芝居に登場する屍衣をまとって泣きさけぶ幽霊のことである。

※章題「Strange Fits of Passion」は、ルーシーという女性の死を物語るウィリアム・ワーズワースの詩。

## 14　ペニーのやり方

※章題「Penny Stamps」は一ペニー切手のことであるが、〝地団駄を踏むペニー〟の意味にもなる。

## 15　クリーヴランド・ストリートの邸

オーランドは完全なオリジナル・キャラクターである。ヴァージニア・ウルフの小説〔『オーランドー』Orlando: A Biography（一九二八）〕で性転換する主人公でも、マーマレード色の猫〔キャスリーン・ヘイル作『ねこのオーランドー』Orlando the Marmalade Cat〕でも、サム・カイッドがテレビで演じた無頼漢〔一九六三―一九六五年放映のドラマ Crane に登場する密輸業者 Orlando O'Connor〕でも、その他いかなるフィクションに登場するキャラクターでもない。これほど多くの人々と関連づけられる名前を使うべきではなかったのかもしれないが、しかたがない。埋め合わせとして告げておくと、このオーランドの特徴は――またべつの世界において――わたしの短編 The Man on the Clapham Omnibus で重要な役割を果たしている。

## 16　転換点

ルイス・バウアーはパトリック・ハミルトンの戯曲『ガス燈』Gas Light（別名 Gaslight もしくは Angel Street）の登場人物。ジャック・ハミルトン〔オリジナル戯曲〕、ポール・マレン〔一九四〇年版映画〕、グレゴリー・アントン〔一九四四年版映画〕という別名もある。彼は周到に追いつめて妻を狂気に追いやりながら、異常な執念をもって隣家に隠されたルビーをさがす。物語の終わりでは完全な狂気に陥る。パーフリート精神病院での彼の行動はそれによって説明されるだろう。わたしはとりわけ、ソロルド・ディキンソン監督による映画でのアントン・ウォルブルックの演技が好きだ〔一九四〇年版〕。

## 17　銀

「リードの考案」――ローン・レンジャーとして知られるジョン・リードは、仮面をつけて正義の旅をつづけるだけの財力をもっていた――ところで、なぜ孤独な《ローン》レンジャーに相棒がいるのだろう〔ジョン・リードには、トントという名のネイティヴ・アメリカンの相棒がいる〕。彼は途方もない銀鉱を発見していた。銀の弾丸を使うそもそもの意味は、生命を奪う行為が安くあってはならないというものだったが、銀を無尽蔵に所有しているとなると、その意味も曖昧になる。

## 18　ミスタ・ヴァンパイア

中国映画に出てくる伝統的な跳びはねるヴァンパイア（キョンシー、もしくは、チャンシー）は、奇妙に歪曲したヴァンパイリズムの一例である。わたしはロンドンのチャイナタウンの映画館で、リッキー・ラウ監督の『ミスタ・ヴァンパイア』Mr.Vampire（一九八五）〔邦題『霊幻道士』〕を見た。その映画および多くのスピンオフ、続編、類似作品が爆発的な人気を博する前のことである。この作品の影響だろうか、バフィー〔『バフィー～恋する十字架～』Buffy the Vampire Slayer 一九九七年～二〇〇三年にアメリカで製作されたテレビドラマ〕やブレイド〔『ブレイド』Blade マーベル・コミックの作品。映画やドラマにもなっている〕、その他多くにおいて、西洋のヴァンパイアもカンフーを心得ていることが多いようだ。

## 19　気取り屋

わたしは〈ドラキュラ紀元〉を、エドガー・アラン・

ポオが吸血鬼ビリー・ザ・キッドを追うヴァンパイア版西部劇としてシリーズ化するつもりでいた。〈ドラキュラ紀元〉第二部においてポオが重要な役割をはたしたのはその名残であるが、実際の歴史においても、パット・ギャレットはビリー・ザ・キッドを殺しにいくときポオという名の男を同行していた。『ドラキュラ紀元一八八八』において、わたしはジュヌヴィエーヴが開拓時代のアメリカ西部で、ドク・ホリデイを知っていたという設定を使ったが、このふたりも登場するはずだった。ほかにも、わたしがもっとも気に入っているヴァンパイアのガンマン、ドレイク・ローベイ（映画 Curse of the Undead〔監督 エドワード・ディン 一九五九年〕）や、実在・架空双方の西部開拓時代のキャラクターが登場するはずで、その物語は、キッドの犠牲者ボブ・オリンガーにちなんで、「十六枚の一ドル銀貨」と呼ばれるはずだった――少なくとも二本の映画において、オリンガーはけずったコインをつめたショットガンでビリーを威嚇している（『左きゝの拳銃』The Left Handed Gun〔アーサー・ペン監督 一九五八年〕において、「釣りはいらないよ、ボブ」というポール・ニューマンの台詞がある）。残念ながら、ヴァンパイアであるビリー・ザ・キッドを扱ったシナリオがすでにあったため、わたしはこの物語を断念せざるを得なかった。さらに残念なことに、そのウーヴェ・ボル監督『ブラッドレインⅡ』BloodRayne II: Deliverance（二〇〇七）は、くだらないコンピュータ・ゲームから直接ビデオ映画となった作品である。

※ボブ・オリンガー　Bob Olinger　一八五〇―一八八一　西部開拓時代の保安官。ビリー・ザ・キッドに射殺された。

※ウーヴェ・ボル　Uwe Boll　一九六五―　ドイツの映画監督・プロデューサー・脚本家。

## 20　ニュー・グラブ・ストリート

フランク・ハリスは中傷と自慢にあふれた回想録『わが生と愛』My Life and Loves（一九二二）で知られている。デルマー・デイヴィス監督『カウボーイ』Cowboy（一九五八）では、ジャック・レモンがフランク・ハリスを演じた。だが荒野を馬で駆けまわっていた経歴はあまり知られておらず、人々の記憶に残っているのは主として、ロンドン文学界におけるさまざまな交遊関係である。彼と交流のあった者としては、オスカー・ワイルド、H・G・ウェルズ、ジョージ・バーナード・ショーらがあげられる。一九七八年のBBCテレビドラマ Fearless Frank, or Tidbits from the Life of an Adventurer においては、レオナルド・ロッシーターが彼を演じた。

わたしはいまでも「しわくちゃの白いスーツに十年前に流行した麦わら帽子をかぶって怒り狂っている小柄なアメリカ人」を面白いと思っているが、このキャラクターを早々に使ってしまったことを後悔している。Johnny Alucard までとっておくべきだったのだ。そのほうがうまくフィットしただろう。事件記者カール・コルチャックは、リチャード・マシスンの脚本によるTV映画『魔界記者コルチャック／ラス・ベガスの吸血鬼』The Night Stalker（一九七二）のもととなった、ジェフ・ライスの小説 The Kolchak Paper に登場する。本作品と、続編『魔界記者コルチャック／脳髄液を盗む男』The Night Strangler（一九七三）および短いTVシリーズ『事件記者コルチャック』Kolchak: The Night Stalker（一九七四―一九七五）において、ダーレン・マクギャヴィンが演じた。また、二十一世紀の混沌たるリヴァイヴァル作品においては、スチュアート・タウンゼントが演じている。

カフェ・ド・パリに集まる新聞記者の中には、あまり記憶に残らないだろうが、The Great War in England in 1897（一八九四）を著した小説家ウィリアム・ル＝キューと、切り裂きジャックの犯行は黒魔術の儀式のためであるという説を提唱し、自身も容疑者とされたロバート・ドンストン・スティーヴンスンがいる（その仮説は、ロバート・ブロックが名作短編「切り裂きジャックはあなたの友」Yours Truly, Jack the Ripper（一九四三）において使用している）。

使い走りの少年ネッドは、ハワード・ウォルドロップの The Adventure of the Grinder's Whistle（一九七七）からとった。「蒸気駆動の自動人形が逃げだした説」もそこから派生したものである。ネッド――エドワード・ダン・マローンはのちに、サー・アーサー・コナン・ドイルの『失われた世界』The Lost World（一九一二）において語り手をつとめている。

※ジャック・レモン　Jack Lemmon　一九二五―二〇〇一　戦後アメリカ映画界最高の喜劇俳優。

※デルマー・デイヴィス　Delmer Lawrence Daves　一九〇四―一九七七　アメリカの映画監督、脚本家、プロデューサー

※H・G・ウェルズ　Herbert George Wells　一八六六―一九四六　イギリスの作家。『タイム・マシン』『透明人間』などを著し、SF小説の父とも呼ばれる。

※レオナルド・ロッシーター　Leonard Rossiter　一九二六―一九八四　イギリスの俳優

※リチャード・マシスン　Richard Burton Matheson　一九二六—二〇一三　アメリカの小説家、脚本家、映画プロデューサー、俳優。
※ジェフ・ライス　Jeff Rice 一九四四—二〇一五
※ダーレン・マクギャヴィン　Darren McGavin 一九二二—二〇〇六　アメリカの俳優
※スチュアート・タウンゼント　Stuart Townsend　一九七二—
アイルランド出身の俳優。
※ロバート・アルバート・ブロック　Robert Albert Bloch
一九一七—一九九四　アメリカの小説家。ヒッチコックの映画『サイコ』の原作者として有名。
※ハワード・ウォルドロップ　Howard Waldrop　一九四六—
アメリカのSF作家。短編の名手として知られる。

## 21　追悼《イン・メモリアム》

キングステッド墓地は通常ハイゲイト墓地がモデルであると考えられている。ただし、カール・マルクスが埋葬されている新区画ではなく、ヴィクトリア時代の旧区画である。だがドラキュラ研究者の中には、この説に異論を唱える者もいる。わたしの短編 Egyptian Avenue (The Man From the Diogenes Club 収録）もまた、キングステッドを舞台としている。

## 22　さよなら、黄色い小鳥

モンタギュー・ジョン・ドルーイット——一九七〇年代、わたしがはじめて切り裂きジャック関連の本を読んだとき、ドルーイットはもっとも有力な容疑者だった。その主たる理由は、彼が最後の殺人の直後に自殺したことである。その後、陰謀説を唱える者が増殖してそれ以上に有名な切り裂き魔を求めるいっぽう、堅実な調査によってドルーイットの疑惑は晴らされた。ひと晩中ホワイトチャペルを走りまわって殺人を犯していた者が、翌日、国を半分も移動したところにあるクリケット競技場で（彼が一度ならずやってのけたように）みごとなプレイを披露することはできない。現実のドルーイットは法廷弁護士兼教師であり、トインビー・ホールとはなんの関係もない。わたしが彼をトインビー・ホールにおいたのは、ロン・ペンバー&デニス・デ・マーンによる Jack the Ripper: A Musical Play（一九六七）にちなんだものである。

※ロン・ペンバー　Ron Pember 一九三四—　イギリスの俳優。
※デニス・デ・マーン　Denis De Marne　一九三五—二〇一二
イギリスの俳優。

看護婦はしばしば復刻されるE・F・ベンスンの「ア

ムワース夫人」Mrs Amworth より。ごくあたりまえの外見をした中年女性を悪役に設定することで、数多いステロタイプなヴァンパイア像から離れようと試みた作品である。

## 24　早すぎた検死

※章題「A Premature Post-Mortem」は、おそらくエドガー・アラン・ポオの「早すぎた埋葬」The Premature Burial からとったものと思われる。

## 26　黙想と救済

マリー・マニングとその夫フレデリックは、一八四九年、マリーの愛人パトリック・オコナーを殺害した罪で絞首刑に処せられた。マニング夫妻は金貸しのオコナーを夕飯に招待し、金を奪うために殺害した。この事件はセンセーショナルに報道され、「バーモンジーの惨劇」として知られている。衝撃を受けたチャールズ・ディケンズは夫妻の処刑を見物し、つぎのようなコメントを残している。「今朝処刑を見に集まったおびただしい群衆の邪悪さと軽率さほど信じがたくおぞましい光景は、いかなる人間にも想像できず、太陽のもとのいかなる異教の地においても見られることはないだろう」。スイス生まれのマリア・マニングは、ヴィクトリア時代の殺人者の中でもっとも嫌悪されたひとりであり、ルース・エリスやマイラ・ヒンドリーとならび、いつまでも色あせることのない悪評を勝ち得ている。

※ルース・エリス　Ruth Ellis 一九二六—一九五五　ナイトクラブのホステスであったが、レーシングドライバーのデイヴィッド・ブレイクリーを殺害して絞首刑に処せられる。金髪美女の殺人は、センセーショナルな事件としてとりあげられた。

※マイラ・ヒンドリー　Myra Hindley 一九四二—二〇〇二　恋人イアン・ブレイディと共謀して、十代の少年少女五人を殺害した。遺体がサドルワース・ムーアに埋められていたため、この事件は「ムーアズ殺人事件」と呼ばれている。

## 27　ドクター・ジキルとドクター・モロー

わたしは中編小説 Further Developments in the Strange Case of Dr Jekyll and Mr Hyde および A Drug on the Market において、繰り返しドクター・ジキルの家にもどっている（ある意味、Anno Jekyll and Hyde とも言える）。ロバート・ルイス・スティーヴンスンの『ジキル博士とハイド氏』を見なおすたびに、わたしはこの短い物語の構成のみごとさに驚嘆する。この章における描写のかなりの部分は、スティーヴンスンから引用している。

## 28 パメラ

御者のクレイトン――サー・アーサー・コナン・ドイルの『バスカヴィル家の犬』The Hound of the Baskervilles の読者は、サー・ヘンリー・バスカヴィルの追求に彼がささやかな関わりをもっていることを思いだすだろう。フィリップ・ホセ・ファーマーの Tarzan Alive の読者は、驚くほど威厳のあるこの御者と、グレイストーク卿ジョン・クレイトンとの関係についてさらに多くを知るだろう。わたしは『ドラキュラ紀元』が、多くの本やコミックやテレビドラマと同じく、ファーマーが Tarzan Alive と Doc Savage: His Apocalyptic Life を執筆しなければ存在し得なかったであろうことをおおやけに認めている。

カーミラ――わたしはカルンシュタインの少女を本書のどこかに登場させたいと考えていたが、彼女は『ドラキュラ紀元一八八八』よりもはやい時代を舞台とするレ・ファニュの「カーミラ」Carmilla において、動かしがたい死を迎えている。彼女は『吸血鬼ドラキュラ』が発表される以前からそれ以後にまでわたり、もっとも興味深いキャラクターのひとりである。彼女の奇妙に無気力でありながら積極的に獲物を狙う習性は、十九世紀の男性ヴァンパイアのつねであるメロドラマ的に誘惑しながら強引に奪うやり方よりも不気味なものとしてわたしの目に映った。彼女の分身はまた、『吸血鬼』Vampyr〔カール・テオドア・ドライヤー監督 一九三二年〕、『血とバラ』Et mourir de plaisir〔ロジェ・ヴァディム監督 一九六〇年〕、『恐怖の吸血美女』Lust for a Vampire〔ジミー・サングスター監督 一九七一年〕等、さまざまな映画に登場している。ヴァンパイアとしてはメジャーなキャラクターであるにもかかわらず、カーミラはめったに、本書のような物語において他の怪物たちと行動をともにしない。例外は『ザ・バットマンVSドラキュラ』The Batman vs. Dracula〔マイケル・ゴーグン他監督 二〇〇五年のアニメ映画〕で、カーミラはドラキュラの魂の伴侶《ソウルメイト》になっている。

## 29 ミスタ・ヴァンパイアⅡ

中国式の続編タイトルのつけ方にしたがって、この章は「ニュー・ミスタ・ヴァンパイア」とするべきだった。

## 30 ペニー・ドロップス

※章題「The Penny Drops」は本来〝うまくいった、納得した、合点がいった〟というような意味であるが、〝ペニーの突然の訪問〟

をもあらわす。

## 31　恍惚と背徳の薔薇

ヘンリー・ウィルコックス――この〝財界の巨人〟はE・M・フォースターの『ハワーズ・エンド』Howards End（一九一〇）を原作とした、マーチャント＝アイヴォリーの映画〔イスマイル・マーチャント製作、ジェームズ・アイヴォリー監督　一九九二年作品〕における、アンソニー・ホプキンスである。わたしはヴィクトリア時代的偽善者の典型ともいえるウィルコックスが好きで、Seven Stars: The Mummy's Heart ――彼はここで、ケイト・リードと口論している――と、The Adventure of the Six Maledictions ――彼はここで、セバスチャアン・モラン大佐によって秘密パーティへの招待状を盗まれている――にも登場させている。

※章題「The Raptures and Roses of Vice」は、スウィンバーンの詩 Dolores (Notre-Dame des Sept Douleurs) の一節である。

## 32　怒りの葡萄

※章題「Grapes of Wrath」はもちろん、ジョン・スタインベックの小説だろう。

## 33　闇の口づけ

ヨルガ将軍――そもそもポルノ映画として意図されていたロバート・ケルジャン監督による『吸血鬼ヨーガ伯爵』Count Yorga, Vampire　もしくは　The Loves of Count Iorga, Vampire は、一九七〇年代初期に登場した、現代に舞台をおいたダイナミックなヴァンパイア映画のひとつであるが、ヨーガ／ヨルガ（ロバート・クォーリー）自身は、マントをまとった貴族的な吸血鬼という、ドラキュラのコピーそのままであった。さらに多くの予算を得、ただし意欲的には劣った『ヨーガ伯爵の復活』The Return of Count Yorga において、伯爵はさらにお気楽なキャラクターとなっている。しばらくのあいだ、ヨーガ／ヨルガは映画界において二番目に有名なヴァンパイアであった――とはいえ、その続編以後、彼のシリーズは立ち消えとなったのであるが。『ドラキュラ紀元一八八八』の世界において、わたしは彼をカルパティア集団の中でもっとも露骨なドラキュラ・ワナビーに設定した。彼はその後、The Deathmaster〔レイ・ダントン監督　一九七二年〕でクォーリーが演じているヒッピーの導師《グル》コルダと融合し、Johnny Alucard の「砂漠の城」において、彼本来の時代と場所、一九七〇年代のカリフォルニアに、再登場を果たす。

ヘンツォ伯ルパート――もちろん、アンソニー・ホープの『ゼンダ城の虜』The Prisoner of Zenda に登場する威勢のよい悪党である。一九三七年ロナルド・コールマン主演の映画（ジョン・クロムウェル監督）でダグラス・フェアバンクス・ジュニアが演じた彼は、最高に魅力的な悪役だった。

### 34　打ち明け話

ラファエル前派の画家ウィリアム・ホルマン・ハントは、亡き妻ファニーの妹エディス・ウォーと結婚した。十九世紀後半、イギリスの法律において、亡き妻の姉妹と結婚することは近親相姦と見なされた。出産で生命を落とすことが多く、娘たちが結婚相手を見つけにくい時代において、男やもめが義理の姉妹との結婚を望むのはごくあたりまえのことであり、その法をくつがえそうという運動が長期にわたってくりひろげられた結果（『イオランテ』はこれをジョークとして扱っている）、一九〇七年に亡き妻の姉妹との結婚法が制定された。『ドラキュラ紀元一八八八』の初稿において、ペネロピとパメラは姉妹だった。当時の歴史的背景からするとチャールズの婚約は違法になると指摘してくれたユージン・バーンに感謝する。

※『イオランテまたは貴族と妖精』Iolanthe ギルバート&サリヴァンによる一世を風靡したコミック・オペラ　一八八二年初演。

### 37　ダウニング・ストリート、閉ざされた扉のうしろで

ミスタ・クロフト――ケイレブ・クロフト、別名チャールズ・クロイドンは、フィクション作品の中でももっとも不快なヴァンパイアのひとりである。（『ザ・ソプラノズ 哀愁のマフィア』The Sopranos の）デイヴィッド・チェイスによって創造され、一九七二年の映画 Grave of the Vampire ではマイケル・パタキが演じた。チェイスのシナリオは、彼自身の小説 The Still Life をもとにしていると言われているが――わたしはその小説を見たことがあるという人物にはひとりも会ったことがなく、手に入れようとした人もほんのわずかしかいない。

※『ザ・ソプラノズ 哀愁のマフィア』は、HBO製作のアメリカのTVドラマ。

オルロック伯爵――F・W・ムルナウ監督の映画『吸血鬼ノスフェラトゥ』Nosferatu – Eine Symphonie des Grauens（一九二二）におけるマックス・シュレック。フローレンス・ストーカーが著作権を主張したため別名を使ってはいるが、この映画における彼はドラキュラそ

のものである。本書においては、遠い親戚にあたる。

### 39　地獄より

この章題は切り裂きジャックの手紙からとったものである。アラン・ムーアとエディ・キャンベルもグラフィックノベルにこのタイトルを使っていて、それはのちにヒューズ兄弟によって映画化された。

※アラン・ムーア　Alan Moore　一九五三―　イギリスのコミック原作者・小説家・脚本家

※エディ・キャンベル　Eddie Campbell　一九五五―　スコットランド生まれのコミック作家

※ヒューズ兄弟　アルバート・ヒューズ＆アレン・ヒューズ　Albert Hughes & Allen Hughes 一九七二―　アメリカの映画監督・プロデューサー・脚本家である双子の兄弟。『フロム・ヘル』From Hell（二〇〇一）

### 42　もっとも危険な獲物《ゲーム》

この章題はリチャード・コネルの、幾度も復刻され、幾度も映画化された短編小説からとったものである。「韃靼の戦弓を使うロシア人」も同様である。

※リチャード・コネル　Richard Connell　一八九三―一九四九　アメリカの作家・ジャーナリスト。短編小説にその才能を発揮した。

### 44　波止場にて

※章題「On the Waterfront」は、エリア・カザン監督、マーロン・ブランド主演の映画『波止場』On the Waterfront（一九五四）ではないかと思われる。

### 45　飲みなさい、可愛い人、飲みなさい

この章題は、ウィリアム・ワーズワースによる The Pet Lamb : A Pastoral よりとったものである。

ドクター・ラヴナ――ハマー・フィルムの映画『吸血鬼の接吻』The Kiss of the Vampire においてノエル・ウィルマンが演じた、傲慢で冷淡な族長。

### 47　愛とミスタ・ボウルガード

※章題「Love and Mr Beauregard」は、H・G・ウェルズの Love and Mr Lewisham（一九〇〇）からとったのではないかと思われる。

### 49　一般ヴァンパイアの結婚の習性

※章題「Mating Habits of the Common Vampire」は、ジェフ・アブゴフ監督、マッケンジー・アスティン主演の映画『宇宙で最

も複雑怪奇な交尾の儀式』The Mating Habits of the Earthbound Human（一九九九）からとったものと思われる。

### 50　人生は短し《ヴィータ・ブレヴィス》

※章題「Vita Brevis」は、ヒポクラテスの格言「学芸は長し、生涯は短し Ars longa, vita brevis 」からとられている。

### 53　機械の中のジャック

※章題「Jack in the Machine」は、イギリスの哲学者ギルバート・ライルが心身二元論を批判するときに用いた言葉、「機械の中の幽霊」(Ghost in the machine) からとったものではないかと思われる。

### 57　親愛なる女王陛下の家庭生活

章題は、ヴィクトリア女王の侍女のひとりが『アントニーとクレオパトラ』でクレオパトラを演じるサラ・ベルナールを見たときの言葉（いささか出典としてはあやしいものであるが）「わたくしたちの親愛なる女王陛下の家庭生活とはなんと異なっていることでしょう」に由来している。

※『アントニーとクレオパトラ』ウィリアム・シェイクスピアの史劇

※サラ・ベルナール　Sarah Bernhardt　一八四四―一九二三　フランスの舞台女優。ベルエポックを代表する大女優とされる。

アルマジロ――トッド・ブラウニングの『魔人ドラキュラ』Dracula（一九三一）におけるもっとも奇妙な場面のひとつであるが、トランシルヴァニアのドラキュラ城にはびこる害獣の中に、一匹のアルマジロが目撃されている。そう、アルマジロはアメリカ原産の動物であり、ルーマニアにいるとは考えられない。個人的に、わたしはこれを映画制作者たちのミスではなく、この場面において巨大な昆虫など（ミニチュアセットに通常サイズの虫をおくような）を登場させるよりいっそう不気味な雰囲気をかもしだすための、意図的な〝間違い〟であると考えている。というわけで、ここにふたたびアルマジロが登場するのである。

バルバラ・ツェリスカ女伯爵（一三九〇頃―一四五一）――神聖ローマ皇帝およびハンガリー・ボヘミア王の妃。「ドイツのメッサリーナ」として知られ、ドラキュラの名のもととなったドラゴン騎士団の創設に尽力した。彼女の子孫はヨーロッパ中の王室にひろがっている。神聖ローマ皇妃たる立場を守るための陰謀や裏切りに明け暮れたほかにも――権力から放逐されたのち

――錬金術やオカルトの研究にふけって最後の日々をすごした。レ・ファニュのカーミラの実在モデルではないかと考える者もいる。彼女がフィクションのヴァンパイアものに登場することは驚くほどまれである。

「蜻蛉《ドラゴンフライ》のような剣先」――「金魚草《スナップドラゴン》のような」とあった初校を見て、わたしの意図を察してくれたヘレン・シンプソンに感謝を。彼女はほかにも、多くの血の凍りそうなミスを正してくれた。

※ヘレン・シンプソン　Helen Simpson　一九五九―　イギリスの作家。

# 謝辞

もちろん、本書はブラム・ストーカーの『吸血鬼ドラキュラ』（一八九七）なしには存在し得ない。彼はヴァンパイア・フィクションというカテゴリそのものの樹立において、もっとも大きな功績があったといえよう。ストーカーがくりひろげた素材を料理するにあたって、わたしは多くの研究者たちの力を借りた。もっとも頻繁にお世話になったのは、レナード・ウルフの The Annotated Dracula（注釈付きドラキュラ）とクリストファー・フレイリングの Vampyres: Lord Byron to Count Dracula である。読んでいると実にさまざまな脇道が発見され、わたしは気がつくとそれらを探検していた。また忘れてはならないものとして、ベイジル・コッパーの The Vampire in Legend, Fact and Art, リチャード・ダルビーの Dracula's Blood, ダニエル・ファーソンの The Man Who Wrote Dracula, ドナルド・F・グラットの Dracula Book, ピーター・ヘイニングの The Dracula Centenary Book, レイモンド・T・マクナリー&ラドゥ・R・フロレスクの『ドラキュラ伝説：吸血鬼のふるさとをたずねて』In Search of Dracula, マイケル・パリーの『ドラキュラのライヴァルたち』The Rivals of Dracula, バリー・パティソンの The Seal of Dracula, デイヴィッド・ピリーの The Vampire Cinema, アラン・ライアンの The Penguin Book of Vampire Stories, アライン・シルヴァー&ジェイムズ・アーシニの The Vampire Film, デイヴィッド・J・スカルの『ハリウッド・ゴシック——ドラキュラの世紀』Hollywood Gothic: The Tangled Web of Dracula from Novel to Stage to Screen, グレゴリー・ウォーラーの The Living and The Undead があげられる。

さらに、かぞえきれないほどの歴史や文学や細かな情報に関しては、W・S・ベアリング＝グールドの『シャーロック・ホームズ——ガス燈に浮かぶその生涯』Sherlock Holmes of Baker Street: A Life of the World's First Consulting Detective および『詳注版 シャーロック・ホームズ全集』The Annotated Sherlock Holmes, ポール・ベッグ&マーティン・ファイド&キース・スキナーの非常に貴重な The Jack the Ripper A to Z, リチャード・エルマンの Oscar Wild, フィリップ・ホセ・ファーマーの Tarzan Alive と Doc Savage: His Apocalyptic Life, アンドリュー・グッドマンの Gilbert and Sullivan's London, スティーヴ・グーチ英訳によるフランク・ヴェデキントの『ルル』The Lulu Plays, メルヴィン・ハリスの The Ripper File, マイケル・ハリスンの The Word of Sherlock Holmes, ベス・カリコフの Murder and Moral Decay in Victorian Popular Literature, ローレンス・ラーナーの The Victorians, ノーマン&ジーン・マッケンジーの『時の旅人』Life of H.G.Wells: Time Traveller, サリー・ミッチェルの Victorian Britain: An Encyclopedia（特にインターネット以前は、実に多くの情報に関して助けられた）、アーサー・モスリンの A Child of Jago（P・J・キーティングの伝記研究つき）、デイヴィッド・プリングルの Imaginary People: A Who's Who of Modern Fictional Characters のお世話になった。さまざまな形で原稿に目を通してくれた友人の中でも、口やかましく歴史的細部を見てくれたユージン・バーンに、そしてスティーヴ・ジョーンズ、アントニー・ハーウッド、ルーシー・パーソンズ、モーリン・ウォーラーに、多謝。

いつものように、この小説を執筆するにあたってお世話になった方々——深夜の電話につきあい、とてつもない質問に根気よく答え、しだいに混乱の様相を呈していく某所での夕食に耐え、常にありがたい関心を寄せて本書に影響を与えてくれた方々にお礼を。とりわけ、十四章で行きづまったわたしを慰めてくれたスーザン・バーンに。そして、ジュリー・アクハースト、ピート・アトキンス、クライヴ・バーカー（酔っぱらって『イマジカ』Imagica が長すぎると文句を言ったあの午後に）、サスキア・バロン、クライヴ・ベネット、アン・ビルスン（Suckers だ）、スティーヴ・ビセット、ピーター・ブリーチ、スコット・ブラッドフィールド、モニク・ブロックルズビ（もっと血を、もっと血を）、ジョン・ブロスナン、モリー・ブラウン（四十七章！）、アラン・ブライス、マーク・バーマン、ラムジー・キャンベル、ジョナサン・キャロル、ケント・キャロル、デイヴ・カースン（きみの男）、トム・チャリティ、スティーヴ・コラム、ジェレミー・クラーク、ジョン＆ジュディス・クルート（もっと洒落を、ほら！）、リン・クレイマー、デイヴィッド・クロス、ステュアート・クロスケル、コリン・デイヴィス、メグ・デイヴィス、フィル・デイ、エレイン・ディ・カンポ、ウェイン・ドルー、アレックス・ダン、マルコム＆ジャックス・エドワーズ、クリス・エヴァンズ、リチャード・エヴァンズ、デニス＆クリス・エチスン、トム・フィッツジェラルド、ジョウ・フレッチャー、ナイジェル・フロイド、クリストファー・ファウラー、バリー・フォーショウ、エイドリアン＆アン・フレイザー、ニール・ゲイマン、キャシー・ゲイル（首ふりワンちゃん）、スティーヴ・ギャラガー、デイヴィッド・ガーネット、リサ・ゲイ、ジョン・ギルバート（酔っぱらって支払いをしてもらえないと愚痴をこぼした午後に）、チャーリー・グラント、コリン・グリーンランド、ベス・グウィン、ロブ・ハックウィル、ガイ・ハンコック、フィル・ハーディ（クラウチ・エンド昼食会）、ルイーズ・ハートリ＝デイヴィズ、エリザベス・ヒックリング、スザンナ・ヒックリング、ロブ・ホールドストック、デイヴィッド・ハウ、サイモン・イングス、ピーター・ジェイムズ、ステファン・ジャヴォルツィン、トレヴァー・ジョンストン、アラン・ジョーンズ、ロドニー・ジョーンズ、グレアム・ジョイス（レスターの終わりなき悪）、ローズ・ケイヴニー、ジョアンナ・ケイン（黒髪細身美人）、ルロイ・ケトル、マーク・

カーモード（リンダ・ブレアじゃなくてごめん）、ローズ・キッド（イズリントンの午後は面白かったね）、アレクサンダー・コルゼネフスキー、カレン・クリザノヴィック（チャーミングなお鼻に）、アンディ・レイン（ライムハウス同盟の背景）、ジョー・ランズデール、スティーヴン・ローズ（もちろんテン・ベルズで飲んでいるよね）、クリストファー・リー（およびギット、あの町ですごした二週間に）、アマンダ・リップマン、ポール・マコーリー（さまざまな犯罪におけるパートナー）、デイヴ・マッキーン、ティム・マンダー、ナイジェル・マシソン、マーク・モリス、アラン・モリスン（およびガウアン、わたしを汽車に乗せてくれた）、シンディ・モール（キスを）、ダーモット・マーナガン（ジョージ・フォームビに）、サシャ・ニューマン、デイヴィッド・ニュートン、テリー・プラチェット、スティーヴ・ロウ、デイヴィッド・ローパー、ジョナサン・ロス、ニック・ロイル、ジェフ・ライマン、クレア・サクスビ、トレヴァー・ショウラー、エイドリアン・シブリー、デイヴ・シンプソン、ディーン・スキルトン、スキップ&スペクター、ブライアン・スメドレイ、ブライアン・ステイブルフォード、ジャネット・ストーリー（一種の）、デイヴ&ダヌータ・タムリン、トム・タニー（マデリーン・スミスの熱狂的ファン）、リサ・タトル、アレクシア・ヴァーノン、カール・エドワード・ワグナー、ハワード・ウォルドロップ（わたしにはそれほどの価値はない！）、マイク&ディ・ワゼン、スー・ウェブスター、クリス・ウィキング、F・ポール・ウィルスン、ダグ・ウィンター、ミランダ・ウッド、ジョン・ラットホール、そしてすべてのマーガトロイドたちに、ありがとう。

この新しい版を出すにあたってリストの延長は不可避であり——続編が出版されるとそれはさらに長くなる。だがいまのところはつぎの名前をあげておくにとどめよう。ニコラス・バルバノ、デイヴィッド・バラクラフ、ジェニファー・ブリュール、ソフィー・カルダー、ビリー・チェインソー、ロン・チェットウィンド＝ヘイズ、ポール・コーネル、ジョン・ダグラス、マルティナ・ドルンコヴァ、ロバート・エイティーン＝ビサン、スローン・フリーア、トニー・ガードナー、マーク・ゲイティス、ポーラ・グレインジャー、ジョン・コートニー・グリムウッド、レスリー・S・クリンガー、ニック・ランドウ、ジェイムズ・マクドナルド・ロックハート、ティム・ルーカス、マウラ・マックヒュー、チャイナ・ミエヴィル、ヘレン・マレーン、サラ・ピンバラ、クリス・ロバーソン、デイヴィッド・J・スカウ、シリア・センプル、マイケル・マーシャル・スミス、そしてキャス・トレッチマン。

すべての人々に、感謝を。

キム・ニューマン　イズリントンにて　二〇一〇年

# あとがき

十一歳のとき、わたしは夜更しの許可をもらい、ベラ・ルゴシ主演トッド・ブラウニング監督の一九三一年版『魔人ドラキュラ』Dracula のテレビ放映を見た。それがのちのわたしの人生にいかに大きな影響をおよぼしたかは、どれほど語っても語り尽くすことができない。この映画が火花となって、ホラーと映画に対するわたしの好奇心は炎をあげて燃え盛ることになったのである。わたしは『魔人ドラキュラ』に魅了され、十一歳の少年にのみ可能な形でそれに取り憑かれた。両親はそのうちに冷めるだろうと考えていたようだが、もちろんそんなことはなかった。わたしのもっとも初期の創作のひとつに、この映画をもとにした一頁の戯曲《ワン・ページ・プレイ》がある。一九七〇年秋、わたしはタイプで清書したそれを、ドクター・モーガン・グラマー・スクールのドラマ・クラスで演出・主演した。ありがたいことに、この若書きの作品は残っていない。その後まもなくブラム・ストーカーの小説を読み（さらに再読し）、可能なかぎりさまざまなドラキュラ映画をあさるようになった。ルゴシ演じる伯爵のオーロラ社夜光ホビー・キットまで手にいれた（〈おそるべき落雷！〉というやつだ）。また、小説の収集もはじめ（現在とは比べ物にならないほどわずかだが）、それらの続編をつくり、模倣し、パロディを書き、登場人物たちを盗んでいった。一九八九年二月、たまたまドクター・モーガンの教室だった建物にもどってみると、舞台ではその年の学生演劇『ドラキュラ』が演じられていて、わたしはそれをわたし自身の正当性を証明するものと受けとめた。

『ドラキュラ紀元』はつぎのように展開していった。

一九七八年、わたしはサセックス大学で、詩人ローレンス・ラーナーとノーマン・マッケンジー（ウェルズの伝記作家）による「後期ヴィクトリア朝の反乱」という講義を受講し、一本の論文を書いた（「世俗的黙示録：世紀の変わり目のフィクションにおける世界の終わり」）。第三作である Jago では、メイン・キャラクターの著作としてこの論文を使用している。これを書くために、わたしはいくつかの侵略小説を読んだ（ジョージ・チェスニーの The Battle of Dorking（一八七一）、ウェルズの The War in the Air（一九〇八）、サキの When William Came（一九一三）等）。どれも、敵（たいていの場合、ドイツだ）に制圧されるイングランドを想定したものだ。わたしは当時すでに歴史改変ＳＦに興味をもっていたのであるが、このほとんど忘れられたジャンルは、ナチが英国を支配するという第二次世界大戦の結末を改変する二十世紀の物語群（レン・デイトンの『ＳＳ－ＧＢ』SS-GB（一九七八）、ケヴィン・ブラウンローの映画 It Happened Here（一九六六）等）の先行作品であると考察した。その他のヴァリエーションとしては、英国が共産主義国家となるコンスタンティン・フィッツギボンの『キッスが終わったとき』When the Kissing Had to Stop（一九六〇）やキングズリー・エイミスの Russian Hide-and-Seek（一九八〇）、ファッショ的な未来を描いたロバート・マラーの After All, This is England（一九六八　TVドラマ『スーパーナチュラル』Supernatural の作家による不当に評価の低い小説であるが、これもまた〈ドラキュラ紀元〉ワールドに影響を与えている）、わが友人ポール・マコーリーの短編 The King of the Hill のアメリカに支配されたイングランドなどがあげられる。そして、さらにつけ加えるならば、一八九七年にストーカーの小説が描きだしたドラキュラによる英国征服を、わたしは〝単独侵略〟と名づけた。

これらすべてのアイデアがいつつながったのか、確かなことはわからないが、八十年代のはじめ頃には、ドラキュラが敵を打ち負かし、英国征服という野望を実現する結末改変小説が可能ではないかと考えていた。わたしとしては、五百年にわたってマントの下で巨大な怪物となりつつ綿密な計画を立てておきながら、英国に到着するとすぐさま、田舎の事務弁護士の妻を追いかけるなどといったらしからぬ行動にかられ、つまづき、最終的な破滅にいたる種を蒔いたストーカーの悪役に、どうしても失望せずにはいられなかったのだ。ヴァン・ヘルシングは英国におけるドラキュラの計画を、「生命ではなく死に通じる、存在の新たなる様相の父、もしくはそれ以上のもの」になることであると語っている。にもかかわらず、ストーカーはドラキュラの英国襲撃を、ヴィクトリア朝におけるひとつの家庭――彼がもっとも評価しかつ脆弱と見なしたすべてのものの象徴――への攻撃としてあらわしたのである。ヴァン・ヘルシングと恐れ知らずのヴァンパイア・ハンターの一行が敗北し、ドラキュラが「新たなる様相の父、もしくはそれ以上のもの」になることを許されていたら、英国は、世界は、どのようになっていたか。それはじつに興味深い、探索する価値のある問題と思えた。一九八四年頃、ニール・ゲイマンやフェイス・ブルッカー（当時アロウ社で編集者をしていた）と、このアイデアについて話しあったことを記憶している。ニールとわたしがフェイスのために Ghastly Beyond Belief という本を編集しているときで、彼女に売れる小説のネタをさがそうとしていたのだ（ほかにも、The Creeps と The Set というとんでもなくおぞましいホラー小説の売りこみをした）。話しはしたが実現にいたらなかったさまざまな企画の中に、〝ドラキュラ勝利〟テーマによる三部作のアイデアがあった。一八八〇年代から第一次大戦までのヴァンパイア政府に焦点をあてたもので（ニールは塹壕のシーンを書きたがった）、結局書かれることはなかったが、そのときのイメージは社会の上層部を中心として、権力の回廊を舞台に、ドラキュラをメイン・キャラクターとした物語だった。ドラキュラが台頭して権力を手にし、英国の革新的グループや海外の権力が彼を玉座から追い落とそうとする——ヴァンパイアによる政治の駆け引きは、書かれていれば本書の前物語となっていたかもしれない。

そのアイデアはわたしの頭の中にとどまって、細かな事実や奇妙なキャラクターを集めていった（たとえばチャールズ・ボウルガードは、わたしが学生時代に書いた「霧の中のボウルガード」という断片からきたもので、いくぶん厄介ではあるがさっそうとしたヴィクトリア朝の英雄だった。そう、ちょうど、『ゼンダ城の虜』The Prisoner of Zenda（一九八四）のルドルフ・ラッセンディルや、旧TVシリーズ Adam Adamant Lives!（一九六六）のジェラルド・ハーパーのようなタイプだ）。そして一九九一年、スティーヴン・ジョーンズが編纂中のアンソロジー The Mammoth Book of Vampires のために何か書いてくれないかと言ってきたのだ。〝ヴァンパイアの巨大本〟となれば不死者《アンデッド》の王をからませないわけにはいかない。そこでわたしはスティーヴの依頼に押されて、『ドラキュラ紀元一八八八』のための設定をまとめはじめた。その成果が Red Reign であり、スティーヴの本（UKではロビンソン社、USではキャロル&グラフ社から出版された）が初出となった。『ドラキュラ紀元一八八八』の骨格である。スティーヴのその後のアンソロジー The Mammoth Book of Dracula のためには Coppola's Dracula を執筆し、それは本シリーズ第四巻 Johnny Alucard の一部となっている。そのころわたしはすでにジャック・ヨーヴィル名義を使って、〈ウォーハンマー〉として展開しているファンタジイ世界とタイインしたヴァンパイア小説をGWブックス社で発表していた。ジャック・ヨーヴィルの作品において、わたしは独自のヴァンピリズム体系をつくりあげたのみならず

――ブラム・ストーカーの小説に描かれたものをとりこみ、〈ドラキュラ紀元〉シリーズにおいても展開している――もっとも人気の高いキャラクターを生みだした。正確にいえば、ジャック・ヨーヴィル作品のジュヌヴィエーヴ Genevieve は〈ドラキュラ紀元〉におけるジュヌヴィエーヴ Geneviève と同一人物ではなく、異なる世界の従姉妹である。こちらのジュヌヴィエーヴ(当時はワープロが出はじめたばかりでタイプミスが頻出したため、アクサングラーヴを使うことを断念したのだ)は『ドラッケンフェルズ』にはじめて登場し、以後独自の複雑な人生をたどっている。

わたしにとって物語のアイデアは、珊瑚礁のように何年もの時間をかけて断片がつながりふくれあがっていくものである。『ドラキュラ紀元一八八八』においては、背景とふたりの主要人物を決定したほか、実在のヴィクトリア時代人(オスカー・ワイルド、ギルバート&サリヴァン、スウィンバーンら)だけではなく、当時を扱ったフィクションの有名な登場人物(〈ラッフルズ・シリーズ〉や〈ホームズ・シリーズ〉の端役、ドクター・モローやドクター・ジキルなど)も加え、莫大な数のキャラクターを扱おうと考えていた(フィリップ・ホセ・ファーマーによってインスパイアされたアイデアだ)。長編第一作である The Night Mayor において、わたしは〝コンセンサス・ジャンル・ワールド〟というアイデアをためした。そこでは、一九四〇年代のフィルム・ノワールに出てきたさまざまなキャラクターがひとつの都市に出没する。これは、後期ヴィクトリア朝の恐怖と犯罪と社会的メロドラマが縦横に乱れて同時に展開される、『ドラキュラ紀元一八八八』のロンドンをつくりあげるための明らかな一歩となった(そう、すべては『フランケンシュタインと狼男』Frankenstein Meets the Wolf Man(一九四二)への偏愛に帰結する)。こうした出典さがしを嫌う読者もいるし、心から楽しんでくれる読者もいる。じつのところわたしは、E・M・フォースターのキャラクターを借用したり、ドクター・ニコラのような忘れられた人物を復活させられることに、ささやかなスリルを味わっている。またこの作品は、わたしにとって地雷源であると同時に遊び場ともなり、歴史的な正確さを求める以上に、ガス灯に照らされ霧におおわれたロンドンのロマンスをよみがえらせることを楽しんだ。

わたしのプロットに必要なもののひとつとして、大量のヴァンパイアがあげられる。ドラキュラは多くの英国人を子《ゲット》とするだろう。そこでわたしはまずストーカーの登場人物ふたり(アーサー・ホルムウッドとミナ・ハーカー）をヴァンパイアにし、つづいてヴィクトリア女王から通りすがりの娼婦や警官にいたる大勢の実在人物を転化させた。ドラキュラがアルバート公にかわってヴィクトリアの配偶者となれば、文学作品におけるヴァンパイアもすべて隠れ場所から這いだし、栄達を望んで宮廷に集まってくるだろう。ドラキュラをべつとして、文学作品においてもっとも有名なヴァンパイアはドクター・ポリドリのルスヴン卿である（『トワイライト』Twilight〔『トワイライト～初恋』よりはじまるシリーズものの映画　二〇〇九～〕や『トゥルーブラッド』True Blood〔二〇〇八年よりはじまるTVドラマシリーズ〕や『バフィー～恋する十字架～』Buffy the Vampire Slayer〔一九九二年から放映されたTVドラマシリーズ〕その他十把一絡げともいえるさまざまな小説が登場する以前の話だ）。というわけで、彼はドラキュラの首相という役職につき、つづくシリーズでもちょろちょろと姿を見せることになった（〈ドラキュラ紀元〉シリーズ第二作『鮮血の撃墜王』では、マーガレット・サッチャーに対するジョン・メイジャーのようなルスヴンが見られる）。その他、あまり有名ではないが重要なヴァンパイア――コスタキ、ヴァルダレク、マーティン・クーダ、フォン・クラトカらは、それぞれ、アレクサンドル・デュマ（「蒼白の貴婦人」The Pale-Faced Lady）、エリック・シュテンボック伯爵（「夜ごとの調べ」True Story of a Vampire ――わたしはこれを、ジェイムズ・ディッキーのアンソロジー The Undead で発見した）、ジョージ・A・ロメロ（『マーティン／呪われた吸血少年』Martin/Wampyr）、そしていつも頼りになる作者不明氏（「謎の男」The Mysterious Stranger）から拝借した。レ・ファニュのカーミラは死んだままにしておくが、少なくとも名前はあげることにした。また、エリザベート・バートリーの実人生（わたしのイメージは、歴史よりもむしろ『闇の乙女』Daughters of Darkness/Les Lèvres Rouges のデルフィーヌ・セイリグであるが）と、アン・ライスのいつも最新流行のファッションに身を包んだ吸血鬼は、ぜひともネタにしなくてはならないと考えた。わたしはこれまで世に登場したヴァンパイアをできるだけ数多くつめこむことを楽しみ、その結果、ルスヴンが意地悪く仲間すべての名前をあげながらこきおろす演説を書くことになった。つづく作品では、レス・ダニエルズのドン・セバスチャン・ド・ヴィラヌーヴァや、バーバラ・スティールのアーサ・ヴァイダ公女をふくらませて楽しんだ。とはいえ、もともとの創作者がまだ最後まで語り終えていないキャラクターは、あまり動かしすぎないよう注意した。

物語がぴたりとおさまるために必要な最後の要素はプ

ロットである。世界のつくり手であるわたし自身も探検できるようなストーリーの骨格、読者が貧民窟も王宮も含めてわたしのロンドンを旅できるような何かが必要だ。切り裂きジャックの物語は『ドラキュラ紀元一八八八』からはずすわけにはいかない。だが、未知の連続殺人犯がヴァンパイアであるというアイデア(ロバート・ブロックが「切り裂きジャックはあなたの友」Yours Truly, Jack the Ripper(一九四三)で用い、以後繰り返されてきたテーマだ)は、使い古されているばかりではなく、ヴァンパイアたちが霧の中にひそむことなくおおやけの場に出てきている物語にはふさわしくないと感じられた。では、逆転した世界なのだから、切り裂きジャックをヴァンパイア・キラーにしよう。ありがたいことに、ストーカーはヴァン・ヘルシングの弟子のひとりをジャックと名づけて医師という職につけているし、小説内における彼の経験は正気を失わせるに充分すぎるようなものだ。というわけで、ストーカーのドクター・セワードがわたしの切り裂きジャックとなった。愛していたルーシー・ウェステンラに杭を打ちこんで殺害したことによって狂気に陥り、ホワイトチャペルでヴァンパイアの娼婦を狩るのである。状況をいっそう複雑にするため、切り裂きジャック最後の犠牲者メアリ・ケリーをルーシーの子《ゲット》とし、容貌もよく似ているという設定をつけ加えた。切り裂きジャック事件に関しては、今日、ケネディ暗殺と同じくらい陰謀説が好まれている。そこで、爆発寸前の社会における一連の性犯罪の影響が詳述されることになる。殺人者が野放しになっている以上、キャラクターたちは当然、利己的もしくは高尚な理由により——犯罪を阻止するためか、幇助するためか、自分のプロパガンダに利用するためか——その正体をつきとめようとするだろう。これはあまり深刻なものではないが、わたしは一九八〇年代、英国政府が「ヴィクトリア朝的価値観への回帰」をスローガンとして掲げたときに感じたことを、霧の中で血が流され社会全体に不安がひろがっていた一八八〇年代の現実やフィクションと結びつけようと試みた。切り裂きジャックの事件もまた、この小説に骨格を与えてくれた。事件発生の日時——わたしは史実のリストに、フィクション上もっとも有名な犠牲者、ヴェデキントのルルを加える誘惑に逆らうことができなかった——がプロットに区切りをつけ、バーナード・ショーの演説や切り裂きジャックから新聞社に送られた偽手紙や検死審問が小説世界とうまくからみあっていったのだ。

切り裂きジャックをテーマとすることで、物語の時間設定が決められた——一八八八年秋である。ストーカーの小説における出来事は一八九三年に起こったという説が有力であるが（物語中の日付がこの年に合致する）、その意見にもやはり齟齬はある。『吸血鬼ドラキュラ』Dracula は一八九七年に発表され、最終章を現在に設定し、物語全体を七年前の事件として描写している。そこでは、その本そのものが物語の一部であると——すべてはヴァン・ヘルシングの指図によってミナ・ハーカーが編纂した事実の記録で、ブラム・ストーカーはそれを預かって出版した代理人にすぎないとほのめかされている。そう、シャーロキアンたちが、すべての物語はワトソン博士の回想録をアーサー・コナン・ドイルが代理出版したものであると考えているのと同じだ。しかしながら、数々の細かな記述——一八九二年につくられた〝新しい女〟といった言葉が使われていることや、ドクター・セワードの比較的精巧な蠟管蓄音機など——は、それらが一八九〇年以前の出来事であるという説を否定している。そもそもそのつもりがあったならば、ストーカーは間違いなく日付を特定していただろう——当時はまだ、十九世紀におけるテクノスリラーのような作品においても、フィクションに正確な日時を付与する習慣は確立していなかったのである。わたしはジミー・サングスター脚本、テレンス・フィッシャー監督によるハマー・フィルムの一九五八年版『吸血鬼ドラキュラ』Dracula（野蛮なアメリカでは Horror of Dracula というタイトルになった）と同じく一八八五年説を採択し、ストーカーの小説二十一章なかば（レナード・ウルフの注釈版の二百四十九ページ）から、異なる時間線に移行することにした（創元推理文庫四百十一ページ）。ストーカーの『吸血鬼ドラキュラ』はそもそも並行世界に舞台をとっており、そこでは社会的進歩、機械的進歩が現実世界よりもわずかにはやく、またロンドン地図にもいくらかの変更が加えられている（彼のロンドンでは、ハムステッド・ヒースのおそらくハイゲイト墓地があると思われる場所にキングステッド墓地が存在している）。歴史の再構築にあたっては、現実ではなくストーカーの創造した世界を出発点に定め、最終的には、ストーカーが『吸血鬼ドラキュラ』のために生みだしながら小説からは割愛された有名なケイト・リードを再登場させた（彼女は後のシリーズではより重要な役割を果たしている）。ほかにもいくつか日付の矛盾（その一部は故意によるものだ）はあるが、それはわたしが、現実の一九八〇年代を想像上の一八八〇年代に重ねたいと考えたからである。

　この新しい版のために原稿をチェックしながら、わたしは幾度も大幅な変更を加えたい誘惑をこらえた。そのかわりに、追加シーンや異なる結末を提供するべく、Red Reignと『ドラキュラ紀元一八八八』のシナリオ（プロデューサーであるスチュアート・ポロックおよびアンドレ・ジャックメットンのために書いたものだ）の一部を収録した。最初の編集作業中に見逃されたミスもいくつか見つかり、それらは謹んで訂正した――したがって本書は、これまでのどの版よりも確かな決定稿に近いものとなる。

# もうひとつの結末

Alternate ending to *Anno Dracula*

前述したように、スティーヴン・ジョーンズの The Mammoth Book of Vampires に、本作の原案ともいうべき中編が発表されている。この中編は長編にのみこまれ吸収されているため、全文を再掲しても意味はない——中編にあるほとんどすべてが本書にあがっている。しかしながら、最初に発表された中編版において、最終シーンだけはいくらか異なっている。これは、Red Reign（このタイトルはスティーヴがつけたものだ）の十八章、本書の「親愛なる女王陛下の家庭生活」に相当するものである。

女王の四輪馬車がトインビー・ホールまで迎えにきた。ネトリーという落ち着きのない御者が、狭苦しいホワイトチャペルの街路で慎重に馬車を走らせていく。さきにディオゲネス・クラブに寄ったのだろう、中にはすでにボウルガードが乗っていた。巨大な黒馬も、控えめにそれが引く堂々たる馬車も、より広い大通りに出てしまえばもっと解放された気分になれるだろう。いま馬車は本来の優雅さとスピードを発揮できず、ハンプトン・コートの迷路に迷いこんだ豹のように、じれったげに進んでいる。夜の中で、黒い四輪馬車とそれが帯びる紋章に敵意に満ちた目が投げつけられている。

ボウルガードはなぜか沈んでいるようだ。ジュヌヴィエーヴは十一月九日以後——ミラーズ・コート一三番地以後も、何度か彼に会っている。ボウルガードがドクター・セワードの死について説明する非公開聴聞会で証言するため、ディオゲネス・クラブの神聖なる広間にも入場を許された。彼女はそこで、政府の秘密のやり方を理解した。この審査会は、どの真実を隠匿し、どれだけの真実をおおやけにするかを決定する場なのだ。議長をつとめたのは政府のさまざまな変遷を切り抜けてきた温血者《ウォーム》の外交官で、なんの意見もさしはさまず、すべてをそのままに受け入れてくれた。あらゆる情報の断片が、しばしば単なるクラブ以上の存在となるこのクラブの、政策を決定していく。ディオゲネス・クラブにはほとんどヴァンパイアはいなかった。もしかするとあそこは、旧体制《アンシャン・レジーム》の柱石たちの隠れ家か、反政府主義者の巣窟なのかもしれない。

紋章のはいった王宮への招待状は、直接彼女に届けられた。トインビー・ホールの所長代理をつとめているため、彼女はこれまでになく多忙な日々をすごしていた。ホワイトチャペルの新生者《ニューボーン》のあいだに新しい疫病がひろまり、抑制のきかない変身能力を誘発し、苦悩にあふれた短命の奇形を大量に生みだしていたのだ。だが、女王とプリンス・コンソートの招待を無視するわけにはいかない。

たぶん、切り裂きジャック事件の終結に力を貸したことでお褒めの言葉がいただけるのだろう。非公式ではあるが、名誉にはちがいない。

ジュヌヴィエーヴは考える。ボウルガードは女王に拝謁できることを光栄に思っているのだろうか。それとも、女王の現状に心を痛めているのだろうか。王宮内がどのようなありさまか、噂は耳にしている。それに彼女は誰よりもヴラド・ツェペシュを知っている。ヴァンパイアの中で、彼はつねに〈王たらんと欲する男〉だった。

馬車はフリート・ストリート――英国有数の新聞社のオフィスがいくつも焼け落ち、板を打ちつけられている――を抜け、ストランドにはいっていく。今夜は霧はなく、氷のような風が吹いている。

ディオゲネス・クラブの闇内閣により、殺人鬼の正体は公表されないことが決定されたが、その所業に終止符が打たれたことは周知の事実となってひろまっている。取り引きはスコットランド・ヤードでもおこなわれ、警視総監は海外の地位とひきかえに辞任した。レストレイドとアバラインはまたつぎの事件にとりかかった。ほとんど何も変わってはいない。ホワイトチャペルはいま新たな狂人、エドワード・ハイドという獣のような気性と容貌をもった温血者《ウォーム》の殺人犯を追っている。ハイドは小さな子供を踏みつけ、それからさらに悪意を燃やして、折れた散歩ステッキを新生者《ニューボーン》の国会議員の心臓に突き立てたのだ。ハイドが逮捕されればまた別の殺人者があらわれ、その後も連綿と犯罪の絶えることはないだろう――

トラファルガー・スクエアではいくつもの篝火が焚かれ、ネルソン記念碑の前を通ると、赤い光が車内を照らしだした。警官が水をかけてまわっても、反政府主義者たちはいつのまにか篝火を燃やしなおす。木片がこっそりもちこまれ、衣類が燃やされることもあった。新生者《ニューボーン》たちは迷信にとらわれて火を恐れ、あえて近寄ろうとはしない。

ボウルガードが石のライオンをとりまく炎を興味深そうにながめている。そもそもは〈血の日曜日〉の犠牲者を悼むものであった炎が、いまでは新たな意味をもつようになった。インドからも反乱の知らせが届いた。

温血者《ウォーム》の英国人兵士や役人が大勢、現地人にくみして暴徒となり、人望のないヴァンパイアの太守サー・フランシス・ヴァーニーをデリーの〈赤の砦〉からひきずりだしたのだ。ヴァーニーはここで燃えているのと同じような火に投げこまれ、骨まで灰になった。インドはいまや公然たる反乱地帯であり、アフリカや東洋の各地でもさらなる動きが見られるという。

火のそばでは群集が取っ組みあい、プリンス・コンソートのカルパティア近衛のひとりが温血者《ウォーム》の若者を投げとばした。そのそばでは消防隊が、気乗りのしない態度でホースをあやつっている。プラカードが揺れ、スローガンをさけぶ声がひびく。

〝ジャックはまだ殺している〟という落書きが読める。

〝切り裂きジャック〟と署名された赤インクの手紙はいまもまだあちこちに送りつけられている。それらはいまや、力を結集してヴァンパイアの支配に対抗しようと温血者《ウォーム》にむかって呼びかけている。新生者《ニューボーン》が殺されると必ず〝切り裂きジャック〟の功績とされた。ボウルガードは何も言わないが、ジュヌヴィエーヴはそれらの手紙がディオゲネス・クラブから出されているのではないかと疑っている。秘密政府のホールでは危険なゲームがおこなわれている。プリンス・コンソートの破滅という最終目的をともにしながら、いくつもの党派が争っている。ドクター・セワードは狂っていたかもしれないが、彼の行為はまったく無駄なわけではなかった。英雄に——新たなガイ・フォークスにしたてあげられた怪物には、たしかな利用価値があるのだから。

ジュヌヴィエーヴはヴァンパイアであってもヴラド・ツェペシュの血統ではない。だから彼女はこれまでと変わらず歴史の傍観者だ。どちらにしても、ほんとうに関心があるわけではない。しばらくのあいだは、温血者《ウォーム》を装わなくてもよい生活が新鮮に感じられた。だがプリンス・コンソートの治世は不死者《アンデッド》の大半にとっても居心地の悪い世界をつくりあげてしまった。みずから血の奴隷となることを選んだ女たちを町邸に囲う高貴なヴァンパイアひとりに対し、ヴァンパイアの特性が潜在能力ではなく障害や悪癖と結びつき、以前と変わらぬみじめな生活を送るメアリ・ケリーやリリーやキャシー・エドウズは二十人も存在する。

馬車はようやく息をついたように、ザ・モール(セント・ジェイムズ公園の木陰の多い散歩道)をバッキンガム宮殿にむかって走っている。道沿いに並んだ十字架形の籠から、反政府主義者のリーダーたちが鎖につながれ吊るされている。まだかろうじて息のある者もいる。この三夜、セント・ジェイムズ・パークでは温血者《ウォーム》と死者のあいだで公然たる戦いがくりひろげられているのだ。

「ごらん」チャールズが低い声で促した。「あれがヴァン・ヘルシングの首だ」

ジュヌヴィエーヴは首をのばし、杭の先端の哀れな塊を見た。エイブラハム・ヴァン・ヘルシングはプリンス・コンソートの呪縛によってまだ生きており、その目でドラキュラの支配するロンドンを見つめるべく高所に掲げられているのだという話もある。だがそれは嘘だ。そこに残されているのは、腐肉が垂れさがり蝿のたかる頭蓋骨にすぎなかった。

王宮に到着した。スリットの奥に真紅がのぞく漆黒の軍服に身を包んだふたりのカルパティア人が、まるで絹の帳《とばり》であるかのように軽々と、巨大な鉄の門をひらいた。

王宮の外側は明るく照らしだされ、英国旗と並んでドラキュラの紋章がはためいている。

ボウルガードは無表情なままだ。

馬車が停まり、従僕が扉をあけた。ジュヌヴィエーヴが先に降り、ボウルガードがそれにつづいた。

ドレスは飾り気のない簡素なものを選んだ。それよりよいものはもっていないし、華やかな衣装が似合わないこともわかっている。ボウルガードはいつもの夜会服だ。彼がマントとステッキを召使にわたしたので、ジュヌヴィエーヴもマントを預けた。顔一面に剛毛を生やしたカルパティア人がかたわらに立って、彼がステッキをわたすのを確認した。拳銃もまた取りあげられた。銀の弾丸は宮廷では忌避されている。銀の鋳造は死に値する罪なのだ。

王宮の扉がきしみながらひらき、奇妙な生き物がふたりを導きいれた。恐ろしくグロテスクな異形が、染めわけ模様の衣装によっていっそううきわだっている。胴からは大きな瘤状のものがいくつも突きだし、巨大な頭部は節くれだった蕪《かぶ》のようで、人の顔とはとうてい思えない。ジュヌヴィエーヴは深い哀れみの念に打たれた。この男は、変身の失敗によって悲惨な結果を迎えた新生者《ニューボーン》ではなく、温血者《ウォーム》だったのだ。

ボウルガードが召使に会釈を送った。

「ごきげんよう。メリック、だったね？」

メリックのぶよぶよした顔の奥で微笑が形づくられ、口のまわりの余分な肉塊のためにいくぶん不鮮明な声が挨拶を返した。

「女王陛下のご機嫌はいかがかな」

メリックは答えなかったが、ジュヌヴィエーヴは読みにくい彼の顔にある感情を見たように思った。片方だけあらわれた目に悲しみが、くちびるに不快さが浮かんでいたのだ。

ボウルガードがメリックに名刺をわたした。

「ディオゲネス・クラブからの挨拶だ」

完璧な身だしなみの冒険家の紳士とぞっとするような奇形の召使のあいだで、何かいわくありげな同意がかわされた。

通廊を案内するメリックはゴリラのように身をかがめ、長い片腕で身体を押し進めていく。もう一方の腕は異常がないものの、ふくれあがった瘤にとりまかれ、身体から突きだしたまま役に立っていない。

ヴラド・ツェペシュは明らかに、このかわいそうな生き物を手元において面白がっている。あの男はいつも奇形や変種を好むのだ。

メリックが扉をノックした。

「ジュヌヴィエーヴ」ボウルガードがほとんどささやくような声で言った。「もしわたしの行為のせいできみが傷つくことになったら、心からすまないと思う」

いったい何のことだろう。心を走らせて思考を追おうとすると、彼が身をのりだしてきてそっとくちびるに接吻した。彼女は彼を味わい、そして記憶がよみがえる。血を与えあったため、ふたりのあいだには絆が生まれているのだ。

くちびるが離れ、彼が身をひいた。ジュヌヴィエーヴは困惑の中に残された。そのとき扉がひらき、ふたりは尊前に通された。

謁見の間がこのような豚小屋になっているとは、想像もしていなかった。信じられないほどの荒れようで、かつては美しかった壁や絵も破れ染みだらけだ。乾いた血と人の排泄物の悪臭が濃く漂っている。壊れたシャンデリアに照らされた薄暗い広間は、人と獣であふれ返っていた。笑い声と哀れっぽい鳴き声が競いあうようにひびき、大理石の床には排出物が分厚く積もっている。下半身に糞をこびりつかせたアルマジロが一頭、走り抜けていった。

メリックがふたりの到着を告げた。口蓋の奇形のため発音が苦しげだ。誰かが野卑な言葉を投げつけ、笑いがどっと騒音を圧したが、腿ほどにも太いプリンス・コンソートの腕が、ひとふりでそれを静めた。

玉座のヴラド・ツェペシュは巨大な彫像のようで、その顔は灰色にしなびた皮膚の下であざやかな赤味を帯びてふくれあがっている。新しい血でこわばり異臭を放つ口髭が胸にまで垂れさがり、ぽつぽつと鬚ののびかけたあごには最後の食餌の血糊がこびりついている。アーミン毛皮を襟にあしらったマントが、巨大な蝙蝠の翼のようにその肩にかかっている。彼はそれ以外に衣服をつけておらず、全身がもつれた毛に分厚くおおわれ、胸や四肢には血や汚物が付着している。毒蛇の舌のように先端だけが緋色を帯びた白い陽物が、膝のあいだでとぐろを巻いている。全身が蛭のようにはちきれそうで、ロープのように太い血管がうねり脈打っている。

ボウルガードがヴラド・ツェペシュを目の前にし、悪臭に打ちのめされたように身ぶるいをした。ジュヌヴィエーヴは彼に寄りそいながら室内を見まわした。

「考えてもいなかった……」ボウルガードがつぶやいた。「こんなこととは……」

温血者《ウォーム》の娘がひとり、ぼろぼろの軍服を着たカルパティア人に追われて部屋を横切っていった。熊の手がふりおろされて女を打ち倒す。関節が三重になったあごが背中と脇腹に食らいつき、血を飲み肉を噛み裂いた。

プリンス・コンソートが微笑した。

女王は玉座のわきに膝をついていた。首には銀のスパイクを打った首輪が巻かれ、重たげな鎖でドラキュラの手首にゆったりとはまった腕輪につながれている。身にまとっているのは肌着《シフトドレス》と靴下だけ。茶色の髪は結わず肩に流し、顔は血で汚れている。その打ちひしがれた若い娘の姿に、かつての丸々とした老女の面影はない。いっそ狂ってしまえれば楽だろうに、無残にも周囲の出来事をはっきりと認識しているのだろう。彼女はカルパティア人の食餌を見まいと、顔をそむけた。

「陛下」ボウルガードが呼びかけ、礼をとった。

ヴラド・ツェペシュの牙だらけの口から、とどろくばかりの嘲笑が爆発した。息とともに悪臭が部屋じゅうにひろがる。死と腐敗のにおいだ。

ごく細身の黒く輝くヴェルヴェットのスーツをまとい、襟元から山ほどのレースをあふれさせ、一分の隙もなくめかしこんだ若いヴァンパイアが、来客が何者であるかをプリンス・コンソートに説明した。ルスヴン卿――首相だ。

「彼らがホワイトチャペルの英雄です」

鼻と口の前でハンカチをひらひらさせながら、英国人ヴァンパイアが告げた。

プリンス・コンソートが獰猛な笑みを浮かべると、両眼が真紅の溶鉱炉のように燃え、口髭が革紐のようにきしりをあげる。

「それなるレディとわれは知己である」驚くほど正確で洗練された英語だ。「グラーツのドリンゲン伯爵夫人の屋敷で見おうた。何百年も昔のことであるがな(＊1)」

ジュヌヴィエーヴもおぼえている。死を経ても俗物であった伯爵夫人は、不死者《アン＝デッド》の中でも貴族と見なされる者たちを集めようとしていた。しょぼくれて退屈なシュタイアーマルクのカルンシュタインがいた。そしてヴラド・ツェペシュの仲間たるトランシルヴァニア人たち――ヴァイダ公女、バートリー伯爵夫人、ヨルガ伯、フォン・クロロック伯。それに、フランスのサン＝ジェルマン、スペインのヴィラヌーヴァ、メキシコのデュヴァル。その集まりにおいては、ヴラド・ツェペシュごときは粗野な成りあがり者にすぎず、取るに足らぬ人間どもを支配するためヴァンパイア聖戦を起こそうという意見に耳を貸す者はいなかった。ジュヌヴィエーヴはあのときから、できるかぎりの手を尽くしてほかのヴァンパイアたちを避けるようになったのだが。

「英国人よ、あっぱれな働きであった」プリンス・コンソートの賛辞は脅迫のようにひびく。

ボウルガードが前に進みでた。

「さしあげたいものがあるのですが。イースト・エンドでの冒険の記念品です」

ヴラド・ツェペシュの目が熱を帯びてきらめいた。彼の心には真の野蛮人特有の俗物じみた強欲がひそんでいる。仰々しい称号を有してはいるが、彼のわずか一世代前の祖先は山国の無頼漢にすぎなかったのだ。彼は綺麗なものに目がなかった。ピカピカ光る玩具ならなんでもいい。

ボウルガードが内ポケットから何かをとりだし、布をひらいた。

銀の光。

謁見の間のすべてが静まり返った。ヴァンパイアたちは物陰で騒々しく若者や娘の肉をすすり、食餌をしていた。カルパティア人たちは粗野な言語でうなるようにしゃべりあっていた。それらすべての物音が途絶えた。

プリンス・コンソートのひたいが憤怒にゆがみ、それから仮面じみた顔の中で大きな口が侮蔑をこめて面白そうにねじれる。

ボウルガードはドクター・セワードの銀のメスをかまえた。昨夜、ジュヌヴィエーヴから受けとったものだ。証拠にするのだろうと、彼女は考えたのだが。

「そのちっぽけな針でわれに歯向かえると思うのか、英国人よ」

ボウルガードは答えた。

「さしあげると申しあげたが、公にではない」

ジュヌヴィエーヴはためらいながらあとずさった。カルパティア人どもがお楽しみの手をとめ、ボウルガードの背後で半円をつくる。ボウルガードと玉座のあいだには誰もいないが、一歩でも踏みだせばヴァンパイアの肉と骨からなる堅固な壁が築かれて彼をはばむだろう。

「これは女王陛下にさしあげよう」

言葉とともに、ボウルガードはナイフを投げた。

ヴラド・ツェペシュの両眼が銀を反射させると同時に暗い怒りの炎を燃えあがらせる。そしてヴィクトリアが宙を飛ぶメスをつかみとり……

すべてはこの瞬間のためだったのだ。ボウルガードを宮廷におもむかせ、ただひとつ、この義務を果たさせるため。ジュヌヴィエーヴは口の中で彼の味を反芻しながら理解した。

ヴィクトリアは刃を乳房の下にすべりこませ、肌着《シフトドレス》を肋骨に縫いとめるように心臓を貫いた。終焉はすみやかに訪れた。

その顔に勝利と歓喜を浮かべ、致命的な傷口から血をほとばしらせ、鎖をじゃらじゃらと鳴らしながら、彼女は壇上からころがり落ちた。

ヴラド・ツェペシュ――もはやプリンス・コンソートではない――が雷雲のようにマントをはためかせて立ちあがった。巨大な牙がむきだされ、両手は槍を埋めこんだ肉塊のようだ。ボウルガードの死は避けがたい。だが怪物の権力は二度と回復不可能な打撃を受けた。ヴラド・ツェペシュが奪いとった帝国が、ふたたび彼に牙をむいて立ちあがったのだ。彼はあまりにも傲慢になりすぎた。

カルパティア人たちはすでに、爪をふりたて赤い口をあけて、ボウルガードにせまっている。

ジュヌヴィエーヴは自分もまたここで死ぬのだと思った。ボウルガードは彼女に害がおよぶことがないよう、この計画に関わらせまいとした。だがかたくなにここにきたいと、巣に陣どるヴラド・ツェペシュに会いたいと言い張ったのは彼女のほうだ。

その彼が玉座を降りて彼女にむかってきた。口と鼻から湯気のように腐敗臭が吐きだされる。

だが彼女はヴラド・ツェペシュよりも年を経ている。無知な自己幻想に盲いてはいない。彼は何世紀ものあいだ、自分は人間とはかけ離れた優れた存在であると考えてきたが、そのいっぽうでジュヌヴィエーヴは、自分はせいぜい温血者《ウォーム》の皮膚に住まわせてもらっているダニにすぎないと認識してきた。

ヴラド・ツェペシュの手の下をくぐり抜けた。彼がバランスを崩して切り倒された木のようにくずおれたときは、もうその場にいない。ヴラド・ツェペシュが顔から倒れこみ、大理石が音をたてる。歳をとり、巨大化しているため、動きは鈍い。彼はあまりにも怠惰で、あまりにも孤立していた。首の血管が破れて血がほとばしり、またよりあわさる。

ヴラド・ツェペシュが立ちあがろうとしているあいだも、彼の宮廷は混乱をきたしていた。血まみれのお楽しみにもどる者もあり、茫然としている者もある。

ボウルガードのためにできることは何もなかった(＊2)。

ルスヴンは心を決めかねているようだ。女王が真の死を迎えたいま、すべては変わっていく。王宮を去ろうとするジュヌヴィエーヴをさえぎることもできただろうが、彼はつねに政治家だった。ルスヴンはためらった末、わきにのいた。

メリックが扉をあけてくれている。ジュヌヴィエーヴは地獄のような熱気と悪臭がたちこめる謁見の間からとびだした。メリックはすぐさま音高く扉を閉めて背中を押し当て、王宮の出口をあごで示した。彼もまたボウルガードの関わる陰謀の一端であり、祖国のために喜んで生命を投げだす駒なのだ。おそらく〝行け《ゴー》〟と言ったつもりなのだろう、その口から尾をひくうなりがとどろいた。

ジュヌヴィエーヴはメリックに挨拶をして、王宮を走りでた。外では夜の中に高々と炎が燃えている。ニュースはすぐさま知れわたるだろう。

火薬庫に火がついたのだ。

＊1　Red Reign と『ドラキュラ紀元一八八八』におけるささやかな相違のひとつである。中編において、ジュヌヴィエーヴ(Genevieve ジャック・ヨーヴィルの著書に始終登場する従姉妹と同じく、アクサングラーヴがつかない)は以前ドラキュラと会ったことがあり、征服者たらんとする彼の野望をしっかりと把握していた。長編においては、ジュヌヴィエーヴ(Geneviève アクサングラーヴつき)とドラキュラは、たがいに評判によってしか相手を知らない。この変更を加えたおもな理由は、本書ではヴァンパイアの取り巻き連中の名前をべつの場所ですでに並べたててしまったからである。

＊2　そう、原案ではボウルガードは死ぬことになっていた。だがふたたびこのシーンを書こうというとき、わたしたち――とジュヌヴィエーヴ――は彼とあまりにも親しくなりすぎて、こんなに簡単に彼を逝かせることができなくなってしまっていたのだ。まだ続編の構想もなく、彼があんなにも大きな存在になるとはわたし自身も知らなかった。

# 映画『ドラキュラ紀元一八八八』より

Extracts from *Anno Dracula: The Movie*

本作が出版されてまもなく、わたしはプロデューサー、スチュアート・ポラックおよびアンドレ・ジャックメットン（ふたりとも Johnny Alucard に登場する）のために、映画シナリオの草稿を書いた。それにおいて、プロットにいくつかの変更を加え、脇役の比重を整理しなおした。この抜粋には、小説そのままの部分も、変更された部分も、ともにふくまれている。

○屋外：夜

切断された首――どこかピーター・カッシングに似ている――が槍に刺さっている。長く雨風にさらされているため、ひどく損なわれている。青白い月光がうつろな眼窩を照らしている。風が吹いている。

ハマー・フィルム・ゴシックのキャプション、スクリーンをクロールする。

大音量のナレーション

一八八五年、ドラキュラ伯爵は、生者ではなく死者に有利な新秩序を構築するべく、トランシルヴァニアの城からロンドンに旅立った。物語では、ヴァン・ヘルシング教授が勇敢な英国人男女を集め、ヴァンパイアを打ち負かして国より放逐し、ついには滅ぼしたと伝えられている。だが、もしヴァン・ヘルシングが失敗していたら、ロンドンは、世界は、どうなっていただろう。これは、伯爵によって支配された架空のロンドンである。ドラキュラはヴィクトリア女王との結婚を強行し、プリンス・コンソートおよび大英帝国護国卿を自認した。そして女王の帝国は――

音楽：「ルール・ブリタニア」の躍動的な前奏。力強い女声ソロが歌いはじめる。「太始の昔、神の命により、紺碧の海原より、生まれしブリテン。これぞ証《あかし》、国の証ぞと、あまつ御使いら、かく歌えり……」

カメラがひく。その槍が、バッキンガム宮殿の外にずらりと並んだ杭のひとつにすぎないことがわかる。宮殿は粗野な松明で照らしだされている。ほかの杭には死体が串刺しにされている。宮殿の入口に、狼の顔をした衛兵が礼装で立っている。

「統《す》べよ、ブリタニア、ブリタニア、海原を統べよ。ブリタニアの民は、断じて、断じて、断じて、屈さず――」

○屋外：バッキンガム宮殿　夜

楯型の紋章。英国国章である獅子と一角獣が、大きく口をあけた怪物と、それに重なるドラキュラの象徴である蝙蝠にかわっている。紋章は四輪馬車の扉につけられたものだ。馬車が黒馬にひかれて車回しを走る。ひとりの近衛兵が馬車にむかって敬礼する。近衛兵の鼻面は獣のように突きだし、目は赤く、ヴァンパイアの牙をもっている。メイン・ゲートがひらき、四輪馬車は音をたててバードケージ・ウォークにはいっていく。

○屋外：ロンドン　夜

馬車は街路を進んでいく。変容したヴィクトリア朝ロンドンの姿がうかがえる。点灯夫がガス灯に火をともしている。身なりのよい紳士が浮浪児にからまれている。二人組の警官が歩いている。手回しオルガン弾きが角のある子供のために演奏している。装飾過剰な黒服に身を包んだ頽廃的な洒落男が、太った娼婦の誘いをかわしている。男の顔は骨のように白いが、頬にペニー貨ほどの赤い点が浮かんでいる。男もまた牙をもっている。

街路にいる人々の四分の一がヴァンパイアだ。新たに死からよみがえったばかりの大きな歯をもつヴィクトリア人もいるし、ドラキュラが連れてきた中世の怪物もいる。身体の一部が獣の者、いまにも倒れそうな者、異様に変形した者もいるいっぽうで、不死者《アン＝デッド》としてしなやかに生き延びている者もある。四輪馬車が通ると、すべての視線がふり返る。恐怖にあとずさる者、帽子をとって挨拶する者、興味津々に見つめる者。ひとりの女が十字を切る。警官が女を警棒で殴りつける。

十字路で、威勢のよいヴァンパイア、ヘンツォ伯ルパート(＊1)率いるカルパティア人の一団が、尖らせた木の杭を立てている。彼らはもがき暴れる寝間着姿の囚人をかつぎあげ、串刺しにする。歩道に血がほとばしる。ヴァンパイアの子供が群衆の中からとびだし、犬のようにその血をなめ、追い払われる。

ヘンツォ（布告を読みあげる）「ブリテン諸島の護国卿ドラキュラ公の支配を拒む者はすべて滅ぶべし」

蝙蝠の翼を生やしたかのように、視点が四輪馬車の上に舞いあがり、町を見わたす。ここはウェスト・エンド、照明も多い文明的な地区で、劇場や夜の暮らしでにぎわっている。人間の大きさの翼もつものが、背の高い建物のあいだを飛んでいる。光を受けて血のように赤くきらめく川が、町の中をうねうねと流れている。ここは帝国の脈打つ心臓である。視点が明るい地区をはずれ、闇の中へと移動していく。

○屋外：ホワイトチャペル　夜

降り立ったのはコマーシャル・ロードだ。濡れた玉石の上にかかる薄いかすかな霧を通して、月光が輝く。パブ、テン・ベルズの前を通りすぎる。中からは騒がしい笑い声や自動ピアノの音が聞こえる。教育施設トインビー・ホールの前を通る。浮浪児、警官、娼婦、ごろつき、スラム見学者らとすれちがう。ある路地にはいる。歌詞なしに〝マック・ザ・ナイフ〟の歌らしきものをうたう女の声が聞こえる。霧が濃く渦を巻く。赤いもののまじるあざやかな黄色だ。

ぼんやりと見え隠れする人影を追っている。ジャックだ。シルクハットをかぶり、黒いアルスター外套を着て、往診鞄をさげている。顔は見えない（＊2）。鞄の中で道具が動くたびに、かちゃかちゃと音が聞こえる。黒い手袋をはめている。ジャックは奇妙な歌に魅せられて、路地の入口で足をとめる。

彼のシルエットの背景に、ポスターが浮かびあがる。

『ホワイトチャペル殺人鬼〝銀ナイフ〟逮捕につながる情報提供者に報奨金』

小さな文字で、アニー・チャプマンとポリー・

ニコルズ殺人の詳細が語られている。ジャックについての記述である。

○屋外：ホワイトチャペル　チックサンド・ストリート　夜

　ジャックが路地に足を踏み入れる。ひと筋の月光が、前髪を切り揃えた娼婦ルルを照らしだす。菟葵《いそぎんちゃく》の触手のようにショールをふっている。赤いくちびるで微笑を形づくったまま、男を誘う《サイレンの》歌をうたいつづけている。少年じみた身体にぴったりとしたキモノをまとっている。ジャックが彼女に歩み寄る。鞄をぐっとつかむ。

ルル（わずかなドイツ訛で）「ねえ、旦那――旦那ってばァ……なんて男前なの。ねえ、キスしてちょうだいな。ちょっとでいいのよ」

　ルルが手招きすると、エナメルを塗った爪がきらめく。ジャックは彼女の顔に触れる。手袋ごしでも、彼女の肌は氷のように冷たい。先端が真珠のような華奢な牙と、赤みを帯びた目をもっている。

ジャック「なぜこんな……真似をしている」

ルル「お金と親切な紳士が好きだからよ」

ジャック「親切な？」

　ルルが宿り木の小枝をとりだして掲げる。

ルル「キスする？　たったの一ペニー」

ジャック「まだ九月だ。クリスマスには早すぎるのではないか」

ルル「あら、キスに季節なんて関係ないわ」

　ルルは小枝をふってジャックのくちびるに接吻する。彼の鞄がひらく。ジャックは銀のメスを彼女のあばらに突き刺し、軽く押す。ルルが変貌する。顔が猫のようにゆがみ、ジャックの顔に毒液を噴きつける。牙がのび、彼の咽喉を切り裂こうとする。メスが胸にすべりこみ、血がほとばしる。

　さらに深く食いこむにつれて、カメラがひいていく。ルルの獣のような咆哮が霧を乱す。それから静寂が訪れる。カメラがポスターを映しだす。ジャックがよろめきながら、ポスターに血の手形を残して通りすぎていく。遠くで警官の呼子が甲高く鳴っている。

○屋内：チェルシー　客間　夜

　呼子の音が消えてピアノに変わる。あまり上手くはない演奏。フローレンス・ストーカーの邸。十五人ほどの着飾った男女が夜会に集まっている。ピアノを弾いているのはペネロピ・チャーチウォード、十九歳の打算的な美少女。彼女の横で譜めくりをしているのは、ゴダルミング卿アーサー・ホルムウッド、優雅な新生者《ニューボーン》だ。

ペネロピ（歌う）
　彼女は金の籠の小鳥
　見かけは美しいけれど
　幸せでなんの苦労もないようだけれど
　それはただの見かけばかり……

　チャールズ・ボウルガードがそれを見つめている。三十代の美男子で、アーサーほど華やかではないが心身ともに強健である。彼の横にはケイト・リード、二十五歳。装飾品（ペネロピのような）であることを嫌う、眼鏡をかけた新しい女（ジャーナリスト）だ。女主人役のフローレンスは、ペネロピよりは年上だが、同じタイプの女だ。炉棚の上に、黒枠で囲まれた夫ブラム・ストーカーの写真が飾られている。アーサーが魅了の力をペネロピにふるおうとしている。チャールズはうまく嫌悪を隠している。ケイトはチャールズに片思いをしていて、自分にチャンスがないことに気づいている。召使たちが静かに客を接待している。

ペネロピ（歌う）
　……若さと老いは釣り合わぬもの
　老人の黄金が彼女の美貌を購《あがな》った
　彼女は金の籠の小鳥

　アーサーが拍手を先導する。むきだしになったペネロピの首に鼻をこすりつけんばかりだ。好色な視線、小さな牙。チャールズが進みでて――ケイトは失望を浮かべるが――ペネロピを危険から救いだす。ペネロピは人々の注目を浴びることを当然と受けとめている。

フローレンス（興奮して）「みなさま、みなさまにお知らせがございますのよ。チャールズとペネロピが……」

　チャールズは渋っているが、ペネロピはおおいに乗り気だ。ふたりはいまや注目の的だ。チャールズはこの状況を嫌い、ペネロピは満喫している。

チャールズ「いいですよ、フローレンス。アーサーがゴダルミング卿としての爵位を得て以来、呼びかけにも伝統的な敬称を使わなくてはならなくなったわけですが。閣下《マイ・ロード》および紳士淑女《レディス・アンド・ジェントルメン》のみなさま――」

アーサー「いいぞ、ボウルガード。白状してしまえ」

チャールズ「ペネロピが、その、ミス・チャーチウォードが――光栄にも承諾してくれましたので――」

　全員がその意味を察するが、チャールズは口にすることができない。

ペネロピ（じれて）「あたくしたち、結婚いたしますの。来年の春に」

　ペネロピが所有権を主張するかのようにチャールズの手を握る。みなが集まってきて口々に声をかける。

アーサー（押しつぶさんばかりの勢いでチャールズの手をふりまわし）「チャールズ、おめでとう」

　ケイトが涙ぐみながらペネロピを抱き締める。

ペネロピ「まあ、ケイトったら。なんて涙もろいの」

　ケイトはつづいてチャールズの手を握るが、言葉を発することができず、抱擁する。

フローレンス「乾杯いたしましょう」

　小間使いのベシーがシャンパンのボトルをもっ

てくる。フローレンスがボトルをかかえて当惑していると、アーサーがそれをとりあげる。

アーサー「失礼」

フローレンス「ありがとう、アート。わたくし、力がはいらなくて」

　アーサーの親指の爪が小さな角のようにのびる。彼はそれをコルクに突き刺して引き抜く。客たちについでやるが、彼自身は空のグラスをもったままだ。

アーサー「ぼくにとって、今日はじつに悲しむべき日となりました。良き友人チャールズ・ボウルガードをふたたび失うことになったからです。この痛手が癒されることは二度とないでしょうが、チャールズは最高の男です。彼は間違いなく、親愛なるペニーの良き夫になることでしょう。もし彼がその務めを怠るようならば、不死者《アン＝デッド》たるこのぼくが厳粛に責任を果たし、彼を墓場まで連れていきましょう。美しきペネロピに。そして敬愛するチャールズに——」

　アーサーをのぞく全員がグラスを飲み干す。ペネロピはこの状況を楽しんでいる。チャールズはじっと耐えている。フローレンスがアーサーのもつ空のグラスに気づく。

フローレンス「あら、ごめんなさい、アート。忘れていましたわ」

アーサー「べつにかまわないのですよ」

フローレンス「わたくしがかまいますわ。ベシー、ゴダルミング卿はシャンパンをお召しあがりになりません。ですから——」

　ベシーはわずかに恐れながらも、はじめてではないのだろう、袖口のボタンをはずす。アーサーは彼女の手をとり、袖をまくりあげ、口づけするように身をかがめる。チャールズとペネロピにむけられた目が赤くきらめき、牙がのびる。

アーサー「チャールズ、ペネロピ、きみたちのために、ぼくも乾杯しよう――」

アーサーはコブラのように大きくあごの関節をひらいてベシーの手首にとりつき、とがった門歯で軽く皮膚をつつき、にじみでた血のしずくをなめとる。人々がそれをながめている。チャールズは嫌悪をこらえているが、ペネロピは魅了されている。アーサーが血を飲んでいるうちに、ベシーの目に苦痛とも快感ともつかないものがひらめき、アーサーの腕の中で失神する。

アーサー（歯を血で染めたまま微笑し）「ご婦人方にはこのような効果があるようで。いささか不便なものです」

アーサーがベシーを長椅子に横たえる。彼女を目覚めさせるべく、執事が気付け薬をかがせる。一瞬の目眩をおぼえたチャールズに、ペネロピが腕をからめてくる。彼女が微笑を浮かべ、チャールズは混乱から抜けだす。

フローレンス「さあさあ、結婚なさってからでも時間はたっぷりございますでしょ。いまは犠牲的精神をふるって、わたくしどもとおつきあいくださらなくてはいけませんわよ――」

アーサー「ぼくは敗れた騎士の権利を主張したいな。接吻を！　ぼくは花嫁に接吻を要求するぞ」

チャールズは青ざめるが、ペネロピはアーサーに頬への接吻を許す。かすかな血の痕が残る。客たちが押し寄せてペネロピとチャールズを引き離す。チャールズは婚約指輪を見せびらかす彼女をながめている。ふいに、不穏なほど突然、アーサーがかたわらにきている。牙はひっこんでいるが、血によって活気づいている。

アーサー「チャールズ、心からおめでとうを言わせてもらうよ。きみとペニーは幸せにならなくてはならない。ぼくがそう命じる。ぼくたちにはきみのような男が必要なんだ。きみもはやく転化したまえ。何もかも面白くなってきたところじゃないか」

チャールズ「転化だって？」

アーサー「わかっているだろう、チャールズ。きみも――ぼくのようになるべきなんだ」

チャールズ「ヴァンパイアにか」

アーサー「そうさ。どんなものか、きみにはわからないだろう。これこそ人生だよ」

チャールズ「死だという者もいるな」

アーサー「ふん。ペニーは美しい。美しいものをしぼませてはならない。それにわれわれにはきみのような男が必要なんだよ。いまこそわが国を強化すべきときだ。プリンス・コンソートがわれらにその機会を与えてくれた」

チャールズ「ドラキュラが？」

アーサー「ぼくたちは――ヴァン・ヘルシングとジャック・セワードとぼくは、そもそものはじめから勘違いしていたのだ。ドラキュラは征服者としてではなく、救世主としてわが国にきたんだよ」

そのやりとりのあいだに玄関で呼鈴がなる。玄関に向かった執事が、チャールズへのメモをもってもどってくる。アーサーが興味を示す。チャールズはメモに目を通すが、何も言わない。

チャールズ「申し訳ないが失礼するよ、アート」

○屋内：フローレンスの邸の玄関　夜

御者が待っている。チャールズはマントと帽子を身につけ、傘立てからステッキを抜きとる。ペネロピが彼をひきとめにくる。

ペネロピ（腹立たしげに）「チャールズ、まさかこんなにはやくお帰りになるつもりじゃないでしょうね」

チャールズ「わたしには自分の望むように時間を使うことが許されていないんだ。きみのことはアートが、それともケイトが、送ってくれるだろう」

チャールズは彼女の頬に口づけをする。塩の味がする。彼女の頬から血の痕をぬぐい、微笑して、御者とともに去る。

ペネロピ（決然と）「チャールズ・ボウルガード。あたくし、結婚したらすべてを変えてみせますわよ」

○屋外：ホワイトチャペルの路地　夜

ばらばらになったルルが横たわっているが、濃い霧がおぞましい傷を隠している。レストレイド（ヴァンパイア）がふたりの警官を指図しながら死体を調べている。鼠のような髭を生やし、山高帽をかぶったレストレイドは苦い顔をしている。警官が野次馬を食いとめている。チャールズがその人混みをかきわけてくる。

チャールズ「スコットランド・ヤードのレストレイド警部」

レストレイド「ミスタ・ボウルガード。ご足労をおかけします。（警官に）見せてさしあげろ」

警官がわきにさがる。

チャールズ（ひるむことなく）「これまでと同じか。心臓が切り取られている？」

レストレイド「銀のメスで見事な手並みですな。木の杭を使うような馬鹿な真似はしておりません」

チャールズ「被害者は？」

レストレイド「ルル・シェーンという新生者《ニューボーン》のヴァンパイア。たぶんドイツ人でしょう。これまでと同じく、街娼です」

チャールズ「これで――四人目、だったかな」

レストレイド「はっきりしたことはわかりません。人騒がせな新聞は、過去三十年間イースト・エンドで起きた迷宮入りの殺人事件をすべて掘りだしています」

チャールズ「きみはどう考えているのだ」

レストレイド「シェーンに関しては検死審問までたしか

なことは言えませんが、わたしとしては年金を賭けてもいいです。アニー・チャプマンとポリー・ニコルズについで、三人めです」
チャールズ「犠牲者は全員、その――」
レストレイド「ヴァンパイアか、ですか？　そうです。〈銀ナイフ〉はヴァンパイア殺しです。ヴァン・ヘルシングならやつを誇りとしたでしょうな」
チャールズ（遺体を検分しながら）「やつは憎んでいる。焼けつくような憎悪だ。これらの殺人は感情の激発を示しているが、同時に冷静さも感じられる。やつは堂々、往来で人殺しをする。それもただの虐殺ではなく、解剖だ。そもそもヴァンパイアを殺すのはたやすくはないはずだ」
レストレイド（ルルの鋭い爪をもった手をとり）「ふいをついているのでしょう。さもなければ逆にばらばらにされているはずです」
チャールズ「〈銀ナイフ〉はただの狂人ではないよ、警部。やつには確たる動機があるのだ」

警官たちがルルを抱きあげ、荷馬車に移す。群衆が不満の声をあげる。チャールズは丸石に視線を落とす。その姿が、月光を受けた血だまりに映る。

レストレイド「パニックが起こる前にやつをとめなくてはなりません。いまだけでも状況は充分不安定なんです。この殺人のせいで、人々は――温血者《ウォーム》も不死者《アン＝デッド》も等しく、動揺しています」
チャールズ「これはきみの昔馴染み、ミスタ・ホームズ向きの事件だね」
レストレイド「彼は現在支障があって調査に加わることはできません。現政府といさかいを起こしました」
チャールズ「愚か者の首相ルスヴンが、サセックス・ダウンズの刑務所に送りこんだというわけか。〈ペルメル・ガゼット〉はなんと呼んでいたかな。強制収容所？」
レストレイド（ぎこちなく）「たしかにミスタ・ホーム

ズはデヴィルズ・ダイクです」

チャールズ「では、きみたちは自力で〈銀ナイフ〉をつかまえなくてはならないわけだ。報告を出しておく。いずれ、どういう形になるかはわからないが、ディオゲネス・クラブから協力がくるだろう」

レストレイド（憂鬱そうに）「助力ならどのようなものでも歓迎です」

チャールズ「そうだろうね。わたしももう少し嗅ぎまわってみよう。何か見つかるかもしれない」

レストレイド（懐疑的に）「あまり感心できませんが」

チャールズ（ステッキをふりながら）「自分の身は自分で守れるよ。女王陛下の仕事でいろいろと危険な目にもあってきた。ボンベイの絞殺魔やキリマンジャロの殺人鬼に出くわしたこともある」

レストレイド（チャールズが去ったあとで）「ですが、いくら賢明なあなたでも、ホワイトチャペルの女がどういうものかはご存じないでしょう」


（＊1）　このシナリオにおいて、ヘンツォ伯ルパートは原作よりも重要性を増し、基本的に、アーサー・ホルムウッドにつぐ二番手の悪役となっている。

（＊2）　プロデューサーが、ミステリー映画として後半まで切り裂き魔の正体を秘密にしたいと希望した。わたしも小説執筆中に、セワードの蠟管録音は真の切り裂き魔（そう、アーサーだ）が旧友を陥れるために捏造したものである可能性を考えたことがある。その構想を放棄したのは、ウィリアム・キャッスルやジミー・サングスターによる一九六〇年代の映画に似てくると考えたからである。いずれも登場人物の関連性を犠牲にして、あっと驚く結末を用意している。

＊　＊　＊

○屋内：暗いところ　昼

太陽を締めだした部屋。アラジン風のランプが燃えて、中国様式の室内を照らしている。屈辱に燃えるヴァルダレクが光の中に立っている。彼のそばに中国人の若い娘。ほかにもふたりの人間が影の中に隠れている。娘の父である犯罪者の黒幕と、中国服を着た、遠い昔に中国人だったヴァンパイア、ミスタ・イーだ。

ヴァルダレク「ここではたしか、人の生命も金で購えると聞いたのだが」

中国娘「父の版図では多くのものが売られています。わたくしの父は〝奇妙な死の王〟。あなたはカルパティア近衛隊の方でしょう。なぜわたくしどものような取るに足らぬ者のもとをお訪ねになるのでしょう。父より力あるお友達をおもちでしょうに」

ヴァルダレク「プリンス・コンソートをこのようにつまらぬいさかいに巻きこみたくはない。威厳にかかわる」

中国娘「満座の英国人が見守る中でフランス人少女に負かされたことをドラキュラ公に知られたくはないと？」

ヴァルダレク「この、不作法きわまる中国悪魔め……」

中国娘の父が手をたたいてヴァルダレクを黙らせる。

中国娘「父はあなたの立場を理解しております。お嫌とは存じますが、わたくしの手に代価をのせてくださいませ」

ヴァルダレクは巾着から金貨を出してその手にのせていく。ヴァルダレクの手がとまっても、中国娘の手はまださしだされたままだ。しかたなくさらに金貨をのせる。ようやく中国娘が向きを変え、父の前に膝をつく。

中国娘「お父さま、ヴァンパイアの長生者《エルダー》ジュヌヴィエーヴ・デュドネの死が求められております。手配してもよろしいでしょうか」

中国娘の父が手をたたく。ミスタ・イーが光の中に歩みでる。顔は歳月を経てミイラのようにしわだらけだが、緑色に輝く目と、恐ろしい牙をもっている。その舌は蛇のようだ。ヴァルダレクすらもが不安にかられる。緑の煙がひろがり、部屋が光で満たされる。気がつくとヴァルダレクひとりが残されている。（＊3）

（＊3）　この短い場面は、なぜミスタ・イーがジュヌヴィエーヴを殺しにきたかを明らかにするため追加した。奇妙な死の王とその娘の重要度が少しだけ増しているが、やはり名はないままである。

＊　＊　＊

○屋外：ホワイトチャペル　コマーシャルロード　夜明け前

霧は薄れつつある。オリヴァ（＊4）が急ぎ足ですばやく道を横切る。路地の入口を通りすぎ、身ぶるいをする。自分の意志とは関係なく、気がつくと向きを変えて、路地の中に踏みこんでいる。

○屋外：ホワイトチャペル　路地　夜明け前

オリヴァは路地の奥に影を見る。赤い目が光る。霧が膝の高さでたまっている。オリヴァは催眠術にかかったように、一歩ずつ近づいていく。以前よりおぞましい姿のヴァルダレクが、前のめりになって牙をむきだし、舌なめずりをしている。

ヴァルダレク「可愛い子だ、おいで……」

そばまできたオリヴァを、ヴァルダレクが抱きあげる。オリヴァは抵抗しない。ヴァルダレクは少年の頬に口づけをして、噛みつこうと大きく口をひらき……

目にもとまらぬはやさで誰かが介入し、ヴァルダレクを殴り倒す。オリヴァは這うように路地から逃げだしていく。ヴァルダレクが顔をあげると、険しい表情のヘンツォとコスタキがいる。

ヴァルダレク「わが同胞ではないか……」

○屋外：ホワイトチャペル　コマーシャルロード　夜明け前

オリヴァはパニックに襲われている。人々が集まりつつある。ジェイゴと救世軍もいる。ディアミドとケイトが通りにあらわれる。ひとりの警官が呼子を鳴らすが、援軍はこない。

オリヴァ「あいつに襲われたんだ」

ヴァルダレクが路地から這いだしてくる。そのあとにヘンツォとコスタキがつづく。

ジェイゴ「切り裂きジャック！　この者こそ切り裂きジャックだ！　このカルパティア人が切り裂きジャックなのだ！」

ヴァルダレクは不安にかられ、あとずさってコスタキのブーツにしがみつく。怒る群衆が口々に非難を浴びせ、唾を吐き、罵声をあげながら押し寄せてくる。オリヴァがケイトに駆け寄る。ケイトは少年を抱きしめてやる。コスタキがジェイゴと向かいあう。

ヘンツォ（布告文を読みあげる）「大英帝国護国卿たるドラキュラ公の命である。性的倒錯の罪によりヴァルダレク伯に死刑を宣告する」

ヴァルダレク（茫然と）「性的倒錯の罪だと？　わが公がそうおおせられたのか」

ヘンツォ「気の毒に思う、ヴァルダレク。だが貴公は恥辱だ」

ヴァルダレク「ドラキュラ公は決して……」

ヘンツォ「貴公は真の公を知ってはおらぬよ、ヴァルダレク」

ヴァルダレクがよろめきながら立ちあがる。鬘がはずれ、みじめなノスフェラトゥのようだ。口紅がゆがんでいる。ヘンツォから逃れようとするが、群衆が壁となって立ちはだかる。ディアミドがメモをとっている。

ヘンツォ（読みあげる）「その立場を悪用する者への見せしめとして、ヴァルダレク伯は鎖に吊るされ、浄化の陽光にさらされるものとする」

ヴァルダレク（悲鳴）「いやだぁぁぁぁぁぁ！」

コスタキがヴァルダレクを捕らえる。ふたりのカルパティア兵が人の形をした鉄の籠を運んでくる。コスタキが、暴れ悲鳴をあげるヴァルダレクを籠の中に押しこみ、鍵をかける。中の見える石棺のようだ。街路に絞首台のような梁が突きだし、とりつけられた鉤に重たげな鎖がさがっている。籠が群衆の頭上に吊りあげられる。ヴァルダレクの口から言葉があふれる。ジェイゴはどう反応すればいいかわからず、硬直している。

ヴァルダレク「同胞よ、友よ……これは間違いだ。ドラキュラ公がこのような……」

夜が明ける。コスタキとヘンツォ、カルパティア人たちは影の中にしりぞく。陽光がヴァルダレクを照らし、その顔が泡立ちくすぶりはじめる。彼は悲鳴をあげ、籠の中でぐったりする。全身が縮み、黒く焦げ、悲鳴もつぶやきのように小さくなる。剥がれた皮膚が敷石に落ち、炙られたベーコンのようにはじける。コスタキとヘンツォは路地の入口でヴァルダレクを見あげている。群衆があとずさる。ヘンツォが布告文を巻きなおす。

ヘンツォ(字幕つきのルーマニア語)「これで任務完了だ」

コスタキ（字幕）「この者たちに、われらも苦しみ死ぬことがあると知らせるのは賢明ではない。公は過ちを犯された」

ヘンツォ「ヴァルダレクはどうしようもない怪物ではないか、コスタキ。血に飢えて、手がつけられない。そうした輩は処分するしかあるまい」

ふたりはヴァルダレクを見あげる。その視線を追って、オリヴァ、ケイト、ディアミド、ジェイゴ、キャシー、メアリ、中国娘の顔が映しだされる(＊5)。駆けつけたレストレイドに、ヘンツォが令状を見せる。ヴァルダレクはまだ真の死を迎えておらず、弱々しくもがいている。彼は絶望にかられている。カメラが上昇し、ヴァルダレクを見おろす。全員がのぼりくる朝日に目を向けている。彼ら全員の上に影が――巨大な蝙蝠の翼のような影がかぶさる。ジェイゴが十字を切る。ヘンツォが敬礼する。(＊6)

（＊4）　シナリオ用の新しいキャラクター。オリヴァ・ツイストから名前をもらった（そう、半世紀ほど時期がずれていることはわかっている）。彼は本編におけるテン・

ベルズの給仕ジョージー（ジュヌヴィエーヴがヴァルダレクから救いだした）と、使い走りの少年ネッドをあわせたものである。

（＊5）　フーダニット・ミステリーとして、切り裂きジャック容疑者となり得る人物を可能な限り大勢並べるためにこのショットを用いた。

（＊6）　この場面は本編十五章（クリーヴランド・ストリートの邸）の代替えである。男娼買いにより串刺しという題材は検閲で問題になるだろうと思われた。それでも若い男娼を食らうヴァルダレクの同性愛的性向は、ある程度補正しながらも残しておきたかった。わたしはこの機会に、ヴァンパイアの公開処刑が最終的な反乱につながるというささやかなプロットをしこむことができた。

＊　＊　＊

○屋外：ロンドン上空　夜明け

巨大な蝙蝠の翼に乗って、ロンドンの上を飛んでいる。

○屋内：体育館　昼

現代のスカッシュクラブのような場所。どっしりとしたマスクとプロテクターをつけた若者たちが、ふたりずつ組になって剣をまじえている。それぞれの召使が飲み物のトレイをもって控えている。白いフェンシング衣装をつけたアーサーが、フォイルをかまえ、ひとりで突きを送りだしながら待っている。同じ服装のチャールズが遅れて到着する。

チャールズ「すまなかった、アート。夜明け近くまで寝床にはいることもできなかったのだ」

アーサー「ヴァンパイアの時間だな。ペニーがきみのことを相当な道楽者だと言っていたよ。なぜだかほとんどいつも留守だって」

チャールズ「残念ながら仕事だ」

アーサー「仕事ねえ。それはしかたがないな」

ふたりはマットの上で向かいあう。彼らの試合を見ようと、何人かが剣をおく。チャールズは音をたててフォイルをふり、マスクに手をのばす。

アーサー「マスクなしでやってみないか、チャールズ。とんでもなく邪魔じゃないか」
チャールズ（ためらいながら）「きみがそう言うならば」
アーサー「ああ。では、きみのレディの名誉にかけて――」

チャールズが体勢を整える前にアーサーが突きかかる。チャールズはぎこちなく、だがしっかりとそれを受け流す。

アーサー「うまいな、チャールズ」

アーサーがまた攻撃を試みる。チャールズは全力でそれをふせぐ。試合がつづく。アーサーは自信たっぷりに楽々と動きながら、軽口をたたいている。チャールズは無言のまま懸命に集中している。ヴァンパイアに圧倒されながらも善戦している。

アーサー「聞いた話だが、きみは切り裂き魔の事件に関わっているそうじゃないか（チャールズがうめきをあげる）。不快な事件だ。なんの名誉にもならない。何か目星はついているのか」
チャールズ（とりわけ陰険な突きをかわしながら）「いや、まだ何も」
アーサー「残念だな。迅速に解決できれば首相がお喜びになるだろうに」
チャールズ「昨夜わたしが会った悪党どもも喜ぶだろう」
アーサー「きみは悪党といるところを目撃される機会が多すぎるぞ。ペニーもううんざりしている（故意にチャールズの顔をかすり）。すまない。ぼくとしたことが不注意だった」

チャールズは冷静に怒りを静める。そしてアーサーを圧倒し、幾度か胴に剣先をヒットさせる。

アーサー「ふむ、きみは勝っているつもりなんだろうな」

アーサーは人ならざるすばやさで動き、チャールズを壁ぎわに追いつめてフォイルの切っ先を咽喉に突きつける。牙がむきだしになる。剣をもつチャールズの右手首をつかみ、押さえこむ。

アーサー「だが、これで勝負はついたな」

　アーサーはチャールズの頬についた血をなめて、彼を解放する。召使が飲み物をもってくる。アーサーは血のはいったゴブレットを、チャールズはオレンジジュースを受けとる。

アーサー「いまでもテクニックではきみのほうが上だろう、チャールズ。だがヴァンパイアにスピードで勝とうとしても無理な話だ。きみの動きなど蝸牛《かたつむり》のようなものだ。きみが心を決める前に、その動きが見えてしまう」

チャールズ「ペニーは転化したがっている」

アーサー「賢い娘だ。きみも見習うべきだね。ではごきげんよう。まもなく日が暮れる。こんな豚の血では癒すことのできない渇きがうずいているんだ」

　チャールズはさっそうと去っていくアーサーを見送る。呼吸が荒く、汗だくだ。切り裂かれた頬に手を触れる。（＊7）

（＊7）本編において、チャールズとアーサーは敵対しておらず、むしろよき競争相手である。転化に成功したヴァンパイアが、剣技において劣っていても、熟練した剣士を負かすことができるというこの短いシーンを、本編執筆中に思いついていたらとつくづく悔やまれる。

＊＊＊

○屋外：ホワイトチャペルの路地　夕暮れ

　ドレイヴォットの隠れ家の近く。いくぶん見すぼらしい身なりのアーサーとヘンツォがぶらぶらしている。また霧が濃くなりはじめている。

アーサー「ぼくたちは似た者同士だな、ルパート。長生者《エルダー》の保護に頼って生きている。きみはドラキュラ公に仕え、ぼくはルスヴン卿の配下だ。昔ならばぼくたちのような立場にある野心家は、上官が永遠に生きるわけではないと考えてみずからを慰めていた。だが……」

ヘンツォ「それは危険な考えだぞ、アーサー」

アーサー「ルスヴン卿は辛辣だがディレッタントだ。権力に飽きている。テニスンについて語るのを聞いただろう。くだらない、子供っぽい話ではある。だがドラキュラ公は……」

ヘンツォ「狂っている。狂わずにいられるわけがあるまい。これまで公がたどってきた道を思えばな。噂では、公は変装して臣下のあいだを歩きまわり、裏切りはないかととがった耳をふるわせているのだそうだ」

アーサー「年月が重荷となってのしかかっているんだろうな」

ヘンツォ「長生者《エルダー》もみながみなそうなるわけではない。あのデュドネとかいう小娘はどうだ。あいつのせいでヴァルダレク伯は悲惨な目にあったわけだが」

アーサー「チャールズ・ボウルガードのそばにいる娘か」

ヘンツォ「油断のならぬ女だ」

ドレイヴォットが扉をあけ、姿を見せる。

アーサー「そしてもちろんあの紳士もだ。この件にはディオゲネス・クラブが深く関わっている（ドレイヴォットがあたりを見まわし、ふたりに気づき、またひっこむ）。くそ。もちろんそうだろう。マイクロフトはじつにうまく部下をしこんでいる」

ヘンツォ「また出てこないわけにはいかないだろう」

アーサー「裏口が十もあるんだろうさ。見つかってしまったからには追いかけたほうがいいんじゃないか――」

アーサーとヘンツォはドレイヴォットの部屋の入口に近づく。アーサーが戸を押しあける。

○屋内：ドレイヴォットの部屋　夕暮れ

アーサー「鍵もかかっていなかったぞ」

ヘンツォが机の上の紙を見つける。

ヘンツォ「おや、なんだ」

アーサー（走り書きを見て）「やつをつかまえたぞ、ルパート。ディオゲネス・クラブも終わりだ。これは陰謀だ。すべて、計算高いマイクロフトの脳髄によって考えだされたものだったんだ。狂ったヴァンパイア・キラーなどいはしない。温血者《ウォーム》を煽って反乱を起こそうとしているんだ。温血者《ウォーム》であろうと不死者《アン＝デッド》であろうと、ドラキュラの支配を切り崩すことができるのは優れた頭脳の持ち主だけだ。ドレイヴォットをつかまえて陰謀を暴かなくてはならない。ぼくたちの手柄となるだろう」（＊8）

（＊8）これによってふたりの悪党が結びつき、マイクロフトの陰謀が危険にさらされる。

＊＊＊

○屋外：ホワイトチャペル　ミラーズ・コート　夜

チャールズとジュヌヴィエーヴが中庭に歩み入る。ドレイヴォットが片隅で赤い目を光らせて立っている。ジュヌヴィエーヴは彼を感知するが、姿は見えていない。ひとつの窓が蠟燭の光で明るく、濡れた音が聞こえる。チャールズとジュヌヴィエーヴの意識がメアリの部屋のドアにひきつけられる。チャールズがドアを押しひらく。

○屋内：ホワイトチャペル　メアリの部屋　夜

チャールズとジュヌヴィエーヴは衝撃のあまり声も出せない。セワードが寝台の上、かろうじてメアリであったものとわかる残骸の中に膝をついている。彼はまだ作業をつづけていて、前掛けとシャツの袖は赤く染まっている。銀のメスが火明かりを受けてきらめく。血とその他の物体が寝台と床一面、そして周囲の壁三フィートの高さにまで飛び散っている。

セワード「もうすぐ終わる。ルーシーの死を確認しなくてはならないのだ」

セワードが立ちあがりエプロンで両手をふくが、効果はない。チャールズが拳銃をかまえる。

チャールズ「ドクター・セワード、ナイフをおいて、女から離れろ」

　セワードはメスを握ったまま、それでも数歩離れる。チャールズはセワードから目を離さずメアリに近づき、断固として恐怖をこらえながら確認する。

セワード「ヴァン・ヘルシングが言っていた。彼女の魂は真の死を迎えるまで安らぐことがないと」

ジュヌヴィエーヴ「ああ、ジャック、ジャック……」

　チャールズが撃鉄を起こし、セワードの心臓に狙いを定める。

チャールズ「慈悲だ」

　引金をひこうとしたとき、とつぜんメアリが寝台から起きあがり――腹部が赤く切りひらかれたまま――背後からチャールズを捕らえる。牙が彼の首筋に近づく。

メアリ「だめよ。あたしのジャックを、あたしのドクターを、傷つけさせはしない……」

　ジュヌヴィエーヴがチャールズを助けようと駆け寄る。セワードがメスをもったまま彼女に近づいてくる。

セワード「ルーシーじゃないか。きみもルーシーだ。わたしはルーシーを……救わなくてはならない……」

　セワードのメスがジュヌヴィエーヴの咽喉にせまる。チャールズはぼろぼろになったメアリをふりはらい、ジュヌヴィエーヴからセワードを引き剥がす。セワードがメスをふりあげる。チャールズが彼の心臓を撃ち抜く。

　セワードは寝台に倒れる。血まみれのメアリが彼を抱擁する。メアリは悲しげな狂った微笑を浮かべ、息絶える。

セワード「さあ、これで彼女は救われた。神は慈悲深い。見たまえ、安らかだろう。ゆっくりおやすみ。愛しいルーシー。さあ終わった。やつを打ち負かした。伯爵に勝ったのだ。これで病がひろまることもない」

セワードが死ぬ。ジュヌヴィエーヴとチャールズは寝台を見おろして立ったまま、ふるえている。

ジュヌヴィエーヴ「殺してしまったのね。かわいそうなジャック」

チャールズ「かわいそうなジャック。かわいそうなメアリ。かわいそうなルーシー。誰も彼もがかわいそうだ」

ドレイヴォットが荷物をかついではいってくる。

ドレイヴォット「お疲れさまでした。切り裂きジャックに引導をわたされましたね」

チャールズ「ドレイヴォット」

ドレイヴォット「はじめから殺人犯はふたりいて、共謀していたのですよ。気がついてしかるべきでしたが」

ドレイヴォットが包みをひらく。死者の白い顔が見あげている。最後のうめきをあげようとしたのか、くちびるがまくれている。アーサーだ。

チャールズ「ゴダルミングじゃないか」

ドレイヴォット「ゴダルミング卿です。彼はドクター・セワードと共謀していたのです。そしてふたりは昨夜、仲間割れをしました」

チャールズ「おまえはいつからすべてを知っていたのだ、ドレイヴォット。ディオゲネス・クラブはいつから知っていて、わたしに知らせずにおくことを選んだのだ」

ドレイヴォット「切り裂き魔をつかまえたのはあなたです。自分はただ見張りをしていただけです。あなたの護衛として」

チャールズ「ジェイゴはどうなのだ。あれもおまえの仕業だろう」

ドレイヴォット「あれはまったく別の案件です」
チャールズ「とんでもないスキャンダルになるぞ。ゴダルミングは評判のいい男だった。将来を嘱望されてもいたしな」
ドレイヴォット「彼の名は完全に泥にまみれるでしょう」
チャールズ「そして彼はヴァンパイアだ。騒動が起こらないはずはない。切り裂き魔は温血者《ウォーム》だという意見が多かったのだから。反動が起こるだろう。地位は無意味となり、世評は逆転する。首相でさえ愚かしく見えることだろうな」
ジュヌヴィエーヴ（ドレイヴォットに）「それで、わたしはどうなるのかしら。わたしも〝始末〟されるのかしら。ジャックのように。ゴダルミング卿のように。かわいそうなあの部屋の住人のように。あなた、ジャックが彼女をなぶり殺しにするのを放っておいたでしょう。ゴダルミング卿を殺したのも、あなたかジャックだわ。それからあなたはジャックの正体を知りながら、陰にひそんで、あの女を見殺しにしたのよ。そのほうが都合がよかったから。自分の手を汚さずにすむし。卵を割らずにオムレツをつくることができるの？　わたしたち卵はどうなるのかしら」

○屋外：ホワイトチャペル　ミラーズ・コート　夜

チャールズとジュヌヴィエーヴが出てくる。そのあとからドレイヴォット。警官の笛の音。ドレイヴォットが霧の中に姿を消し、チャールズとジュヌヴィエーヴだけが残される。

ジュヌヴィエーヴ「ここで何が起こったのかしら。実際には何があったのかしら」
チャールズ「わからない」
ジュヌヴィエーヴ「あなたは英雄になるのよ」
チャールズ「なぜ？」
ジュヌヴィエーヴ「いやでもそうなるのよ」

レストレイドとふたりの警官がやってくる。それにヘンツォと数人のカルパティア人が加わる。

チャールズ「あそこの部屋でご婦人が亡くなっている。それから殺人鬼がふたり、やはり死んでいる。切り裂きジャック事件は終わった」

レストレイドとヘンツォがメアリの部屋をのぞきこむ。レストレイドは室内の光景に慄然とする。

レストレイド「あの部屋は地獄です」

チャールズ「ここも地獄だ」

ケイトとディアミドがやってくる。あとからオリヴァ。さらに大勢の野次馬。

ジュヌヴィエーヴ「ジャック・セワードだったのよ」

ケイト「ドクター・セワード？」

ジュヌヴィエーヴ「彼は狂っていたわ。彼のせいではなかったのよ」

ケイト「では誰のせいなの？」

ジュヌヴィエーヴ「彼を狂気に追いやったものよ」

彼らは薄れつつある霧を通して月を見あげる。月の表を蝙蝠の形が飛びすぎていく。(＊9)

(＊9) これは五十五章（なんという地獄！）と五十六章（ロード・ジャック）にわずかな変更を加えたものであるが、会話が多すぎるかもしれない（さらに推敲を重ねていれば、もっとカットしただろう）。わたしはどちらかといえば、無力な男をあっさりと処刑するより、メアリが自分を切り刻んでいる男を守ろうとし、チャールズがジュヌヴィエーヴを救おうと戦いながらジャックを射殺するという、この結末のほうがいくぶん気に入っている。

＊　＊　＊

○屋内：馬車の中　夜

ジュヌヴィエーヴ「ごらんなさいな。ヴァン・ヘルシングの首よ。あれをあそこに残しておくのは間違いだわ。革命を志す者への見せしめではなく、奮起の原因を提供しているのですもの。反乱には殉教者が必要なのよ」

○屋外：王宮の外　夜

メイン・ゲートの立ちはだかる格子に有刺鉄線が巻きついている。カルパティア人衛兵が、絹の帳であるかのように軽々と巨大な鉄の門をひらく。王宮は明るく照らしだされている。黒い煙が空に噴きあげている。

○屋内：馬車の中　夜

馬車が王宮の正面玄関にとまる。

チャールズ(立ちあがる)「きみは馬車に残っていないか。危険はない。わたしは大丈夫だ。そんなに長くはかからないから。(ジュヌヴィエーヴは首をふる)。ジュネ、お願いだ」

ジュヌヴィエーヴ「チャールズ、何をそんなに心配しているの。わたしたちは英雄なのよ。公を恐れることなどありはしないわ。わたしは彼よりも長く生きているのよ」

従僕が扉をあける。

○屋外：王宮の外　夜

ジュヌヴィエーヴがさきに馬車を降りる。そのあとにチャールズがつづく。ジュヌヴィエーヴは彼の腕をとって身体をすり寄せるが、チャールズの緊張はおさまらない。王宮の柵のむこうに群衆が集まっている。不機嫌そうな野次馬が格子の隙間からのぞきこんでいる。ジュヌヴィエーヴは群衆の中に、中国娘と分厚く着こんだミスタ・イーを見つける。

顔を金色に塗った若いヴァンパイアの従僕がふたりを案内してひろい階段をのぼり、杖で扉をたたく。扉がひらくと、大理石を敷きつめた丸天井の大広間だ。

○屋内：バッキンガム宮殿　大広間　夜

まるでオズの魔法使いの控えの間のようだ。

チャールズとジュヌヴィエーヴが足を踏み入れると、三十フィートもある半透明の絹の帳が風に煽られてひらく。召使があらわれて来客のマントを預かる。ジュヌヴィエーヴはドレスに対する賛辞を期待するが、チャールズはむっつりとステッキをカルパティア人にわたしている。

チャールズ（ふいに彼女を捕らえ）「何が起ころうとこれだけは言っておかなくては。ジュネ、愛している」

ジュヌヴィエーヴ「わたしもよ、チャールズ。わたしも」

チャールズ「きみも、なに？」

ジュヌヴィエーヴ「愛しているわ、チャールズ。あなたを愛している」

チャールズは彼女に口づけする。ふたりはさらに通廊を進む。これまで以上に背の高い扉があり、それがひらく。

○屋内：バッキンガム宮殿　控えの間　夜

ヴァンパイアの女官カーミラが、チャールズとジュヌヴィエーヴを待っている。ここが最後の広間ではあるが、これまで以上に惨憺たるありさまだ。一頭のアルマジロがジュヌヴィエーヴの足もとをすり抜けていく。カーペットは汚れている。カーミラが奥の扉まで案内し、それがきしみながらひらく。ドアマンはジョン・メリックだ。染めわけ模様の衣装のせいで、グロテスクな身体がいっそう際立って見える。

チャールズ「ごきげんよう。メリック、だったね？」

ジュヌヴィエーヴ「まあ、いったい……」

メリック「こわがらないでください、綺麗なお嬢さん。わたしは自分がなんと呼ばれているか知っています。エレファント・マンです」

チャールズ「マドモアゼル・ジュヌヴィエーヴ・デュド

ネ、ミスタ・ジョン・メリックを紹介しよう」
メリック（彼女の手にくちびるをあてて）「お目にかかれて光栄です」
チャールズ「ミスタ・メリックは女王の忠臣なんだよ」
ジュヌヴィエーヴ（静かに）「ディオゲネス・クラブの？」
メリック（ゆがんだ微笑を浮かべ）「こちらです――」

三人はつぎの通廊へとはいっていく。

○屋内：バッキンガム宮殿　通廊　夜

チャールズとジュヌヴィエーヴはメリックについて、これまで見た中でもっとも精巧な作りの扉にたどりつく。金メッキで蝙蝠の意匠が描きだされている。

チャールズ「プリンス・コンソートはこのかわいそうな男を手元において面白がっているのだ」
ジュヌヴィエーヴ「この人は怪物などではないわ。決して……」
チャールズ「きみの言いたいことはわかるよ（メリックが扉をひらく）。ジュネ、もしわたしの行為のせいできみが傷つくことになったら、心からすまないと思う」

彼はもう一度接吻し――

○屋内：寝室　夜　回想

ジュヌヴィエーヴ、くちびるを血で濡らし、チャールズに寄りそう。彼は目覚めたまま物思いにふけっている。

ジュヌヴィエーヴ「永遠にこのままでいたいわ、チャールズ。真の永遠に」
チャールズ「永遠につづくものなんて、何ひとつない――」

○屋内：バッキンガム宮殿　通廊　夜

――くちびるが離れる。扉がいっぱいにひらかれ、チャールズとジュヌヴィエーヴに照明があたる。ふたりは中に招じ入れられる。

○屋内：バッキンガム宮殿　謁見の間　夜

壊れたシャンデリアで照らされた薄暗い謁見の間は、人と獣があふれて地獄の豚小屋のようだ。汚れ破れた絵が曲がったままかかっている。さまざまな声をあげてわめく獣が、長椅子や絨毯の上に群がっている。半裸のカルパティア人が大猿と格闘している。排出物が厚く積もった大理石の床で足がすべる。いかにも隆としたヘンツォがかたわらに立っている。ルスヴンが香水をふりかけたハンカチを鼻にあて、嫌悪をこめてながめている。カルパティア人が猿の顔を床に押しつけ、背骨をたたき折った。

冷酷な笑い声がどっとあがるが、腿ほどにも太い腕がそれを静める。掲げられた手に、巨大な宝石の指輪――戴冠用宝玉《クラウン・ジュエルズ》の主眼となるべき光の山《コイヌール》――が、七つの炎を受けてきらめいている。ジュヌヴィエーヴは宝石を見つめる。それを通して、ゆがんだ巨大な姿が見えてくる。

カメラがひいてドラキュラを映しだす。彼は巨大な彫像のように玉座にすわっている。その顔は灰色にしなびた皮膚の下であざやかな赤味を帯びてふくれあがっている。新しい血でこわばった口髭が胸元にまで垂れさがり、黒々とした髪が肩をおおい、ぽつぽつと鬚ののびかけたあごには最後の食餌の血糊がこびりついている。左手は所在なげに王権の象徴である宝珠をもてあそんでいるが、それも彼の手にあるとテニス・ボールほどの大きさにしか見えない。

チャールズ（圧倒されて）「考えてもいなかった……」

アーミン毛皮を襟にあしらった黒いヴェルヴェットのマントが、巨大な蝙蝠の翼のようにドラキュラの肩にかかっている。全身が血でふくれあがり、ロープのように太い血管が腕や首でうねり脈打っている。彼が微笑すると、とがった親指ほどもある黄色い歯がむきだしになる。

ヴィクトリア女王が玉座のわきに膝をついている。その首にはスパイクを打った首輪が巻かれ、重たげな鎖でドラキュラの手首にゆったりとはまった腕輪につながれている。転化と同時に若い娘の姿にもどっているが、いまこの状況においても老女の威厳を失ってはいない。

チャールズ（頭をさげて）「陛下」

とどろくばかりの嘲笑が、牙だらけのドラキュラの口から爆発する。

ドラキュラ「われはドラキュラなり。そこなる来客は何者か」

ルスヴン「ホワイトチャペルの英雄です、陛下。この者たちのおかげで、切り裂きジャックとして知られる恐るべき殺人鬼どもを滅ぼすことができました。忌まわしき過去をもつドクター・ジャック・セワードと、ええ、おぞましき裏切り者アーサー・ホルムウッドですが――」

チャールズはドラキュラの顔に目を向ける。水の上に描かれた絵のようで、ときどき氷のように静止するものの、ほとんどの部分がつねに揺れ動いている。その下にいくつもの顔が認められる。赤い両眼と狼の牙は固定しているが、その周囲や頰の下は絶えずうごめいて形を変え、毛深い湿った鼻面になったと思うと、ほっそりと磨き抜かれた頭蓋骨があらわれることもある。

ドラキュラ（獰猛な笑みを浮かべ）「わが民よ、忠実にしてあっぱれなる働きであった。そうであろう、ヴィッキー？」

ドラキュラが手をのばしてヴィクトリアのもつれた髪をなでる。彼女はすくみあがる。玉座の壇の下に、経帷子をまとったノスフェラトゥの女が群がっている。ドラキュラの花嫁たちだ。猫のようにあさましい音をたてている。ヴィクトリアは明らかに彼女たちを恐れている。ドラキュラの巨大な指がヴィクトリアの華奢な頭蓋を締めつける。

ドラキュラ「ジュヌヴィエーヴ・デュドネか。そなたのことは耳にしたことがある。レディ、なにゆえわが宮廷を訪れてはくれなんだのだ。そなたは数百年ものあいだ、妬み深い温血者《ウォーム》を恐れながら、ひとつところに居を定めることもかなわず放浪しつづけた。不死者《アン＝デッド》の例に漏れず、地上より追放されていた。公正ならざることとは思わぬか。みずからより劣る者らに迫害され、教会の救いも法の守護も拒まれるとはな。そなたもわれも、杭をとがらせ銀の鎌をもった田舎者らに愛する者を奪われた。われは串刺し公《ツェペシュ》と異名をとるが、ルーシー・ウェステンラの心臓を貫いたはドラキュラではなかった。わが闇の口づけは甘美なる永遠の生命をさずけ、銀のナイフこそが空虚にして無限の冷たい死をもたらす。暗い夜の末に、われらは立ちあがり本来の権利を手に入れた。わが行為はあらゆるノスフェラトゥのためのものである。もはや誰ひとり、温血者《ウォーム》のあいだでみずからの性癖を隠す必要も、脳髄を焼く赤い渇きに苦しむ必要もない。シャンダニャックの闇の娘よ、そなたもその恩恵にあずかっていよう。しかしてなおドラキュラを愛さぬというか。悲しむべきことだ。狭量にして忘恩の娘よ。そなたは孤独ではなかったはずだ、ジュヌヴィエーヴ・デュドネよ。そしていま、そなたは友に囲まれているではないか。そなたと肩を並べ得る仲間たちに」

ジュヌヴィエーヴ「わたしは公よりも半世紀はやく不死者《アン＝デッド》になった。わたしが転化したとき、公は腕に抱かれる赤ん坊にすぎなかった。串刺し公よ、わたしには肩を並べ得る仲間などいない」

　ドラキュラがジュヌヴィエーヴをにらみつける。

チャールズ（上衣の内側に手をいれながら進みでて）「さしあげたいものがあるのですが。イースト・エンドでの冒険の記念品です」

　チャールズは内ポケットから包みをとりだし、布をひらく。銀の光がほとばしる。物陰で騒々しく食餌をしていたヴァンパイアたちがふいに静まる。ちっぽけな刃が輝いて、広間全体を照らしだす。ヘンツォ率いるカルパティア人たちがお楽しみの手をとめ、ボウルガードの背後で半円をつくる。ハーレムの花嫁も何人か、赤い口を濡らし、ものほしげに立ちあがる。

ドラキュラ（怒りながらも面白そうに）「そのちっぽけ

な針でわれに歯向かわんとするのか、英国人よ」
チャールズ「さしあげると申しあげたが、公にではない。これは女王陛下にさしあげよう」

チャールズがナイフを投げる。ドラキュラの目にひらめく銀が反射する。ヴィクトリアが宙でメスをつかみとる。

ヴィクトリア「神よ、われを許したまえ」

ヴィクトリアは刃を乳房の下にすべりこませ、心臓を貫く。すみやかな死が訪れる。喜びのうめきをあげながら、壇上からころがり落ちるとともに、鎖がほどける。ルスヴンが女たちを押しのけてヴィクトリアの身体につかみかかり、一動作でメスを抜き取る。祈りの力で蘇生させようとするかのように、傷口に手をあてる。無駄だ。ルスヴンが銀のナイフを握ったまま立ちあがる。指が煙をあげはじめたので、声をあげてメスを投げ捨てる。飢えと怒りで形相の変わりつつある花嫁たちに囲まれて、ルスヴンが華麗な衣装の中で身ぶるいをする。

ルスヴン「これで終わりですよ、公。奥方が崩御なされたいま、あなたに統治の権利はない」

チャールズは死を覚悟してじっと立っている。ドラキュラがマントを雷雲のようにはためかせて立ちあがる。口から巨大な牙がむきだし、両手は槍を埋めこんだ肉塊のようだ。無意味となった鎖を手首からぶらさげたまま片手をあげ、チャールズを指さす。言葉にならない怒りと憎悪が吐きだされる。

チャールズがあとずさる。ヴァンパイアたちがふいに正気づいて集結する。ハーレムの女と近衛将校。まず女たちがとびかかって彼を床に押し倒し、爪をかけ——

ジュヌヴィエーヴは乱闘の中から地獄の雌猫を一匹引き剥がし、部屋の向こう端に投げつける。倒れた女にむかって威嚇の音をたて、牙をむく。怒りが力をもたらしている。こぶしと爪をふるってどうにかチャールズをひきずりだす。ほかの雌どもに唾を吐きかけ、金切り声をあげ、髪をひっぱり、赤い目をかきむしる。チャールズは血を流しながらもまだ生きている。

花嫁たちがジュヌヴィエーヴの周囲からあとずさる。チャールズはかたわらに立ったまま、まだぼんやりしている。ドラキュラの戦士ヘンツォが進みでてくる。こぶしを握ると、関節から骨がすべりだす。それがまっすぐにどんどん長く鋭くなって、生きた剣をつくる。

ジュヌヴィエーヴは骨剣の届かない距離までとびすさる。廷臣たちが懸賞試合を観戦するように輪をつくる。死んだ女王とつながれたまま、ドラキュラも見物している。ヘンツォが円を描くように移動し、剣がすばやくひらめく。刃が空を切る音と同時に、肩が裂け、ドレスに赤い筋がしたたる。ジュヌヴィエーヴは足台をつかみ、楯のようにかざしてつぎの攻撃をかわす。ヘンツォの剣が布とクッションを切り裂き、木材に突き刺さる。剣をひきもどすと馬の毛がこぼれる。

ヘンツォ「椅子で戦うのか、え?」

ヘンツォの突きが顔のそばをかすめ、幾房かの髪が宙を舞う。ぼろぼろになった従僕を片手に、メリックがチャールズの仕込み杖を投げてよこす。ヘンツォの一撃がジュヌヴィエーヴの手から足台をたたき落とす。ヘンツォはにやりと笑って、心臓を貫こうと剣をひいてかまえる。チャールズはヘンツォの剣をはじいて狙いをそらし、返す動きで切っ先をヘンツォのあごの下にすべりこませる。剛毛を縫って皮膚が裂け、骨をかすめる。

ヘンツォがうなりながらチャールズに向きなおる。攻撃に転じ、蜻蛉のように剣先をくりだしてくる。チャールズはすばやい一連の攻撃をかわすが、押されて胸に一撃をくらう。チャールズが倒れる。ヘンツォが剣をふりあげる。刃が音をたてて落ちてくる。チャールズはジュヌヴィエーヴに一瞥を投げ、自分の剣をふりあげる。ヘンツォの腕が銀の刃にあたる。剣をつくる腕が肘のところで切断され、ごろりと床にころがる。

チャールズはヘンツォに駆け寄って心臓を貫き、ヴァンパイアの死体から剣を引き抜く。(*10)

ドラキュラが鼻孔から湯気を噴きながら、玉座をおりてくる。変身がはじまり、翼がひろがる。

ジュヌヴィエーヴがチャールズを扉のほうに押しやる。その途中にルスヴンがいる。

ジュヌヴィエーヴ「どきなさい、ルスヴン」

ルスヴンはためらい、それから道をあける。

ジュヌヴィエーヴ（穏やかに）「それが賢明よ、閣下」

メリックが扉を押さえている。ドラキュラの影がひろがり、その怒りが霧のように手をのばしてくる。

○屋内：バッキンガム宮殿　通廊　夜

ジュヌヴィエーヴがチャールズに手を貸して謁見の間をとびだす。彼女が彼の顔についた血をなめる。

チャールズ「どうしても言えなかったんだ」

ジュヌヴィエーヴは彼を黙らせる。メリックが扉を閉めて、そのまま巨大な背中で押さえこむ。

メリック（吠えるように）「行け《ゴー》」

扉の向こうから何かがぶつかり、メリックの頭の上で木材が裂け、爪の長い手がとびだしてくる。手はこぶしをつくって穴をひろげようとしている。ジュヌヴィエーヴはメリックに挨拶をして、チャールズを助けながらよろめく足を踏みだす。チャールズの胸の傷から大量の血があふれている。

○屋内：バッキンガム宮殿　控えの間　夜

チャールズとジュヌヴィエーヴが走っている。背後の扉が破られる。なだれ落ちる木材と駆け抜ける足の下で、メリックが踏みつぶされる。あとを追う廷臣の群がどっと通りすぎていく。その中にちらりと巨大なドラキュラの姿が見える。

○屋内：バッキンガム宮殿　大理石の広間　夜

チャールズとジュヌヴィエーヴがとびだして、仕着せ姿のヴァンパイアたちを驚かせる。ジュヌヴィエーヴはチャールズをひっぱっていく。雷鳴のような追跡の音が聞こえる。足音の中に、ひとつだけはためくような音がまじる。風に煽られながら、チャールズとジュヌヴィエーヴはよろよろと正面玄関を出ていく。

○屋外：バッキンガム宮殿　夜

空は血のように赤い。炎が燃えている。チャールズとジュヌヴィエーヴは王宮を出る。

チャールズ（さけぶ）「女王陛下崩御。ドラキュラの支配は終わった」

ジュヌヴィエーヴは脱出路をさがす。群衆が怒鳴り、柵が揺れている。人々が押し寄せてくる。ゲートがゆがむ。チャールズとジュヌヴィエーヴはころがるように階段をおり、ゲートにむかう。中国娘が会釈を送り、ミスタ・イーが鉄格子をつかんで鍵を壊す。ゲートが破壊され、チャールズとジュヌヴィエーヴは群衆にとりまかれる。

チャールズ（弱々しく）「ジュネ、ジュネ、ジュネ」

ジュヌヴィエーヴ「黙って。急ぎましょう」

廷臣たちが出てきてカルパティア人といりまじり、さらに群衆が合流する。暴動のような騒ぎだ。松明や木の十字架が高く掲げられる。ジュヌヴィエーヴはまだチャールズを支えている。

非人間的なほど巨大なドラキュラが生きた影となってあらわれ、赤い目でながめている。

男装したケイトが杭をよじのぼってヴァン・ヘルシングの首を抜きとり、勝ち誇って高々と掲げる。戦いがひろがる。「ドラキュラに死を！」の声。中国娘が空を指さす。夜よりも深い闇が押し寄せてくる。巨大な影が一面にひろがり、群衆をのみこむ。一対の赤い月が見おろしている。翼がゆっくりとはばたいて、人々を煽り倒す。王宮の上空いっぱいに、蝙蝠のようなものがおおいかぶさっている。

一瞬、群衆が沈黙に閉ざされる。それからそれに対して声があがる。

ケイト「ドラキュラに死を!」

チャールズ「ケイト・リード、反政府主義の天使――」

さらに多くの声が加わる。松明が宙に投げあげられるが届かずに落下する。舗道から引き剥がされた石が投げられ、発砲する者もある。巨大な影が空高く舞いあがる。カルパティア人たちがサーベルを手に群衆に襲いかかる。群衆は簡単にメインゲートの外に押しもどされる。

全員「ドラキュラに死を! ドラキュラに死を!」

チャールズ「終わった。ドラキュラの支配は破れた」

チャールズが気を失い、ジュヌヴィエーヴは人々の流れから彼を運びだす。

○屋外:王宮に近い静かな場所　夜

ジュヌヴィエーヴは彼を横たえ、服をひらく。傷は深い。ジュヌヴィエーヴがふり返る。

ドラキュラは王宮の屋根にとまっている。ガーゴイルじみた姿がマントのように翼を巻きつけている。夜の中で炎が高く燃えあがる。

マイクロフト(声のみ)「帝国は火薬庫になった――そしてロンドンはいつも導火線なのだよ、ボウルガード。どのようなきっかけでも火をつけることができる」

ジュヌヴィエーヴ「チャールズ、わたしにはあなたを救うことができるわ。チャールズ、飲んでちょうだい――。転化して、そして生きて」

ジュヌヴィエーヴは自分の手首に歯をたてる。

血があふれてチャールズの顔にこぼれる。視線をあげたチャールズは、目もかすみ、いまにも死にそうだ。だが彼は首をふる。

ジュヌヴィエーヴ「あの男のようになる必要はないのよ。あの連中のようにも。わたしのようになる必要だって。ただ、生きてさえいてくれれば――」

チャールズ「永遠に愛しているよ」（血が彼のくちびるに落ちる）

ジュヌヴィエーヴ（ささやく）「永遠に」

チャールズが血を飲む（＊11）。ふたりを残してカメラがひいていく。女王崩御のニュース、暴動への呼びかけがひろがっていく。

○屋外：ロンドン　夜

ドラキュラの影。翼をたたんでしだいに小さくなる。

（＊10）このシーンによって、映画シナリオにおけるヘンツォの非道さが強調され、また、アーサーとの試合を経たチャールズが真剣勝負においてヴァンパイアに打ち勝つ技術と意志を獲得したことが示される。さらにはジュヌヴィエーヴに噛まれたことでさらに鋭い反射神経が得られたことをも示唆している。

（＊11）これまた異なるエンディングである。チャールズは瀕死の状態にあり、ジュヌヴィエーヴは自分の血で彼を救おうとしている。スチュアートとアンドレはチャールズが転化する可能性があることを示しておきたいと主張した。それは最高の山場になるだろうが――つづきを映画化するときのために、結末は曖昧にしておかなくてはならない（以後のシリーズで、チャールズはヴァンパイアになっていない）。一九五九年に時代を設定した第三作を書くとき、わたしはこのシーンを裏設定に含め――小説のエンディングは、このささやかなシーンが起こら**なかった**とは告げていない――チャールズの長寿の説明とした。

# ドラク・ザ・リッパー

Drac the Ripper

もし……ドラキュラ伯爵が切り裂きジャックだったら？

ある意味、あまりにも見え透いているのではないか。ドラキュラと切り裂きジャックが双方ともに数多くのスピンオフ作品を生みだしていることを思えば、そんなアイデアなどもうすでに誰かが使っているだろう。だが、そんなことはない……。むしろ、ミスタ・ハイド——異国の野蛮人ではなく、ヴィクトリア朝社会の中から生まれた怪物のほうが、ホワイトチャペル殺人鬼の容疑者にははるかにふさわしいのだ。ハイドは少なくとも二本の映画で切り裂きジャックになっているし（『ジキル博士とハイド嬢』Dr. Jekyll and Sister Hyde（ロイ・ウォード・ベイカー監督　一九七一年）および『ジキルとハイド』Edge of Sanity（ジェラール・キコワーヌ監督　一九八九年））、リチャード・マンスフィールド（一八八八年にフィクションの悪党が現実の殺人鬼を不快に想起させるかもしれないことを恐れ、『ジキルとハイド』Jekyll and Hyde の舞台上演を中止したといわれている俳優）は、一九八八年にマイケル・ケイン主演のTVシリーズ『切り裂きジャック』Jack the Ripper において偽の容疑者のひとりとされている。ヴィクトリア時代の抑圧された中産階級市民——いつもは鳴りをひそめている怪物を心の中に飼っている——を殺人者と見なす一般的な傾向は、スティーヴンスンの『ジキル博士とハイド氏』Strange Case of Dr Jekyll and Mr Hyde（一八八六）からはじまったのである。スピンオフ作品を並べてみるならば、一連のシャーロック・ホームズ作品の登場人物も大勢——ホームズ、ワトスン、ワトスンの浪費家の兄弟、モリアーティ教授、アセルニー・ジョーンズ警部らが、ひそかに切り裂き魔として描かれている。

では、なぜドラキュラは描かれたことがないのだろう。ブラム・ストーカーの小説において、かのヴァンパイアは——おそらく一八八五年から一八九三年のあいだに（諸説あるが）——ロンドンにやってきて、生まれのよい英国婦人たちを襲ったことになっている。住所もわかっている（イースト・エンドのいくつかは疑わしいが）。彼がルーシーの、そのあとにはミナの、より洗練された血を奪いにくるあいだの時間を使って、もっと簡単に手に入る街娼で渇きを癒さなかったことを示す証拠はない。

犠牲者の遺体を切り刻むのにはふたつの利点がある。首筋の特徴的な傷痕をごまかすことと、血を失った死体がヴァンパイアとしてふたたび立ちあがるのをふせぐことだ。いいだろう、そう信じて書いてみよう……。ぼんやりとではあるが、まさしくそんなふうに関連づけたドラキュラの改作をひとつ、記憶している。シャーロック・ホームズも登場した。一九七〇年代の、マーベル社のモノクロ・コミックだった。だがそれも、まとまった物語というよりはメモとアイデアの羅列にすぎなかった。ハリー・タートルダヴの短編に切り裂きジャックがヴァンパイアであるというものがあるが（Gentleman of the Shade）、〝かの〟ヴァンパイアというわけではない。図書館を徹底的にさがせば、切り裂き魔をからめたヴァンパイア物語は数多く見つかるし、逆もまた同様である。

　そして私自身も、(a)ドラキュラについて(b)切り裂きジャックについて描いた『ドラキュラ紀元一八八八』を携え、（いまや人気絶頂の）ヴィクトリア朝歴史ファンタジーに参入した。前提条件は、数多く存在する〝ナチが第二次大戦に勝利した〟物語と同じだ。ドラキュラがヴァン・ヘルシング教授一党を打ち負かしてヴィクトリア女王と結婚し、公然たる生活を送るべくおびただしいヴァンパイア――数多くの小説や映画から拝借してきた――をロンドンに呼び寄せた時空間を舞台としている。わたしはこのアイデアを十年ほど温めていた。執筆を開始するきっかけとなったのは、物語の骨格としてホワイトチャペル殺人事件の史実が使えるのではないかと思い至ったことである。だがわたしはドラキュラを切り裂き魔とはせず、逆に犠牲者をヴァンパイアとし、ヴァンパイア殺しの犯人をドクター・セワードとして――できるだけその動機をブラム・ストーカーが描いた性格や事件と結びつけた。ストーカーによると、セワードはドラキュラ出現以前から、鬱病の発作と不幸な恋愛経験と麻薬常習癖に苦しんでいた。少なくともそれらは、精神に異常をきたした医師が個人的な改革運動に熱中するという、『下宿人』The Lodger: A Story of the London Fog（アルフレッド・ヒッチコック監督のスリラー映画。一九二七年作品）から『フロム・ヘル』From Hell（アラン・ムーア原作、アルバート&アレン・ヒューズ監督の映画二〇〇一年作品）にいたるまで、数多くのフィクションが提唱してきた切り裂き魔像に合致する。しかも彼は〝ジャック〟と呼ばれているのだ。わたしはドラキュラと切り裂きジャックを――そしてドクター・ジキル、レストレイド警部、ルル、ドクター・モロー、その他大勢を、物語中にとりこみたいと考えた。もちろん、わたしの描いた各フィクションのキャラクターこそがほんものであると主張するつもりもないし、物語中に

（しばしばヴァンパイアとして）登場する実在の人物（オスカー・ワイルドやヴィクトリア女王ら）が正確な歴史的描写であると主張するつもりもない。とはいえ手を抜いたと言い訳もしない。事実、かなりの調査をおこなったのだから。

　執筆中にも――ユージン・バーンとニール・ゲイマンとともに〈ザ・トルース〉誌に書いたスーティ（あなたが英国人でないなら誰かにたずねてごらん（Sooty ハリー・コルベットがつくりだしたクマのパペット。黄色い身体に耳だけが黒い。スーティ・ショウという子供番組をもつ））を切り裂き魔にしたてあげたユーモア小編はさておき――ドラキュラは切り裂き魔ではあり得ないというわたしの確信はいっそう動かぬものとなっていった。さらに範囲をひろげて切り裂き魔たる可能性のあるフィクション・キャラクターをさがすならば、アガサ・クリスティの格言にならって、もっともあり得なさそうな容疑者を追うべきだろう。連続女性殺人犯としてすでに有名な人物（たとえば、切り裂き魔ではないが有名な殺人鬼ドクター・クリーム（Dr. Thomas Neill Cream 一八五〇－一八九二 別名ランベスの毒殺魔。ストリキニーネで何人もの娼婦を殺害した。絞首台で「I am the Jack……」と言ったが、自己顕示欲による嘘と見なされている）のような）や、その夜のアリバイがあやしい人物、ましてや、いまにも立ちあがって〝余は弾劾す《ジャキューズ》〟とさけびだしそうなずらりと並んだ敵役の面々は、黒マントの裏地に燻製ニシン《レッドヘリング》（人の注意を他に反らすもののたとえ。ミステリーにおいては特に、偽の手がかりを示す）を縫いつけているのだ。そうした状況下では、犠牲者の財布がうしろポケットにはいってさえすれば、ドラキュラ伯爵はこの件において完全に無実であると、ポワロやミス・マープルもどきたちが証言してくれる。そしてそうした燻製ニシン《レッドヘリング》は本の終わり近くになるまで噛みつづけられたすえに吐きだされ、教区牧師や八歳の子供が真の殺人者として正体を暴かれるのだ。

　では、ドラキュラでないとすれば誰がいるだろう。可能性はいくつかある。『真面目が肝心』The Importance of Being Earnest（オスカー・ワイルドによる喜劇。一八九五年にロンドンで初演された）から、ジャック（またこの名前だ）、もしくはアルジイはどうだろう――〝バンバリする〟という言葉は、単なる怠惰ゆえに社交界から説明なく姿を消すという状況以上に、邪悪な意味を秘めてはいないだろうか（主人公アルジャーノンは社交界がいやになると、実在しない病弱な友人バンバリの見舞いに行くと言ってロンドンを逃げだし、その習慣を〝バンバリする〟と呼んでいる）。E・M・フォースターの『ハワーズ・エンド』Howards End（一九一〇）に出てくる〝財界の巨人〟ヘンリー・ウィルコックス（そう、アンソニー・ホプキンスが演じたあれだ）――物語の終わり近く、欲深い元娼婦が偽善者のこの老人こそ自分を破滅に導いた男であると認めるあたりで、複雑な背景が明らかになってくる。ウェルズの火星人――特大コートの下に触手を隠した先発偵察員が、全面的侵略のゴーサインを出す前に、食材として適切かどうか判断しようと実験的に人体を分解しているのだ。ドリアン・グレイ——これもまたあからさますぎる（オスカー・ワイルド作『ドリアン・グレイの肖像』The Picture of Dorian Gray（一八九〇）。美青年ドリアンは、老いも衰えも肖像画にあらわれ、本人は若い美貌を維持したままであるため、放蕩の限りをつくす）。マーロウ、もしくは世界中を旅するコンラッドの冒険者の誰かが、闇の奥の体験によって正気を失ったのだろうか（マーロウはジョゼフ・コンラッドの『闇の奥』Heart Of Darkness（一九〇二）の主人公。アフリカ奥地で恐ろしい体験をする。一九七九年の映画、フランシス・コッポラ監督『地獄の黙示録』Apocalypse Now の原案）。〝行動した女〟（グラント・アレンの The Woman Who Did（一八九五年）より）は？　チャールズ・プーター（ジョージ&ウィードン・グロウスミスのコミックノヴェル『無名なるイギリス人の日記』The Diary of a Nobody（一八九二）より）が、〝無名〟であるがゆえの自意識を肥大させたあげく、考え得る最悪の方法で〝何者か〟になろうとしたのだろうか。モウグリ（ラドヤード・キップリング『ジャングルブック』The Jungle Book（一八九四）の主人公。狼に育てられた少年）が、帝国の中心に連れてこられて獣性をよみがえらせたのだろうか。アルフレッド・ドゥーリトル（ジョージ・バーナード・ショーの戯曲『ピグマリオン』Pygmalion（一九一三）の登場人物。主人公である花売り娘イライザの父親。ジョージ・キューカー監督、オードリー・ヘプバーン主演の映画『マイ・フェア・レディ』My Fair Lady（一九六四）ではスタンリー・ホロウェイが演じた）が、不義理な娘イライザを生んだ娼婦をつかまえようとしたのだろうか。

あいにくながら、これら非実在キャラクターの誰ひとりとして、しばしばスポットのあたる著名なヴィクトリア時代人たちと同じく、わたしの目には容疑者らしく映

らないのである。

From *The Ripperologist #60*, 2005

# 死者ははやく駆ける

Dead Travel Fast

巨大な工場の中で、溶けた鉄が滝のように落ちて細長い鋳型に流しこまれる。今日は、グレート・ウェスタン鉄道（イギリス四大鉄道のひとつ。一八三三年に設立され、ロンドンとイングランド南西部、南ウェールズ地方を結んでいた）プリマスーペンザンス路線のために、新しいエンジンの車台が鋳造されるのだ。

マシンガムは一瞬、地獄のような光と、恐ろしい轟音と、耐えがたい熱気にとまどった。幾度足を運んでも鋳造所には慣れることができない。ここで働く者たちはしばしば、耳が聞こえなくなったり、目が見えなくなったり、神経障害を起こしたりする。

あたりを見まわしてド・ヴィユ伯爵をさがした。異国の客は、溶けた金属の飛沫がかかりそうなほど鋳型に近い、危険な場所に立っていた。やわらかな赤いしずくは酸の銃弾のようだ。一秒あれば、人の胸や頭を貫く。二十年ここで勤務しているあいだに、マシンガムは幾度となくそうした事故を目撃してきた。

誰であれ、鋳型のあんなそばまで客を近づかせた者は厳しく叱責される。作業員が不注意から障害を負ったり死亡したりしても問題は大きいが、有力者のコネで見学にきた部外者をそんな目にあわせれば、世間の酷評は避けがたい。そんな惨事が起こったら、理事会は間違いなくマシンガムに責任を押しつけるだろう。

ド・ヴィユ伯爵は暗い真紅に縁どられた黒い影だった。ふつうなら目がつぶれるだろう苛烈な灼熱光をものともせず、白く焼けた鉄をじっと見つめている。マシンガムが知っているのは、この伯爵が異国の紳士で、鉄道に深い興味を抱いているということだけだ。理事会は、この紳士にうまくとりいれば、彼の故国が鉄道を敷設するときに口をきいてもらえるのではないかと期待している。世界の三分の二は、この鋳造炉でつくられたレールを敷き、この工場で組み立てられた車両に乗り、この社で製品化される蒸気機関で走っているのだ。

「ド・ヴィユ伯爵」マシンガムは咳払いをして呼びかけた。

騒音のすさまじい鋳造所ではなく、ソーサーにあたるティーカップの音しか聞こえない客間にいるかのようにごくごく物柔らかな声だったが、目が頑強であるように、伯爵は耳もまた鋭かった。ふり返った彼の目は溶鉱炉を反射して赤く燃えている。伯爵は腰を折って軽く頭をさげた。

「副支配人のヘンリー・マシンガムと申します。わたくしがご案内いたします」

「すばらしい」伯爵が言った。「この見学により、われは間違いなく最高に新しい知識と理解を得るであろう。そなたの偉大なる帝国に比べれば、わが国ははなはだしく遅れている。ぜひとも現代の驚異のすべてを見せてほしい」

さして張っているようでもないのに、その声は騒音の中でもはっきりとひびく。母音を長くひっぱるため、英語が母国語でないことは明らかだが、わずかに歯擦音がまじることをのぞけば子音に問題はない。

おおいに安堵しながら、マシンガムは長身痩躯の異国人を案内して、鋳造棟を離れた。表に出てからもしばらくのあいだ、騒音が耳の中で反響する。そよ風の吹く涼しい日であるにもかかわらず、まだ頬に鋳造棟の強烈な熱気が感じられる。

分厚い雲が太陽を隠している昼間の屋外に出ると、伯爵の姿もそれほど地獄じみてはいない。ローマカトリック教会の神父のように完全な黒づくめで、絶対にロンドン仕立てではあり得ないぴったりと全身を包む衣服の上に長いマントを羽織り、険しい山岳地帯にふさわしいどっしりとしたブーツを履いている。奇妙なことに、そうした装いの仕上げなのか、頭には安物の麦藁帽をかぶっている。海辺で日射しを避けるために買って、日が暮れるころにはなくしてしまうようなやつだ。おかしな話ではあるが、きっと伯爵はとんでもなくその帽子が気に入っているのだろう。英国にきてはじめて購入した品なのかもしれない。

そういえばマシンガムは、伯爵がどこの国の出身なのか知らない。ド・ヴィユという名前はフランス人のようだが、ざらざらした発音は中央ヨーロッパ——ロシアとオーストリア＝ハンガリー帝国のあいだで定まることなくしじゅう移り変わっている、あの奥深い地方を思わせる。高低差のある山岳地帯に鉄道を敷くには、ずいぶんな経費がかかる。そうした地域に鉄道網を提供する契約を結ぶことができれば、社にとっては長期にわたる高収入源が確保されることになる。

マシンガムは工場を案内し、最初の鋳造からボイラー板の非常に細かい作業、そして最後の真鍮磨きの仕上げにいたるまで、エンジン製造の全工程を紹介した。伯爵は小さな子供のように、とりわけ汽笛がお気に召したようだった。工場長はテストベッドの上でエンジンを始動させた。すべて、ド・ヴィユ伯爵が鎖をひいて、鉄の巨人が人里離れた駅に到着することを知らせるはずの甲高いポッポーという音を鳴らし、子供っぽい楽しみにふけるためである。

ド・ヴィユ伯爵は、遠い国にいたときからブラッドショーの時刻表を暗記していたほどの、すこぶるつきの熱狂的鉄道ファンだ。そしていま、長年文字で読みながら想像することしかできなかったプロセスを、はじめて目の当たりにしている。どうやら伯爵は、主として帳簿付けの監督が仕事であるマシンガムよりも汽車にくわしいらしく、最後にはマシンガムから受ける以上の講釈をみずから滔々とならべはじめた。

「地球全域に鋼鉄のレールを敷けば、世界はどのように変容するであろうな」熱狂的に伯爵は語った。「人も荷物も封印された貨車に乗せ、世界が眠りにつくあいだ、闇の中を移動する。国境も無意味となり、距離も問題ではなくなる。汽笛の音のもと、新たなる文明が興るであろう」

「はあ、たしかにそのとおりです」

「われは海を渡ってこの国にきた」ド・ヴィユは悲しげにつづけた。「われは救いがたいほど過去の生き物なのだ。だがわれはこの新しい世界を征服してみせる。ミスタ・マシンガム、鉄道員になることは、われのもっとも偉大なる野望なのだ」

信念あふれるその言葉にはなにか奇妙なものが宿っている。

見学が終わり、マシンガムはどうにかしてド・ヴィユ伯爵を会議室に連れていきたいと考えていた。そこでは重役たちが歓待のためポートワインとビスケットを用意し、手ぐすねひいて待ちかまえている。どのような契約が可能かさりげなくもちかけながら、その実、心の奥ではたしかな言質と署名を得ることなく伯爵を逃してなるものかと決意している。マシンガムの同席は必要ないが、契約が結ばれたときには彼の果たした役割も考慮してもらえるだろう。

「あの建物は何か」

ド・ヴィユ伯爵が、見学コースに含まれていなかった納屋のような建物を示してたずねた。敷地の忘れられた片隅、捨てられて錆びたレールの山のむこうに立っている建物だ。

「なんでもございませんよ、伯爵」マシンガムは答えた。「修理《ティンカリング》小屋ですが、実際には使われておりません」

ド・ヴィユ伯爵は〝ティンカリング〟という言葉にいたく興味をひかれたようだった。（修理のほかに、〝機械をいじりまわす〟、〝鋳掛け〟などの意

味がある）

「それはなんとも興味深い、ミスタ・マシンガム。是が非でも中を見てみたい」

　あの建物は機密扱いになっている。伯爵が他社のスパイである可能性はなさそうだが、だからといって当社がどのような研究をしているか知らせるのは賢明ではない。マシンガムはしばし口髭を噛んでためらった。それからふと、いま在籍している〝修理屋《ティンカラー》〟は、とんでもないからくり仕掛けをつくるジョージ・フォーリーひとりであることを思いだした。伯爵にあの白い象（費用ばかりかかる厄介もののこと）を見せても害はあるまい。もっとも、あのように成功の見こみのない無謀な計画に金を投げだす会社であると見なされ、よそへ話をもっていかれてしまう恐れはあるが。

「弊社では発明家に場所を提供しております」マシンガムは説明した。「わたくしは、まぎれもない狂人に避難所を提供してしまったのではないかと心配しているのですが。ですが、あの突拍子もない研究成果をごらんになるのは面白いと存じます」

　そして伯爵を二重扉の内側へと案内した。

　銃声が何発かひびき、納屋のブリキ屋根がかたかたと鳴った。燃える炎が薄闇を照らしだす。

　マシンガムはその瞬間、ド・ヴィユ伯爵が暗殺計画の犠牲になったのではないかと不安にかられた。誰もが知ることであるが、無政府主義者どもは、残忍な先祖により何世紀にもわたって強いられてきた圧政に対する報復として、彼らバルカンのお歴々に銃弾を食らわせようと躍起になっているのだ。

　硫黄のにおいが鼻孔を刺激した。異臭を放つ煙が天井へと漂っていく。ばしゃり、しゅー。ささやかな火事がバケツ一杯の水で消しとめられた。

　つまりは銃声ではなく、小さな爆発だったのだ。フォーリーがまたもや馬鹿《フォーリー》をしでかしただけのことだ。マシンガムは安堵しながら袖でひたいをぬぐったが、顔がざらざらした油っぽいものでおおわれていることに気づき、またいらだちをつのらせた。

　煙と湯気のむこうに、フォーリーと相棒のジェラルド少年の姿が見えた。ズールー族のように真っ黒な顔をして、浮浪者のようにぼろぼろのオーバーオールを着て、機械についてあれこれ議論を戦わせている。ジョージ・フォーリーはまだ若く、まぎれもない才能をもっているにもかかわらず、残念ながらその心は蝶のようにうつろいやすく、いつもその時点におけるもっとも非実用的で無意味なものにとまろうとするのだ。

「まことに申し訳ありません、伯爵」マシンガムは謝罪した。「この者たちは爆発によって動くエンジンという突飛なアイデアに邁進しているので、どうしてもこのような事態を引き起こしてしまうのです。爆発などさせれば吹っ飛ぶに決まっているのですがね」

「燃焼だ」フォーリーが反論した。「爆発ではないぞ」

「それは失礼、フォーリー」とマシンガム。「地獄《インファーナル》の燃焼だな」

フォーリーが提出した企画書はしばしば副支配人たちのもとまでまわされ、そのユーモア感覚で一時の安らぎをもたらしてくれる。

「〝内部《インターナル》の〟だよ、内燃機関だよ」ジェラルドが金切り声をあげる。

彼は十一歳で、いつも油にまみれ煤で黒く染まっているため、本来の髪や肌がどのような色なのか、見当もつかない。

「わたしが最初に選んだ言葉のほうがふさわしいと思うがね」

「そうかもしれないけれどさ、マシンガム、とにかく見てみろよ……」

爆発を起こした機械が、いまやふるえながら騒々しくうなり、不快な煙をあげている。クランクがベルトをまわし、ベルトが車輪を回転させる。この手の玩具なら以前にも見たことがある。

「蒸気の五倍も強力なんだぞ」とフォーリー。「もしかしたら十倍、十二倍だって……」

「死人が出る確率も五倍なんだろう」

「蒸気だとて初期には大勢の人死にを出したではないか」と伯爵。

伯爵はフォーリーのエンジン内部をのぞきこみ、みごとに噛みあって回転する可動部に感嘆している。油圧ピストンとレヴァと歯車からなるとてつもなく複雑な玩具。子供の考える〝すばらしい機械〟というやつだ。

「失礼ですが、そちらさまは……」フォーリーが声をあげた。

「こちらはド・ヴィユ伯爵だ」マシンガムは紹介した。「異国からおいでになった、わが社の大事なお客さまだ。鉄道に関心をもっておられる」

「旅だ」と伯爵。「われが関心をもつは旅である。未来の輸送手段だ」

「だったらまさしく正しい場所においでになりましたね、伯爵さま」フォーリーは汚れた手をさしだしはしなかったが、踵をかちりとあわせ敬礼せんばかりの勢いで挨拶をした。「わたしはここで、この研究室をのぞくわが社すべてを弔う鐘を鳴らしているんです。わたしの輸送手段、馬のない馬車が実現すれば、駅馬車が汽車によって駆逐されたように、蒸気機関など時代後れの産物になるでしょう」

「馬のない馬車だと？」伯爵はその概念を心の中でころがすように彼の言葉をくり返した。

「奇跡でさぁ、伯爵さま」ジェラルドが目を輝かせる。フォーリーが誇らしげに、すでに油だらけの鳥の巣のような、忠実な子分の頭をくしゃくしゃとかきました。

マシンガムは苦笑をこらえた。

フォーリーは伯爵を、固定された台の上でまだふるえているエンジンの横を抜け、干し草を積んだ小型荷車くらいの大きさの、防塵シートをかけた物体の前に案内した。発明家と機転の利くジェラルドが帆布をもちあげ、とりはらう。

「これがわたしの燃焼機関駆動車です」フォーリーが誇らしげに宣言した。「もちろん、名称は変えますよ。たぶん、ガソリン二輪馬車《カレーシュ》とか、自動車《オートモビル》と呼ぶことになると思います」

その発明品は縁の分厚い四つの車輪の上にまっすぐに鎮座していた。台の上、フォーリーの燃焼機関の背後に、小さな御者台がとりつけてある。

「最終形態としては、雨風にさらされることがないよう、また防音のために、エンジンにカヴァをかける予定です。煙はこのパイプから排出されます」

「車輪の縁が平らである。つまり、レールの上を走るのではないのだな」伯爵がたずねる。

「レールですか」フォーリーが軽蔑をこめて吐きだした。「ええ、もちろんちがいますとも。こいつは道を走るんです。道がなくとも、ある程度平らなところならどこでも大丈夫です。ご存じのように汽車には大きな制限があります。まず、莫大な費用をかけてレールを敷かなければ動かすこともできません。ですがわたしの乗り物は自由です。最終的にはどこへでも行くことができるでしょう」

「まっすぐにしか進めぬのではないか」

「船の舵のように、方向指示装置で前輪を動かします」

あまりの馬鹿馬鹿しさにマシンガムのいらだちがつのる。

「伯爵さま」フォーリーはつづけた。「ミスタ・マシンガムは根っから疑ってかかっていますが、わたしは予言します。この装置はわたしたちの知る世界を変えてしまうでしょう。それも、すばらしくよい方向にです。街路が馬糞でおおわれることもなくなる。馬がとつぜん走りだしたり乗り手を投げだしたりして、怪我人や死人が出ることもなくなる。衝突による大事故もなくなります。この乗り物は方向を変えてたがいに避けることができるんですからね。馬のようにパニックを起こすこともないし、汽車のように決まった場所しか走れないわけでもない。もちろん、脱線事故などあり得ませんよ。燃焼機関駆動車の第一にして最大の特色は、安全であるということです」

　伯爵はその乗り物の周囲をまわりながら、ありとあらゆる細部に目をやり、鋭い歯を見せて微笑している。ド・ヴィユ伯爵にはどこか獣じみたところがある。子供っぽいと同時に恐ろしくも感じられる一途さだ。

「乗ってみてもかまわぬか」伯爵が座席を示してたずねた。

　フォーリーはためらったが、いずれ出資してもらえるかもしれないと考えたのだろう、肩をすくめた。

　ド・ヴィユが座席にすわった。体重で車体が沈む。ハンサム馬車と同じく、車軸にはサスペンションがついている。伯爵が両手をかけたが、巨大なハンドルは運河の水門を動かす仕掛けのように重くかたい。座席の横に何本かのレヴァがつきだしている。マシンガムには用途の見当もつかないが、たぶん制動装置《ブレーキ》なのだろう。

　ハンドルの横にゴム球を使った警笛がついている。伯爵がためすようにそれを圧した。

　プップー！

「歩行者に警告を与えるためです」フォーリーが説明した。「このエンジンはほとんど音がしないので、警笛が必要になるんです」

　伯爵が微笑した。両眼の縁が喜びに赤く染まっている。またプップーと警笛を鳴らす。おおいに気に入っているようだ。鉄道熱は消えてしまった。警笛プップーが、汽笛ポッポーに勝ったらしい。

　異国人は得てして子供じみているものだ。

「どうやって動かすのだ」

「クランクを使います」

「やってみせよ」ド・ヴィユが命じる。

　フォーリーの合図を受けて、ジェラルドがレヴァをもって機械の前にとびだし、それをエンジンにさしこんだ。まわした、が何も起こらない。マシンガムは以前にもそんな光景を見たことがある。エンジンが点火するのはいつだって、世紀の大発明を目撃するべく呼ばれたお偉方が姿を消してしまったあとなのだ。それからようやく幾度かぷすぷすと音がして、一、二ヤード前進したと思うと、よくてそのままとまってしまうか、悪くすれば爆発する。

もし愚か《フォーリー》なフォーリーが爆発を起こして伯爵を殺してしまったら、マシンガムが責任を問われるだろう。この男は明らかに死の衝動をかかえている。

ジェラルドがもう一度クランクをまわした。もう一度、もう一度、そして……

……あわててとびのいた。機械の内部に小さな炎がともり、ピストンが上下しはじめたのだ。

車が前進し、伯爵がまたいまいましい警笛をプップーと鳴らす。車そのものより、この騒音製造機のほうが気に入っているのではないだろうか。

車が研究室のひらいた扉にむかってゆっくりころがっていく。フォーリーは驚きながらもとめようとはしない。車はいつもより速度をあげて扉の外に消えていった。伯爵の麦藁帽が宙に舞い、機械後部のパイプからもうもうと噴きだす黒い煙に煽られて、ふわりと屋根まであがっていく。

マシンガムとフォーリーとジェラルドはあとを追って戸口まで行った。驚いたことに、伯爵は走りながらどんどん操縦の腕をあげていった。ハンドルをぐいとひねって小さなカーヴを描けるようになったと思うと、レールの山をかわし、建物や納屋のあいだを縫って疾走する。

猫が尻尾をふりたてて車の進路からとびのいた。通りかかった作業員が足をとめて目を瞠っている。あてがわれた作業の手をとめて、怠け者たちが集まってきた。重役も何人か、シルクハットをかぶったまま首を突きだしている。

滑稽きわまりないながら、心躍る光景だ。伯爵は真剣そのもの、われを忘れて没頭している。だが、蒸気機関車のように堂々としていない機械そのものが、どうにも馬鹿げているのだ。それでもマシンガムは、フォーリーがあの車にこめた思いをかいま見たように思った。

伯爵がプップーと警笛を鳴らし、誰かが歓声をあげた。

ジェラルドは大喜びで車のうしろで踊っている。

とつぜん伯爵が勢いよく車のむきを変え、少年の足が車輪の下に巻きこまれた。あざやかな血が油だらけのエンジンに飛び散る。まるで、犠牲を求めるモレク神のようだ。

フォーリーがさけぶ。マシンガムの心臓が殴られたかのように痛む。

伯爵は自分が何をしたのか気づいていないのだろう。いまいましい警笛を楽しげにプップーと鳴らしながら、なおも少年を轢いたまま車を走らせている。車輪の縁が赤く染まり、轍だらけの地面に二十フィートにわたる二本の血の筋が残される。苦痛の悲鳴をあげる少年を助けようと作業員たちが駆け寄ってきた。脚がつぶれ、泥だらけの顔は血の気を失っている。

ド・ヴィユ伯爵がブレーキを見つけて車をとめた。フォーリーは衝撃のあまり口をきくこともできない。

伯爵が意気揚々と車から降りた。

「最高の輸送手段である」彼は宣言した。「まさしくこれは未来の機械となるであろう。われもそなたのヴィジョンに賛成するぞ、ミスタ・フォーリー。この機械によって、世界はより迅速に、より清潔になるであろう。この乗り物を装甲すれば、乗り手ひとりひとりが戦士となる。馬と心通わせる騎士となる。そなたは攻撃力も守備力も備えた動く砦を発明したのだ。この車は避難所にも、陸の甲鉄艦(land-ironclad H・G・ウェルズの短編のタイトルより)にも、探査機にも、最終的には柩や墓ともなり得る。われはそなたのすばらしき車の最初の購入者となろう。その製作にあたって、われをを出資者のひとりと数えることを許す。全世界が地獄の燃焼で走る日まで、わが心の休まることはあるまい」

伯爵が宙に手をのばすと、渦巻く煙にのって、その長い指に麦藁帽がもどってきた。ジェラルドの悲鳴が低い悲しげな啜り泣きに変わる。伯爵はその声に気づいていないようだ。いや、だが伯爵は恐ろしく耳がよかったはずではないか。

ド・ヴィユ伯爵は洒落た角度で帽子をかぶると、もう一度だけ警笛を圧してお気に入りのプップーを鳴らし、雲のような黒煙の中に歩み入った。煙はわかれて彼を迎え、マントのようにその姿を包んだ。

マシンガムは未来について考えた。たぶんこれで金がはいることになるだろう。

## 注

「死者ははやく駆ける」は、あるアンソロジー——ストーカーの『吸血鬼ドラキュラ』において、伯爵はロンドンにきてから数多くの語り手によってごくたまにしか目撃されていないが、そのあいだ何をしていたのか、ギャップを埋めようと企画されたもの——のために執筆したが、結局は採用されずに終わった作品である。テーマ・アンソロジーの危険は、みなが同じようなアイデアを思いつくため、読んでいて同じような印象しか得られなくなることだ。それを解決するため、わたしはドラキュラが誰にも噛みつかない物語を考え、ストーカーが彼に与えたもうひとつの特質に焦点を絞ることにした(すなわち、新しい輸送方法に対する熱狂である)。最初の目的はストーカーの物語に合致させることであったが、ここに描かれたどれひとつをとっても『ドラキュラ紀元一八八八』のタイムラインと齟齬をきたしてはいない。つまり、本シリーズの世界においても、ひょっとするとこのような事件が起こっていたかもしれないのである。

訳注：このタイトルは、ドイツの詩人ゴットフリート・アウグスト・ビュルガーのバラッド『レノーレ』の一節である。『レノーレ』は、戦死した若者が恋人を迎えにきて、百里の道のりを駆け抜け、新床と称して墓場に連れ去る物語。ブラム・ストーカーも『吸血鬼ドラキュラ』の中でこの一節を引用している。

From *UNFORGIVABLE STORIES* by Kim Newman, 2000

# 登場人物事典

〔凡例〕
☆＝実在もしくは実在と目される人物で裏付けのとれたもの
★＝小説等、架空の人物で出典が確認できたもの
※各項目末の（数字）は初出ページ

## ア

**アーヴィング，サー・ヘンリー**（**一八三八―一九〇五**）**Irving, Henry** ☆英国の俳優。ライシアム劇場を経営し、シェイクスピア劇の名優として知られる。（32）

**アーマド・アラビ**（**一八三九―一九一一**）**Ahmad Arabi** ☆通称アラビ・パシャ。エジプトの革命志士。陸軍大臣となるが英仏両国の干渉と名士会の裏切りにより辞職を迫られ、一八八二年、「エジプト人のためのエジプト」を標語として反乱を起こし、敗れた。（52）

**悪魔博士** **Devil Doctor** ★別名・奇妙な死の王。中国人で犯罪結社シ・ファンの七人委員会のメンバー。世界三大危険人物のひとり。『怪人フー・マンチュー』The Mystery of Dr. Fu Manchu（一九一三）、The Return of Dr Fu Manchu（一九一六）など、サックス・ローマーの小説シリーズの登場人物であるドクター・フー・マンチュー。クリストファー・リー主演の『怪人フー・マンチュー』The Face of Fu Manchu（一九六五）など映画も数多くつくられている。ウィンブルドンの自宅にさまざまな有毒生物を、ライムハウスの隠れ家に犯罪者を集めていた。（89）

**アダマント、アダム** **Adamant, Adam** ★ヴィクトリア・エドワード時代を舞台にした英国の連続テレビドラマAdam Adamant Lives!（一九六六―六七）の主人公の冒険家。ジェラルド・ハーパー主演。（304）

**アッティラ**（**四〇六?―四五三**）**Attira** ☆ヨーロッパに侵入し、大帝国を築いたフン族の王。四五一年にフランスでローマ人および西ゴート人に敗北を喫した。（143）

**アニー** **Annie** ミセス・ウォレンの娼家の娼婦。（109）

**アバライン、フレデリック**（**一八四三―一九二九**）**Abberline, Frederick** ☆スコットランド・ヤード犯罪捜査部の警部。切り裂きジャック事件の捜査にあたる。（42）

**アムワース、ミセス Amworth, Mrs** ★E・F・ベンスンの「アムワース夫人」Mrs. Amworth（一九二三）に登場するヴァンパイア。現在トインビー・ホールで看護婦をしている。(183)

**アルジャーノン** → スウィンバーン(253)

**アルバート・ヴィクター・クリスチャン・エドワード（一八六四—九二） Albert Victor Christian Edward** ☆クレランス公。ヴィクトリア女王の孫にして、エドワード七世の長男。次期皇太子。一八八六年、手入れによって大スキャンダルを起こしたクリーヴランド・ストリートの上流紳士相手の男色宿に関係があったとか、切り裂きジャックの真犯人と目されるなど、スキャンダラスな人物。(130)

**アルバート・エドワード（一八四一—一九一〇） Albert Edward** ☆英国王エドワード七世。在位一九〇一—一〇。ヴィクトリア女王の長男。女王が夫の死後なかば引退の生活を送っていたので、皇太子として社交界や公式の席に多く出席した。即位してからはドイツ皇帝ヴィルヘルム二世の帝国主義政策に対抗して、国際間におけるイギリスの地位の強化につとめた。(440)

**アレクサンドラ妃（一八四四—一九二五） Alexandra, Princess** ☆デンマーク王女。一八六三年英国皇太子（エドワード七世）と結婚。(332)

**アレクサンドロス大王（前三五六—三二三） Alexander** ☆マケドニア王。ギリシャの都市国家およびペルシャ帝国の征服者で、その領土はギリシャ、小アジア、エジプトからインドにまでおよんだ。将来アジアの支配者になる者のみが解けるという、フリギア王ゴルディオスの複雑な結び目を、剣を抜いて両断した。(384)

**アンダスン、エリザベス・ギャレット（一八三六—一九一七） Anderson, Elizabeth Garret** ☆英国最初の女医。医業の門戸を女性にひらくために尽力した。(206)

**アンダスン、ロバート（一八四一—一九一八） Anderson, Robert** ☆ウォレンとの意見の対立によって辞任したモンロウに代わり、一八八八年八月にスコットランド・ヤード副総監、犯罪捜査部長に就任。もと法廷弁護士。切り裂きジャック事件の捜査にあたる。ユダヤ人嫌いでしばしば舌禍を招いた。(42)

## ウ

**ヴァーニー、サー・フランシス Varney, Sir Francis** ★ジェイムズ・マルコム・ライマーのVarney the Vampire; or, the Feast of Blood（『吸血鬼ヴァーニー』一八四七）の登場人物。トマス・プレスケット・プレストの作という説もある。ジョージ二世下のイギリスで暗躍する、邪悪で魅惑的な典型的ヴァンパイア貴族。最後はベスビオス火山に身を投げて死ぬ。敵を火の燃えさかる穴に放りこむのを好むのは、そのためかもしれない。(70)

**ヴァイダ公女、アーサ Vajda, Asa** ★マリオ・バーヴァ監督、バーバラ・スティール主演『血ぬられた墓標』La maschera del demonio(一九六〇)に登場するヴァンパイア。魔女として処刑されたが二百年後に復活した。(70)

**ヴァルカン、コンラッド Vulkan** ★ロバート・R・マキャモンの『やつらは渇いている』They Thirst(一九八一)に登場する外見十七歳のヴァンパイア。ヴァンパイア軍団をひきいてロサンジェルスを制圧しようとした。現在プリンス・コンソート直属カルパティア近衛隊将校。(70)

**ヴァルダレク伯爵 Vardalek, Count** ★スタニスラウス・エリック・シュテンボック伯爵の短編「夜ごとの調べ」True Story of a Vampire(一八九四)に登場するヴァンパイア。滞在した城の少年を愛し、死にいたらしめた。現在プリンス・コンソート直属カルパティア近衛隊将校。彼といいルスヴン卿といいカーミラといい、初期のヴァンパイアは同性を犠牲者に選ぶ者が多いようだ。(79)

**ヴァン・ドゥーゼン、オーガスタス Van Dusen, August** ★ジャック・フットレルの『思考機械の事件簿』The Thinking Machine(一九〇五〜)に登場する名探偵。(108)

**ヴァン・ヘルシング教授、エイブラハム Van Helsing, Proff Abraham** ★ブラム・ストーカーの『吸血鬼ドラキュラ』Dracula(一八九七)の登場人物。ドクター・セワードの旧師でアムステルダムの医学・哲学・文学博士。セワードに呼ばれてルーシー・ウェステンラを診察し、すぐさま吸血鬼の仕業と看破した。ルーシーの死後、彼女の求婚者たちを集めて彼女を滅ぼし、さらにハーカー夫妻も加えてドラキュラ伯爵を追いつめ、退治した、はず――(13)

**ヴィクトリア女王(一八一九―一九〇一) Victoria, Queen** ☆英国女王、在位一八三七―一九〇一。十八歳にして即位。当時の首相メルボーンから君主としての教育を受ける。アルバート公と結婚後は聡明な夫の助けによって立憲君主としての地位をよくわきまえ、国民敬愛の中心となり、王室の地位をかためた。その六十四年にわたる治世は大英帝国のもっとも輝かしい時代となった。なお、〝プリンス・コンソート〟とは一般に、彼女の夫君アルバート公を示す。(23)

**ヴィラヌーヴァ、ドン・セバスチャン・ド　Villanueva**　★レス・ダニエルズの三部作 The Black Castle（一九七八）、The Silver Skull（一九七九）、Citizen Vampire（一九八一）に登場するヴァンパイア。（70）

**ウィルコックス、ヘンリー　Wilcox, Henry**　★財界の大物であり、メアリ・ジェイン・ケリーをパリに連れていって上流社会の教育をした。ケリーは事実、パトロンに連れられてパリで暮らしたことがあると主張していたが、真偽のほどはさだかではない。ヘンリー・ウィルコックスは、E・M・フォースターの『ハワーズ・エンド』Howards End（一九一〇）の登場人物。ジェームズ・アイヴォリー監督の映画（一九九二）ではアンソニー・ホプキンスが演じている。（255）

**ウィンダム、チャールズ（一八三七―一九一九）Wyndham, Charles**　☆十九世紀の有名な俳優兼演出家。クライテリオン劇場の支配人。（99）

**ウェイヴァリ　Waverly**　ディオゲネス・クラブ闇内閣のひとり。テレビ番組『〇〇一一ナポレオン・ソロ』The Man from U.N.C.L.E.（一九六四～）に登場する、アレキサンダー・ウェイヴァリの祖先（だそうだ）。（53）

**ウェイランド、エドワード・ルイス　Weyland**　★スージー・マッキー・チャーナスの The Vampire Tapestry（一九八〇）に登場するヴァンパイア。（70）

**ウェステンラ、ルーシー　Westenra Lucy**　★ブラム・ストーカーの『吸血鬼ドラキュラ』Dracula（一八九七）の登場人物。ミナ・マリーの幼馴染みでゴダルミング卿アーサーの婚約者。ドラキュラのイギリスにおける最初の犠牲者となる。ヴァン・ヘルシング教授、ドクター・セワードらの尽力もむなしく吸血鬼と化し、一行の手によって滅ぼされた。（14）

**ヴェルギリウス（前七〇―一九）Virgil**　☆ラテン文学黄金時代のローマ最大の詩人。代表作『アエネーイス』。（402）

**ヴェルレーヌ、ポール（一八四四―九六）Verlaine**　☆フランスの詩人。マラルメとならんで象徴派の代表と見なされる。ランボーとのいさかいののち、貧困と病に苦しんだ。（69）

**ウォー、エディス（一八四六―一九三一）Waugh, Miss**　☆画家ホルマン・ハントの義理の妹にあたり、ハントの最初の妻の死後、彼と結婚したが、近親相姦の非難を受けて国外に脱出した。（282）

**ウォーターハウス、アルフレッド（一八三〇―一九〇五）Waterhouse, Alfred**　☆英国の建築家。マンチェスター市庁舎、大英自然史博物館などで有名。（304）

**ウォッツ、ジョージ・フレデリック**（一八一七―一九〇四） **Watts, G.F.** ☆英国の画家・彫刻家。グラッドストン、テニスン、モリスら、当時の有名人三百人の肖像を描いた。（64）

**ウォトキンズ、エドワード**（一八四四―一九一三） **Watkins** ☆シティ警察の警官。キャシー・エドウズの死体を発見した。（199）

**ウォレン、サー・チャールズ**（一八四〇―一九二七） **Warren, Sir Charles** ☆フェニアン党爆破テロ事件の責任をとって辞職したヘンダースンに代わって、一八八八年三月アフリカ陸軍司令官の任務からロンドンに呼びもどされ、スコットランド・ヤード警視総監の任につく。軍人あがりの強引なやり方で治安維持を進め、〈血の日曜日〉事件などを引き起こしたため、一般庶民からは強い反感をかった。切り裂きジャック事件の捜査にあたるが、市民のつきあげやヤード内部の軋轢などが原因で一八八八年十一月八日辞任。（23）

**ウォレン、ミセス** **Warren, Mrs** ★レイヴン・ロウに娼家をかまえる娼婦。G・B・ショーの戯曲『ウォレン夫人の職業』Mrs. Warren's Profession（一八九三）の主人公。（109）

**ウッドブリッジ** **Woodbridge** ホワイトチャペルのパブ、テン・ベルズの給仕。ハマー映画の端役ジョージ・ウッドブリッジをイメージしてニューマンが創作した。テン・ベルズは実在の店で、事件ののちにジャック・ザ・リッパーと改名したが、現在はもとの店名にもどって営業をつづけている。（76）

**ウッドブリッジ、ジョージー** **Woodbridge, Georgie** テン・ベルズの給仕ウッドブリッジの息子。（77）

**ヴラド・ツェペシュ**（一四三一―七六） **Vlad Tepes** ☆ワラキア公、在位一四四八年、一四五六―六二年、一四七六年。ハンガリーとトルコのあいだで小国の独立を維持した類まれなる名君と評価される一方で、捕虜や囚人を串刺しにして処刑した残虐さゆえに、串刺し《ツェペシュ》公と渾名され、恐れられた。父ヴラド公はドラクルと渾名されていたが、それには〈竜〉と〈悪魔公〉のふたつの意味があり、「ドラクルの子」という意味から、「ドラキュラ」という名が生まれたという。（21）

## エ

**エイヴリング、エドワード**（一八四九―九八） **Aveling, Edward** ☆英国の社会主義者、マルクス主義の解説者。マルクスの死後、その末娘エリナと結婚した。（23）

**エカテリーナ二世**（一七二九―九六） **Catherine, Great** ☆

ロシア女帝。在位一七六二―九六。ピョートル三世妃であったが、夫を廃位させみずから即位。啓蒙専制君主として知られたが、のちには貴族独裁政治を強化。領土をひろげ、ピョートル一世の偉業をほぼ完成させ、ロシアをヨーロッパの強国とした。数多くの愛人をもったことでも有名。(76)

**エドウズ、キャシー（一八四二―一八八八）Eddowes, Cathy** ☆通称ケイト・ケリー。四十六歳の娼婦。切り裂きジャック第四の犠牲者。九月三十日マイター・スクエアにて死体発見。腹部が切開され、左腎臓と子宮が持ち去られていた。(47)

## オ

**オーランド Orlando** クリーヴランド・ストリートの娼家の従僕。ニューマンの創作であるが、以前テレビ用に書いた登場人物の名前と容姿を使ったという。(129)

**オナン Onan** ★旧約聖書、ヤコブの第四子ユダの次男。死んだ兄の妻に子をなすよう命じられ、精液を地にもらして罪に問われた。(167)

**オルレアンの乙女** → ジャンヌ・ダルク (18)

**オルロック伯爵 Orlok, Graf** ★F・W・ムルナウ監督、マックス・シュレック主演の映画『吸血鬼ノスフェラトゥ』Nosferatu - Eine Symphonie des Grauens（一九二二）の主人公。黒いケープをひるがえす貴族的なヴァンパイアではなく、妖怪じみた怪物として描かれている。ムルナウははじめストーカーの『ドラキュラ』を原作として映画を製作するつもりだったが、フローレンス・ストーカーの抗議により著作権が得られず、名前を変え、筋立てもわずかに変更した。(305)

## カ

**カーナッキ Carnacki** ★ウィリアム・ホープ・ホジスンの『幽霊狩人カーナッキ』Carnacki: The Ghost Finder（一九一三）に登場する心霊探偵。(108)

**カーペンター、エドワード（一八四四―一九二九）Carpenter, Edward** ☆英国の詩人・評論家。社会主義思想家。(304)

**カーミラ Carmilla** ★レ・ファニュの「吸血鬼カーミラ」Carmilla（一八七二）に登場する女ヴァンパイア。ドイツの古城にすむ令嬢ローラを誘惑するが、最後にヴォルデンベルグ男爵によって滅ぼされた。カルンシュタイン伯爵夫人ミラーカ（もしくはマーカラ）がその本体。(233)

**カーライル、トマス（一七九五―一八八一）Carlyle** ☆英国の評論家・歴史家。物質主義・功利主義に反対し、魂と意志の力を信じ、俗衆の勢力に対して英雄・天才の優越を高唱する人生観を示した。一八三四年からチェイニ・ウォークの近くに住み、現在もカーライル・ハウスが残っている。(159)

**カイン　Cain**　★旧約聖書のアダムとイヴの息子。嫉妬から弟アベルを殺し、刻印を押されてエデンの東に追放された。(51)

**カニンガム＝グレアム、ロバート（一八五二—一九三六）Cunnigham-Grahame, Robert**　☆スコットランドの著作家・社会主義者。南米・北アフリカなどを広く旅行し、旅行記を著した。(23)

**カラドス、マックス　Carados, Max**　★アーネスト・ブラマの『マックス・カラドスの事件簿』Max Carrados（一九一四）に登場する盲目の探偵。(108)

**カリギュラ（一二—四一）Caligula**　☆本名ガイウス・ユリウス・カエザル・ゲルマニクス。ローマ皇帝。即位時は民衆にひろく支持されたが、のちに浪費と残虐行為によって恨まれ、暗殺された。(324)

**カリストラトス博士　Callistratus, Dr**　★ヘンリー・カス監督、ドナルド・ウルフィット主演の映画『生きていた吸血鬼』Blood of the Vampire（一九五八）に登場するヴァンパイア。(423)

**ガリレオ・ガリレイ（一五六四—一六四二）Galileo**　☆イタリアの天文学者・物理学者。地動説を提唱した。(228)

**ガル、サー・ウィリアム（一八一六—九〇）Gull, Sir William**　☆英国の医者。王立医学院特別会院、王立外科学会評議員、皇太子およびヴィクトリア女王の侍医をつとめた。切り裂きジャック容疑者のひとり。狂気にかられてみずから手をくだしたとも、王室の秘密を守るため御者のネトリーに命じて娼婦たちを殺させたともいわれる。(338)

**カルー、サー・ダンヴァーズ　Carew, Sir Danvers**　★スティーヴンスンの『ジキル博士とハイド氏』The Strange Case of Dr. Jekyll and Mr. Hyde（一八八六）の登場人物。ハイドに殺害される議員。(73)

**カルメ、ドン・オーギュスタン（一六七二—一七五七）Calmet, Dom Augustin**　☆ベネディクト修道会士にしてセノン大修道院長。Traité sur les Apparitions des Esprits et sur les Vampires, ou les Revenans de Hongrie, de Moravie（精霊示現、ならびに、ハンガリー、モラヴィア、等の吸血鬼あるいは蘇える死者に関する論考一七四六）を発表。(227)

**カルンシュタイン　Karnstein**　★レ・ファニュの「吸血鬼カーミラ」Carmilla（一八七二）に登場するヴァンパ

イア。カーミラの親族。(70)

## キ

**キーツ、ジョン**(一七九五—一八二一) **Keats** ☆英国の詩人。繊細な美的感受性と人間性の根底を探究せんとする倫理的調和をもち、イギリス・ロマン派の一典型となる。(69)

**キーブル、ジョン**(一七九二—一八六六) **Keble** ☆英国国教会の神学者・詩人。オックスフォード運動の中で保守的傾向を代表する。(178)

**キケロ**(前一〇六—四三) **Cicero** ☆古代ローマの政治家・雄弁家・著述家。(303)

**ギャレット、パトリック**(一八四九—一九〇八) **Garrett, Patrick** ☆ビリー・ザ・キッドを射殺した連邦保安官。のちにテキサス・レンジャー隊員になった。(165)

**教授** **Professor** ★〈シャーロック・ホームズ〉シリーズの代表的な悪役、モリアティ教授。ホームズをして「犯罪界のナポレオン」と言わしめた悪の天才。二十一歳で二項定理に関する論文をものして話題となり、大学教授の地位につく。〝巣の中央の蜘蛛のように〟ロンドンの犯罪社会に巣を張りめぐらし、組織化している。一八九一年にライヘンバッハの滝に落ちて死亡。主著『小惑星の力学』The Dynamics of an Asteroid。(90)

**ギルバート、ウィリアム**(一八三六—一九一一) **Gilbert** ☆英国の劇作家。作曲家サリヴァンと組んで多くの喜歌劇をつくった。ロンドンのサヴォイ劇場で上演されたので、〈サヴォイ・オペラ〉と呼ばれ、非常な人気を博した。(71)

## ク

**クーダ、マーティン** **Cuda, Martin** ★ジョージ・ロメロ監督、ジョン・アンプラス主演の映画『マーティン/呪われた吸血少年』Martin/Wampyr(一九七七)に登場するヴァンパイア。八十四歳にして少年の姿をとどめている。現在プリンス・コンソート直属カルパティア近衛隊将校。(79)

**クォーターメン、アラン** **Quartermain** ★H・R・ハガードの『ソロモン王の洞窟』King Solomon's Mines(一八八五)その他の主人公。探検家。(336)

**蜘蛛王 ルイ十一世**(一四二三—八三) **Spider King** ☆フランス王。在位一四六一—八三年。ジャンヌ・ダルクによって即位したシャルル七世の子。ブルゴーニュ公シャルルと戦って勝利をおさめ、さらにアンジュー、プロヴァンスなどを併呑し、フランス王国の絶対的支配の基礎を

かためた。（18）

**グラッドストン、ウィリアム**（一八〇九—九八）**Gladstone** ☆英国の政治家。首相をつとめ、自由党党首として保守党のディズレイリとともに典型的政党政治をくりひろげた。平和主義、自由主義を重んじ、宗教に関心をもち、真に十九世紀英国を代表するにふさわしい偉大な議会政治家だった。（70）

**グリフィン Griffin** ★H・G・ウェルズの『透明人間』The Invisible Man（一八九七）の登場人物。悪の科学者で、透明人間になる薬を発明する。（90）

**グリマルディ、ジョゼフ**（一七七八—一八三七）**Grimaldi** ☆英国の俳優・コメディアン・パントマイマー。道化師の役で一世を風靡した。（174）

**クレイトン Clayton** ★コナン・ドイルの〈シャーロック・ホームズ〉シリーズ『バスカヴィル家の犬』The Hound of the Baskervilles（一九〇二）の登場人物。（229）

**グロースミス、ウィードン**（一八五四—一九一九）**Grossmith, Weedon** ☆風刺漫画家。兄弟のジョージ・グロースミスとともに、Diary of Nobody（一八九二）を著した。（44）

**クローマー、イヴリン**（一八四一—一九一七）**Cromer** ☆英国の植民地政治家。エジプト駐在総領事としてエジプトを支配した。（39）

**クロフト、ケイレブ Croft, Caleb** ★ジョン・ヘイズ監督、ウィリアム・スミス主演の映画 Grave of the Vampire（一九七二）に登場するヴァンパイア。マイケル・パタキが演じた。（304）

## ケ

**ゲーテ**（一七四九—一八三二）**Goethe** ☆ドイツの代表的な詩人・小説家・劇作家。（69）

**ゲシュヴィッツ伯爵令嬢 Geschwitz, Countess** ★ヴェデキントの戯曲《ルル二部作》〜『地霊』Erdgeist（一八九七）、『パンドラの箱』Die Büchse der Pandora（一九〇四）の登場人物。ルルを愛する同性愛の画家。冷たくされてもひたすら追いすがり、彼女につくす。最後はルルと同居しているロンドンの屋根裏で自殺をはかる。（55）

**ケニヨン伯爵夫人、セイラ Kenyon, Countess Sarah** ★F・G・ローリングの「サラの墓」The Tomb of Sarah（一九〇〇）に登場するヴァンパイア。幼児を襲って血を吸っていたが、子を奪われた農婦によって殺された。（70）

**ケリー、メアリ・ジェイン**（一八六三頃―一八八八）**Kelly, Mary Jane** ☆二十五歳の娼婦。切り裂きジャック第五の犠牲者。十一月九日ミラーズ・コート一三号室で惨殺される。全身を切り刻まれ、内臓が撒き散らされていた。犠牲者の中ではただひとり若く、器量もよかったらしい。(179)

## コ

**コーエン、デイヴィッド**（一八六五―九一）**Cohen, David** ☆切り裂きジャック事件当時、精神病院の入院者名簿に名前のある服職人。マーティン・フィドが容疑者として名前をあげている。(217)

**ゴードン将軍、チャールズ・ジョージ**（一八三三―八五）**Gordon** ☆英国の軍人。クリミア戦争、中国太平天国の乱などに参戦。スーダン総督をつとめた。その後、予言者マーディの乱からエジプト軍を救出する任につくが、三百日にわたる英雄的奮戦のすえに戦死。(66)

**コールズ、ネル**（コールマン、フランシス）（一八五九―一八九一）**Coles, Nell** (**Coleman, Frances**) ☆通称赤毛のネル。ホワイトチャペルの娼婦。一八九一年二月十三日スワロー・ガーデンで殺害された。切り裂きジャックの仕業と考えられることもあるが、現在では別の事件と見なされる。(107)

**コールリッジ、サミュエル・テイラー**（一七七二―一八三四）**Coleridge** ☆英国の詩人・批評家。哲学・宗教・政治の諸問題にも深い造詣を示した。(69)

**コスタキ** **Kostaki** ★アレクサンドル・デュマ・ペールの短編「蒼白の貴婦人」The Pale-Faced Lady（一八四八）に登場するモルダヴィア貴族のヴァンパイア。現在プリンス・コンソート直属カルパティア近衛隊将校。(57)

**コズミンスキー、レベッカ** **Kosminski, Rebecca** ロンドンのチックサンド・ストリートに住むポーランド系ユダヤ人の娘。ルル・シェーンの検死審問において証言する。マクノートン・メモによる切り裂きジャック三大容疑者のひとりに、ポーランド系ユダヤ人、コズミンスキーがいるが、たぶんその家族だろう（とニューマンは主張している）。(56)

**ゴダルミング卿、アーサー・ホルムウッド** **Godalming, Lord** ★ブラム・ストーカーの『吸血鬼ドラキュラ』Dracula（一八九七）の登場人物。ルーシー・ウェステンラの婚約者。ヴァン・ヘルシング教授らとともに吸血鬼化したルーシーを滅ぼし、さらにドラキュラ伯爵を追いつめた。現在、みずからヴァンパイアとなり、ルスヴン卿の側近として野心をつのらせている。(13)

**コトフォード　Cotford**　★ブラム・ストーカーが『吸血鬼ドラキュラ』の登場人物のひとりとして設定したが、最終稿からは割愛された探偵。（108）

**ゴドリー、ジョージ（一八五七―一九四二）Godley, George**　☆スコットランド・ヤード犯罪捜査部の巡査部長。アバラインの部下。（43）

**コリンズ、エドワード（一八四七―？）Collins**　☆首都警察の警官。エリザベス・ストライドの殺害現場に駆けつけた。（193）

**コリンズ、バーナバス　Collins**　★テレビ放映された連続ドラマ Dark Shadows（一九六六―七一および一九九〇―九一）の主人公。ジョナサン・フリッドが演じ、ヴァンパイアとして生きつづけなくてはならない運命に対する悲哀と苦悩を訴えるキャラクターで人気を博した。二〇一二年、そのドラマを原作として、ティム・バートン監督、ジョニー・デップ主演で『ダーク・シャドウ』Dark Shadows として映画化。（70）

**ゴルシャ　Gorcha**　★A・K・トルストイ（『戦争と平和』のトルストイとは別人。又従兄弟にあたる）の「吸血鬼の家族」La famille du vourdalak（一八四七）に登場するヴァンパイア。マリオ・バーヴァ監督により、『ブラック・サバス　恐怖！三つの顔』I tre volti della paura（一九六四）第二話「吸血ブルダラック」I Wurdalak として映画化、ボリス・カーロフが演じている。（128）

**コレリ、マリー（一八六四―一九二四）Corelli, Marie**　☆英国の女流小説家。大衆向けの小説を多く著した。黒岩涙香、江戸川乱歩の『白髪鬼』の原案となる『復讐《ヴェンデッタ》』Vendetta（一八八六）、Thelma（一八八七）などを執筆。（401）

**コン・ドノヴァン（一八六四―？）Con Donovan**　☆フェザー級ボクサー。キム・ニューマンはこの名前を、切り裂きジャック関係書に掲載されていた当時のスポーツ新聞の紙面からとったという。現実に、一八八八年二月一日にトミー・マンクとの試合記録が残っている。（57）

## サ

**サイクス、ウィリアム　Sikes**　★チャールズ・ディケンズの『オリヴァー・ツイスト』Oliver Twist（一八三八）の登場人物。フェイギンの仲間の強盗。（90）

**サリヴァン、アーサー（一八四二―一九〇〇）Sullivan**　☆英国の作曲家。劇作家ギルバートと組んで、ロンドンのサヴォイ劇場で〈サヴォイ・オペラ〉と呼ばれる民衆的な軽歌劇を多数つくった。（71）

**ザレスカ伯爵夫人、マリア　Zaleska, Countess**　★ランバート・ヒリャ監督、グロリア・ホールデン主演の映画『女ドラキュラ』Dracula's Daughter（一九三六）に登場するヴァンパイア。ドラキュラの娘でありながら吸血鬼であることを嫌悪する彼女は、ヴァン・ヘルシングの弟子に恋し、その結果滅びることになる。ブラム・ストーカーの短編小説「ドラキュラの客」Dracula's Guest（一九一四）を映画化したもの。（70）

**サン＝ジェルマン伯爵（一六九六？―一七八四？）Saint-Germain**　☆十八世紀のフランス宮廷にあらわれた謎の人物。数千年の昔から生きているとも言われ、さまざまな奇跡をおこない、無尽蔵の富と知識をもっていた。アメリカの作家チェルシー・クィン・ヤーブロの〈サン＝ジェルマン・シリーズ〉には、ヴァンパイアとして古代エジプトの時代から生きつづけるサン＝ジェルマンが登場する。（70）

## シ

**シーシュポス　Sisyphus**　★ギリシャ神話に登場するコリントスの王。死後、神々を欺いた罪で、大岩を山頂まで運ぶ罰を命じられたが、岩は山頂に近づくたびにころがり落ち、彼は永遠にその責め苦を負わなくてはならなかった。（27）

**ジェイゴ、ジョン　Jago, John**　ホワイトチャペルを中心として活動する十字軍の説教師。キム・ニューマンに、熱狂的な教祖を扱ったJagoという作品がある。その祖先、もしくはこの時代ヴァージョン（とニューマンは主張している）。（45）

**シェーン、ルル　Schön, Lulu**　★ヴェデキントの戯曲《ルル二部作》～『地霊』Erdgeist（一八九七）、『パンドラの箱』Die Büchse der Pandora（一九〇四）の主人公。十二のとき花売りをしているところをシェーン博士にひろわれて教育を受けるものの、その美貌ゆえか、近づいてくる男、結婚する男を次々に破滅させる。最後にはシェーン博士と結婚するが、不実を責められて博士を射殺する（『地霊』）。服役していたルルは、愛人たちの助けによって脱獄、いったんはパリで華やかに暮らすが、そこでも警察沙汰を起こし、ロンドンに逃れる。ロンドンの屋根裏で愛人たちと暮らしながら街娼に身を落とし、最後は切り裂きジャックに殺される（『パンドラの箱』）。（21）

**ジェクス＝ブレイク、ソフィア（一八四〇―一九一二）Jex-Blake, Sophia**　☆英国の女医。エディンバラ大学に在学中、女学生に病院研修を認めない大学側に対して運動をおこなったことで有名。のちにロンドンで婦人病院を開設した。（206）

**ジェフリーズ、リチャード**（一八四八―八七）**Jefferies, Richard**　☆英国の著述家。田舎とその自然観察について、細密で魅力のある記述をした。『終末のロンドン』After London は二作目の小説で、〝最初の終末フィクション〟ともいわれている。（382）

**シェリー、パーシー**（一七九二―一八二二）**Shelley**　☆英国の詩人。プラトンの理想主義と改革精神を一身に体し、人類愛に燃え立ち、流動する美しい律動の詩、特に叙情詩を書いた。イギリス・ロマン派を代表するひとり。（69）

**ジェロニモ**（一八二九―一九〇九）**Geronimo**　☆ネイティヴ・アメリカン、アパッチ族の酋長。（79）

**シオドア**（一八三二―一九一四）**Theodore**　☆ウォルター・シオドア・ウォッツ＝ダントンのこと。英国の詩人・批評家。ロセッティ、モリスらと交わり、またスウィンバーンを自宅にひきとり、その才能を育成した。（256）

**ジキル、ヘンリー**　**Jekyll, Henry**　★スティーヴンスンの『ジキル博士とハイド氏』The Strange Case of Dr. Jekyll and Mr. Hyde（一八八六）の主人公。高潔な医者であるジキル博士は、自分の中にひそむ悪の性格を解放する薬品を発明し、ハイド氏に変身しては悪行にふけっていたが、最後にはハイドの性格がジキルを駆逐しそうになるのを恐れ、自殺する。現在ヴァンパイアの生態に関する研究に夢中。（58）

**シッカート、ウォルター**（一八六〇―一九四二）**Sickert, Walter**　☆英国の画家。印象派の影響を受け、二十世紀のアバンギャルド芸術のブリティッシュ・スタイルに影響を与えた。切り裂きジャック容疑者のひとり。（338）

**シック、ウィリアム**（一八四五―一九三〇）**Thick, William**　☆スコットランド・ヤード犯罪捜査部の巡査部長。〈実直ジョニー〉の渾名をもつ正義漢。（42）

**シャルル七世**（一四〇三―六一）**Charles**　☆フランス王、在位一四二二―六一。ジャンヌ・ダルクによって英国軍のオルレアン包囲より解放され、ランスにて戴冠。以後も戦いを続け、百年戦争を終結させた。（197）

**シャンダニャック**　**Chandagnac**　★ジュヌヴィエーヴの闇の父。ジャック・ヨーヴィル名義で発表されたジュヌヴィエーヴもの全体を通じて、名前が見られる。（18）

**ジャンヌ・ダルク**（一四一二―三一）**Jeanne d'Arc**　☆フランスの愛国少女。十三歳にして神の御告げを聞き、フランスをイギリス軍から解放するべくシノンにおもむき、シャルル七世に謁見、軍勢をひきいてオルレアンを解放した。のちにイギリス軍にひきわたされ、魔女として火刑に処せられるが、一九二〇年聖女に列せられる。「オ

ルレアンの乙女」とも呼ばれる。(18)

**ジュヌヴィエーヴ** ↓ デュドネ、ジュヌヴィエーヴ

**シュライナー、オリーヴ（一八五五―一九二〇） Schreiner, Olive** ☆英国（南アフリカ出身）の女流作家。宗教的情緒に満ちた南アフリカの物語や政治評論を書いた。(304)

**ショー、キャプテン・エア・マシー（一八二八―一九〇八） Shaw, Captain Eyre Massey** ☆ロンドン消防隊隊長。二十五年間つとめてバス勲章を受けている。(423)

**ショー、ジョージ・バーナード（一八五六―一九五〇） Shaw, George Barnard** ☆英国の劇作家・小説家・批評家。劇によって偶像破壊的思想の宣伝につとめた。一八八〇年代は社会改革に熱意を傾けており、八四年に労働者の待遇や地位の向上を目的とするフェビアン協会を設立した。(106)

**ジョージー** ↓ ウッドブリッジ、ジョージー(77)

**ジョーンズ、ケイシー（一八六四―一九〇〇） Jones** ☆本名ジョン・ルター・ジョーンズ。アメリカ、ケンタッキー州ケイシー生まれの機関士。列車事故で死亡したのち、さまざまな俗謡に歌われるようになった。(119)

**ジョーンズ、ヘンリー・アーサー（一八五一―一九二九） Jones, Henry A.** ☆英国の劇作家。イプセン流の社会喜劇を得意とし、イギリス近代劇の先駆者的位置を占めた。The Silver-king（一八八二）、Saints and Sinners（一八八四）。(102)

**シラー（一七五九―一八〇五） Schiller** ☆ドイツの詩人・劇作家。感性と理性の調和を理想とし、作品においては政治的・精神的自由の理念を高揚した。劇作の手腕においてドイツ最高といわれる。(69)

**シリエル Cirielle** ★ジュヌヴィエーヴの妹。ジャック・ヨーヴィル名義で発表されたジュヌヴィエーヴもの全体を通して、人間のまま死亡した妹として名前が見られる。(236)

**ジル・ド・レイ（一四〇四―四〇） Gilles de Lais** ☆フランスの侯爵・陸軍元帥。百年戦争においてジャンヌ・ダルクを助けてイギリス軍を破ったのち、チフォージュ城にこもって黒魔術や錬金術の実験にふけり、数百人におよぶ幼児を殺害した。シャルル・ペローの童話より、〈青ひげ〉と渾名される。(18)

## ス

**スウィンバーン、アルジャーノン・チャールズ（一八三七―一九〇九） Swinburne, Algernon Charles** ☆英国の詩人・文芸批評家。英語の韻律美を駆使する非凡な詩をつづり、批評家としては詩人的洞察に満ちた注目すべき著書を多

く残した。酒色にふけって健康を害し、シオドア・ウォッツ＝ダントンの保護を受け、ロンドン郊外の家にひきとられた。（253）

**スコット、サー・ウォルター**（一七七一―一八三二）**Scott** ☆スコットランドの詩人・小説家。イングランド、スコットランドの歴史や伝説をもとにした物語・詩を発表した。（149）

**スティーヴン、レズリー**（一八三二―一九〇四）**Stephen, Leslie** ☆英国の文学者。重なる渡米ののちロンドンに定住し、〈サタデイ・レヴュー〉〈ペルメル・ガゼット〉などに寄稿。〈コーンヒル・マガジン〉の編集者をつとめた。その甥、詩人であるジェイムズ・ケネス・スティーヴンはクラレンス公と同性愛関係にあったとも言われ、切り裂きジャック容疑者のひとりとされる。主著『十八世紀イギリス思想史』The History of English Thought in the Eighteenth Century（一八七六）、The Science of Ethics（一八八二）。（382）

**スティルマン、マリー・スパルタリ**（一八四三―一九二七）**Stilman, Marie Spartali** ☆英国、ラファエル前派の女流画家。類まれな美人でもあったという。（304）

**ステッド、ウィリアム・トマス**（一八四九―一九一二）**Stead, W.T.** ☆英国のジャーナリスト。〈ノーザン・エコー〉〈ペルメル・ガゼット〉の主筆をつとめる。近代ジャーナリズムの基礎を築いた。（106）

**ストーカー、ブラム**（一八四七―一九一二）**Stoker, Bram** ☆『吸血鬼ドラキュラ』Dracula（一八九七）の作者。名優ヘンリー・アーヴィングの片腕としてライシアム劇場の経営その他に当たりながら、『吸血鬼ドラキュラ』を執筆した。小説のほかにアーヴィングの回想録を記している。（32）

**ストーカー、フローレンス**（一八五八―一九三七）**Stoker, Florence** ☆ブラム・ストーカー夫人。旧姓ボールコム。オスカー・ワイルドに求婚されたことがあるのは事実らしい。（30）

**ストライド、リジー**（エリザベス）（一八四三―一八八八）**Stride, Lizzie** ☆旧姓グスタフスドッター。四十五歳の娼婦。切り裂きジャック第三の犠牲者。九月三十日バーナー・ストリート四〇番地で発見。殺害後すぐに邪魔がはいったため、死体の損傷はなかった。（190）

**スミス、エマ・エリザベス**（一八四三―一八八八）**Smith, Emma** ☆四十五歳の娼婦。一八八八年四月三日スピッタルフィールズのジョージ・ストリート一八番地の簡易宿泊所に負傷してもどったが、翌日死亡。ホワイトチャペル殺人事件の始まりといわれるが、現在では切り裂き

ジャックとは別の事件と考えられている。（22）

**スワンスン、ドナルド**（一八四八―一九二四）**Swanson, Donald**　☆スコットランド・ヤードの主任警部。切り裂きジャック事件の捜査にあたる。（42）

## セ

**セイン、ジョニー**（一八五四―？）**Thain, Johnny**　☆警官。ポリー・ニコルズ殺害現場に駆けつけた。（77）

**セワード、ジャック**（ジョン）**Seward, Jack (John)**　★ブラム・ストーカーの『吸血鬼ドラキュラ』Dracula（一八九七）の登場人物。ルーシー・ウェステンラの求婚者のひとり。パーフリートに病院をかまえる精神病医。求婚をことわられてからも、ドラキュラに襲われて衰弱していくルーシーのために尽力する。ルーシーが吸血鬼化してからはヴァン・ヘルシング教授に協力して彼女を滅ぼし、さらにドラキュラを追いつめた。現在トインビー・ホールの医者として失意の日々を送っているが――（12）

## タ

**ダーウィン、チャールズ**（一八〇九―八二）**Darwin**　☆英国の博物学者。進化論を提唱した。（221）

**ダク、メリッサ d'Acques, Melissa**　★ジャック・ヨーヴィル名義で発表されたジュヌヴィエーヴもの全体を通じて、彼女の闇の祖母、シャンダニャックの闇の母として登場するヴァンパイア。外見は十二歳の少女。（56）

**タッソー、マダム**（一七六一―一八五〇）**Tussaud, Madame**　☆スイス生まれ、フランスの蝋人形師。フランス革命の指導者や犠牲者の人形をパリで展示したのち、ロンドンに移って犯罪者の人形を主とする〈恐怖の部屋〉をつくった。（218）

**タブラム**（ターナー）、**マーサ**（一八四九―一八八八）**Tabram, Martha**　☆三十九歳の娼婦。一八八八年八月七日ジョージ・ヤード・ビルディングズ三五番地の踊り場で、全身を三十九ケ所刺された死体で発見された。現在では切り裂きジャックとは別の事件と考えられている。（22）

## チ

**チャーチウォード、ペネロピ Churchward, Penelope**　チャールズ・ボウルガードの婚約者。彼の先妻パメラの従妹にあたる。（30）

**チャーチウォード、ミセス Churchward, Mrs**　ペネロピの母。姪のパメラを娘のように育てた。（317）

**チャールズ** ↓ ボウルガード、チャールズ（31）

**チャールズ、サー** ↓ ウォレン、サー・チャールズ（23）

**チャプマン、アニー（イライザ・アン）（一八四一―一八八八）Chapman, Annie** ☆通称ダーク・アニー。四十七歳の娼婦。切り裂きジャック第二の犠牲者。一八八八年九月八日ハンバリー・ストリート二九番地の裏庭で発見。周囲に大量の凝血があり、腹部が完全に切開され、子宮が持ち去られていた。（15）

## ツ

**ツェリスカ女伯爵、バルバラ（一三九〇頃―一四五一）Coundes de Cilly, Barbara** ☆スロヴェニアのツェリェ伯ヘルマン二世の娘で、神聖ローマ皇帝・ハンガリー王・ボヘミア王であるジギスムントの二番めの妃。「ドイツのメッサリーナ」とも呼ばれ、ドラゴン騎士団の創設に深くかかわった。（440）

## テ

**ディームシュッツ、ルイス（一八六二頃―？）Diemschütz, Louis** ☆昼は安物の装飾品を行商し、夜はバーナー・ストリートの国際労働者教育クラブの給仕をつとめる。リジー・ストライドの死体を発見した。（190）

**ディズレイリ、ベンジャミン（一八〇四―八一）Disraeli** ☆英国の政治家・文人。小説家として名をなしたのち政界にはいり、首相をつとめる。グラッドストンとともに典型的な二大政党による議会政治を代表した。（70）

**テイト、ピーター・ガスリー（一八三一―一九〇一）Tait, Peter Guthrie** ☆英国の物理学者・数学者。オゾンの研究からガス体の運動法則を基礎づけ、また、静電気・熱力学の研究・実験をおこなった。The Unseen Universe は一八七五年出版。（382）

**テール、ルシアン・ド Terre, Lucian de** ★ブライアン・ステイブルフォードの三部作 The Werewolves of London（一九九〇）、The Angel of Pain（一九九一）、The Carnival of Destruction（一九九四）に登場する哲学者。（382）

**テスラ、アルマンド Tesla** ★ルー・ランダース監督、ベラ・ルゴシ主演の映画『吸血鬼甦る』The Return of the Vampire（一九四四）に登場するヴァンパイア。現在プリンス・コンソート直属カルパティア近衛隊将校。（70）

**テニスン、アルフレッド（一八〇九―九二）Tennyson, Alfred** ☆英国の詩人。ワーズワースの後継者として一八五〇年に桂冠詩人となる。ヴィクトリア時代のイギリス詩を代表する詩人で、美しい措辞と韻律をもち、ひろく愛された。（69）

**デュヴァル伯爵　Duval**　★フェルナンド・メンデス監督、ゲルマン・ロブレス主演のメキシコ映画 El Vampiro（一九五七）、El Ataud del Vampiro（一九五八）に登場するヴァンパイア。（70）

**デュケイン、レディ・アデリン　Ducayne, Lady Adeline**　★メアリ・エリザベス・ブラッドンの短編 Good Lady Ducayne（一八九六）に登場するヴァンパイア。彼女の雇う侍女は次々と変死した。（70）

**デュドネ、ジュヌヴィエーヴ・サンドリン・ド・リール（一四一六―　）Dieudonné, Geneviève Sandrine de l'Isle**　★十五世紀のフランスに生まれ、十六歳でヴァンパイアになった少女。現在はロンドンのイースト・エンドのトインビー・ホールで働いている。ニューマンはこれまでにもジャック・ヨーヴィルの名前で、吸血鬼の少女ジュヌヴィエーヴを主人公とした作品をいくつか発表している。（18）

**テリー、エレン・アリシア（一八四八―一九二八）Terry, Ellen**　☆英国の女優。ヘンリー・アーヴィングがライシアム劇場の経営にあたると同時に迎えられ、絶妙な共演により、シェイクスピア劇の復活に資するとともに、イギリス演劇の国際的評価を高めた。（32）

## ト

**トインビー、アーノルド（一八五二―八三）Toynbee, Arnold**　☆英国の経済学者・社会改良家。社会改革運動、教会の改革などにつとめ、その死後、彼を記念して、ロンドンのホワイトチャペルにトインビー・ホールがひらかれた。（26）

**ド・ヴィユ伯爵　de Ville**　★ドラキュラの仮名。ブラム・ストーカーの『吸血鬼ドラキュラ』Dracula（一八九七）においても、この仮名でピカデリーの邸宅を購入している。（64）

**ドジスン、チャールズ（一八三二―九八）Dodgson, C.L.**　☆英国の童話作家・数学者。ルイス・キャロルの筆名で『不思議の国のアリス』Alice's Adventures in Wonderland（一八六五）を発表した。（304）

**トッド、スウィニー　Todd, Sweeney**　★フリート街に床屋の店を構え、数多くの客を殺して金銭を奪った。証拠隠滅のため、その肉をパイにまぜて売ったという。さまざまなドラマや小説に登場するが、実在かどうかは不明。（218）

**ドラキュラ伯爵　Dracula, Count**　★ブラム・ストーカーの『吸血鬼ドラキュラ』Dracula（一八九七）の主人公。トランシルヴァニアの古城からイギリスに進出をはかったが、ヴァン・ヘルシングらに追いつめられ、滅ぼされた、はず――。現在ヴィクトリア女王と結婚し、プリンス・コンソートとして英国を支配している。生前はワラキア公ヴラド・ツェペシュ。（50）

**ドラゴミロフ、イワン　Dragomiloff, Ivan**　★ジャック・ロンドンのThe Assassination Bureau Ltd（一九六三）に登場する道徳的暗殺者。未完成のまま残された遺構を、ロバート・フィッシュが完成させた。一九六九年には、バジル・ディアデン監督、オリヴァー・リード主演による映画『世界殺人公社』The Assassination Bureau が製作されている。（50）

**トリーヴス、フレデリック（一八五三―一九二三）Treves, Frederick**　☆ヴィクトリア女王なども診察したロンドン病院の外科医。エレファント・マン、ジョン・メリックの記録を残した。（217）

**ドリンゲン伯爵夫人　Dolingen, Countess**　★ブラム・ストーカーが『吸血鬼ドラキュラ』Dracula（一八九七）の冒頭部分を短編として発表した「ドラキュラの客」Dracula's Guest（一九一四）において、ジョナサン・ハーカーが発見する墓に記されていた名前。さまざまな小説、映画などに登場している。（70）

**ドルーイット、モンタギュー・ジョン（一八五七―八八）Druitt, Montague John**　☆医者の息子として良家に生まれ、学生時代はクリケットの選手として活躍した。法廷弁護士のかたわら、ブラックヒースの学校に教員としてつとめるが、八八年秋に解雇される。同性愛の噂をたてられたとも、発狂した母親につづいて自分もいずれ狂うのではないかとノイローゼにかかっていたともいう。一八八八年十二月はじめに投身自殺をしたらしく、三十一日テームズ河で水死体が発見された。一九〇三年にスコットランド・ヤード犯罪捜査部長に就任したメルヴィル・マクノートンが切り裂きジャックの第一容疑者として名前をあげている。現在トインビー・ホールのスタッフの一員であるが、勤務態度良好とは言いがたい。（28）

**トルケマダ、トマス・ド（一四二〇―九八）Torquemada, Tomas de**　☆スペインの宗教裁判所初代長官。異教徒に対する非道な弾圧を実施した。（45）

**ドレイヴォット軍曹、ダニエル　Dravot, Danny**　★ラドヤード・キップリングのThe Man Who Would Be King（一八八八）の登場人物。一九七五年に、ジョン・ヒューストン監督、ショーン・コネリー主演で『王になろうとした男』The Man Who Would Be King として映画化されている。現在ディオゲネス・クラブのために働いている。(51)

**ドンストン、ロズリン**(一八四一―一九一六)**D'Onston** ☆本名ロバート・ドンストン・スティーヴンスン。ジャーナリスト・作家。切り裂きジャック容疑者のひとり。黒魔術の実験のために犯行をおかしたと言われる。(171)

## ナ

**ナイティンゲール、フローレンス**(一八二〇―一九一〇)**Nightingale, Florence** ☆英国の看護婦。野戦病院の改善、病院の改革、看護婦養成のためなどに尽力した。(24)

## ニ

**ニーヴ、ジョージ**(一八五一―?)**Neve, George** ☆警官。本書ではルル・シェーンの死体発見者となっているが、現実には、一八八九年七月十七日、頸動脈を切られて殺害されたアリス・マッケンジーの死体を発見した。(55)

**ニコラ、ドクター** **Nikola, Dr** ★ガイ・ブースビーの A Bid for Fortune : or, Dr Nikola's Vendeta(一八九五)、『魔法医師ニコラ』Doctor Nikola(一八九六)等に登場する魔法に通じた謎の人物。(90)

**ニコルズ、ポリー**(メアリ・アン)(一八四五―一八八八)**Nichols, Polly** ☆四十四歳の娼婦。切り裂きジャック第一の犠牲者。一八八八年八月三十一日ホワイトチャペルのバックス・ロウにて死体で発見。(22)

**ニュートン、アイザック**(一六四二―一七二七)**Newton** ☆英国の物理学者・数学者。万有引力の法則を発見した。(228)

**ニューマン枢機卿、ジョン・ヘンリー**(一八〇一―九〇)**Newman, Cardinal** ☆英国のカトリック神学者。英国国教会に疑問をもち、カトリックに改宗。ローマに行ってオラトリオ会にはいり、のちに枢機卿となる。神学者・説教者・詩人・哲学者として、イギリス宗教界に多くの影響を与えた。(63)

## ネ

**ネイデン、コンスタンス**(一八五八―一八八九)**Naden, Constance** ☆英国の作家・詩人・哲学者。Songs and Sonnets of Springtime(一八八一)と A Modern Apostle, the Elixir of Life, the Story of Clarice, and other Poems(一八八七)の二冊の詩集を出している。(382)

**ネッド** **Ned** カフェ・ド・パリの走り使いの少年。彼

の裏設定については、ニューマンによる付記を参照のこと。(172)

**ネトリー、ジョン**（一八六〇?—一九〇三）**Netley** ☆ヴィクトリア女王の侍医ウィリアム・ガルの御者。切り裂きジャック容疑者のひとり。クラレンス公の醜聞を揉み消すため、ガルに命じられて恐喝をはじめた売春婦たちを殺したと言われる。(418)

**ネルヴァル、ジェラール・ド**（一八〇八—五五）**De Nerval** ☆フランスのロマン派詩人・ジャーナリスト。神秘思想を好み、ドイツ文学を愛した。(69)

## ノ

**ノックス、ロバート**（一七九一—一八六二）**Knox, Dr** ☆十九世紀初頭のエジンバラ医科大学の医師。有名な死体泥棒バークとヘアのふたり組から、解剖用死体を購入した。(229)

## ハ

**ハーカー、ウィルヘルミナ（ミナ）・マリー Harker, Wilhelmina Murray** ★ストーカーの『吸血鬼ドラキュラ』Dracula（一八九七）の登場人物。ジョナサンの婚約者、のちに妻。ドラキュラの最初の犠牲者ルーシーの幼馴染みで、みずからも襲われながら、ヴァン・ヘルシング教授らに協力した。ドラキュラが滅びると同時に人間にもどったはずだが——(111)

**ハーカー、ジョナサン Harker, Jonathan** ★ストーカーの『吸血鬼ドラキュラ』Dracula（一八九七）に登場する事務弁護士。トランシルヴァニアのドラキュラ城で恐怖の体験をしたのち、ヴァン・ヘルシング教授らに協力してドラキュラ伯爵を追いつめた。(66)

**バーデット＝クーツ、アンジェラ**（一八一四—一九〇六）**Burdett-Coutts, Angela** ☆イギリスの富豪・慈善家。奨学金や寄付金といった幅広い慈善活動に惜しみなく財産をつぎこみ、のちに女男爵に叙せられた。(76)

**バートリー伯爵夫人、エリザベート**（一五六〇—一六一四）**Bathory, Countess Elizabeth** ☆ハンガリー式にいうと、バートリー・エルジェベト。ハンガリー・トランシルヴァニアの名門貴族の出身。少女の血を浴びれば美貌を維持できるという狂信にかられ、十数年間に六百人以上の少女を殺害したと言われる。ヴァンパイアとしてのバートリー伯爵夫人を主人公にして、ハリー・クメール監督、デルフィーヌ・セイリグ主演『闇の乙女／紅い唇』Daughters of Darkness/Les Lèvres Rouges（一九七一）、など、いくつかの映画がつくられている。ヴァンパイアではないバートリー伯爵夫人を扱った映画としては、ジュリー・デルピー監督・主演『血の伯爵夫人』The Countess（二〇〇九）などがあげられる。（70）

**バーナード、トマス・ジョン**（一八四五—一九〇五）**Barnardo, Dr** ☆英国の慈善家。多くの孤児院を建設した。切り裂きジャック容疑者のひとり。（338）

**バーネット、ジョゼフ**（ジョウ）（一八五八—一九二六）**Barnett, Joe** ☆第五の犠牲者メアリ・ジェイン・ケリーの同棲相手。切り裂きジャック容疑者のひとり。（257）

**バーネット牧師、サミュエル**（一八四四—一九一三）**Barnett, Rev Samuel** ☆英国の社会改革の先駆者。社会奉仕をする大学生に宿泊施設を提供しようと、一八八四年トインビー・ホールを開設。またホワイトチャペルの聖ジュード教会の牧師をつとめた。（26）

**パーマストン、ヘンリー・ジョン・テンプル**（一七八四—一八六五）**Palmerston** ☆英国の政治家。クリミア戦争の難局に首相に就任。戦争を完遂。イギリスの外交政策を三十年にわたって支配し、自由主義興隆期に大陸の自由主義運動を援助。イギリスの国権拡張を旨とした。（70）

**バーロウ、カート** **Barlow** ★スティーヴン・キングの『呪われた町』Salem's Lot（一九七五）に登場するヴァンパイア。ニューイングランドの田舎町セイラムズ・ロットを恐怖に陥れた。（70）

**バーンズ、ロバート**（一七五九—九六）**Burns, Robert** ☆スコットランドの国民的詩人。スコットランド語をつかった恋愛詩・自由詩・風刺詩などで知られる。スコットランド民謡の収集・普及にもつとめた。（149）

**パイザー、ジョン**（一八五〇—一八九七）**Pizer, John** ☆ポーランド系ユダヤ人の靴職人。九月十日切り裂きジャック容疑で逮捕されるが、のちに釈放。チャプマン事件の現場近くに水びたしの靴職人用革エプロンが落ちていたことから、これが犯人の遺留品と見なされ、ホワイトチャペル殺人鬼は〈レザー・エプロン〉という通称で呼ばれるようになった（本書では〈銀ナイフ〉がこれに相当する）。パイザーは職業柄レザー・エプロンと呼ばれていたため、濡れ衣を着せられた。（107）

**ハイド、エドワード** **Hyde, Edward** ★スティーヴンスンの『ジキル博士とハイド氏』The Strange Case of Dr. Jekyll and Mr. Hyde（一八八六）の登場人物。ジキル博士が薬をのんでつくりあげた悪の人格。（423）

**バイロン**（一七八八—一八二四）**Byron** ☆英国のロマン派を代表する詩人。生の倦怠と憧憬を扱った奔放な詩風と異国情緒が評判となる。偽善と偏見を痛罵する情熱と冷嘲はバイロニズムと呼ばれ、ヨーロッパ諸国の文学に大

きな影響を与えた。美貌と放蕩でも知られ、ポリドリのルスヴン卿はバイロンをモデルにしているとも噂される。(69)

**ハインドマン、ヘンリー・メイアーズ**(一八四二―一九二一) **Hyndman, H.M.** ☆英国の社会民主主義者。〈ペルメル・ガゼット〉の記者として活躍。民主連盟を創立して指導者となる。これがのちに社会民主連盟、社会民主党となった。(23)

**バウアー、ルイス** **Bauer, Louis** ★パトリック・ハミルトンの戯曲『ガス燈』Gas Light(別名 Gaslight もしくは Angel Street)に登場する殺人者。(145)

**バクスター、ウィン**(一八四四―一九二〇) **Baxter, Wynne** ☆英国の法律家。ポリー・ニコルズ、アニー・チャプマン、エリザベス・ストライドの検死官をつとめる。(54)

**ハクスリー、トマス・ヘンリー**(一八二五―九五) **Huxley, Thomas Henry** ☆英国の生物学者。民衆に対する科学思想の普及につくした。不可知論を提唱。(187)

**バジョット、ウォルター**(一八二六―七七) **Bagehot, Walter** ☆英国の経済学者・ジャーナリスト・評論家。政治・経済・法律から文芸にわたる広範囲の問題を論じ、鋭い科学的批評眼で英国社会を観察した。(63)

**パティソン、マーク**(一八一三―八四) **Pattison, Mark** ☆英国の学者・著作家・英国国教会聖職者。著作物として Essays on the Endowment of Research(一八七六)はあるが、『教育基金に関するエッセイ』Essays on the Endowment of Education は見つからなかった。(382)

**ばね脚ジャック** **Spring-Heeled Jack** ☆一八三七年から七七年にかけて、ロンドン郊外で通行人を襲った謎の人物。黒いマントをひるがえし、脚にばねをつけているのではないかと思われるほどの超人的な跳躍力をもっていたという。(157)

**パメラ** ↓ ボウルガード (31)

**ハモンド、チャールズ** **Hammond, Charles** ☆クリーヴランド・ストリートの男色宿の所有者。フランスに逃亡して罪を逃れた。(130)

**ハリス、フランク**(一八五六―一九三一) **Harris, Frank** ☆アイルランド生まれのジャーナリスト・作家。ロンドンの〈イヴニング・ニュース〉〈フォートナイトリ・レヴュー〉〈サタデイ・レヴュー〉などの名編集者として知られる。オスカー・ワイルドの伝記を著した。(103)

**ハント、ウィリアム・ホルマン**(一八二七―一九一〇) **Hunt, Holman** ☆英国のラファエル前派の画家。聖書、伝説などに題材を求め、画面のすみずみまで徹底的な細密描写をおこなった。最初の妻の死後、義妹にあたるミ

ス・ウォーと結婚。近親相姦を非難されて国外に脱出した。(282)

## ヒ

**ピース、チャーリー**（一八三二―七九）**Peace, Charley** ☆英国の犯罪者。驚異的な敏捷さで屋根から忍びこむ夜盗だったが、警官射殺と横恋慕する人妻の夫を射殺した罪で絞首刑に処せられた。ロンドン随一の犯罪者としてさまざまなフィクションに登場している。(107)

**ビーン、ソーニー** **Beane, Sawney** ☆十四世紀から十五世紀ごろのスコットランドの有名な山賊。エジンバラ近郊の洞窟に住みついて、二十五年間追い剥ぎ強盗をし、千人以上の人間を殺してその死体を食べて暮らしたといわれている。(218)

**ビスマルク**（一八一五―九八）**Bismark** ☆ドイツ帝国初代宰相。ドイツ統一とその帝国主義的発展に尽くした。(79)

**ピット、ウィリアム**（一七五九―一八〇六）**Pitt** ☆英国の政治家。フランス革命、アイルランド反乱等の時期に首相をつとめ、国民の信望をつないだ。彼の在任中、首相の地位が確立し、その内閣はイギリス憲政史上重要な意義をもっている。(70)

**ヒューイット、マーティン** **Hewitt, Martin** ★アーサー・モリスンの Martin Hewitt : Investigator（一八九四）等に登場する弁護士あがりの探偵。日本では独自に『マーチン・ヒューイットの事件簿』として短編集が編まれている。(108)

**ピュージ、エドワード**（一八〇〇―八二）**Pusey** ☆英国の神学者。オックスフォード大学ヘブライ語教授。オックスフォード運動に加わり、合理主義の広がりを抑えようとした。(178)

## フ

**フィオンギュアラ、エセリンド** **Fionguala, Ethelind** ★ジュリアン・ホーソンの「白い肩の乙女」The Grave of Ethelind Fionguala（一八八七）に登場するヴァンパイア。(70)

**フィリップス、ジョージ・バグスター**（一八三五―一八九七）**Phillips, George Bagster** ☆二十年の経験をもつ警察医。アニー・チャプマン、エリザベス・ストライド、メアリ・ジェイン・ケリーの遺体検分をおこない、検死解剖にも立ち合った。(57)

**ブース、ウィリアム**（一八二九―一九一二）**Booth, William** ☆英国の宗教家。下層階級に対する伝道を志し、ロンドンの貧民窟ホワイトチャペルに伝道団を創立。これを軍隊的に組織して〈救世軍〉と称し、貧民・犯罪者等に対する慈善事業と宗教的救済を目的とする社会改良施設を創設した。（28）

**プール** **Poole** ★ジキル家の使用人。（223）

**フェイギン** **Fagin** ★チャールズ・ディケンズの『オリヴァー・ツイスト』Oliver Twist（一八三八）に登場する子供たちのスリの元締め。（313）

**フォークス、ガイ**（一五七〇—一六〇六）**Fawkes, Guy** ☆ジェームズ一世のカトリック迫害に対して企てられた陰謀に加担。議会の地下室に火薬をしかけて王を爆死させようとしたが、失敗して処刑される。それを記念して、十一月五日にガイ・フォークスの人形をつくり、町をひきまわして焼き捨てる祭がはじまった。現在では篝火を焚いたり花火を打ちあげたりする。（265）

**フォーサイト、ソームズ** **Forsyte, Soames** ★ジョン・ゴールズワージーの〈フォーサイト家物語〉The Forsyte Saga（一九〇六〜一九二一）シリーズに登場する資産家。非常に強欲な男。（305）

**フォン・クラトカ、エッツェリン**（アッツォ）**Von Klatka, Ezzelin** ★作者不明「謎の男」The Mysterious Stranger（一八六〇）に登場するヴァンパイア。生前はトルコの遊牧民への悪逆で知られた領主だった。現在プリンス・コンソート直属カルパティア近衛隊将校。（79）

**フォン・クロロック** **Von Krolock** ★ロマン・ポランスキー監督の映画『吸血鬼』The Fearless Vampire Killers/Dance of the Vampires（一九六七）に登場するヴァンパイア。ファーディ・メインが演じた。現在プリンス・コンソート直属カルパティア近衛隊将校。（70）

**ブラウン、フレデリック・ゴードン**（一八四三—一九二八）**Brown, Gordon** ☆シティ警察の警察医。エドウズの検死をおこなった。（221）

**ブラストフ** **Brastov** ★チャールズ・グラントの The Soft Whisper of the Dead（一九八二）に登場するヴァンパイア。催眠術によってオクスラン・ステーションを支配しようとした。現在プリンス・コンソート直属カルパティア近衛隊将校。（70）

**フランクリン、ベンジャミン**（一七〇六—九〇）**Franklin** ☆アメリカの政治家・外交家・著述家・科学者・発明家。（114）

**プリンス・コンソート** → ドラキュラ伯爵

**ブルワー＝リットン、エドワード・ジョージ**（一八〇三—七三）**Bulwer-Lytton** ☆英国の作家・政治家。『ポンペイ最後の日』The Last Days of Pompeii（一八三四）など

の作者。(323)

**フロベール、ギュスターヴ（一八二一—八〇）Flaubert** ☆フランスの小説家。ロマン風の華麗さを愛するとともに、同時代の科学思想に影響された写実的文体と手法を求め、現代生活の写実的描写と、華麗な想像に富む歴史および伝説の二系列にわかれた作品を書いた。代表作『ボヴァリー夫人』Madame Bovary（一八五七）。(102)

**プロメテウス Prometheus** ★ギリシャ神話の神のひとり。人間を創造した。のちに天界の火を盗んで人に与えた。(228)

## ヘ

**ベアストウ Bairstow** チャールズ・ボウルガードの使用人。(120)

**ベザント、アニー（一八四七—一九三三）Besant, Annie** ☆英国の女流神智学者。自由思想およびマルサスの人口論を宣伝、フェビアン協会に参加する。のちに、神智学協会に加わって会長までつとめた。(23)

**ベシー Bessie** ストーカー家の小間使い。(31)

**ペダチェンコ、アレクサンドル（一八五七?—一九〇八?）Pedachenko** ☆ロシア人外科医。切り裂きジャック容疑者のひとり。一説には、イギリスを攪乱するために送りこまれたロシアのスパイだともいうが、実在そのものが疑わしい。(338)

**ペネロピ** ↓チャーチウォード(30)

**ヘンツォ伯ルパート Hentzau, Rupert of** ★アンソニー・ホープの『ゼンダ城の虜』The Prisoner of Zenda（一八八四）および『ヘンツォ伯爵』Rupert of Hentzau（一八九八）の登場人物。中部ヨーロッパの架空の国ルリタニアの貴族。現在プリンス・コンソート直属カルパティア近衛隊将校。(269)

**ヘンリー四世（一三六七—一四一三）Henry** ☆英国王。ランカスター家の始祖。(197)

**ヘンリー六世（一四二一—七一）Henry** ☆英国王。生後九ヶ月で即位。フランス王も名乗るが、シャルル七世によってイギリス軍は掃討される。(197)

## ホ

**ホイスラー、ジェイムズ（一八三四—一九〇三）Whistler** ☆アメリカの画家・銅版画家。イギリスに定住し、フランスの近代絵画、日本の浮世絵などの影響を受けた情緒的・文学的な作品を残した。実際に、チェルシー区チェイニ・ウォークの、ストーカー夫妻の近所に住んでいた。(31)

**ボウルガード、チャールズ Beauregard, Charles** 政府の秘密機関ディオゲネス・クラブに所属する諜報員。本編の主人公のひとり。(30)

**ボウルガード、パメラ・チャーチウォード Beauregard, Pamela Churchward** チャールズの妻。七年前にインドで死亡。(31)

**ホークショー Hawkshaw** ★トム・テイラーの戯曲 The Ticket of Leave Man(一八六三)に登場する名探偵。以後、探偵の代名詞として使われるほど一世を風靡した。(108)

**ボードレール、シャルル(一八二一―六七) Beaudelaire** ☆フランスの詩人・批評家。代表作『悪の華』Les Fleurs du mal(一八五七)は近代的憂愁と頽廃的な官能美を備え、のちの象徴派に深い影響を与えた。(69)

**ホームズ、シャーロック(一八五四―一九五七 ベアリング=グールドによる) Holmes, Sherlock** ★コナン・ドイルの〈シャーロック・ホームズ〉シリーズの主人公。ベイカー街二二一番地Bに住む世界で唯一の諮問探偵で、数々の難事件を解決した。ちなみに、一八八八年九月当時、彼は〈四つの署名〉事件と〈バスカヴィル家の犬〉事件を手がけているはず。ほかにも、ホームズと切り裂きジャック、ホームズとドラキュラをからませた小説は、数多く書かれている。(25)

**ホールウォード、バジル Hallward, Basil** ★オスカー・ワイルドの『ドリアン・グレイの肖像』The Picture of Dorian Gray(一八九一)に登場する画家。ドリアンの肖像画を描いた。(160)

**ポッター、ベアトリス(一八五八―一九四三) Potter, Beatrice** ☆一八九一年シドニー・ウェッブと結婚し、ベアトリス・ウェッブとしても知られる女流社会学者。フェビアン協会の有力メンバーのひとりで、会長もつとめた。(106)

**ボニー、アン(一七〇〇―八二) Bonney, Anne** ☆男装して船に乗りこみ、カリブ海で活躍した女海賊。(315)

**ボニー、ウィリアム(一八五九―八一) Bonney, William** ☆通称ビリー・ザ・キッド。本名ヘンリー・アントリム。アメリカの無法者・強盗で、ピストルの名手。のちにさまざまな物語の主人公として語られるようになった。(165)

**ホラティウス(前六五―八) Horace** ☆ローマの詩人・風刺作家。(12)

**ホランド、ジェームズ・トマス Holland** ☆シティ警察の警官。キャシー・エドウズの殺害現場に応援に駆けつけた。(194)

**ホリデイ、ジョン・ヘンリー(一八五二―八七) Holiday**

☆通称ドク・ホリデイ。歯科医・ガンマン・賭博師。一八八一年十月二十六日アリゾナ州トゥームストーンのOK牧場の決闘でアープ兄弟側に加担した。(83)

**ホルス、ダニエル**(一八四二―一八九四) **Halse** ☆シティ警察の警官。キャシー・エドウズ殺害現場に立ちあった。(211)

**ホルムウッド** ↓ ゴダルミング (31)

## マ

**マーチャーシュ、コルヴィヌス**(一四四〇―九〇) **Mathias** ☆ハンガリー王。在位一四五八―九〇年。トルコ、ベーメン、ポーランドと戦って勝利をおさめ、国内では軍の建設、裁判の改革などをおこない、中世ヨーロッパ最強の国家をつくりあげた。芸術や学問の保護にも熱心で、ハンガリーにルネッサンスをもらたした。(64)

**マーディ**(一八四四―八五) **Mahdi** ☆本名ムハマド・アーマド。スーダンの宗教・社会運動家。アラーとマホメットの意志を体現するマーディ(救世主)を名乗り、エジプト支配からのスーダン解放を目指した。ゴードン将軍が死守するハルトゥームを落としたのち、ウルドゥルマーンに新都を建設。イスラムの平等理念に基づく神権政治をおこなった。(66)

**マーリー、ジェイコブ** **Marley, Jacob** ★チャールズ・ディケンズの『クリスマス・キャロル』A Christmas Carol(一八四三)において、スクルージ老人を訪れる幽霊。(233)

**マイクロフト**(一八四七―一九四六 ベアリング=グールドによる) **Mycroft** ★〈シャーロック・ホームズ〉シリーズの登場人物。シャーロックの兄で、彼以上の推理能力をもつ安楽椅子探偵《アームチェア・ディテクティヴ》。「政府の高官で会計の監査をしている」とも、「時にはイギリス政府そのもの」とも言われる存在。ペルメル街のディオゲネス・クラブの会員であるが、このクラブが政府の秘密機関であるかどうかは不明。(52)

**マイレット、リリー** **Mylett, Lily** ホワイトチャペルに住む新生者《ニューボーン》の少女。(27)

**マイレット、ローズ**(一八五八―一八八八) **Mylett, Rose** ☆ホワイトチャペルの娼婦。一八八八年十二月二十八日に殺害され、切り裂きジャックの仕業と噂されるが、実際には別の事件と考えられる。(77)

**マインスター男爵** **Meinster** ★テレンス・フィッシャー監督、デイヴィッド・ピール主演の映画『吸血鬼ドラキュラの花嫁』The Brides of Dracula(一九六〇)に登場するヴァンパイア。ドラキュラ亡きあと彼の後継者となる

が、最後にはヴァン・ヘルシングに滅ぼされる。現在プリンス・コンソート直属カルパティア近衛隊将校。(70)

**マシューズ、ヘンリー**（一八二六—一九一三）**Matthews, Henry** ☆英国の政治家。保守党に所属し、第二次ソールズベリー侯爵内閣において内務大臣を務めた（在職一八八六—一八九二）。のちにランダッフ子爵に叙せられる。(299)

**マッカーシー、ジョン**（一八四九—一九三四）**McCarthy** ☆ミラーズ・コートのケリーの部屋の家主。雑貨屋。(260)

**マックヒース、キャプテン** **Macheath, Captain** ★ブレヒト『三文オペラ』Die Dreigroschenoper（一九二八）の登場人物。通称マック・ザ・ナイフ。泥棒たちの王で、女にもてる伊達男。(90)

**マッケンジー** **Mackenzie** ★E・W・ホーナングの『二人で泥棒を—ラッフルズとバニー—』The Amateur Cracksman 他、〈ラッフルズ・シリーズ〉に登場する、ラッフルズの仇敵。スコットランド・ヤードの警部。(126)

**『窓辺の顔』The Face at the Window** ★ブルック・ウォレンによる戯曲（一八九七）。ル・ルーと呼ばれる連続殺人鬼が登場する。繰り返し映画化されている。(218)

**マニング、マリア**（一八二一—一八四九）**Manning, Mrs** ☆夫フレデリックと共謀して愛人を殺害した。この事件は「バーモンジーの惨劇」として知られ、スコットランド・ヤード犯罪捜査部の前身、刑事部が、はじめて大々的な成功をおさめた事件として記録される。(218)

**マムワルド王子** **Mamuwalde, Prince** ★ウィリアム・クレイン監督、ウィリアム・マーシャル主演の映画『吸血鬼ブラキュラ』Blacula（一九七二）に登場するヴァンパイア。十九世紀、奴隷制度反対のためヨーロッパに渡ったアフリカのマムワルド王子はドラキュラによってヴァンパイアにされる。人の血を吸うことに罪悪感を捨てきれない彼は、最後に陽光に身をさらして自殺する。(228)

**マラルメ**（一八四二—九八）**Mallarmé** ☆フランスの詩人。ヴェルレーヌ、ランボーとならんでフランス象徴派の始祖と見なされる。(69)

**マリスン、グレゴリー・フォックス** **Malleson, Gregory Fox** 銀細工師。ニューマンの創作キャラクター。英国の性格俳優マイルズ・マリスンをイメージしたという。(149)

**マルクス、エリナ**（一八五六—九八）**Marx, Eleanor** ☆カール・マルクスの末娘。マルクスの死後、社会運動家のエイヴリングと結婚。ともに運動に従事する。実際には『ヴァンパイアの問題』The Vampire Question ではなく、The Woman Question（一八八六）を著している。(23)

**マンク、トミー**（一八五〇―?） **Monk** ☆フェザー級ボクサー。コン・ドノヴァンの項目参照。(57)

## ミ

**ミズン、ジョナス**（一八四八―?） **Mizen, Jonas** ☆警官。ニコルズの検死審問に名前が見られる。(107)

**ミッターハウス伯爵** **Mitterhouse** ★ロバート・ヤング監督の映画『吸血鬼サーカス団』Vampire Circus（一九七一）に登場するヴァンパイア。ヴァンパイアの集まるサーカスの元団員で、その昔セルビアのある村で滅ぼされた。ロバート・テイマンが演じた。現在プリンス・コンソート直属カルパティア近衛隊将校。(70)

## メ

**メサヴィ、マンドヴィル** **Messervy, Sir Mandeville** ディオゲネス・クラブ闇内閣のメンバー。元陸軍提督。イアン・フレミングの〈ジェイムズ・ボンド〉シリーズに登場するボンドの上司M、サー・マイルズ・メサヴィの祖先（とニューマンは言っている）。(52)

**メリック、ジョン**（一八六二?―九〇） **Merrick, John** ☆バーナード・ポメランスの戯曲『エレファント・マン』The Elephant Man（一九七七）、デヴィッド・リンチ監督、ジョン・ハート主演の映画『エレファント・マン』The Elephant Man（一九八〇）等で知られる奇形の青年。上流社会の話題の中心になり、アレクサンドラ皇太子妃も見舞いに訪れた。(431)

## モ

**モラン大佐、セバスチャン**（一八四〇―?） **Morran, Colonel Sebastian** ★コナン・ドイルの〈シャーロック・ホームズ〉シリーズの登場人物。モリアティ教授の右腕。元英国インド軍将校で虎射ちの名人。一八九四年ロナルド・アデア卿殺害容疑により逮捕される。英領インド・クラブ、バガテル・カード・クラブ所属。著書『西部ヒマラヤの猛獣』Heavy Game of the Western Himalayas（一八八一）および『ジャングルの三ヶ月』Three Months in the Jungle（一八八四）。(89)

**モリス、ウィリアム**（一八三四―九六） **Morris, William** ☆英国の詩人・美術工芸家・社会運動家。芸術家としては〈美のための美〉にあきたりず実生活の美化につとめ、社会運動家としては民主連盟に加入後、社会主義者同盟を創立した。(23)

**モリス、キンシー** **Morris, Quincey** ★ブラム・ストーカーの『吸血鬼ドラキュラ』Dracula（一八九七）の登場人物。ルーシーに求愛するアメリカ人富豪。ヴァン・ヘルシングらとともにドラキュラを追いつめるが、最後の対決で死亡。(113)

**モリス、ルイス　Morris, Lewis**　☆ニューマンはこの一節を、ワイルドのエッセイからそのまま借用したという。したがって、ルイス・モリスというのはおそらく実在の詩人だが、後世に残るほどの才能をもちあわせていなかったのだろう。(102)

**モリスン、アーサー（一八六三—一九四五）Morrison, Arthur**　☆英国のジャーナリスト。ロンドンの貧民窟の様子を紹介した Tales of Mean Streets（一八九四）、東洋美術の権威ともいえる Painters of Japan（一九一一）、探偵小説『マーチン・ヒューイットの事件簿』The Casebook of Martin Hewitt（一八九四〜　）など、幅広い執筆活動をおこなった。二十五歳の現在、ホワイトチャペルのトインビー・ホールでドクター・セワードの秘書をつとめている。(27)

**モロー博士　Moreau, Dr**　★H・G・ウェルズ『モロー博士の島』The Island of Dr. Moreau（一八九六）の主人公。すぐれた生理学者だったが、生体実験に手を出して国外追放に処せられる。その後も孤島で実験を続けた。(223)

## ヤ

**ヤン、ミスタ　Yam, Mr**　ジュヌヴィエーヴを襲った中国人の長生者《エルダー》。いわゆるキョンシー。(357)

## ユ

**ユイスマンス、ジョリス・カルル（一八四八—一九〇七）Huysmans**　☆フランスの作家。自然主義作家としてデビューするが、やがて現実世界からの脱出をはかり、頽廃的唯美的な『さかしま』À rebours（一八八四）を発表。さらに悪魔礼拝と黒ミサを扱った『彼方』Là-Bas（一八九一）を著した。文体は晦渋で造型的形象に富み、自然主義作家のなかで特異な位置を占めている。(69)

## ヨ

**ヨーヴィル、ミセス　Yeovil, Mrs**　チャーチウォード家の家政婦。ニューマンはヨーヴィル名義でいくつかの小説を発表している。(317)

**ヨルガ伯爵　Iorga, General**　★ボブ・ケリャン監督、ロバート・クォリー主演の映画『吸血鬼ヨーガ伯爵』Count Yorga, Vampire（一九七〇）および『ヨーガ伯爵の復活』The Return of Count Yorga（一九七一）に登場

するヴァンパイア。現在プリンス・コンソート直属カルパティア近衛隊司令官。(70)

## ラ

**ラヴナ、ドクター Ravna, Dr** ★ドン・シャープ監督、ノエル・ウィルマン主演の映画『吸血鬼の接吻』The Kiss of the Vampire/Kiss of Evil(一九六三)の登場人物。ヴァンパイア・カルトを主宰する医師。(324)

**ラシルド(一八六〇―一九五三) Rachilde** ☆本名、マルグリット・エムリー。フランスのデカダン派の中でも著名な女流小説家。主著 La Marquise de Sade(一八八七)、Monsieur Vénus(一八八四)。(69)

**ラスキン、ジョン(一八一九―一九〇〇) Ruskin, John** ☆英国の批評家。美術評論を主として活動したのち、社会問題に関心を向けた。『近代画家論』Modern Painters(一八四三―六〇)、『建築の七灯』The Seven Lamps of Architecture(一八四九)、『ヴェネツィアの石』The Stones of Venice(一八五一-五三)。(39)

**ラスク、ジョージ(一八三九―一九一九) Lusk, George** ☆建築家。ホワイトチャペル自警団の団長をつとめ、キャサリン・エドウズのものと思われる腎臓のはいった小包を受けとった。(319)

**ラドゥ(一四三八―一五〇〇) Radu** ☆ヴラド・ツェペシュの弟。俗称、美男公。ワラキア公在位一四六二―七五年。ヴラド・ツェペシュとともに幼少期を人質としてトルコで過ごしたため、ワラキア公在任中はトルコ寄りの政策をとった。また、トルコ時代にスルタンの寵愛を受け、男色に染まったともいわれている。(67)

**ラブシェール、ヘンリー(一八三一―一九一二) Labouchère, Henry** ☆英国の政治家・作家。〈トゥルース〉紙の編集者として急進的な活動をおこなった。(421)

**ランボー、アルチュール(一八五四―九一) Rimbaud** ☆フランスの詩人。ヴェルレーヌ、マラルメとともに、フランス象徴派の代表的詩人とされる。十九歳で『地獄の季節』Une Saison en Enfer(一八七三)を発表。のちに筆を折り、ヨーロッパ・西アジア・アフリカ・南洋などを放浪した。(69)

## リ

**リーズ、ロバート(一八四八―一九三一) Lees** ☆英国の霊媒。幼少時より能力をあらわし、王室からも依頼を受けたという。霊視によってある高名な医師が切り裂きジャックであることを知ったが、外聞をはばかってこのことは公表されず、その医師はひそかに精神病院に収容

されたという。(108)

**リード、ケイト　Reed, Kate**　★ペネロピの親友。ジャーナリズムに関心をもつ「新しい女」。ブラム・ストーカーが『吸血鬼ドラキュラ』Dracula（一八九七）のために設定した登場人物だが、のちに割愛された。ミナの学校友達になるはずだった。(31)

**リード、ジョン　Reid**　★ジョージ・トレンドル&フラン・ストライカー原作の西部劇『ローン・レンジャー』The Lone Ranger の主人公。テキサス・レンジャーの生き残りで、白馬シルヴァーに乗り、銀の弾丸を残していく。はじめはラジオドラマ（一九三三〜　）だったが、テレビドラマ（一九四九〜　）、映画（一九五六〜　）などにも派生していった。(151)

**リード、ディアミド　Reed, Diarmid**　ケイトの叔父。〈セントラル・ニュース・エイジェンシー〉の中心スタッフ。ニューマンの創作キャラクター。(99)

**リオンクール、レスタト・ド　Lioncourt**　★アン・ライスの『夜明けのヴァンパイア』Interview with the Vampire（一九七六）『ヴァンパイア・レスタト』The Vampire Lestat（一九八五）等に登場するヴァンパイア。金髪の美貌と傲岸不遜な性格によって絶大なる人気を誇る。一九九四年にはニール・ジョーダン監督、トム・クルーズ主演で『インタビュー・ウィズ・ヴァンパイア』Interview with the Vampire として映画化されている。(269)

**リッパー、ミック　Ripper, Mick**　ホワイトチャペルのナイフ研ぎ。凄腕のスリ。多くのハマー映画に出演した性格俳優マイケル・リッパーをイメージして、ニューマンが創作した。(77)

**リリー**　↓　マイレット (27)

## ル

**ルーシー**　↓　ウェステンラ、ルーシー (14)

**ル＝キュー、ウィリアム（一八六四—一九二七）LeQueux**　☆ジャーナリスト・作家。数多くのスパイ小説・探偵小説を著した。一九二三年、Things I Know about Kings, Celebrities and Crooks（王侯・著名人・犯罪者に関してわたしはここまで知っている）という自叙伝を発表し、切り裂きジャック＝ペダチェンコ説を唱えた。(170)

**ルジエール、マダム・ド・ラ　Rougierre, Mme de la**　★シェリダン・ル・ファニュの『アンクル・サイラス』Uncle Silas（一八六四）の登場人物。主人公の少女を苦しめる不気味な家庭教師。(96)

**ルスヴン卿　Ruthven, Lord**　★ポリドリ「吸血鬼」The

Vampyre（一八一九）の登場人物。一世を風靡し、頽廃的で享楽的な美貌の貴族という吸血鬼のイメージをつくりあげた。現在ドラキュラが支配する大英帝国の首相。（63）

## レ

**レオ十三世**（一八一〇―一九〇三）**Leo** ☆ローマ法王。在位一八七八―一九〇三年。（63）

**レストレイド** **Lestrade** ★〈シャーロック・ホームズ〉シリーズの登場人物。スコットランド・ヤード犯罪捜査部の警部。（19）

**レンフィールド** **Renfield** ★ブラム・ストーカーの『吸血鬼ドラキュラ』Dracula（一八九七）の登場人物。ドクター・セワードの精神病院の患者で、小動物を殺したり食べたりする性癖をもっていた。ドラキュラとシンクロしているらしく、彼の精神状態から伯爵の動向を推測することができたが、最後は伯爵に殺された。（16）

## ロ

**ロクストン、ジョン** **Roxton** ★コナン・ドイルの『失われた世界』The Lost World（一九一二）に登場する世界的な探検家。主人公マローンやチャレンジャー教授とともに、アマゾン奥地で古代に絶滅した生物達が生き残っているという「失われた世界」を訪れる。（336）

**ロビン・フッド** **Robin Hood** ☆十二世紀シャーウッドの森に住んでいた伝説的義賊。（51）

## ワ

**ワイルド、オスカー**（一八五六―一九〇〇）**Wilde, Oscar** ☆イギリスの詩人・劇作家。芸術のための芸術を信条とする耽美主義を主唱。『ドリアン・グレイの肖像』The Picture of Dorian Gray（一八九〇）、『サロメ』Salome（一八九三）などを発表した。男色事件に関係して一八九五年逮捕投獄される。（68）

**ワイルド、ジョナサン**（一六八二?―一七二五）**Wild, Jonathan** ☆十八世紀初頭のロンドンで泥棒たちを組織化した有名な犯罪者。ヘンリー・フィールディングの小説『大盗ジョナサン・ワイルド伝』The Life and Death of Jonathan Wild, the Great（一七四三）のモデルとなった。（218）

鍛治靖子 編

# 現実の切り裂きジャック事件（本書と関係のある出来事を中心に）

**一八八八年**

四月三日　エマ・スミスがウェントワース・ストリートのはずれで四人組の若者に襲われ、殴打されたのちに金品を奪われた。エマはその傷がもとで、翌日死亡した。切り裂きジャック最初の事件とされたが、現在では不良少年による強盗事件と考えられている。

八月六日　マーサ・ターナーがジョージ・ヤード・ビルディングズ三五番地の踊り場で全身を三十九カ所刺されて死亡した。犯行は残虐だが、のちの切り裂きジャックの凶行のように、咽喉を切り裂いたり臓器を持ち去ったりしていないところから、別の事件と考えられる。

八月三十一日　メアリ・アン・ニコルズがバックス・ロウで、咽喉を切り裂かれ、腹部を切開されて死亡。公式にはこれが、切り裂きジャック最初の犯行と考えられる。

九月八日　アニー・チャプマンがハンバリー・ストリート二九番地で殺される。咽喉を切り裂かれ、内臓の一部が持ち去られていた。

九月十日　〈レザー・エプロン〉ヒステリーが高まり、ジョン・パイザーが逮捕される。アリバイが証明され、十二日に釈放。

（九月十七日　ルル・シェーンが殺される？）

九月二十八日　〈セントラル・ニュース・エイジェンシー〉に切り裂きジャックの署名入り手紙が届く。本文中〈銀ナイフ〉とあるところ、実際には〈レザー・エプロン〉と書かれていた。

九月三十日　二重殺人事件。詳細はほぼ本書のとおりだが、エリザベス・ストライドはヴァンパイアではなかったため、咽喉を切り裂かれて数分後に絶命した。

また、実際にキャサリン・エドウズのエプロンは端が切りとられ、その切れ端はゴールストン・ストリートのモデル住宅前に落ちていた。壁には「ユダヤ人は／責められるようなことを／するような人間ではない」の落書きがあったが、保存しようとする警部や刑事を無視して、ウォレン警視総監が消してしまった。
十月一日　〈セントラル・ニュース・エイジェンシー〉に〝切り裂きジャック〟署名の二通目の手紙が届く。最初の手紙が公表されたのが一日。この手紙は三十日の消印で、前の手紙に関する言及があった。
十月十六日　ホワイトチャペル自警団長ジョージ・ラスクのもとに、腎臓の一部と、〝地獄〟の署名の手紙が届いた。
十一月九日　メアリ・ジェイン・ケリーが殺される。
　この日、チャールズ・ウォレンが警視総監を辞任。
十二月二十八日　ローズ・マイレットが殺害される。切り裂きジャックの犯行と噂されるが、実際には別の事件と考えられる。
十二月三十一日　テームズにモンタギュー・ドルーイットの水死体があがる。死後一ヶ月と見られる。

**一九九一年**

二月十三日　ネル・コールズ殺害。切り裂きジャックの再来が噂された。

　事件の具体的内容を抜きにして切り裂きジャックの名前のみがひとり歩きしているため、殺された娼婦の数は十人とか二十人とか言われることもあるが、実際の被害者は五人にすぎない。また、当時のイースト・エンドでは殺人事件など日常茶飯事であったため、五人の娼婦が殺されただけではたいした衝撃にもならなかったはずである。ロンドン市民の恐怖を煽ったのは、その殺害方法の残虐さであり、〝切り裂きジャック〟の署名のはいった赤インクの手紙だった。
　真犯人は現在にいたるまで不明。王族から船乗りまで容疑者にはことかかない。そうした推理小説じみた興味も尽きないためか、切り裂きジャックは現在でも歴史的犯罪を扱った本には必ずといっていいほど登場する人気（？）を誇り、切り裂きジャックを扱ったフィクションも数多くつくられている。

（訳者）

# 参考文献

（一九九五年初刊時制作に基づく）

## 〈吸血鬼およびヴラド・ツェペシュ関係〉

『吸血鬼ドラキュラ』
ブラム・ストーカー／平井呈一訳　創元推理文庫
もちろん！　必読書！

『ドラキュラ伝説――吸血鬼のふるさとをたずねて』
R・マクナリー&R・フロレスク／矢野浩三郎訳　角川選書
ヴラド・ツェペシュの足跡をたどり、かつ吸血鬼文学、映画を概説している。

『血のアラベスク――吸血鬼読本』
須永朝彦　ペヨトル工房
吸血鬼に関する民族学的考察、現実の吸血鬼事件、ヴラド・ツェペシュの生涯、吸血鬼文学、吸血鬼映画など、広範囲にわたる話題を網羅している。須永朝彦の美学が堪能できる。

『吸血鬼幻想』種村季弘　河出文庫
民族学的考察を中心に、小説、歴史的事件などを概説している。蘊蓄の書。

『別冊幻想文学・ドラキュラ文学館』幻想文学出版局
その道の泰斗十人余によるエッセイのほか、内外の短編小説、吸血鬼名鑑、小説便覧などが掲載。マニア向けかも。

『ドラキュラ学入門』
吉田八岑・遠藤紀勝　現代教養文庫
ヴラド・ツェペシュ、エリザベート・バートリー、歴史的事件、民族学的考察、小説、映画などを網羅しているが、文庫本だけに少々つっこみが浅い。逆に手頃な入門書といえるかもしれない。

『ドラキュラ伯爵――ルーマニアにおける正しい史伝』
ニコラエ・ストイチェスク／鈴木四郎・鈴木学訳　中公文庫
吸血鬼とは関係のない、まじめなヴァラキア公ヴラド・ツェペシュの伝記。

『吸血鬼の辞典』
マシュー・バンソン／松田和也訳　青土社
吸血鬼に関する民間伝承、文学、映画など、情報量ではピカ一だろう。

〈切り裂きジャック関係〉
この事件のみを専門に扱った本を紹介する。

『ロンドンの恐怖――切り裂きジャックとその時代』
仁賀克雄　ハヤカワ文庫

事件の経過をわかりやすく説明し、さまざまな容疑者を紹介しているほか、日本人には馴染みの薄い時代的・文化的背景を丁寧に解説したおすすめ本。

『切り裂きジャック
――世紀末ロンドンの殺人鬼は誰だったのか?』
コリン・ウィルソン&ロビン・オーデル/仁賀克雄訳
徳間書店

事件の概略を語った上で、さまざまな「○○=ジャック説」を紹介。コリン・ウィルソンらしく話題が飛びまくるので、いつのまにか煙にまかれてしまうが、読み物としては面白い。

『十人の切り裂きジャック』
ドナルド・ランベロー/宮祐二訳　草思社

事件の経過を説明したのち、容疑者を十人にしぼって、それぞれについて検討している。

(この三冊を読めば、あなたもリッパロロジストになれる!かもしれない)

その他、登場人物辞典作成にあたっては、主として、
『岩波　西洋人名辞典』岩波書店
を参考にした。

(訳者)

# 訳者あとがき

キム・ニューマンの代表作〈ドラキュラ紀元〉シリーズが、アトリエサードより新たな装いでふたたび登場することになった。その第一巻『ドラキュラ紀元一八八八』をお届けする。

『ドラキュラ紀元』は一九九二年にサイモン&シュスター社より出版された。ヴァン・ヘルシングが敗北、ドラキュラがヴィクトリア女王と結婚して英国に君臨する世界を舞台に、切り裂きジャックをサブテーマとして、膨大な数の実在および架空のキャラクターが登場する小説は話題となり、つぎつぎと続編が発表された。その後二〇一一年にタイタン・ブックス社に移籍したのだが、ニューマンはそのさいに、さまざまなものを追加収録した。今回の復刊はそのタイタン・ブックス社版をテキストとし、新しく読みごたえのあるものとなっている。

まずは「著者による付記」。『紀元』を読んで登場人物の出典を調べようとした読者が世界中にいたのだろう、ニューマンはいくつかの出典を明らかにし、さらにさまざまな情報を紹介している。そのほかには、『紀元』の原型となった中編のラストシーン、(実現はしなかったが)映画化のためにニューマン自身が書きおろしたシナリオの一部、ドラキュラと切り裂きジャックに関するエッセイ、ドラキュラの鉄ヲタぶりを紹介した短編などが収録されている。

二十数年ぶりに復刊するにあたって、訳文にはいくらか手を加えた。だが大幅な変更はないし、以前の雰囲気はそのまま維持したつもりなので、昔の読者にも違和感なく読んでもらえると思う。そして巻末にはもちろん、翻訳版のみの特典ともいうべき「登場人物辞典」が控えている。じつをいうと二十数年前に『紀元』を翻訳したとき、わたしはまだインターネットを使っていなかった。どうやってあの辞典をつくったかはもう記憶にないのだが、今回すべての項目をチェックしなおし、旧版よりも大幅に加筆した。よりいっそう楽しんでもらえることと思う。

つづいて刊行予定の第二巻・第三巻は、これほど多彩にはならないものの、「付記」のほかにしっかりと読みごたえのある中編がはいり、さらに分厚くなる予定である。楽しみに待っていてほしい。

本書は『ドラキュラ紀元』(梶元靖子訳 東京創元社一九九五)を増補改訳・改題したものです。(編集部)

キム・ニューマン Kim Newman
1959年、ロンドンに生まれる。少年時代から映画とホラー小説に熱中。1982年より雑誌に映画評を連載し、84年からは創作を開始。92年、ドラキュラが英国を支配した改変世界を描いた『ドラキュラ紀元一八八八』（本書／旧題『ドラキュラ紀元』東京創元社）を発表。世界幻想文学大賞などの候補にあがり、シリーズ化して現在も継続中。他の邦訳に、TRPG《ウォーハンマー》の世界を舞台にした小説『ドラッケンフェルズ』（ホビージャパン）などがある。

鍛治 靖子（かじ やすこ）
英米文学翻訳家。東京女子大学文理学部卒。訳書にキム・ニューマン『ドラキュラ紀元一八八八』（本書／アトリエサード）、サチ・ロイド『ダークネット・ダイヴ』、イラナ・C・マイヤー『吟遊詩人の魔法』、G・ウィロー・ウィルソン『無限の書』、ハル・クレメント『20億の針』、ロビン・ホブ『白の予言者』（以上、東京創元社）、ナンシー・スプリンガー『炎の天使』（早川書房／梶元靖子名義）などがある。

**ナイトランド叢書** EX-1

---

《ドラキュラ紀元》

# ドラキュラ紀元一八八八

| | |
|---|---|
| 著　者 | キム・ニューマン |
| 訳　者 | 鍛治 靖子 |
| 発行日 | 2018年5月16日 |
| | 2018年8月15日 第2刷 |
| 発行人 | 鈴木孝 |
| 発　行 | 有限会社アトリエサード |
| | 東京都新宿区高田馬場1-21-24-301 〒169-0075 |
| | TEL.03-5272-5037 FAX.03-5272-5038 |
| | http://www.a-third.com/ th@a-third.com |
| | 振替口座／00160-8-728019 |
| 発　売 | 株式会社書苑新社 |
| 印　刷 | モリモト印刷株式会社 |
| 定　価 | 本体3600円＋税 |

ISBN978-4-88375-311-6 C0097 ¥3600E

---